Fischland-Feuer

Corinna Kastner wurde 1965 in Hameln geboren. Sie arbeitet am Institut für Journalistik und Kommunikationsforschung in Hannover und fühlt sich an der Ostsee am wohlsten. Besonders das Fischland inspiriert sie sowohl schriftstellerisch als auch fotografisch. Seit 2005 veröffentlicht sie schauplatzorientierte Spannungsromane – u. a. den Fischland-Roman »Die verborgene Kammer« (2009) sowie die beiden Küsten Krimis »Fischland-Mord« (2012) und »Fischland-Rache« (2013).

www.kastners-welten.de
www.facebook.com/CorinnaKastnersWelten
www.corinnas-fischland.blogspot.de

Dieses Buch ist ein Roman. Handlungen und Personen sind frei erfunden. In diesem Roman tauchen viele Namen auf, die so oder ähnlich auf dem Fischland gebräuchlich sind. Ähnlichkeiten mit lebenden oder toten Personen sind nicht beabsichtigt und wären rein zufällig.

CORINNA KASTNER

Fischland-Feuer

Der dritte Fall für Kassandra Voß

KÜSTEN KRIMI

emons:

Bibliografische Information der Deutschen Nationalbibliothek
Die Deutsche Nationalbibliothek verzeichnet diese Publikation in der Deutschen Nationalbibliografie; detaillierte bibliografische Daten sind im Internet über http://dnb.d-nb.de abrufbar.

FSC
www.fsc.org
MIX
Papier aus verantwortungsvollen Quellen
FSC® C083411

Umschlagmotiv: Corinna Kastner
Umschlaggestaltung: Tobias Doetsch
Gestaltung Innenteil: César Satz & Grafik GmbH, Köln
Lektorat: Marit Obsen
Druck und Bindung: CPI – Clausen & Bosse, Leck
Printed in Germany 2015
ISBN 978-3-95451-505-9
Küsten Krimi
Originalausgabe

Dieser Roman wurde vermittelt durch die AVA international GmbH
Autoren- und Verlagagentur, www.ava-international.de.

Für Günther – danke für deine Freundschaft

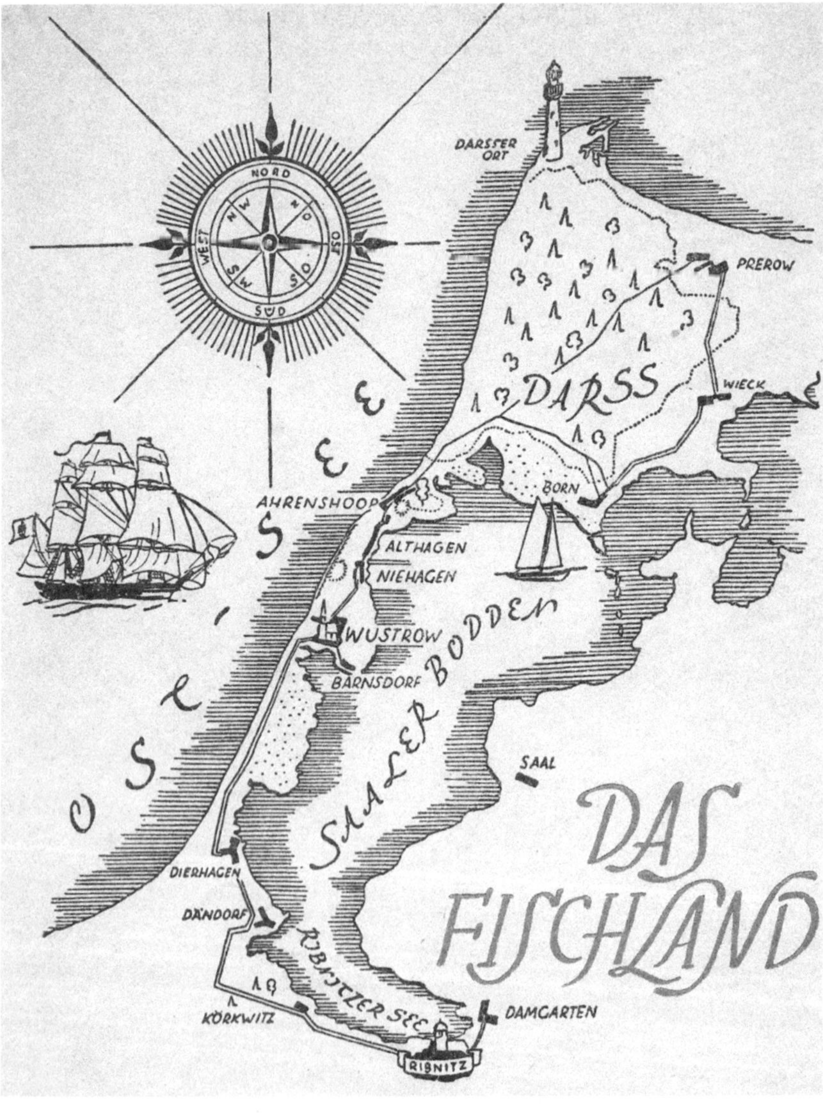

NORD
OST
SÜD
WEST
NW
NO
SW
SO
DARSSER ORT
PREROW
DARSS
WIECK
BORN
AHRENSHOOP
ALTHAGEN
NIEHAGEN
WUSTROW
BARNSDORF
SAALER BODDEN
SAAL
OSTSEE
DIERHAGEN
DÄNDORF
KÖRKWITZ
RIBNITZER SEE
DAMGARTEN
RIBNITZ
DAS FISCHLAND

1

Kassandra saß am Kopfende der festlich gedeckten Tafel und bewunderte das blütenreine Weiß der Damasttischdecke und das edel geschwungene Porzellan mit dem meerestürkisfarbenen Muschelrand. Eine leichte Brise spielte mit ihren Haaren, die Sonne wärmte ihr Gesicht, unter ihren nackten Füßen kitzelte das weiche Gras ihre Sohlen. Ihr Blick glitt über die Klippe des Hohen Ufers, auf dem die Tafel aufgebaut war, hinüber zur See, die tiefblau und ruhig unter einem strahlenden Fischländer Himmel lag. Nur ab und zu wippten auf den kleinen Wellen Schaumkrönchen, weiß wie die Tischdecke. Von Glück und Wärme durchflutet schaute sie zurück zu ihrer Familie, die um den Tisch herumsaß und diesen perfekten Tag mit ihr teilte. Ihre Lippen formten schon ein Lächeln, da runzelte Kassandra irritiert die Stirn.

Etwas stimmte nicht. Plötzlich kreischte eine Möwe so laut, als flöge der Vogel nicht hoch über ihr, sondern ganz nah an ihr vorbei. Erschrocken fuhr sie zusammen und erfasste mit einem Mal, dass niemand hier lächelte – weil niemand einen Mund hatte. Auch keine Nase und keine Augen. Über sämtliche Gesichter hatte sich ein Schatten gelegt, wie sich Nebel, einem Schleier gleich, manchmal über See, Strand und Dünen legt. Sie drehte sich zur Seite, doch auch der Mann, der neben ihr saß, war gesichtslos. Panik ergriff sie, als sie erkannte, dass mit seinem Gesicht auch sein Name aus ihrem Gedächtnis getilgt worden war – ebenso wie all die anderen Namen all der anderen Menschen. Da war nur Leere. Die gleiche Leere wie in den formlosen Gesichtern.

Erneut hörte Kassandra die Möwe kreischen, noch lauter als eben. Am anderen Ende der Tafel stand ein Mann auf. Er hob abwehrend die Hände vors Gesicht, doch die Möwe, nein, ein ganzer Möwenschwarm, stürzte sich auf ihn. Noch immer die Hände vorm Gesicht, versuchte er, sich vor den Vögeln zu schützen, stolperte rückwärts unter dem Angriff der Möwen, deren Gekreisch Kassandra bis ins Mark drang. Der Mann tat einen letzten Schritt, sein Fuß traf auf die Abbruchkante, er riss die Arme in die Luft, die Möwen ließen von ihm ab – und in jenem Sekundenbruchteil, bevor er in die Tiefe stürzte, erkannte Kassandra sein Gesicht. Obwohl es ganz unmöglich war, spürte sie seine Berührung an der Schulter, so als wollte er sie mit sich hinunterziehen. Sie schrie, schlug um sich, doch sein Griff wurde stärker, sie kam nicht dagegen an.

»Kassandra«, rief eine Stimme. »Liebes, wach auf.«

Schweißnass und zitternd fand sich Kassandra aufrecht im Bett sitzend wieder. Sie brauchte eine Weile, bis sie begriff, wo sie war, und dass Paul sie mit besorgtem Blick musterte.

»Alles in Ordnung?« Nur zögernd ließ er sie los.

Kassandra sah sich blinzelnd in ihrem Schlafzimmer um. Paul hatte die Nachttischlampe angeknipst, die sanftes Licht verströmte. Der Raum wirkte ruhig, gemütlich und vor allem vollkommen ungefährlich. Sie holte tief Luft und fand langsam ihre Stimme wieder. »Ja. War nur ein Traum.«

»Hm«, machte Paul wenig überzeugt. »Seit du dich mit diesem Ahnenforschungszeug beschäftigst, hast du mir ein bisschen zu oft schlechte Träume. Als wir uns gerade kennengelernt hatten, hast du gesagt, du würdest nichts vermissen, weil du nichts über deine Familie weißt. Inzwischen frage ich mich, ob du es nicht dabei hättest belassen sollen.«

Bevor sie etwas erwidern konnte, drang von draußen ein unangenehmes Geräusch zu ihnen herein, das Kassandra entfernt an das Möwenkreischen aus ihrem Traum erinnerte. Tatsächlich war es ein Martinshorn, etwas, das man auf dem Fischland nicht gerade jeden Tag hörte. »Was ist da los? Wie spät ist es eigentlich?«

»Gleich Mitternacht. Klingt, als würde ein Einsatzfahrzeug die Thälmann-Straße runterfahren.«

Kassandra schlug die Bettdecke zurück und wollte aufstehen.

»Was hast du vor?«, fragte Paul.

»Nachsehen gehen.«

Paul berührte ihren Arm. »Was willst du nachsehen? Der Wagen könnte sonst wohin gefahren sein.«

»Aber wenn …«

Paul schüttelte halb amüsiert den Kopf und unterbrach sie. »Hier ist glücklicherweise seit Längerem kein Mord mehr passiert, den wir unbedingt hätten aufklären müssen. Ich gehe davon aus, dass sich daran auch heute Nacht nichts geändert hat, das war sicher nur ein Kranken-, kein Polizeiwagen. Leg dich wieder hin und versuch zu schlafen. Du musst morgen früh raus.«

Paul hatte recht. Kassandras Pension »Woll tau seihn« war voll belegt, die Gäste aus Zimmer drei hatten außerdem um ein sehr frühes Frühstück gebeten, weil sie einen Tagesausflug nach Hiddensee planten. Das Martinshorn war längst verklungen, sie hatte wohl nur wegen ihres Alptraums überhaupt an ein Verbrechen gedacht. Langsam sank sie ins Kissen zurück und kuschelte sich an Paul, nachdem er das Licht ausgeschaltet hatte.

Obwohl der Traum mehr und mehr verblasste, konnte sie weder die Bilder von den gesichtslosen Menschen noch das Geräusch des Martinshorns ganz abschütteln. Es stimmte: Lange Zeit war alles ruhig gewesen, nachdem sie vor zwei Jahren kurz hintereinander gleich in zwei Mordfälle verwickelt worden waren. Durch den ersten hatten sie einander kennengelernt. Der zweite, wenige Monate später, hatte Paul persönlich betroffen: Sein Bruder Sascha war auf dem Hohen Ufer erschossen worden. Wahrscheinlich hatte sie schon länger unterschwellig an damals gedacht. Nur so konnte Kassandra sich erklären, warum es sich bei dem Mann, der in ihrem Traum die Abbruchkante hinuntergestürzt war, ausgerechnet um Sascha gehandelt hatte. Die Ursache lag also gar nicht bei ihrer Familie, sondern bei Pauls.

Sie drehte sich um, um ihn anzusehen. Es war dunkel, dennoch konnte sie seine Konturen erkennen, die lange Nase, sogar ganz schwach das Grübchen am Kinn. Hatte sie seit dem Beginn ihrer Ahnenforschung wirklich schon so oft schlecht geträumt? Sie erinnerte sich nicht, aber Paul mochte es das eine oder andere Mal mitbekommen haben, wenn sie unruhig schlief. Kassandra barg ihren Kopf in seiner Halsbeuge, schloss die Augen und spürte, wie Paul sie noch näher an sich heranzog. Da hörte sie es wieder – noch ein Martinshorn. Seit dem ersten waren kaum zwei Minuten vergangen.

Nun doch etwas beunruhigt, stand Paul auf, zog die Gardine vor dem Fenster zur Seite und öffnete es. »Es brennt!«

»Was? Bist du sicher? Die Sirene hat doch gar nicht angeschlagen«, sagte Kassandra entgeistert.

Die Sirene befand sich auf dem Dach des ehemaligen Kaiserlichen Postamtes, in dem heute das Haus des Gastes und die Kurverwaltung untergebracht waren. Wenn die losging, konnte man das nirgends in Wustrow überhören.

Während Paul sich hastig anzog, sagte er: »Keine Ahnung, woran das liegt. Dem Lichtschein nach zu urteilen, ist das Feuer drüben auf der Boddenseite ausgebrochen, vielleicht beim Hafen. Jonas' Gartentor steht offen, er wird längst da sein. Wahrscheinlich kam das erste Martinshorn von unserer, das zweite von der Ahrenshooper Feuerwehr.«

Zwischen der Meldung eines Brandes und dem Ausrücken der Löschzüge lagen nur wenige Minuten. Wenn die Sirene auch nicht funktionierte, die Pieper, die alle Mitglieder der Freiwilligen Feuerwehr ständig bei sich trugen, taten es auf jeden Fall. Ihr Nachbar Jonas Zepplin war mit Sicherheit in Windeseile losgedüst. Kassandra hatte sich inzwischen ebenfalls angezogen, dabei immer wieder aus dem Fenster geschaut und in der Ferne den unnatürlich hell scheinenden Himmel gesehen.

Eilig verließen sie das Haus und nahmen den Brandgeruch wahr, der aus Richtung Südosten in die Lindenstraße herüberwehte. Ohne ein weiteres Wort liefen sie los. Sie wussten beide, was auf dem Spiel stand. Falls eines der Rohrdachhäuser in Brand geraten war und die Flammen auf weitere Gebäude übergriffen, käme das einer Katastrophe gleich, besonders da ausgerechnet diese Nacht etwas mehr als nur ein laues Lüftchen wehte und die Funken weit fliegen konnten. Jede Hilfe war willkommen. Das war sehr vielen Fischländern klar, denn außer ihnen waren noch mehr Menschen unterwegs.

»Hoffentlich ist mit Bruno alles in Ordnung«, murmelte Kassandra. Aus den Augenwinkeln sah sie, dass Paul die Lippen aufeinanderpresste.

Bruno Ewald lebte im Grünen Weg nahe dem Fischländer Hafen, genau in der Gegend also, wo sie das Feuer vermuteten. Er war ein sehr guter Freund – ursprünglich von Pauls verstorbenem Vater, aber ebenso auch von Paul und ihr selbst. Kassandra fischte ihr Smartphone aus der Jackentasche und tippte im Laufen seine Nummer an, doch niemand meldete sich. Bruno hatte kein Handy und sagte immer, er hätte siebenundsiebzig Jahre überlebt, ohne ständig erreichbar zu sein, das würde er die nächsten dreißig auch noch schaffen. Normalerweise schmunzelte Kassandra darüber, aber heute wünschte sie, er wäre gegenüber diesem »niemodschen Kram«, wie er es nannte, etwas aufgeschlossener. Sie schwor sich, ihm bei nächster Gelegenheit ein Handy zu schenken, ob er wollte oder nicht.

Mittlerweile hatten sie die Kirche erreicht, die auf dem Hügel am Ortseingang stand und, von allen Katastrophen unberührt, wie jede Nacht angestrahlt wurde. Nur dass das Licht Kassandra jetzt an das Feuer erinnerte. Von rechts erklang erneut eine Sirene, und Paul riss Kassandra zur Seite, als vom Kuhleger eine Polizeistreife heranbrauste und in die Hafenstraße fuhr. Sie folgten ihr und konnten den Feuerschein nun klarer sehen. Erleichtert registrierte Kassandra, dass der Brand zumindest nicht im Grünen Weg ausgebrochen war.

Sie kamen bis zum Abzweig zur Osterstraße. Ein paar Meter weiter, am Ende der Hafenstraße, wimmelte es von Fahrzeugen. Die Wustrower Feuerwehr hatte nicht nur Unterstützung aus Ahrenshoop, sondern auch aus Dierhagen bekommen. Kassandra zählte drei große Löschgruppenfahrzeuge, zwei Einsatzleitwagen und ein Tanklöschfahrzeug. Außerdem hatte sich der Streifenwagen dazugesellt, und ein Rettungswagen stand ebenfalls bereit.

»Es brennt bei Niklas«, sagte Kassandra erschrocken. Sie hatte Niklas Thiel vor einiger Zeit kennengelernt und verdankte ihm ihre Beschäftigung mit der Ahnenforschung. Ein einziges Mal nur war sie in seinem Haus gewesen, das er allein bewohnte. Viele Jahre lang hatte es heruntergekommen auf einem großen, wild wuchernden Grundstück gestanden und darauf gewartet, dass jemand wie Niklas kam und daraus ein Schmuckstück machte. Es war das letzte Haus der Hafenstraße, danach begann der Barnstorfer Weg, der in den Ortsteil Barnstorf mit seinen vier mittelalterlichen Gehöften führte, von denen eines die bekannte Wustrower Kunstscheune beherbergte.

Man musste es wohl Glück im Unglück nennen, dass Niklas' rot verputztes Fachwerkhaus mit den einst hübschen hellblau bemalten Türen und Fensterläden weit von den Gehöften entfernt und relativ für sich stand. Es war tagelang trocken gewesen, kein Tropfen Regen war gefallen, was es dem Feuer, das lodernd den nachtschwarzen Himmel erhellte, noch leichter machte, sich durch alles hindurchzufressen. Es hatte bereits auf einen kleinen Schuppen, auf Bäume und Sträucher auf dem Vorplatz übergegriffen, und die Löschfahrzeuge verspritzen Tausende von Litern Wasser auf Haus und Grundstück, um der Flammen Herr zu werden und weiteres Unglück zu verhindern.

Zwischen all dem brennenden Chaos sah Kassandra, dass Feuerwehrmänner mit Atemschutzmasken einen Körper aus dem Haus trugen, um den sich die Rettungskräfte sofort kümmerten. War das Niklas? Von Jonas wusste Kassandra, wie schnell jemand bei einem Brand ums Leben kommen konnte – nicht notwendigerweise durch die Verbrennungen, sondern durch eine Rauchvergiftung. Es kam auf Minuten an. Sie konnte nur hoffen, dass Niklas nicht tot geborgen, sondern lebend gerettet worden war.

Einer der Männer, die gerade unter Einsatz ihres eigenen Lebens Niklas aus dem Haus geholt hatten, nahm seine Maske ab und fuhr sich mit der Hand über die Stirn. Kassandra erkannte Jonas, sein Gesicht wirkte unnatürlich hell in der Nacht, aber vielleicht kam ihr das auch nur so vor, weil sie Angst um den Freund verspürte. Schon hastete Jonas zurück zu seinen Kameraden. Kassandras Blick wanderte zu dem Rettungswagen, in dem Niklas jetzt lag. Die Türen schlossen sich hinter den Sanitätern, das Blaulicht warf gespenstische Schatten in die Umgebung. Die ersten Meter fuhr der Wagen langsam, dann heulte das Martinshorn auf, und auf der Hafenstraße nahm er schnell an Tempo zu. Immerhin hieß das wohl, dass Niklas noch lebte.

Kassandra merkte erst jetzt, dass sie die Luft angehalten hatte. Als sie nach Atem rang, brannte es in ihren Lungen – heiß und stickig und knisternd wie das Feuer, wie scheinbar alles um sie herum. Die Flammen schossen nun von überall aus dem Haus – aus dem großen Loch, vor dem sich einmal eine schwere zweiflügelige Eingangstür befunden hatte, aus unzähligen Fenstern und dem Dach. In diesem Moment barst die Scheibe einer Balkontür – ein seltsam stilles Schauspiel, das Glas zersplitterte und fiel unter dem Zischen und Wummern des Feuers gänzlich lautlos zu Boden –, und die Flammen schossen nun auch aus dieser Wunde, die sie ins Haus gerissen hatten.

Noch nie war Kassandra Zeugin eines solchen Unglücks gewesen, niemals hatte sie meterhohe Flammen aus einem Gebäude schlagen sehen und flirrende Hitze auf ihrem Gesicht gespürt. Sie meinte sogar, ein winziges Brennen auf ihrer Wange wahrzunehmen, als hätte ein Funke sich bis hierher verirrt, obwohl der Wind in die entgegengesetzte Richtung wehte. Sie wischte den vermeintlichen Funken fort und registrierte zu ihrer Überraschung, dass ihre Wange feucht war. Sie weinte, ohne dass sie es bemerkt hatte, weinte vor Entsetzen ob dieser Sinfonie der Zerstörung.

Mit Kassandra und Paul standen noch weitere Menschen hier und betrachteten fassungslos das Schauspiel. Keiner ging nach Hause, jeder fühlte sich als Teil des Ganzen, bereit einzuspringen, falls irgendetwas getan werden konnte. Kassandra schob ihre Hand in Pauls und drückte sie. Wie schnell alles anders werden konnte, ein einziger Moment genügte, vielleicht ein Moment der Unachtsamkeit, vielleicht ein kleiner Funke, ausgelöst von einem Defekt in einer Leitung, oder vielleicht der kranke Gedanke eines Menschen, der gern zündelte. Sie wusste nicht, wie schwer Niklas' Verletzungen waren, wie groß seine Chance zu überleben, aber diese Nacht würde auf jeden Fall sein Leben verändern.

Drüben beim Wustrower Einsatzleitwagen entdeckte sie jetzt den Wehrführer Matthias Wilke. Sie blinzelte, doch neben ihm stand tatsächlich Bruno. Wilke sagte etwas zu ihm, Bruno nickte und lief rüber zu einem der Männer aus Dierhagen. Kassandra stupste Paul an. »Deshalb konnten wir Bruno nicht erreichen. Was tut er da? Er bewegt sich zu dicht am Feuer!«

»Bruno weiß schon, was er macht«, beruhigte Paul sie. »Auch

wenn er längst kein aktives Mitglied der Feuerwehr mehr ist, gehört er immer noch zur Ehrenabteilung. Niemand wird ihn davon abhalten zu helfen – und wenn er nur Kaffee und Brote an die Kameraden verteilt.«

»Trotzdem, er ist viel zu alt, um sich da rumzutreiben.«

Paul antwortete etwas, das Kassandra nicht verstand, weil gerade mit einem unglaublichen Getöse Teile des Dachstuhls in sich zusammenfielen. Die Menschen schrien auf, alles redete durcheinander. Waren noch Einsatzkräfte im Haus gewesen?

Es dauerte etwas, bis Entwarnung gegeben werden konnte. Ein Feuerwehrmann war durch einen herabstürzenden Balken leicht verletzt worden, er hatte gerade noch rechtzeitig zur Seite springen können.

Die Männer gaben ihr Bestes, das Feuer unter Kontrolle zu bringen, und das durchaus erfolgreich. Inzwischen konnte man davon ausgehen, dass für Wustrow kein weiterer Schaden entstehen würde, sodass die meisten sich nun doch auf den Heimweg machten, aber Kassandra brachte das nicht fertig. Ihre besorgten Blicke huschten immer wieder von Bruno zu Jonas und blieben schließlich an den beiden Streifenpolizisten hängen, die aus ihrem Wagen gestiegen waren und das Geschehen genau wie sie und Paul verfolgten. Aus ihrer Unterhaltung hörte Kassandra heraus, dass die Beamten auf die Kollegen vom Kriminaldauerdienst Stralsund warteten, die den Brand zunächst untersuchen würden, sobald es möglich war, das Haus oder besser das, was davon noch übrig wäre, zu betreten.

Bevor Kassandra dem Gespräch weitere Informationen entnehmen konnte, kam Bruno heran. »Könnt ihr bei mir noch ein, zwei Kannen Kaffee kochen?« Damit drückte er Paul seinen Hausschlüssel in die Hand.

»Sicher«, sagte Kassandra. »Aber bevor wir gehen: Weißt du zufällig, wie es um Niklas Thiel steht?«

Bruno legte seine Stirn in Falten. »Keine Einzelheiten, aber er hat mit Sicherheit heftige Verbrennungen und eine schwere Rauchvergiftung. Er lag unter irgendetwas, und er sah nicht gut aus, als sie ihn abtransportierten – ich habe aber nicht mehr gehört, ob er ins Krankenhaus nach Ribnitz oder ins Universitätsklinikum Schleswig-Holstein nach Lübeck gebracht werden sollte. Vielleicht wird das auch in Ribnitz entschieden.«

»Lübeck?«, fragte Kassandra überrascht. »Das ist ziemlich weit, gibt's denn in der Nähe keine Spezialklinik?«

»Es gibt in ganz Mecklenburg-Vorpommern kein Verbrennungszentrum.« Bruno schnaufte empört. »Und jetzt schmeißt meine Kaffeemaschine an, bitte.«

Eine Viertelstunde später kamen sie mit zwei Kannen und einigen Bechern zurück, schenkten ein und reichten zusammen mit Bruno den Kaffee herum. Noch zweimal wiederholten sie das, bis knapp drei Stunden nachdem sie das Haus verlassen hatten, das Feuer endgültig gelöscht war.

Als sie wieder in der Lindenstraße ankamen, schloss Kassandra im Vorbeigehen automatisch Jonas' Gartenpforte. Er würde sicher auch bald nach Hause kommen. Dann warf sie einen Blick auf das andere Nachbarhaus, das ebenso dunkel dalag. Es gehörte ihrem Onkel Heinz Jung, der nicht zu Hause war. Durch ihn hatte sie Niklas kennengelernt. Sie würde ihm morgen früh – nein, verbesserte sie sich, *heute* früh – sagen müssen, was passiert war. Wäre Heinz zu Hause gewesen, hätte er sich ihnen angeschlossen, um nötigenfalls Hilfe zu leisten, doch er hatte am Abend in Rostock an einem Regionaltreffen mehrerer Sportschützenvereine teilgenommen und übernachtete dort. Da erst ging ihr auf, dass Niklas, der im selben Verein war wie Heinz, sich entschieden haben musste, das Treffen abzusagen.

»Wie gut kennen sich Heinz und Niklas eigentlich?«, wollte Paul wissen, der ihren Blick richtig interpretierte.

»Nicht übermäßig gut. Niklas ist erst seit ein paar Monaten im Verein. Heinz findet ihn ganz in Ordnung, aber mehr ist da nicht. Ich glaube, Niklas hat ziemlichen Respekt vor Heinz – was nicht nur daran liegt, dass Niklas rund zwanzig Jahre jünger ist.«

Paul grinste unwillkürlich. »Kann ich mir denken.«

Heinz gehörte eher nicht zu den zehn beliebtesten Bürgern Wustrows. Er konnte sehr schroff und kurz angebunden sein, war niemand, der mit jedem sofort Freundschaft schloss, und hatte in vielem eine sehr eigene Meinung, mit der er nicht hinterm

Berg hielt. Als Kassandra nach Wustrow gezogen war, hatte sie keine Ahnung gehabt, dass sich ihr neuer Nachbar nicht nur als pensionierter Polizeihauptmeister, sondern auch als ihr Onkel entpuppen würde. Sie hatten vor allem wegen Heinz' Grantelligkeit einige ernsthafte Anlaufschwierigkeiten gehabt.

Auch Paul und Heinz waren sich viele Jahre lang geflissentlich aus dem Weg gegangen, aus privaten Gründen, aber auch aufgrund ihrer Differenzen in der Gemeindevertretung, der Heinz mittlerweile nicht mehr angehörte. Durch Kassandra waren die Männer schließlich Freunde geworden.

Im Hausflur ließ sie den Schlüssel in die kleine Muschelschale auf dem Schränkchen fallen. Irritiert schnupperte sie, dann ging ihr auf, dass sie und Paul nach Qualm und Rauch stanken. Der Geruch hatte sich in ihrer Kleidung und in den Haaren festgesetzt, und auf ihrer Haut lag ein grauer Film, sodass sie trotz der späten Stunde noch duschten. Als sie endlich im Bett lagen, war es beinah halb vier. Der Wecker würde um sechs klingeln, damit Kassandra für ihre Gäste pünktlich das Frühstück fertig hatte.

Zuerst dachte sie, sie könnte unmöglich einschlafen, so viel wirbelte in ihrem Kopf durcheinander, doch dann sackte sie dicht an Paul geschmiegt schnell weg.

2

Am nächsten Morgen öffnete Kassandra weit die Fenster des Schlafzimmers. Um sechs hatte sie den Wecker zwar gehört, ihn aber eine halbe Stunde später gestellt. Jetzt ging an einem schönen Septembertag gerade die Sonne auf, die Vögel in den Linden vor ihrem alten Kapitänshaus zwitscherten fröhlich vor sich hin. Kassandra gönnte sich einen längeren Blick in ihren Vorgarten auf die Stockrosen, deren grüne Stiele und weiße Blüten perfekt zu den grün-weißen Türen und Fensterläden passten. Später am Tag würden die Farben richtig strahlen und die Blicke der Spaziergänger auf sich ziehen. Nicht dass das hier in der Lindenstraße etwas Besonderes wäre. Ob die Türen nun blau, grün, braun oder gelb waren, eher schlicht mit Glaseinsätzen oder mit kunstvollen Ornamenten verziert, und die Kapitänshäuser aus rotem Backstein wie Kassandras oder weiß verputzt – jedes Haus weckte mit Recht die Bewunderung der Urlauber.

Alles sah friedlich aus, nichts erinnerte mehr an die Schrecken der letzten Nacht. Beinah nichts. Ein leichter Brandgeruch lag noch immer in der Luft, der Wind, wenn er auch schwächer geworden war, hatte nicht gedreht, sondern kam nach wie vor aus südöstlicher Richtung und trug so das Zeugnis des Feuers über das Fischland.

Kassandra schaute zu Jonas hinüber, wo in Haus und Garten noch alles ruhig war. Sie hatte nicht gehört, wann er nach Hause gekommen war, aber sie hoffte, dass er seinen Souvenirladen am Hafen heute einfach ein wenig später öffnen würde und für den Vormittag auch niemand eine Bootstour gebucht hatte. Jonas' ganzer Stolz war sein Zeesboot, mit dem er für Urlauber Fahrten auf dem Saaler Bodden veranstaltete. Er liebte diese alten, traditionsreichen Fischerboote mit ihren rotbraunen Segeln und betrachtete es als großes Glück, eines davon zu besitzen.

Seufzend wandte Kassandra sich vom Fenster ab, um den Tag zu beginnen. Paul hatte das schon längst getan. Er war vor ihr aufgestanden, ohne sie zu wecken, lief wahrscheinlich gerade den Weg zum Hohen Ufer entlang und lenkte sich mit dem Ausblick auf die See, die Seebrücke und die Buhnen im sanften Morgenlicht ab.

Sie selbst ging bald darauf durch den Birkenweg und über den Platz mit der Alten Eiche zur Bäckerei Boldt, um Brötchen und Hörnchen für ihre Gäste zu besorgen. Dort war der Brand das vorherrschende Thema. Die Wustrower waren fassungslos, gleichzeitig spürte Kassandra aber auch eine allgegenwärtige Erleichterung darüber, dass die Flammen in Schach gehalten worden waren. Als sie zurückkam, bog gerade Heinz' Wagen in die Lindenstraße ein und hielt vor dem Nachbarhaus. Sie wartete, bis ihr Onkel mit einer kleinen Reisetasche in der Hand ausstieg.

»Morgen, Kassandra. Ein Empfangskomitee wäre aber nicht nötig gewesen. Wie komme ich zu der Ehre?«

Heinz war ein guter Polizist gewesen, er konnte nach wie vor haarscharf beobachten und registrierte sofort, dass Kassandra ernst blieb. Außerdem stieg ihm zweifellos der Brandgeruch in die Nase. Seine linke Braue rutschte wie von selbst in die Höhe, eine Angewohnheit, die er nicht abschalten konnte. Diesmal wurde sein Gesicht unter dem weißen Igelhaarschnitt blass. »Wo?«, fragte er nur.

»Komm erst mal rein, ich mach dir einen Kaffee. Wie kommt's, dass du schon so früh wieder hier bist?«

»Hör auf mit den Spielchen. Wo, hab ich gefragt«, gab Heinz unwillig zurück, folgte ihr jedoch ins Haus, wo sie auf dem Flur von den Bergers abgepasst wurden.

»Guten Morgen, Frau Voß. Können wir schon frühstücken?«

Das Ehepaar aus Dresden verbrachte bereits zum dritten Mal den Urlaub bei Kassandra, vor zwei Jahren hatten sie mit zu ihren ersten Gästen gehört, und nun musste sie sie enttäuschen. »Es tut mir leid, ich bin noch nicht ganz fertig, aber bitte setzen Sie sich doch schon mal ins Frühstückszimmer, der Kaffee kommt gleich.«

Während Kassandra in Windeseile Kaffee und Eier kochte und Aufschnitt, Käse, Marmelade und Brötchen auf ein Tablett stellte, berichtete sie Heinz, was passiert war. Er stand ohne ein

Wort vom Küchenstuhl auf, nahm ihr das Tablett ab und brachte es hinüber zu den Bergers.

»Die sind versorgt«, stellte er bei seiner Rückkehr fest. »Wir haben uns gestern alle gefragt, wo Niklas Thiel bleibt.«

»Er hat also nicht abgesagt?«

Heinz schüttelte den Kopf. »Nein. Ich habe versucht, ihn zu erreichen, aber er ging nicht ans Telefon, und seine Handynummer hatte keiner.« Er starrte auf die einzelne weiße Rose, die in einer Glasvase auf dem Küchentisch stand. »Das war aber schon um acht. Wusste Bruno, wer die Feuerwehr alarmiert hat und wann?«

»Keine Ahnung, wir haben nicht darüber gesprochen, wer das war. Zum Wann kann ich was sagen: Wir haben etwa zehn Minuten vor Mitternacht ein Martinshorn gehört und kurz darauf ein zweites. Ich weiß nicht, wann der Brand ausgebrochen ist, aber da Niklas noch lebte, als sie ihn aus dem Haus holten, kann es nicht enorm viel früher gewesen sein.«

Heinz nickte abwesend und wühlte in seiner Reisetasche nach seinem Smartphone. Anders als Bruno hatte Heinz durchaus was übrig für technische Entwicklungen. »Möglich, dass Bruno die genauen Zeiten gar nicht kennt. Ich erkundige mich bei Jonas Zepplin, der weiß es ganz bestimmt.«

»Moment mal«, sagte Kassandra und legte ihre Hand auf Heinz' Arm. »Du klingst schon so ermittelnd, Herr Polizeihauptmeister a. D. Glaubst du, da könnte was nicht stimmen?«

»Ich schlussfolgere nicht, ohne die Fakten zu kennen, aber ich finde es doch seltsam, dass Thiel gestern nicht aufgetaucht ist. Er hatte auf jeden Fall vorgehabt zu kommen.« Nachdenklich betrachtete Heinz sein Smartphone und steckte es wieder weg. »Ist zu früh, jemanden anzurufen, die waren alle die halbe Nacht auf den Beinen.«

»Niklas könnte es sich kurzfristig anders überlegt haben.« Kassandra warf eine Kapsel in die Kaffeemaschine und drückte auf den Knopf. »Vielleicht kam ihm was dazwischen, vielleicht hat er Besuch bekommen. Muss nichts mit dem Brand zu tun gehabt haben.«

»Muss nicht, könnte aber.« Dankbar nahm Heinz die Tasse

entgegen und trank einen Schluck, nur um gleich darauf das Gesicht zu verziehen und sich reichlich an der Milch zu bedienen. »Von deinem Kaffee wachen Tote auf. Ich wünschte, du würdest diese Kapsel-Dinger entsorgen und für uns wie für deine Gäste althergebrachten Filterkaffee kochen.«

Alle Neuerungen waren dann doch nichts für Heinz. Kassandra lachte in sich hinein.

Laut sagte sie: »Hast du nicht gesagt, du schlussfolgerst nicht, ohne die Fakten zu kennen? Wieso bist du so misstrauisch?«

»Du meinst, das ist normalerweise dein Part?«, erwiderte Heinz. »Ich weiß es nicht. Nur so ein Gefühl. Niklas Thiel ist ein sehr gewissenhafter Mensch, das sieht man schon an der Art, wie er mit seiner Waffe umgeht. Der würde nicht einfach eine Kerze brennen lassen und dann rausgehen. Er raucht auch nicht, die Zigarette im Bett scheidet also ebenfalls aus.«

»Und wenn es ein Kurzschluss war oder sonst ein Defekt?« Kassandra hatte sich ebenfalls einen Kaffee gemacht und setzte sich zu Heinz, der trotz ihrer logischen Einwände skeptisch guckte.

»Möglich ist alles, aber wenn ich sage ›gewissenhaft‹, meine ich das in jeder Hinsicht. Ich möchte wetten, dass er sein Haus bestens in Schuss hält, obwohl ich nie da war. Das schließt einen Defekt natürlich nicht zwangsweise aus. Trotzdem … Habt ihr euch eigentlich oft getroffen wegen der Ahnenforschungssache?«

Kassandra musste bei seinen Worten unwillkürlich an den Tag denken, an dem ihr Niklas Thiel vor Heinz' Tür das erste Mal begegnet war. Er hatte Heinz vom Schießen nach Hause gefahren, weil dessen Auto in der Werkstatt stand. Sie waren schnell ins Gespräch gekommen, und Niklas hatte so begeistert von seinem »Ahnen-Projekt« gesprochen, dass Kassandra sich zum ersten Mal ernsthaft überlegt hatte, in ihrer eigenen Familiengeschichte zu graben – zumindest auf der Seite ihrer Mutter. Von ihrem leiblichen Vater kannte sie nicht einmal den Namen, sie trug den ihres seit langer Zeit verstorbenen Adoptivvaters und wusste gar nichts über ihren Erzeuger.

Das hieß, fast nichts. Nachdem der Mord an Pauls Bruder Sascha aufgeklärt worden war, hatte Kriminaloberkommissar Kay Dietrich, den Kassandra bereits durch den ersten Mordfall in

Wustrow kennengelernt hatte, in Saschas Hinterlassenschaft eine sehr kryptische Notiz gefunden, die ihren Vater betraf. Dietrich hatte Kassandra erst einige Zeit später und auch nur zögernd davon in Kenntnis gesetzt. Wahrscheinlich hatte er dasselbe befürchtet wie sie, nämlich dass ihr unbekannter Erzeuger in ähnlich dubiose Machenschaften verwickelt gewesen sein könnte wie Sascha. Und dann doch lieber gar keinen Vater. Jedenfalls verzichtete Kassandra auf alle diesbezüglichen Recherchen und beschränkte sich lieber strikt auf ihre Familie mütterlicherseits.

Heinz war mit der Schwester von Kassandras Mutter verheiratet gewesen – die beide nicht mehr am Leben waren – und konnte einige Dokumente beisteuern. Andere hatte sie von dem Teil ihrer Verwandtschaft bekommen, der nach Kanada ausgewandert war. Aber es lag immer noch viel im Verborgenen, daher war es kein Wunder, dass ihr die Gesichter ihrer Familie im Alptraum der vergangenen Nacht als formlose Schatten erschienen waren.

All das ging Kassandra im Kopf herum, während sie an ihrem Kaffee nippte, sodass Heinz seine Frage, ob sie Niklas häufig getroffen habe, wiederholen musste.

»Zwei Mal. Beim ersten Mal waren wir im ›Swantewit‹, da hat er mir die Geschichte seines Urgroßvaters erzählt, der aus Lettland stammte und Bernsteinkünstler gewesen ist. Niklas weiß eine Menge über Bernsteinschmuck, alte Uhren, Münzen und Medaillen. Diese Faszination muss sich wohl über die Generationen hinweg vererbt haben. Sein Vater hat in einem Museum gearbeitet, glaub ich.«

Heinz' linke Braue rutschte augenblicklich nach oben. »Von diesem Interesse hatte ich keine Ahnung. Besitzt er was entsprechend Wertvolles?«

»Du glaubst, da könnte ein Motiv liegen? Er hat nichts dergleichen erwähnt. Als ich bei unserem zweiten Treffen in seinem Haus war, lag auch nichts offen herum, und ich habe eine Besichtigungstour vom Keller bis zum Dach bekommen. Du hast übrigens recht: Es sah alles nicht nur sehr schön, sondern auch tipptopp in Ordnung aus. Ähnlich wie in Pauls Haus gab es neben einem bis zum Dach hin offenen Wohn- und Essbereich nur noch eine Galerie mit einer kleinen Bibliothek und einem

Schlafzimmer. Und überall Fachwerkgebälk, an einem der Balken habe ich mir eine Beule geholt. Bestimmt konnte sich das Feuer durch das Fachwerk besonders schnell ausbreiten.«

Heinz nickte. »Hat er dir noch mehr von seiner Familie erzählt, von anderen Verwandten?«

»Nein. Nachdem ich sein Haus bewundert hatte, haben wir vor seinem Laptop gesessen. Er hat mir erklärt, wie man im Internet Ahnenforschung betreibt, und mir gefühlte tausend Webseiten dazu gezeigt. Wieso fragst du?«

»Familie kann ein zweifelhaftes Vergnügen sein«, stellte Heinz vielsagend fest. »Vielleicht hat Thiel im Zuge seiner Recherchen was rausgefunden, von dem jemand nicht wollte, dass er es weiß?«

Kassandra ließ sich das durch den Kopf gehen. »Wär möglich.«

»Na, ihr seid ja schon wieder mittendrin«, erklang Pauls Stimme von der Tür. »Morgen, Heinz. Wer hat angefangen mit dem Spekulieren?« Eine graue Haarsträhne klebte an seiner Stirn, ansonsten sah man ihm nicht an, dass er gerade mehrere Kilometer gelaufen war. Er war nicht mal außer Atem, eine Tatsache, die Kassandra jedes Mal aufs Neue verblüffte. Wenn sie nur von hier bis zum »Swantewit« lief, dem Restaurant an der Seebrücke, in dem sie mit Niklas zu Abend gegessen hatte, musste sie sich fünf Minuten ausruhen.

»Ich«, gab Heinz zu.

»Dann freut es dich sicher, dass ich ein paar Informationen habe. Ich geh mich nur eben umziehen.«

Während sie warteten, kümmerte sich Kassandra um die Gedecke für ihre übrigen Gäste, sodass sie sich bei Pauls Rückkehr ungestört unterhalten konnten.

»Von wem hast du denn so früh schon was Neues erfahren?«, wollte Kassandra wissen.

»Violetta.« Paul griff in die Brötchentüte, die Kassandra für ihr eigenes Frühstück mitgebracht hatte, und langte nach einem Hörnchen.

»Hätte ich mir denken können.«

Kassandras Freundin war dafür berüchtigt, sehr oft über sehr viel sehr schnell informiert zu sein. Außerdem joggte Violetta ebenso frühmorgens wie Paul, sie begegneten einander häufiger auf dem Hohen Ufer.

»Sie kennt die Schwägerin von Matthias Wilke«, erklärte Paul, der zweifelnd das Hörnchen betrachtete. Er entschied, doch keinen Hunger zu haben, und legte es zurück. »Die Schwägerin wiederum hatte keine Skrupel, Matthias auszuquetschen, als er in der Frühe nach Hause kam.«

»Und Violetta Grabe hatte keine Skrupel, die Schwägerin auszuquetschen«, mischte sich Heinz ein. »Du weißt also, wann der Brand ausbrach und wer ihn gemeldet hat?«

»Wann er ausbrach, konnte Matthias nicht genau sagen. Gemeldet hat ihn Frau Herrmann. Sie war mit ihrem Hund draußen, hat die Flammen gesehen und um dreiundzwanzig Uhr sechsundvierzig die 112 gewählt.«

»Hildegard Herrmann«, sagte Heinz nachdenklich. »Die ist pünktlich wie die Maurer und ändert anscheinend niemals ihre Gewohnheiten. Vor Jahren hab ich sie mal als Zeugin bei einem Einbruch befragt, da hat sie mir erzählt, dass sie jeden Abend um elf mit ihrem Hund das Haus verlässt, die Neue Straße entlanggeht, in die Hafenstraße einbiegt, den Barnstorfer Weg bis zum Feuerherd hochgeht und anschließend dieselbe Strecke wieder zurück. Wenn sie den Brand um Viertel vor zwölf gemeldet hat, war sie schon auf dem Rückweg. Auf dem Hinweg kann es demnach noch nicht gebrannt haben, selbst wenn sich der Brandherd an einer Stelle befand, die sie von der Straße aus nicht einsehen konnte. Bis zu ihrem Anruf wäre zu viel Zeit vergangen, und Niklas Thiel hätte nicht gerettet werden können.«

Während Heinz sprach, dachte Kassandra über das fast unheimliche Zusammentreffen zweier ähnlich klingender Worte nach: Brandherd und Feuerherd. Natürlich war es Zufall, dass Hildegard Herrmann jeden Abend ausgerechnet bis zu dem alten Birnbaum ging, der schon Mitte des 18. Jahrhunderts urkundlich erwähnt wurde. Warum man diese Stelle, an der früher auch der Ankerplatz der Zeesen gewesen war, Feuerherd nannte, wusste Kassandra nicht, aber es jagte ihr trotzdem einen Schauer den Rücken hinunter.

»Es wäre interessant zu erfahren, ob Frau Herrmann auf dem

Hinweg etwas aufgefallen ist«, sagte sie. »Ein fremdes Auto oder andere späte Spaziergänger zum Beispiel.«

»Das wird die Polizei sie sicher fragen, falls sich herausstellt, dass es bei dem Brand nicht mit rechten Dingen zuging«, meinte Paul. »Falls.«

»Zweifellos.« Heinz holte tief Luft. »Ich weiß auch nicht, warum ich mir den Kopf über ungelegte Eier zerbreche.« Er stand auf. »Danke für den Kaffee, ich geh dann jetzt mal rüber.«

Kassandra erhob sich ebenfalls und begleitete ihn hinaus. Anfangs war sie genauso skeptisch gewesen wie Paul, ob sie es hier mit einem Verbrechen zu tun hatten. Aber für gewöhnlich hatte Heinz einen guten Riecher.

Wo immer Kassandra im Laufe dieses Tages hinkam – das Feuer blieb Thema Nummer eins, ob in der »Bücherstube«, beim »nah & frisch« oder bei »Haui's Fisch & mehr«. Als sie dort gerade vor der Fischtheke stand, fing plötzlich gegenüber auf der anderen Straßenseite die Sirene, die in der Nacht nicht angeschlagen hatte, zu heulen an. Kassandra schrak zusammen, aber es war schnell klar, dass es sich nur um einen Probelauf nach der Reparatur handelte. Die Sirene funktionierte ganz offensichtlich wieder, und zumindest war so eines der Rätsel der letzten Nacht geklärt. Dagegen wurde weiterhin spekuliert, wie es zu dem Brand gekommen sein mochte – und jeder wollte wissen, wie es Niklas ging, selbst diejenigen, die ihn gar nicht kannten.

Niklas war kein Fischländer. Er kam ursprünglich aus Leipzig, lebte aber schon seit Ewigkeiten in Mecklenburg und war schlussendlich vor drei, vier Jahren von Ribnitz nach Wustrow gezogen. Obwohl Ribnitz nur zwanzig Kilometer entfernt in unmittelbarer Nähe lag, würde aus Niklas niemals ein Fischländer werden. Niemand wurde das, der nicht hier geboren war oder besser noch mindestens in der vierten Generation hier lebte. Den meisten »Neuzugängen« machte das nichts aus, weil sie dennoch herzlich aufgenommen wurden. Aber es gab auch welche, die das Fischland wieder verließen – wie zum Beispiel der Bankmanager, der sich die riesige Villa direkt hinterm Deich hatte bauen lassen. Über dreihundert Quadratmeter Wohnfläche, entworfen von einem Star-Innenarchitekten. Im Souterrain gab es Sauna und Pool und einen klimatisierten Weinkeller. Das Haus prunkte mit mehreren Terrassen, einem großartigen Rohrdach und darin eingelassenen Fenstern, aus denen man den freien Blick auf die See genießen konnte, und um diesen Traum herum lag ein herrliches Grundstück. Aber der Manager war hier nicht glücklich geworden, er hatte Wustrow wieder den Rücken gekehrt.

Kassandra ging mit ihren Einkaufstüten den Deich entlang und sah auf das Anwesen hinunter, das nun als mittlerweile drittem Besitzer dem Bauunternehmer Harald Barthel gehörte, Niklas' Boss. Einen Augenblick lang blieb sie stehen und dachte darüber nach, dass Barthel mit Sicherheit schon erfahren hatte, was mit seinem Angestellten passiert war. Wusste er auch, wie es ihm inzwischen ging? Sie hatte nach dem Frühstück bei den Bodden-Kliniken in Ribnitz angerufen, wo es keinen Patienten namens Niklas Thiel gab. Danach hatte sie es in Lübeck bei der Intensiveinheit für Schwerbrandverletzte versucht, wo man ihr immerhin bestätigte, Niklas aufgenommen zu haben – mehr aber auch nicht. Sie waren ja nicht verwandt, nicht mal eng befreundet. Dabei fiel Kassandra ein, dass Niklas niemals wirklich enge Freunde erwähnt hatte, selbst dann nicht, als sie ihn gefragt hatte, was er abgesehen von der Ahnenforschung und dem Schießverein sonst noch so mache.

Er war anscheinend kein besonders umtriebiger Mensch, dafür hatte er erzählt, dass er stundenlang Jazzkonzerte hören konnte, ganz für sich allein. Kassandra wollte schon ihren Weg fortsetzen, da klingelte ihr Smartphone. Heinz' Name leuchtete auf dem Display auf.

»Kannst du dich an die Namen der beiden Polizisten erinnern, die letzte Nacht vor Ort waren?«, fragte er. »Die müssten vom Revier in Ribnitz gewesen sein.«

Kassandra überlegte. »Ich glaube, einer hat den anderen mit Jens angeredet.«

»Spillerig, groß und blond?«

»Kommt hin. Willst du bei den Exkollegen nachhaken, ob sie schon was Genaueres wissen?«

»Wäre einen Versuch wert. Jens Deichmüller fing allerdings

erst an, kurz bevor ich in Pension ging, der kennt mich nicht gut genug und wird mir wohl nichts sagen. Wie sah der andere aus?«

Kassandra beschrieb ihn aus der Erinnerung, sodass Heinz ihn am Ende als Polizeiobermeister Klemke identifizierte, was ihn aber auch nicht begeisterte. »Der kennt mich leider *zu* gut. Egal, ich beiß in den sauren Apfel und kann nur hoffen, dass er nicht nachtragend ist.«

»Nachtragend?«

»Vergiss es. Längere Geschichte.« Damit beendete Heinz das Gespräch.

Kassandra nahm die Tüten wieder auf und ging weiter zu Pauls Haus, das ebenfalls einen wundervollen Blick auf die See bot, allerdings ansonsten nicht mit Barthels Anwesen zu vergleichen war. Sie und Paul teilten sich das Wohnen auf, waren mal bei ihr und mal bei ihm. Heute Abend wollte Paul kochen, weswegen sie bei Haui Zander und im kleinen Lebensmittelmarkt schräg gegenüber Kräuter, Knoblauch und Zitrone gekauft hatte. Jonas, dessen Freundin Marlene, Bruno und Heinz kamen zum Essen – ein gemütliches Zusammensein nach der Schreckensnacht, obwohl sich Kassandra darüber im Klaren war, dass das Feuer diskutiert werden würde.

Paul speicherte gerade sein Manuskript ab, als Kassandra die Tür aufschloss. Als Schriftsteller feierte er mit seinen Romanen über die See und die Menschen, die an ihr und auf ihr lebten, große Erfolge. Diese Bücher, die er unter dem Pseudonym Alexander Hardenberg veröffentlichte, lagen ihm besonders am Herzen. Dennoch probierte er es diesmal mit einem anderen Genre und stand kurz vor dem Abgabetermin seines ersten Thrillers. Er war ein bisschen nervös – sowohl was die Reaktionen des Verlages als auch später die der Leser anging.

Er bemerkte, dass Kassandra etwas beschäftigte, während sie ihre Einkäufe auspackte, und interpretierte ihre Miene richtig. »Du teilst Heinz' Meinung über den Brand«, stellte er fest.

»Er hatte ein paar stimmige Argumente, was Niklas' Gewohnheiten angeht, und vielleicht kann er ja Näheres zur Brandursache erfahren.« Sie erzählte von Heinz' Vorhaben und sah Paul dabei zu, wie er begann, die Zitronen auszupressen. »Weißt du, was ich mich gefragt habe, als ich das eine Mal bei Niklas zu Hause war?«, wollte sie wissen.

»Wie er sich die Sanierung leisten konnte? Ich nehme an, er verdient nicht schlecht bei der BOB«, meinte Paul und hackte die Kräuter und den Knoblauch. »Hast du nicht gesagt, Niklas sei da Leiter des Controllings? Wichtiger Job, Zusammenarbeit mit der obersten Führungsebene – sprich: mit Barthel persönlich. Der wird ihn anständig bezahlen.«

»Bestimmt tut er das.«

Die BOB, eigentlich »Barthel Ostsee-Bau«, war eins der größten Bauunternehmen in der weiteren Umgebung. Die Firma hatte ihren Sitz in Ribnitz, konnte aber problemlos Konkurrenten in Stralsund, Rostock, Schwerin und sogar Berlin ausstechen und hatte schon Aufträge aus dem ganzen Bundesgebiet und dem Ausland erhalten. Harald Barthel selbst lebte seit anderthalb Jahren zurückgezogen in der Villa hinterm Deich und nahm nicht am Dorfgeschehen teil, dennoch glaubte niemand, dass er so bald wieder wegziehen würde.

»Nur – Niklas ist rausgerutscht, was er für das Grundstück bezahlt hat. Ich weiß außerdem, wie viel Geld ich in *mein* Haus gesteckt habe, daher kann ich mir ungefähr ausrechnen, was eine Kernsanierung seiner Ruine gekostet hat. Mehr als eine Ruine war das ja damals nicht, nach allem, was ich so gehört habe.«

»Du glaubst, so viel kann er bei Barthel nicht verdienen?« Paul legte den Zander in die Marinade und stellte die Schüssel in den Kühlschrank. Der Fisch würde eine Weile ziehen müssen. »Der Mann muss sehr viel Geld haben. Immerhin finanziert er quasi nebenbei auch noch zum Teil die Sonnenseite e.V., und da kriegt er nichts raus. Wenn es mal nicht so gut läuft mit den Spenden, zahlt er sogar drauf. Barthel hat zweifellos eine soziale Ader, also bezahlt er seine Mitarbeiter vielleicht auch überdurchschnittlich gut.«

Kassandra verzog amüsiert das Gesicht. »Wusste gar nicht, dass du eine so hohe Meinung von ihm hast. Klingt ja fast, als würdest du ihn bewundern.«

»Für das, was er tut, ja, jedenfalls soweit ich es beurteilen kann.

Persönlich weniger. Er war mir sogar ziemlich unsympathisch, als er zum ersten Termin mit den Gemeindevertretern kam.«

Harald Barthel bewarb sich um das Bauprojekt »Ehemalige Seefahrtschule«, das mal wieder aktuell war. Die Reste des Gebäudes – eine Ruine, wie es Niklas' Haus gewesen war, nur ungleich größer – standen seit der Schließung des Fischländer Teils der Ingenieurhochschule für Seefahrt Warnemünde/Wustrow im Jahr 1992 leer, und es hatte im Laufe der Jahrzehnte viele Nachnutzungspläne gegeben, die allesamt schon im Vorfeld gescheitert waren. Zuletzt vor zwei Jahren, eine Planungsphase, an der auch Heinz beteiligt gewesen war. Mittlerweile hatte man den Denkmalschutz des Gebäudes teilweise wieder aufgehoben, sodass nur noch der Turm unverändert stehen bleiben musste. Barthel sah in seiner Bewerbung vor, den ganzen Rest abzureißen und auf dem Gelände ein modernes Erholungsheim für Kinder aus sozial schwachen Familien zu errichten, das dann von Sonnenseite e.V. unterhalten werden würde.

Der gemeinnützige Verein, dessen Vorsitzender Barthel war, finanzierte sich ausschließlich aus Mitgliedsbeiträgen und Spenden und durfte keinen Gewinn erzielen. Deshalb gab es trotz dieser Vernetzung keinerlei Vorbehalte. Selbst die BOB würde keinen Gewinn machen. Das Konzept war so knapp kalkuliert, dass die Fördergelder, das Geld der Gemeinde sowie weitere Gelder der bereits von Barthel rekrutierten zwei Investoren die Unkosten der BOB gerade so eben abdeckten.

»Inwiefern denn unsympathisch?«, wollte Kassandra ob so viel Wohltätigkeit wissen.

Paul zuckte mit den Schultern. »Sehr geschäftsmäßig, kein einziges privates Wort, nicht mal übers Wetter. War natürlich sehr effizient, null Zeitverschwendung, aber der Mann kam mir kalt vor. Ich weiß nicht, ob ich mit so jemandem zusammenarbeiten könnte. Hat Niklas mal Näheres erzählt über Barthel und die Firma?«

»Nichts Besonderes. Ich schätze, dass Controlling weniger seine Berufung als sein Job ist.«

»Könnte ich nicht«, murmelte Paul und linste hinüber zu seinem Notebook, dessen Bildschirmschoner die Seebrücke in allen Variationen zeigte – sturmumtost, mit Eiszapfen behangen, von Gischt besprüht oder in sanftem Sonnenlicht. Zwischendrin hatte sich auch ein Foto hineingemogelt, auf dem Bruno mit seiner Angel am Brückenkopf stand. Es waren Kassandras Bilder, sie liebte das Fotografieren und hatte vor einigen Monaten eine erste Ausstellung in einer Ahrenshooper Galerie gehabt. Eine weitere war für das nächste Jahr geplant, in Zusammenarbeit mit Paul, der für ihre Bilder die Texte schreiben würde. Sein Blick zu seinem Laptop machte Kassandra deutlich, was er gemeint hatte: Schreiben war seine Leidenschaft. Er hatte das zwar erst spät für sich entdeckt, konnte sich aber nicht mehr vorstellen, seinen Lebensunterhalt mit etwas zu verdienen, das er nicht mit Leib und Seele tat.

»Geh ruhig noch an deinen Text«, meinte Kassandra, »sonst hast du doch keine Ruhe.«

Sie zog sich mit einem Buch in die Sofaecke zurück, bis es eine Stunde später dreimal kurz hintereinander an der Tür klingelte.

Während Paul den Fisch briet und Kassandra den schon vorbereiteten Salat auftischte, redeten alle, als hätten sie es verabredet, über vieles, nur nicht über das Feuer. Erst beim Essen fing Marlene, die heute von einer Konferenz zurückgekommen war und von der Aufregung daher genau wie Heinz nichts mitbekommen hatte, davon an.

»Ich weiß ja, dass die Freiwillige Feuerwehr wichtig ist und jemand das machen muss – und ich bin stolz auf dich. Aber ich wäre trotzdem gestorben vor Angst, wenn ich hier gewesen wäre«, sagte sie zu Jonas und schob sich ihre langen braunen Haare aus dem Gesicht. »Wie kannst du da reingehen und keine Angst haben?«

Jonas lächelte. »Wer sagt, dass ich die nicht habe? Nur denkst du in dem Moment, wo du tust, was zu tun ist, einfach nicht darüber nach. Oder was sagst du, Bruno?«

Bruno nickte. »Anders geht's nicht. Ich hab früher auch den einen oder anderen aus den Flammen geholt, aber gestern war es wohl besonders heikel.«

»Ja. Niklas Thiels Beine lagen unter einem schweren brennenden Fachwerkbalken. Den zu löschen und wegzuzerren war nicht ganz leicht. Ein kleinerer Schrägbalken hatte ihn außerdem am Kopf getroffen. Ob er davon oder schon vorher von der Rauchvergiftung ohnmächtig wurde, kann ich nicht sagen. Ich bin kein Arzt, aber ich schätze, an den Beinen hat er Verbrennungen zweiten und dritten Grades. Hinzu kommen sicher diverse Knochenbrüche, nicht nur an den Beinen übrigens, was ich merkwürdig fand. Auch sein linker Arm ist mit ziemlicher Sicherheit gebrochen.«

Einen Augenblick herrschte Schweigen angesichts dieser Schilderungen. Bis Heinz sich räusperte. »Ist Ihnen sonst noch was Merkwürdiges aufgefallen?«

Jonas' Brauen rutschten fast so augenblicklich in die Höhe, wie das sonst bei Heinz der Fall war. »Gibt es einen besonderen Grund, das zu fragen? Vermuten Sie ein Verbrechen?«

»Ich habe keinerlei konkreten Hinweis auf etwas anderes als einen Unfall, aber ich kann mir nicht helfen. Nennen Sie es Bauchgefühl. Ist Ihnen also was aufgefallen?«

Jonas starrte einen Moment lang nachdenklich auf seinen Zander, vermutlich jedoch sah er wieder das brennende Haus, den Balken und Niklas darunter. »Nein. Außer … aber das ist Blödsinn, das kann sonst welche Ursachen haben.« Sein Blick verlor sich in unbestimmter Ferne hinter Heinz' rechter Schulter.

»Was?«, hakte der nach.

»Als wir Niklas Thiel fanden, habe ich kurz nach oben gesehen, weil ich mich gefragt habe, wo der Balken herkam, unter dem er lag. Auf der Galerie stand ein sehr kleiner Teil der Bibliothek noch nicht in Flammen, und der sah unordentlich aus. Durchwühlt.«

»Vielleicht hat er dort vor dem Brand nach was gesucht?«, warf Bruno ein.

Jonas zuckte mit den Schultern. »Wie auch immer. Genauso wenig, wie ich Arzt bin, bin ich Spurensicherer bei der Polizei. Wenn was merkwürdig an dem Brand war, werden die das inzwischen rausgefunden haben.«

»Du wolltest doch diesen Obermeister Klemke fragen«, wandte sich Kassandra an Heinz. »Kannte der schon die Ermittlungsergebnisse vom Kriminaldauerdienst in Stralsund?«

»Besonders mitteilungsfreudig war Kollege Klemke nicht«,

erwiderte Heinz. »Jedenfalls war es kein technischer Defekt. Stattdessen deuten alle Spuren daraufhin, dass Niklas Thiel oben auf der Galerie vor den Bücherregalen auf einer Trittleiter eine Stufe übersah oder ohnmächtig wurde, über das Geländer fiel und beim Aufprall auf dem Boden brennende Kerzen umstieß. Und das war es dann.« Er sah zu Jonas. »Durch den Sturz hat er sich wahrscheinlich den Arm gebrochen, das zumindest ist also kein Rätsel. Alles in allem hatte Thiel verdammtes Glück, dass Frau Herrmann vorbeikam.«

Heinz richtete den Blick wieder auf Kassandra und Paul und ergänzte: »Mit der habe ich übrigens auch gesprochen, und wie es der Zufall so will, hat sie ausgerechnet gestern doch mit ihrer Gewohnheit gebrochen und zunächst einen anderen Weg genommen. Was bedeutet, dass sie nicht sehen konnte, was sich eine halbe Stunde früher vielleicht dort abgespielt hat. Behauptet sie jedenfalls.«

»Zweifelst du an ihren Worten?«, fragte Paul.

»Bin mir nicht ganz sicher«, sagte Heinz. »Ich wüsste zu gern, warum sie gerade gestern einen anderen Weg gegangen ist. Leider habe ich nicht mehr aus ihr rausgekriegt.«

»Die Polizei wird doch auf dem Grundstück und drum herum nach ungewöhnlichen Spuren gesucht haben«, meinte Paul.

Jonas schaute skeptisch. »Ich glaube nicht, dass da draußen nach unserer Löschaktion und den ganzen Reifenspuren unserer Fahrzeuge, ganz zu schweigen von den vielen Leuten, die da rumgetrampelt sind, noch viele verwertbare Spuren zu finden waren. Warum sollte die Polizei außerdem danach suchen, wenn sie von einem Unfall ausgeht, auf den es ja anscheinend genügend Hinweise gab?« Er sah Heinz an. »Wieso überzeugt Sie nicht, was die Kripo sagt? Wenn Thiel ohnmächtig wurde, kann das doch alles gut möglich sein.«

»Klemke sagte, im Krankenhaus hätte man so viel Alkohol in Thiels Blut gefunden, dass er vermutlich nicht mehr in der Lage war, gerade zu gehen. Und das«, er machte eine bedeutungsvolle Pause, »passt nun gar nicht zu dem Niklas Thiel, den ich kenne.«

Marlene, die generell ein ruhiger Mensch war, was im krassen Gegensatz zu dem schweren Motorrad zu stehen schien, das sie fuhr, schaltete sich erstmals wieder ins Gespräch ein. »Wie gut kennen Sie Niklas Thiel denn?«

»Gut genug, um zu wissen, dass er kein Trinker ist«, sagte Heinz scharf, woraufhin Marlene leicht zusammenzuckte. In gemäßigtem Ton erklärte er: »Niklas Thiel hat niemals auch nur einen Schluck Alkohol getrunken, nicht mal ein alkoholfreies Bier, wenn wir ein Vereinstreffen hatten. Kassandra? Wie hast du ihn erlebt?«

»Genauso«, stimmte sie zu. »Er hat im ›Swantewit‹ Wasser und zu Hause Vita-Cola getrunken. Ich habe sogar einen Blick in seinen Kühlschrank werfen können, weil er mich bat, mich selbst zu bedienen, es stand nichts Alkoholisches drin.«

»Heißt aber nicht, dass er wirklich nie was trank«, wandte Jonas ein. »Es soll ja Quartalssäufer geben, die sich lange Zeit im Griff haben und dann plötzlich kein Halten mehr kennen.«

»Nicht Niklas«, sagte Kassandra. »Er hat mir von seinem Vater erzählt – der ist trockener Alkoholiker. Vor Jahrzehnten muss das eine Zeit lang schlimm gewesen sein, ihr hättet Niklas' Gesicht sehen sollen, als er davon geredet hat.«

»Das sollte die Polizei wissen«, meinte Paul. »Heinz?«

»Ich habe Klemke schon gesagt, für wie unwahrscheinlich ich das halte. Hat ihn wenig beeindruckt, aber Kassandras Informationen könnten ihn vielleicht dazu bewegen, das an die Stralsunder Kollegen weiterzugeben. Ich kümmer mich.«

Zwei Stunden später machten Kassandra und Paul klar Schiff in der Küche. Kassandra bedauerte, dass Pauls köstlicher Zander und die Rosmarinkartoffeln in der Diskussion über den Brand etwas untergegangen waren, aber immerhin war der Rest des Abends weitgehend anderen Themen gewidmet gewesen. Paul schmunzelte über ihre Bemerkung.

»Lass mal, meine Kochkünste sind genug gewürdigt worden. Außerdem ist mir was eingefallen, als Heinz Frau Herrmann erwähnte. Wir sollten sie mal besuchen – vielleicht ist sie mir gegenüber etwas aufgeschlossener.«

Kassandra, die gerade die gusseiserne Pfanne im Schrank verstauen wollte, hielt mitten in der Bewegung inne. »Müsste ich da was wissen?«, fragte sie grienend. Frau Herrmann war siebzig, hatte fünf Enkelkinder und den Garten voller Zwerge. Nicht unbedingt Pauls Typ, auch wenn die Zwerge immerhin Schiffermützen trugen.

»Nur dass ich ihr neulich die Hörbuchversion von ›Eismeer‹ versprochen habe. Sie kann nicht mehr so gut lesen.«

»Und das willst du ausnutzen? Du solltest dich schämen, Herr Hardenberg.«

»Vermutlich.« Paul seufzte. »Allerdings hab ich in meinem Leben schon ganz andere Dinge getan, deretwegen ich in der Hölle schmoren werde. Eine kleine Nettigkeit als Gesprächsanreiz fällt da nicht allzu sehr ins Gewicht.« Er zwinkerte ihr zu, nahm ihr die Pfanne aus der Hand, die er achtlos auf den Schrank stellte, und küsste sie auf eine Weise, die ein Feuer ganz anderer Art in Kassandra entfachte.

3

»Wie bitte?« Über den blitzblank aufgeräumten Schreibtisch seines Vorgesetzten hinweg starrte Oberkommissar Kay Dietrich den Leiter der Kriminalpolizeiinspektion Anklam an. »Sie ziehen mich von dem Fall ab? Weshalb?«

Wolfgang Geldorf, frisch ernannter Polizeioberrat, schüttelte den Kopf und schob überflüssigerweise den Locher von rechts nach links. »Ich habe Ihnen nur sehr dringend geraten, Urlaub zu nehmen. Die Gründe muss ich Ihnen wohl nicht näher erläutern, Herr Dietrich.«

»Was soll die Haarspalterei? Das Ergebnis ist dasselbe: Ich bin raus.« Dietrich hörte selbst, wie verbittert seine Stimme klang, und ärgerte sich darüber. Er legte keinen Wert darauf, dass andere mitbekamen, wie es in ihm aussah.

Geldorf schürzte die Lippen. »Allerdings. Ich will Sie hier für mindestens zwei Wochen nicht sehen. Sie werden sich nicht – ich wiederhole: nicht, und um es noch mal sehr deutlich zu sagen: absolut nicht! – weiter in die Ermittlungen einmischen. Die Kollegen werden angehalten, Ihnen keine Auskunft zu geben, und wer Ihnen trotzdem Informationen zuspielt, geht ebenfalls in Urlaub.«

»Wie war das mit dem Personalmangel?«, murmelte Dietrich leise, aber unüberhörbar.

Geldorf tat, als hätte er ihn nicht verstanden. »Steigen Sie ins nächste Flugzeug und machen Sie sich unter südlicher Sonne eine schöne Zeit.«

Am Strand zu liegen war nicht Dietrichs Vorstellung von einer schönen Zeit. Er brauchte seine Arbeit, die darin bestand, selbst größten Widerständen zum Trotz am Ende die richtigen Leute dranzukriegen. Dafür hatte er schon manche Rüge riskiert und auch erhalten, und natürlich hatte er gewusst, dass es Ärger geben würde, wenn er Bauamtsleiter Hacke auf die Füße trat. Unwillkürlich grinste Dietrich bei seiner gedanklichen Wortwahl.

»Was finden Sie so komisch?«, fragte Geldorf irritiert.

Geldorf hatte recht, es gab nichts Witziges an der Angelegenheit. Nach Dietrichs Überzeugung war Hacke tief in den Mord an seiner Schwägerin verstrickt. Das sah dessen oberste Vorgesetzte und gute Freundin, die Oberbürgermeisterin von Stralsund, aber ganz anders und hielt ihre schützende und weitreichende Hand über Hacke. Tatsächlich fehlten Dietrich momentan noch eindeutige Beweise, aber er wusste schon so einiges über das Umfeld des Bauamtsleiters und würde sie früher oder später finden.

»Hören Sie, Herr Geldorf«, setzte er neu an, »es ist nur eine Frage der Zeit, bis ...«

»Nein.« Geldorf schnitt ihm das Wort ab. »Sie beantragen Urlaub, oder Sie können sich mit dem Gedanken anfreunden, demnächst in ein Kaff am Rande von Nirgendwo versetzt zu werden. Es wird mir schon ein Grund einfallen, die Auswahl Ihrer Eigenmächtigkeiten ist schließlich groß genug.« Er griff hinter sich nach einer Akte, schlug sie auf und begann zu lesen, ohne Dietrich weiter zu beachten.

Der erhob sich so abrupt, dass beinah der Stuhl umgekippt wäre. Ein Schmerz durchzuckte sein linkes Bein, in dem sich seit einem schweren Autounfall vor über zwei Jahren jede Menge Schrauben tummelten. Die Beschwerden hatten im Laufe der letzten Monate glücklicherweise nachgelassen, sodass er nur noch hin und wieder Schmerzmittel benötigte, aber wenn sich das Bein bemerkbar machte, dann gleich richtig. Er biss die Zähne zusammen und humpelte wortlos aus Geldorfs Büro.

In seinem eigenen Büro, das er mit Tobias Harms und einem weiteren Kollegen teilte, suchte er im Intranet nach den Urlaubsantragsformularen. Als er sie endlich fand und gleichzeitig eine Aufstellung seines ihm noch zustehenden Urlaubs, wurde ihm bewusst, dass er vor Odems Zeiten das letzte Mal welchen genommen hatte. Seit seiner Scheidung, die so lange zurücklag, dass er sich kaum noch an das Gesicht seiner Exfrau erinnerte – jedenfalls, wenn er sich bemühte –, gab es niemanden, mit dem er einen Urlaub hätte verbringen wollen.

»Was machst du denn hier? Wolltest du nicht die Mitarbeiterin von diesem Hacke ausquetschen? Ich dachte, du wärst längst weg«, sagte Tobias, der eben mit einem Kaffeebecher in der Hand ins Zimmer kam.

»Das musst du wohl übernehmen. Ich geh in Urlaub.« Dietrich legte das ausgefüllte Formular in eine Umlaufmappe, schrieb »Personalabteilung« darauf und schob sie Tobias hin. »Leitest du das bitte für mich weiter?« Damit stand er auf, zog sein Jackett aus und nahm das Holster mit der Dienstwaffe ab, die er abgeben würde, bevor er das Gebäude verließ. Er wandte Tobias dabei den Rücken zu und wartete, dass sein Kollege etwas sagen würde, aber der schwieg. Als er sich umdrehte, bemerkte er, dass Tobias in eine Mail vertieft gewesen war und erst jetzt wieder aufsah.

»Mann, Kay, diese Rundmail hier von Geldorf ... Ehrlich, ich glaube nicht, dass ich Hackes Assistentin auf den Zahn fühlen werde. Ich häng an meinem Job.«

»Schon klar. Ich auch.« Dietrich nahm es sich selbst übel, dass er sich abschieben ließ, aber Geldorf hatte sehr deutlich gemacht, wie ernst es ihm diesmal war. Zumindest nach außen hin musste er so tun, als würde er nachgeben. Erst mal. Hacke lief nicht weg, vor allem dann nicht, wenn er sich wieder sicher fühlte. Also würde Dietrich Geldorfs Rat folgen: irgendwo hinfahren, wo es schön war.

4

»Findest du nicht, dass der aussieht wie Bruno?«, fragte Kassandra und deutete auf den Gartenzwerg mit der Angel in Hildegard Herrmanns Vorgarten. Dahinter erhob sich ein weißes Haus mit weit überhängendem Rohrdach und grün-roten Fensterläden. Die Neue Straße stand voller solcher alter Kostbarkeiten. Da gab es weiter vorn ein Hochdielenhaus mit der ältesten, um das Jahr 1880 kunstvoll getischlerten Fischländer Haustür. Weiter hinten stand das Fischlandhaus aus Fachwerk, mit rot verputztem Gemäuer und blau gerahmten Fenstern. Es beherbergte die Bibliothek, außerdem fanden dort regelmäßig Kunstausstellungen statt. Die meisten Häuser waren mit Rohr gedeckt – hätte es in der Neuen Straße gebrannt statt bei Niklas Thiel in der Hafenstraße, wäre es vielleicht weniger glimpflich abgelaufen.

»Bruno würde dich für diese Bemerkung lynchen«, meinte Paul und schob das niedrige Tor auf. »Kannst du ihn dir mit Zwergen im Garten vorstellen?«

Kassandra lachte. »Nein, aber bei Angeln muss ich nun mal zuerst an ihn denken. Niemand steht so ausdauernd auf der Seebrücke wie er.«

Paul drückte auf die Klingel neben der dunkelbraunen Tür, in der Hand ein kleines Päckchen mit dem Hörbuch des dritten Teils seiner Eis-Trilogie und einer Tafel Nuss-Nougat-Schokolade. Von drinnen ließ sich ein kurzes, aber prägnantes Bellen vernehmen, bevor Hildegard Herrmanns Gesicht hinter dem rautenförmigen Fenster in der Tür erschien und sie gleich darauf öffnete.

»Herr Freese«, sagte sie etwas verwundert, während ein junger Cockerspaniel um ihre Beine herumwuselte und noch einmal bellte. »Ruhig, Moritz«, ermahnte sie ihn und fügte an Paul gerichtet ein klein wenig zögernd hinzu: »Das ist aber nett, dass Sie mich besuchen. Kommen Sie doch rein.«

Kassandra hatte einmal blinzeln müssen, um die ältere Dame zu erkennen. Auch wenn sie ihr bisher nicht allzu häufig begegnet war, hatte sie doch das Bild einer Frau vor sich gehabt, die praktische Kleidung und eine ebenso praktische Frisur trug. Heute Vormittag hatte Hildegard Herrmann ein hübsches Kostüm angezogen und war vor offensichtlich noch nicht allzu langer Zeit beim Friseur gewesen.

»Wir wollen Sie gar nicht lange aufhalten, aber ich hatte Ihnen doch das Hörbuch versprochen und schon ein schlechtes Gewissen, weil ich nicht eher damit vorbeigekommen bin.« Paul hielt ihr das Päckchen hin.

»Wie aufmerksam von Ihnen.« Hildegard Herrmann bat sie ins Wohnzimmer, Kassandra hatte allerdings das Gefühl, dass ihr nicht ganz wohl dabei war. »Setzen Sie sich, ich habe gerade Kaffee aufgesetzt und bringe Ihnen gern eine Tasse.«

Als sie in dem niedrigen, gemütlich eingerichteten Zimmer mit Blick auf einen traumhaften Garten voller Sonnenblumen saßen und Moritz sich auf dem Sofa neben Frau Herrmann zusammengekringelt hatte, fing Paul ein Gespräch über das Wetter an, unterbrach sich aber mitten im zweiten Satz. »Das geht so nicht«, sagte er. »Wir sind nicht wegen des Wetters hier und auch nicht wegen des Hörbuchs, sondern wegen des Feuers. Tut mir leid, dass ich das nicht gleich gesagt habe. Obwohl ich wirklich vorhatte, Ihnen das Hörbuch zu bringen.«

Hildegard Herrmanns Gesichtsausdruck schwankte zwischen Ärger und Belustigung. Letzteres gewann die Oberhand. Paul war überaus beliebt auf dem Fischland, nicht nur wegen seiner Romane. Er hatte so was an sich, das die meisten Menschen für ihn einnahm, weil er auf sie zuging und sich ehrlich für sie interessierte.

»Nur nicht ausgerechnet heute, meinen Sie«, sagte sie lächelnd. Sie wandte sich an Kassandra. »Hat Heinz Jung Sie geschickt? Er hat gestern mit mir gesprochen, und ich hatte den Eindruck, er glaubt mir nicht, was ich sage.« Das klang wieder etwas verärgert.

»Niemand hat uns geschickt«, sagte Kassandra. »Wir hatten allerdings gehofft, Ihnen würde doch noch etwas einfallen, was Sie gesehen haben. Eine Kleinigkeit nur, ein winziges Detail.«

Ein, zwei Sekunden lang blieb es still, bis Hildegard Herrmann sich rührte. Ihr Kostüm raschelte, als sie nach einem Keks griff und ihn in den Kaffee tunkte. »Heißt das, Sie denken, da ging etwas nicht mit rechten Dingen zu?«

»Ich weiß es nicht«, sagte Kassandra aufrichtig. »Aber es beschäftigt mich, weil ich Niklas kenne. Und das, was die Polizei sagt – dass es passiert ist, weil er betrunken war –, passt nicht zu ihm.«

Hildegard Herrmann schwieg, also sagte Paul: »Wir würden gern versuchen, Niklas' Abend zu rekonstruieren. Ob er Besuch hatte oder was er sonst gemacht hat.«

Endlich schaute Hildegard Herrmann auf. Die untere Hälfte des Kekses war aufgeweicht, ein Stückchen fiel herunter, als sie den Keks aus der Tasse hob, doch sie achtete nicht darauf. »Ich habe leider wirklich nichts weiter gesehen als die Flammen, als Moritz und ich auf unserem Heimweg dort vorbeikamen.«

»Aber vielleicht vorher?«, fragte Paul.

»Ich bin vorher gar nicht da gewesen«, widersprach Hildegard Herrmann eine Spur zu laut und wiederholte exakt das, was sie Heinz erzählt hatte.

»Das ist schade«, sagte Paul leise. »Dann bleibt mir nur, mich noch mal zu entschuldigen und Ihnen viel Spaß mit dem Hörbuch zu wünschen.« Er erhob sich und reichte ihr die Hand. »Erlauben Sie mir noch zu sagen, dass Ihnen die neue Frisur ausgezeichnet steht. Das findet Walter Grahlert bestimmt auch.«

Hildegard Herrmann hatte schon die Hand ausgestreckt, jetzt ließ sie sie wieder sinken und wurde blass. »Woher …?«

Paul lächelte. »Neulich hinten am Boddenwanderweg – die kleine blaue Bank. Sie haben mich gar nicht gesehen, weil Sie so vertieft ineinander waren. Darf ich fragen, warum Sie das geheim halten wollen? Wer sollte sich an Ihrem Glück stören?«

»Walters Kinder«, sagte Hildegard Herrmann seufzend. »Die denken, wenn er sich eine Freundin anlacht, werden sie um ihr Erbe gebracht. Walter will keinen Ärger.« Sie seufzte erneut, setzte sich wieder und deutete auf das Sofa, damit auch Paul und Kassandra wieder Platz nahmen. »Wenn Sie das nun schon mal wissen, kann ich Ihnen auch sagen, was ich gesehen habe. Obwohl ich nicht glaube, dass es überhaupt was zu bedeuten hat.«

Kassandra kannte weder Walter Grahlert noch dessen Kinder, auch wenn sie die am liebsten persönlich in den Bodden geschmissen hätte, weil ihnen ihr Erbe wichtiger war als das Glück ihres Vaters. Sie beugte sich gespannt vor.

»Manchmal macht eine scheinbare Nebensächlichkeit einen großen Unterschied, Frau Herrmann«, sagte Paul.

»Tja«, machte sie nicht restlos überzeugt und wandte sich an Kassandra. »Walter wohnt in der ehemaligen Fischräucherei den Barnstorfer Weg hinauf, und da kam ich natürlich an Herrn Thiels Haus vorbei«, erklärte sie. »Das war aber schon um halb neun, also viel zu früh, um mit dem Brand etwas zu tun zu haben. Jedenfalls war da jemand auf dem Vorplatz und schaute an der Fassade des Hauses hoch, und an der Straße stand ein Auto, das da nicht hingehörte.«

»Haben Sie eine Ahnung, wer das war? Und was für ein Auto das gewesen ist?«, erkundigte sich Kassandra.

Hildegard Herrmann verneinte. »Ich konnte ja nicht wissen, dass das wichtig werden würde, also habe ich nur flüchtig hingesehen. Ich weiß nicht mal, ob es ein Mann oder eine Frau war, heutzutage laufen ja alle in diesen Kapuzenjacken rum. Im Haus war es dunkel, zumindest auf den einsehbaren Seiten. Der Wagen war hell, vielleicht silbern, die Marke habe ich nicht erkannt, allerdings gesehen, dass das Auto ein Rostocker Kennzeichen hatte.«

»Das ist doch schon was. Sie sollten das der Polizei mitteilen«, sagte Paul.

»Habe ich getan, nachdem die sagten, ich solle alles erzählen, was mir an dem Abend aufgefallen ist. Ich wollte es nur Herrn Jung nicht aufs Brot schmieren. Der beobachtet sowieso immer alles so gut, ich wollte nicht, dass er mehr über mich weiß als nötig.« Sie errötete etwas. »Ich nehme an, jetzt wird er es doch erfahren?«

Paul grinste. »Der versteht das sicher. Heinz ist gar nicht so bärbeißig, wie er immer tut, und außerdem sehr verschwiegen.« Zumindest Letzteres konnte er, wie Kassandra bewusst war, jederzeit beschwören. »Was sagte denn die Polizei zu Ihren Beobachtungen?«

»Nichts weiter, die haben sich das einfach nur notiert. Wahrscheinlich fanden sie es unwichtig, weil der Wagen ja schon anderthalb Stunden später gar nicht mehr da stand.«

»Woher wissen Sie das?«, fragte Kassandra verblüfft.

»Am Morgen nach dem Brand fiel mir das Auto wieder ein, und ich habe Walter danach gefragt. Er ist nämlich zwischendurch noch mal mit Moritz raus, der ungewöhnlich unruhig war an dem Abend. Walter sagte, der Wagen wäre weg gewesen.«

»Hat er zufällig bemerkt, ob bei Niklas Licht brannte?«, fragte Kassandra.

Bedauernd schüttelte Hildegard Herrmann den Kopf. »Das wollte ich auch wissen, aber er hat nicht darauf geachtet.«

Nachdem sie sich verabschiedet hatten, gingen Paul und Kassandra langsam die Neue Straße in Richtung Hafen hinunter, um sich die heruntergebrannten Mauern von Niklas' Haus bei Tageslicht anzusehen.

»Ob die Person und der Wagen aus Rostock wirklich weg waren? Oder hat das Auto nur woanders gestanden?«, überlegte Kassandra laut.

»Schwer zu sagen. Sollte der Wagen später hinter dem Haus geparkt gewesen sein, werden Feuer und Löscharbeiten sämtliche Spuren davon vernichtet haben, wie Jonas schon sagte«, mutmaßte Paul. »Oder die Polizei weiß längst, wem das Auto gehört, und es hat sich als bedeutungslos herausgestellt. Hat Niklas mal Freunde aus Rostock erwähnt?«

»Nein.« Kassandra nahm nun mit jedem Schritt, den sie sich dem Grundstück näherten, mehr von dem Brandgeruch wahr, der hier noch immer in der Luft hing.

Kurz darauf lag eine schwarz verkohlte Ruine vor ihnen, die nichts mehr mit dem Haus gemein hatte, das Niklas so liebevoll hatte sanieren lassen. Vom Dachstuhl waren nur noch einzelne Balken übrig, die aussahen, als würde hier demnächst ein makaberes Richtfest stattfinden. Die ehemals rot verputzten Gefache waren zum großen Teil ebenso schwarz, wie das Fachwerk es schon immer gewesen war. Zerborstene Fensterscheiben lagen im ebenfalls verbrannten Garten, und Bäume und Sträucher waren so tot wie der Zander, der gestern Abend auf ihren Tellern gelegen hatte. Der Brand war furchteinflößend gewesen und heiß und laut. Jetzt herrschte eine unheimliche Stille, nicht einmal ein Vogelzwitschern war zu hören.

Kassandra und Paul standen entsetzt und in den Anblick versunken vor dem Grundstück, sodass die Stimme hinter ihnen sie zusammenschrecken ließ.

»Das muss ja ein Höllenfeuer gewesen sein.«

Kassandra fuhr herum und starrte den Mann an, den sie noch nie anders als im dunklen Anzug gekleidet gesehen hatte – passend zu seinen fast schwarzen Haaren. Jetzt stand er in Jeans, einem weißen Hemd und einem hellen Sommerjackett überm Arm vor ihnen.

»Was machen Sie denn hier?«, fragte sie verwundert. »Ich hätte nicht gedacht, dass die KPI Anklam zuständig ist. Oder …« Ein kalter Schauer durchfuhr sie. »Ist Niklas gestorben? Ermittelt jetzt die Mordkommission, weil der Polizei endlich aufgegangen ist, dass hier was nicht stimmt?«

Kay Dietrichs Blick huschte von Kassandra zu Paul, zu der Brandruine und wieder zurück. Bevor er etwas sagen konnte, schaltete Paul sich ein.

»Tag, Herr Dietrich. Sie müssen entschuldigen, das hier ist ziemlich heftig gewesen, und Niklas Thiel ist …« , er zögerte kurz und schaute Dietrich fragend an. »War? Ein Bekannter von Kassandra.«

Dietrich nickte verstehend. »Das tut mir leid. Aber ich kann Ihnen leider keine Ihrer Fragen beantworten. Ich bin zurzeit … nicht im Dienst und ganz privat hier.«

Paul musterte Dietrich prüfend, ohne etwas zu sagen. Kassandra hatte weniger Hemmungen. »Haben Sie Ärger?«, fragte sie unverblümt.

Dietrich lächelte schief. »Meine Methoden kommen manchmal nicht sonderlich gut an. War zu erwarten, dass ich früher oder später mehr kassiere als nur eine unliebsame Auseinandersetzung.«

Kassandra erschrak. »So schlimm? Sind Sie suspendiert worden?« Sie spürte, dass Paul sich neben ihr etwas versteifte, er wäre nicht so mit der Tür ins Haus gefallen.

Dietrich schien ihre Offenheit eher zu amüsieren, wenn er auch die Sache an sich bestimmt weniger amüsant fand.

»Das dann doch nicht. Nur zu einem Erholungsurlaub verdonnert.« Er richtete den Blick wieder auf Niklas' Haus. »Was glauben Sie, was an diesem Brand nicht stimmt?«

Paul lachte leise auf. »Wenn Sie sich weiteren Zorn Ihres Vorgesetzten ersparen wollen, sollten Sie Kassandras Andeutung vergessen. Die Polizei ist der Überzeugung, dass Niklas Thiel im Suff stürzte, wodurch er Kerzen umriss und so das Unglück verursachte.«

»Ah.« Erneut ließ Dietrich seinen Blick über die Reste der Fassade gleiten. »Und was …« Er wurde von einem Dudeln unterbrochen, das aus Kassandras Tasche kam.

Sie warf einen kurzen Blick aufs Display ihres Smartphones, sagte: »Entschuldigt mich kurz«, und ging ein paar Schritte zur Seite. »Heinz, was hast du erreicht?«, fragte sie, während sie beobachtete, wie Paul Dietrich den Stand ihrer Überlegungen erläuterte.

»Nichts. Klemke hat bloß gelacht, als ich mit deiner Information kam, dass Niklas' Vater Alkoholiker ist und er deshalb selbst weder trinkt noch Alkohol im Haus hat. Klemke war daraufhin so großzügig, mir mitzuteilen, was die Stralsunder Kollegen im Keller gefunden haben. Der war nach dem Brand nämlich noch einigermaßen in Schuss.«

Kassandra wurde flau im Magen, sie ahnte, was kam. »Sprit?«

»Allerdings. Und nicht nur eine Kiste Bier.«

»Dann ist es wohl kein Wunder, dass die den Brand als tragisches Unglück rekonstruiert haben«, sagte Kassandra resigniert, nur um gleich darauf etwas optimistischer fortzufahren: »Aber das muss trotzdem nichts heißen.« Sie berichtete von ihrer Unterhaltung mit Hildegard Herrmann.

»Du glaubst, dass der oder die Unbekannte das Zeug in Niklas' Keller deponiert, ihn betrunken gemacht und dann das Feuer gelegt hat?«, fragte Heinz.

Kassandra hatte etwas Ähnliches vorgeschwebt, doch als Heinz es in Worte fasste, hörte sie, wie unwahrscheinlich das klang. »Bisschen weit hergeholt«, gab sie zu.

»Ja. Niemand sieht einen Grund für weitere Ermittlungen, und allmählich verstehe ich, warum.«

»Aber wir können doch jetzt nicht einfach aufgeben.« Etwas in Kassandra sträubte sich vehement dagegen.

Am anderen Ende sagte Heinz zögernd: »Egal, wie Niklas Thiels Keller und sein Blut aussahen, ich kann ihn mir nach wie vor nicht dermaßen betrunken vorstellen.«

»Dann machen wir weiter. Kann übrigens sein, dass wir unverhofft Unterstützung kriegen.« Sie blickte zur Seite. Paul und Dietrich diskutierten immer noch, und es sah nicht so aus, als ginge es ums Wetter. »Kay Dietrich ist hier. Rein privat, aber ich glaube, er hat angebissen.«

Sofort meldete sich Kassandras schlechtes Gewissen, weil das Letzte, was sie wollte, war, dass Dietrich ihretwegen noch mehr Ärger bekam. Andererseits wusste sie, wie stur er sein konnte. Wenn er sich einmischen wollte, würde er das tun.

»Dietrich? Was hat er angestellt?«

»Wie kommst du darauf, dass er was angestellt hat?«

Heinz lachte. »Der Mann lebt für seine Arbeit. Wenn er nicht dienstlich auf dem Fischland ist, fürchte ich, er pausiert zwangsweise. Beste Grüße jedenfalls.«

Kassandra verabschiedete sich von Heinz und trat wieder zu den beiden Männern. »Viele Grüße von Heinz Jung«, sagte sie.

Dietrich lächelte. »Danke. Hab schon gehört, dass er diesen Fall, der angeblich keiner ist, genauso sieht wie Sie.« Er wandte sich an Paul. »Ich denke, ein zweiter Blick auf die Sache lohnt sich. Wenn Sie Zeit haben, würde ich gern ausführlicher mit Ihnen beiden darüber reden.«

Kassandra sah Paul an, dass er das Für und Wider abwägte. Sein Abgabetermin drängte, er hatte eigentlich keine Zeit und die Pause heute nur eingelegt, um mit Hildegard Herrmann zu sprechen. Er kam schnell zu einem Entschluss. »Sicher. Gehen wir rüber ins ›Kapitänshaus‹, da können wir uns setzen und was Kühles trinken.«

Zu dritt betraten sie den Hafen. Im grün schimmernden Wasser spiegelte sich die Sonne, der Geruch von frisch geräuchertem Fisch wehte sie an, und vor ihnen lag die »Tante Mine«, Jonas'

Zeesboot, bereit zum Rausfahren. Er half gerade einer Urlauberin an Bord, die äußerst vorsichtig einen Fuß vor den anderen setzte, und schaute kurz hoch. Ungläubig hob er die Brauen, als er Dietrich erkannte. Der grüßte, indem er die Hand hob.

Automatisch grüßte Jonas zurück, doch Kassandra konnte die unzähligen Fragen hinter seiner Stirn deutlich an seinem Gesichtsausdruck ablesen. Später, formte sie mit den Lippen zur Antwort, und Jonas nickte. Er konnte nicht einfach seine Reisegruppe im Stich lassen, so gern er es bestimmt auch getan hätte.

Auf der Terrasse des »Kapitänshauses« bekamen sie gerade noch einen Tisch im Schatten. Um die Mittagszeit herrschte immer viel Betrieb. Die unterschiedlichsten Fischgerichte auf der Speisekarte lockten eine Menge Leute an, außerdem lag gleich gegenüber der Anleger für die größeren Fahrgastschiffe, die Boddenrundfahrten anboten, und viele gönnten sich vor der Abfahrt noch etwas zu essen oder zu trinken.

Kassandra achtete darauf, dass Dietrich einen Platz bekam, von dem aus er den herrlichen Blick über die vertäuten Segelboote auf dieser und der anderen Seite des Hafens Richtung Barnstorf genießen konnte, wo hinter den Bäumen immer wieder Teile der Gehöfte hervorlinsten. Es sah sehr lauschig aus, fand aber nicht Dietrichs Aufmerksamkeit, der sich, nachdem sie ihre Bestellungen aufgegeben hatten, die ganze Geschichte noch einmal in allen Einzelheiten erläutern ließ. Zum Schluss fügte Kassandra hinzu, was sie eben von Heinz erfahren hatte.

Dietrich nahm einen Schluck von seinem Mineralwasser und wischte gedankenverloren mit dem Zeigefinger die Kondenstropfen vom Glas. »Wir müssen als Erstes ein stichhaltiges Motiv für eine Brandstiftung finden«, stellte er fest.

»Wir?«, vergewisserte sich Kassandra. »Sie wollen sich wirklich reinhängen?«

Dietrich nickte. »Ich will meinen eigenen Fall pro forma eine kleine Weile ruhen lassen und bin daher momentan nicht gerade überarbeitet. Niklas Thiel ist weitaus interessanter als Däumchen drehen – außerdem vertraue ich Ihrem Instinkt, das wissen Sie.«

»Dann willkommen an Bord«, sagte Paul. »Nur …«

»Ich soll vorsichtig sein?«, formulierte Dietrich Pauls Bedenken. »Keine Sorge. Es sind nicht die Kollegen in Stralsund, mit denen ich Probleme habe. Ich werde also mal sehen, was genau die haben. Vielleicht bringt das etwas mehr als das Stille-Post-Spiel über diesen Klemke.«

Kassandra nickte erfreut.

»Zurück zum Motiv. Sie und Heinz Jung vermuten, es könnte was mit Thiels Familiengeschichte zu tun haben? Wissen Sie schon mehr darüber?«

»Nein. Wir haben bisher noch gar keinen richtigen Plan gefasst«, gestand Kassandra. »Vielleicht liegen wir ja auch falsch, aber Niklas hatte offenbar außer im Verein wenige private Kontakte, also könnte es durchaus sein, dass er bei seiner Ahnenforschung über ein Familiengeheimnis gestolpert ist, was jemandem nicht gepasst hat. In dem Fall kann es nicht schaden, möglichst viel über ihn und seine Familie in Erfahrung zu bringen. Niklas hat mir die Internetseiten gezeigt, mit denen er seine Ahnenforschung betreibt, und vor allem auch die Website, auf der er alle Daten dazu abspeichert. Da werde ich mich umsehen.«

»Du wirst sein Passwort brauchen«, wandte Paul ein. »Das hat er dir doch kaum gegeben.«

»Ich weiß, wie viele Zeichen es hat, und ich kann ein paar Sachen ausprobieren. Lass mich mal machen.«

»Gut«, sagte Dietrich. »Das wäre eine Option. Möglicherweise ist das Motiv aber auch nicht privater, sondern geschäftlicher Natur. Was macht Thiel beruflich?«

Nachdem Kassandra Dietrich über Niklas' Arbeit für Harald Barthel und die BOB aufgeklärt hatte, schwieg er so lange, dass sie dachte, er wäre mit den Gedanken längst woanders. Sie wollte ihn schon ansprechen, doch Paul, der geduldiger war, hielt sie wortlos zurück.

»Wir müssen wissen, welche Bauvorhaben die BOB derzeit plant, ob sie damit in Konkurrenz zu anderen Firmen steht und welche das sind«, sagte Dietrich endlich.

»Jemand wollte Niklas aus dem Weg räumen, weil sein Chef in Konkurrenz mit einer anderen Firma steht?«, fragte Kassandra zweifelnd.

»Bei manchen Bauvorhaben geht es um mehrstellige Millionenbeträge«, meinte Dietrich. »In den Fall, an dem ich eigentlich gerade sitzen sollte, ist ein Mann vom Bauamt verwickelt. Ich hab mich da eingelesen und weiß in etwa, wovon ich rede.«

»Aber warum hat man dann nicht gleich Barthels Villa angesteckt?«, wandte Paul ein. »Niklas Thiel mag ja ein enger Mitarbeiter sein, aber wirkungsvoller wäre es doch, die Warnung direkt an den Richtigen zu schicken.«

»War Barthel an dem Abend zu Hause?«, fragte Dietrich.

Kassandra zuckte mit den Schultern, aber Paul sagte: »Es brannte Licht, als ich um neun vorbeiging.«

»Brannte auch Licht, als Frau Herrmann etwa eine halbe Stunde früher bei Niklas Thiel vorbeiging?«, hakte Dietrich nach.

Kassandra verstand diese Fragen nicht ganz, ließ aber ihr Gespräch von vorhin Revue passieren. »Frau Herrmann hat keines gesehen, obwohl das nichts heißen muss, wenn Niklas in einem der hinteren Räume saß. Worauf wollen Sie hinaus?«

»Meine Überlegung ist, dass sich jemand einen passenden Zeitpunkt zunutze machen, aber nicht töten wollte. Sie haben doch erwähnt, dass Thiel eigentlich nicht hier, sondern in Rostock hätte sein sollen. Wer wusste davon und könnte zugleich ein Interesse daran gehabt haben, Barthel einen gehörigen Schreck einzujagen, indem er das Haus eines Mitarbeiters anzündet? Wohlgemerkt ›nur‹ das Haus, mehr sollte vielleicht gar nicht geschehen.«

»Hätte sich derjenige dann nicht vergewissert, dass das Haus leer ist?«, wandte Kassandra ein.

»Nicht, wenn derjenige nur das Offensichtliche sah«, gab Paul zu bedenken. »Er glaubte, dass Niklas in Rostock war – und hegte auch keinen Zweifel daran, weil das Haus im Dunkeln lag. Möglicherweise hat Niklas schon geschlafen. Er wird erst wach, als er Rauch oder Flammen bemerkt, taumelt aus dem Bett, stolpert vielleicht sogar über diese Leiter auf der Galerie, verliert das Gleichgewicht und fällt über das Geländer.«

Dietrich nickte. »Damit wäre zwar noch nicht geklärt, warum er betrunken war, aber ein Ansatz ist es. Wie viel Promille hatte er im Blut?«

»Genau hat Heinz das nicht gesagt, aber es soll genug gewesen sein, um nicht mehr gerade gehen zu können.«

»Demnach nicht so viel, dass er bewusstlos war, denn dann wäre die Theorie nicht haltbar«, sagte Dietrich zufrieden. »Also, zu Barthels Bauvorhaben. Hat Thiel je über konkrete Projekte der BOB gesprochen?«

»Nicht mir gegenüber«, sagte Kassandra.

»Aber eins ist hier allgemein bekannt.« Paul berichtete von den Plänen, die Barthel mit der Seefahrtschule hatte.

»Gut«, sagte Dietrich. »Da wir zurzeit nur von dieser Sache wissen, werfen wir einen genaueren Blick darauf. Wie kommt Barthels Projekt bei den Wustrowern an? Wäre es möglich, dass jemand es verhindern und ihn ins Bockshorn jagen will?«

Paul dachte eine Weile nach. »An Barthels Vorhaben scheiden sich die Geister. Ein Kindererholungsheim zu errichten kommt zwar bei den meisten gut an, aber dass er dafür einen Großteil des Gebäudes abreißen will, findet weniger Anklang. Deswegen sind einige Wustrower strikt gegen sein Projekt.«

»Also sollten wir das in Betracht ziehen. Nächster Punkt: Gibt es eine Alternative, also einen Konkurrenten für Barthel?«, fragte Dietrich.

»Gibt es«, bestätigte Paul und ließ seinen Blick in die Ferne schweifen, hinüber zum Kirchturm, der über ein paar Bäume hinwegragte. Dort oben auf dem Rundgang standen einige Urlauber, die zweifellos den grandiosen Blick über das Fischland genossen. »Zufällig bin ich in der Gemeindevertretung, der liegen die Unterlagen von sämtlichen Bewerbungen vor.«

»Wie praktisch«, fand Dietrich. »Und?«

Barthels Projekt hatte sich bereits herumgesprochen, die der anderen beiden Bewerber nicht in diesem Ausmaß. Kassandra konnte deshalb verstehen, dass Paul ein klein wenig zögerte. Doch am Ende gab er sich einen Ruck.

»Kämpfer Lodgings«, sagte er. »Die wollen im Gegensatz zu Barthel das komplette Gebäude sanieren und daraus eine Wellness-Oase machen. Das ist der einzige ernst zu nehmende Konkurrent, und die Führungsriege hat morgen einen Termin bei der Gemeindevertretung.«

»Kämpfer Lodgings, die Hotelkette mit Hauptsitz in Stralsund?«, vergewisserte sich Dietrich.

»Genau. Hatten Sie schon mal mit denen zu tun?«

»Die Firma ist mir bei den Recherchen über meinen Verdächtigen im Bauamt über den Weg gelaufen.« Nachdenklich nahm er sein Glas, stellte fest, dass es leer war, und winkte der gut gelaunten Kellnerin, die sofortigen Nachschub versprach. »Angeblich sollen die schon mal zu unsauberen Methoden gegriffen haben, um ihre Interessen durchzusetzen. Zumindest erzählt man sich das in der Branche hinter vorgehaltener Hand, es konnte nie was nachgewiesen werden.«

»Auf welche Weise?«, fragte Kassandra.

»Bestechung. Außerdem war da die plötzliche Überflutung einer Großbaustelle in Grimmen, angeblich ein Rohrbruch, aber es wurden Stimmen laut, dass die Rohre, obwohl alt, Topqualität hatten. Eine Untersuchung ergab letztlich einen minimalen Materialfehler. Kann passieren.«

»Aber Sie glauben nicht dran?«

Dietrich zuckte mit den Schultern und nahm gleichzeitig sein Wasser in Empfang. »Danke. Ich bin kein Experte. Möglich, dass da nur jemand böse Gerüchte über Kämpfer Lodgings streuen wollte. Tatsache ist aber, dass der ursprüngliche Bauherr die zusätzlichen Kosten nicht tragen konnte und das Grundstück zu einem recht günstigen Preis an Kämpfer Lodgings verkaufte.«

»Das wird Heinz nicht gefallen«, meinte Kassandra und erklärte auf Dietrichs fragenden Blick hin: »Vor etwas über zwei Jahren hat Heinz schon mal versucht, die Sache mit der Seefahrtschule voranzutreiben. Kämpfer Lodgings war an den Plänen beteiligt, die maßgeblich auf Heinz' Initiative hin aus dem Boden gestampft worden waren. Er hatte damals recht viel Kontakt zu Bernhard Kämpfer, dem Firmeninhaber, und schätzt ihn sehr.«

»Verstehe. Das heißt, Heinz Jung gehört auf jeden Fall zur Kämpfer-Lodgings- und nicht zur BOB-Fraktion?« Als Kassandra nickte, fügte Dietrich hinzu: »Woran sind die Pläne gescheitert?«

»Ein Investor ist abgesprungen, und Kämpfer Lodgings konnte die Sache aufgrund eines anderen laufenden Projekts nicht allein stemmen.«

»Dann wird die Firma jetzt umso mehr Wert darauf legen, das durchzuziehen, nehme ich an.«

Mit einem Mal nahm das alles Dimensionen an, mit denen Kassandra nie gerechnet hatte. Würde wirklich jemand von Kämpfer Lodgings Niklas' Haus anzünden, um Barthel zu warnen? Warum nicht die Seefahrtschule selbst? Weil Kämpfer Lodgings das Gebäude nicht abreißen, sondern sanieren und nutzen will, gab sie sich die Antwort. Trotzdem schüttelte sie etwas unwillig den Kopf. »Das ist mir eine Nummer zu groß für Wustrower Verhältnisse. Nicht dass ich es für vollkommen ausgeschlossen halte, aber im Moment erscheint mir ein persönliches Motiv doch wahrscheinlicher.«

Dietrich nickte. »Kann ich nachvollziehen. Dennoch sollten wir nichts außer Acht lassen. Teilen wir die Aufgaben wieder auf, wie letztes Mal? Sie, Frau Voß, übernehmen Niklas Thiels Familiengeschichte und seine sonstigen privaten Kontakte. Sie, Herr Freese, könnten ein bisschen was über die BOB, Thiels Kollegen und Harald Barthel in Erfahrung bringen. Ich frage bei meinen Kollegen in Stralsund nach und vertiefe mich in Kämpfer Lodgings. Dazu würde ich übrigens auch gern mit Heinz Jung sprechen, wenn er denn Bernhard Kämpfer schon mal persönlich kennt. Vielleicht ist ihm ja auch der Junior schon begegnet.«

Kassandra hatte nicht mal gewusst, dass es einen Junior gab. »Ich sag ihm, er soll sich mit Ihnen in Verbindung setzen.«

»Alles klar.« Dietrich winkte der immer noch gut gelaunten Kellnerin und verlangte die Rechnung. »Darf ich Sie einladen? Sozusagen als Dank, dass Sie mir den Tag so spannend gemacht haben?«

Paul grinste. »Gern. Andersrum wär's ja auch Bestechung einer Amtsperson.«

»Mindestens.« Dietrichs Miene wurde nach einem Lächeln wieder ernst. »Bitte nicht missverstehen. Mir tut das, was mit Niklas Thiel passiert ist, sehr leid. Ich werde versuchen, in der Klinik etwas über seinen Gesundheitszustand zu erfahren, und benachrichtige Sie.«

5

Kay Dietrich sah Kassandra Voß und Paul Freese hinterher, die in Richtung Kirche davongingen. Es war mittlerweile noch wärmer geworden, er schlenderte zu seinem Wagen und warf die Jacke auf den Rücksitz. Beim Verlassen des Parkplatzes am Hafen schaute er kurz rüber in den Grünen Weg, wo Bruno Ewald wohnte. Er hatte ihn lange nicht mehr gesehen, was er bedauerte, weil er den alten Mann mit seinem trockenen Humor mochte. Durchaus möglich, dass er jetzt gerade auf der Seebrücke stand und angelte. Vielleicht würde er ihn nachher ja dort treffen, aber zunächst wollte er sich ein weiteres Mal die Brandruine ansehen, und zwar gründlich.

Zuerst stellte er sich gegenüber auf die andere Straßenseite und verschaffte sich einen Überblick. Das Ausmaß des Schadens war erschreckend, vom Haus nichts mehr zu retten, man konnte die Reste nur noch abreißen. Niklas Thiel musste einen Schutzengel gehabt haben, dass er von den Feuerwehrleuten gerettet werden konnte. Dietrich verzog das Gesicht. Falls er nicht so schwer verletzt war, dass der Rest seines Lebens eine einzige Qual sein würde.

Da er den Gedanken daran nicht mehr loswurde, zückte Dietrich sein Smartphone und ließ sich von der Auskunft mit der Universitätsklinik Schleswig-Holstein in Lübeck verbinden. Es dauerte ziemlich lange, bis er einen Professor Dr. Dr. Johannes Parchow in der Leitung hatte, der sich anscheinend während der Wartezeit rückversichert hatte, dass es einen Kriminaloberkommissar Kay Dietrich tatsächlich gab.

»Ich würde Ihnen gern was Positiveres mitteilen, Herr Dietrich, aber leider ist der Zustand von Herrn Thiel nach wie vor sehr kritisch. Wir mussten ihn in ein künstliches Koma versetzen, weil die Schmerzen und der Stress andernfalls zu viel für ihn wären. Herr Thiel hat schwerste Verbrennungen an den Beinen und Teilen des Oberkörpers erlitten, außerdem diverse Knochenbrüche und eine Gehirnerschütterung.«

Letztere stammte vermutlich von dem Sturz oder dem kleineren Schrägbalken, der ihn Jonas Zepplins Schilderung zufolge am Kopf getroffen hatte. Dennoch hakte Dietrich nach. »Können Sie sagen, wie es dazu gekommen ist?«

Der Professor erriet prompt, was er meinte. »Ich kann nicht hundertprozentig ausschließen, dass Herr Thiel niedergeschlagen wurde, aber es deutet nichts explizit darauf hin. Herrn Thiels Hinterkopf muss bei dem Sturz auf etwas Weiches gefallen sein, er weist keine Verletzungen auf. Die Stirn traf laut des Berichts Ihrer Kollegen ein Balken, der sich durch den Brand aus der Decke gelöst hatte. Zumindest lag der wohl direkt neben ihm, als die Feuerwehr ihn fand.«

»Vielen Dank.« Dietrich beendete das Gespräch und starrte nachdenklich hinüber zu der Ruine. Es war nicht ungefährlich, da reinzugehen, nicht umsonst gab es Absperrbänder um das Gebäude. Aber darauf nahm er keine Rücksicht, und so stand er bald inmitten dessen, was einmal das Wohnzimmer gewesen sein musste.

Es lagen eine Menge großer Balken herum, einer davon musste der sein, den Jonas Zepplin und seine Feuerwehrkameraden zur Seite gehievt hatten, um Niklas Thiel zu retten. Der kleine Balken, der Thiels Gehirnerschütterung verursacht hatte, war dagegen bestimmt nicht mehr hier, sondern bei den Kriminaltechnikern.

Sehr vorsichtig sah Dietrich sich weiter um, stieg mit großen Schritten über verbrannte Möbel und anderes, was nicht mehr zu identifizieren war. Nach einer Stunde verließ er die Ruine, ohne dass ihm etwas Bedeutsames aufgefallen wäre, auch nicht im Keller, in den er sich zum Schluss noch gewagt hatte. Sein ehemals weißes Hemd war rußgeschwärzt, seine hellblaue Jeans ebenfalls.

Draußen klopfte er, soweit es ging, seine Kleidung sauber. Dann zog er erneut sein Smartphone hervor. Während er im Haus gewesen war, hatte er überlegt, wen von den Stralsundern er anrufen könnte. Aus der Zeit, bevor die KPI nach Anklam umgezogen war, kannte er noch einige Leute dort, auch welche vom Kriminaldauerdienst und der Kriminaltechnik. Aber leider war er schon früher häufig angeeckt und bei den meisten Kollegen wenig beliebt gewesen. Immerhin, mit Kriminalkommissarin Frauke Gerhart hatte er sich ganz gut verstanden. Er hatte Glück, sie meldete sich sofort.

»Kay? Mensch, dich gibt es noch? Mischst du jetzt in Anklam den Laden auf? Hier ist es richtig ruhig geworden, seitdem du weg bist.«

»Soll das ein Kompliment oder eine Beleidigung sein?«, gab Dietrich gespielt empört zurück.

»Weiß ich auch nicht so genau«, sagte Frauke lachend. »Aber du rufst bestimmt nicht an, um nur mal so zu plaudern. Was kann ich also für dich tun?«

»Ihr habt doch den Brand in Wustrow auf dem Fischland untersucht. Warst du zufällig auch vor Ort?«

»Der betrunkene Typ, der sein Haus abgefackelt hat und sich fast mit, meinst du den? Nein, ich hatte vorgestern dienstfrei, aber soweit ich weiß, gibt's keine Zweifel an der Brandursache. Oder doch? Ermittelt ihr da jetzt? Wieso wissen wir davon nichts?«

Dietrich entschloss sich, die Frage erst mal zu ignorieren. »Ich habe mit dem Arzt gesprochen, der das Opfer behandelt, und der sagt, dass Thiel eine Gehirnerschütterung hat. Sie könnte von einem herabfallenden Balken verursacht worden sein, er konnte aber nicht beschwören, dass er nicht niedergeschlagen wurde. Habt ihr da was zu?«

Am anderen Ende herrschte einen Augenblick lang Schweigen. »Junge, Kay, das ist mal wieder eine deiner Extratouren, oder?«

»Du kennst mich«, sagte Dietrich. »Dieser Anruf ist in der Tat nicht offiziell, ich habe ein, sagen wir, persönliches Interesse an dem Fall. Würdest du für mich nachsehen, was eure KT gefunden hat? Eine Zeugin hat außerdem angegeben, am Abend zuvor eine unbekannte Person und einen Wagen mit Rostocker Kennzeichen vor dem Haus gesehen zu haben. Wenn du schon mal dabei bist, könntest du das auch überprüfen, bitte?«

»Ich weiß gerade nicht, ob du dich oder mich oder uns beide in Schwierigkeiten bringst. Aber weil du es bist ... Gib mir etwas Zeit, ich melde mich.«

»Danke, du hast was gut bei mir.«

»Ich erinner dich dran.«

Dietrich ließ sein Smartphone in die Hemdtasche gleiten und sah sich im Garten und auf der Straße um. Da, wo diese Frau Herrmann den Wagen gesehen hatte, waren massig Spuren, aber nicht von einem Pkw. Ein ganzer Fuhrpark von Einsatzfahrzeugen hatte etwaige Hinweise auf das Rostocker Auto vernichtet. Dietrich machte sich keine Hoffnungen, dass Frauke ihm später etwas anderes mitteilen würde, auch wenn die Kollegen noch unmittelbar nach dem Brand hier gewesen waren, um die Spuren zu sichern

Langsam ging er zum Hafen zurück, wusch sich dort am Waschbecken der Toilettenanlage, wo es sogar warmes Wasser gab, Hände, Arme und Gesicht und machte sich dann auf den Weg zur Seebrücke. Trotz der Reinigung mit Seife war er den Brandgeruch immer noch nicht ganz losgeworden, er hing in seiner Kleidung und seinen Haaren. Er sollte sich wenigstens ein frisches Hemd besorgen.

Vorn in der Strandstraße, nach der Goldschmiede »Fischländer Schmuck« und der »Tabakbörse«, fand er ein Textilgeschäft, das günstige Freizeitkleidung führte. Nicht sein Stil, er mochte keine Polohemden, aber sie waren sauber und rochen nach Seeluft und Sonne. Er probierte ein weißes Poloshirt, das er gleich anbehielt, ließ sich sein schmutziges Hemd in eine Plastiktüte packen und ging weiter die Strandstraße hinauf.

Selbst wenn ihm dieser Fall nicht über den Weg gelaufen wäre, war es eine gute Idee gewesen herzukommen. Er mochte das Fischland, und dass es bedauerlicherweise auch dunkle Erinnerungen gab, änderte daran absolut nichts. Während er an den bunten Kapitänshäusern und Villen, vor denen beiderseits der Strandstraße mächtige Bäume standen, vorbeischlenderte, gelang es ihm dennoch nicht, abzuschalten. Ungeduldig wartete er auf Fraukes Rückruf und legte unbewusst einen Schritt zu, als würden auch ihre Erkundigungen dadurch schneller gehen.

Er rief sich zur Ordnung und zwang sich, stattdessen mehr auf die Umgebung zu achten. Dabei fiel sein Blick kurz vorm Hotel »Sonnenhof« auf ein weiteres Textilgeschäft. Er hätte warten sollen mit dem Poloshirt, das hellblaue Hemd mit den feinen weißen Streifen im Schaufenster traf seinen Geschmack weit mehr. Dann entdeckte er das dazugehörige Schildchen und prallte zurück. Das Polohemd mochte nicht sein Stil sein, aber dieses edle Teil war ganz entschieden nicht seine Preisklasse.

Wieder mit sich im Reinen, schlenderte Dietrich am »Sonnenhof« vorbei, einem heimeligen dunklen Backstein- und Fachwerkbau mit hübschem Wintergarten, passierte den Softeisstand, vor dem eine lange Schlange stand, und auf der anderen Straßenseite die Seenotstation mit den großen grünen Toren. Schließlich betrat er die Seebrücke und betrachtete kurz die Sandsteinfigur des slawischen Gottes Swantewit, dem Wustrow seinen Namen verdankte. Wie hatte dieser Landstrich hier früher noch mal geheißen? Dietrich wühlte in seinen Erinnerungen. Swante Wustrow: heilige Insel.

Die See war ruhig, nur kleine Schaumkronen bildeten sich vor dem Wellenbrecher, auf dem eine Möwe gerade Turnübungen veranstaltete. Jedenfalls sah es so aus, sie stand auf einem Bein auf der Spitze eines Steins, das andere Bein weit von sich gestreckt. Vorn am Brückenkopf waren eine Menge Angler zugange, aber nach Bruno Ewald hielt Dietrich vergeblich Ausschau. Etwas enttäuscht stellte er sich zwischen einen wesentlich jüngeren Angler mit einer Basecap und einen großen grauhaarigen Mann, der kerzengerade an der Balustrade stand und zum Horizont starrte, mit den Gedanken noch weiter weg als die Frachter, die ganz entfernt in Richtung Darßer Ort vorüberfuhren.

Dietrich tat es ihm gleich und gab auf, an etwas anderes als an den Brand denken zu wollen. Da klingelte endlich doch das Telefon. »Ja, was hast du für mich?«, fragte er.

»Was ich für Sie habe?«, brüllte eine ganz andere als Fraukes Stimme dermaßen laut, dass Dietrich das Handy vom Ohr nahm. Sowohl der Angler als auch der ältere Mann guckten irritiert. Dietrich machte ein paar Schritte rückwärts, damit er aus deren Hörweite kam, und ließ Geldorfs scheinbar endlose Schimpftirade über sich ergehen. »Welcher Teufel reitet Sie eigentlich, Dietrich? Als ich sagte, Sie sollen sich nicht in die Ermittlungen einmischen, habe ich mich offensichtlich nicht klar genug ausgedrückt. Ich meinte damit *alle* und verdammt noch mal erst recht *fremde* Ermittlungen wie die der Kollegen aus Stralsund! Was glauben Sie, wer Sie sind? Ich warne Sie ein letztes Mal – wenn Sie ab sofort in Ihrem Urlaub was anderes als Urlaub machen, sind Sie dran!« Der Polizeioberrat gab ihm keine Chance, etwas zu erwidern, sondern legte erbost auf.

Scheiße. Was war denn da passiert? Dietrich kam nicht dazu, weiter darüber nachzudenken, weil sein Smartphone erneut klingelte. Diesmal schaute er vorsichtshalber aufs Display und erkannte Fraukes Nummer.

»Ist alles klar bei dir?«, fragte er, während er sich wieder an die Balustrade lehnte.

»Ich hatte schon bessere Gespräche mit HK Seidel. Er stand mit einem Mal hinter mir, als ich die Ermittlungsergebnisse der Kollegen einsah, und hat mich gefragt, warum ich mich für diese Brandgeschichte interessiere. Ich war so überrascht, dass mir nichts Besseres einfiel als die Wahrheit«, sagte sie. »Er war ziemlich sauer, der mochte dich ja noch nie, und ich glaube, er wird mit Anklam sprechen.«

»Hat er schon getan«, gab Dietrich lakonisch zurück.

»Umso schlimmer, dass sich der Ärger nicht gelohnt hat – für mich nicht und für dich schon mal gar nicht.«

Im Hintergrund hörte Dietrich laute Straßengeräusche, wahrscheinlich telefonierte sie aus guten Gründen nicht vom Büro aus. »Das heißt, die Kriminaltechnik hat nichts gefunden?«

»Genau. Der Balken, der Thiel am Kopf getroffen hat – da war nichts mehr zu machen, das Feuer hat bis auf einen winzigen Rest Blut alle Spuren vernichtet. Keine Fingerabdrücke, falls da je welche gewesen sein sollten. Und das Blut stammt wie erwartet von Thiel. Du weißt wahrscheinlich, dass der Mann außerdem eins Komma sieben Promille intus hatte und Alkoholvorräte im Keller gefunden wurden?« Sie wartete seine Antwort nicht ab. »Es gibt absolut keinen Hinweis auf Fremdeinwirkung, Thiel war betrunken und ist gefallen. Ende und aus.«

»Woher weiß man, dass da Kerzen waren?«, fragte Dietrich. »Von denen dürfte doch wohl erst recht nichts mehr übrig gewesen sein.«

»Zwischen den Trümmern wurde in der Nähe dessen, was mal der Tisch gewesen ist, ein Kerzenständer aus Melaminharz für vier Kerzen gefunden. Das Zeug, also dieses Harz, kann nicht schmelzen, deswegen hat der Kerzenständer den Brand so gut wie unbeschadet überstanden. Und bevor du fragst, woher die Kollegen wissen, dass an dem Abend angezündete Kerzen drin waren: von einem Zeugen, der Thiel besuchen wollte. Das war um Viertel vor elf. Thiel hat sein Klingeln und Klopfen nicht gehört, aber der Mann hat durchs Fenster geschaut und den Kerzenständer mit vier brennenden Stumpenkerzen auf dem Tisch stehen sehen. Thiel saß mit geschlossenen Augen in einem Sessel und hat anscheinend über Kopfhörer Musik gehört, sein Fuß wippte. Der Zeuge ist unverrichteter Dinge wieder gegangen. Falls du ihn befragen willst – obwohl ich dir aus naheliegenden Gründen davon abrate: Sein Name ist Harald Barthel. Thiels Boss übrigens.«

Das ist ja mal eine interessante Neuigkeit, dachte Dietrich. Da sprach Frauke schon weiter.

»Ach ja, und wegen des Wagens: Da der lange vor dem Brand wieder weg war und ohnehin alles auf einen Unfall hindeutet, wurde die Suche danach eingestellt. Solange Thiel nicht aufwacht und uns was anderes erzählt als das, was Brandursachenermittler und KT ermittelt haben, gilt der Fall als abgeschlossen. Vielleicht solltest du das auch so betrachten.«

»Danke für den Ratschlag. Mal sehen, ob ich mich danach richte.« Es klang flapsig, auch wenn er sich gerade gar nicht so fühlte. Er war für Fraukes Ärger mit Seidel verantwortlich, und er hatte außerdem Geldorf vorher nie so erlebt, der war imstande und machte Ernst mit der Versetzung. Wenn er diesen Fall weiterverfolgen wollte, musste er subtiler vorgehen.

»Deine Entscheidung«, erwiderte Frauke. »Obwohl ich keinen Zweifel habe, wie die ausfällt.«

Dietrich lachte leise. »Wiedersehen, Frauke – und denk dran, du hast was gut bei mir.«

Nachdenklich betrachtete er das Telefon. Sicher hatte es was zu bedeuten, dass ausgerechnet Barthel an diesem Abend bei Thiel gewesen war. Es wäre zwar ungewöhnlich, dass er das zugab, wenn er was mit dem Feuer zu tun hatte, andererseits war er vielleicht in der Nähe des Hauses gesehen worden, sodass Leugnen keinen Sinn gehabt hätte. Dietrich sah wieder auf die See hinaus zum Horizont. Welchen Grund könnte Barthel gehabt haben, um diese Zeit dort aufzutauchen? War Thiel unangenehmen Firmeninterna auf die Spur gekommen?

»Entschuldigung«, sagte jemand neben ihm.

Dietrich schaute hoch. Der grauhaarige Mittsechziger hatte ihn angesprochen. Hätte er eben am Telefon leiser reden sollen? Immerhin hatte er nichts von Bedeutung gesagt. Dietrich vermied ein einladendes »Ja?« und wartete stattdessen, dass der Mann weitersprach.

»Ihrem Gespräch entnahm ich, dass Sie von der Polizei sind und in dem Brandfall ermitteln.« Der Mann wandte nun dieselbe Taktik an wie Dietrich und wartete auf dessen Reaktion. Doch Dietrich blieb stumm, hob nur die Brauen. Das wirkte – wenn es seinem Gegenüber, der verärgert das Gesicht verzog, auch nicht passte. »Ich bin Harald Barthel, Niklas Thiel war … ist einer meiner engsten Mitarbeiter, und selbstverständlich bin ich sehr interessiert daran zu erfahren, ob es schon Hinweise auf die Brandursache gibt.«

Sieh an, was für ein Zufall. Was tat der viel beschäftigte Bauunternehmer mitten am Tag auf der Wustrower Seebrücke? Wie bemerkenswert außerdem, dass er nach der Brandursache fragte, aber nicht nach Thiels Gesundheitszustand.

»Tut mir leid«, sagte Dietrich, machte aber durch Tonfall und Mimik deutlich, dass dem keineswegs so war. »Ich kann Ihnen dazu keine Auskunft geben.«

»So, können Sie nicht. Es klang jedenfalls so, als würden Sie etwas anderes als einen Unfall zumindest in Erwägung ziehen, Herr …«

Dietrich überging die Aufforderung. »Man ermittelt in so einem Fall zunächst in alle Richtungen.«

»Und Sie werden mir nicht sagen, wie weit diese Ermittlungen gediehen sind.«

»Tut mir leid«, wiederholte Dietrich.

Barthel musterte ihn, ohne dass Dietrich sagen konnte, was

in ihm vorging. Seine Stimme war vollkommen neutral, als er wieder sprach. »Können Sie mir wenigstens sagen, wie es Niklas Thiel geht?«

Hatte er sich also doch noch besonnen. Ob aus echtem Interesse oder weil ihm klar geworden war, dass das von ihm erwartet wurde, konnte Dietrich unmöglich einschätzen. Er wollte sich gerade zu einem kleinen Entgegenkommen entscheiden, als Barthel hinzufügte: »Ich muss planen können – brauche ich einen neuen Mitarbeiter, oder kann ich, wenn auch erst in fernerer Zukunft, wieder mit Herrn Thiel rechnen?«

Dietrich registrierte die Kaltschnauzigkeit des Mannes, ließ sich aber nichts anmerken. »Ich schlage vor, Sie fragen seine Ärzte. Mich entschuldigen Sie bitte.« Er marschierte in Richtung Strand davon, drehte sich jedoch nach einigen Schritten noch einmal um. Barthel hatte sich nicht von der Stelle gerührt, aber gerade in diesem Moment hieb er mit der linken Faust auf das Brückengeländer ein. Also war er doch zu so etwas wie Gefühlen fähig.

Nur schade, dass Dietrich Barthels Gesicht nicht sehen konnte. Das würde er nachholen. Er hatte zwar Paul Freese die Recherchen über Barthel und die BOB überlassen, beschloss aber nun, sich unter diesen Umständen am besten persönlich um den Mann zu kümmern. Nicht zu einem Zeitpunkt, der Barthel passte, nicht hier auf der Seebrücke. Sollte er ruhig noch etwas schmoren, bis Dietrich ihn zumindest scheinbar offiziell aufsuchte.

Als er wieder bei der Swantewit-Figur und dem gleichnamigen Restaurant am Brückenaufgang ankam, schaute er auf die Uhr. Der Anruf von Heinz Jung stand noch aus. Vielleicht hatte Kassandra Voß ihrem Onkel davon aber auch noch gar nichts sagen können. Er würde einfach bei ihm klingeln. Mehr als vor verschlossener Tür stehen konnte er nicht.

Obwohl er jetzt schon länger nicht mehr in der Lindenstraße gewesen war, fühlte er sich hier doch fast ein bisschen zu Hause. Ein ironisches Lächeln schlich sich in seine Züge, als er sich des Gedankens bewusst wurde. Es gab wahrhaftig andere Orte, an denen er mehr Grund dazu gehabt hätte.

Er bediente die schlichte Türklingel, und kurz darauf stand Heinz Jung vor ihm, sein Telefon in der Hand.

»Herr Dietrich. Nett, dass Sie sich extra herbemühen, da spare ich ja ein paar Cents, ich wollte Sie gerade anrufen.« Jung lachte abgehackt, eine Art Meckern, an das Dietrich sich immer noch nicht gewöhnt hatte, aber er mochte es irgendwie. »Ich hab Tee aufgesetzt, wollen Sie auch welchen?«

Zwei Minuten später saß Dietrich auf Heinz Jungs Terrasse, mit Blick nicht nur auf dessen, sondern auch auf Kassandra Voß' Garten nebenan. Sie war offenbar nicht zu Hause, jedenfalls war ihre Terrassentür geschlossen. Der Ceylontee dampfte in gold geränderten Rosenrankentassen, die Dietrich nur schwer mit Jung in Verbindung bringen konnte. Wahrscheinlich stammten sie von seiner verstorbenen Frau. Es rührte ihn, dass Jung das Geschirr immer noch benutzte, obwohl es viel zu verspielt für ihn war.

»Frau Voß hat Ihnen sicher gesagt, worum es geht. Jede Information über Kämpfer Lodgings könnte hilfreich sein«, sagte Dietrich und nahm einen Schluck Tee. Zu seiner Überraschung schmeckte er großartig, dabei war er Kaffeetrinker und hatte ihn nur aus Höflichkeit angenommen.

Jung nickte, schürzte aber unzufrieden die Lippen. »Sie verdächtigen Bernhard Kämpfer, den Brand in Thiels Haus gelegt zu haben. Ich glaube …«

Dietrich hob seine Hand. »Noch verdächtige ich niemanden. Nach allem, was ich über Kämpfer Lodgings bisher gehört habe – und das ist nicht viel, noch dazu keine bewiesenen Tatsachen, das gebe ich zu –, könnte ich mir aber vorstellen, dass die Firma da ihre Finger drin hat. Natürlich gibt es, falls es sich um Brandstiftung handeln sollte, noch einige andere Möglichkeiten. Widmen wir uns aber doch erst mal dieser. Sie kennen Bernhard Kämpfer persönlich, und ich vertraue Ihrem Urteil. Ihrer Reaktion nach zu urteilen, sind Sie mit der Idee nicht einverstanden?«

Heinz Jung ließ sich auf seinem Stuhl zurückfallen und kniff die Augen zusammen. Anscheinend fixierte er einen Schmetterling, der eine dunkelrote Stockrose an der Hauswand umflatterte, doch Dietrich war sich sicher, dass er den gar nicht sah, sondern in sich hineinschaute.

»Vor zwei Jahren, kurz nachdem der Tote drüben bei Kassandra gefunden wurde, habe ich Bernhard Kämpfer kennengelernt. Seine Firma wurde, ebenso wie alle anderen, die damals an der Projektplanung für die Seefahrtschule beteiligt waren, von der Gemeindevertretung auf Herz und Nieren überprüft.« Jung hielt inne und lachte verbittert auf. »Nicht dass uns solche Überprüfungen in der Vergangenheit wesentlich geholfen hätten. Man ahnt ja gar nicht, wie viele schlechte Erfahrungen man im Laufe der Jahrzehnte bei einer einzigen Sache machen kann. Noch Tee?«

Er füllte Dietrichs Tasse auf. »Jedenfalls hat Kämpfer Lodgings hervorragend abgeschnitten, und Bernhard Kämpfer selbst ist zwar ein harter Geschäftsmann, aber auch ein angenehmer Realist, der mit nichts hinterm Berg hält. Niemand, der einem Versprechungen macht, obwohl er längst weiß, dass er die nicht einhalten kann. Als der zweite Investor absprang, hat er noch eine angemessene Zeit gewartet, ob sich Ersatz findet, dann ist er ebenfalls ausgestiegen, statt uns länger hinzuhalten.«

»Was halten Sie von ihm als Mensch?«, fragte Dietrich.

»Wenn er nicht übers Geschäft sprach, was selten vorkam, war er ein ruhiger Mann, der von Konzert- und Museumsbesuchen erzählte. Er hat auch mal Fotos von seinen Enkelkindern gezeigt, ein Junge und ein Mädchen, die Kinder seiner Tochter.« Ein winziger Schatten legte sich bei den letzten Worten über Jungs Gesicht, und Dietrich überlegte, ob das wohl daher kam, weil Jung selbst keine Kinder und Enkel hatte. Doch dann war der Schatten schon wieder verschwunden. »Dass jemand seine Familie liebt, heißt natürlich nichts, das ist mir klar. Ob Kämpfer Lodgings Dreck am Stecken hat und mit unlauteren Methoden die Konkurrenz aussticht, weiß ich nicht. Aber Beamte zu bestechen ist ein Ding, ein Haus anzustecken und Tote zu riskieren ein anderes. Mein Instinkt sagt mir: Bernhard Kämpfer tut weder das eine noch das andere.«

Das nun folgende Schweigen wurde nur vom Zwitschern der Vögel durchbrochen. Erst als aus der Ferne das Geräusch eines Rasenmähers an ihre Ohren drang, ergriff Dietrich wieder das Wort. »Kennen Sie …«

»Allerdings …«, setzte Jung zur selben Zeit an.

Mit einer Geste überließ Dietrich Heinz Jung das Wort.

»Es hat sich in der Führung von Kämpfer Lodgings seither einiges getan«, begann der von Neuem. »Bernhard Kämpfer ist Mitte sechzig, er hat damals schon gesagt, dass er noch ein, zwei Projekte in Angriff nehmen und dann seinem Sohn Oliver das Ruder überlassen wird. Er sitzt immer noch an der Spitze, aber es würde sich vermutlich lohnen herauszufinden, wer jetzt tatsächlich das Sagen hat.«

Dietrich schmunzelte. Er hatte eben selbst Oliver Kämpfer ansprechen wollen. »Kennen Sie den Junior ebenfalls persönlich?«

Heinz holte tief Luft. »Ich bin ihm nur einmal begegnet. Das würde ich nicht kennen nennen.«

»Sie mögen ihn nicht.«

»Ein kalter Fisch. Aalglatt. Lässt sich absolut nicht in die Karten sehen. Frauen gegenüber ist er charmant, auf eine sehr geschickte Weise, wenn er meint, dass es nötig ist. Er beobachtet sie gut und weiß dann genau, womit er punkten kann. Seinerzeit hat er versucht, eine unserer Gemeindevertreterinnen einzuwickeln.«

»Ist es ihm gelungen?«

Jung lächelte ironisch. »Fast. Abgesehen von diesem Charmebolzen-Getue hätte ich eben übrigens auch Harald Barthel beschreiben können. Schon merkwürdig, dass sich ausgerechnet diese beiden jetzt bei der Seefahrtschule Konkurrenz machen.«

»Raten Sie, wem ich gerade auf der Seebrücke begegnet bin«, forderte Dietrich Heinz Jung auf und erzählte von dem kurzen Gespräch mit Barthel. »Wissen Sie, ob die Kämpfers und Barthel schon mal direkt miteinander zu tun hatten?«

»Keine Ahnung. Aber ich weiß, dass die Kämpfers morgen einen Termin bei unserer Gemeindevertretung haben. Ich gehöre da zwar nicht mehr zu, aber Bernhard Kämpfer rief mich an und fragte, ob wir uns nach der Sitzung zum Mittagessen treffen wollen.«

»Ach?« Mehr sagte Dietrich nicht, und Jung lachte.

»Ich sehe, was ich tun kann.«

Bevor Dietrich zurück nach Stralsund fuhr, wo er auch nach dem Umzug der KPI nach Anklam noch immer wohnte, schaute er bei Paul Freese vorbei, traf dort aber niemanden an. Er würde ihn und Kassandra Voß am Abend anrufen und sie auf den neuesten Stand bringen.

Während der Fahrt nach Hause dachte er über das nach, was er und Heinz Jung besprochen hatten.

Jung wollte Bernhard Kämpfer und dessen Sohn nach der Gemeindevertretersitzung abholen und alles daransetzen, dass Oliver Kämpfer ebenfalls bei dem Mittagessen anwesend war. Bis dahin würde Dietrich sich wie vorgesehen über die Firmengeschichte schlaumachen. Zu dumm, dass er nicht an seinen Dienstcomputer kam, er hätte da gern ein paar Namen durchgejagt. Man konnte ja nie wissen. Aber er wagte nicht, Tobias um einen Gefallen zu bitten – und Frauke schon gar nicht. Bengt Johannsen wiederum, derjenige seiner Anklamer Kollegen, bei dem er so gut wie immer Rückhalt fand, stand kurz vor der Pensionierung. Den wollte er lieber da raushalten.

6

Hinter Kassandra lagen ein paar Telefonate, die ihr bescheinigten, auf dem richtigen Weg zu sein. Sie hatte in Pauls Garten gesessen, dem leisen Wellenrauschen im Hintergrund gelauscht und überlegt, wen aus Wustrow Niklas näher kannte. Auch wenn es keine engen Freunde zu geben schien, ein Einsiedler war er nicht. Sechs Personen waren ihr eingefallen, die alle ihren Eindruck bestätigt hatten, dass Niklas keinen Alkohol trank und auch ansonsten ein beherrschter und sehr sorgfältiger Mensch war. Vier der sechs Personen hatten Kassandra ganz offen gefragt, ob sie glaube, dass mit dem Brand etwas nicht stimme, und ob sie wieder mit Paul ermittele. Diese Personen hielten das für eine gute Idee, weil sie ebenfalls ihre Zweifel hegten.

Mittlerweile saß Kassandra im Wohnzimmer auf dem Sofa, ein Laptop auf ihrem Schoß, und hypnotisierte die Startseite von Meine-Ahnen.de, als würde sie ihr auf diese Weise Niklas' Passwort verraten. Sie wusste, dass es aus sieben Buchstaben und/oder Zahlen und/oder Sonderzeichen bestand. Bei Niklas' Geradlinigkeit glaubte sie nicht, dass er sich etwas übermäßig Kompliziertes ausgedacht hatte. Mit ihren beiden bisherigen Versuchen hatte sie allerdings leider schiefgelegen – es war weder »Sünnhus«, der Name von Niklas' Haus, noch »Annelie«, der Vorname seiner Mutter, von der er mit viel Liebe erzählt hatte, die aber leider viel zu früh gestorben war. Jetzt warnte die Website sie, dass sie nur noch einen Versuch habe und das Konto für vierundzwanzig Stunden gesperrt werden würde, wenn der fehlschlüge.

In der Hoffnung auf Inspiration für das richtige Passwort öffnete Kassandra ein neues Fenster und suchte nach Niklas in den sozialen Netzwerken. Bei Facebook gab es zwar einige Niklas Thiels, aber keiner war der richtige. Bei Google+ fand sie sein öffentlich einsehbares Profil, aber er hatte nur wenig gepostet – einige YouTube-Links auf verschiedene Jazzmusiker und eine Rockband, deren Name ihr dunkel was sagte. Während sie noch überlegte, wo sie sie hinpacken sollte, zählte sie unbewusst die Buchstaben: sieben. Zufall?

Sie ging zurück auf Meine-Ahnen.de und gab »Electra« ein. Ein leises Pling ertönte, und ein Fenster poppte auf. *Herzlich willkommen, Niklas. Du hast keine neuen Nachrichten.*

Kurz durchflutete sie ein Hochgefühl, das jedoch gleich wieder abebbte, als sie sich Niklas' Stammbaum genauer ansah: Ein derartiges Bild hatte sie nicht erwartet.

Niklas hatte ihr bei ihren beiden Treffen erklärt, wie man überhaupt mit der Ahnenforschung begann, was man beachten musste – bei Behörden, bei der Recherche in Kirchenbüchern und Gemeinderegistern – und wie man Online-Genealogie-Programme nutzte. Anhand von ihm selbst und zwei, drei Verwandten hatte er ihr gezeigt, was man alles für eine Person eintragen konnte: Name, Geburts- und gegebenenfalls Sterbedatum natürlich, aber auch das Datum einer Heirat, Scheidung, Neuverheiratung, Ausbildung, Beruf, Anstellungen, Fotos – kurz: eine komplette Biografie. War man gewillt, bei Meine-Ahnen.de einen Mitgliedsbeitrag zu zahlen, konnte man sich außerdem mit anderen Ahnenforschern vernetzen und feststellen, wer die eigenen Verwandten ebenfalls in seinem Stammbaum hatte, um dadurch wiederum Wissen über noch mehr Verwandte und Vorfahren zu erlangen.

Aber Kassandra hatte keine Vorstellung von der Dimension gehabt, die Niklas' Stammbaum annahm.

»Das ist Wahnsinn«, stöhnte sie.

»Was?«, fragte Paul abwesend. Auch er saß vor seinem Bildschirm, war allerdings nicht mit Recherchen in Sachen BOB beschäftigt, sondern mit seinem Manuskript. Er hatte die Rohfassung abgeschlossen, überarbeitete jetzt den Text und verlieh ihm den Feinschliff. Das musste er fertig haben, bevor er sich anderen Dingen widmete.

»Niklas' Ahnenforschung. Die geht zurück bis ins 17. Jahrhundert!«

»Ich schätze, wegen eines Familiengeheimnisses des Cousins zwanzigsten Grades aus dem Jahr 1635 wird niemand Niklas schaden wollen«, konstatierte Paul trocken.

»Wohl nicht«, stimmte Kassandra zu. »Aber es bleiben noch

genug andere, die ich unter die Lupe nehmen darf. Eigentlich seltsam, dass jemand, der sich dermaßen intensiv mit diesem Thema beschäftigt, trotzdem so gut wie gar keinen Kontakt zur Verwandtschaft hat. Behauptete er jedenfalls.«

»Vielleicht findet er die toten Ahnen aus längst vergangenen Zeiten spannender als den Onkel, der Uni-Prof in Leipzig ist, oder die Sekretärinnen-Tante bei den Ribnitzer Stadtwerken«, mutmaßte Paul, ohne den Blick von seinem Bildschirm zu nehmen.

Kassandra hörte ihm an, dass er mit den Gedanken woanders war. Sie sparte sich eine Erwiderung und vertiefte sich in die Einträge zur Verwandtschaft aus dem 21. Jahrhundert.

Schnell stellte sie fest, dass die direkte Linie der Thiels mit Niklas ausstarb. Er hatte keine Kinder oder Geschwister. Sie klickte den Vater an, Wilhelm, der ebenfalls keine Geschwister gehabt hatte. Obwohl Niklas anscheinend alles über ihn aufgeschrieben hatte, was er wusste, gab seine Biografie nichts Außergewöhnliches her. Heute lebte er in einem Altenheim in Barth. Niklas' Mutter Annelie war 1979 gestorben und hatte ebenfalls kein aufregendes Leben geführt. Allerdings hatte sie zwei Brüder gehabt, einer wesentlich älter, kinderlos und inzwischen verstorben, der andere wesentlich jünger. Letzterer lebte heute in Passau, hatte – Kassandra ahnte es schon – einen ebenso langweiligen Lebenslauf wie alle anderen Verwandten, aber immerhin eine Tochter: Wiebke. Hier entdeckte Kassandra endlich etwas Bemerkenswertes, auch wenn Niklas über seine Cousine insgesamt wenig notiert hatte: Sie wohnte in Rostock.

Kassandra sah vom Bildschirm hoch und stellte fest, dass Paul an der Küchenzeile stand und eine Packung Schokokekse aufriss. Das Mittagessen war ausgefallen, und bei dem Anblick begann ihr Magen protestierend zu knurren. Sie stand auf, ging hinüber, schnappte sich einen Keks aus Pauls Hand und erzählte ihm, noch kauend, von Niklas' Cousine. Anschließend begab sie sich auf die Internetsuche nach ihr. Im Telefonbuch war Wiebke Henning privat nicht zu finden, aber ihr gehörte eine Boutique in Rostocks Innenstadt.

»Ich war schon viel zu lange nicht mehr shoppen«, meinte

Kassandra. Sie sah auf die Uhr. »Die Geschäfte haben noch ein paar Stunden auf.«

»Würde ein Anruf nicht erst mal reichen?«

Kassandra zog das in Erwägung, sagte dann aber: »Weißt du noch, unser Auftritt in dem Schweriner Hotel? Ich glaube, man kriegt viel mehr aus den Leuten heraus, wenn man ihnen persönlich gegenübersteht.«

Paul lachte. »So gesehen … Auf mich musst du aber diesmal verzichten, ich schaffe das sonst nicht mit dem Abgabetermin.« Er sah Kassandra ernst an. »Mir wäre es allerdings lieber, du würdest das nicht allein machen. Wir wissen nicht, ob diese Wiebke was zu verbergen hat. Können wir das nicht auf morgen verschieben?«

»Was soll schon passieren?« Kassandra stand auf. »Ich will sie ja nicht plump ausfragen. Mach dir keine Sorgen, ich krieg das hin.«

Genau genommen nahm sie das nicht ganz so auf die leichte Schulter, wie sie tat, aber sie hatte nach all dem Theoretisieren das Gefühl, endlich handeln zu müssen. Sie berührte leicht Pauls Schulter und beschloss, seinen skeptischen Blick zu ignorieren. »Bis heute Abend.«

Sie war kaum draußen, als sie hinter sich erneut die Tür ins Schloss fallen hörte.

»Ich lass dich nicht allein fahren«, sagte Paul und wedelte mit seinem Autoschlüssel. »Ich könnte mich sowieso nicht konzentrieren, wenn ich mir die ganze Zeit Sorgen mache, wo du gerade steckst. Da arbeite ich später lieber die Nacht durch.«

Seine Stimme duldete keinen Widerspruch, und obwohl Kassandra ein schlechtes Gewissen hatte, war sie insgeheim froh über seine Begleitung.

Wiebke Hennings Boutique »Traumfrau« befand sich in der Galerie Rostocker Hof in der Kröpeliner Straße, der Haupteinkaufsader mit ihren wunderschönen verschiedenartig geformten bunten Giebelhäusern, Cafés und dem Universitätsplatz an ihrem Ende. Dort herrschte jede Menge Trubel, auch die Galerie war trotz des schönen Wetters gut besucht. In der kleinen Boutique war es jedoch ruhig, was Kassandra nur recht war, weil sie so leichter ein Gespräch beginnen konnten. Falls sie überhaupt in der Lage wäre, ein Gespräch über die Art Kleider zu führen, die Wiebke Henning verkaufte. Jeans, Shirts und Pullis, was Kassandra bevorzugte, gab es hier nicht.

Paul grinste wissend und zog sie in den Laden, in dem eine dezent, aber perfekt geschminkte Frau gerade ein Kleid zurück auf den Ständer hängte. Die Glocke, die ihr Eintreten ankündigte, war ebenso dezent, aber auch unüberhörbar.

»Guten Tag, kann ich Ihnen weiterhelfen, oder möchten Sie sich erst mal umsehen?«

»Wir sind zu einer Hochzeit eingeladen«, sagte Paul, »und suchen das perfekte Kleid, in dem meine Freundin zwar nicht die Braut aussticht, aber durchaus ins Auge fällt.«

Prüfend ließ die Frau ihren Blick über Kassandras eher zierliche Figur gleiten. Für Idealmaße fehlten ihr weitestgehend die nötigen Kurven, und sie war zu klein.

»Ich glaube, ich habe da genau das Richtige für Sie«, sagte die Verkäuferin im Brustton der Überzeugung – zweifellos ein Spruch, den jede Kundin zu hören bekam.

Kassandra sah, dass Paul etwas Ähnliches dachte und dass er sich prächtig amüsierte. Das Stück, mit dem die Verkäuferin zurückkam, überraschte sie dann aber doch, weil es ihr auf Anhieb gefiel. Es war ein wadenlanges, ärmelloses dunkelblaues Seidenkleid mit einem raffiniert fallenden Kragen und hoch angesetzter Taille, die durch einen schmalen Gürtel betont wurde.

»Probieren Sie das mal.« Da klingelte das Telefon. »Entschuldigen Sie mich, ich bin gleich wieder für Sie da.«

Kassandra nahm der Verkäuferin das Kleid ab und hörte, wie sie sich mit ihrem Namen meldete. Sie hatten es tatsächlich mit Wiebke Henning persönlich zu tun.

»Na los«, wisperte Paul. »Du musst es schon anprobieren, wenn wir das glaubhaft durchziehen wollen.«

Als Wiebke Henning das Telefonat beendet hatte, war auch Kassandra fertig. Ihr Blick traf im Spiegel auf den von Paul. Er machte einen Schritt auf sie zu.

»Du siehst zauberhaft aus, Liebes«, sagte er leise, und einen Augenblick lang vergaß sie, weshalb sie hier waren.

»Das ist perfekt, finden Sie nicht?«, fragte Wiebke Henning.

»Absolut«, sagte Paul, und Kassandra spürte, dass er nicht nur das Kleid meinte. Dann wurde ihr aber auch klar, dass das alles zu schnell ging, sie brauchten mehr Zeit, um über was anderes als dieses Kleid zu reden. Während sie noch grübelte, was sie sagen konnte, drang von draußen ein Martinshorn an ihre Ohren. Unwillkürlich zuckte sie zusammen, sah im Geiste wieder Niklas' Haus in Flammen stehen.

»Brennt es hier irgendwo?«, fragte sie leicht panisch und drehte sich einmal um sich selbst.

»Nein, sicher nicht«, beruhigte sie Wiebke Henning. »Der Wagen ist schon weitergefahren.« Dann sah sie genauer hin. »Ist Ihnen nicht gut? Möchten Sie einen Schluck Wasser?«

Kassandra nickte schwach, und Wiebke Henning verschwand, um ein Glas zu holen.

»Sehr schön«, raunte Paul ihr ins Ohr. »Du bist gut.«

»Liegt daran, dass ich mich ernsthaft erschrocken habe«, flüsterte Kassandra zurück. »Sollen wir das Gespräch gezielt auf den Brand bringen?«

»Wäre schade, die Vorlage zu verschenken.«

Kurz darauf nahm Kassandra dankend das Glas Wasser entgegen. »Ich bin sonst nicht so schreckhaft«, erklärte sie, »aber bei uns im Ort hat es vorgestern Nacht ein schlimmes Feuer gegeben, das steckt mir wohl noch in den Knochen.«

Wiebke Henning nickte zuerst, dann stutzte sie. »Sie meinen nicht zufällig den Brand in Wustrow?«

»Doch«, antwortete Kassandra, verblüfft darüber, dass Wiebke Henning es selbst ansprach. »Haben Sie davon in der Zeitung gelesen?«

»Ja.« Nach ein, zwei Sekunden fasste Wiebke Henning einen Entschluss. »Können Sie mir vielleicht sagen, wo genau es gebrannt hat? Mein Cousin wohnt in Wustrow, und ich kann ihn seit einiger Zeit nicht erreichen. Ich hätte längst hinfahren sollen, habe es aber einfach nicht geschafft.«

Kassandra konnte schlecht abschätzen, ob Wiebke Henning eine brillante Schauspielerin oder ehrlich beunruhigt war. »Ich glaube nicht, dass Sie sich Sorgen machen müssen. Es hat bei einem Bekannten von mir gebrannt, Niklas Thiel. Er hat nie eine Cousine aus Rostock erwähnt.«

Alle Farbe wich aus Wiebke Hennings Gesicht. »Oh mein Gott, Niklas.« Sie schlug ihre rechte Hand vor den Mund und schwankte.

Paul berührte sie am Arm und führte sie zu einem Stuhl vor der Umkleidekabine, in der Kassandra eben das Kleid anprobiert hatte. Kassandra hielt ihr das noch halb gefüllte Glas hin, das Wiebke Henning aber ablehnte. Sie schüttelte nur andauernd den Kopf, bis sie endlich ihre Sprache wiederfand.

»Niklas und ich hatten uns vor einer halben Ewigkeit als Kinder aus den Augen verloren, nachdem sein Vater und meiner einen furchtbaren Krach gehabt hatten. Keiner von uns wusste, worum es ging. Ich ahnte nicht mal, dass er nur ein paar Kilometer entfernt wohnt, bis ich vor einigen Monaten einen Artikel über die ›Barthel Ostsee-Bau‹ gelesen habe, in dem sein Name erwähnt wurde. Ich dachte, es wäre schön, wenn wir uns mal wiedersähen, und rief ihn an. Wir haben uns dann in Ribnitz getroffen, es war ein netter Abend, und wir wollten das bald wiederholen. Ich war …« Wiebke Henning stockte. »Ach, verzeihen Sie bitte, das interessiert Sie sicher alles gar nicht.«

Gerade als Kassandra sie vom Gegenteil überzeugen wollte, riss Wiebke Henning die Augen auf. »Um Himmels willen! Wie geht es Niklas? In der Zeitung stand, es hätte einen Schwerverletzten gegeben.«

Paul erzählte das wenige, was sie bisher wussten, während sich Kassandra fragte, ob Dietrich schon etwas Neues über Niklas' Zustand in Erfahrung gebracht hatte.

Wiebke Henning hörte sich alles an, dabei rollte eine Träne über ihre Wange, die sie mit einer ungeduldigen Geste wegwischte. Sie stand auf und ging hinüber zur Tür, an der sie das »Geöffnet«-Schild umdrehte. Dann schloss sie ab, kam zu Kassandra und Paul zurück und setzte sich wieder. »Ich war da, wissen Sie. Vorgestern Abend, meine ich«, sagte sie kaum hörbar.

Kassandra schaute unauffällig zu Paul hinüber, der Wiebke Henning nicht aus den Augen ließ. »Dann war das Ihr Wagen vor

Niklas' Haus? Gegen halb neun? Sie haben im Garten gestanden?«, fragte er.

Verwundert hob Wiebke Henning den Blick. »Woher wissen Sie das?«

»Jemand hat Sie gesehen. Die Polizei …«

»Die Polizei?«, unterbrach ihn Wiebke Henning erschrocken. »Wieso denn die Polizei?«

»Bei Bränden solcher Art wird immer die Polizei hinzugezogen, um auszuschließen, dass es sich um Brandstiftung handelt«, sagte Paul. »Haben Sie vielleicht etwas Auffälliges bemerkt?«

»Nein. Niklas war nicht da, wir waren ja auch nicht verabredet, ich bin nach einem Termin in Stralsund spontan bei ihm vorbeigefahren. Als ich niemanden antraf, habe ich mich wieder auf den Weg gemacht.« Sie schwieg und dachte nach. »Da war eine Frau mit einem Hund. Sie ging recht zügig vorüber, wahrscheinlich war sie es, die mich gesehen hat?«

Paul nickte. »Und sonst?«

»Sonst war da definitiv nichts.« Wiebke Henning schaute von Kassandra zu Paul und zurück. »Sie sind weder zufällig hier noch auf der Suche nach einem Kleid. Sie sind auch keine Bekannten von Niklas. Wer sind Sie? Privatschnüffler? Oder die Polizei in Zivil?«

Im ersten Moment war Kassandra bestürzt, dass ihre Tarnung diesmal aufgeflogen war, doch ein Blick in Wiebke Hennings Gesicht genügte, um zu erkennen, dass sie mit der Wahrheit weiter kamen als mit einer Lüge. »Ersteres stimmt«, gab sie zu. »Aber ich kenne Niklas wirklich. Seinetwegen habe ich angefangen, mich mit Ahnenforschung zu beschäftigen. Alle in Wustrow, die ihn kannten, haben Probleme mit der Vorstellung, dass er in betrunkenem Zustand gestürzt sein und dabei das Feuer verursacht haben soll. Das ist es, was die Polizei glaubt. Wir nicht, deshalb suchen wir nach Hinweisen, die eine andere Erklärung zulassen.«

»Sie haben geglaubt, ich könnte was mit dem Brand zu tun haben.«

»Sie müssen zugeben, dass das im Bereich des Möglichen liegt«, sagte Paul. »Ihr Auto wurde gesehen, Sie wurden gesehen.« Er machte eine Pause, zu kurz jedoch, als dass Wiebke Henning etwas erwidern konnte, und fragte beinah im Plauderton: »Was haben Sie gemacht, nachdem Sie aus Wustrow weggefahren sind?«

Kassandra wurde etwas schwummerig, weil Paul so wenig damit hinter dem Berg hielt, dass sie Wiebke Hennings Beteiligung nach wie vor nicht ausschlossen. Zu ihrer Erleichterung reagierte sie aber nicht aggressiv, sondern sachlich.

»Sie meinen, ob ich ein Alibi habe? Ich fürchte, ich war in der Nacht ein bisschen deprimiert und bin einfach drauflosgefahren. Gegen Mitternacht bin ich in Hamburg in einer Bar versackt – ohne dass ich da mit jemandem geredet hätte außer mit dem Barkeeper, der sich aber bestimmt nicht an mich erinnert, weil der Laden brechend voll war.« Dann hellte sich ihr Blick auf. »Ich bin kurz vor Hamburg geblitzt worden, weil ich zu schnell war. Irgendwann gegen elf.«

Paul nickte. »Sie hätten es also nicht nach Wustrow zurückgeschafft, selbst wenn Sie auf der Stelle kehrtgemacht hätten, nachdem Sie geblitzt wurden. Wann das war, kann ja haargenau nachgeprüft werden.«

»Von Ihnen? Ich dachte, Sie sind nicht die Polizei.«

»Wir haben da so unsere Möglichkeiten«, sagte Paul.

Kassandra glaubte Wiebke Henning die Geschichte, vor allem, da sie sehr erleichtert gewirkt hatte, nachdem ihr das mit dem Blitzer eingefallen war. Trotzdem konnte es nicht schaden, wenn Dietrich das nachprüfte oder es von jemand Vertrauenswürdigem nachprüfen ließ.

»Falls es Ihnen weiterhilft: Ich kann mir Niklas auch nicht betrunken vorstellen. Ich verstehe nur nicht, was das ändert. Die Blutwerte werden sich die Ärzte in der Klinik ja nicht ausgedacht haben. Vielleicht *hat* Niklas getrunken, und vielleicht hat es einen plausiblen Grund dafür gegeben.«

»Niemand, mit dem ich gesprochen habe, hat in den letzten Tagen oder Wochen etwas Ungewöhnliches an ihm bemerkt, er war genau wie sonst«, sagte Kassandra. »Das Einzige, was nicht passt, ist, dass er an dem Abend des Feuers ein Vereinstreffen versäumt hat.«

»Haben Sie auch mit seinen Kollegen geredet?«, fragte Wiebke Henning, die sich wieder ganz gefangen hatte.

»Nein, ich kenne leider niemanden, der mit ihm zusammengearbeitet hat«, sagte Kassandra. »Die BOB wollen wir trotzdem noch überprüfen.«

»Fragen Sie aus einem bestimmten Grund nach seinen Kollegen?«, erkundigte sich Paul.

»Niklas war ein bisschen komisch, als ich ihn nach der Arbeit fragte. Er wollte nicht so recht darüber reden und machte nur vage Andeutungen. Ich hab ihn gefragt, ob er Schwierigkeiten mit Kollegen oder mit seinem Boss hat, aber er wechselte einfach das Thema.«

»Was genau hat er gesagt?«, erkundigte sich Paul.

Wiebke Henning schloss die Augen und versuchte, sich zu erinnern. »Er meinte, er müsse gut überlegen, ob er sich in einer bestimmten Sache die Finger verbrennen will.« Sie lachte verbittert auf. »Das waren seine Worte: die Finger verbrennen.«

7

Paul saß am Schreibtisch und starrte auf das Display seines Notebooks. Es kostete Kassandra keine Mühe zu erkennen, dass er nicht sein Manuskript sah, obwohl er den Text direkt vor seiner Nase hatte.

In Rostock hatten sie noch ein wenig mit Wiebke Henning gesprochen, vorwiegend über Niklas' Familie, die Ahnenforschung und die Frage, ob er irgendetwas über irgendwen in der Verwandtschaft hätte herausfinden können, das so heikel war, dass es einen Mordversuch rechtfertigte. Aber Wiebke Henning zufolge waren die Lebensläufe der Familienmitglieder in der Tat so langweilig, wie Kassandra sie aufgefasst hatte. Natürlich mochte sie sich irren, aber es schien doch vielversprechender zu sein, woanders nach einem Motiv zu suchen.

»Wird höchste Zeit, dass ich mich mit der BOB und Herrn Barthel beschäftige«, murmelte Paul gerade.

»Lass mich das übernehmen«, sagte Kassandra. »Zumindest solange du noch zu arbeiten hast. Wir können dann immer noch …« Das Telefon unterbrach sie mitten im Satz.

Genervt sah Paul das Ding von Weitem an, aber es hörte nicht auf zu klingeln, also ging er doch dran.

Kassandra konnte aus dem, was er sagte, nicht heraushören, wer am anderen Ende der Leitung war, weil er die meiste Zeit nur zuhörte, unterbrochen von einem gelegentlichen »Hm«. Schließlich sagte er: »Das ist interessant – und passt ungewöhnlich gut zu dem, was wir herausgefunden haben.«

Als er begann, von ihrer Begegnung mit Wiebke Henning zu erzählen, erriet Kassandra, dass Paul mit Dietrich sprach.

»Gut, regeln wir das so«, schloss Paul, nachdem er wieder eine ganze Weile zugehört hatte, »wenn Sie das Risiko eingehen wollen. Wir recherchieren parallel das, was öffentlich zugänglich ist. Übrigens hat auch Barthel in einigen Tagen einen Termin mit der Gemeindevertretung. Wenn Heinz Bernhard und Oliver Kämpfer in die Mangel nimmt, werde ich sehen, was ich am

Montag bei Barthel ausrichten kann. Das ist leider noch etwas hin, aber es wird am unauffälligsten sein, wenn wir ohnehin aufeinandertreffen.« Wieder hörte Paul zu, nur kurz diesmal. »Alles klar. Bis dann. – Was? – Oh.« Paul lachte. »Das ist nichts im Vergleich zu dem, was Kassandras Kleid gekostet hat.«

Es lag noch immer ein breites Lächeln auf seinem Gesicht, als er den Hörer auflegte und zu Kassandra hinübersah. »Der Herr Oberkommissar hat Bekanntschaft mit unserem Luxusladen im Strandquartier gemacht – allerdings hat er anders als wir in Rostock darauf verzichtet, dort auch etwas zu kaufen.«

»Hey!«, protestierte Kassandra. »Du hast darauf bestanden, das Kleid mitzunehmen, nicht ich.«

»Gefällt's dir etwa nicht?«

»Doch. Sehr.«

»Eben. Und du gefällst mir. Sehr. Mit und ohne Kleid.«

Kassandra warf ein Kissen nach ihm, das er geschickt auffing. Dann verschwand das Lachen aus seinem Gesicht, und er gab Dietrichs Bericht wieder. »Er will Wiebke Hennings Blitzer-Geschichte überprüfen und außerdem nachsehen, ob er was über Barthel und Kämpfer im polizeilichen Informationssystem findet. Hatte er ursprünglich nicht vor, aber nachdem er Barthel persönlich begegnet ist und nun auch noch von Niklas' Bemerkungen über die BOB gehört hat, wird er seinem Büro einen nächtlichen Besuch abstatten und hoffen, dass ihn da niemand zu sehen kriegt. Ich hab ihm versprochen, dass wir uns um die Dinge kümmern, die leichter einzusehen sind, vielleicht stolpern wir ja über das eine oder andere. Heinz kümmert sich derweil um die Kämpfers.«

Kassandra nickte. »Und du kümmerst dich jetzt endlich um dein Manuskript. Damit du kein Stück abgelenkt wirst, mache ich mit meinem Kram in der Lindenstraße weiter. Ist sowieso sinnvoll, dass ich zu Hause schlafe, weil die Bergers morgen schon wieder so früh wegwollen. Dabei haben die Urlaub, meine Güte. Wenn ich das wäre, würde ich nie freiwillig vor neun aufstehen.«

»Faulpelz«, sagte Paul lächelnd, hatte sich aber schon wieder halb dem Laptop zugewandt und machte sich an die Arbeit.

Kassandras Kopf rauchte. Es war fast ein Uhr nachts, sie hatte stundenlang vor dem Bildschirm gehockt, alles gelesen, was sie über Harald Barthel, die BOB und seinen Verein Sonnenseite e.V. finden konnte, und ein Dossier über ihn angelegt. Dabei war ein sehr zwiespältiges Bild herausgekommen, Kassandra wusste beim besten Willen nicht, was sie von dem Mann halten sollte.

Harald Barthel war 1948 in Lüneburg geboren, hatte in Hannover an der Technischen Universität, der heutigen Leibniz Universität, sein Studium als Diplom-Ingenieur abgeschlossen, einige Jahre als Angestellter gearbeitet und Ende der 1970er sein erstes Unternehmen in Osnabrück gegründet. Die Firma lief gut, er hatte expandiert, dann aber nach der Wende verkauft und in Ribnitz die BOB aufgebaut. Nur kurze Zeit später hatte er Sonnenseite e.V. ins Leben gerufen. Der Verein betrieb mittlerweile fünf Kinderferien- und -erholungsheime in Mecklenburg-Vorpommern, Brandenburg, Schleswig-Holstein und Niedersachsen.

Es gab etliche Berichte über die Arbeit des Vereins, jeder unterstrich das besondere Engagement des Gründers Harald Barthel, begleitet von Fotos, die einen zumeist lächelnden Mann zeigten, der nach Kassandras Auffassung aber aussah, als würde er lieber auf diese Art der Öffentlichkeitsarbeit verzichten. Eins stach klar hervor: Während er in den Sonnenseite-Berichten als unermüdlich um das Wohl von Kindern bemühter Mann dargestellt war, wurde er in Artikeln über die BOB als hartgesottener Geschäftsmann beschrieben, der ausschließlich die Interessen seiner Firma wahrte, sich um keinen Preis die Butter vom Brot nehmen und genauso wenig in die Karten sehen ließ. Natürlich war dieser Habitus im Geschäftsleben legitim, niemand lastete ihm das an.

Negativschlagzeilen über Barthel gab es trotzdem einige, die allerdings nichts mit seiner Firma, sondern mit seinem Privatleben zu tun hatten. Als er vor sechs Jahren von seiner Frau geschieden wurde, hatte Kassandra in Stralsund gelebt und die Affäre nicht wirklich verfolgt. Sie erinnerte sich aber vage, in der Zeitung über den Scheidungskrieg des Baumagnaten Barthel gelesen zu haben. Seine Frau hatte eine Affäre mit einem anderen Mann gehabt, das wusste sie noch, aber wer das war, wieso und warum, das hatte sie vergessen. Nun hielt sie die Luft an: Bernhard Kämpfer.

Im Gegensatz zu seiner sonstigen Art hatte Barthel damals aus seinem Herzen keine Mördergrube gemacht und einiges über seine Frau und Bernhard Kämpfer gesagt, das man einfach nicht sagte – auch wenn es stimmen mochte. Er hatte ihr die Scheidung so schwer wie möglich gemacht, sie so lange hinausgezögert, wie es ging, und um jeden Cent gekämpft, den er ihr nicht bezahlen musste. Nur eine Woche nach dem Scheidungstermin hatte Barthels Exfrau Bernhard Kämpfer geheiratet. Und Barthel hatte es seinem Konkurrenten heimgezahlt, indem er ihm zwei Tage darauf ein ähnlich großes Projekt vor der Nase wegschnappte, wie es jetzt die alte Seefahrtschule war. Allem Anschein nach war Harald Barthel jemand, der nicht gut verzeihen konnte, ein Charakterzug, der im krassen Widerspruch zu seinem sozialen Engagement gelesen werden konnte.

Kassandra ließ sich auf ihrem Stuhl zurückfallen und klopfte nachdenklich mit dem USB-Stick, auf dem sie das Dossier zusätzlich gespeichert hatte, gegen ihre Zähne. Zweifellos war Sonnenseite e.V. eine gute Sache. Aber vielleicht diente der Verein dem knallharten Geschäftsmann auch als Deckmantel für ganz andere Geschäfte. Hatte Niklas das herausgefunden und deshalb sterben sollen? Oder steckten doch die Kämpfers hinter dem Anschlag? Wollte sich Kämpfer Lodgings nicht noch mal eine solche Schlappe gegen Barthel einfangen wie vor ein paar Jahren und dem Konkurrenten auf diese Weise nahelegen, sich aus dem Seefahrtschul-Projekt rauszuhalten?

Sie rieb sich die Augen und beschloss, endlich schlafen zu gehen. Mehr konnte sie im Moment nicht tun. Sie wollte gerade den PC herunterfahren, als sie von weit her ein Klingeln hörte. Sie hatte ihr Smartphone in der Küche liegen lassen und lief jetzt hinüber, um es zu holen. Ein Blick aufs Display verriet ihr, wer da eine ebenso schlaflose Nacht verbrachte wie sie.

»Herr Dietrich, was gibt's?«

»Sie klingen ja noch munter. Ich hatte schon ein schlechtes Gewissen, weil ich dachte, ich hole Sie aus dem Tiefschlaf.« Dietrich sprach ungewöhnlich leise.

»Ich wollte gerade in Tiefschlaf fallen«, gab Kassandra zurück, »aber bis eben habe ich noch an den Recherchen über die BOB gesessen. Paul hat morgen Abgabetermin für sein Manuskript und kommt gerade nicht dazu.«

»Ah, dann hat er sicher das Telefon abgeschaltet. Ich wollte ihn nämlich genau deswegen sprechen und konnte ihn nicht erreichen. Haben Sie ein paar Namen für mich? Sowohl von Mitarbeitern als auch von Personen, die auf andere Weise in Zusammenhang mit Barthel stehen?«

Kassandra begriff nun, warum Dietrich flüsterte. Er musste sich wegen des Zugriffs auf das polizeiliche Informationssystem in sein Büro geschlichen haben. »Ich habe alle Namen notiert, die ich auf der Firmenwebsite und in Artikeln über die BOB und Sonnenseite finden konnte. Von Sonnenseite e.V. gibt es leider kein öffentliches Mitgliederverzeichnis. Ich kann Ihnen das alles mailen.«

»Das wäre großartig.« Dietrich gab ihr seine E-Mail-Adresse und hatte die Liste eine Minute später auf seinem Smartphone. »Danke. Ich habe keine große Hoffnung, bezüglich der Mitarbeiter sowohl von der BOB als auch von Sonnenseite in unseren Datenbänken auf etwas zu stoßen, aber nachprüfen möchte ich es wenigstens. Was ich über die Kämpfers und deren Mitarbeiter recherchieren konnte, hat leider zu nichts geführt.«

»Wäre ja auch zu einfach gewesen, wenn jemand von denen wegen Brandstiftung oder Körperverletzung oder was Ähnlichem vorbestraft wäre«, sagte Kassandra. »Falls Kämpfer oder Barthel dahinterstecken, könnten sie natürlich auch jemand völlig Fremdes dafür bezahlt haben, Niklas' Haus anzuzünden.«

»Möglich. Obwohl ich häufig die Erfahrung gemacht habe, dass die Betroffenen diese Dinge lieber selbst in die Hand nehmen. Erspart ihnen unliebsame Mitwisser.«

»Das ist ein Punkt«, fand Kassandra und erzählte noch kurz die Episode aus Barthels Privatleben.

Dietrich lachte leise. »Wer hätte gedacht, dass Barthel und Kämpfer in so vielerlei Hinsicht miteinander konkurrieren? Die beiden sind ja jetzt fast ein bisschen verwandt.«

Kassandra musste ebenfalls lachen. »Apropos verwandt: Konnten Sie herausfinden, ob Wiebke Hennings Blitzer-Geschichte stimmt?«

»Ja, um dreiundzwanzig Uhr vier kurz vor Hamburg, wie sie gesagt hat. Damit können wir sie ausschließen.«

Kassandra hatte nichts anderes erwartet. »Was werden Sie tun, wenn Sie mit den Namen durch sind?«, fragte sie.

»Mich auf eine zweite Begegnung mit Harald Barthel vorbereiten. Egal, was ich jetzt im System finde oder nicht, ich werde dem Mann auf den Zahn fühlen.«

»Viel Glück dabei. Und seien Sie vorsichtig. Mit dem scheint wirklich nicht gut Kirschen essen zu sein.«

»Da trifft er bei mir auf den Richtigen«, stellte Dietrich fest. »Ich denke, ich kann ihm da durchaus das Wasser reichen.«

Kassandra war sich nicht sicher, ob seine Stimme amüsiert klang oder vollkommen neutral war. Sie erinnerte sich sehr deutlich an die Erfahrung, Dietrich zum Feind zu haben. »Ich weiß«, sagte sie und bemühte sich ebenfalls um einen Tonfall, aus dem er nichts heraushören konnte.

Einen winzigen Augenblick herrschte Stille am anderen Ende. »Ist mir klar«, sagte Dietrich dann. »Gute Nacht, Frau … Voß.«

Kassandra grinste das Smartphone noch an, als Dietrich das Gespräch längst beendet hatte. Auf genau dieselbe skeptische Art hatte er sie angeredet, als sie einander kennengelernt hatten, weil er glaubte, dass sie mit drinsteckte in der Sache mit dem Kunstgutachter, den sie tot in ihrer Pension gefunden hatte.

8

Kay Dietrich stand auf dem Marktplatz von Ribnitz, im Rücken die Marienkirche, deren Kirchturmspitze ihn immer an einen lang gezogenen Kaffeekannendeckel erinnerte, vor sich das bunte Gewimmel des Marktes. Ein paar Minuten lang ließ er sich treiben und schlenderte an den Gemüse- und Obstständen, den Fleischerei-, Fisch- und Bäckerwagen und einem Broiler-Stand vorbei. Dazwischen blitzte am anderen Ende des Marktplatzes hin und wieder das große hellgelbe Gebäude des Rathauses hervor, das sich in Kombination mit seinem roten Dach beeindruckend vor dem strahlend blauen Himmel ausnahm.

Er blieb an einem Kräuterstand stehen, hielt sein Gesicht in die Sonne und dachte zurück an die vergangene Nacht, in der er sich selbst wie ein Verbrecher vorgekommen war, weil er sich durch den Eingang zum Fahrradkeller Zutritt zur KPI verschafft hatte und drinnen darauf hatte achten müssen, von niemandem gesehen zu werden. Er hatte sogar darauf verzichtet, das Licht einzuschalten, und beim Telefonat mit Kassandra Voß besonders leise gesprochen. Am Ende seiner Nachtschicht war er nur wenig schlauer gewesen als zu Beginn – er hatte über keine der Personen auf der Liste etwas finden können, alle waren sauber, geradezu porentief rein.

Was Dietrich jetzt vorhatte, war nur unwesentlich weniger riskant als sein unerlaubtes Recherchieren, jedenfalls im Hinblick auf einen potenziellen Konflikt mit Geldorf. Sollte der spitzkriegen, dass er wegen des Brandes mit Harald Barthel sprach, brächte ihm das bestimmt keine Pluspunkte ein.

Während er den Markt und den Brunnen mit den bronzenen Märchenfiguren hinter sich ließ, stellte er fest, dass ihm der Gedanke aufzufliegen nicht mehr so viel ausmachte wie noch in der Nacht zuvor. Er war immer schon eigene Wege gegangen und unbequem gewesen. Bis vor wenigen Tagen hatte er wohl schlicht Glück gehabt, dass er damit zwar von Zeit zu Zeit ordentlich angeeckt, es aber nie zu ernsthaftem Ärger gekommen war. Dennoch – je länger er darüber nachdachte, desto klarer wurde ihm, dass ihn auch Geldorfs Drohungen nicht davon abhalten würden zu tun, was er für richtig hielt.

Dietrich überquerte die Lange Straße und bog in die Neue Klosterstraße ein. An deren Ende, direkt gegenüber dem Deutschen Bernsteinmuseum im Ribnitzer Kloster mit der langen schiefergrauen Spitze auf dem roten Backsteinturm, stand ein sorgfältig saniertes zweistöckiges Fachwerkhaus mit einem an der Fassade emporwachsenden Rosenstrauch. Das Gebäude wirkte viel zu verspielt und zu klein, um ein Bauunternehmen vom Rang der BOB zu beherbergen. Harald Barthel aber mochte offenbar Gegensätze – ein interessanter Charakterzug.

Dietrich hatte sich nicht angemeldet, sein Dienstausweis öffnete ihm wie üblich sämtliche Türen. Glücklicherweise war er nur in Urlaub und nicht suspendiert, sonst hätte er den abgeben müssen. Er wurde von Barthels Assistentin Simone Kleist – Ende vierzig, ungewöhnlich groß, das halblange brünette Haar perfekt frisiert und keine einzige Falte im dunkelgrünen Hosenanzug und der weißen Bluse – um ein wenig Geduld gebeten und nahm auf einem chromglänzenden Stuhl im Vorzimmer Platz.

Die Räumlichkeiten waren alles andere als verspielt, sie wirkten nüchtern und geschäftsmäßig und waren beinah spartanisch eingerichtet, nicht mal ein Bild hing an der Wand. Simone Kleist hätte auch keine Zeit gehabt, sich daran zu erfreuen, sie nahm während der fünf Minuten, die Dietrich wartete, sechs Telefonate entgegen, bearbeitete dazwischen diverse Akten und kam kaum zum Luftholen. Schließlich öffnete sich die Tür zu Barthels Büro.

»Kein Problem, Herr Barthel«, sagte der Mann, der herauskam, die Klinke noch in der Hand. »Auch wenn Niklas Thiel fehlt, wir bekommen das auf jeden Fall geregelt.«

Dietrich betrachtete ihn aufmerksam. Ist das Thiels Stellvertreter?, fragte er sich. Der sah aus, als wäre er noch nicht ganz trocken hinter den Ohren, aber Dietrich wusste nur zu gut, wie sehr das Äußere täuschen konnte. Er erhob sich, als die Assistentin ihm bedeutete, dass er nun eintreten könne.

Barthels Büro war erstaunlicherweise kleiner als sein Vorzimmer, ebenso spartanisch möbliert, aber weniger ordentlich. Auf seinem Schreibtisch türmten sich Baupläne und andere Papiere, die Dietrich nicht auf den ersten Blick zuordnen konnte. Barthel hämmerte gerade auf seine Tastatur ein und sagte, ohne seinen konzentrierten Blick vom Bildschirm zu nehmen: »Ich habe gleich für Sie Zeit, setzen Sie sich doch.«

Kurz darauf hackte er auf Enter, vielleicht hatte er noch eben schnell eine Mail abgeschickt.

Barthel sah auf, sein Blick ließ Überraschung erkennen – keine sehr freudige allerdings. »Sie? Konnten Sie, was Sie mit mir zu besprechen haben, nicht gestern loswerden, Herr …« Er schaute kurz auf die Schreibtischunterlage, auf die er den Namen seines Besuchers gekritzelt hatte. »Herr Dietrich? Dann hätten wir beide Zeit gespart. Oder gibt es inzwischen Erkenntnisse, die Sie anders als gestern bereit sind, mit mir zu teilen?«

»Ich bedauere, dass mir das nach wie vor nicht möglich ist. Sie verstehen das sicher«, sagte Dietrich und erlaubte sich ein klitzekleines Lächeln, das erwartungsgemäß unerwidert blieb.

»Warum sind Sie dann hier? Alles, was ich über Niklas Thiel weiß, habe ich bereits Ihren Kollegen gesagt.«

»Das mag sein, aber ich mache mir lieber selber ein Bild. Seit wann ist Herr Thiel bei Ihnen beschäftigt?«

»Seit ziemlich genau einem Jahr.«

»Sind Sie zufrieden mit seiner Arbeit als Controller bei der BOB?«

»Sehr.«

»Sie hatten nie Probleme?«

»Nein. Niklas Thiel ist ein erstklassiger Mitarbeiter, der schwer zu ersetzen wäre.«

»Ich verstehe«, sagte Dietrich. »Es ist allerdings so, dass Thiel einer Zeugin erzählt hat, er habe Schwierigkeiten in der Firma.«

Eine Zeit lang war nur das leise Lüftungsgeräusch des Rechners unter dem Schreibtisch zu hören. »Ich kann mir beim besten Willen nicht vorstellen, was er damit gemeint haben könnte«, erwiderte Barthel dann. »Falls diese Zeugin Ihnen keine Märchen aufgetischt hat.«

»Warum sollte sie? Oder haben Sie eine Vermutung, wer ein Interesse daran haben könnte, so was zu tun? Eine Kollegin vielleicht? Hatte er Neider?«

»Das ist absurd. Herr Thiel wird von seinen Kollegen ebenso geschätzt wie von mir. Sprechen Sie mit Chris Ehlers, seinem Stellvertreter, der wird Ihnen dasselbe sagen.«

Dietrich schürzte die Lippen. »Das werde ich tun. Ihnen ist sicher klar, dass sich Privates und Berufliches nicht immer getrennt voneinander betrachten lassen. Was wissen Sie über den Menschen Niklas Thiel?«

»Was soll das?« Ungeduld schwang in Barthels Frage mit. »Sie würden diese Fragen doch nicht stellen, wenn es sich bei dem Brand um einen Unfall handeln würde. Ich schätze es, wenn man Klartext mit mir redet. Also?«

Ganz langsam beugte Dietrich sich auf seinem Stuhl vor und fixierte Barthel, dessen blaue Augen seinem Blick nicht für einen Wimpernschlag auswichen. »Also, Herr Barthel, erzählen Sie mir, was Sie über Thiel wissen«, wiederholte er ruhig.

Barthel holte tief Luft, und einen kurzen Moment lang hatte Dietrich den Eindruck, der unerschütterliche Geschäftsmann würde wütend werden. Aber Barthel hatte sich gut im Griff. Er drückte auf die Gegensprechanlage und bat seine Assistentin um eine Kopie von Thiels Personalakte.

»Es wird ein klein wenig dauern«, sagte er dann, »bis die Unterlagen aus der Personalabteilung hier sind. Ich weiß leider gar nichts über Herrn Thiel, was über seine Arbeit hinausgeht. Es gehört nicht zu meinen Gewohnheiten, mich mit meinen Angestellten privat zu treffen, und mögen sie in ihrem Job noch so brillant sein.«

»Was wollten Sie dann vorgestern Abend bei ihm zu Hause?«

Barthel lehnte sich auf seinem Stuhl zurück. »Das war dienstlich. Ich zahle meinem Team ein außergewöhnlich hohes Gehalt, erwarte dafür aber auch eine entsprechend hohe Einsatzbereitschaft. Ich hatte kurzfristig eine Videokonferenz mit einem wichtigen Geschäftspartner aus den USA vereinbart, zu der Thiel dazukommen sollte. Leider konnte ich ihn telefonisch nicht erreichen, und da in Wustrow die Wege kurz sind, beschloss ich, bei ihm vorbeizugehen. Es lag mir viel daran, ihn bei dem Gespräch dabeizuhaben.«

Dietrich nickte. »Hat die Videokonferenz dann ohne Thiel stattgefunden?«

Kaum wahrnehmbar zögerte Barthel. »Ich habe das in Betracht

gezogen, letztlich aber entschieden, die Sache abzublasen. Die Konferenz sollte um halb zwölf unserer Zeit beginnen, gegen zwanzig nach elf schickte ich Mr. Temple in Los Angeles eine Mail, in der ich die Umstände erklärte und mich entschuldigte. Ich war äußerst ungehalten – und Mr. Temple ließ dasselbe in seiner Antwortmail durchblicken. Natürlich konnten wir beide nicht ahnen, dass Thiel nur wenig später ... mit dem Feuer kämpfen würde.«

Zum ersten Mal bekam Barthels Fassade einen Riss, als würde er den Gedanken an seinen Mitarbeiter in den Flammen tatsächlich erschreckend finden. Dietrich fragte sich, ob das echt war oder ob Barthel exakt diesen Eindruck erwecken wollte. In den Augenblick des pietätvollen Schweigens hinein sagte er: »Könnten Sie mir bitte den entsprechenden Mail-Verkehr ausdrucken?«

Abrupt richtete sich Barthel so kerzengerade auf, wie er am Tag zuvor auf der Seebrücke gestanden hatte. Die Reaktion war derart spontan, dass Dietrich diesmal keinen Zweifel an der Echtheit hegte.

»Sie fragen mich nach meinem Alibi?«

Dietrich lächelte milde. »Das klingt recht dramatisch, aber wenn Sie es so ausdrücken wollen: Ja, ich frage Sie nach Ihrem Alibi.«

In diesem Moment klopfte es leise an der Tür. Die Assistentin trat ein, ohne ein »Herein« abzuwarten, und legte ihrem Chef einen kleinen Stapel Kopien auf den Schreibtisch.

Dietrich fluchte innerlich. Das hatte Barthel Zeit gegeben, sich von seiner Überraschung zu erholen. Er war wieder vollkommen gelassen, als er sich Tastatur und Monitor zuwandte, ein wenig hin und her klickte und den Schriftverkehr aufrief, woraufhin sein Drucker drei Blatt Papier mit vier Mails zwischen ihm und einem Mike Temple ausspuckte. »Das sollte genügen«, sagte er, während er Dietrich die Blätter hinüberreichte.

Dietrich warf einen Blick auf die Daten und rechnete. Frau Herrmann hatte den Brand um dreiundzwanzig Uhr sechsundvierzig gemeldet, zu dem Zeitpunkt war außer Thiel niemand mehr im Haus, der den Flammen noch rechtzeitig entkommen wollte, sonst hätte Frau Herrmann denjenigen wohl herauskommen sehen. Barthel hatte die erste Mail um dreiundzwanzig

Uhr dreiundzwanzig verschickt. Wenn er direkt danach – erneut, falls seine Aussage bezüglich seines Besuchs eine halbe Stunde zuvor stimmte – zu Thiel aufgebrochen wäre, hätte er kaum zwanzig Minuten Zeit gehabt, um in die Hafenstraße zu kommen, ins Haus einzudringen, Thiel von der Galerie zu schubsen, das Feuer zu legen und zu verschwinden. Knapp. Sogar äußerst knapp. Im Grunde unmöglich.

Allerdings hatte Barthel auf die prompte und in der Tat harsch klingende Antwort von Mike Temple erst um dreiundzwanzig Uhr fünfundfünfzig geantwortet.

»Was haben Sie in der Zwischenzeit gemacht?«, erkundigte sich Dietrich.

»Mir überlegt, wie ich am wohlklingendsten und um gut Wetter bittend meinem Geschäftspartner Honig ums Maul schmiere«, sagte Barthel mit unverhohlenem Sarkasmus. »War es das? Dann gebe ich Ihnen hier noch die Kopie von Niklas Thiels Personalakte und hoffe, sie hilft Ihnen weiter.« Er schob Dietrich die Blätter zu, die seine Assistentin hereingebracht hatte. »Und jetzt entschuldigen Sie mich bitte, ich habe zu tun.«

Dietrich erhob sich und sah ein klein wenig länger auf Barthel hinunter, als nötig gewesen wäre, bevor er sagte: »Sie haben mich gestern nach Niklas Thiels Gesundheitszustand gefragt. Der ist besorgniserregend. Thiel liegt im Koma, und ich schätze, er hätte stattdessen auch lieber … zu tun. Auf Wiedersehen, Herr Barthel.«

Barthel erwiderte nichts, sondern wandte sich demonstrativ seinen Papieren zu.

Der Mann ist wirklich eine harte Nuss, dachte Dietrich, als er die Bürotür hinter sich schloss. Sein Blick fiel auf Simone Kleist, die gerade wieder einmal den Telefonhörer auflegte, nach ein paar Notizen hochschaute und fragte, ob sie ihm noch weiter behilflich sein könne. Vielleicht war die Dame ja mitteilsamer als ihr Chef.

»Herr Barthel weiß leider nichts Privates über Niklas Thiel, mir wäre es aber sehr wichtig, ein möglichst präzises Bild von ihm zu bekommen. Kennen Sie ihn näher?«

Simone Kleists braune Augen weiteten sich ein klein wenig,

als überraschte sie diese Frage. »Niklas Thiel erzählt allgemein wenig über sich. Wie geht es ihm denn? Wir haben bisher leider noch nichts Genaues erfahren können.«

Schon vorhin hatte Dietrich das angenehme Timbre in ihrer Stimme bemerkt. Es vermittelte Ruhe und Gelassenheit, sogar jetzt, wo sie etwas beunruhigt aussah.

»Es geht ihm nicht sehr gut«, sagte er. »Die Ärzte tun natürlich, was in ihrer Macht steht, aber er liegt bis auf Weiteres im Koma. Und Sie können mir wirklich gar nichts über ihn sagen?«

Simone Kleist musste diese Nachricht erst einmal verdauen. »Wir haben ein paarmal miteinander gesprochen, wenn Herr Thiel zu einem Termin bei Herrn Barthel kam und warten musste. Meist ging es aber um Oberflächliches wie das Wetter.«

»Meist?«, hakte Dietrich nach. »Das heißt, es kamen auch andere Dinge zur Sprache?«

»Er kam einmal dazu, als ich für Herrn Barthel eine Jagdveranstaltung absagte, und da erzählte er mir, dass er Sportschütze ist, so richtig in einem Verein, in dem er unter anderem mit einem ehemaligen Polizisten schießt. Der lebt auch in Wustrow, glaube ich. Aber sonst …«

»Er hat nie erwähnt, wohin er in Urlaub fährt, ob er verheiratet ist oder Kinder hat?«

Simone Kleist lächelte, was sie glatt zehn Jahre jünger machte. »Jetzt, wo Sie es erwähnen: Auf der letzten Weihnachtsfeier hat er gesagt, dass ihn keine Frau dazu bringen könnte zu heiraten, weil es sich allein viel besser lebt.«

»Ich könnte mir vorstellen, dass Harald Barthel diese Meinung seit einiger Zeit teilt«, murmelte Dietrich gerade so leise, dass Simone Kleist nicht sicher sein konnte, ob sie es hören oder überhören sollte. Sofort bekam ihr Gesicht einen verschlossenen Ausdruck.

»Ich wüsste nicht, was das mit Herrn Thiels Unfall zu tun hat. Oder war es gar kein Unfall? Es wird ja wohl einen Grund haben, warum Sie etwas über sein Privatleben erfahren wollen.«

»Den hat es«, sagte Dietrich unverbindlich.

Simone Kleist verzog leicht den Mund, weil er nichts weiter hinzufügte, fragte aber kein zweites Mal.

»Das war alles, was Sie mir über Herrn Thiel verraten können?«, hakte er nach.

»Bedaure. Ja.«

Dietrich musterte sie wortlos. »Das ist schade«, sagte er schließlich in einem Tonfall, der absichtlich offenließ, ob er ihr glaubte oder nicht. Was der Wahrheit entsprach. Er spürte jedoch, dass er hier im Moment nicht weiterkam, und wechselte das Thema. »Herr Barthel meinte, ich solle mich mit einem Herrn Ehlers unterhalten. Wo finde ich den?«

Das Gespräch, das Dietrich mit Chris Ehlers und zwei weiteren Kollegen führte, war kaum aufschlussreicher. Übermäßig viel hatte Thiel auch hier nicht über sich erzählt. Ehlers war immerhin einige Male bei Thiel zu Hause gewesen und Thiel bei ihm. Ehlers hatte ihn auch auf seine Geburtstagsfeier eingeladen und bedauerte, dass er nun nicht würde kommen können. Dennoch waren sie bei all ihren Unterhaltungen nie auf etwas wirklich Persönliches zu sprechen gekommen. Von Problemen, die Thiel in der Firma gehabt haben sollte, war ebenfalls keinem der Kollegen etwas bekannt.

Auf der Straße schien noch immer die Sonne, und Dietrich machte sich nachdenklich auf den Weg zu seinem Wagen, den er in der Nähe des Marktplatzes abgestellt hatte. Da hörte er jemanden hinter sich seinen Namen rufen. Als er sich umdrehte, sah er Chris Ehlers auf sich zukommen, ein wenig rot im Gesicht unter dem blonden, schon schütter werdenden Haar.

»Ich … also, ich wollte …«, stotterte Thiels Stellvertreter und setzte noch mal an. »Ich wollte das eben vor den anderen nicht so offen sagen, aber es hat da wirklich mal etwas gegeben. Niklas war oben in der Chefetage gewesen, ziemlich lange, und als er wieder zurückkam, wirkte er sehr unkonzentriert. Wir hatten noch was Dringendes zu klären, aber ich musste alles, was ich sagte, wiederholen, und selbst das bekam er nicht richtig mit – wir haben die Besprechung letzten Endes abgebrochen. Niklas ist immer hochprofessionell, und am nächsten Tag war er es auch wieder. Als sei gar nichts gewesen.«

»Wann war das?«, fragte Dietrich.

»Vor ein paar Monaten. Ich hatte den Vorfall schon wieder vergessen, bis Sie vorhin fragten, ob uns was aufgefallen wäre. Meinen Sie, das könnte wichtig sein?«

»Vielleicht. Haben Sie mit jemandem darüber geredet?«

Ehlers verneinte. »Ich dachte, dass es Niklas sicher unangenehm wäre, und es hat sich ja nicht wiederholt. Ich habe ihn auch nie gefragt, was da los gewesen ist. Hätte ich wohl tun sollen, oder?«

Dietrich sah Ehlers an, dass er sich Vorwürfe machte. Wie alle, mit denen er bisher gesprochen hatte, nahm er ganz richtig an, dass die Polizei wegen eines Unfalls keinen solchen Aufriss veranstalten würde. »Das konnten Sie nicht wissen«, beruhigte er ihn. »Aber jetzt wäre es gut, wenn Sie das weiterhin für sich behielten.«

Ehlers nickte verstehend und ging ins Gebäude zurück, während Dietrich seinen Weg zum Wagen fortsetzte. Dabei sagte er sich, dass nicht nur sein gestriges Gefühl auf der Seebrücke, sondern auch das, was er heute an Eindrücken gewonnen hatte, auf Harald Barthel wies. Diese Mails als Alibi waren eine wacklige Angelegenheit – zumal man die, wie Dietrich ärgerlicherweise erst jetzt einfiel, natürlich auch zeitversetzt verschicken konnte.

Wenig später saß er hinterm Steuer und startete den Motor. Besser keine voreiligen Schlüsse ziehen, dachte er. Noch stand Heinz Jungs Treffen mit den Kämpfers aus, und vielleicht deutete am Ende des Tages ebenso viel auf Kämpfer Lodgings wie auf die BOB.

9

Kassandra stand in der Küche und bereitete das Frühstück für die Bergers vor, die kurzfristig ihre Pläne geändert hatten und heute ausnahmsweise mal zu den Spätaufstehern gehörten. Paul dagegen hatte wegen der Arbeit an seinem Manuskript mit Sicherheit weit weniger geschlafen. Trotzdem musste er topfit sein, weil heute Vormittag der Termin mit den Kämpfers in der Gemeindevertretung anstand. Als sie gerade vorsichtig die Eier ins kochende Wasser gleiten ließ, klingelte es an der Tür. Erschrocken fuhr sie zusammen und hätte fast das zweite Ei ins Wasser fallen und platzen lassen.

»Morgen, Kassandra«, sagte Heinz munter. Tatsächlich wäre er drei Stunden früher ebenso munter gewesen, weil er generell nicht viel Schlaf brauchte. Kassandra sah häufig spät noch Licht bei ihm, und am nächsten Morgen fuhrwerkte er zumindest im Sommer auch schon wieder früh im Garten herum.

»Morgen, Heinz, komm doch rein.«

Er folgte ihr in die Küche, pickte einen Kürbiskern auf, der von einem der Brötchen auf den Tisch gefallen war, und fragte: »Hättest du Interesse daran, nachher Bernhard und Oliver Kämpfer kennenzulernen?«

Kassandra lachte. »Soll Paul mich in die Sitzung schmuggeln?«

»Eigentlich hatte *ich* vor, dich einzuschmuggeln, und zwar *nach* der Sitzung, wenn ich mich mit den Kämpfers treffe. Vier Augen sehen mehr als zwei, und vier Ohren hören mehr. Was meinst du?«

»Ich bin dabei, klar! Habe ich eine bestimmte Meinung zum Seefahrtschul-Projekt oder bin ich neutral?«

Heinz verzog die Mundwinkel zu einem schiefen Lächeln. »Das überlasse ich dir, obwohl es interessant sein könnte, wenn du dich für Barthel aussprichst. Falls sich die Sitzung nicht übermäßig hinzieht, sind wir gegen halb eins im ›Swantewit‹. Komm doch etwas später dazu, ich überrede dich dann, mit uns zu Mittag zu essen.« Damit verschwand er, während Kassandra die

Bergers herunterkommen hörte und sich beeilte, ihren Gästen das Frühstück zu bringen.

Um zehn vor halb eins machte sich Kassandra auf den Weg zum »Swantewit«. Zuvor hatte sie vergeblich versucht, Paul zu erreichen. Aus einem sehr kurzen Telefonat vor der Gemeindevertretersitzung wusste sie, dass er in den frühen Morgenstunden sein Manuskript an den Verlag geschickt hatte, danach ins Bett gefallen und zwei Stunden später schon wieder aufgestanden war. Da er sich nun nicht meldete, dauerte entweder die Sitzung noch an, oder er holte gerade den verpassten Schlaf nach. Kassandra würde also ohne jegliche Information auf die Kämpfers treffen, was aber vielleicht sogar ganz gut war, so begegnete sie ihnen unvoreingenommener.

Aus sicherer Entfernung schaute sie hinüber zur Terrasse des »Swantewit« und entdeckte Heinz, der dort an einem Tisch mit zwei Männern und einer Frau saß. Wer war das denn? Heinz hatte nur Bernhard und Oliver Kämpfer erwähnt. Nachdenklich schlenderte Kassandra die Seebrücke hinauf und betrachtete das Treiben am Strand und die Möwen, die über dem Wellenbrecher kreisten. Sie sah auf die Uhr, fünf nach halb. Noch zu früh, entschied sie und lief weiter bis zum Brückenkopf, wo Bruno mit seiner Angel stand.

»Wie kommt ihr voran?«, fragte er, ohne dass Kassandra auch nur ein einziges Wort gesagt hatte.

»Frag mich das in zwei Stunden noch mal«, sagte sie und berichtete, was sie bisher getan hatten und was sie noch vorhatten zu tun.

»Viel Erfolg bei den Kämpfers«, sagte Bruno. »Allerdings muss ich gestehen, dass ich gespannter darauf bin, was Paul am Montag bei Barthel erreicht. Keine Ahnung, wieso, aber der ist mir nicht geheuer. Klingt alles ein bisschen zu schön mit seinem Kindererholungsheim.«

Kassandra zog nachdenklich die Nase kraus. »Ja, das dachte ich auch schon. Ist doch bemerkenswert, dass wir alle ein so komisches Gefühl haben, was den betrifft.«

»Hm«, machte Bruno. »Wenn das Leben ein Krimi wäre, würde

der gute Barthel am Ende mit der weißesten Weste dastehen, die man sich vorstellen kann.«

»Ist aber kein Krimi«, sagte Kassandra. Trotzdem musste sie lachen, und Bruno fiel ein.

»Jetzt geh, bevor die Kämpfers ihren Nachtisch verspeist haben und du zu spät kommst«, sagte er und holte seine Angel ein, an der ein ungewöhnlich großer Knurrhahn hing. Kassandra bewunderte ihn gebührend, obwohl Bruno abwinkte. »Das Größte an dem ist der Kopf, sonst ist nicht viel dran.«

»Na, dann Petri Heil weiterhin«, wünschte sie und zwinkerte ihm zum Abschied zu.

Beim »Swantewit« wurden an Heinz' Tisch gerade die Getränke serviert. Er sah wie unbeabsichtigt zum Aufgang zur Terrasse, ein Lächeln huschte über sein Gesicht, und er winkte Kassandra zu sich herüber. »Das ist ja ein netter Zufall«, sagte er. »Setz dich doch und iss mit uns.«

Er übernahm die Vorstellung und begann mit Bernhard Kämpfer, der, noch von der alten Schule, aufstand. Kämpfer war etwa in Heinz' Alter, Mitte sechzig, nicht besonders groß, hatte Geheimratsecken, die verbliebenen leicht welligen braunen Haare durchzogen graue Fäden. Für einen erfolgreichen Geschäftsmann blickten seine grauen Augen erstaunlich milde, und auch seine Gesichtszüge wirkten eher ein wenig zu weich. Rein äußerlich war er ein Mann, den man leicht übersah, sodass sich Kassandra fragte, welche inneren Qualitäten er haben mochte, dass Barthels Exfrau ihren Mann für Kämpfer verlassen hatte.

Er sah sie einen Augenblick lang prüfend an, als wollte er in ihrem Gesicht lesen. »Freut mich sehr, Sie kennenzulernen«, sagte er dann und reichte ihr lächelnd die Hand. Das war der Moment, in dem Kassandra Barthels Ex verstand. Ihr selbst war es einmal ähnlich gegangen, als sie Paul kennenlernte, dessen Lachen sie vom ersten Moment an verzaubert hatte. Er machte einen Raum heller durch seine Gegenwart, und Bernhard Kämpfers Lächeln hatte einen ähnlichen Effekt.

Dessen Sohn Oliver wirkte dagegen eher mürrisch. Er stand nicht auf, was Kassandra verschmerzen konnte, aber er verzog auch keine Miene und schien an etwas ganz anderes zu denken. Dabei sah er mit diesem nach innen gekehrten Blick ziemlich gut aus: dunkle Haare, grüne Augen hinter einer schwarz mit dezentem Grün abgesetzten Ray-Ban, markantes Kinn.

Die Frau, die zwischen den beiden Männern saß, stellte Heinz als Jenny Kämpfer vor, Olivers Schwester. Sie nickte Kassandra ebenfalls nur zu, musterte sie aber mit scharfem Blick. Jenny Kämpfer hatte ebenso graue Augen wie ihr Vater, doch ihre blickten härter. Insgesamt wirkte sie wie die sprichwörtliche kühle Blonde. Sie brauchte nicht lange, um einzuschätzen, dass Kassandra keinerlei Konkurrenz für sie darstellte, und ihr Lächeln wurde etwas freundlicher. Es verschwand jedoch gleich wieder, als Bernhard Kämpfer das Wort ergriff.

»Sie sind also die berüchtigte Nichte.«

»Wie bitte?«, fragte Kassandra verblüfft. »Berüchtigt?«

Kämpfer lachte. »Na ja, Ihr Onkel hat erzählt, dass er anfänglich wenig begeistert war über seine neue Nachbarin.«

»Ach so. Ja.« Auch Kassandra musste jetzt lachen. »Das war wohl so.« Sie sah zu Heinz hinüber und merkte, dass ihm Kämpfers Bemerkung unangenehm war. Rasch legte sie ihre Hand auf seine. »Ich bin sehr froh, dass sich das geändert hat.«

Heinz war normalerweise nicht der Typ, der mit anderen über Privates redete. Da er mit Bernhard Kämpfer über sie gesprochen hatte, musste er ihn tatsächlich außerordentlich schätzen. In diesem Augenblick wünschte Kassandra von Herzen, dass Kämpfer senior nichts mit dem Brand zu tun haben möge.

»Ich habe gehört, Sie hatten heute einen Termin mit der Gemeindevertretung und dem Bauausschuss«, sagte sie. »Ist er positiv ausgegangen?«

»Schwer zu sagen«, entgegnete er. »Unser Projekt ist ja bedauerlicherweise nicht das einzige, das geprüft wird, aber zumindest machten vorhin alle einen zufriedenen Eindruck. Die Pläne zur Erhaltung des Gebäudes scheinen anzukommen.«

Jenny Kämpfer gab ein undefinierbares Geräusch von sich, es klang wie ein Schnauben, was ihren Bruder in die Gegenwart zurückbrachte. Er maß sie kurz von der Seite und wandte sich dann an Kassandra. »Unsere Chancen, aus der Seefahrtschule eine Wellness-Oase machen zu dürfen, stehen ausgesprochen gut. Dafür haben wir gesorgt.«

Kassandra fragte sich, ob er damit einen überzeugenden Bau- und Finanzierungsplan meinte oder die Einschüchterung seines Konkurrenten durch eine Brandstiftung.

»Ach ja?«, meldete sich Jenny Kämpfer zu Wort. »Und was ist mit dem Typ, den ihr vorhin erwähnt habt? Ihr müsst euch was einfallen lassen, um den zu überzeugen, das dürfte nicht leicht werden. Der wusste ja anscheinend genau, welche Fragen er stellen musste und wo die Knackpunkte in eurer Planung liegen.«

Kassandra nahm gleichzeitig dreierlei wahr: Erstens hatte Jenny Kämpfer nicht persönlich an der Sitzung teilgenommen. Zweitens klang ihre Stimme gar nicht besorgt oder ärgerlich. Drittens standen die Chancen wohl doch nicht so gut, wie Oliver Kämpfer sie glauben machen wollte.

»Jenny«, sagte Bernhard Kämpfer. »Ich wollte, du würdest mit uns am selben Strang ziehen.«

»Es wird ihr am Ende nichts anderes übrig bleiben, Paps«, meinte Oliver.

Jenny Kämpfer schüttelte beinah mitleidig den Kopf. »Ich werde in einer Million Jahren nicht mit diesem Projekt einverstanden sein und hoffe, dass sich die Skepsis dieses einen Gemeindevertreters auf die anderen überträgt.«

»Wer war denn da so skeptisch?«, wollte Heinz wissen.

»Ein Mann namens Paul Freese«, sagte Oliver Kämpfer. »Jenny hat leider recht, der wird schwer zu überzeugen sein … kennen Sie den persönlich?« Er hatte wohl registriert, dass Heinz zusammengezuckt war.

»Ja, allerdings«, murmelte Heinz und vermied es, Kassandra anzusehen.

»Das ist gut«, meinte Oliver Kämpfer. »Vielleicht können Sie uns ja einen Tipp geben, wie wir den rumkriegen. Jeder Mensch ist bestechlich, gibt's etwas, wofür er eine Schwäche hat und was wir ihm bieten können?«

»Oliver!« Bernhard Kämpfers Gesicht war rot angelaufen, aber Kassandra konnte nicht sagen, ob vor Zorn oder weil ihm peinlich war, dass sein Sohn illegale Geschäftspraktiken mehr als nur angedeutet hatte. Jenny Kämpfer schien bestenfalls amüsiert, sie biss sich auf die Lippen, um ein Lachen zu unterdrücken.

»Ach, Paps.« Oliver Kämpfer winkte lässig ab. »So funktioniert das nun mal. Nicht erst seit gestern. Also, Herr Jung, womit könnten wir Paul Freese eine Freude machen?«

»Oliver. Du wirst diese Frage zurückziehen und sie nie mehr stellen«, befahl Bernhard Kämpfer.

»Ganz im Gegenteil«, widersprach der Junior. »Nächstes Jahr übernehme ich die Leitung von Kämpfer Lodgings, deine Entscheidung, wenn ich dich daran erinnern darf. Es wäre äußerst kontraproduktiv, dieses Projekt nicht schon jetzt so gut es geht nach meinen Vorstellungen voranzutreiben, auch wenn es unter deiner Ägide entstanden ist.« Er wandte sich wieder an Heinz. »Was nun also diesen Freese betrifft ...«

»Das können Sie vergessen«, mischte Kassandra sich ein. Ihre Stimme war leise, aber fest. »Wenn Sie auch nur die geringste Chance haben wollen, ihn für Ihre Planungen einzunehmen, sollten Sie besser nicht versuchen, ihn zu bestechen.«

Ein überhebliches Lächeln umspielte Oliver Kämpfers Mundwinkel. »Meinen Sie? Sie haben keine sonderlich gute Menschenkenntnis, oder?«

»Mag sein. Aber ich kenne Paul. Wir leben zusammen.«

Oliver Kämpfers Blick erstarrte, während seine Schwester losprustete. »Glückwunsch, Bruderherz, das hast du gut hingekriegt.«

Kassandra schwankte zwischen Mitlachen und Wütendsein, entschied sich dann aber für eine dritte Möglichkeit. »Warum sind Sie eigentlich gegen das Projekt Wellness-Oase in Wustrow?«, erkundigte sie sich bei Jenny.

»Ich leite die Finanzabteilung von Kämpfer Lodgings«, sagte die, nun wieder ernst, »und bin ziemlich gut mit Zahlen und Prognosen. Ein Wellness-Hotel würde uns sicher einigen Gewinn einbringen, aber nicht den, den wir haben könnten, wenn wir so was anderswo aufziehen. Die Leute bringen Luxus eher mit Ahrenshoop oder Zingst in Verbindung, nicht mit Wustrow. Das soll keine Geringschätzung ausdrücken, nur die Tatsachen widerspiegeln«, fügte sie hinzu.

»Soweit ich weiß, gibt es aber weder in Zingst noch in Ahrenshoop derzeit Bedarf für ein solches Vorhaben«, sagte Kassandra. »Besonders Ahrenshoop hat ja mit dem neuen Kurhaus erst vor wenigen Jahren einen beispiellosen Bau hochgezogen, der kaum zu toppen sein wird.«

Jenny Kämpfer nickte. »Das ist richtig.« Mehr sagte sie nicht, was Kassandra animierte nachzuhaken.

»Spielt bei Ihren Überlegungen eventuell der ehemalige Militärflughafen in Pütnitz eine Rolle?«

Auf dem Gelände am Ribnitzer See waren einmal sowjetische Luftstreitkräfte stationiert gewesen. Es lag seit 1994 brach. Zwischen den Ruinen von Hangars, Offiziersunterkünften, Flugzeugunterständen und anderen Gebäuden hatten sich Bäume und Gebüsch längst ihren Lebensraum zurückerobert. Der Flughafen an sich stand unter Denkmalschutz, aber das gesamte Areal war rund fünfhundert Hektar groß, und es gab bereits seit längerer Zeit Bestrebungen, einen Teil davon touristisch zu erschließen – mit großen Hotels, Ferienhäusern, einer Marina, zwei Golfplätzen und allem Drum und Dran.

Auch wenn sich konkrete Planungen sicher noch hinziehen würden, hielt Kassandra es für sehr wahrscheinlich, dass Jenny dort langfristig mehr Möglichkeiten sah als in Wustrow – zumal sie jetzt lächelnd, aber dennoch beredt zu Kassandras Vermutung schwieg.

Als nicht weniger interessant bewertete Kassandra den Umstand, dass Jenny und ihr Bruder sich in der Firmenpolitik nicht ausnahmslos grün waren. Das konnte spannend werden, wenn Bernhard Kämpfer sich zurückzog und keinen Puffer mehr bot für die konkurrierenden Geschwister.

Noch spannender für den Augenblick würden allerdings die Reaktionen der Kämpfers sein, wenn Kassandra das Gespräch auf Barthel, die BOB und womöglich sogar auf den Brand brachte. Sie wollte das gerade tun, als Oliver Kämpfer beschloss, in die Offensive zu gehen.

»Da Ihr Freund unser Projekt in einigen Punkten hart in Frage gestellt hat – dürfen wir davon ausgehen, dass Sie das genauso sehen? Oder haben Sie eine eigene Meinung?« Kämpfers Ton war fast beleidigend, er konnte kaum wissen, dass er Kassandra mit seiner Frage einen Gefallen tat.

Sie lächelte liebenswürdig. »Durchaus. Da ich Ihr Konzept nicht kenne, kann ich dazu nichts sagen, aber unabhängig davon bin ich der Meinung, dass Wustrow keine Wellness-Oase braucht.« Sie sah kurz zu Jenny Kämpfer, die kaum merklich nickte. »Ein Erholungsheim für sozial benachteiligte Kinder ist eine viel sinnvollere Sache«, fuhr Kassandra fort. »Ich liebe das Fischland, es gibt keinen schöneren Ort auf dieser Welt, und ich fände es wunderbar, wenn diese Kinder mal aus ihrem Alltag rauskämen und hier abschalten könnten.«

»Wie rührend«, meinte Oliver Kämpfer sarkastisch. »Glauben Sie im Ernst, dass Barthel mit seinen Erholungsheimen reine Wohltätigkeit betreibt?«

Kassandra hob die Brauen. Das war ja genau das, was sie sich selbst schon gefragt hatte – was sie Oliver allerdings nicht auf die Nase zu binden gedachte. »Warum sollte ich das nicht glauben? Wissen Sie etwas über Herrn Barthel, die BOB oder Sonnenseite e.V., das Wustrow ebenfalls wissen sollte?«

»Was ich von Harald Barthel halte, sage ich lieber nicht«, sagte Oliver Kämpfer. »Mein Vater …«

»Oliver, sei still«, fuhr Bernhard Kämpfer ihm prompt über den Mund. »Unsere Querelen interessieren Frau Voß ganz bestimmt nicht.« Er wandte sich an Kassandra. »Sie müssen entschuldigen, mein Sohn kann es nur schwer verwinden, wenn nicht immer und überall jeder seiner Meinung ist.«

»Oja«, stimmte Jenny zu. »Und er lässt nichts unversucht, andere zu überzeugen.«

»Bei Harald Barthel dürfte das schwerfallen«, meldete sich Heinz nach längerer Zeit wieder zu Wort. »Der ist ein harter Knochen. Vor ein paar Tagen wurde ein Mitarbeiter von ihm bei einem Brand schwer verletzt, und das Einzige, was Barthel zu kümmern scheint, ist die Frage, ob der Mann dauerhaft für seine Firma ausfällt.« Er klang verbittert, und Kassandra war sicher, dass das nicht gespielt war, obwohl er damit geschickt den Brand in die Unterhaltung eingeflochten hatte.

»Der Mann ist ein Mitarbeiter von Barthel?«, fragte Bernhard

Kämpfer. »Im Vorfeld der Sitzung heute Morgen habe ich gehört, wie von dem Brand gesprochen wurde, aber ich hatte ja keine Ahnung, wer das Opfer ist.«

Ihr siebter Sinn sagte Kassandra, dass Kämpfer nicht so überrascht war, wie er tat. Sein Blick war bisher immer offen gewesen, jetzt vermied er es, sie oder Heinz direkt anzusehen.

»Wann genau ist das denn passiert?«, fragte er.

»In der Nacht von Montag auf Dienstag«, sagte Oliver Kämpfer so schnell, dass weder Heinz noch Kassandra die Chance hatten zu antworten. »Hat sich mir eingeprägt, weil wir an dem Abend wegen des Konzepts bis spät in die Nacht gearbeitet haben. Schreckliche Vorstellung, dass zur selben Zeit jemand in den Flammen um sein Leben kämpfte.«

Dieser spontane Mitleidsausbruch war eher untypisch für Oliver. Das dachten womöglich sogar Jenny und Bernhard Kämpfer, denn beide schwiegen, als überlegten sie, was genau Oliver da gesagt hatte.

Mit seiner Äußerung hatte er seinem Vater quasi im Vorbeigehen ein Alibi für die Brandnacht gegeben – und sich selbst gleich mit.

Selten fasste Kassandra spontan zu jemandem eine solche Abneigung wie zu Oliver Kämpfer. Es fiel ihr nicht schwer, sich vorzustellen, wie er einen Benzinkanister in Niklas' Haus ausleerte und anschließend ein Streichholz in die Lache warf. Natürlich war das Blödsinn, es hatte kein Benzin oder andere Brandbeschleuniger gegeben, trotzdem bekam sie dieses Bild nicht aus ihrem Kopf. Sie musste sich regelrecht zwingen, wenigstens einen Salat zu ordern, als die Kellnerin die Bestellungen der anderen an den Tisch brachte.

Nach anderthalb Stunden wusste sie, dass sie ihn niemals mögen würde, Jenny zwar etwas überheblich, aber dennoch annehmbar fand und Bernhard Kämpfer, der sich schwertat, der Prellbock zwischen seinen beiden Kindern zu sein, um seine Rolle nicht beneidete. Kassandra vermutete stark, dass er sich nach seinem Rückzug aus der Firma häufig fragen würde, ob er die richtige Entscheidung getroffen hatte, und dass er seinen Ruhestand daher kaum so genießen würde, wie er sich das heute wünschte.

Nach dem Essen standen Kassandra und Heinz mit den Kämpfers neben dem Sandstein-Swantewit und wechselten noch ein paar Floskeln, da klingelte Olivers Smartphone. Er schaute auf das Display und meldete sich mit einem knappen »Ja?«. Dabei wandte er sich von den anderen ab, aber Kassandras Ohren waren gut genug, um seine nächste Frage zu hören: »Woher haben Sie diese Nummer?«

Leider bekam sie nicht mit, worum es weiter ging, denn Oliver lief ein paar Schritte in Richtung Strandstraße. Er sprach leise, außerdem kam eine Frau mit zwei an einer Zwillingsleine hängenden kläffenden Pinschern vorbei, und Kassandra konnte Oliver schlecht unauffällig folgen.

»Es hat mich wirklich sehr gefreut, dass wir uns kennengelernt haben«, sagte Bernhard Kämpfer.

Kassandra zwang sich, ihren Blick von Oliver zu nehmen, dessen Körperhaltung angespannt wirkte. »Obwohl ich mich vorhin nicht für Ihr Projekt ausgesprochen habe?«, fragte sie lächelnd.

Bernhard Kämpfer erwiderte ihr Lächeln. »In meinem Geschäft habe ich schon jede Menge Lobhudeleien gehört, von denen mindestens die Hälfte gelogen war. Ich schätze ehrliche Menschen, Frau Voß.«

»Das geht mir genauso. Was auch aus der Seefahrtschule wird, ich hoffe, wir sehen Sie in Zukunft öfter in Wustrow.« Kassandra war das ganz spontan herausgerutscht, weil sie es wirklich so meinte. »Und das war jetzt keine Lobhudelei«, fügte sie eilig hinzu.

Kämpfer lachte. »Das beruhigt mich.« In die nächste Bemerkung bezog er seinen Sohn mit ein, der sein Telefonat beendet hatte und zurückgekommen war. »Wie es der Zufall will, sind wir schon morgen Vormittag wieder hier, allerdings in einer anderen Angelegenheit, bei der wir mit dem Direktor vom Grandhotel ›Dünentraum‹ reden.«

Das »Dünentraum« stand in Sichtweite von hier, nur durch eine Straße getrennt von der Seenotstation, und war das bisher größte und luxuriöseste Hotel Wustrows. Kassandra überlegte, ob Kämpfer Lodgings womöglich eine Übernahme plante, und wollte, auch wenn sie nicht ernsthaft mit einer Antwort rechnete, gerade nachfragen, als Oliver das Wort ergriff.

»Den Termin müssen wir absagen, oder du musst ihn allein wahrnehmen.«

»Beides ist so gut wie unmöglich, das weißt du«, sagte Kämpfer verärgert. »Wir …«

»Wir werden es möglich machen müssen«, unterbrach ihn Oliver. »Mir ist gerade was dazwischengekommen, auf das ich schlicht und ergreifend keinen Einfluss habe. Ich bin morgen verhindert.« Das klang endgültig, allerdings nicht so fest und unbeirrbar, wie Kassandra Oliver bisher eingeschätzt hatte. Etwas hatte ihn in Aufregung versetzt. War es etwas Beunruhigendes oder das Geschäft des Jahrhunderts? Sie tippte auf Ersteres, ohne einen konkreten Hinweis zu haben.

Bernhard Kämpfer legte offenbar keinen Wert darauf, die Diskussion vor Publikum weiterzuführen. Die Kämpfers verabschiedeten sich endgültig und ließen Kassandra und Heinz allein zurück. Der drehte sich zu Kassandra um, kaum dass sie außer Hörweite waren. »Und? Was hältst du von ihnen?«

Kassandra gab ihren Eindruck wieder und fügte hinzu: »Dieser mysteriöse Anruf vorhin interessiert mich. Ich frage mich, ob wir darüber mehr rausfinden können.«

»Das wäre in der Tat spannend. Oliver ist eine Kämpfernatur, aber …«

Als Kassandra auflachte, guckte Heinz irritiert, bis ihm aufging, was er gesagt hatte, und er halb in das Lachen einfiel. »Du weißt, was ich meine. Als der Anruf kam, wirkte er eher besorgt und nicht so energisch wie sonst. Leider fehlen uns die Mittel, seine Anrufliste abzufragen.«

»Er sagte, dass er das Treffen mit dem Direktor des ›Dünentraum‹ absagen muss, weil ihm ein wichtigerer Termin dazwischengekommen ist. Das heißt, entweder er wird den Anrufer aufsuchen oder der ihn. Weißt du, wo Oliver Kämpfer wohnt?«

Heinz sah sie zweifelnd an. »Du willst ihn beobachten? Man kann sich heutzutage auf jede erdenkliche Art und Weise ›treffen‹, ohne das Haus verlassen zu müssen.«

»Es wäre den Versuch wert, und eine andere Möglichkeit fällt mir nicht ein. Es erscheint mir auf alle Fälle vielversprechender, als Bernhard Kämpfer auf die Finger zu sehen und dabei nur festzustellen, dass er entweder in die Firma geht oder doch allein den Termin im ›Dünentraum‹ wahrnimmt. Ob er das Hotel als eine Art Alternative betrachtet, falls das Seefahrtschul-Projekt an Barthel geht?«

»Wer weiß? Bernhard Kämpfer ist ein gewiefter Geschäftsmann, der streckt seine Fühler gern in viele Richtungen aus.«

»Dann müsste er doch für Jennys Pläne Pütnitz betreffend Feuer und Flamme sein.«

»Wäre er vermutlich, wenn das alles schon etwas konkreter wäre. Aber Papier ist geduldig – über Pütnitz wird ja auch schon seit Ewigkeiten nachgedacht.«

»Du magst Bernhard Kämpfer wirklich, oder?«, fragte Kassandra. Sie waren langsam weitergeschlendert und standen vor dem Sommerzelt-Kino, an dessen Aushangkästen Werbung für den Film »Die Ostsee von oben« hing, den sie immer schon hatte sehen wollen. Bisher hatte sie es nicht geschafft und nahm sich wieder einmal vor, das nachzuholen. Sobald dieser Fall gelöst war.

»Ja«, sagte Heinz. »Ich weiß nicht mal, warum. Normalerweise sind mir solche Geschäftsleute mit Riesenvermögen suspekt.«

Kassandra nickte. »Ich verstehe, was du sagen willst. Ich mag ihn ja auch. Allein deshalb hoffe ich, dass das Alibi, das er von Oliver bekommen hat, echt ist. Obwohl ich es bezweifele.«

Jetzt lachte Heinz. »*Den* magst du ganz offensichtlich nicht. Ruf Dietrich an, wenn Olivers Adresse nicht im Telefonbuch steht. Du hast schon ganz recht, es gibt keine Alternative zu deinem Plan.«

»Außer sein Telefon abzuhören und sich in sein E-Mail-Konto zu hacken«, meinte Kassandra lakonisch. »Aber ich fürchte, das würde Dietrich selbst dann nicht ohne ausreichenden Verdacht mit erforderlicher Genehmigung hinkriegen, wenn er gerade keine Schwierigkeiten mit seinem Vorgesetzten hätte.«

Paul lag bei geöffneter Terrassentür, durch die die Sonne schien, auf dem Sofa und schlief tief und fest. Ein leichter Windhauch spielte mit seinen grauen Haaren, doch auch das weckte ihn nicht. Kassandra stand eine ganze Weile nur da und schaute auf ihn herunter.

Sie hatten während ihrer ersten gemeinsamen Zeit eine Menge durchgemacht. Vor allem der Mord an Pauls Bruder und die Vergangenheit, die damit wieder hochgekrochen war, hatte ihre Beziehung auf eine Probe gestellt, aber seltsamerweise wollte Kassandra diese Zeit nicht missen. Sie hatte ihnen gezeigt, dass das, was sie füreinander waren, keine vorübergehende Laune war, sondern wertvoller als alles bis dahin Vorstellbare. Der Gedanke, dass Paul einmal etwas passieren könnte, dass er verletzt wurde oder Schlimmeres, verursachte ihr körperliche Schmerzen und Übelkeit.

Sie dachte an Niklas und daran, dass er zumindest ihres Wissens niemanden hatte, dem so viel an ihm lag wie ihr an Paul oder Paul an ihr, niemanden, der sich bedingungslos für ihn einsetzte. Darum würde sie, obwohl sie einander weder lange noch gut kannten, alles in ihrer Macht Stehende tun, um herauszufinden, was geschehen war. Wenn sie dafür Oliver Kämpfer auf die Füße treten und ihm näherkommen musste, als sie wollte, war das eben so.

Sie ließ Paul schlafen, von ihrem Plan konnte sie ihm auch noch später erzählen. Stattdessen setzte sie sich an sein Notebook und suchte im Online-Telefonbuch nach der Adresse von Oliver Kämpfer. Wie Heinz vermutet hatte, blieb ihre Suche erfolglos. Also nahm sie das Telefon, ging damit in den Garten und rief Dietrich an. Sie berichtete ihm von dem Treffen mit den Kämpfers und kam zum Schluss auf das seltsame Telefonat zu sprechen.

»Ich kam mir vor wie in einem Film«, sagte sie. »Da habe ich den Satz ›Woher haben Sie diese Nummer?‹ schon gefühlte hundert Mal gehört, aber noch nie im wahren Leben.«

Dietrich lachte. »Ich auch nicht. Wäre interessant zu erfahren, *wer* diese Nummer hatte.«

»Deshalb rufe ich an.« Sie erklärte Dietrich, was sie vorhatte. »Kommen Sie an Olivers Adresse, ohne noch mal in Ihre Dienststelle zu müssen?«

»Die habe ich letzte Nacht schon notiert. Moment.« Kassandra hörte im Hintergrund Papier rascheln, dann meldete sich Dietrich wieder. »Oliver Kämpfer wohnt in der Knieper Vorstadt, schöne Gegend. Die Hainholzstraße ist nicht gerade eine Hauptverkehrsader. Wenn Sie sich da direkt vor der Haustür postieren, fallen Sie auf. Er kennt Sie ja und Paul Freese auch.«

»Gibt's ein paar große Bäume auf der Straße?«, flachste Kassandra.

Wieder lachte Dietrich. »Ich pflanz einen für Sie hin. Nein, im Ernst, es stehen welche da – ob die allerdings zur Tarnung reichen, weiß ich nicht. Seien Sie einfach vorsichtig.« Er nannte ihr die Hausnummer und berichtete dann von seinem Gespräch mit Barthel und den Mitarbeitern der BOB.

»Es sieht also so aus, als wären Barthel und die Kämpfers noch immer gleichauf, was unsere Verdachtsmomente angeht«, meinte Kassandra. »Obwohl mir das, was Sie über Barthel erzählen, fast ein bisschen verdächtiger vorkommt.«

»Warten wir ab, was Sie über Oliver Kämpfer in Erfahrung bringen. Melden Sie sich, sobald Sie was wissen?«

»Mach ich. Bis dann.« Kassandra drehte sich um, um ins Haus zurückzugehen, und sah Paul in der Terrassentür stehen. Er wirkte weit munterer, als er ein paar Stunden zuvor geklungen hatte.

»Was willst du machen?«, fragte er.

»Hast du morgen schon was vor?«, antwortete sie mit einer Gegenfrage, berichtete zum zweiten Mal von den Kämpfers und gab außerdem Dietrichs Einschätzung seines Besuchs bei der BOB wieder. Dann seufzte sie. »Vielleicht höre ich ja mit Oliver Kämpfer Gras wachsen und er hat überhaupt nichts mit der Sache zu tun.«

»Da er so viel Wert darauf gelegt hat zu sagen, wo er in der Brandnacht war, ist dein Verdacht nicht ganz unberechtigt«, sagte Paul. »Verlassen wir uns auf dein Bauchgefühl und fahren nach Stralsund.« Er hielt kurz inne. »Es wäre hilfreich, wenn wir wüssten, wann genau der Termin im ›Dünentraum‹ gewesen wäre, damit wir einen Anhaltspunkt für die Uhrzeit von Oliver Kämpfers Verabredung haben.« Paul nahm Kassandra das Telefon aus der Hand. »Ich rufe mal im ›Dünentraum‹ an. Muss ja zu was gut sein, dass ich ganz gut mit Siegfried Streblow kann.«

Streblow war der neue Direktor des »Dünentraum«, aber

Kassandra war wenig angetan von der Idee. »Was willst du dem denn sagen?«

»Lass mich mal machen«, sagte Paul lächelnd.

Er wurde gleich durchgestellt, machte erst ein bisschen Small Talk und kam dann zum Punkt. *Scheinbar* zum Punkt, wie Kassandra erstaunt registrierte, als sie hörte, dass Paul Streblow eine Ausstellung mit ihren Fotos im Hotelfoyer vorschlug und ihn fragte, ob sie morgen Vormittag eventuell mit einigen ihrer besten Bilder vorbeikommen könnten.

Kassandra wurde etwas flau. Zwar konnte sie sich nicht vorstellen, dass Streblow ernsthaft interessiert an ihren Fotos war, aber vermutlich würde er Paul zuliebe zumindest einen Termin vereinbaren. Wenn nun die Kämpfers den Termin abgesagt hatten und sie tatsächlich morgen im »Dünentraum« sein musste?

Aus dem, was Paul nach einigen Momenten sagte, konnte sie nicht schließen, was Streblow erwidert hatte. Allerdings sah Paul recht zufrieden aus, als er sich verabschiedete.

»Morgen hat er keine Zeit«, erklärte er. »Ganz vertraulich hat er mir erzählt, dass er sich um zehn mit den Kämpfers trifft, obwohl er sich dann wohl besann und nichts weiter dazu sagte. Aber das Treffen muss wichtig genug sein, es unter all seinen anderen Terminen hervorzuheben.«

»Er wird gedacht haben, es interessiert dich besonders, Herr Gemeindevertreter.«

Paul lachte. »Ja, kann sein. Auf jeden Fall tut es ihm leid, dass sein Kalender so voll ist und er dich erst nächste Woche einschieben kann. Dienstag um zwölf. Und bevor du fragst: Er sagte, er hätte deine Bilder in Ahrenshoop gesehen, und ist wirklich angetan von der Idee. Das war keine Nettigkeit.«

Kassandra spürte ein Lächeln auf ihrem Gesicht, bekam jedoch wegen ihrer Freude gleich wieder ein schlechtes Gewissen. Sollte es zu dieser Ausstellung kommen, hatte sie das letztlich nur Niklas' Unglück zu verdanken.

10

Paul lenkte seinen Škoda schon durch Stralsund, als Kassandra ihr Telefonat mit Jonas beendete. Sie hatte ihn endlich wie versprochen auf den neuesten Stand gebracht. Die letzten Tage hatte er fast pausenlos entweder in seinem Laden gestanden oder war mit seinem Zeesboot auf dem Bodden unterwegs gewesen, und als sie ihn gestern Abend besuchen wollte, hatte Marlene sie an der Tür mit der Bemerkung abgefertigt, Jonas sei völlig erschossen und müsse sich ausruhen. Eben am Telefon hatte Jonas einen winzigen Seufzer ausgestoßen und leise gesagt, dass er sich lieber aus dem Fall raushielte, auch wenn er gern mal wieder mitgemischt hätte. Dann ließ er die Bombe platzen, und Kassandra konnte immer noch nicht fassen, was er ihr erzählt hatte.

»Was ist los?«, fragte Paul. »Stimmt was nicht mit Jonas? Oder ist es Marlene?«

»Doch, ist alles in Ordnung. Wenn man davon absieht, dass Jonas meinte, Marlene sei ein bisschen übernervös und übervorsichtig, seit sie schwanger ist.«

Für einen Augenblick blieb es still im Wagen. Sie fuhren gerade die Friedrich-Engels-Straße entlang, die auf diesem kleinen Stück links vom Moorteich und rechts vom Knieperteich gesäumt wurde.

»Jonas wird Vater?«, fragte Paul dann. »Wie klang er denn, als er die Neuigkeit verkündete?«

»Ich wollte, ich könnte sagen freudig erregt«, murmelte Kassandra.

Jonas hatte bereits eine mittlerweile siebzehnjährige Tochter, die bei der Mutter in Köln lebte, und soweit Kassandra wusste, war ein weiteres Kind nie eine Option in Jonas' Leben gewesen.

»Er wird seine Zeit brauchen, um sich an den Gedanken zu gewöhnen«, sagte Paul. »Wahrscheinlich auch, um sich von seiner Angst zu lösen, dass die Beziehung wieder schiefgeht und er dann ein weiteres Kind verliert. Aber Marlene ist die Richtige für ihn, sie wird bleiben.«

»Das hoffe ich.« Kassandra nickte zur Bekräftigung.

Paul bog in die Hainholzstraße ein, wo er die richtige Nummer suchte, an der er dann im Schritttempo vorbeifuhr. Oliver Kämpfer lebte nicht schlecht. Die großzügige zweistöckige Villa aus rotem Backstein mit breiten weißen hübsch verzierten Fensterumrahmungen, einem kleinen Giebel und zwei Gauben hatte einen von einer Hecke gesäumten Vorgarten, in dem ein paar Rosen blühten. In der Auffahrt stand ein dunkelblaues zweitüriges Audi Cabriolet, auf dessen Kennzeichen als mittlere Buchstaben ein O und ein K prangten. Immerhin war er wohl zu Hause.

Am Ende der Straße wendete Paul und fuhr langsam zurück. Er fand einen Parkplatz etwa zehn Meter von Kämpfers Haus entfernt – schräg hinter einem Baum, sodass sie sehen konnten, wer herauskam und hineinging. Sie würden ein wenig aufpassen müssen, aber mit ein bisschen Geschicklichkeit könnten sie unerkannt bleiben.

»Jetzt können wir nur noch warten und hoffen, dass sich was tut«, meinte Kassandra.

»Brötchen?«, fragte Paul und reichte ihr die Bäckertüte. Sie hatten noch nicht gefrühstückt, langsam machte sich der leere Magen bemerkbar.

»Danke.« Sie sah auf die Uhr am Armaturenbrett. Acht. Eigentlich sollte sie jetzt zu Hause das Frühstück für ihre Gäste zubereiten. Wie so oft erriet Paul ihre Gedanken und grinste vergnügt.

»Mach dir keine Sorgen – Violetta wird das schon schaukeln. Nebenbei sorgt sie für blendende Unterhaltung. Deine Gäste können sich das Radio sparen.«

Unwillkürlich lachte Kassandra. Ihre Freundin redete gern und viel und ohne Punkt und Komma – und Kassandra war ihr sehr dankbar, dass sie heute für sie einsprang. Auch wenn Violetta zuerst ein bisschen gemosert hatte: »Ich hätte es ja spannender gefunden, wenn ich mit nach Stralsund zum Beobachten gedurft hätte, vor allem wenn ihr echt meint, dass der Kämpfer was damit zu tun hat, was ja ein Ding wäre, ich meine, stellt euch vor, der Senior baut hier seine Wellness-Oase, und der Junior ist für so was Scheußliches wie die schlimmste Brandstiftung verantwortlich, die es in Wustrow seit ewig gegeben hat.«

Die Zeit schlich dahin, auf der Straße blieb es ruhig, nichts bis auf ein paar unauffällige Fußgänger und vorbeifahrende Autos. Niemand betrat Oliver Kämpfers Hauseingang, er selbst kam nicht heraus. Sollte Heinz recht behalten, und Oliver hatte einen virtuellen Termin im Netz oder ein Telefongespräch vereinbart?

Nach einem weiteren Brötchen und zwei Bechern Kaffee wurde ihre Geduld doch noch belohnt. Um halb elf verließ Oliver Kämpfer sein Haus. Gespannt beobachteten Kassandra und Paul, ob er seinen Wagen nehmen oder zu Fuß gehen würde. Kämpfer entschied sich für Letzteres. Falls die Altstadt sein Ziel war, brauchten sie sich wenigstens keine Sorgen wegen eines Parkplatzes zu machen. Sie ließen Oliver Kämpfer einen einigermaßen großen Vorsprung und hefteten sich an seine Fersen.

Am Knieperdamm wandte er sich nach rechts und ging weiter in Richtung Innenstadt, bis er schließlich, vorbei am grünspanbedeckten Denkmal für Major Ferdinand von Schill, der einst mit seinem Freikorps gegen Napoleon gekämpft hatte, durch das Kniepertor mit seinem spitz zulaufenden Torbogen die Altstadt betrat. Obwohl er es nicht eilig zu haben schien, wirkte seine Haltung so angespannt wie gestern Mittag. Er überquerte den Alten Markt, ohne dem Rathaus, das Kassandra mit seiner Schmuckfassade und den kleinen Türmchen immer wieder beeindruckte, einen Blick zu gönnen. Dann lief er die Semlower Straße bis zum Hafen hinunter. Erst dort blieb er auf dem großen Platz beim Hansakai stehen, vor sich die »Gorch Fock«, das Museumsschiff, das wegen der Namensgleichheit oft mit dem Marineschulschiff »Gorch Fock« verwechselt wurde – weshalb man die beiden Schiffe auch gern mal mit den Zusätzen 1 und 2 versah. Tatsächlich war diese »Gorch Fock«, die jetzt im Sonnenschein weiß erstrahlte und deren drei Masten sich majestätisch vor dem stahlblauen Himmel erhoben, schon Anfang der 1930er-Jahre von Blohm + Voss in Hamburg erbaut worden und im Mai 1933 vom Stapel gelaufen.

Kassandra und Paul blieben in sicherer Entfernung zwischen zwei hohen Gebäuden stehen und warteten ab, was sich weiter ereignen würde. Kämpfer sah auf die Uhr. War er hier verabredet?

Er setzte sich wieder in Bewegung, ging direkt auf das Schiff zu. Kassandra und Paul lösten sich aus dem Schatten der Gebäude und folgten ihm noch langsamer und in noch größerer Entfernung als zuvor. Sollte Kämpfer sich umdrehen, würde er sie wahrscheinlich trotzdem erkennen. Da strömte eine Busreisegruppe auf den Platz und drängte sich zwischen sie und Kämpfer. Kassandra und Paul nutzten das aus, verschmolzen mit der Gruppe und ließen Kämpfer nicht aus den Augen, der die schmale Treppe zum Deck der »Gorch Fock« hinaufstieg.

»Was machen wir jetzt?«, fragte Kassandra. »Wir sollten schnell aufschließen, damit wir ihn auf dem Schiff nicht verlieren, aber dann entdeckt er uns vielleicht.«

»Müssen wir riskieren, sonst war die ganze Aktion vergeblich.«

Sie legten einen Zahn zu, betraten ebenfalls die Treppe und danach das Deck. Hinter ihnen drängte die Reisegruppe auf das Museumsschiff, was Paul und Kassandra erneut ausnutzten und in ihr untertauchten.

Kämpfer erklomm zielstrebig den linken der beiden steilen Aufgänge, die weiter zum Bug führten.

»Zumindest verschwindet er nicht unter Deck«, sagte Paul. Sie wollten ihm in einigem Abstand folgen, wurden allerdings etwas unsanft davon abgehalten.

»'tschuldigung«, sagte ein älterer Mann aus der Reisegruppe und drängte sich zwischen Paul und Kassandra hindurch. Er war unrasiert und wirkte nicht nur deswegen ein bisschen verwahrlost. Sein Anzug war zerknittert und nicht ganz sauber, um seine Augen lagen tiefe Schatten, und das eine Wort hatte genügt, um Kassandra zusammenzucken zu lassen, weil sein Atem übel roch, als hätte er es am Magen oder sich seit mehreren Tagen nicht die Zähne geputzt. Damit schien er seltsam fehl am Platz unter den anderen Urlaubern, die allesamt gepflegt aussahen – und außerdem russisch sprachen. Verwundert blickte Kassandra dem Mann, der etwa Mitte sechzig sein mochte und nun den rechten Aufgang zum Bug nahm, hinterher. Dann vergaß sie ihn, Kämpfer war jetzt wichtiger.

Als sie endlich ebenfalls oben angelangt waren, sahen sie, dass der Fremde hinter Oliver Kämpfer stehen blieb, der ganz vorn am Bug stand und nach Rügen hinüberschaute. Der Mann tippte Kämpfer auf die Schulter.

»*Das* ist seine Verabredung?«, fragte Kassandra lauter als beabsichtigt. Glücklicherweise waren sie weit genug entfernt, sodass die beiden Männer sie nicht hören konnten. Was leider auch umgekehrt galt. Es war unmöglich mitzubekommen, worüber sie redeten. Allerdings waren Kassandra und Paul nicht weit genug entfernt, um auf lange Sicht unentdeckt zu bleiben, also zogen sie sich hinter den vorderen Mast zurück und beobachteten die Unterhaltung der beiden von dort aus.

Der ältere Mann sagte ein paar Worte, über die Kämpfer offenbar etwas länger nachdachte, was den anderen ungeduldig machte. Er gestikulierte wild mit den Armen, bis Kämpfer etwas erwiderte, das ihn zum Schweigen brachte. Oliver Kämpfer drehte sich daraufhin wieder zum Strelasund – ob er es vermeiden wollte, den verbrauchten Atem des anderen zu riechen, über etwas nachdachte oder gar weitersprach, war nicht zu erkennen.

»Schade, dass wir nicht näher rankönnen«, sagte Paul, »und dass zu unserer Standardausrüstung kein Richtmikrofon gehört.«

Als Kämpfer sich wieder umwandte und ziemlich direkt in ihre Richtung schaute, betraten glücklicherweise gerade ein paar Leute der Reisegruppe diesen Teil des Schiffes. Dennoch drückten sie sich noch enger hinter den Mast. Kassandra lugte ein winziges Stück drumherum und sah, wie Kämpfers »Termin« etwas unbehaglich mit den Schultern zuckte und dann erneut zu gestikulieren begann. Nach kurzer Zeit wurde er von Kämpfer unterbrochen. Der redete diesmal länger, woraufhin der andere zuerst in sich zusammensackte, sich dann aber noch einmal aufrichtete und nun energisch Kämpfer unterbrach. Der Mann redete auf ihn ein und reichte ihm etwas, das zu klein war, als dass Kassandra und Paul aus der Entfernung erkennen konnten, worum es sich handelte.

Was immer es war, es brachte Kämpfer zum Nachdenken. Er sagte nur noch wenige Worte zu dem anderen, der ebenso kurz antwortete. Oliver Kämpfer starrte ihn wortlos an, bevor er den Gegenstand einsteckte, sich mit undurchdringlicher Miene abwandte und ging. Der ältere Mann sah ihm nach, und auch seinem Ausdruck war nicht zu entnehmen, was er dachte.

»Was jetzt?«, flüsterte Kassandra, während sie sich umdrehten, um Kämpfer den Rücken zuzuwenden, wenn er an ihnen vorbeikam. »Wir müssen uns aufteilen. Bleibst du an Kämpfer dran, und ich übernehme den seltsamen Kerl da vorn?«

Eine schnelle Entscheidung war nötig. »Wenn was ist, ruf mich an«, sagte Paul. »Keine gefährlichen Extratouren ohne mich.«

Kassandra verzog das Gesicht. »Keine Angst, ich bleib auf Abstand, schon allein weil ich nicht in Ohnmacht fallen will, wenn ich dem zu nahe komme.«

Paul folgte Kämpfer, der bereits das Schiff verließ. Der Fremde hatte es dagegen nicht eilig. Er stand noch weitere zehn Minuten regungslos am Bug, bis er die »Gorch Fock« ebenfalls verließ. Kassandra hoffte, dass er zu Fuß gekommen war wie Kämpfer, ansonsten musste sie zusehen, dass sie auf die Schnelle ein Taxi auftrieb.

Sie hatte Glück. Der Mann führte sie zwar quer durch die Altstadt, machte aber keine Anstalten, in ein Auto zu steigen. Am Ende landeten sie in der Tribseer Straße, wo die meisten Häuser – wie mittlerweile in so gut wie allen Straßen in Stralsunds Altstadt – saniert und zu Kleinoden umgewandelt worden waren. Das Haus, vor dem der Fremde stehen blieb, bildete die berühmte Ausnahme von der Regel. Es hatte drei an der Fassade durch Gesimse getrennte Etagen, im Erdgeschoss befand sich ein Ladengeschäft, dessen Fenster allerdings mit einer dicken Schicht Plakate von längst vergangenen Veranstaltungen überklebt war. Das Gemäuer bröckelte an der einen oder anderen Stelle, und die Holzrahmen der Fenster machten ebenfalls keinen vertrauenerweckenden Eindruck.

Der Mann befingerte seine Jackentasche und klopfte dann seine Hose ab, offenbar suchte er den Schlüssel. Kassandra stand auf der anderen Straßenseite und tat so, als würde sie den Verfall des Gebäudes betrachten. Gegenüber öffnete sich die Haustür. Heraus trat eine junge Frau mit einem Pagenkopf, der sehr brav ausgesehen hätte, wäre er nicht rechts blau und links türkis gefärbt gewesen. Ein Stecker, den Kassandra selbst auf die Entfernung meergrün glitzern sah, zierte ihre Nase, dazu trug sie ein blau-türkises Batik-T-Shirt und eine Jeans mit mehreren eingenähten Rissen.

»Tag, Lothar. Na, alles klar?«, rief sie ihm zu.

Lothar murmelte etwas Unverständliches und drückte sich an dem Mädchen vorbei, das sich kopfschüttelnd eine Zigarette anzündete und in Richtung Frankenwall davonging.

Kassandra überquerte die Straße und las die Namen an den Klingelschildern. Es gab drei Parteien im Haus, doch die Nachnamen sagten ihr nichts, und leider stand nirgends ein Vorname dabei. Enttäuscht ließ sie ihren Blick noch einmal über die Fassade schweifen und bemerkte über dem zugeklebten Schaufenster einen verblassten, kaum mehr lesbaren Schriftzug: »Lothar Giese – Antiquariat«. Also hatte diesem Lothar einmal der Laden gehört, der – zusammen mit dem Haus und anscheinend auch ihm selbst – langsam zerfiel. Sollte sie bei ihm klingeln und irgendeine Geschichte erzählen? Sie konnte so tun, als würde sie sich für das Ladenlokal interessieren.

Auch wenn sie Paul versprochen hatte, keine Extratouren zu veranstalten, traf sie ihre Entscheidung und drückte auf die Klingel. Mit klopfendem Herzen wartete sie, doch Giese öffnete nicht. Nach einem erneuten erfolglosen Versuch probierte sie die Klingel über seinem Namen. Endlich ertönte der Summer, sie schob die Tür auf und rief »Werbung!« durch den Hausflur. Etwas Ähnliches hatte schon mal geklappt, und auch diesmal hörte sie, wie oben eine Tür wieder geschlossen wurde.

Die Wohnung von Lothar Giese befand sich im ersten Stock auf der rechten Seite, direkt über seinem ehemaligen Antiquariat. Neben der Wohnungstür lagen ein unordentlich gestapelter Packen Altpapier und ein voller gelber Sack. Sie läutete, was der Klingel drinnen ein unangenehm schepperndes Geräusch entlockte, doch davon abgesehen blieb alles ruhig. Schließlich klopfte sie an die Holztür.

»Herr Giese? Wenn Sie zu Hause sind, öffnen Sie doch bitte. Ich möchte mit Ihnen sprechen!«

Nach zwei, drei Sekunden hörte sie ein Knarzen, als würde jemand auf Zehenspitzen auf altem Parkett gehen.

Kassandra wurde nun doch etwas mulmig, weil sie sich ausmalte, dass Lothar Giese direkt auf der anderen Seite der ursprünglich mal hübsch verzierten Tür stand, von der aber schon vor Jahrzehnten die letzte Farbe abgeblättert war.

Niemand öffnete, doch die Schritte entfernten sich auch nicht.

»Es geht um den Laden, Herr Giese«, versuchte sie es erneut. Als wäre das das Zauberwort, riss Giese so plötzlich die Tür auf, dass Kassandra zusammenfuhr.

»Scheren Sie sich zum Teufel!« Ein Schwall seines üblen Atems traf auf Kassandra, die instinktiv einen Schritt zurücksprang. Da knallte er die Tür auch schon wieder zu.

Sie hörte, wie er drinnen den Flur entlangstapfte und eine weitere Tür schwungvoll ins Schloss warf. Erst jetzt bemerkte sie, dass sie gegen den Stapel Altpapier gestoßen war, sodass sich eine Kaskade von alten Ausgaben der »Ostsee-Zeitung« über den Fußboden ergoss.

Unwillig bückte sie sich, um die Zeitungen wieder aufeinanderzuschichten. Dabei bekam sie ein Exemplar zu fassen, dem der Mantelteil und einige Innenseiten fehlten. Ihr Blick fiel deshalb direkt auf die Zeitungsseite 11, die erste des Stralsunder Lokalteils. Daraus hatte jemand einen Artikel ausgeschnitten, und zwar so sorgfältig und komplett, dass sie unmöglich erkennen konnte, worum es darin gegangen war oder von wem der Beitrag stammte.

War das von Bedeutung? Falls in den anderen Zeitungen ebenfalls Artikel fehlten, vermutlich nicht, dann sammelte Lothar Giese wohl nur Begebenheiten aus Stralsund. Falls dies aber der einzige fehlende Artikel war …

Kassandra stapelte die Zeitungen, lud sie sich auf die Arme und ging schwer bepackt vorsichtig damit die Treppe hinab. Unten schaute sie sich nach einem Plätzchen um, an dem sie sie unbeobachtet durchblättern konnte, und probierte die Kellertür, die sich erfreulicherweise öffnen ließ. Sogar der Lichtschalter funktionierte, nur war es empfindlich kühl hier und roch muffig, sodass sie sich mit dem Durchsehen beeilte.

Es gab bloß noch eine weitere OZ, in der ein Artikel fehlte, diesmal nicht aus dem Lokal-, sondern aus dem Wirtschaftsteil.

Was immer Giese interessierte, hatte offenbar nicht ausschließlich mit Lokalem zu tun. Außerdem waren zwei Artikel noch keine Sammelleidenschaft, wenn man bedachte, dass sie alle August-Ausgaben durchforstet hatte. Was Giese daraus für aufbewahrenswert erachtete, mochte also sehr wohl von Bedeutung sein.

Kassandra notierte sich das jeweilige Datum der Ausgaben und die Seitenzahlen, legte die Zeitungen wieder in der richtigen Reihenfolge aufeinander, brachte sie zurück nach oben und verließ endgültig das Haus.

Hier konnte sie nichts mehr ausrichten, deshalb rief sie Paul an, um sich zu erkundigen, was Kämpfers Beschattung machte. Sie hatten schon am Morgen ihre Telefone auf Vibration gestellt, damit ein Klingelton sie nicht verraten konnte. Wie sich herausstellte, saß Paul im Wagen in Sichtweite des Firmenhauptsitzes von Kämpfer Lodgings. Oliver Kämpfer war von seiner Verabredung mit Giese zuerst nach Hause gegangen, kurz darauf aber mit einer Laptoptasche ins Auto gestiegen und in den Stralsunder Stadtteil Knieper Nord ins Büro gefahren.

Kassandra besorgte noch ein paar belegte Brötchen, bevor sie sich ein Taxi nahm, um sich zu Paul chauffieren zu lassen. Als sie sich schließlich neben ihm auf den Beifahrersitz gleiten ließ, konnte sie den Blick nicht von dem Firmengebäude losreißen. Es war zwar wesentlich kleiner, hatte aber eine ähnliche Form wie das Stralsunder »Ozeaneum«, von dem man zuweilen scherzhaft als »Klorolle« sprach, weil es von Weitem ein wenig daran erinnerte. Vielleicht hatte es der Architekt von Kämpfer Lodgings als Vorbild genommen. Der markanteste Unterschied bestand darin, dass dieses Gebäude eine beinah komplett verglaste Fassade besaß.

»Meine Güte«, sagte sie. »Wollen die Kämpfers die Seefahrtschule auch verglasen lassen?«

»Die Pläne sind nicht ganz so extravagant«, sagte Paul und lachte. »Bist du erfolgreich gewesen?«

Kassandra berichtete, was sie erreicht hatte. Unterwegs war ihr außerdem eingefallen, wie sie am einfachsten herausfinden konnten, welche Artikel Giese so sorgfältig ausgeschnitten hatte. Paul kannte einen Fotografen, der für die »Ostsee-Zeitung« arbeitete und sie schon bei ihrem ersten Mordfall auf eine wertvolle Spur gebracht hatte. »Könntest du Freddy anhauen?«

Paul zückte sein Telefon, konnte Freddy jedoch nicht erreichen, sondern nur eine Nachricht hinterlassen.

Ein paar ereignislose Stunden lang beobachteten sie das Kommen und Gehen bei Kämpfer Lodgings, aber Oliver ließ sich nicht blicken. Am späten Nachmittag gaben sie auf.

»Wenn wir nicht völlig auf dem Holzweg sind, wird Giese der Grund gewesen sein, weshalb Oliver in Stralsund bleiben wollte«, sagte Kassandra. »Wegen etwas, das jetzt noch stattfindet, hätte er den ›Dünentraum‹-Termin nicht platzen lassen müssen.«

Paul nickte. »Versuchen wir es noch mal bei Lothar Giese, vielleicht ist er jetzt in der Stimmung, mit uns zu reden.«

Der Wunsch erfüllte sich nicht. Sie konnten nicht mal sicher sagen, ob Giese zu Hause war. Auf ihr Klingeln reagierte er jedenfalls genauso wenig wie die übrigen Bewohner, sodass sie kein zweites Mal das Glück hatten, wenigstens in den Hausflur zu gelangen. Es blieb Kassandra und Paul nichts weiter übrig, als unverrichteter Dinge nach Wustrow zurückzufahren. Von unterwegs benachrichtigten sie Dietrich, der den Tag damit verbracht hatte, seine Fühler behutsam nach den Gerüchten um Kämpfer Lodgings auszustrecken. Auf diversen Umwegen war er dabei auf einen potenziellen Informanten gestoßen, der allerdings in letzter Minute doch wieder abgesprungen und plötzlich unerreichbar geworden war. Gemeinsam beschlossen sie, erst mal auf eine Nachricht von Freddy zu warten, bis sie weitere Schritte unternahmen.

Zu Hause angekommen, klingelten sie bei Heinz. Kassandra sah ihm an, dass er die Neuigkeiten eher zwiegespalten aufnahm. Er wünschte Bernhard Kämpfer keinen Ärger. Andererseits war ihm durchaus daran gelegen, dass jemand dem Junior bei seinen möglicherweise unsauberen Methoden auf die Schliche kam.

Am späten Abend fand Paul eine Mail in seinem Posteingang: *Moin, Paul! Anbei die PDFs der OZ-Seite 9 vom 8.8. und der OZ-Seite 11 vom 29.8. Hoffe, du findest, was du suchst. Wir müssen uns mal wieder auf ein Bier treffen. Gruß, Freddy.*

Kassandra schaute Paul über die Schulter, während er das erste

Dokument öffnete. Sofort fiel ihr Blick auf die Stelle, die in dem Zeitungsexemplar bei Giese gefehlt hatte. »Das glaub ich jetzt nicht«, sagte sie perplex.

In dem dreispaltigen Artikel aus dem Wirtschaftsteil wurde ausführlich über ein Bauvorhaben der BOB in Berlin berichtet, den Beitrag zierte ein Foto von Harald Barthel an seinem Schreibtisch. Der zweite Artikel berichtete über einen Pressetermin in Stralsund bezüglich eines neuen Projektes von Sonnenseite e.V., komplett mit zwei Fotos – eines von einem etwas hemdsärmeligeren Harald Barthel und eines von dem neuen Kindererholungsheim, das kürzlich auf Usedom eröffnet worden war.

»Weshalb interessiert sich Lothar Giese für Harald Barthel?«, murmelte Kassandra.

»Gute Frage. Eine ähnlich gute Frage wäre, ob er auch Artikel über Kämpfer Lodgings oder Oliver Kämpfer persönlich sammelt – oder beides.« Paul sah auf die Uhr und befand, dass es noch nicht zu spät war, um Freddy noch mal anzurufen. »Hallo Freddy, danke für deine Mail. Kann ich dich um noch was bitten?« Er hörte kurz zu und lachte dann. »Klar, das Bier geht auf jeden Fall auf mich. Könntest du rausfinden, ob letzten Monat, also zwischen dem 1. und 31. August, etwas über Kämpfer Lodgings oder über ein Familienmitglied der Kämpfers in der OZ erschienen ist?« Freddys Antwort schien positiv auszufallen. »So viele Rostocker du willst! Danke, Freddy.« Paul beendete das Gespräch und wandte sich wieder Kassandra zu. »Er sieht morgen nach und meldet sich.«

»Sehr schön«, sagte Kassandra etwas abwesend.

»Du klingst ja mächtig begeistert. Worüber denkst du nach?«

»Über das, was Oliver Kämpfer gestern am Telefon gesagt beziehungsweise gefragt hat. Ich glaub nicht, dass seine Handynummer für jeden zugänglich ist, sonst hätte er sich nicht so gewundert. Woher hatte also Lothar Giese Kämpfers Nummer?«

»Stellen wir ihm diese Frage doch morgen persönlich«, schlug Paul vor.

11

Als Paul und Kassandra am nächsten Vormittag in die Tribseer Straße einbogen, schwante ihnen, dass sie ihr Vorhaben wahrscheinlich vergessen konnten. Vor Gieses Haus waren die Streifen- und Einsatzwagen der Polizei nicht zu übersehen, ebenso wenig die geschwärzte Fassade um ein Fenster im ersten Stock über dem Antiquariat und die Löschspuren auf der Straße. Die Feuerwehr war nicht mehr vor Ort, dafür standen noch einige entsetzte Nachbarn aus den umliegenden Häusern auf dem Bürgersteig.

Kassandra spürte, wie ihr das Blut regelrecht in den Adern gefror. Der Anblick, der Brandgeruch und vor allem die Frage, was mit Lothar Giese war, verursachten ihr Übelkeit. Zwischen den Leuten entdeckte sie das Mädchen mit den blau-türkisen Haaren, die Giese gestern ins Haus gelassen hatte und die heute ein dunkelgrünes Shirt zu einem schwarzen wallenden knöchellangen Rock trug. Kassandra machte Paul auf sie aufmerksam.

»Was ist denn hier passiert?«, fragte er sie und musste seine Bestürzung nicht spielen.

Das Mädchen, das ihren Körper mit den Armen umschlungen hielt, fuhr zusammen. Von Nahem betrachtet wirkte sie eine ganze Ecke älter, Ende zwanzig etwa. Ihre Lippen zitterten leicht, als sie antwortete. »Wonach sieht's denn aus?« Das sollte genervt klingen, aber es kam eher kläglich heraus.

»Verzeihung, ich wollte nicht aufdringlich sein. Es ist nur so, dass wir extra hergekommen sind, um mit Lothar Giese zu sprechen. Jemand hat uns sein Antiquariat empfohlen.« Diese Behauptung war etwas gewagt, weil sie nicht wussten, seit wann der Laden schon nicht mehr existierte – und ob er empfehlenswert gewesen war.

Aber die Frau in Grün war noch zu geschockt, um etwas in Frage zu stellen. Sie starrte Paul an, eine Träne rann über ihre Wange. »Da kommen Sie zu spät. Für das Antiquariat ein Jahr, für Lothar einen Tag. Er ist tot.«

»Was?« Obwohl Kassandra das befürchtet hatte, packte sie nun erst recht das kalte Grauen.

Wie in Trance schaute die Frau am Haus empor. »Das Feuer brach in der Nacht aus – in Lothars Wohnung. Es … ich … Es roch so komisch im Flur, als ich nach Hause kam, ich hab gleich befürchtet, dass da was nicht stimmt. Zuerst dachte ich, Lothar hätte den Gashahn aufgedreht, aber dann sah ich, dass Rauch aus dem Spalt zwischen seiner Wohnungstür und dem Türrahmen drang. Ich hab die Feuerwehr gerufen und die anderen alarmiert – wohnen ja nicht mehr viele hier.« Jetzt liefen ihr die Tränen über die Wange, die sie mit einer unwilligen Handbewegung nur unzureichend wegwischte. »Karl wollte Lothars Tür aufbrechen, schaffte das aber nicht, er ist ja auch schon achtundsiebzig. Bevor ich es versuchen konnte, war die Feuerwehr da und hat uns aus dem Haus gejagt.«

Sie bemerkte wohl gar nicht, dass sie zu Paul und Kassandra sprach, es war vielmehr so, als würde sie die Ereignisse der Nacht noch einmal erleben und in Worte fassen. Erst jetzt wandte sie langsam den Blick vom Haus ab und richtete ihn auf Paul. »Lothar ist tot«, wiederholte sie. »Für ihn kam jede Hilfe zu spät.«

»Das tut mir sehr leid«, sagte Paul leise. »Gab es außer ihm noch weitere Tote oder Verletzte?«

Sie schüttelte den Kopf. »Nur Lothar. Das Feuer war gar nicht so schlimm, haben die von der Feuerwehr gesagt, wir dürfen wohl im Laufe des Tages wieder in unsere Wohnungen. Lothar ist auch nicht verbrannt, er starb vermutlich an einer Rauchvergiftung.« Sie schluckte. »Ich hab gehört, wie jemand sagte, er wär betrunken gewesen, vielleicht hat er es also gar nicht gemerkt.«

»Betrunken? War das ungewöhnlich?«, fragte Kassandra, die sich allmählich von dem Schrecken erholte.

Ein kurzes, hartes Lachen war die Antwort. »Nein. Lothar hat viel zu viel getrunken. Wurde dann manchmal ziemlich laut und ist auch schon zweimal die Treppe runtergefallen. Wir haben ihn jedes Mal zurück in seine Wohnung getragen. Er hat's nicht verkraften können, dass sein Laden den Bach runtergegangen war. Ist scheiße, von der Stütze zu leben, hat er immer gesagt. Tja, wäre wohl immer noch besser gewesen, als gar nicht zu leben, nehm ich an.«

In die Polizeitruppe kam plötzlich Bewegung, ein paar Leute in

Schutzanzügen, ganz augenscheinlich von der Spurensicherung, kamen aus dem Haus und besprachen sich mit zwei Streifenpolizisten und zwei Männern in Zivil. Kassandra spitzte die Ohren, bekam aber nichts Wesentliches über Lothar Gieses Tod oder die Ursache des Feuers mit. Es machte allerdings den Eindruck, als seien hier Dietrichs Kollegen von der Kriminalpolizeiinspektion Anklam im Einsatz, wahrscheinlich weil es einen Toten gegeben hatte. Erhöhte das die Chancen für Dietrich, Erkundigungen darüber einzuziehen, was seine Kollegen herausgefunden hatten, oder schmälerte es sie?

Sie sah Paul an und las in seinen Augen dasselbe, was sie dachte: Das ist ein zu großer Zufall. Zwei Feuer, zwei angeblich betrunkene Männer, einer davon schwer verletzt, der zweite tot. Einer bekannt mit Harald Barthel, der andere mit Oliver Kämpfer. Gab es weitere Parallelen, möglicherweise sogar Querverbindungen, von denen sie nicht mal ahnten?

»Wollten Sie was Bestimmtes von Lothar?«, erkundigte sich Gieses Nachbarin. »Er hatte noch ein paar Sachen aus seinem Laden in der Wohnung.« Sie schluckte. »Vielleicht haben die ja den Brand überstanden.«

»Ist nett, dass Sie daran denken«, sagte Paul freundlich, »aber selbst wenn, kann ich mir nicht vorstellen, dass wir so bald in die Wohnung können. Die polizeilichen Ermittlungen scheinen ja noch zu laufen.«

Ihre Reaktion war ein freudloses Grinsen. »Ich hab mich noch nie groß um Verbote gekümmert. Lassen Sie uns nachsehen, sobald die Bullen weg sind. Ist aber vielleicht besser, wenn Sie jetzt erst mal hier verschwinden, damit Sie denen gar nicht erst auffallen. Kommen Sie heute Nachmittag wieder und klingeln Sie bei mir – falls die Klingeln noch funktionieren. Falls nicht, rufen Sie mich an.« Sie griff in ihre altmodisch anmutende Jeansfransentasche, zog zu Kassandras Erstaunen eine Visitenkarte hervor und reichte sie Paul.

»Wenn Sie darauf bestehen«, sagte Paul und erwiderte ihr Lächeln. »Dann also bis später.«

Ohne sich noch mal umzudrehen, gingen er und Kassandra den Weg zurück, den sie gekommen waren. Dabei reichte Paul ihr die Karte. *Friedrike Stahl, B. Sc. Informatik. IT-Beratung und Web-Design*, las Kassandra, darunter standen E-Mail-Adresse und Mobilnummer. »Na, so was«, sagte sie. »Wenn ich auf einen Beruf getippt hätte, wäre es wahrscheinlich eher was Künstlerisches gewesen. Tun wir, wozu sie uns rät?«

»Die … Bullen werden zwar nicht begeistert sein«, meinte Paul belustigt, »aber es muss ja keiner mitkriegen.«

»Abgesehen von Dietrich, den sollten wir einweihen.«

Paul nickte. »Hinterher. Dann kann ihm niemand vorwerfen, uns nicht abgehalten zu haben.«

Um die Wartezeit zu überbrücken, schlenderten Kassandra und Paul durch die Stadt und aßen im Schwedencafé in der Mühlenstraße dicke Waffeln, die mit einer gefühlt ebenso dicken Schicht Puderzucker bestreut waren. Kassandra liebte diese Waffeln, dennoch kam sie nicht umhin, jedes Mal, wenn sie hier waren, an ein weitreichendes anderes Erlebnis in der Mühlenstraße zu denken – und an ihr damit verbundenes leicht kriminelles Handeln im Zuge ihrer Ermittlungen bezüglich Sascha Freeses Tod. Kay Dietrich hatte damals davon erfahren und sie nicht verurteilt, deshalb war Kassandra sicher, dass er ihr Vorhaben in Lothar Gieses Wohnung in letzter Konsequenz ebenso gutheißen würde.

Am frühen Nachmittag war in der Tribseer Straße wieder Ruhe eingekehrt. Falls die Brandursachenermittler der Polizei noch bei der Arbeit waren, war von draußen davon nichts zu sehen. Paul drückte auf das Klingelschild, auf dem notdürftig ein Papierstreifen mit Friederike Stahls Namen klebte. Der Summer ertönte – die Elektrik des Hauses hatte der Brand jedenfalls nicht beeinträchtigt.

Friederike Stahl stand in ihrer geöffneten Wohnungstür und bat sie herein. »Hallo. Ich war mir nicht sicher, ob Sie kommen.«

Der Raum, in den sie sie führte, war spärlich eingerichtet. Es gab einen einfachen, allerdings sehr großen Schreibtisch, unter dem zwei Rechner und ein Rollcontainer standen und auf dem ein Monitor und ein Notebook eingeschaltet waren, einen Holzstuhl davor und eine für das Umfeld erstaunlich gemütlich aussehende Sitzecke mit zwei großen Kissen.

»Warum hatten Sie Zweifel?«, fragte Paul.

»Weil Sie nicht so aussehen, als würden Sie Dinge tun, die nicht erlaubt sind.«

Kassandra biss sich in die Innenseite ihrer Wange, damit sie sich nicht verriet. Paul hatte weniger Skrupel. Er lachte. »Das Äußere täuscht manchmal.«

Friederike Stahl griente. »Stimmt.«

»Da wir uns also durchaus ähnlich sind, könnten wir das Sie weglassen«, fand Paul und stellte sich und Kassandra vor.

»Gern. Ich bin Rieka«, erwiderte sie. »Was habt ihr denn gehofft, bei Lothar zu finden? Wertvolle Erstausgaben hat er nicht mehr gehabt, die musste er alle zu Geld machen, damit er die Miete bezahlen konnte, obwohl die für die Löcher in diesem Schrottkasten nicht mal sonderlich hoch ist.«

Kassandra und Paul hatten im Vorfeld in Erwägung gezogen, Rieka über den wahren Grund ihres Interesses an Lothar Giese aufzuklären, sich dann aber doch dagegen entscheiden. Gieses Tod nahm sie auch so schon genug mit.

»Darauf sind wir auch nicht aus«, sagte Paul. »Ich suche Literatur über die erste ›Gorch Fock‹, insbesondere alles, was veröffentlicht wurde, solange sie noch auf den Meeren unterwegs war.«

»Verstehe. Bist du Marine-Historiker?«

»Nein, ich interessiere mich nur für das Thema. Vielleicht mache ich irgendwann einen Roman draus.« Das entsprach der Wahrheit, Paul hatte tatsächlich schon das eine oder andere Mal darüber nachgedacht.

Rieka lachte. »Der Traum vom Schreiben, ja, kenn ich. Gut, sehen wir, ob wir noch was finden. Lothar hatte sich ja auf Regionales spezialisiert.«

Die Tür zu Lothar Gieses Wohnung war von der Feuerwehr aufgebrochen worden und ließ sich nicht mehr ganz schließen. Fast sah es so aus, als würde das Polizeisiegel Tür und Rahmen zusammenhalten. Dass überhaupt eines da war, sprach vermutlich dafür, dass die Brandursache noch nicht vollständig ermittelt werden konnte. Achtlos zerriss Rieka das Siegel mit ihrem Schlüssel und stieß die Tür ganz auf.

Die Wohnung war rauchgeschwärzt und noch nass vom Löschen, aber nicht ansatzweise so schwer in Mitleidenschaft gezogen wie Niklas' Haus, wo sich das Feuer schon allein durch das viele Holz schneller hatte ausbreiten können. Der Geruch war jedoch ähnlich unangenehm und ließ sie alle drei husten. Rieka schniefte außerdem ein wenig, nicht nur wegen des Geruchs, wie sich herausstellte – ihr stiegen auch Tränen in die Augen.

»Verdammte Scheiße«, murmelte sie. »Lothar, du Idiot, konntest du nicht besser aufpassen?«

Lothar Gieses Räume waren ähnlich spartanisch eingerichtet wie Riekas – bis auf das Schlafzimmer. Zwar war dort alles von einer rußigen Schicht überdeckt, aber das uralte, riesige Doppelbett mit den dicken Kissen und den zerwühlten Decken war ansonsten unbeschädigt. Darüber hing ein kitschiges Engelbild in einem Goldrahmen, wie es Anfang des 20. Jahrhunderts modern gewesen war.

»Lothar hatte die Wohnung von seiner Großmutter übernommen«, sagte Rieka. »Die ist über hundert geworden, und als sie starb, blieb hier eine Zeit lang alles unverändert. Bis Lothar einzog. Er hatte da schon das Antiquariat und musste aus seiner damaligen Wohnung raus. Er hat gesagt, diese verlässt er nur mit den Füßen voran, und dann wollte er ein großes Fest auf dem Friedhof.« Ein trauriges Lächeln zeichnete sich auf Riekas Lippen ab. »Mit Ersterem hat er ja nun recht behalten, aber das große Fest? Ich glaube nicht, dass da viele kommen.«

»Kannte er so wenig Leute?«, fragte Kassandra.

»Er kam gut mit dem früheren Mieter über ihm aus, von dem hatte er sogar den Schrebergarten übernommen, nachdem der weggezogen war. Sonst war kaum mal jemand hier. Ab und zu kam einer, dem es noch schlechter ging als Lothar. Keine Ahnung, wer das war. Im Winter blieb er auch mal über Nacht – ich hab angenommen, das sei vielleicht ein Obdachloser, den Lothar von früher kannte und dem er in den kalten Nächten Unterschlupf gewährte.«

»War er so jemand?«, erkundigte sich Paul, während er sich in den Überresten des Wohnzimmers umsah, in dem sie mittlerweile standen. Dieser Raum war vom Feuer weit mehr in Mitleidenschaft gezogen worden, trotzdem war nicht alles zerstört. »Jemand, der Mitleid mit anderen hatte?«

Rieka wiegte den Kopf hin und her. »Eher nicht, dazu hat er sich zu oft über sein eigenes Schicksal beklagt. Aber wenn der Typ ein alter Freund war – wer weiß?« Sie blinzelte nachdenklich, ließ ihren Blick dann aber ebenfalls umherschweifen. An etwas, das einmal ein kleines Tischchen mit einer Schublade unter der Platte gewesen war, blieb er hängen. Der Tisch war zusammengefallen, sodass die Platte mit der Schublade auf dem Boden lag. Ein halb verbranntes Häkeldeckchen und ein auf dem Bauch liegender Bilderrahmen waren ebenfalls auf der verkohlten Brücke gelandet, die den jetzt halb geschmolzenen PVC-Fußboden geschmückt hatte.

Rieka hob den Bilderrahmen auf, dabei fielen Glassplitter zu Boden. »Oh«, sagte sie. »Na ja, war wohl nicht anders zu erwarten. Ohnehin fehlt das Foto, das drin war. Dann hat er es wohl doch zu einem Fachmann gebracht.«

»Fachmann?«, wiederholte Kassandra.

»Es war nicht mehr gut erhalten. Ich habe ihm vorgeschlagen, es zu digitalisieren und an der digitalen Version die Schäden zu beheben – Kratzer und Risse zu retuschieren und so. Ich hätte das umsonst gemacht, aber das wollte er nicht annehmen. Bezahlen wollte er mich auch nicht, weil ich doch eine Freundin sei. Manchmal hatte er komische Anwandlungen.« Den letzten Satz sagte sie leise und etwas abwesend. Nebenbei hatte Rieka die Schublade unter der Tischplatte aufgezogen. »Lothars goldene Taschenuhr ist weg. Sie war das einzig Wertvolle, das er noch besaß.«

»Vielleicht musste er sie verkaufen wie die kostbaren Erstausgaben«, mutmaßte Paul.

Rieka seufzte. »Was für ein Jammer. Er hing so an dieser Uhr. Als er sie mir zeigte, sagte er, sie sei ein Erinnerungsstück, von dem er sich niemals trennen würde.«

»Wirklich?«, rutschte es Kassandra spontan heraus, weil sie daran dachte, dass er sich in dem Fall möglicherweise nicht freiwillig davon getrennt hatte – auch nicht für Geld. »Dann stammte sie wohl aus seiner Familie?«

»Weiß ich nicht. Aber er war irgendwie stolz darauf. Und …« Rieka stockte.

»Was?«, fragte Paul leise.

»Er wollte damit beerdigt werden. Er hatte ja niemanden, dem er sie hätte vererben können.«

»Es gibt also gar keine Familie mehr?«, fragte Kassandra.

»Das haben die Bullen uns schon gefragt. Seine Mutter, die in Süddeutschland lebte, ist letztes Jahr gestorben, Kinder hatte er definitiv keine, und von sonstigen Verwandten wusste hier niemand.« Vorsichtig legte Rieka den Bilderrahmen mit dem gesprungenen Glas aufs Fensterbrett.

»Was war da für ein Bild drin?«, fragte Kassandra. »Der Platz auf dem Tisch ist so exponiert wie für ein Familienfoto.«

»War es auch. Uralt, schwarz-weiß, aus den Fünfzigern. Seine Großmutter stand in der Mitte, eine ziemliche Matrone mit Dutt in einem dunklen Kleid. Daneben sein Großvater, drumherum noch ein paar Leute und Kinder, alle aus der Nachbarschaft. Lothar war auch drauf, ein süßer Junge damals.« Rieka seufzte erneut, dann besann sie sich auf den eigentlichen Zweck ihres Hierseins. »Die Abstellkammer, in der er den letzten Rest seiner Bücher aufbewahrt hat, ist links neben der Korridortür. Geht doch schon vor, ich bleibe noch ein bisschen.«

Abstellkammer war der richtige Ausdruck für den kaum vier Quadratmeter kleinen, fensterlosen Raum. Die Wände waren mit Regalen gepflastert, die ungefähr zur Hälfte mit Büchern vollstanden. Auch hier lag auf allem eine dünne Schicht Ruß, wie sie unter dem schummrigen Licht der von der Decke herabhängenden Glühbirne erkennen konnten.

Während Paul die Regalreihen absuchte, stand Kassandra im Türrahmen und sagte leise: »Es ist natürlich möglich, dass Lothar Giese die wertvolle Uhr verkaufen musste und das Foto zum Digitalisieren gebracht hat. Andererseits ist es doch bedenkenswert, dass gleich zwei Dinge fehlen, die mit seiner Vergangenheit zu tun haben.«

»Schade, dass wir nicht fragen können, ob noch was fehlt«, antwortete Paul ebenso leise. »Aber Rieka ist immer noch ganz fertig, ich möchte wirklich nicht unnötigerweise die Pferde scheu machen.« Während er sprach, zog er ein großformatiges, etwas zerfleddertes Buch aus einem der Regale. Er blätterte darin, pfiff kurz durch die Zähne und legte es auf ein Stück freies Regal. »Wenn wir davon ausgehen, dass die beiden Brände zusammenhängen, könnten die Uhr und/oder das Foto vielleicht etwas mit den Kämpfers und/oder Harald Barthel zu tun gehabt haben. Wir bräuchten mehr Zeit, um uns hier umzusehen, aber dafür gibt es ebenso wenig einen plausiblen Grund wie …« Er verstummte, als er Schritte auf dem Flur hörte und Rieka neben Kassandra im Türrahmen erschien.

»Habt ihr was gefunden?«

Paul reichte ihr das Buch, das er zur Seite gelegt hatte. »Das hier dokumentiert die erste Fahrt der ›Gorch Fock‹ – ist offenbar ein Privatdruck aus den Dreißigern.«

Rieka blätterte es ungleich flüchtiger durch als Paul, zwei Seiten fielen ihr entgegen, die sie auffing und vorn wieder hineinlegte. »Hat auch schon mal bessere Tage gesehen«, meinte sie kritisch. »Wenn du es brauchen kannst, nimm es mit.«

»Danke. Was willst du dafür haben?«, fragte Paul.

»Nichts. Es gehörte Lothar, nicht mir.« Dann fiel Rieka etwas ein. »Das heißt – ihr könntet zu seiner Beerdigung kommen, damit wenigstens ein paar Figuren da sind.«

»Das machen wir«, versprach Kassandra und gab Rieka ihre Telefonnummer. »Sag uns Bescheid, sobald du den Termin weißt.«

»Mach ich.« Ihr Blick verlor sich kurz im düsteren Flur. Gleich darauf war sie zurück in der Gegenwart. »Lasst uns hier verschwinden, sonst werde ich noch deprimierter.«

Im Hausflur sagte Paul: »Du hast vorhin von einem Schrebergarten gesprochen. War Lothar oft da? Nach allem, was du erzählt hast, kann ich ihn mir nicht so recht im Kleingartenverein vorstellen.«

Riekas Gesicht überzog ein Lächeln. »Er hat auch reichlich oft über die viele Arbeit gemosert. Dabei wartete er immer drauf, dass ich anbiete, mich drum zu kümmern, was ich in den Sommermonaten auch ein paarmal gemacht habe – dafür kriegte ich einen Teil vom Obst und Gemüse. Das mit dem Eigenanbau fand er gerade in letzter Zeit doch ganz praktisch. Spart schon Geld, selbst wenn man die Pacht dagegenrechnet. Das Einzige, was ihm eindeutig nicht gefiel, war die Umgebung – die Kolonie liegt in der Nähe vom Knast, das war ihm unheimlich.«

»Scheint ja eine interessante Persönlichkeit gewesen zu sein, unser Herr Giese«, stellte Paul fest, nachdem sie sich von Rieka verabschiedet hatten.

»Kann man wohl sagen. Ich wüsste zu gern, warum ihm die Nachbarschaft des Gefängnisses so wenig geheuer war – ob er wohl selbst schon mal drinsaß?«

»Wer weiß?« Paul zückte sein iPhone. »Lass uns Dietrich fragen. Wenn er auch nicht noch mal bei nachtschlafender Zeit das polizeiliche Informationssystem bemühen kann – vielleicht sagt ihm der Name Lothar Giese ja schon was.« Er wollte gerade Dietrichs Nummer antippen, da gab das Telefon selbst Laut von sich. Paul guckte aufs Display, sein Blick hellte sich auf. »Hallo Freddy, das ging ja schnell. Sekunde.« Er schaltete auf Lautsprecher und hielt das Handy dicht zwischen sich und Kassandra, weil es auf der Straße lebhaft zuging. »Da bin ich wieder. Stand im August was über die Kämpfers in der OZ oder nicht?«

Freddy lachte. »Ich wüsste zu gern, mit welcher Antwort ich dir die größere Freude mache. Wie auch immer: Nichts über Kämpfer Lodgings, nichts über Bernhard oder Oliver Kämpfer. Nur ein Bericht über eine Benefizveranstaltung, auf der Jenny Kämpfer zu Gast war. Ihr Name wird mit einer ganzen Reihe anderer genannt, das ist alles. Hilft euch das weiter?«

»Nicht sonderlich. Wenn ein Artikel über Kämpfer Lodgings erschienen wäre, wüssten wir, dass Lothar Gieses Interesse daran nicht so groß war wie an der BOB, sonst hätte er den ebenfalls ausgeschnitten.«

»Ich muss das nicht verstehen, oder? Wer ist Lothar Giese?«, erkundigte sich Freddy.

»Der Wohnungsbrand in Stralsund letzte Nacht«, erklärte Paul.

»Wieso interessiert euch das? Ein Kollege war heute früh vor Ort, er meinte, das sei bloß ein Unfall gewesen. Steckt was anderes dahinter, mit dem die Polizei nicht rausrücken will?«

Kassandra zog ihre Brauen zusammen. Auf die Idee war sie

noch gar nicht gekommen. »Was die Polizei denkt, wissen wir nicht«, sagte sie und erläuterte kurz, was sie vermuteten.

»Spannende Geschichte«, fand Freddy. »Wenn da was bei rumkommt, wisst ihr ja, wo ich zu erreichen bin.«

Paul versprach, sich zu melden, und rief danach Dietrich an, der sie zu sich nach Hause bat. Es hatte zu tröpfeln begonnen, doch sie ließen den Wagen stehen und machten sich zu Fuß auf den Weg. Dietrich wohnte nicht allzu weit weg in der Fährstraße nahe dem Alten Markt, den Paul und Kassandra wegen des immer stärker werdenden Regens schnell überquerten.

Sie waren noch nie bei Dietrich gewesen, Kassandra musste zugeben, dass sie neugierig war. In seinem Wohnzimmer erkannte sie das Bücherregal und das dunkle Sofa aus einem Skype-Gespräch von vor zwei Jahren wieder. Ansonsten fand sie das, was sie von der Wohnung sah, zwar ansprechend, aber abgesehen von dem Bücherregal, in dem unter anderem sämtliche von Pauls Werken standen, und einem CD-Ständer, der einen Einblick in Dietrichs vielschichtigen Musikgeschmack offenbarte, wenig persönlich. Es gab keine Pflanzen, keine Bilder, nichts, was unnötigerweise herumstand.

Dietrich hatte ihnen Kaffee angeboten, und Kassandra hatte geholfen, Tassen, Milch und Zucker ins Wohnzimmer zu bringen – beim Anblick der perfekt ausgestatteten Küche war sie neidvoll erblasst. Alles hier blinkte und blitzte, also war Dietrich entweder ein Putzfanatiker, oder er benutzte sie nie. Kassandra tendierte zur zweiten Möglichkeit.

Nach einer guten Viertelstunde war Dietrich auf dem neuesten Stand – und ebenso wie Kassandra und Paul der Ansicht, dass der Brand in Stralsund wahrscheinlich mit dem in Wustrow zusammenhing.

»Haben Sie mitbekommen, wer die Ermittlungen in der Tribseer Straße leitete?«, fragte er.

»Nein«, gab Kassandra bedauernd zurück. »Da war niemand, den wir kennen, und Namen haben wir keine gehört.«

Dietrich nickte, starrte auf seine leere Kaffeetasse und stand dann auf, um zu seinem Bücherregal zu gehen und nach kurzem Suchen ein Buch herauszuziehen. »Ich bin früher hin und wieder in Lothar Gieses Antiquariat gewesen, das letzte Mal, so vor anderthalb Jahren, habe ich das hier ergattert.«

Er reichte Paul einen alten, aber gut erhaltenen Reiseführer über Stralsund und Rügen aus dem Jahr 1923. »Ich fand sehr schade, dass er es aufgeben musste, auch wenn der Mann etwas gewöhnungsbedürftig war. Er hat nicht viel geredet, aber wenn er mal anfing, hörte er so bald nicht wieder auf. Meist beklagte er sich über Gott und die Welt und das Leben, das er verdammt war zu führen.«

»Nach dem zu urteilen, was Rieka erzählte, hätte ich gedacht, das wäre erst so gewesen, nachdem er seinen Laden aufgeben musste«, sagte Kassandra.

»Giese hatte sich schon vor zehn Jahren von der Welt ungerecht behandelt gefühlt«, widersprach Dietrich. »Wenn nicht noch länger, aber das kann ich nicht beurteilen. Vielleicht hat er sich bei dieser Rieka in der ersten Zeit zurückgehalten, oder sie hat ihn erst kennengelernt, als der Laden langsam den Bach runterging.« Er setzte sich wieder hin und drehte die Kaffeetasse auf dem Unterteller. »Und jetzt wurde er womöglich umgebracht. Eventuell hatte er …«

In diesem Moment dudelte Kassandras Smartphone. Sie wollte es klingeln lassen, aber ein seltsames Gefühl in ihrer Magengegend sagte ihr, dass sie lieber rangehen sollte. Am anderen Ende meldete sich ein Professor Parchow vom Universitätsklinikum Schleswig-Holstein, was das diffuse Gefühl in der Magengegend verstärkte.

»Spreche ich mit Kassandra Voß aus Wustrow?«, erkundigte sich der Professor.

Kassandra musste sich räuspern, um ein einfaches »Ja« herauszubekommen.

»Sie haben vor einigen Tagen angerufen und sich nach dem Befinden von Niklas Thiel erkundigt, der bei uns in der Intensiveinheit für Schwerbrandverletzte liegt.«

»Ja«, wiederholte Kassandra. »Wie geht es ihm?« Bitte sag nicht, dass er gestorben ist, dachte sie, zwischen Hoffnung und Mutlosigkeit schwankend. Nur undeutlich spukte ihr die Frage durch den Kopf, warum Parchow in dem Fall ausgerechnet sie benachrichtigen sollte.

»Sein Zustand ist nach wie vor kritisch, aber stabil, wir haben ihn aus dem künstlichen Koma geholt. Das Einzige allerdings, was er immer wieder sagt, ist Ihr Name, und Sie waren so vorausschauend, Ihre Telefonnummer zu hinterlassen. Vielleicht würde ihm Ihre Anwesenheit helfen. Wir möchten ihn ungern wieder ins Koma zurückversetzen.« Parchow verstummte und wartete auf ihre Antwort.

Wieder musste Kassandra sich räuspern. »Sie möchten, dass ich nach Lübeck komme?«

»Wenn es Ihnen möglich ist, ja, am besten noch heute.« Er wartete ihre Bestätigung gar nicht erst ab. »Wann können Sie hier sein?«

Kassandra sah auf die Uhr und versuchte, die Strecke mit allen Unwägbarkeiten zu schätzen. »Drei Stunden?«

»Gut«, sagte Professor Parchow. »Ich warte auf Sie.«

Mit zittrigen Händen ließ Kassandra ihr Telefon zurück in die Tasche gleiten. Sie musste Paul und Dietrich nicht allzu viel erklären, die beiden hatten aus ihrem Teil der Unterhaltung bereits die richtigen Schlüsse gezogen.

»Viel Glück in Lübeck«, wünschte Dietrich. »Vielleicht ist Herr Thiel in drei Stunden ja sogar wieder ansprechbar und kann Ihnen sagen, was in der Nacht passiert ist.«

»Es klang nicht danach«, meinte Kassandra, »aber man kann nie wissen.«

Dietrich nickte. »Ich kümmere mich unterdessen um nähere Informationen über Lothar Giese und sehe mir seinen Schrebergarten an.«

12

Kay Dietrich stand noch einen Moment im Flur und hörte, wie unten die Haustür hinter Kassandra Voß und Paul Freese zuschlug. Endlich tat sich was. Nachdem er mit seinen Recherchen über die Kämpfers gestern in eine Sackgasse geraten war, hatte er sich heute Vormittag wieder einmal Bauamtsleiter Hacke und dem Mord an dessen Schwägerin gewidmet – soweit er mit seinen derzeit eingeschränkten Mitteln die Recherche vorantreiben konnte. Das musste nun erneut auf Halde gelegt werden.

Bevor er sich daranmachte, die nächsten Schritte zu unternehmen, sollte er allerdings wissen, wie der Fall Lothar Giese von den Kollegen behandelt wurde – Tötungsdelikt oder Unfall. Wen sollte er fragen? Tobias war zwar in Ordnung, aber selbst nach zwei Jahren guter und intensiver Zusammenarbeit war er sich nicht sicher, ob er sich hundertprozentig auf ihn verlassen konnte. Blieb Bengt Johannsen. Der würde alles andere als begeistert sein, wenn Dietrich mal wieder querschoss und ihn ausgerechnet kurz vor seiner Pensionierung noch zum Mitmachen bequatschte, aber er hatte keine andere Wahl.

Er ging ins Wohnzimmer zurück und griff nach seinem Telefon.

»Kay, was soll das nun wieder?«, fragte Bengt, nachdem Dietrich sein Anliegen vorgebracht hatte. »Ich hab gehört, dass du schon wegen des Brandes in Wustrow einer Stralsunder Kollegin Informationen aus den Rippen geleiert hast. Willst du umsatteln auf Brandursachenermittler?« Seine Stimme klang glücklicherweise weniger genervt als amüsiert, dennoch hörte Dietrich Besorgnis heraus und erklärte die Zusammenhänge.

Am anderen Ende herrschte längeres Schweigen.

»Bisschen viel Spekulation, wenn du mich fragst, aber ich verstehe, was du meinst«, sagte Bengt schließlich. »Gib mir eine Viertelstunde.«

Diese Zeit nutzte Dietrich, um seine Notizen zum Fall Niklas

Thiel zu ergänzen. Das Dossier wuchs durch die Informationen zum Brand bei Lothar Giese beträchtlich an, es fehlten nur die eindeutigen Verbindungen. Dann rief Bengt zurück.

»Ich hab hier die Berichte der Brandursachenermittler und der Rechtsmedizin. Danach deutet wie bei Niklas Thiel alles auf einen Unfall hin. Keine Brandbeschleuniger, kein technischer Defekt. Der Mann hat zu viel getrunken, ist ins Bett gewankt und hat vergessen, im Wohnzimmer seine Zigarette auszudrücken. Die Türen standen alle offen, der Rauch und die Dämpfe des verkohlenden PVC-Fußbodens konnten sich gut in der Wohnung ausbreiten – Giese wäre vermutlich sogar ohne den Alkohol innerhalb kürzester Zeit ohnmächtig geworden und an einer Rauchvergiftung gestorben.«

»Kein Fall also?«, rekapitulierte Dietrich.

»Sieht nicht danach aus, obwohl die Ermittlungen offiziell noch laufen. Ich konnte deshalb nicht alles einsehen, ohne den Kollegen einen triftigen Grund dafür zu liefern. Die Tendenz geht aber dahin, dass Lothar Giese für seinen Tod mit allergrößter Wahrscheinlichkeit selbst verantwortlich war.«

»Hm«, machte Dietrich.

Bengt lachte. »Ich weiß, wie ich das zu interpretieren habe. Falls du dennoch Wert auf den Rat eines baldigen Pensionärs legst: Halt dich da raus, wenn du ebenfalls in den Genuss einer Pension kommen willst. Geldorf ist schon sauer genug auf dich.«

»Hm«, machte Dietrich erneut. »Könntest du mir noch den Gefallen tun und nachsehen, ob wir was über Lothar Giese haben?«

»Hab ich schon. Nichts. Der Mann mag ein runtergekommener Säufer gewesen sein, aber er ist nie straffällig geworden.«

»Danke, Bengt. Ich nehme an, ich bin bei deinem Ausstand noch … in Urlaub. Vielleicht können wir das mal privat nachholen.«

»Klar. Und mach bis dahin keine Dummheiten. Ich will's nur gesagt haben – nicht dass ich glaube, du richtest dich danach.« Bengt hatte aufgelegt, ohne dass Dietrich etwas erwidern konnte.

Gut, dachte er, Plan B – der Garten. Wenn er Glück hatte, wusste der Feuerteufel nichts von der Parzelle, und möglicherweise fand sich in der Laube genau der Hinweis, den sie brauchten, um aus dem Ganzen doch noch einen Fall zu machen.

Es hatte aufgehört zu regnen, als Dietrich bald darauf in der Gartenkolonie stand. In der Umgebung gab es mehrere Kolonien, aber da Lothar Giese die Nachbarschaft der Justizvollzugsanstalt so unheimlich war, hatte sich Dietrich für die entschieden, die dem Gefängnis am nächsten lag. Jetzt trat er an einen Zaun, hinter dem ein dem feuchten Wetter trotzender Kleingärtner seine Beete beackerte – was genau er da anbaute, konnte Dietrich nicht sagen.

Als er den Mann ansprach, erntete er einen höchst misstrauischen Blick, also wies er sich aus und fragte nach Gieses Garten. Die Miene des Mittsiebzigers wurde freundlicher. »Polizei? Wird auch Zeit, dass Sie sich mal kümmern! Ist ja nicht zum Aushalten, das dauernde Saufgelage da drüben.« Er wies auf einen Garten schräg gegenüber. »Feiern tut ja jeder mal, aber was der Giese da treibt und was für Leute er manchmal mitbringt, das geht gar nicht.«

»Was für Leute sind das denn, Herr …«

»Dithmarschen, Otmar Dithmarschen«, stellte er sich vor. »Wenn Sie mich fragen, lädt der sich Leute von der Straße ein, so Kroppzeugs, Obdachlose, Sie wissen schon. Weiß nicht, was er sich dabei denkt. Eines Tages wacht er mit einem Messer in der Brust auf, weil ihm einer von den Kerlen auch noch das letzte Hemd geklaut hat. Gehen Sie mal hin und greifen Sie durch, damit wir wieder unsere Ruhe haben.«

Offenbar hatte Gieses Gartennachbar noch nicht von dessen Tod gehört. Dietrich klärte ihn nicht auf, sondern bedankte sich schon im Umdrehen und ging auf das Törchen zu, das beim Öffnen leicht in den Angeln quietschte. Der Garten wirkte nicht ungepflegt, aber man merkte doch, dass Friederike Stahl schon einige Wochen nicht mehr hier gewesen war. Als Dietrich die Parzelle betrat, sah er, wie sich hinter einem Fenster der Laube ein Stück Stoff bewegte, das wohl als Gardine diente. Jemand war hier. Er fluchte unterdrückt, weil er gezwungenermaßen keine Waffe bei sich trug.

Langsam bewegte er sich auf dem langen schmalen Weg vorwärts und ließ weder Fenster noch Tür aus den Augen. Gartenlauben hatten für gewöhnlich keinen Hinterausgang, also gab es für denjenigen, der dort drin war, keine Möglichkeit abzuhauen – aber auch keine für Dietrich, sich unbemerkt hineinzuschleichen. Neben der Tür, die nur über ein einfaches Schloss mit Klinke verfügte, blieb er stehen und lauschte. Kein Laut drang heraus. Dietrich drückte die Klinke herunter und stieß die Tür auf.

Im Inneren war es duster, er konnte kaum etwas erkennen, stattdessen wäre er fast zurückgeprallt von dem Gestank, der ihm entgegenschlug. Es roch wie in einer Kneipe, in der nach einer Schlägerei sämtliche Bierfässer und Schnapsflaschen ausgelaufen waren. Otmar Dithmarschen hatte anscheinend nicht übertrieben.

Dietrich blinzelte und sah eine Gestalt auf etwas hocken, das wahrscheinlich ein uraltes Sofa war. Als sich seine Augen an die Lichtverhältnisse gewöhnt hatten, erkannte er, dass von dem Mann keine Gefahr ausging. Er tastete nach einem Lichtschalter, eine nackte Glühbirne leuchtete auf, und der Mann hob seinen Arm, um ihn schützend vor die Augen zu legen. »Was … wolln Sie?«, lallte er schleppend.

Dietrich trat näher und zog den Arm vom Gesicht des Mannes, wobei er merkte, wie speckig dessen Jacke war. Die hatte schon lange keine Waschmaschine mehr gesehen und der Mann vermutlich ebenso lange keine Seife. »Polizei. Bitte weisen Sie sich aus.«

»Ausssweisen?« Der Mann guckte ungläubig, dann fing er an zu lachen. »Ich bin … so was habbich seit Jahren nich mehr. Mich … gib's sosusagen gar nich. Was will die … Staasss… Staatsmacht in Lothars Garten?«

»Lothar Giese ist tot.«

Die Information brauchte eine Weile, um in das Hirn des Mannes vorzudringen, dann riss er die blutunterlaufenen Augen auf. »Tot? Wassis passiert? Isser kaltgemacht worn?«

Eher das Gegenteil, dachte Dietrich zynisch. »Wie kommen Sie darauf?«

»Weiler … Weil, er hat in letser Zeit immer so 'n komisches

Sseug geredet, von wegen er würd jetz sein Schicksal selbs inne Hand nehm und sich nehm, was ihm … ssusteht.«

Dietrich horchte auf. »Was hat er damit gemeint?«

»Weiß nich.« Der Mann rieb sich die Augen, die sich plötzlich mit Tränen füllten. »Lothar war 'ne Seele von Mensch, das warer. Hat mich hier wohn lassen, un wenn's ssu kalt wurde, konnt ich bei ihm unnerkriechen. So einer warer, der Lothar. Un jetz isser tot. 's trifft immer die Guten ssuerst.« Der Mann ließ den Kopf sinken.

Dietrich stöhnte innerlich. In diesem Zustand war nichts aus dem Mann herauszubekommen, und er hatte nicht vor zu warten, bis er wieder nüchtern war – er konnte nicht mal beginnen zu ahnen, wann das der Fall sein würde.

Er sah sich in der Laube um und entdeckte in einer Ecke eine alte Pumpe und einen kleinen Eimer darunter. Kurzerhand pumpte er den Eimer halb voll und kippte mit nur mäßig schlechtem Gewissen dem Mann das kalte Wasser ins Gesicht. Der prustete und schrie: »Hey, was solln das?«

Er schüttelte sich das Wasser aus den verfilzten Haaren und starrte Dietrich feindselig an. »Das dürfen Sie nicht! Und ich hab ein Recht auf einen Anwalt!«

Dietrich grinste. Immerhin klang er nun schon erheblich munterer. »Ich glaube nicht, dass Sie einen brauchen.« Er reichte ihm ein einigermaßen sauberes Handtuch, das neben der Pumpe gehangen hatte. »Ich will nur ein paar Auskünfte, dann lasse ich Sie in Ruhe. Fangen wir mit was Einfachem an: Ihr Name?«

»Max.«

Dietrich beließ es vorerst dabei. »Okay, Max. Lothar Giese wollte sich also nehmen, was ihm zusteht. Hat er mal eine Andeutung gemacht, was das sein könnte? Lassen Sie sich Zeit, überlegen Sie gut.«

Max kratzte sich am Kopf. »Wenn ich sage, was ich weiß, kann ich dann hierbleiben?«

»Wenn's nach mir geht, ja«, sagte Dietrich nach kurzem Zögern.

»Hmmm. Also, wenn Lothar was intus hatte, hatter in letzter Zeit oft gesagt, er könnte 'ner Menge Leute das Leben schwer machen, die solln sich man nich alle so sicher sein, dasser schweigt.«

»Welchen Leuten?«, fragte Dietrich gespannt.

»Weiß nich. Hatter nie ausgeplaudert, aber einmal hatter gesagt, er hätt Beweise, und wenn er mit denen hausieren geht, würd's den Leuten an den Kragen gehen. Das würden die nich wollen, also müssten die ihm geben, wasser verlangt.«

Ohne große Hoffnung stellte Dietrich die nächste Frage: »Wo bewahrte er diese Beweise auf?«

»Irgendwo bei sich, hatter gesagt. Gut versteckt. Vielleicht in seim altn Laden, hab ich immer gedacht. Der is ja leer, da kommt nie einer hin – außer Lothar, der hat noch 'n Schlüssel.«

Das Antiquariat, natürlich! Dort hatten sich Kassandra Voß und Paul Freese nicht umsehen können. Dietrich zwang sich, ruhig zu bleiben und eine letzte Frage zu stellen. »Ist Ihnen sonst noch was aufgefallen?«

»Nur dass hier so 'n Anzugtyp rummschpioniert hat, roch schon von Weitem nach Geld. Hat garantiert noch nie 'n Garten betreten und kennt Obst bloß ausm Konsum.«

»Wann war das? Wie sah er aus?«

»Öfter. Vor 'n paar Tagen. Weiß nich, wann genau. Mein Gedächtnis un meine Augen sind nich mehr, was sie mal warn. Dunkle Haare jedenfalls, vielleicht vierzig plus/minus 'n paar Jahre.«

»Geht das noch etwas genauer?«

Max kratzte sich wieder am Kopf. »Trug 'ne Brille, war aber trotzdem 'n Schönling mit so 'm Kantenkinn.«

Die Beschreibung passt ziemlich gut auf Oliver Kämpfer, dachte Dietrich. Das bedeutete, dass es schon vor Gieses Anruf auf Kämpfers Handy Kontakt zwischen den beiden gegeben haben könnte. »Gut. Ich sehe mich hier noch etwas um, dann verschwinde ich«, sagte er. Auch wenn Giese behauptet hatte, seine Beweise zu Hause aufbewahrt zu haben, wollte er lieber alles überprüfen.

Eine halbe Stunde später ging er, ohne etwas gefunden zu haben, weder in der Laube noch im daran angrenzenden kleinen Schuppen. All seine Hoffnungen setzte er nun auf den Laden –

oder die Wohnung. Weil diese Rieka die ganze Zeit dabei gewesen war, hatten Paul Freese und Kassandra Voß die nicht gründlich durchsuchen können.

Genau das holte Dietrich nun nach. Nachdem er Lothar Gieses Flur, die Küche, das Badezimmer und das Schlafzimmer durchforstet hatte, war er ins Wohnzimmer vorgedrungen. Gerade wollte er auf die am Boden liegende Tischplatte mit der Schublade zugehen, in der die Taschenuhr gelegen hatte, als eine harte, aggressive Stimme fragte: »Wer sind Sie? Was haben Sie hier zu suchen?«

Dietrich fuhr herum, entspannte sich aber wieder, als er an den bunt gefärbten Haaren Friederike Stahl erkannte, die sich verflucht leise hereingeschlichen haben musste. Sie trug ein Notebook unterm Arm und blitzte ihn feindselig an. Wie er sie einschätzte, würde sie, anders als Max, darauf bestehen, dass er sich auswies, also tat er ihr den Gefallen. »Polizei, Kriminaloberkommissar Dietrich. Es ist wohl angebrachter, dass ich *Sie* frage, was Sie hier zu suchen haben. Das Siegel an der Tür war zerrissen. Sind Sie das gewesen?«

»Nein«, log Friederike Stahl, ohne mit der Wimper zu zucken. »Ich dachte, das waren Sie.«

Dietrich schmunzelte innerlich über ihre Abgebrühtheit. »Und Sie sind?«, fragte er der Form halber und erkundigte sich anschließend nach den übrigen Hausbewohnern und ob sie am vergangenen Abend etwas bemerkt hatten. Doch mehr als das, was er schon wusste, kam nicht heraus. Dann deutete er auf das Notebook. »Gehörte das Giese?«

Friederike Stahl verzog das Gesicht in einer Mischung aus Belustigung und Trauer. »Lothar und Technik? Der wusste nicht mal, wie man Computer schreibt.«

Dietrich bedankte sich für die Auskünfte und schickte sie in ihre Wohnung zurück, aber sie blieb einfach und beobachtete ihn, während er sich umsah. Er ließ sie gewähren, beobachtete sie seinerseits aus den Augenwinkeln und bemerkte, dass ihrem scharfen Blick nichts entging.

»Du bist kein Bulle«, sagte sie unvermittelt.

Dietrich, der gerade in die Hocke gegangen war, um etwas unter dem Schrank hervorzuziehen, das sich als eine leere Wodkaflasche entpuppte, richtete sich auf. »Ach? Wie kommen Sie darauf?«

»Weil ich die Fragen, die du vorhin gestellt hast, in der Nacht und heute Morgen schon beantwortet habe. Steht bestimmt alles in den Akten – die du offenbar nicht kennst. Und weil mich ein echter Bulle mit Gewalt rausgeschmissen und nicht zugelassen hätte, dass ich hier weiter rumlungere. Hatte Lothar Schulden bei dir, und du willst dir jetzt sichern, was noch zu holen ist?«

»Du hast ja keine gute Meinung von der Polizei«, konstatierte Dietrich, jetzt bewusst das Du erwidernd. »Darf ich erfahren, warum nicht?«

»Geht dich nichts an«, fauchte sie. »Und tu nicht so scheißfreundlich. Selbst wenn du mir noch drei Dutzend Bullenausweise zeigst, glaub ich nicht, dass die echt sind. Hast du das Feuer gelegt?«

Auf die Frage war Dietrich nicht gefasst gewesen, er ließ sich seine Überraschung jedoch nicht anmerken. »Vielleicht solltest du dich mal mit dir selbst einigen, wofür du mich hältst – Schuldeneintreiber oder Brandstifter. Wenn du Letzteres ernsthaft in Erwägung ziehst, bist du entweder sehr mutig oder sehr dumm, mir das ins Gesicht zu sagen«, stellte er fest. »Wieso glaubst du überhaupt, dass jemand Lothars Bude angezündet hat?«

Rieka ließ sich gegen den Türrahmen fallen. Zum ersten Mal konnte Dietrich nachvollziehen, warum Paul Freese und Kassandra Voß gezögert hatten, ihr die Wahrheit zu sagen. Sie wirkte jetzt ganz klein, verloren und zermürbt. »Tu ich ja gar nicht. Bisher. Sollte ich aber vielleicht, es interessieren sich nämlich weit mehr Leute für Lothar, seit er tot ist, als vorher.« Sie richtete sich gerade auf und fragte wieder weitaus entschiedener: »Was bist du nun also wirklich? So was wie ein Privatdetektiv? Kannst du ruhig zugeben. Ich hab nichts gegen Bullenkonkurrenz.«

»Seh ich aus wie Philip Marlowe?«, fragte Dietrich.

»Wie wer?«

Dietrichs Mundwinkel zuckten – dabei fragte er sich, wieso ihm das hier solchen Spaß machte. »Vergiss es. Freut mich jedenfalls, dass du nichts gegen private Ermittlungen hast. Würdest du mir ein paar Fragen beantworten?«

»Nur wenn du vorher meine beantwortest. Weshalb bist du hier? Wer hat dich engagiert? *War* das Brandstiftung?«

»Ich bin hier, weil Lothar Giese möglicherweise jemandem unbequem wurde und ich wissen will, wem und warum.«

Rieka sah nicht rundherum zufrieden aus, ahnte aber wohl, dass sie nicht mehr erfahren würde. »Also gut, schieß los.«

Es stellte sich heraus, dass sie noch weniger wusste als Max, und auch die Namen Kämpfer oder Barthel, die Dietrich fallen ließ, sagten ihr nichts.

»Fehlt in der Wohnung was?« Immerhin konnte er nun risikolos die Frage stellen, die Paul Freese vermieden hatte. »Sieh dich ruhig in Ruhe um.«

Das tat Rieka, aber es führte zu keinen neuen Erkenntnissen.

»Hat Giese in letzter Zeit was Ungewöhnliches gesagt, getan oder vorgehabt?«, fragte er abschließend.

»Nein. Er …« Sie stockte. »Doch, da war was. Er ist nie groß rausgekommen aus Stralsund, aber vor ein paar Wochen hat er gesagt, er wolle demnächst aufs Fischland. Ich hab noch gefragt, wozu, wo er doch hier die See auch vor der Nase hat.«

»Und? Was hat er gesagt? Wohin genau wollte er auf dem Fischland? Ist er tatsächlich da gewesen?«

»Erstens: dass das Fischland eben was Spezielles wäre. Dabei hat er gekichert, als wäre das ein besonders gelungener Witz. Zweitens: Weiß ich nicht. Drittens: Weiß ich auch nicht, er hat jedenfalls nichts davon erzählt.«

»Kannte er das Fischland, von früher vielleicht?«, hakte Dietrich nach.

»Keine Ahnung, ich kenne doch nicht seinen kompletten Lebenslauf.«

Dietrich nickte, schon weiter mit seinen Gedanken. Er sah zwei Möglichkeiten. Zuerst mal Harald Barthel. Vielleicht war der BOB-Chef einer derjenigen Leute, von denen Giese sich nehmen wollte, was ihm angeblich zustand. Was immer er über Barthel gewusst haben mochte, es musste sich um etwas handeln, das sich innerhalb der letzten rund zwanzig Jahre abgespielt hatte.

Barthel kam schließlich aus dem Westen und hatte sich erst nach der Wende hier niedergelassen. Möglicherweise fand Kassandra Voß etwas in ihren Unterlagen, das auf einen entsprechenden Zusammenhang hinwies. Zweite Möglichkeit: Niklas Thiel. Vielleicht hatte Giese zu ihm gewollt, weil er hoffte, dadurch etwas über Barthel zu erfahren. Dietrich sah auf die Uhr. Konnte er Kassandra Voß noch rechtzeitig vor ihrer Ankunft in Lübeck erreichen und sie bitten, Thiel zu fragen, ob er Giese gekannt hatte, bevor sie womöglich im Krankenhaus das Telefon ausstellte?

»Hallo? Erde an Privatschnüffler! Bist du noch da? Im Übrigen wüsste ich gern, wie du eigentlich heißt«, drang wie aus der Ferne Riekas Stimme zu ihm durch.

Dietrich nickte, immer noch etwas abwesend. Wenn er Kassandra Voß anrufen wollte, musste er sich beeilen, aber er legte keinen Wert darauf, Rieka zuhören zu lassen. »Klar bin ich hier«, sagte er. »Lothar Giese soll noch einen Schlüssel für den Laden unten gehabt haben. Weißt du, wo er den aufbewahrte?«

Rieka verschränkte die Arme vor der Brust. »Ich red nicht gern ausufernd mit Typen, deren Namen ich nicht kenne«, sagte sie. »Oder soll ich dich Philip Marlowe nennen?«

»Dazu fehlen mir die Zigarette im Mundwinkel und ein Glas in der Hand«, sagte Dietrich. »Ich bin Kay. Also, was ist mit dem Schlüssel?«

»Ich hab da so eine Vermutung.«

»Dann sieh nach, bitte. Ich geh schon mal nach unten und gucke, ob ich auch ohne Schlüssel in den Laden komme.« Er wartete ihre Antwort nicht ab, sondern verließ die Wohnung, um im Treppenhaus nach seinem Smartphone zu greifen. Er erwischte Kassandra Voß auf dem Parkplatz der Klinik und sagte ihr im Gehen leise, was er wollte. Es blieb ihm keine Zeit, sich zu verabschieden, weil Rieka die Treppe herunterkam, also drückte er das Gespräch einfach weg.

Im Erdgeschoss, von dem es einen Zugang zu Gieses Antiquariat gab, machte er sich der Tarnung halber an der Tür zu schaffen. Das allerdings war unnötig. Dietrich konnte nicht sagen, ob sie von einem Einbrecher oder der Polizei geöffnet worden war. Die Kratzspuren um das Schloss herum konnten sogar von

Lothar Giese selbst stammen, falls er in betrunkenem Zustand das Schlüsselloch nicht gleich gefunden hatte.

Er richtete sich auf und sah Rieka entgegen, die triumphierend einen Schlüssel durch die Luft schwenkte. »War im Schlafzimmer hinter dem Engelbild«, sagte sie, doch dann zeichnete sich Enttäuschung auf ihrem Gesicht ab, als Dietrich wortlos die Tür aufstieß. »Du hättest gleich sagen können, dass du das problemlos knackst. Profi, was?«

Dietrich lachte leise. »Man tut, was man kann.« Er ging voran in den Laden und sparte sich, Rieka davon abzuhalten, ihm zu folgen.

Durch die Plakate, die draußen an der Scheibe klebten, fiel kaum Licht in den Raum, andererseits konnte auch niemand hineinsehen. Die für Lothar Giese schon obligatorische nackte Glühbirne an der Decke erhellte den Raum notdürftig. Leer geräumte Regale, auf denen Staubspuren verrieten, dass sie nicht die Ersten waren, die sich seit der Schließung des Antiquariats hier umsahen, standen an den Wänden und in der Ladenmitte. Vorn gab es einen Verkaufstresen mit einer Registrierkasse, die noch aus Vorkriegszeiten zu stammen schien – beide wiesen die gleichen verwischten Staubspuren auf wie die Regale.

»Was suchst du eigentlich?«, fragte Rieka.

»Kann ich dir sagen, wenn ich's gefunden habe«, murmelte Dietrich, der sich ohne große Hoffnung dem Verkaufstresen und der Kasse zugewandt hatte. Es gab sonst nichts, das sich als Versteck eignete, die Regale waren allesamt offen, Schränke nicht vorhanden.

Wie befürchtet fanden weder er noch Rieka, die sich die Regalreihen vornahm, auch nur die kleinste Kleinigkeit. Entweder hatte derjenige, der das Feuer gelegt hatte, Gieses Beweise, welcher Art sie auch sein mochten, gefunden, mitgenommen und längst vernichtet. Oder sie waren so gut versteckt, dass sie vorerst verschollen blieben.

Dietrich wollte schon gehen, da fielen ihm der Garten und sein Gespräch mit Max wieder ein. Durch das, was Rieka vorhin über Gieses Pläne, aufs Fischland zu fahren, gesagt hatte, war er ganz darüber hinweggekommen, sie auch auf Oliver Kämpfer anzusprechen. Er beschrieb ihn ihr mit fast den gleichen Worten, die Max gebraucht hatte.

»Ja«, sagte Rieka gedehnt. »Einen Typ, auf den die Beschreibung passen könnte, hab ich gesehen. Gestern Abend, als ich nach Hause kam. Das war kurz bevor ich das Feuer bemerkte. Also, versteh mich richtig, es war ja schon dunkel, hundertprozentig sicher bin ich mir nicht.«

Ehe Dietrich etwas darauf erwidern konnte, hörte er im Hausflur ein Geräusch. Jemand näherte sich der nur angelehnten Tür. »Schsch«, machte er und schob Rieka hinter eins der Regale in der Mitte des Raums, konnte aber selbst nicht mehr schnell genug in Deckung gehen.

»Halt! Schön stehen bleiben!«, sagte eine scharfe Stimme in seinem Rücken.

13

Kassandra sah etwas ratlos auf ihr Telefon. »Wenn ich das richtig verstanden habe, will Dietrich, dass ich Niklas nach Lothar Giese frage. Er hat nur geflüstert und das Gespräch sehr plötzlich abgebrochen.«

»Noch abrupter als sonst?«, versicherte sich Paul. Dietrichs Angewohnheit, sich selten mit Höflichkeitsfloskeln aufzuhalten, war typisch. Auf Kassandras Nicken hin murmelte er: »Hoffentlich ist bei ihm alles in Ordnung.«

»Ja.« Unruhe erfasste sie. Kassandra konnte sie mit Mühe abschütteln und konzentrierte sich auf die vor ihr liegende Begegnung mit Niklas, was kaum ein besseres Gefühl in ihr hervorrief.

Das Gelände der Universitätsklinik war riesig, sie parkten jedoch ganz in der Nähe des Hauses 23, in dem die Intensiveinheit für Schwerbrandverletzte untergebracht war. Auf ihr Klingeln hin dauerte es etwas, bis ein Pfleger kam, der nickte, als er Kassandras Namen hörte. Offenbar hatte Professor Parchow ihr Kommen angekündigt.

Es gab strenge Regeln für die Station, auf der keine Handys erlaubt waren und Intensivkleidung angelegt werden musste. Sie hatten schon die Hauben aufgesetzt und wollten gerade den Mundschutz anlegen, als ihnen ein Arzt entgegenkam und sich als Johannes Parchow vorstellte. »Schön, dass Sie kommen konnten. Herr Thiel hat noch einmal kurz das Bewusstsein verloren und schläft viel, aber jedes Mal, wenn er wach ist, verlangt er nach Ihnen.«

Parchow führte sie zu Niklas' Bett, das mit einer Unzahl von Monitoren und Geräten umstellt war, von denen Kassandra kaum eines identifizieren konnte. Eins diente wohl der Beatmung, die Niklas allerdings nicht mehr benötigte.

Auf einen Blick sah sie, dass sein linker Arm eingegipst war und er einen Verband um den Kopf trug, sicher wegen der Verletzungen von dem Schrägbalken. Ansonsten war sein Gesicht bis auf einige Schrammen, die bereits heilten, unverletzt. Auch die linke Hand zeigte keinerlei Verbrennungen, um den rechten Arm und die rechte Hand trug er allerdings Verbände, was ganz sicher auch für den Oberkörper und vor allem die Beine galt, die beide gebrochen waren, das rechte, wie Professor Parchow erklärte, ziemlich kompliziert. Dort hatte Niklas sich auch die schwersten Verbrennungen zugezogen, nur konnte Kassandra davon nichts erkennen, weil alles unter einer dünnen Bettdecke vor ihren Augen verborgen blieb.

Niklas hatte die Augen geschlossen, sein Brustkorb hob und senkte sich leicht, aber regelmäßig. Kassandra trat näher und berührte vorsichtig seine unverletzte linke Hand.

»Setzen Sie sich ruhig«, sagte Professor Parchow und holte ihr einen Stuhl, der an der Wand gestanden hatte. »Ich hoffe, Sie haben Zeit mitgebracht, es kann etwas dauern, bis er aufwacht.«

Kassandra setzte sich auf den Stuhl, ohne Niklas aus den Augen zu lassen. Sie spürte, dass Paul hinter ihr stand, und war froh darum. Es war egal, dass sie Niklas nicht besonders gut gekannt hatte – sie wurde erfasst von Traurigkeit und von Wut auf denjenigen, der ihm das angetan hatte. Niemals würde sie glauben, dass er die Schuld daran trug. »Hallo Niklas«, wisperte sie. Sanft strich sie mit dem Zeigefinger über seine Hand.

Ob es die Berührung oder ihre Worte waren, konnte sie nicht sagen, aber Niklas' Lider hoben sich wie in Zeitlupe, ebenso langsam drehte er den Kopf in ihre Richtung. Zuerst sahen seine hellbraunen Augen durch sie hindurch, doch kurz darauf schaffte er es, Kassandra zu fixieren. Er öffnete den Mund, aber es kam nur ein Krächzen heraus.

Kassandra griff nach einer Schnabeltasse, die auf dem Nachttisch stand, und führte sie an seine Lippen. Niklas trank einen Schluck, ein Tropfen Wasser lief ihm aus dem Mund, den Kassandra mit einem Tuch abwischte. Mit seinem Blick verfolgte Niklas jede ihrer Bewegungen, und als sie die Tasse zurückgestellt hatte, öffnete er erneut den Mund. »Kas…san…dra«, sagte er mühevoll, um jede Silbe ringend.

»Ich bin hier, Niklas. Paul ist auch da, und Heinz Jung schickt dir seine Grüße.« Sie war sich nicht sicher, ob er sie verstanden hatte. Er schloss kurz die Augen, und als er sie wieder öffnete, wirkte der Ausdruck darin etwas klarer.

»Kassandra«, wiederholte er sicherer, musste jedoch erneut pausieren und die Augen schließen. Diesmal schwieg er beinah eine Minute, bis er sie wieder ansah und zwei Silben weit auseinanderzog. »Vaaa…ter.«

»Vater?«, versicherte sich Kassandra. »Sollen wir deinen Vater benachrichtigen?« Schuldbewusst fragte sie sich, ob überhaupt jemand dem alten Mann in seinem Feierabendheim in Barth gesagt hatte, was seinem Sohn passiert war. Offenbar war auch Paul dieser Gedanke gekommen, da er sich mit ebenjener Frage an Professor Parchow wandte.

»Gestern rief eine Cousine von Herrn Thiel an«, sagte der leise. »Sie wollte wissen, ob sie ihn besuchen könne, was ich noch ablehnen musste. Sie war die erste Verwandte, die sich überhaupt meldete, von Herrn Thiels Vater weiß ich nichts.«

»Wir fragen sie, ob sie sich mit ihm in Verbindung gesetzt hat«, sagte Paul. »Wenn nicht, werden wir das tun.«

Kassandra nahm an, dass Parchow nickte, da er nicht antwortete. Sie betrachtete immer noch Niklas, dessen linke Hand sich verkrampft hatte und der sie seinerseits nicht aus den Augen ließ. Sein Blick kam ihr sonderbar eindringlich vor. Bittend? Fragend? Fordernd? Verzweifelt?

»Wer immer dir das angetan hat«, sagte sie spontan, »wir kriegen den. Versprochen.«

Niklas atmete tief ein, als sammelte er alle Kraft, die er aufbringen konnte. »Va…ter«, wiederholte er. »Kas…sandra.«

Hatte er überhaupt gehört, was sie gesagt hatte? Er hatte sie erkannt, das zumindest war sicher. Und er wollte ihr etwas mitteilen. Dann durchfuhr sie ein völlig irrationaler Gedanke. Was war es, das sie beide verband? Ahnenforschung. Meinte er womöglich gar nicht *seinen* Vater, sondern ihren?

Sie hatte Niklas von ihren komplizierten Familienverhältnissen erzählt – und auch, warum sie nicht vorhatte, nach ihrem Erzeuger zu suchen. War er etwa neugierig geworden und hatte auf eigene Faust recherchiert? Energisch verscheuchte sie diese ganz und gar absonderliche Vorstellung. Ihre Ahnenreihe konnte wohl kaum so wichtig sein, dass sie ihn in seinem Zustand dermaßen beschäftigte.

Niklas' Atem ging schwer und etwas unregelmäßig, hatte sich aber nach ein paar Zügen normalisiert. Er schloss erschöpft die Augen und war wohl kurz davor einzuschlafen, sein Körper entspannte, seine linke Hand entkrampfte sich, als hätte er eine Last weniger zu tragen.

Professor Parchow, der zu ihm ans Bett getreten war, wandte sich an Kassandra. »Ich glaube, es ist besser, Sie verabschieden sich jetzt. Wir bleiben in Verbindung, ich melde mich, sobald sich etwas Neues ergibt oder Herr Thiel wieder nach Ihnen fragt.«

Kassandra erhob sich. »Danke.« Dann fiel ihr Dietrichs Anruf ein. Sie glaubte nicht, dass Niklas dessen Frage beantworten konnte, er hatte ja kaum auf das reagiert, was sie gesagt hatte. Aber versuchen musste sie es. »Kann ich ihn noch etwas fragen?«

Professor Parchow nickte, und Kassandra beugte sich zu Niklas hinunter. »Niklas?« Sie wartete, bis er seine Augen öffnete, was ein Weilchen dauerte, aber dann sah er sie erneut an. »Niklas, das ist jetzt sehr wichtig. Wenn du nicht nicken oder mit dem Kopf schütteln kannst, blinzle einmal für ja und zweimal für nein.« Sie hatte keine Ahnung, ob er verstand, er sah sie nur reglos an – ohne jedes Blinzeln. »Kennst du Lothar Giese aus Stralsund?«

Niklas schloss die Augen und wiederholte wispernd das eine Wort, das zweifellos alles andere in seinem Kopf überschattete: »Vater.«

Auf dem Weg zum Wagen rief Paul bei Wiebke Henning an, die ihm bestätigte, dass sie Niklas' Vater nicht benachrichtigt hatte. »Ich dachte, es wäre das Beste so. Nach allem, was Niklas mir von ihm erzählt hat, bekommt er nicht mehr allzu viel mit. Falls doch, regt er sich nur auf, kann dennoch nichts ändern und seinen Sohn nicht mal besuchen. Warum fragen Sie?«

Paul erklärte Wiebke Henning den Grund und bot an, am nächsten Tag mit Kassandra nach Barth zu fahren, um Niklas' Vater persönlich und äußerst vorsichtig in Kenntnis zu setzen, was sie dankbar annahm. Statt sein iPhone wegzustecken und ins Auto zu steigen, tippte er anschließend im Adressbuch Dietrichs

Nummer an, konnte ihn jedoch nicht erreichen. Besorgt bat er um Rückruf.

Die Fahrt nach Wustrow verlief in gedrückter Stimmung. Obwohl sie es nicht aussprachen, war Kassandra sicher, dass auch Paul an ihren ersten Fall dachte, bei dem sie Dietrich kennengelernt und mit einem Mal – so wie jetzt mitten in den Ermittlungen – nichts mehr von ihm gehört hatten. Sie konnten nur hoffen, dass ihm nicht wieder etwas zugestoßen war, sondern er einfach nur sein Handy ausgeschaltet hatte, um sich ein paar ruhige Stunden zu gönnen.

»Mir ist vorhin ein absurder Gedanke gekommen, als Niklas immerzu von seinem Vater sprach«, sagte Paul in die Stille hinein. Er streifte Kassandra mit einem kurzen Seitenblick und wartete auf ihre Reaktion.

»Der war bestimmt nicht so absurd wie meiner«, murmelte sie.

»Das bezweifle ich. Außer du dachtest, dass Niklas seinen Vater der Brandstiftung beschuldigt«, meinte er.

»Das dann noch nicht.« Kassandra spürte, dass Paul diesen lockeren Ton anschlug, um sie nicht noch mehr zu beunruhigen, konnte aber trotzdem ein Lächeln nicht unterdrücken. »Obwohl es immerhin möglich wäre, dass sein Vater etwas weiß, was damit zusammenhängt. Wir sollten das überprüfen, wenn wir ihn besuchen.«

Paul nickte, und Kassandra sprach zögernd weiter. »Was nun aber meinen absurden Gedanken angeht: Ich dachte, Niklas könnte vielleicht nicht von seinem, sondern von meinem Vater reden. Weil er mich so intensiv ansah und meinen Namen wiederholte, obwohl das doch überflüssig war. Bescheuert, ich sag's ja. Was war dein absurder Gedanke?«

»Derselbe. Und da er uns beiden in den Sinn kam, ist er vielleicht gar nicht so absurd.«

Überrascht sah sie Paul an. »Niklas kämpft um sein Überleben, in dieser Situation kann ihm mein Vater kaum wichtig sein. Möglicherweise glaubt er aber, dass er den Kampf nicht gewinnen kann, und da ist noch was, das er unbedingt mit seinem Vater besprechen muss.«

»Dann hätte er nicht nach dir, sondern gleich nach seinem Vater verlangt«, widersprach Paul.

»Na schön, vielleicht geht es auch um etwas, das die Pflege seines Vaters im Heim betrifft.«

»Dann hätte er vermutlich eher nach Wiebke verlangt.«

»Hast du für alles ein Gegenargument auf Lager?«, fragte Kassandra in einer Mischung aus Ärger und Ratlosigkeit.

Paul lächelte. »Nicht für alles. Ich versuche bloß, etwas Logik in unsere Idee zu bringen.«

»Bisher widerlegst du nur, was ich vorschlage. Das macht die Annahme, dass Niklas meinen Erzeuger meinte, weder wahrscheinlicher noch logischer.«

»Ehe wir nicht mit Niklas' Vater und der Heimleitung gesprochen haben, können wir über diese These nur spekulieren«, sagte Paul. »Lass uns also ruhig spaßeshalber die Idee weiterspinnen. Ist dir aufgefallen, dass Niklas noch einmal ›Vater‹ sagte, nachdem du ihm versprochen hast, denjenigen zu finden, der ihm das Haus angezündet hat?«

»Du denkst, er wollte damit ausdrücken, mein Vater hätte das getan?«, fragte Kassandra ungläubig.

»Du hast seinen eben selbst ausgeschlossen.«

»Ja, schon, aber Niklas hat dauernd ›Vater‹ gesagt, nicht nur nachdem ich …«

»Richtig«, unterbrach Paul sie. »Unter anderem einmal unmittelbar vor und einmal unmittelbar nach deinem Namen. Du sagtest gerade, dass es eigentlich eine überflüssige Kraftanstrengung war, deinen Namen zu nennen. Also wird er einen Grund gehabt haben, es dennoch zu tun.«

Kassandra antwortete nicht, sondern sah nachdenklich aus dem Fenster. Die A 20 war so gut wie leer, sogar auf dem Rastplatz Schönberger Land, an dem sie eben vorbeifuhren, standen nur wenige Autos. Sie grübelte weiter. Etwas passte nicht zusammen bei Pauls Überlegungen. »Er hätte einfach ›dein Vater‹ sagen können«, fand sie endlich das Haar in der Suppe. »Weniger Silben, weniger Anstrengung. Außerdem: Gesetzt den Fall, er hat meinen Vater ausfindig gemacht – wenn ich auch nicht wüsste, weshalb er ihn überhaupt gesucht haben sollte –, welches Interesse sollte mein unbekannter Erzeuger haben, den Brand in Niklas' Haus zu legen?«

»Weiß ich nicht«, gab Paul zu. »Aber da es eine Verbindung zwischen deinem Vater und meinem alles andere als sauberen Bruder gegeben hat, der sonst kaum die Identität deines Vaters gekannt hätte, tut sich da eventuell die eine oder andere Möglichkeit auf.«

Den ominösen Inhalt des Briefes von Pauls Bruder, in dem dieser die Frage nach der Identität ihres Vaters sehr süffisant, aber zugleich nebulös und rätselhaft angesprochen hatte, kannte Kassandra auswendig: *Ich werde es so einrichten, dass ich Kassandra kennenlerne, wenn ich nach Wustrow komme*, hatte Sascha geschrieben. *Nicht aus purer Neugier, sondern weil sie Heinz' Nichte ist. Was bedeutet, dass sie Ullas Tochter sein muss, und wenn ich ein bisschen nachrechne … Paul – weißt du eigentlich, mit wem du da zusammen bist? Ich meine, weißt du, wer ihr Vater ist? Weiß Kassandra, wer ihr Vater ist? Ich würde vermuten: nein. Ulla wird nicht so verrückt gewesen sein, das irgendwem zu verraten.*

»Das hieße, Niklas hat vielleicht nicht nur rausgefunden, wer mein Vater ist, sondern auch, was er alles auf dem Kerbholz hat?«, fragte Kassandra leise.

Pauls Antwort war ein knappes Nicken. Er wurde nicht gern an seinen Bruder erinnert, wenn er von selbst auf ihn zu sprechen kam, maß er dieser Theorie eine gewisse Bedeutung bei.

»Warum hätte Niklas nach meinem Vater suchen sollen?«, wiederholte Kassandra ihre Bedenken. »Er ist zwar fasziniert von der Ahnenforschung, aber was interessieren ihn fremde Vorfahren von fremden Leuten?«

»Vielleicht stellte das für ihn eine Herausforderung dar, oder er hat gar nicht gesucht, sondern ist zufällig drauf gestoßen.«

»Zufällig? Man stößt doch nicht zufällig auf jemandes verschollenen Vater.« Nach einer kurzen Pause fügte sie hinzu: »Wir verrennen uns. Wenn wir die Idee, mein Vater hätte Niklas' Haus angezündet, weiterverfolgen, hieße das, wir können die Kämpfers, Harald Barthel und Lothar Giese vergessen.«

Paul ließ sich Zeit, bis er antwortete. »Hieße es das?«

Kassandra wurde schwindelig. »Das ist nicht dein Ernst.«

Oliver Kämpfer kam natürlich nicht in Frage, aber die Vorstellung, dass einer der übrigen drei Männer ihr Vater war, schien noch grotesker als alles, was sie bisher besprochen hatten.

»Es könnte eine Erklärung dafür sein, dass beziehungsweise wie Niklas auf deinen Vater stieß«, sagte Paul.

Kassandra umklammerte etwas verkrampft ihren Sicherheitsgurt. Sie zwang sich, das Schwindelgefühl zu überwinden und die Angelegenheit zu betrachten, als sei sie nicht betroffen.

»Harald Barthel wäre demnach am ehesten mein Vater, schließlich arbeitet Niklas für ihn und könnte bei der BOB über etwas gestolpert sein«, sagte sie, um Neutralität in ihrer Stimme bemüht. »Aber ich bin 1976 gezeugt worden, ziemlich viele Jahre vor der Maueröffnung, und Barthel kommt aus dem Westen. Das macht die Sache extrem unwahrscheinlich. Es sei denn«, sagte sie spöttisch, »du willst eine abenteuerliche Geschichte von einem Westspion im Osten konstruieren.«

»Würde jedenfalls ganz gut zu Saschas Andeutungen passen«, erwiderte Paul ungerührt.

»Klar. Die haben einen vom Bundesnachrichtendienst ausgerechnet aufs Fischland geschickt. Es hat da in den Siebzigern bestimmt jede Menge ultrageheime Vorkommnisse gegeben, die für den Westen von immenser Wichtigkeit waren.«

»Die Ölbohrungen in Wustrow?«, schlug Paul vor.

Kassandra schaute ihn mit hochgezogenen Augenbrauen an. Zwar hatte es hinter dem Norderfeld und in den Stadtwiesen in den sechziger und siebziger Jahren tatsächlich Bohrungen nach Erdöl gegeben, man war 1978 sogar fündig geworden, aber geheim war das kaum gewesen. Sie sah, dass Paul sich auf die Lippen biss, um sich ein Lachen zu verkneifen.

»Gut«, sagte er, »stellen wir Harald Barthel also mal hintenan. Was ist mit Bernhard Kämpfer? Dadurch, dass die beiden Firmen miteinander konkurrieren und vermutlich deshalb Wert darauf legen, voneinander so gut wie alles zu wissen, könnte Niklas bei seiner Arbeit auch auf etwas über ihn gestoßen sein.«

Kassandra musste sich eingestehen, dass ihr Bernhard Kämpfer nach allem, was sie bisher über Barthel gehört hatte, als Vater lieber wäre. Sie mochte ihn ja sogar. »Fragen wir Dietrich nach

Kämpfers Lebenslauf. Immerhin kommt er aus Brandenburg, wenn mich nicht alles täuscht.«

Außerdem war Kämpfer nicht nur Harald Barthel, sondern vor allem der dritten Alternative vorzuziehen. »Alles scheint besser als Lothar Giese«, sagte sie mehr zu sich selbst. »Über seine Vergangenheit wissen wir bisher leider am wenigsten. Rieka hat zwar von seinen Großeltern erzählt, aber nicht erwähnt, woher sie stammen oder wo Giese geboren wurde.«

»Auf jeden Fall hat Dietrich Grund zur Annahme, dass es eine Verbindung zwischen Lothar Giese und Niklas Thiel gibt, sonst hätte er dich nicht gebeten, Niklas danach zu fragen«, sagte Paul.

Kassandra seufzte unwillig. »Das ist doch alles Blödsinn. Saschas Worten nach zu urteilen, muss an der Identität meines Vaters was Brisantes sein – damals und vielleicht sogar heute noch, wenn man bedenkt, dass er ihn nicht beim Namen nennt. Was ist an Barthel, Kämpfer oder Giese schon brisant?«

»Dass Sascha ihn nicht beim Namen nannte, kann schlicht daran liegen, dass er mich auf die Folter spannen wollte«, sagte Paul. »Du weißt, dass er seine Geheimnisse nur preisgab, wenn er sich was davon versprach. Es lohnt sich aber bestimmt nachzuprüfen, ob Sascha einen der drei kannte. Ich werde das bei nächster Gelegenheit tun – soweit es mir möglich ist. Viel hab ich ja nicht mehr von ihm.«

Nach einem Überholmanöver beantwortete Paul Kassandras eigentliche Frage. »Was das Brisante an Kämpfer und Barthel betrifft: Sie sind keine kleinen Lichter, sie stehen großen Unternehmen vor und haben sicher beide ein prall gefülltes Konto. Als die Tochter eines der beiden hättest du irgendwann Anspruch auf ein beträchtliches Erbe, was weder bei Oliver Kämpfer noch bei seiner Schwester Jenny auf Begeisterung stoßen dürfte. Von Lothar Giese ist kein Geldsegen zu erwarten, aber bei allen dreien kann das Brisante sehr wohl in der Vergangenheit liegen.«

»Warum hat Niklas dann nicht einfach ›dein Vater‹ gesagt?«, warf Kassandra die Frage wieder auf, die sie vorhin zurückgestellt hatte. Sie hörte selbst, wie aggressiv sie klang, konnte es aber nicht ändern. Die Vorstellung, plötzlich einen Vater zu haben – noch dazu einen aus dieser ausgefallenen Männerriege –, überforderte sie. Deshalb gab sie ein befriedigtes »Na also!« von sich, als Paul ihr die Antwort schuldig blieb.

Paul ließ die Sache erst mal auf sich beruhen, obwohl Kassandra klar war, dass er das Thema nur aufschob und keineswegs vergessen würde. Zu Hause rief er erneut bei Kay Dietrich an, der nicht auf die Rückrufbitte reagiert hatte und sich auch jetzt nicht meldete. Kassandra gelang es immer nur für wenige Augenblicke, nicht daran zu denken, was passiert sein mochte.

»Ich kann nicht länger rumsitzen und warten«, sagte sie. »Lass uns an den Strand gehen, ich brauch Luft. Wenn wir in einer Stunde immer noch nichts gehört haben, fahren wir nach Stralsund und suchen ihn.«

Während ihres Strandspaziergangs in Richtung Seebrücke war Paul zwar äußerlich ruhig, Kassandra spürte aber, dass auch seine Besorgnis wuchs. Sie sahen beide kaum die Möwen ihre Kreise ziehen und die Urlauber ihre Sachen zusammenräumen und die Strandkörbe abschließen. Kassandra heftete ihren Blick starr auf die Brücke und hätte beinah eine kunstvoll aufgetürmte Sandburg zertrampelt, wenn sie durch den Warnschrei eines kleinen Jungen nicht gerade noch rechtzeitig hätte ausweichen können.

»Gehen wir auf die Brücke?«, fragte Paul. »Vielleicht treffen wir Bruno. Mir ist nach einer ganz normalen Unterhaltung.«

Kassandra nickte. Ihr ging es ebenso, aber sie ahnte auch, dass sie dem Gespräch nicht würde folgen können. Innerlich war ihr ganz kalt, die Angst saß wie ein schwerer Stein in ihr – tiefer, als sie es für möglich gehalten hätte. Sie richtete ihren Blick nach vorn, und tatsächlich stand Bruno in einer der Ausbuchtungen kurz vorm Brückenkopf. Seine Angel lehnte neben ihm am Geländer, während er sich mit jemandem unterhielt.

»Tag, Bruno, schon was gefangen?«, erkundigte sich Paul, als sie nahe genug herangekommen waren.

Bruno drehte sich um. »Noch nicht der Rede wert, die Fische mögen vielleicht keine Polizei.« Er wandte sich dem Mann zu, mit dem er gesprochen hatte. »Verzeihung, konnte ich mir nicht verkneifen.«

»Die Ablehnung der Fische kann ich gerade noch verschmerzen. Ich rangiere heute allgemein ziemlich weit unten auf sämtlichen Beliebtheitslisten«, sagte Dietrich. Er verzog den Mund zu einem etwas gequälten Lächeln und hob die Arme in einer resignierten Geste.

»Gott sei Dank«, entfuhr es Kassandra.

Dietrich hob die Brauen. »Das ist ein etwas zweifelhaftes Kompliment. Ich wage nicht, nach meinem Rang auf Ihrer Beliebtheitsskala zu fragen.«

»Warum gehen Sie nicht an Ihr Telefon?« Das war harscher aus Kassandra herausgebrochen als beabsichtigt.

»An mein …« Dietrich klopfte seine Jackentaschen ab und förderte sein Handy zutage. »Oh. Ich hab wohl vergessen, es wieder einzuschalten.«

»Wir waren etwas in Sorge«, untertrieb Paul, »weil Sie sich nach dem abrupten Ende unseres Telefonats vorhin überhaupt nicht mehr gemeldet haben.«

»Entschuldigung. Ich hab's abgestellt, weil ich unangenehmen Anrufen aus dem Weg gehen wollte. Außerdem hatte ich ohnehin vor herzukommen und Sie noch auf der Autobahn vermutet. Wie geht es Niklas Thiel? Konnten Sie mit ihm reden?«

Kassandra war so erleichtert gewesen, Dietrich zu sehen, dass sie erst jetzt bemerkte, wie blass er war. »Was ist passiert?«, fragte sie deshalb leise.

Dietrich zuckte scheinbar gleichgültig mit den Schultern, konnte Kassandra damit aber nicht täuschen. »Ich hab mich von den falschen Leuten in Gieses Antiquariat erwischen lassen«, sagte er.

»Den Brandstiftern?« Bruno klang entsetzt. »Das sagen Sie jetzt erst, nachdem wir hier schon eine Viertelstunde geplaudert haben? Wie sind Sie denen entkommen?«

Diesmal war Dietrichs Lächeln echt. »Mir ist kein Brandstifter in die Quere gekommen, sondern meine Kollegen aus Anklam.«

»Wie schlimm ist es?«, wollte Kassandra bestürzt wissen.

Dietrich holte tief Luft. »Bisher war ich nur in einen ganz normalen Urlaub geschickt worden, wenn auch mit sehr großem Nachdruck. Jetzt bin ich mit sofortiger Wirkung zwangsbeurlaubt – formell ausgedrückt: Ich darf keine Dienstgeschäfte mehr führen.«

»Weshalb?« Kassandras Stimme zitterte vor Empörung. »Weil Sie sich bei Lothar Giese umgesehen haben? Das ist lächerlich!«

»Das ist ein Warnschuss«, sagte Dietrich, »den sie effektiver finden als das, womit sie mir bisher gedroht haben. Die wissen, dass sie damit nicht durchkommen, sollte ich Widerspruch einlegen. Trotzdem ziehen sie mich so erst mal für eine Weile aus dem Verkehr.«

»Was werden Sie jetzt tun?«, fragte Paul sachlicher, als Kassandra dazu in der Lage war, obwohl sie genau das ebenfalls wissen wollte.

»Oliver Kämpfers Telefone abhören und seinen Mail-Account hacken«, antwortete Dietrich regungslos.

»Ich nehme an, dafür gibt es triftige Gründe«, sagte Paul. »Erzählen Sie.«

»Stopp mal«, mischte Kassandra sich ein. »Wie könnt ihr darüber reden, als sei das was völlig Normales? Wenn das rauskommt, Herr Dietrich, dann steht Ihnen weit Schlimmeres bevor als eine Zwangsbeurlaubung. Das können Sie nicht riskieren wollen.«

Dietrichs Mundwinkel zuckten. »Ich weiß nicht, was ich davon halten soll, dass Ihnen meine berufliche Zukunft mehr am Herzen liegt als die Tatsache, dass das, was ich zu tun beabsichtige, kriminell ist – vom moralischen Standpunkt mal ganz abgesehen.«

Tatsächlich verspürte Kassandra kein sonderlich schlechtes Gewissen, wenn sie an Oliver Kämpfer dachte. »Wie Paul schon sagte: Sie werden Ihre Gründe haben, sprich: Sie halten es für möglich, dass Oliver Kämpfer zumindest für Lothar Gieses Tod verantwortlich ist. Und Mord finde ich verwerflicher, als ein Telefon abzuhören. Vom moralischen Standpunkt aus gesehen.«

»Das heißt, ich hätte Ihre Zustimmung?« Dietrich lächelte nicht mehr, er sah plötzlich sehr ernst aus und bezog auch Paul in seinen Blick mit ein. »Auch wenn ich das größere Risiko trage, kann ich nicht garantieren, dass niemand auf die Idee kommt, Sie da mit reinzuziehen, wenn sich herausstellt, dass Kämpfer nicht nur für den Brand bei Giese, sondern auch für den bei Thiel verantwortlich sein sollte.«

Paul zögerte kurz, dann nickte er.

Dietrichs Blick wanderte zurück zu Kassandra. »Was ist mit Ihnen?«

»Passen Sie bloß auf sich auf, wenn Sie bei den Kämpfers Wanzen installieren«, sagte sie. »Wie wollen Sie da überhaupt reinkommen?«

»Das heißt dann wohl Ja«, interpretierte Dietrich ihre Worte und erklärte: »Wanzen sind ein kleines bisschen überholt. Heutzutage gibt's andere Methoden, ich muss nicht vor Ort die Telefone anzapfen, dazu genügt die richtige Software – mit der kenne ich mich aus. E-Mail-Accounts- und W-LAN-Hacken gehören dagegen nicht zu meinen Fähigkeiten, allerdings könnte es sein, dass ich die passende Person kenne. Aber eins nach dem anderen. Wir sollten erst mal unsere Ermittlungsergebnisse austauschen.«

»Natürlich«, sagte Paul. »Besprechen wir das bei Heinz? Das interessiert ihn sicher auch, und ich wüsste außerdem zu gern, was er von Ihren Methoden hält.«

Sie verabschiedeten sich von Bruno, der seine Neugier im Zaum hielt und lieber bei seiner Angel blieb, und saßen wenig später in Heinz' Wohnzimmer.

Als nach einer guten Stunde die wichtigsten Informationen ausgetauscht waren, kam die Sprache auf Dietrichs geplante Abhöraktion. Ungläubig protestierte Heinz. Erst als er hörte, dass jemand, der Oliver Kämpfer zumindest sehr ähnlich sah, sowohl in der Gartenkolonie als auch unmittelbar vor der Entdeckung des Feuers in der Tribseer Straße gesehen worden war, zeigte er sich nachgiebig. Dennoch stellte er fest: »Sie hätten das den Kollegen aus Anklam sagen müssen. Dann hätten Sie jetzt weniger Ärger, und Kämpfer junior würde möglicherweise offiziell unter Beschuss genommen werden.«

Dietrichs Miene verdüsterte sich. »Ich bin kein geduldiger Mensch, aber heute Nachmittag habe ich mit Engelszungen auf die Kollegen eingeredet – ohne Erfolg. Die Verbindungen, die wir herstellen, waren denen zu vage, Max als Zeuge zu unzuverlässig, und Rieka Stahl hat leider selbst gesagt, dass sie wegen der Dunkelheit, die auf der Straße herrschte, nicht ganz sicher sei. Glauben Sie mir, Herr Jung, wenn es eine andere Möglichkeit geben würde als die drastische, die ich vorschlage, würde ich sie nutzen.«

Heinz nickte, verlor seine Skepsis jedoch nicht völlig. »Es weist doch auch einiges auf Harald Barthel hin, wollen Sie den ebenfalls ausspionieren?«

»Wenn es nötig ist«, meinte Dietrich und sah zu Paul. »Vielleicht kommen Sie mit dem am Montag bei der Gemeindevertretersitzung ja schon weiter.«

»Ich tue mein Bestes. Direkt während der Sitzung wird das aber nichts, wir müssen das anders deichseln. Ich versuche, ihn ganz nach Heinz' Vorbild zu einem gemeinsamen Mittagessen zu bewegen. In lockerer Atmosphäre wie bei Heinz und den Kämpfers redet es sich besser und leichter – obwohl ich Schwierigkeiten habe, mir Harald Barthel locker vorzustellen.«

»Kann ich nachvollziehen«, sagte Dietrich. »Im Übrigen glaube ich zwar nicht, dass Sie bei Thiels Vater viel erreichen werden, außer Acht lassen dürfen wir das trotzdem nicht. Es ist gut, dass Sie da morgen hinfahren.«

Kassandra schluckte. Da war die Vater-Kiste wieder. Sie und Paul hatten, ohne es vorher zu verabreden, ihre Theorien darüber unerwähnt gelassen. Gegenüber Dietrich plagte sie ein kleines Schuldgefühl, dass sie nicht alle ihre Karten auf den Tisch gelegt hatten, besonders da er bereit war, so viel zu riskieren. Sie redete sich einigermaßen erfolgreich ein, dass es sich um zu wilde Spekulationen handelte – und dass immer noch Zeit wäre, damit herauszurücken, wenn alle anderen Spuren im Sande verliefen.

Als Dietrich aufbrach, war es fast Mitternacht, und Kassandra kam es so vor, als würde er den Moment hinauszögern. Es gehörte nicht viel Phantasie dazu, sich auszumalen, dass er die Nacht mit Grübeleien verbringen würde. Dietrich war niemand, der das, was er tat, auf die leichte Schulter nahm, erst recht nicht, wenn er sich nun außerhalb des Jobs und der Legalität bewegen würde. Da er niemals jemanden erwähnt hatte und es auch in seiner Wohnung nicht so aussah, als würde er sein Leben mit jemandem teilen, mutmaßte Kassandra, dass er all das mit sich allein ausmachen musste. Außerdem sah er abgekämpft und müde aus.

Gegen die Grübeleien konnte sie nichts tun, wohl aber gegen eine anstrengende Fahrt zurück nach Stralsund. »Wollen Sie nicht bleiben?«, fragte sie kurz entschlossen. »Das Einzelzimmer drüben bei mir ist frei – wenn es Ihnen nichts ausmacht, dass da damals … Sie wissen schon.«

Immer noch mit Unbehagen erinnerte sich Kassandra an die durchnässte Leiche, die sie dort gefunden hatte.

Überrascht sah Dietrich sie an, dann grinste er. »Sie werden ja inzwischen das Bett neu bezogen haben, oder? Vielen Dank für Ihr Angebot, wenn's ein andermal spät werden sollte, komme ich gern drauf zurück, aber heute habe ich nicht mal eine Zahnbürste dabei. Gute Nacht.«

Ehe ihm noch jemand eine Zahnbürste anbieten konnte, war er verschwunden.

Sie hatten kaum die Tür hinter ihm geschlossen, als Heinz sich zu Paul umdrehte. »Erinnerst du dich, was ich vor zwei Jahren gesagt habe? Wenn der weiter diese unorthodoxen Methoden anwendet, hält er nicht bis zur Pension durch. Und was er jetzt vorhat, ist noch weit unorthodoxer.«

»Du bist nicht glücklich damit«, stellte Paul fest. »Warum hast du nicht hartnäckiger versucht, es ihm auszureden?«

Heinz legte den Kopf schief. »Weil das nichts gebracht hätte. Außer Dietrich kenne ich nur einen anderen Mann, der so stur ist.«

»Tatsächlich?« Paul lachte. »Ich schätze, den siehst du jeden Morgen im Spiegel.«

»Sehr witzig«, fand Heinz. »Was, Kassandra?«

Kassandra hatte zwar zugehört, war aber nicht wirklich bei der Sache und entschieden nicht zum Scherzen aufgelegt. »Ich würde gern was mit dir besprechen«, sagte sie. »Hast du noch ein paar Minuten?«

»Sicher.« Heinz sah sie etwas unsicher an. Zweifellos fragte er sich, worum es ging und weshalb sie bis jetzt damit gewartet hatte.

»Auf dem Rückweg von Lübeck«, begann sie, »sind uns ein paar ausgefallene Ideen gekommen.«

Nachdem sie geendet hatte, saß Heinz ein paar Augenblicke

stumm da. Da er eher selten um Worte verlegen war, trug das nicht gerade zu Kassandras Beruhigung bei.

»Was meinst du?«, hakte sie nach. »Du warst damals hier, könnte es sein, dass sich Bernhard Kämpfer in Wustrow rumgetrieben hat? Oder Harald Barthel?« Sie hatte kein Foto von Giese, und wenn sie nicht alles täuschte, hätte das ohnehin nicht viel geholfen, weil er so heruntergekommen ausgesehen hatte, dass vermutlich nicht mehr viel Ähnlichkeit mit einem jungen Mann aus den 1970ern zu erkennen gewesen wäre. »Das müsste um die Zeit gewesen sein, als du Karin geheiratet hast.«

Heinz nickte versonnen. »Genau das war es, was mich da beschäftigt hat: Karin. Ich hatte wenig Sinn dafür, auf andere Frauen zu achten und ganz bestimmt nicht auf meine zukünftige Schwägerin oder darauf, mit welchem Mann sie sich traf. Mir und dem Rest der Welt hier in Wustrow ist nicht mal aufgefallen, dass sie sich überhaupt mit einem Mann traf. Es wusste ja niemand, dass deine Mutter schwanger war.« Heinz' Stimme war leise geworden, dann schloss er resoluter: »Trotzdem hätte ich es als Abschnittsbevollmächtigter gemerkt, wenn sich ein Fremder in Wustrow herumgetrieben hätte.«

»Es könnte ein Urlauber gewesen sein – auf den hättest du wahrscheinlich nicht besonders geachtet«, meinte Paul.

»Stimmt«, gab Heinz zu. »Nur war Ulla nicht die Art Frau, die sich auf einen Urlaubsflirt einließ.«

»Mit irgendwem muss sie sich eingelassen haben«, sagte Kassandra, »und das nicht mit der Aussicht auf eine Heirat. Sonst hätte sie es ja nicht geheim gehalten. Du kannst dich also nicht erinnern – auch nicht daran, ob dir die Namen Bernhard Kämpfer, Harald Barthel oder Lothar Giese vor langer Zeit schon mal über den Weg gelaufen sind?«

Heinz schüttelte den Kopf. »Tut mir leid. Ich habe zwar ein gutes Gedächtnis, aber das ist siebenunddreißig Jahre her. Kämpfer hat mir gegenüber jedenfalls nie erwähnt, dass er früher schon mal hier war.«

Paul holte tief Luft. »Ich weiß, du magst den Mann, aber wenn er mit Ulla zusammen war, kann ihm schwerlich entgangen sein, wer du warst – abgesehen von der Verwandtschaft immerhin

Polizist und unser ABV. Da wird er dir sicher nicht über dreißig Jahre später auf die Nase binden, dass er die Schwester deiner Frau geschwängert und sie dann sitzen gelassen hat.«

»Nein. Wohl nicht.«

Kassandra sah Heinz an, wie schwer es ihm fiel, das zuzugeben. Sie erhob sich. »Vielleicht haben wir uns da viel zu viel aus den Fingern gesogen«, sagte sie, um einen leichten Tonfall bemüht, mit dem sie sowohl sich als auch Heinz beruhigen wollte. »Wir besuchen morgen erst mal Niklas' Vater in Barth, möglicherweise klärt sich die Sache dann ja von ganz allein.«

14

Barth lag von Wustrow aus gesehen am entgegengesetzten Ende der Boddenkette, die Fahrt dorthin führte über die gesamte Halbinsel Fischland-Darß-Zingst und über die Meiningen-Brücke hinüber zum Festland. Wären sie frühmorgens oder abends unterwegs gewesen, hätten sie auf den Feldern diesseits der Brücke und nahe dem Bodden Kraniche sehen können, für die der Landstrich so berühmt war.

Bald schon tauchte am Horizont die Silhouette von Barth auf, aus der die St.-Marien-Kirche deutlich hervortrat. Jedes Mal, wenn sie herkam, musste Kassandra an die uralte Sage denken, nach der hier einst die geheimnisvolle reiche Stadt Vineta in einem Sturmhochwasser untergegangen sein sollte. Angeblich klangen deren Glocken sogar noch immer aus der Tiefe der See empor. Heute jedoch hatte Kassandra weder Sinn für alte Sagen, noch konnte sie der großzügige, mit roten Steinen gepflasterte Marktplatz, an dem sich Café an Café reihte und über dem ebenjene Marienkirche thronte, aus ihrer nachdenklichen Stimmung reißen.

Das Seniorenheim befand sich mitten in der Altstadt – wunderbar gelegen für die alten Leute, die noch fit genug waren, um Spaziergänge zu den Sehenswürdigkeiten und Einkaufsmöglichkeiten zu unternehmen. Nach dem, was Wiebke am Vortag über Niklas' Vater gesagt hatte, ging Kassandra allerdings nicht davon aus, dass er noch allein das Heim verlassen konnte.

Bevor sie losgefahren waren, hatte sie sich erneut auf Niklas' Meine-Ahnen.de-Seite eingeloggt. Wilhelm Thiel war als halbes Kind kurz vor Kriegsende Soldat im Zweiten Weltkrieg geworden, mit fünfzehn in russische Gefangenschaft geraten und später nach vielen Wirrungen in Berlin gelandet, wo er eine Ausbildung als Uhrmacher absolviert und diesen Beruf einige Jahre auf verschiedenen Arbeitsstellen ausgeübt hatte, bis er im Kulturhistorischen Museum in Leipzig eine dauerhafte Anstellung als Wärter bekam. Dort hatte er bis zur Rente gearbeitet, danach war er in den Norden gezogen. Kassandra vermutete den Grund dafür darin, dass er näher bei seinem Sohn sein wollte, den er erst recht spät bekommen hatte. Mittlerweile war er vierundachtzig Jahre alt und lebte seit drei Jahren im Heim.

Kassandra und Paul meldeten sich am Empfang, doch vor ihrem Besuch bei Wilhelm Thiel wollte die Wohnbereichsleiterin mit ihnen reden.

»Ich höre, Sie möchten zu Herrn Thiel. Sind Sie mit ihm verwandt?«, fragte Schwester Kerstin.

»Wir sind Freunde seines Sohnes«, erklärte Kassandra.

»Ah, dann wird er Ihnen gesagt haben, was Sie erwartet. Wann haben Sie übrigens zuletzt mit ihm gesprochen? Er hat seinen üblichen Donnerstagstermin ausfallen lassen.«

Kassandra glaubte, eine leise Kritik aus ihren Worten herauszuhören, und erzählte knapp, was passiert war.

Schwester Kerstins bis eben noch so resolutes Auftreten geriet ins Wanken. »Das ist ja furchtbar. Bitte erwähnen Sie das nicht Herrn Thiel gegenüber. Wenn sein Sohn da ist, erkennt er ihn normalerweise und freut sich, obwohl er manchmal wieder abdriftet. Es könnte sein, dass solche schlechten Nachrichten ihn zu sehr aufregen.«

Kassandra nickte. Die Hoffnung, dass sie von Wilhelm Thiel etwas von Bedeutung erfahren würden, sank damit. »Mit der Pflege von Herrn Thiel ist aber alles geregelt?«, erkundigte sie sich. »Niklas konnte sich aufgrund seiner Verletzungen nicht ganz klar ausdrücken, ob er wollte, dass wir mit seinem Vater reden oder hier Bescheid sagen, dass er nicht kommen kann.«

Schwester Kerstin nickte verständnisvoll. »Darüber müssen Sie sich keine Sorgen machen – es geht alles seinen Gang. Falls trotzdem etwas sein sollte, hinterlassen Sie mir doch Ihre Telefonnummer.«

»Niklas hat noch eine Cousine«, sagte Kassandra, während sie ihre und Wiebkes Nummern aufschrieb. »In einem Notfall können Sie sie oder uns benachrichtigen.«

Schwester Kerstin führte sie einen Gang entlang und blieb vor einer Zimmertür stehen, an der Wilhelm Thiels Name stand. »Reden Sie nur in einfachen und kurzen Sätzen mit ihm«, sagte sie. »Sie werden schnell merken, ob und wie er darauf reagiert. Das gilt auch für Fragen. Wenn Sie ihm etwas Gutes tun wollen, lassen Sie ihn von früher erzählen, solange er mag.« Sie klopfte, öffnete die Tür und ließ Kassandra und Paul eintreten. »Besuch für Sie, Herr Thiel«, kündigte sie fröhlich an.

Wilhelm Thiel saß in einem Sessel und hatte aus dem Fenster geschaut, jetzt drehte er sich langsam zu ihnen um und fixierte zunächst Schwester Kerstin, danach Kassandra und Paul. Leicht irritiert runzelte er die Stirn, was Kassandra ebenso tat, weil sie bei seinem Anblick mit einem Mal genau wusste, wie Niklas als alter Mann aussehen würde. Er war seinem Vater wie aus dem Gesicht geschnitten – die hellbraunen Augen, die hohen Wangenknochen, die bei Wilhelm Thiel durch das hagere Gesicht besonders hervorstachen, die etwas zu breite Nase, das etwas zu schmale Kinn.

»Wo ist Niklas?«, fragte Wilhelm Thiel.

»Er kann nicht kommen«, antwortete Kassandra. »Aber er schickt seine Grüße.«

Thiels Stirnrunzeln vertiefte sich. Kassandra hatte überhaupt keine Erfahrung mit Demenzkranken und keine Ahnung, inwieweit sie in welchem Stadium noch um ihren Zustand wussten. Fragte er sich, ob er sie kennen sollte?

»Ich bin Kassandra, und das ist Paul«, erklärte sie und setzte sich ihm gegenüber mit Paul auf ein kleines Sofa.

Thiels Blick folgte zuerst ihren Bewegungen, dann schweifte er wieder zum Fenster hinaus.

Schwester Kerstin hatte sich inzwischen zurückgezogen, und Kassandra sah Paul fragend an. Sie wusste nicht, wie sie es anfangen sollte, Wilhelm Thiel eine relevante Frage zu stellen, vor allem, da sie den Brand nicht erwähnen durfte. Zu ihrer Überraschung wurde ihr die Entscheidung abgenommen. Thiel wandte sich erneut um und fixierte Paul.

»Du denkst wie ich, was, Paul? Die See ist ja ganz nett, aber am schönsten ist es nun mal in unserem Museum. Was braucht der Mensch Urlaub?« Thiel verzog die Lippen und lachte ein bisschen blechern. »Wie geht es Marie?«

»Gut, danke. Sie genießt den Urlaub mehr als ich«, sagte Paul, der sich erstaunlich schnell auf die Situation eingestellt hatte. Anscheinend hielt Thiel ihn für einen ehemaligen Arbeitskollegen.

Thiel nickte ein paarmal bekräftigend, schien sich geistig aber wieder zu verabschieden, sein Blick richtete sich auf einen Punkt hinter Paul, wo an der Wand eine alte Stadtansicht hing. Kassandra konnte nicht erkennen, um welche Stadt es sich handelte.

»Das Münzkabinett ist gestern wieder um eine Sammlung reicher geworden«, sagte er.

»Wirklich?«, fragte Paul. »Was kam denn dazu?«

Thiel maß ihn mit einem tadelnden Blick. »Das kannst du doch nicht vergessen haben!«

»Doch. Leider.«

Thiel schüttelte den Kopf, immer noch tadelnd. »Weshalb du eingestellt wurdest, ist mir ein Rätsel, du hast von gar nichts eine Ahnung.« Seine Stimme bekam einen quengelnden Unterton, bevor er mit Leidenschaft fortfuhr: »Die Briefe und Münzen aus dem Auguste-Parland-Nachlass – zweihundert Jahre alt. Eine unvergleichliche Kostbarkeit und so gut erhalten!«

Thiel erzählte eine ganze Zeit lang von der wertvollen Sammlung, die eine Frau Parland in den siebziger Jahren dem Kulturhistorischen Museum in Leipzig hinterlassen hatte, und Kassandra und Paul unterbrachen ihn nicht. Eines jedenfalls wurde ihnen klar: Wilhelm Thiel hatte seine Arbeit im Museum geliebt und hätte jedes einzelne Stück vermutlich mit seinem Leben verteidigt.

Irgendwann versiegte sein Redestrom, sein Blick ging wieder ins Leere. Kassandra erhob sich. Sie war zu dem Schluss gekommen, dass es keinen Sinn hatte, Thiel gezielt nach etwas zu fragen. Offenbar nahm er ihre Bewegung wahr, denn er fuhr ruckartig herum, stützte sich mit den Armen auf den Sessellehnen ab und stemmte seinen Körper in die Höhe. »Wer sind Sie? Was wollen Sie? Sie werden meinem Sohn nichts tun, hören Sie?« Er starrte sie an, und Kassandra war, als würden Pfeile aus seinen Augen schießen.

Sie bemühte sich, nicht zurückzuweichen, sondern ruhig stehen zu bleiben. »Natürlich nicht, Herr Thiel. Ich werde Niklas nichts tun, er ist ein Freund.«

»Ein Freund?«, wiederholte Thiel. »Woher kennen Sie Niklas?«, fügte er hinzu und sah zwischen ihr und Paul hin und her, mit einem Mal ganz klar.

»Wir wohnen in Wustrow wie er«, erklärte Kassandra. »Niklas und ich beschäftigen uns mit Ahnenforschung.«

Thiel betrachtete sie abschätzend und sagte dann: »In der Vergangenheit wühlen führt zu nichts, junge Frau. Es ist besser, man vergisst sie und lässt sie dort, wo sie hingehört: vergraben. Tief vergraben.«

Kassandra spürte ihre Anspannung. War das der ersehnte Hinweis? »Aber die Vergangenheit kann uns auch viel über die Gegenwart verraten«, sagte sie, um Thiel langsam an einen Punkt zu führen, an dem sie ihn fragen konnte, was hinter seiner Ansicht steckte.

Der alte Mann war offenbar anderer Meinung. »Das ist gefährlich. Viel zu gefährlich.« Er wandte sich an Paul. »Ich habe dir gesagt, du sollst das lassen, Niklas, sonst wird aus der schwelenden Glut ein Höllenfeuer. Hör auf damit!« Thiel begann zu zittern, er suchte Halt an seinem Sessel und ließ sich hineinfallen, als hätte ihn sein Ausbruch erschöpft. Dabei murmelte er pausenlos unverständliche Dinge vor sich hin.

Alarmiert machte sich Kassandra auf die Suche nach Schwester Kerstin, während Paul sachte auf Thiel einredete. Keine zwei Minuten später kam Kassandra mit der Schwester zurück, die sich fürsorglich um Thiel kümmerte.

»Wir hätten nicht herkommen sollen«, sagte Kassandra draußen auf dem Gang. »Oder zumindest hätte ich nicht von der Ahnenforschung anfangen dürfen.«

Paul legte seine Hand auf ihre Schulter. »Du konntest nicht wissen, welche Folgen das hat. Niemand konnte das wissen, abgesehen von Niklas. Er hat ja zweifellos mit seinem Vater darüber gesprochen.«

»Dann ist das entweder schon länger her, oder Thiel bekommt an manchen Tagen mehr mit, als es eben den Anschein hatte.«

»Auf jeden Fall bin ich überzeugt, dass Thiel sich seine Warnung nicht aus den Fingern gesogen hat«, sagte Paul. »Es klang sehr echt – und sehr ängstlich.«

»Vielleicht hat er aber auch etwas durcheinandergebracht. Das könnte man seiner Krankheit zuschreiben«, meinte Kassandra.

»Ja«, sagte Paul. »Vielleicht.«

Kassandra hörte ihm an, dass er daran nicht glaubte, und wenn sie ehrlich war, ging es ihr genauso.

Hinter ihnen öffnete sich die Tür, Schwester Kerstin verkündete leise, dass es Wilhelm Thiel wieder besser ging. Einigermaßen beruhigt verließen Kassandra und Paul das Heim.

»Was oder wem immer Niklas auf die Spur gekommen ist«, stellte Paul auf der Rückfahrt nach Wustrow fest, »ich habe nach diesem Besuch das Gefühl, dass es weniger mit gegenwärtigen dubiosen Baugeschäften zu tun hat als mit etwas, das sich vor langer Zeit ereignet hat.«

»Aber wie passen dann die Kämpfers und Harald Barthel da rein?«, fragte Kassandra. »Oliver Kämpfer scheint in die Sache verwickelt zu sein, aber er ist zu jung für irgendwas, das weit in die Vergangenheit reicht. Was Wilhelm Thiel sagte, klang ja tatsächlich nicht nach einem Ereignis in jüngerer Zeit. Und Barthel war vor langer Zeit schlicht nicht hier.«

»Wenn wir eine Antwort darauf wüssten, wären wir des Rätsels Lösung schon einen ganzen Schritt näher. Vielleicht hat Barthel am Ende gar nichts damit zu tun, und Niklas ist wirklich nur auf Kämpfer gestoßen, weil er für Barthel was über den Konkurrenten in Erfahrung bringen sollte.«

»Und warum hat Giese dann Artikel über Barthel gesammelt?«

Paul seufzte etwas übertrieben und lächelte. »Du stellst immerzu die richtigen Fragen, Kassandra, Liebes.« Er wurde wieder ernst. »Barthel könnte Verwandte hier gehabt und sie besucht haben. Ich werde versuchen, das morgen diskret aus ihm herauszukitzeln, auch wenn ich mir davon wenig verspreche. Sollte es so sein und ist damals etwas passiert, das ihn immer noch diskreditieren könnte, wird er kaum mit seiner Ostverwandtschaft hausieren gehen.«

Eine Zeit lang fuhr Paul schweigend weiter. Kassandra sah ihm an, dass ihn etwas beschäftigte, und wartete geduldig, bis er von sich aus weitersprach. »Wir sollten außerdem in Betracht ziehen, dass es Berührungspunkte zwischen Barthel und Kämpfer gegeben haben könnte, von denen wir nichts ahnen. Wir brauchen Kämpfers ausführlichen Lebenslauf, den wollten wir uns ja gestern schon von Dietrich geben lassen und sind dann wegen der Abhörgeschichte ganz drüber weggekommen. Möglicherweise finden wir auch eine Verbindung zu Lothar Giese, über den wir viel zu wenig wissen.«

Wieder machte er eine Pause, kürzer diesmal. »Übrigens ist zwar durch den Besuch bei Wilhelm Thiel die Theorie in weitere Ferne gerückt, das alles könnte auch mit deinem statt mit Niklas' Vater zu tun haben – aber so ganz geht mir das trotzdem nicht aus dem Kopf.«

Ungnädig grummelte Kassandra ein bisschen vor sich hin. Sie hatte dem Besuch bei Wilhelm Thiel bis eben zumindest einen positiven Punkt abgewinnen können: dass eine Verwicklung ihres Erzeugers in die Sache dadurch mehr als fragwürdig geworden war. Paul vertrat offenbar eine andere Meinung, und sie fühlte sich nicht sonderlich wohl damit.

Zu Hause rief Paul Dietrich an und bat ihn um die entsprechenden Unterlagen, die sich binnen kurzer Zeit sowohl auf seinem als auch auf Kassandras Rechner befanden. Während sich Kassandra eher widerwillig in die Lindenstraße aufmachte, um sich dort an den Computer zu setzen, wollte Paul hier das Gleiche tun und im Netz über Lothar Giese recherchieren. Sie hätte es vorgezogen, die Arbeit umgekehrt aufzuteilen, aber da sie bereits alle Informationen über Barthel gesammelt und viel davon im Kopf hatte, lag es näher, dass sie sich um den Abgleich mit Kämpfer kümmerte.

Wie erwartet deutete am Ende absolut gar nichts darauf hin, dass sich die beiden Männer vor der Wende jemals begegnet waren. Genauso wie es bei Harald Barthel keinerlei Hinweise auf Verbindungen in die DDR gab, existierte auch in umgekehrter Richtung keine von Bernhard Kämpfer in den Westen, obwohl sie beides natürlich nicht gänzlich ausschließen konnte. Beide Männer waren bis zum Mauerfall in Unternehmen beschäftigt gewesen, die Kontakte ins Ausland gehabt hatten. Ein bemerkenswertes Detail hinsichtlich eines der Unternehmen ließ Kassandra stutzen – eines allerdings, das ausschließlich Bernhard Kämpfer betraf.

»Sicher nur ein Zufall«, murmelte sie. Dennoch kehrte sie immer wieder zu den wenigen Zeilen zurück, die eine nahezu magische Anziehungskraft auf sie ausübten, als ob ihr Unterbewusstsein sich weigerte, an einen bloßen Zufall zu glauben.

Bernhard Kämpfer stammte aus Rathenow und war von dort nach Mecklenburg gekommen, wo er als Wirtschaftskaufmann beim VEB Mathias-Thesen-Werft in Wismar gearbeitet hatte – zur selben Zeit wie Kassandras Adoptivvater Reinhard Voß. Kassandras Mutter war bereits schwanger gewesen, als sie ihn kennengelernt und geheiratet hatte. Nur zwei Jahre nach der Hochzeit, im Frühjahr 1979, war Reinhard Voß bei einem Arbeitsunfall auf der Werft ums Leben gekommen. Kassandra konnte sich nicht mehr an ihn erinnern, doch alte Fotos zeugten davon, dass er und ihre Mutter einander sehr zugetan gewesen waren.

Noch ein Vater also – von dem Niklas zwar durch Kassandras Erzählungen wusste, aber spielte das eine Rolle? War es nicht zu verrückt, ausgerechnet hier eine Verbindung zu sehen? Hatten sich Reinhard Voß und Bernhard Kämpfer überhaupt je gekannt? Sie hatten auf der Werft in völlig unterschiedlichen Bereichen gearbeitet, was eine Begegnung zwar nicht unmöglich, aber doch weniger wahrscheinlich machte.

Kassandra wusste, sie würde das nicht aus ihrem Kopf bekommen, solange sie keine Gewissheit hatte.

Zwei Minuten später stand sie bei Heinz vor der Tür, dem nach einigem Nachdenken zwar wieder einfiel, dass Kämpfer einmal erwähnt hatte, in den Siebzigern auf der Wismarer Werft gearbeitet zu haben. Dennoch war ihm niemals ein Zusammenhang hinsichtlich Kassandras Adoptivvater in den Sinn gekommen.

»Bernhard Kämpfer kam übrigens vorgestern kurz bei mir vorbei, nachdem er den Termin im ›Dünentraum‹ allein wahrgenommen hatte«, sagte Heinz. Als er Kassandras fragenden Blick sah, rutschte seine linke Braue in die Höhe, er lachte. »Nein, er hat mir nicht verraten, worum es ging, und ich wollte nicht neugierig erscheinen. Aber wir sind übereingekommen, uns demnächst wieder zu treffen – das werde ich zügig vorantreiben und dich einfach mitnehmen, wenn es so weit ist. Wenn du von mir von seiner Arbeit auf der Werft weißt, kannst du ihn ganz unverfänglich fragen, ob er Reinhard Voß kannte.«

Geduld war nicht Kassandras Stärke, aber da es sonst niemanden gab, der ihr darüber Auskunft geben konnte, musste sie wohl oder übel warten.

Diese ganze Vater-Geschichte lag ihr zunehmend im Magen, und sie schämte sich etwas, weil sie sich zum x-ten Mal wünschte, Niklas hätte sich klarer ausdrückt. Schließlich war das, was sie deswegen gerade durchmachte, absolut gar nichts im Vergleich zu der Hölle, durch die Niklas ging. Kurz entschlossen griff sie zum Telefon, wählte die Nummer der Lübecker Klinik und erkundigte sich nach Niklas' Befinden. Die Stationsschwester stellte sie direkt zu Professor Parchow durch.

»Ich hätte mich heute noch bei Ihnen gemeldet«, sagte er. »Herrn Thiel geht es etwas besser, er war ansprechbar und konnte ein, zwei Fragen beantworten.«

»Das ist ja wunderbar!« Kassandra spürte, wie ihr ein Felsbrocken vom Herzen fiel. Das Ende ihrer Suche rückte in greifbare Nähe, wenn Niklas erklären konnte, wie es zu dem Brand gekommen war und was er mit seinen Andeutungen gemeint hatte. Professor Parchow schwieg jedoch ein klein wenig zu lange, sodass Kassandras Zuversicht wieder schwand. »Wo ist der Haken?«

»Herr Thiel kann sich an nichts erinnern.«

Kassandra schluckte fassungslos. »Er leidet an Amnesie und weiß nicht, wer er ist?«

»Ganz so schlimm ist es nicht«, sagte Parchow. »Ihm fehlen die letzten paar Tage vor dem Brand, der Unglücksabend eingeschlossen. Er weiß auch nicht mehr, dass Sie hier gewesen sind, geschweige denn, was er gesagt hat. Als ich ihn fragte, ob wir seinen Vater benachrichtigen sollen, brauchte er sehr lange, um eine Antwort zu finden, verneinte dann aber. Das muss nicht heißen, dass er gestern derselben Ansicht war – wir wissen nicht, was sich da in seinem Kopf abgespielt hat.«

Nein, dachte Kassandra, wenn nicht mal er es weiß … »Wird seine Erinnerung zurückkommen?«

»Schwer zu sagen. Vielleicht ja, vielleicht zum Teil, vielleicht gar nicht.«

»Würde es helfen, wenn wir noch mal kämen?«

»Es wäre möglich, dass Ihre Anwesenheit etwas in ihm auslöst, das die Erinnerung zurückbringt. Ob das momentan hilfreich ist, steht auf einem anderen Blatt. Der menschliche Körper weiß zuweilen am besten, was gut für ihn ist, und etwas in Herrn Thiel hat diesen Schutzwall aufgebaut – geben wir ihm noch ein bisschen Zeit.«

Kassandra bedankte sich und versprach, in den nächsten Tagen wieder anzurufen. Anschließend machte sie sich auf den Weg zu Paul, der auf die Nachrichten sowohl über Niklas' Gesundheitszustand als auch über eine mögliche Verbindung von Kämpfer zu Reinhard Voß ähnlich zwiegespalten reagierte wie Kassandra. Ansonsten zeigte er sich mit den Ergebnissen seiner Internetrecherchen über Lothar Giese unzufrieden. Abgesehen von einigen Einträgen, die dessen Antiquariat betrafen, hatte er nichts gefunden. In sozialen Netzwerken oder Foren war Giese – zumindest unter seinem Namen – nie unterwegs gewesen. Hätte er Werbung für sein Antiquariat machen wollen, wäre das aber die einzig sinnvolle Art und Weise gewesen, im Netz aufzutreten. Rieka hatte Dietrich gegenüber erwähnt, dass Giese nicht mal wisse, wie man das Wort Computer schrieb, und das schien die reine Wahrheit zu sein.

15

»Was wollen Sie denn hier?« Rieka war kurz davor, Dietrich die Tür vor der Nase zuzuschlagen.

»Waren wir nicht schon längst beim Du?«, erkundigte sich Dietrich unbeeindruckt.

»Ich duze mich nicht mit Leuten, die mich belügen, erst recht nicht mit Bullen.«

»Falls es dich beruhigt: Zurzeit bin ich keiner. Unter anderem dank unseres kleinen Ausflugs in Lothars Antiquariat. Ich wurde zwangsbeurlaubt.«

Riekas Ausdruck wurde etwas weicher. »Echt? Ziemlich hart, oder?«

»Im Moment nicht zu ändern«, sagte Dietrich lapidar. »Ganz abgesehen davon hab ich nicht gelogen. Du hast nur geschlussfolgert, dass ich Privatermittler bin, bestätigt habe ich das nie.«

»Haarspalter.« Rieka stand noch immer unentschlossen in der Tür.

»Darf ich reinkommen?«

»Du siehst nicht so aus, als wolltest du dir zurückgezogen bei mir deine Wunden lecken. Was also willst du?«, fragte Rieka.

Immerhin duzt sie mich wieder, konstatierte Dietrich bei sich. »Deine Hilfe. Ich habe ein Computerproblem, und wenn ich den Kollegen, der mich gestern durch den Wolf gedreht hat, richtig verstanden habe, kennst du dich damit aus.« Er sah das Misstrauen wieder in ihrem Blick und konnte es ihr nicht verübeln. Sie hatte vor drei Jahren im Verdacht gestanden, sich in fremde Datenbanken zu hacken, was man ihr zwar nie hatte nachweisen können, aber vergessen worden war es ebenfalls nicht. »Ich will dich nicht reinlegen, falls du das glaubst«, versicherte er.

»Sagte er und rammte ihr das Messer in den Rücken«, meinte Rieka lakonisch. Sie kniff die Augen zusammen und musterte Dietrich eindringlich. Schließlich hielt sie die Tür weit auf. »Komm rein.« Sie führte ihn ins Wohnzimmer, wo sie einladend auf die Sitzecke deutete.

Dietrich hatte lange überlegt, ob er Rieka in die Sache hineinziehen durfte. Wenn rauskam, dass er Oliver Kämpfer auf diverse Arten bespitzelte, wäre er nicht nur seinen Job unwiderruflich los und hätte zudem ein Strafverfahren am Hals. Die Kollegen – oder in dem Fall wohl eher Exkollegen – würden auch eins und eins zusammenzählen und Rieka mit ihm in Verbindung bringen. Deshalb sagte er offen, welche Art Hilfe ihm vorschwebte, und merkte schnell, dass sie sich der Gefahren bewusst war.

»Wieso traust du mir eigentlich?«, fragte sie, ohne sich sofort zu etwas bereit zu erklären oder es abzulehnen. »Nach allem, was du mir bis jetzt erzählt hast, könnte ich dich schneller verpfeifen, als du Zeit hättest, die Software zum Telefonabhören von deinem Rechner zu entfernen. Wie kommst du da überhaupt ran – gehört doch sicher nicht zur Standardausrüstung von Bullen-Privat-PCs, oder?«

»Nein«, sagte Dietrich nur. Die Software, die ihm zur Verfügung stand, war kaum das Neueste vom Neuesten, trotzdem durfte sie natürlich nicht auf seinem Rechner sein. Und er hatte sie auch noch nie benutzt. Er war Polizist. Das, woran er am meisten im Leben glaubte, war Gerechtigkeit. Bis vor etwas über zwei Jahren hatte er dafür ausschließlich mit rechtlichen Mitteln gekämpft, die er stets bis zum Letzten ausschöpfte – mit Unnachgiebigkeit, Hartnäckigkeit, Sturheit und Um-die-Ecke-Denken. Alles Dinge, mit denen er sich weder bei Kollegen noch bei Vorgesetzten beliebt gemacht hatte. Dann war er mit Kassandra Voß aneinandergeraten. Bei den Ermittlungen um den Mord an dem Kunstgutachter hatte er erstmals eine Grenze überschritten, die bis dahin für ihn Weiß von Schwarz, Gut von Böse getrennt hatte. Es war in vielerlei Hinsicht eine langsame und schmerzhafte Erkenntnis gewesen, dass es Grauzonen gab, in denen man sich um der Gerechtigkeit willen hin und wieder bewegen musste.

»Hat dir schon mal jemand gesagt, dass du keine überflüssigen Worte verschwendest?«, fragte Rieka. »Und glaub nicht, dass du drum rumkommst, meine erste Frage zu beantworten: Wieso vertraust du mir?«

Natürlich waren Dietrichs Überlegungen nicht nur darum

gekreist, ob er Rieka einem Risiko aussetzen sollte, sondern ebenfalls darum, ob es ratsam war, sich dadurch jemandem auszuliefern, den er so wenig kannte. Hätte er allein nach dem Verstand entschieden, wäre er jetzt nicht hier. Manchmal traute er seinem Instinkt mehr als seinem Kopf. »Bauchgefühl«, sagte er wahrheitsgemäß.

»Deinen Bauch möchte ich haben«, murmelte Rieka.

»Weil du immer noch nicht weißt, ob du *mir* trauen kannst?«

»Könnte man sagen.«

»Dann muss ich dir wohl noch was verraten. Du kannst auch das gegen mich verwenden, mein Vorgesetzter wäre begeistert. Außerdem würdest du mir, wenn ich es nicht erwähne, vorwerfen können, dich auf gewisse Weise hintergangen zu haben.«

»Ich würde lügen, wenn ich sagte, dass mich das nicht neugierig macht.« Rieka rutschte auf ihrem Sessel ein Stück nach vorn und sah Dietrich erwartungsvoll an. »Leg los.«

»Du hast gestern Paul Freese und Kassandra Voß kennengelernt«, begann er und erzählte ihr, wie alles zusammenhing. Er hätte es vorgezogen, das meiste davon zu verschweigen, aber da sie sich in Oliver Kämpfers Computersysteme, seinen E-Mail-Account und seinen Terminkalender hacken sollte, war es nur fair, wenn sie wusste, weshalb.

Bei der Erwähnung von Kassandra Voß und Paul Freese umwölkte sich ihr Blick, mehr noch, als sie erfuhr, dass sie von ihnen unter falschen Voraussetzungen ausgefragt worden war. Dietrich rechnete es ihr hoch an, dass sie ihm dennoch ohne Unterbrechung bis zum Schluss zuhörte. Der Ärger war längst aus ihrem Blick verschwunden, stattdessen arbeitete es hinter ihrer Stirn. Als sie ihn schließlich ansah, erkannte er, dass der Fall sie gepackt hatte.

»Okay, Bulle«, sagte sie. »Kriegen wir das Schwein, das Lothar auf dem Gewissen hat.«

»Es könnte sich herausstellen, dass Lothar Gieses Weste auch nicht gerade porentief rein war«, warnte Dietrich.

Rieka nickte. »Ich weiß. Trotzdem hat er nicht verdient, so zu sterben. Kümmere du dich um deinen Teil, ich kümmere mich um meinen. Allerdings muss dir klar sein: Ich bin keine

Profi-Hackerin, mein Können hat Grenzen, und es wird eine kleine Weile länger dauern als bei Chloe Sullivan.«

»Bei wem?«, fragte Dietrich.

Rieka grinste. »Vergiss es, Marlowe. Auf jeden Fall gebe ich mein Bestes, um mich in Oliver Kämpfers System zu schmuggeln. Was ist mit dem Vater und der Schwester? Sollen die auch aufs Korn genommen werden?«

»Die lass erst mal außen vor. Wir tun nur, was nötig ist. Sollten sich später weitere Verdachtsmomente ergeben, könnten ein paar Überstunden für dich anfallen.« Dietrich stand auf. »Apropos Überstunden: Wie hoch ist dein Tarif?«

»Ich mach das für Lothar, nicht für Geld.«

Dietrich nickte und war schon halb an der Tür, als ihm noch etwas einfiel. »Da ist übrigens etwas, das uns Rätsel aufgibt. Lothar hatte die Handynummer von Oliver Kämpfer, und zwar nicht von ihm. Hast du eine Ahnung, wie er sich die beschafft haben könnte?«

Rieka kaute nachdenklich auf ihrer Unterlippe. »Vielleicht kannte er jemanden in Kämpfers Umfeld. Warte.« Sie holte einen Notizblock und begann, eine Reihe von Namen aufzuschreiben. »Die hat Lothar im Laufe der Zeit fallen gelassen«, sagte sie und reichte ihm den Zettel. »Es klang allerdings immer so, als würde er von besseren Zeiten erzählen, wenn er jemanden erwähnte.«

»Du hast ein gutes Gedächtnis«, befand Dietrich, der einen kurzen Blick auf die Liste von sechs, sieben Personen, teilweise nur Vornamen, warf. Einer davon lautete Max, das war mit ziemlicher Sicherheit der Kumpel in Gieses Garten. Keinen der Namen brachte er ad hoc mit den Kämpfers in Verbindung.

»Ist von Vorteil in meinem Job. Leute zu kennen und sich an ihre Namen zu erinnern ist wichtig fürs Geschäft, sowohl fürs offizielle als auch fürs inoffizielle«, meinte Rieka und lachte.

Zu Hause holte Dietrich seinen Rechner aus dem Standby-Modus, kopierte alle Dokumente, die er über Kämpfer Lodgings angelegt hatte, in eine Datei und gab dann über die »Suchen«-Funktion nacheinander die Namen von Riekas Liste ein. Er fand eine einzige Übereinstimmung – einen gewissen Meinolf Heller, seines Zeichens Pförtner des Kämpfer-Lodgings-Hauptsitzes. Der besaß mit Sicherheit für Notfälle alle Handynummern der Chefetage. Wahrscheinlich hatte er seinem alten Freund Lothar Giese einen kleinen Gefallen getan.

Dietrich klickte sich in das geöffnete Programm zur Telefonüberwachung, das er am Morgen gestartet hatte. Damit konnte er nicht nur Oliver Kämpfers Telefonate abhören, sondern auch alle übrigen Gespräche, die in Kämpfers Büro geführt wurden, indem er dessen Festnetztelefon sozusagen in eine der von Kassandra Voß erwähnten Wanzen verwandelt hatte. Dasselbe galt für Kämpfers Privatanschluss, den er mit seinem Laptop überwachte, auf dem das Programm ebenfalls installiert war. Leider kannte er nicht die Nummer von Kämpfers Handy – sie tauchte in den offiziellen Kanälen nirgends auf, und er besaß keinen so guten Draht zu Meinolf Heller.

Die fehlende Nummer war kein unlösbares Problem, man benötigte dafür nur einen IMSI-Catcher, den Dietrich sich auf etwas verschlungenen Wegen wahrscheinlich beschaffen konnte. Befand man sich im näheren Umkreis des Handys, konnte man mit dem Gerät die *Subscriber Identity* auf der SIM-Karte ermitteln, womit bei den Netzbetreibern wiederum Telefonnummer und Verbindungsdaten abgefragt werden konnten – wenn man die Polizei war, was auf Dietrich gerade nicht zutraf. Falls die sich rückversicherten, was zu erwarten war, wäre alle Mühe umsonst gewesen. Wie die Dinge lagen, musste er sich mit den herkömmlichen Anschlüssen begnügen.

Zuverlässig hatten die Geräte alles aufgezeichnet, was seit dem Starten der Software in Kämpfers Büro und in dem Zimmer, in dem zu Hause sein Telefon stand, geredet worden war. Dietrich konnte die Intervalle, in denen kein Ton zu hören war, vorspulen, was enorm viel Zeit sparte, vor allem, weil Kämpfer heute wenig kommunikativ gewesen war. Das, was gesprochen wurde, erwies sich als für Dietrichs Zwecke völlig irrelevant.

Er ließ sich auf seinem Stuhl zurückfallen und nahm den Kopfhörer ab. Riekas Hackerkünste würden sie vermutlich weiter bringen als die Abhöraktion. Hinweise auf Verbindungen zu Giese und Thiel fanden sich in den vergangenen paar Wochen bestimmt eher als nach den jeweiligen Bränden – es kam nur darauf an, sie als solche zu erkennen.

Ohne jede Vorwarnung durchzuckte ein Schmerz Dietrichs linkes Bein. Er hatte längere Zeit Ruhe gehabt, jetzt protestierte es, weil er zu angespannt und in derselben Haltung am Schreibtisch gesessen hatte. Er stand auf, lockerte die Muskeln und verließ die Wohnung.

Vor ihm lagen die ruhige Fährstraße und der kleine Brunnen auf der Kreuzung. Das Plätschern des Wassers, das von der verzierten Bronzepumpe in den Eimer und von da in das Bassin lief, drang zu ihm herüber. Normalerweise hätte er sich an den Rand des Bassins gesetzt und dem Gluckern zugehört, aber sein Bein riet ihm dringend davon ab. So betrachtete er einfach nur den Lauf des Wassers. Ihm wurde bewusst, dass er dabei nie zuvor an das Löschen eines Feuers gedacht hatte. Jetzt kam es ihm so vor, als könnte es überhaupt nichts Naheliegenderes geben – es war alles eine Frage der Perspektive.

Dietrich beschloss, einen Spaziergang zur »Gorch Fock« zu machen, auf der das folgenschwere Treffen zwischen Kämpfer und Giese von Kassandra Voß und Paul Freese beobachtet worden war, und wandte sich in Richtung Hafen.

16

»Wie willst du es angehen?«, fragte Kassandra, bevor Paul am Montag zur Gemeindevertretersitzung aufbrach, um mit den anderen und Harald Barthel dessen überarbeitetes Konzept durchzugehen und ihn hinterher nach Strich und Faden auszuhorchen.

»Ich muss sehen, was sich ergibt«, meinte Paul. »Auf jeden Fall halt dich bereit. Wenn sich Barthel auf ein Mittagessen einlässt, würde ich gern auf deine einschlägige Erfahrung zurückgreifen.«

Den Vormittag nutzte Kassandra für Verwaltungsarbeiten, die sie als Pensionsbesitzerin erledigen musste, und freute sich über drei neu hereingekommene Buchungsanfragen für November. Das war nicht unbedingt der Hauptreisemonat – wer um diese Jahreszeit kam, dem lag wirklich was am Fischland. Gut für Kassandras Finanzen war es außerdem, also bestätigte sie die Buchungen mit ein paar zusätzlichen netten Worten. Anschließend machte sie sich an die Gartenarbeit, hielt einen Schwatz mit Heinz, der sich ebenfalls gerade um seine Pflanzen kümmerte – und wartete auf Pauls Anruf. Offenbar dauerte die Sitzung länger als gedacht, das Telefon klingelte erst um fünf nach eins.

Paul sprach schnell und leise. »Barthels Konzept war besser als das von Kämpfer Lodgings.« Kassandra hörte ihm an, dass er nicht wusste, ob ihm das gefiel oder nicht. »Er hat seine Assistentin Simone Kleist dabei, von der Dietrich erzählt hat. Sie hat die PowerPoint-Präsentation vorbereitet, und als sie das Laptop aus seiner Tasche hervorholte, rutschten ein paar handschriftliche Notizen heraus. Außerdem ein Buch, und zwar mein Fischland-Roman. Ich habe Barthel drauf angesprochen, als die Sitzung zu Ende war, von wegen Fischland-Literatur und ob er das mag. Ich konnte beim besten Willen nicht erkennen, ob er wusste, dass ich hinter dem Pseudonym Alexander Hardenberg stecke, aber ich habe das Buch als Aufhänger für eine kleine Unterhaltung über Literatur benutzt. Ich dachte, der Mann liest bloß seine Bilanzen, aber da habe ich mich wohl getäuscht. Wir wollen unsere Diskussion gleich in der ›Schifferwiege‹ fortsetzen. Ich hab gesagt, meine Freundin wäre auch sehr interessiert am Thema, und ich würde sie dazubitten. Er war plötzlich weniger begeistert, wollte aber wohl keinen so offenkundigen Rückzieher machen. Also, wir erwarten dich.«

»Wieso will er mich nicht kennenlernen?«, fragte Kassandra. »Ob er gehört hat, dass ich auch mit den Kämpfers zu Mittag gegessen habe?«

»Dazu müsste er wissen, wer meine Freundin ist, und ich hab nicht mal deinen Namen erwähnt. Schätze eher, er legt keinen Wert auf die Gesellschaft von Frauen. Vielleicht eine Nachwirkung seiner schmutzigen Scheidung. Mit seiner Assistentin hat er kein einziges privates Wort gewechselt, und es war ihm auch nicht sonderlich recht, dass ich sie in die Einladung miteinbezogen habe. Ich muss Schluss machen, die beiden haben sich gerade vom Bürgermeister verabschiedet.«

Kassandra überlegte, was sie anziehen sollte. Normalerweise verschwendete sie kaum je einen Gedanken an diese Frage, aber sie spürte, dass es in diesem Fall wichtig war. Wenn Paul recht hatte mit seiner Vermutung über Barthel und die Frauen, wollte sie lieber nicht auffallen, weder positiv noch negativ, sondern beobachten und Paul das Reden überlassen. Sie entschied sich für eine Bluse in Rauchblau und ihre beste Jeans, dazu legte sie einen silbernen Halsreif mit einem hellblau schimmernden Anhänger in Muschelform an. Darin wirkte sie unauffällig, aber durchaus ansehnlich.

Als sie die Tür zur »Schifferwiege« aufstieß, sah sie die drei sofort. Sie saßen an dem großen Tisch ganz hinten, gleich neben dem weißen Kachelofen, hinter dessen Scheibe im Winter stets ein Feuer prasselte. Unwillkürlich fragte sie sich, ob sie dieses Feuer jemals wieder als so gemütlich und wärmend empfinden würde wie in den Jahren zuvor. Bewusst richtete sie ihren Blick auf die alten Schiffsmodelle, die den Gastraum schmückten, die waren weitaus neutraler als der Ofen.

Paul stand auf, als sie an den Tisch trat, und auch Barthel

erhob sich. Von Weitem hatte Kassandra ihn natürlich schon das eine oder andere Mal gesehen, ihm aber nie direkt gegenübergestanden. Harald Barthel schaffte es, sie aus seinen blauen Augen unter den grau melierten Brauen zugleich reserviert und gleichgültig anzusehen, während Paul sie einander vorstellte. Barthel reichte ihr die Hand, aber Kassandra wäre jede Wette eingegangen, dass er das nur tat, weil sich das nun mal so gehörte.

»Freut mich, Sie kennenzulernen, Frau Voß«, sagte er und benutzte damit fast die gleichen Worte wie Bernhard Kämpfer einige Tage zuvor. Aber was für ein Unterschied im Ton! Kämpfers Stimme hatte warm geklungen, Barthels war zwar nicht kalt, aber vollkommen emotionslos. Das änderte sich auch nicht, als er ihr Simone Kleist vorstellte, ohne seine Assistentin mit mehr als einem flüchtigen Blick zu streifen.

Kassandra hatte nichts anderes erwartet, weitaus interessanter fand sie daher, dass diese Missachtung an Simone Kleist abprallte. Sie lächelte und nickte freundlich, als wäre sie ein solches Verhalten längst gewohnt.

Das Mittagessen begann etwas steif, und Kassandra fragte sich, ob die Maske, die Harald Barthel zur Schau trug, gar keine war, sondern schlicht sein Wesen. Eine halbe Stunde später spürte Kassandra diesen Zwiespalt noch deutlicher. Barthel war etwas lockerer geworden, nachdem Paul die Sprache wieder auf das Thema Literatur gebracht hatte. Zweifellos war Barthel sehr belesen, und wer sich so wie er mit Literatur befasste und sie verstand, konnte nicht gänzlich ohne Gefühl sein. Dennoch würdigte er während des gesamten Gesprächs die beiden Frauen kaum eines Blickes, selbst dann nicht, als Paul gezielt versuchte, sie in die Unterhaltung mit einzubeziehen.

Simone Kleist äußerte sich knapp und treffend, was davon zeugte, dass auch sie wusste, wovon sie sprach, aber Kassandra merkte, dass es ihr lieber gewesen wäre, sich ganz im Hintergrund zu halten. Also ging sie darauf ein und begann abseits von Paul und Barthel ein Gespräch mit ihr. Schnell stellten sie fest, dass sie das Interesse an Fotografie teilten, was dazu führte, dass Simone Kleist ihre Zurückhaltung aufgab und sich lebhaft mit Kassandra austauschte. Sie hatte sogar eine kleine Digitalkamera dabei und zeigte ihr einige schöne Bilder, die sie kürzlich in Arkona auf Rügen gemacht hatte.

»Die sind sehr gut«, sagte Kassandra. »Zeigen Sie die auch mal öffentlich – im Netz vielleicht?«

Simone Kleist schüttelte den Kopf. »Das Internet reizt mich so gar nicht. Fotografieren macht mir einfach nur Spaß und ist ein Ausgleich zur Schreibtischtätigkeit.«

»Die Ihnen aber bestimmt ebenso Spaß macht«, stellte Kassandra fest. »Es muss interessant sein, für eine Firma wie die BOB zu arbeiten. Wie lange sind Sie schon da?«

»Sechs Jahre. Und ja, es ist großartig, viel zu tun natürlich, aber ich würde nie woanders arbeiten wollen.« Sie riskierte bei diesen Worten einen kurzen Seitenblick auf Harald Barthel, fast als fürchtete sie, sie könnte sich zu überschwänglich geäußert haben. Oder nicht überschwänglich genug? Kassandra konnte nicht einmal abschätzen, ob Barthel ihre Worte überhaupt gehört hatte, er sprach mit Paul gerade über Walter Kempowski und dessen Werke.

Simone Kleist wandte sich wieder Kassandra zu. »Ich hoffe, dass die Gemeindevertreter sich für unser Konzept entscheiden. Ich kenne zwar das der Mitbewerber nicht, wage aber zu behaupten, dass es kaum besser und vor allem nicht kostengünstiger sein kann.«

Ob Letzteres der Wahrheit entsprach oder nicht, die Gemeinde war nicht nur dem finanziellen Aspekt verpflichtet, sondern der Gesamtkomposition dessen, was am Ende am Ortseingang von Wustrow stehen würde.

»Soweit ich weiß«, sagte Kassandra, »sieht Ihr Konzept vor, nur den Turm stehen zu lassen und den Rest des Gebäudes abzureißen. Es wird einige Wustrower geben, die das bedauern. Die alte Seefahrtschule ist sicher nicht das hübscheste aller Gebäude im Ort, aber sie bedeutet uns etwas, und viele Erinnerungen sind damit verknüpft.«

Simone Kleist öffnete den Mund zu einer Antwort, doch Barthel kam ihr zuvor. Offenbar konnte er mit Paul »Ein Kapitel für sich« diskutieren und gleichzeitig dem Gespräch seiner Assistentin folgen, was seine demonstrative Ignoranz den Frauen gegenüber ad absurdum führte.

»Wir haben in dieser Hinsicht unsere Pläne noch einmal überarbeitet«, sagte er. »Nicht alles wird der Planierraupe zum Opfer fallen.« Er wandte er sich kurz an Paul. »Ich nehme an, ich darf das hier erwähnen?« Auf Pauls Nicken hin fuhr er fort: »Wir wollen den Flügel mit der Mensa erhalten und das Gemälde von Hedwig Holtz-Sommer instand setzen lassen. Der hohe Raum mit seinen Säulen ist sehr gut geeignet nicht nur als Essens-, sondern auch als Veranstaltungssaal, der den Wustrowern ebenso wie den Kindern zur Verfügung stehen wird. Ich weiß, es gibt im Ort die neue Fischlandhalle, aber – gestatten Sie mir diese winzige Kritik – sie ist ein bisschen seelenlos geraten. Die alte Mensa wird einen stilvolleren Rahmen für Festivitäten aller Art bieten.«

»Wird sie das?«, fragte Kassandra. Es gelang ihr nicht, ein kleines ironisches Lächeln zu verbergen. Zwar teilte sie Barthels Meinung uneingeschränkt, aber seine Arroganz zu reden, als wäre das alles längst beschlossene Sache, amüsierte und ärgerte sie zugleich. Es reizte sie, ihm zu widersprechen, allein um des Widerspruchs willen.

Barthel schaute sie an, als nähme er sie zum ersten Mal nicht nur als Anhängsel von Paul wahr. Kassandra hätte schwören können, dass er wusste, was in ihr vorging – und dass es ihm nicht gefiel. »Ja«, sagte er. »Das wird sie.« Sein Ton suggerierte, dass er jedes weitere Infragestellen für überflüssig hielt.

»Na, dann herzlichen Glückwunsch«, gab sie keine Spur weniger ironisch zurück als eben.

Barthels Nasenflügel blähten sich kaum merkbar. Er griff nach seinem Dessertlöffel, tauchte ihn in die Wustrower rote Grütze mit Schwarzbrot und verspeiste einen kleinen Happen. »Danke«, sagte er dann und sah auf, direkt in Kassandras Augen.

Was sie in seinem Blick las, hieß in etwa: So was wie dich schlucke ich ohne Probleme, tu dir selbst einen Gefallen und komm mir nicht in die Quere.

Hat er Niklas auch so angesehen? Oder hat er ihm offener und mit Worten gedroht?, fragte sich Kassandra bestürzt. Sie setzte zu einer Entgegnung an und bemerkte aus den Augenwinkeln, dass Paul, der neben Barthel saß, sie mit einem Blick davor zu warnen versuchte. Er kannte sie gut und ahnte sicher, dass das vergebliche Liebesmüh war. Sie konnte ausgesprochen unnachgiebig sein. »Dafür nicht. War eigentlich Niklas Thiel auch so von Ihrem Konzept überzeugt? Oder hatte er keine Gelegenheit mehr, den letzten Entwurf einzusehen?«

Sie hatte gehofft, Barthel damit aus der Fassung zu bringen, stattdessen legte er seinen Löffel auf die Serviette, lehnte sich zurück und fixierte Kassandra. »Es ist unter anderem Herrn Thiels Arbeit zu verdanken, dass der jüngste Entwurf überhaupt existiert, da die Kosten der Mensa-Sanierung entsprechend niedrig kalkuliert werden mussten. Sie können natürlich nicht verstehen, was es bedeutet, den abrissreifen Flügel zu erhalten und mit den bestmöglichen Materialen nicht nur zu sanieren, sondern vor allem so zu sanieren, dass es für die nächsten zwanzig Jahre vorhält.«

Ehe Kassandra auf seine herablassende Art reagieren konnte, lehnte er sich wieder vor, stützte die Ellbogen auf den Tisch und legte die Hände aneinander. Einen Moment lang dachte sie, er bereitete sich auf einen offenen Kampf vor. Stattdessen fragte er genauso überheblich wie zuvor: »Haben Sie Kinder? Nein? Das dachte ich mir. Dann haben Sie auch keine Ahnung, was die so alles anstellen – von ganz normaler Abnutzung mal abgesehen.«

»Haben *Sie* Kinder?«, fragte Paul freundlich, allem Anschein nach, um die Lage zu entschärfen. Selbst die Kellnerin, die gerade die Kartoffelpuffer mit Apfelmus für Simone Kleist brachte, musste die aufgeladene Atmosphäre zwischen Barthel und Kassandra bemerken. Allein Kassandra ahnte, dass es Paul um etwas anderes ging.

Auf Barthels Stirn zeigte sich eine Steilfalte. Irritiert wandte er sich Paul zu, als hätte er für einen Moment vergessen, dass er nicht mit Kassandra allein am Tisch saß. Diese Erkenntnis verwunderte sie, aber Barthels Antwort ließ ihr keine Zeit, länger darüber nachzudenken.

»Bedauerlicherweise keine eigenen, Herr Freese. Dafür habe

ich seit der Gründung von Sonnenseite genug über Kinderfüße und -hände gelernt, um das beurteilen zu können.«

Oberflächlich betrachtet klang der letzte Satz nicht weniger arrogant als alles, was er Kassandra gegenüber geäußert hatte. Doch da war eine Veränderung, eine Nuance nur, als ob seine Stimme bei der Erwähnung der Kinder ein kleines bisschen weicher geworden wäre. Sowohl Kassandra und Paul als auch Dietrich hatten gemutmaßt, dass Sonnenseite e.V. ein Deckmantel für ganz andere Aktivitäten sein mochte. Vielleicht war das so. Vielleicht aber nicht ausschließlich.

Kassandras diesbezügliches Gefühl hielt ungefähr einen Atemzug lang an. Bis Barthel ergänzte: »Als wir anfingen, war mir das nicht bewusst, aber Sie können mir glauben, dass ich aus meinen Fehlern gelernt habe. Die immer wieder anfallenden Renovierungskosten für die ersten Sonnenseite-Erholungsheime müssen wir bei den neueren nicht aufwenden, weil entsprechend gebaut wurde.«

»Trotzdem können Sie so günstig kalkulieren?«, fragte Kassandra skeptisch. Vielleicht war Niklas ja aufgegangen, dass der Kostenplan unmöglich eingehalten werden konnte, er hatte Barthel darauf hingewiesen, und der hatte sein Projekt nicht gefährdet sehen wollen. »Und wenn die Rechnung nicht aufgeht? Es wird immer wieder von Bauvorhaben berichtet, die entweder nicht rechtzeitig fertig oder weitaus teurer werden als geplant.«

»Wie beim Sprengel Museum in Hannover zum Beispiel?« Barthel winkte gelangweilt ab, sicher in vollem Bewusstsein, dass Kassandra davon noch nie gehört hatte. Einen winzigen Moment lang blitzte es dann jedoch in seinen Augen auf. »So was gibt es bei der BOB nicht. Wir halten, was wir versprechen. Grundsätzlich.«

»Können Sie auch für die Arbeiten Ihrer Zulieferfirmen auf diese Weise garantieren?«, hakte Kassandra nach.

Ohne sie aus den Augen zu lassen, sagte Barthel: »Herr Freese, es scheint mir, Ihre Freundin setzt hier die Gemeindevertretersitzung fort. Vielleicht sollte sie bei der nächsten Wahl kandidieren.«

»Tue ich möglicherweise«, sagte Kassandra. Sie ließ sich nicht anmerken, wie sehr es sie ärgerte, dass Barthel über sie sprach, als sei sie nicht anwesend. »Zuerst hätte ich aber gern, dass Sie meine Frage beantworten.«

»Wenn ich das nicht garantieren könnte, würde ich es nicht tun. Ich verrate kein Geheimnis, wenn ich sage, dass meine Firma finanziell ausgesprochen gut dasteht. Sollte ein Unternehmen, mit dem wir beim Bau des Erholungsheims zusammenarbeiten, Zeit- oder Kostenplan nicht einhalten, werden wir uns darum kümmern. Wustrow wird kein Schaden entstehen.«

»Es gibt für jedes Problem eine Lösung«, ergänzte Simone Kleist.

Barthel warf ihr einen schwer zu deutenden Blick zu. »Das ist richtig.«

Simone Kleist lächelte und erreichte mit ihren nächsten Worten, dass die Spannung am Tisch sich auflöste. »Diese Puffer sind übrigens köstlich.« Sie deutete mit ihrer Gabel auf Kassandras Kaffeetasse. »Mögen Sie nichts Süßes?«

Kassandra hätte lieber das Seefahrtschul-Thema weiterverfolgt, konnte aber unter diesen Umständen schlecht darauf beharren. »Doch, aber mein Zander war so reichhaltig, dass einfach nichts mehr reinpasst.«

»Normalerweise tendiere ich auch nicht zum Schlemmen«, gab Simone Kleist zurück, »aber ich bin seit heute Morgen um sechs auf den Beinen und habe das Frühstück ausfallen lassen. Da kann ich mir das mal erlauben.«

Diese Äußerung hielt Kassandra für übertrieben. An Simone Kleists Figur war kein Gramm Fett zu viel, eher zu wenig. Ihrer Meinung nach könnte sie sich ruhig jeden Mittag einen süßen Nachtisch gönnen.

Barthel fand offenbar die Essgewohnheiten seiner Assistentin alles andere als spannend und nahm mit Paul das Gespräch über Kempowski wieder auf, als hätte es keine Unterbrechung gegeben.

Zwanzig Minuten später standen sie draußen. Barthel hatte einen Auswärtstermin, zu dem er sich nicht verspäten wollte. »Vielleicht setzen wir unsere Unterhaltung ein andermal fort«, sagte er zu Paul. Kassandra war sich nicht sicher, ob das ernst gemeint oder nur eine höfliche Floskel war. Dann wandte er sich überraschenderweise an sie. »Ich wollte Sie das vorhin schon fragen, aber Sie waren so erpicht darauf, mir einen Strick aus unseren Kalkulationen zu drehen, dass ich darüber hinwegkam: Da Sie so explizit Niklas Thiel erwähnten, nehme ich an, Sie kennen ihn gut?«

Die Spitze war deutlich, aber falls Barthel hoffte, sie damit zu provozieren, musste sie ihn enttäuschen. Sie antwortete nur auf seine Frage. »Wir haben gemeinsame Interessen, und ich mag ihn sehr. Es ist schrecklich, was ihm passiert ist.« Am liebsten hätte sie herausfordernd hinzugefügt: Und wir werden rausfinden, wer dafür verantwortlich ist.

Barthel nickte und ließ seinen Blick in Richtung Bodden schweifen, als könnte er über alle Bäume und Häuser hinweg auf die Brandstelle sehen. »Ja.« Er schaute wieder Kassandra an. »Wissen Sie, wie es ihm inzwischen geht?«

Fragte er, um abzuschätzen, welche Gefahr von Niklas ausging, falls der erzählen konnte, was sich in jener Nacht tatsächlich zugetragen hatte? Kassandra schluckte. Von ihr würde Barthel nicht erfahren, dass Niklas bei Bewusstsein war. »Es sieht leider nicht besonders gut aus.«

Barthel schloss kurz die Augen, was sowohl Kummer als auch Erleichterung ausdrücken konnte. Als er sie wieder öffnete, schien er Kassandra vergessen zu haben. Stattdessen sagte er zu Simone Kleist: »Ich brauche Sie heute nicht mehr, wir sehen uns morgen.«

Er drehte sich um und ging ohne weitere Verabschiedung zu seinem Wagen, den er direkt neben dem Restaurant geparkt hatte.

»Gehen wir noch ein Stück spazieren?«, schlug Kassandra an Simone Kleist gewandt vor. »Was Herr Barthel eben sagte, klang ja, als hätte er Ihnen den Rest des Nachmittags freigegeben, und bei diesem Wetter können Sie am Strand wunderbar fotografieren.«

Es war sehr windig, was phantastische Wellen versprach, außerdem zogen am blauen Himmel immer wieder herrliche Wolken vorbei – Idealvoraussetzungen für gute Fotos.

Simone Kleist registrierte das jedoch kaum, sondern sah Barthels silberner Audi-Limousine hinterher. Er fuhr sehr langsam und auf die Schlaglöcher achtend. Urlauber, die sich nicht auskannten, waren hier manches Mal zu schnell. Ein Fehler, der Barthel nicht passierte, aber dem passierten ja anscheinend generell keine Fehler. Jetzt bog er nach links in die Strandstraße ein und war verschwunden. Simone Kleist hatte Kassandras Einladung anscheinend doch gehört, denn sie richtete, wenn auch etwas gedankenverloren, ihre nächsten Worte an sie. »Ich sollte lieber an den Schreibtisch zurückkehren, da liegt noch eine Menge Unerledigtes.« Sie holte tief Luft. »Aber Sie haben recht. Das Wetter ist zu verführerisch. Wenn Sie also noch Zeit haben?«

»Ich leider nicht«, sagte Paul. »Auf mich wartet Arbeit, aber lassen Sie sich nicht aufhalten, Kassandra kann Ihnen die schönsten Fotomotive zeigen.«

Dass Paul gerade dringend etwas zu tun hätte, war Kassandra neu, deshalb mutmaßte sie, dass er ihnen Gelegenheit zu einem vertrauensvollen Gespräch unter Frauen geben wollte. »Das ist eine gute Idee. Ich hole nur kurz meine Kamera, dann können wir los.«

An der Ecke zur Lindenstraße verabschiedete sich Paul. Simone begleitete Kassandra zu ihrem Haus, das sie, an der Fassade hochschauend, bewunderte. »Schön haben Sie es hier. Ich wusste gar nicht, dass Sie eine Pension betreiben, da haben Sie doch bestimmt viel um die Ohren um diese Jahreszeit.«

»Stimmt. Aber man muss die Feste feiern, wie sie fallen, also nehme ich mir heute einfach mal frei.« Dass sie zurzeit mehr mit der Aufklärung von zwei Brandstiftungen als mit ihren Gästen um die Ohren hatte, verschwieg sie wohlweislich.

Am Aufgang zur Seebrücke erklärte Kassandra Simone Kleist die Swantewit-Figur, die auch gleich ein dankbares Motiv abgab.

»Da wohne ich nun so wenige Kilometer entfernt«, sagte Simone Kleist, »aber ich hatte kaum je einen Blick für die hübschen Seiten von Wustrow. Ich bin immer nur zu Arbeitstreffen im Haus von Herrn Barthel hier gewesen.«

»Kommt das öfter vor, dass er sie herzitiert, wenn er von zu Hause aus arbeitet?«, erkundigte sich Kassandra in Erinnerung daran, dass Barthel seinen Angaben bezüglich der Telefonkonferenz zufolge auch Niklas Thiel gelegentlich zu sich beorderte.

»Hin und wieder.« Simone Kleist klang etwas frostig, als würde sie sich über Kassandras Formulierung ärgern. »Er ist ein viel beschäftigter Mann und muss manche Dinge erledigen, wenn andere längst Feierabend oder Wochenende haben. Nehmen Sie letzten Freitag, da rief er mich frühmorgens zu Hause an, weil sich ein Geschäftstermin in Düsseldorf ergeben hatte. Ich buchte einen Flug für mittags, der Termin war abends, ein zweiter schloss sich am Samstag an, Sonntagnachmittag kam er zurück, war heute früh schon drei Stunden in Ribnitz und ist dann wieder hierher zur Sitzung gefahren. Es hätte auch sein können, dass er seine Geschäftspartner aus Düsseldorf an die Ostsee eingeladen hätte, dann wäre ich als seine Assistentin selbstverständlich dabei gewesen.«

»Natürlich. Das sollte keine Kritik sein«, beeilte sich Kassandra zu versichern.

»Die wäre auch unangebracht. Manchmal frage ich mich, wie er das schafft, sich neben der BOB zusätzlich um Sonnenseite zu kümmern.«

Wahrscheinlich weil er kein Privatleben hat, dachte Kassandra, hütete sich aber, das auszusprechen. Vielleicht war das einer der Gründe gewesen, warum sich Barthels Frau jemand anderem zugewandt hatte. Falls das zutraf und er bei seiner Exfrau auf wenig Verständnis gestoßen war, konnte er sich zumindest über seine Mitarbeiterin nicht beklagen, aus deren Worten sowohl Loyalität als auch Bewunderung sprachen.

Jetzt jedoch machte Simone Kleist deutlich, dass sie nicht weiter über Berufliches reden wollte. Sie zückte wieder ihre Kamera und sah sich um.

Kassandra zeigte die Seebrücke hinunter. »Wenn Sie die noch so jungfräulich fotografieren wollen, müssen Sie sich beeilen. Morgen wird ein rot-weiß gestreifter Mast für ein Leuchtfeuer an der Brücke angebracht, da vorn rechts.«

»Auf der Brücke? Wie ungewöhnlich. Ich dachte außerdem, es gibt hier schon ein Leuchtfeuer.«

»Gibt es auch.« Mittlerweile waren sie ein Stück die Brücke entlanggegangen und standen auf Höhe der Wellenbrecher, die heute ihrem Namen alle Ehre machten. Gischt spritzte hoch, Wassertropfen funkelten in der Sonne, Schaum kreiste in der

See. Kassandra drehte sich um, sodass der weite Strand links und rechts vor ihnen lag, und deutete nach rechts. »Ein ganzes Stück in die Richtung, noch weit hinter dem Windrad. Ursprünglich war der Bau auch eine Nebelstation, aber das Nebelhorn ist schon lange nicht mehr in Betrieb. Das Leuchtfeuer schon. Noch jedenfalls. Leider steht es an einer Stelle, die für den Küstenschutz problematisch ist, deshalb diskutieren wir in Wustrow seit einigen Jahren über einen anderen geeigneten Platz.«

Kassandra wunderte sich ein bisschen, dass Simone Kleist darüber nichts in der Zeitung gelesen hatte. Aber vermutlich kam sie einfach nicht dazu, sich mit wenig weltbewegenden Lokalnachrichten zu befassen, die nicht die BOB betrafen.

»Und da hat man sich als Standort ausgerechnet für die Seebrücke entschieden?«, fragte Simone Kleist. »Nun ja, immerhin eine ziemlich ausgefallene Attraktion für die Urlauber, das kriegen die woanders eher nicht zu sehen.«

»Nein. Wohl nicht. Entschieden haben das übrigens nicht wir, sondern die Behörden in Stralsund.«

»Oh. Weshalb das denn?«

Kassandra unterdrückte ein Augenrollen. »Weil sich die Wustrower nicht einigen konnten. Der Mast soll auch nur eine Zwischenlösung sein, bis die Gemeinde eine endgültige Entscheidung trifft.«

»Ach je.« Simone Kleists Gesicht verdüsterte sich. »Ich hoffe, die Entscheidung in Sachen Seefahrtschul-Projekt wird sich nicht ebenso lange hinziehen.«

Ihr Wort in Gottes Ohr, dachte Kassandra. Laut sagte sie: »Ganz bestimmt nicht, keine Sorge. Außerdem haben Sie recht, das rot-weiß geringelte Leuchtfeuer wird sicher ein beliebtes Fotomotiv werden und auf vielen Postkarten prangen. Man muss in allem das Positive sehen.«

Simone Kleist reagierte nicht. Vielleicht hatte sie Kassandra gar nicht gehört, weil die Wellen gerade mit besonderer Wucht gegen die Steine des Wellenbrechers gedonnert waren. Sie hob die Kamera, wartete ein kleines bisschen und drückte auf den Auslöser. »Richtig«, sagte sie, als sie die Kamera senkte. »Das muss man. Und man muss den richtigen Moment erwischen.«

Sie lächelte. »Ich sollte mir die Zeit nehmen und öfter zum Fotografieren herkommen.«

Als Kassandra am Spätnachmittag die Kamera schwenkend bei Paul hineinschneite, lachte er. »Du siehst aus wie eine Katze, die eine ganze Schale Milch ausgeschleckt hat. Hast du dich gut mit Simone Kleist verstanden?«

»Prächtig! Außerdem sind uns ein paar tolle Motive über den Weg gelaufen. Einige davon würde ich gern morgen Siegfried Streblow zeigen, wenn wir über die mögliche Ausstellung im ›Dünentraum‹ reden. Willst du sie sehen?«

Paul nickte, und Kassandra lud ihre Bilder auf sein Notebook. Zwischen diversen Natur- und Makroaufnahmen zeigten zwei Fotos eine lachende Simone Kleist, die mit zerzauster Frisur am Strand stand und den Möwen hinterhersah.

»Ich verstehe nicht, wieso du immer sagst, du hättest kein Talent, Menschen zu fotografieren. Diese hier sind gar nicht schlecht.«

»Findest du?«, fragte Kassandra hintergründig. »Eigentlich habe ich die nicht aus Übungszwecken geschossen.«

»Weshalb dann?« Paul betrachtete die Fotos näher. »Entgeht mir da was? Verdächtigst du sie, was mit unserer Geschichte zu tun zu haben, und willst die Bilder jemandem zeigen?«

Nachdenklich legte Kassandra ihr Kinn auf Pauls Schulter und schaute sich eingehend das Foto auf dem Bildschirm an. »Daran habe ich überhaupt noch nicht gedacht.« Beim Sprechen spürte sie Pauls Bartstoppeln an ihrer Wange. »Hältst du das für möglich?«

»Sag du's mir. Ich dachte, das wäre deine Idee gewesen.«

»Nein. Meine war, dass ich die Bilder am liebsten Barthel unter die Nase halten würde, um ihm zu zeigen, was er so geflissentlich übersieht.«

»Willst du die beiden verkuppeln?«, fragte Paul belustigt. »Barthel macht mir nicht den Eindruck, als würde er nach einer Frau suchen.«

Kassandra richtete sich wieder auf. »Wahrscheinlich geht mir bloß auf die Nerven, wie er sie behandelt – wie Luft oder meinetwegen noch wie einen nützlichen Gegenstand. Dabei bewundert sie ihn und würde sich aufreiben für die Firma. Wenn sie es nicht schon tut.«

»Nur für die Firma?«, fragte Paul langsam.

»Vielleicht auch für ihn persönlich«, sagte Kassandra zögernd, weil sie verstand, was Paul damit andeuten wollte. »Aber selbst wenn sie in ihren Chef verliebt sein sollte: Es ist was anderes, Freizeit und Wochenenden für jemanden zu opfern, als für ihn zu morden. Kannst du dir außerdem ernsthaft vorstellen, dass Barthel zu seiner Assistentin sagt: Der Thiel macht uns Ärger, stecken Sie mal sein Haus an?«

»Eher nicht«, gab Paul zu. »So wie ich Barthel beurteile, ist er ein Macher, der verlässt sich bei wichtigen Dingen nicht auf andere.«

»Dann ist er zumindest für den Brand in Stralsund aus dem Schneider.« Kassandra erzählte, was Simone Kleist über Barthels Wochenende berichtet hatte. »Es lässt sich garantiert leicht überprüfen, ob er in Düsseldorf war. So ein krudes falsches Alibi würde sich Barthel nicht beschaffen. Wobei mir einfällt: Konntest du eigentlich bei ihm vorfühlen, ob er einen Bezug zur DDR hat?«

»Er behauptete, keine Ostverwandtschaft gehabt zu haben und bis auf ein einziges Mal auch nie ›drüben‹ gewesen zu sein. Seine Wortwahl. Besagtes eine Mal war ein Besuch in der ›schönen Hauptstadt unserer Deutschen Demokratischen Republik‹«, ergänzte Paul in bestem Honecker-Tonfall.

Kassandra kicherte. »Ich wusste gar nicht, dass du das so gut kannst.«

»Wäre doch langweilig, wenn ich keine Geheimnisse mehr hätte«, fand Paul. »Jedenfalls war das irgendwann Anfang der Achtziger, genau wusste er es nicht mehr. Sagt er, und vermutlich bleibt das etwas, das wir mit unseren Mitteln schlecht nachprüfen können.« Er starrte auf den Bildschirm und klickte gedankenverloren die Fotos durch. Kassandra glaubte nicht, dass er sie sah, aber sie kannte den Ausdruck auf seinem Gesicht und störte seinen Gedankenfluss nicht.

Endlich hob er ruckartig den Kopf. »Und wenn wir falschliegen? Wenn nicht ein und dieselbe Person für die Brände verantwortlich ist? Vielleicht haben sowohl Barthel als auch Kämpfer ihre kleinen unangenehmen Geheimnisse in der Vergangenheit. Lothar Giese kannte diese Schwachstellen und hat sich das zunutze gemacht, indem er beide erpresste. Auch wenn wir und Dietrich bei Giese und im Antiquariat nichts dergleichen gefunden haben, heißt das noch lange nicht, dass es nie entsprechende Zeitungsartikel oder wer weiß was noch alles über Barthel und Kämpfer gegeben hat.«

Kassandra ließ sich das durch den Kopf gehen. »Das wirft allerdings die Frage auf, wie Niklas da reinpasst, und mir fällt nur eine einigermaßen plausible, wenn auch ziemlich gewagte Erklärung für dein Szenario ein.«

»Lass hören.«

»Giese traut sich nicht, die Bosse direkt zu erpressen, also fühlt er bei Niklas vor, was Barthel betrifft. Vielleicht hat er denselben Artikel wie Wiebke gelesen, den, in dem Niklas in Zusammenhang mit der BOB erwähnt wurde. Vielleicht war tatsächlich er der Grund, weshalb Giese aufs Fischland wollte. Er spricht also mit Niklas und erzählt ihm, was er weiß, oder macht nur ein paar Andeutungen, die Niklas hellhörig werden lassen. Der geht damit zu Barthel, ohne Giese zu erwähnen. Aber Barthel ist gewarnt und ergreift entsprechende Maßnahmen gegen Niklas. Er hat zwar ein Alibi mit diesen Mails, aber wirklich wasserdicht ist das nicht.«

»Und im Fall Kämpfer wendet sich Giese erst mal an Oliver«, spann Paul den Faden weiter. »Der dürfte ebenso besorgt um den Ruf der Firma gewesen sein – und nicht gewillt, sich auf eine Erpressung einzulassen.«

»So ungefähr. Ist immer noch etwas diffus, könnte aber hinhauen.« Kassandra nagte an ihrer Unterlippe, sah von Paul weg zum Bildschirm, auf dem eins ihrer Fotos die Lampen der Seebrücke aus einer ausgefallen Perspektive zeigte. Sie seufzte.

»So richtig zufrieden bist du nicht«, stellte Paul fest.

»Nein«, gab sie zu. »Hat aber nicht ausschließlich mit den Bränden zu tun. Ich bringe es einfach nicht fertig, die Sache mit meinem … Erzeuger zu verdrängen. Dass Bernhard Kämpfer zur selben Zeit auf der Werft in Wismar gearbeitet hat wie mein

Adoptivvater, ist bemerkenswerter, als ich es mir wünsche. Es könnte quasi ein Nebeneffekt unserer Ermittlungen sein, dass ich meinen leiblichen Vater finde – womöglich nur deshalb, weil Niklas sich nicht deutlich ausdrücken konnte. Wenn sich das bewahrheiten sollte, fragt sich, ob dieser Nebeneffekt angenehmer oder unangenehmer Natur ist.«

Sie stutzte angesichts einer Erinnerung an etwas, das ihr Paul einmal über ihre Mutter erzählt hatte. Fast fühlte sie so etwas wie Hoffnung in sich aufkeimen, dass sich das Problem »Wismar« in Wohlgefallen auflösen würde. »Du hast doch gesagt, dass meine Mutter Reinhard Voß über Umwege durch dich kennenlernte. Was sollte also Bernhard Kämpfer überhaupt damit zu tun haben? Den hast du ja wohl nicht gekannt, oder?«

»Nein. Aber Ulla war sehr schnell damit einverstanden, nach Wismar zu ziehen und Reinhard zu heiraten«, überlegte Paul laut. »Obwohl sie und Reinhard sich wirklich sehr mochten, nahm ich damals an, sie tat das auch, um endlich aus Wustrow wegzukommen – bevor noch jemand von ihrer Schwangerschaft erfuhr.«

»Und was nimmst du jetzt an?«, fragte Kassandra. Doch bereits während sie sprach, fiel ihr eine mögliche Antwort ein. »Sie könnte die Gelegenheit beim Schopf gepackt haben, weil es bedeutete, nach Wismar und damit in Bernhard Kämpfers Nähe zu kommen.«

Paul nickte. »Möglich wär's.«

Eine Weile sagte keiner von beiden etwas. Draußen war es immer dunkler geworden. »Es wäre beruhigender zu wissen, dass wir einfach nur zwei scheußliche Verbrechen aufklären. Ich mag nicht persönlich involviert sein.«

Paul zog sie zu sich heran und sah ihr in die Augen. »Ich weiß. Das ging mir vor zwei Jahren genauso. Leider können wir uns nicht immer aussuchen, wer oder was uns über den Weg läuft, aber ich verspreche dir, wir werden das hier meistern wie alles andere. Die Sache mit deinem Vater. Und die Brände.«

Endlich lächelte Kassandra. »Ja. Weißt du Optimist auch, was wir als Nächstes tun sollen, vor allem in Bezug auf die Brände? Unsere Theorie eben ist am Ende vielleicht doch nur wieder eine von zig anderen.«

»Lass uns eine Nacht drüber schlafen«, schlug Paul vor. »Und vergiss nicht: Dietrich gehört auch zum Team. Vielleicht ergibt sich eine brauchbare neue Spur durch seine Abhöraktion. Es …« Das Klingeln des Telefons unterbrach ihn. Paul sah aufs Display und schmunzelte. »Dietrich. Das muss Gedankenübertragung gewesen sein.«

17

Wenn man nicht gerade selbst mit Leib und Seele eine Hotelkette betreibt, ist das Geschäftsleben von Oliver Kämpfer grottenlangweilig, dachte Dietrich frustriert. Er hatte bereits endlose Stunden damit zugebracht, sich Telefonate und andere Gespräche in Kämpfers Büro anzuhören, und allmählich das Gefühl, pausenlos zu gähnen. Natürlich kannte er das lange Sitzen und Beobachten, auch wenn die Überwachung von Verdächtigen im normalen Polizeialltag nicht annähernd so häufig vorkam, wie Krimis das suggerierten. Aber es *kam* vor, und es war fast immer so monoton wie das Abhören von Kämpfers Gesprächen.

Nachmittags brauchte er dringend eine Abwechslung. Er rief Rieka an in der Hoffnung, dass ihre Recherchen von mehr Erfolg gekrönt waren als seine eigenen. Tatsächlich hatte sie es geschafft, sich in Kämpfers Systeme zu hacken, seine Geschäftspost und seine Terminkalender zu durchsuchen.

»Oliver Kämpfer hat allerdings noch mindestens einen weiteren E-Mail-Account, den ich bisher nicht finden konnte«, sagte sie. »Der muss verdammt gut gesichert sein.«

»Wie kommst du darauf, dass da noch einer ist?«, erkundigte sich Dietrich.

»Weil Kämpfer nach seiner sonstigen Korrespondenz – auch der privaten – ein dermaßen ereignisloses Leben führt, dass er sich vor Langeweile am nächsten Baum aufhängen müsste.«

Das passt ja ziemlich genau zu seinem Geschäftsleben, dachte Dietrich. Laut stellte er fest: »Er könnte die spannenderen Mails gelöscht haben.«

»Oh, er hat so einige Mails und auch Termine gelöscht, aber spannend war nichts davon. Apropos Termine: Was die Nacht des Brandes in Wustrow angeht, steht da tatsächlich ab neunzehn Uhr ›Besprechung finales Konzept Wustrower Seefahrtschule mit BK‹. Schätze, ›BK‹ soll Bernhard Kämpfer heißen. Etwas ungewöhnlich, den eigenen Vater so abzukürzen, aber die Termine im Firmenkalender sind auch für andere Mitarbeiter einsehbar.

Vielleicht findet Oliver Kämpfer es unpassend, ›Paps‹ zu schreiben oder so.« Dietrich konnte zwar ihr Schmunzeln nicht sehen, aber er hörte es ihrer Stimme an. »Ich weiß, ich sollte mir die Daten von Bernhard Kämpfer nicht ansehen, aber ich fand es angebracht, die Termine abzugleichen. Im Kalender des Seniors steht wortwörtlich dasselbe, nur statt BK ein O.«

»Das entspricht dem, was Oliver Kämpfer über diesen Abend zu Kassandra Voß gesagt hat«, sagte Dietrich.

»Du hast mich nicht ausreden lassen«, beschwerte sich Rieka. »Die Termine wurden am darauffolgenden Tag nachträglich geändert, ursprünglich waren sie bis neun Uhr eingetragen, tatsächlich steht da nun aber als Ende zwei Uhr dreißig.«

Dietrich ließ das sacken. »Was nichts beweist«, sagte er dann. »Es war niemand dabei, jedenfalls hat Oliver Kämpfer das nicht erwähnt, und das hätte er sicher, wenn eine weitere Person das alles bestätigen könnte. Wenn man die beiden drauf anspricht, rechtfertigen sie die nachträgliche Änderung vielleicht damit, auf diese Weise ihre Arbeit am Projekt korrekter protokollieren zu können.«

»Ich dachte, sie sind die Bosse. Wem gegenüber sollten sie Rechenschaft über ihre Arbeitszeiten ablegen?«

»Sich selber. Manche Leute sind so penibel. Ich behaupte ja nicht, dass es so war, nur dass sie es womöglich sagen werden. Was ist mit der Nacht des Brandes bei Lothar Giese?«

Riekas Schweigen deutete Dietrich als Unzufriedenheit mit seiner Argumentation. Aber er hatte in seiner Polizistenlaufbahn schon viel erlebt – und einiges war vor Gericht durchgekommen, obwohl es weit fragwürdiger gewesen war als geänderte Einträge in Terminkalendern.

»Rieka?«, brachte er seine Frage in Erinnerung. Er hörte ein undefinierbares Geräusch, das wohl Kapitulation signalisierte.

»Zum Zeitpunkt des Brandes bei Lothar hat Bernhard Kämpfer nichts eingetragen. Der Junior hatte, wie es scheint, ab zwanzig Uhr einen privaten Termin mit offenem Ende, diesmal nicht nachträglich geändert, und zwar ein Essen mit jemandem namens ›WH‹. Seinen Mails nach zu urteilen, dürfte es sich um Wolfram Hacke handeln, der ist …«

»… der Stralsunder Bauamtsleiter, ich weiß«, ergänzte Dietrich. Er fand es ausgesprochen interessant, dass Kämpfer das als privaten Termin verbucht hatte. Außerdem verspürte er große Lust, sich wieder aktiv in den Fall Hacke einzumischen und den Mann nebenbei zu fragen, wie lange er mit Kämpfer essen gewesen war. Dann würde Hacke aber vermutlich Oliver Kämpfer davon erzählen. Das konnte Dietrich nicht riskieren.

Er bat Rieka, ihm alles zuzuschicken, und durchforstete die Dateien, während Rieka sich wieder auf die Suche nach dem verborgenen E-Mail-Account begab. Am Ende musste Dietrich ihr recht geben. Da war nichts, was weitere Nachforschungen lohnte. Er schickte ihr eine entsprechende Nachricht und wollte sich gerade wieder den von der Software aufgezeichneten Gesprächen von Oliver Kämpfer widmen, da entdeckte er eine neue Mail in seinem Posteingang. Absender war Bengt. Im Betreff las Dietrich: *Ausstand*. Es gab keinen E-Mail-Text, sondern nur einen Anhang, ein PDF, das ebenfalls mit »Ausstand« betitelt war.

Dietrich kam momentan sogar die Einladung zu einer Abschiedsfeier interessanter vor als das nächste Geschäftstelefonat von Oliver Kämpfer, also öffnete er Bengts Datei. Nach einem Blick auf die erste Seite nahm er den Kopfhörer ab. Kämpfers Gespräche wurden noch unwichtiger, als sie es ohnehin schon waren – im Vergleich zu dem, was Bengt ihm da quasi als Abschiedsgeschenk geschickt hatte: die komplette Ermittlungsakte im Fall Lothar Giese. Je mehr er sich darin vertiefte, umso fesselnder wurde die Lektüre.

Die Spurensicherung war zu keinem anderen Ergebnis gekommen als dem, das er schon kannte – es gab keinerlei Hinweise auf Fremdverschulden. Lothar Gieses Tod barg demnach für die Anklamer Kollegen keine Geheimnisse mehr. Sein Leben dagegen schon. Man hatte nämlich in Gieses Wohnung diverse Antiquitäten von einigem Wert gefunden, die allesamt fragwürdiger Herkunft waren. Ein Teil der Gegenstände – alte Medaillen, Uhren und Schmuck – war als Diebesgut identifiziert worden, der Rest hatte noch nicht sicher zugeordnet werden können, obwohl man stark vermutete, dass es sich auch hierbei nicht um Lothar Gieses rechtmäßiges Eigentum handelte. Die identifizierten Gegenstände waren vor vielen Jahren gestohlen worden und nie wieder aufgetaucht – bis jetzt.

Hatte Giese diese Diebstähle selbst begangen, oder hatte er, als es ihm finanziell besser ging, Hehlerware gekauft, die er später nicht zu Geld machen konnte? Oder war er einer jener Sammler gewesen, die Dinge einfach nur besitzen wollten?

Dietrich betrachtete die Fotos der Gegenstände. Bei geklärter Herkunft standen Name und Anschrift der Eigentümer dabei, von denen zwei inzwischen verstorben waren. Kassandra Voß und Paul Freese hatten beobachtet, wie bei dem Treffen zwischen Giese und Kämpfer ein kleiner Gegenstand den Besitzer gewechselt hatte. So manches Schmuckstück hatte nicht nur einen materiellen, sondern auch einen persönlichen Wert für den Besitzer – galt das auch für die Familien Kämpfer und Barthel? Hatte Giese versucht, ihnen das Diebesgut zurückzuverkaufen? Bei dem Gegenstand auf der »Gorch Fock« könnte es sich um ein Appetithäppchen gehandelt haben. Er blätterte durch die Akte, doch nirgends tauchten die Namen Kämpfer und Barthel auf.

Aber wäre es nicht ohnehin wahrscheinlicher, dass Oliver Kämpfer sich für kleine Kostbarkeiten interessierte, ohne dass es ihm darauf ankam, woher sie stammten? Nachdenklich starrte Dietrich auf ein Foto, das ein kunstvoll verziertes goldenes Amulett zeigte. Er nahm die Einzelheiten nur am Rande wahr, aber es erinnerte ihn an etwas.

Erneut griff Dietrich zum Telefon und rief Rieka an.

»Es ehrt mich, dass du mich für so schnell hältst«, sagte sie, »aber ich bin noch nicht fündig geworden.«

»*Wenn* du fündig wirst, such nach Mails, in denen es um Antiquitäten geht – keine großen Sachen, vorrangig Schmuck. Dein Freund Lothar war nämlich nicht nur auf Bücher spezialisiert.« In groben Zügen berichtete er, was in der Ermittlungsakte stand.

Rieka brauchte einige Zeit, um die Neuigkeiten zu verdauen. Als sie wieder aufnahmebereit war, fuhr Dietrich fort: »Du hast Paul Freese und Kassandra Voß von einer goldenen Taschenuhr erzählt, die Lothar gehört hat. Kannst du die genauer beschreiben?«

»Ich hab sie nur ein einziges Mal gesehen, und Lothar hat sie nicht aus der Hand gegeben. Ich weiß noch, dass sie an einer Kette hing. Auf der Rückseite prangte ein Miniaturbild, das noch altmodischer aussah als die Uhr an sich. Leider kann ich mich an keine Einzelheiten erinnern, nur daran, dass ich dachte, es sieht irgendwie mystisch aus. Der Deckel war aus Glas, das Zifferblatt mit verschnörkeltem Gold umrandet und weiß mit römischen Ziffern. Es stand auch was drauf, aber ich hab vergessen, was.«

»Das war vermutlich der Herstellername«, meinte Dietrich.

Die Kollegen hatten vier Uhren, darunter zwei Taschenuhren, bei den Antiquitäten gefunden – kein Foto passte zu Riekas Beschreibung. Er hatte im Grunde nichts anderes erwartet, denn Giese hätte Rieka kaum voller Stolz eine gestohlene Uhr präsentiert. Oder doch? War gerade diese Uhr etwas ganz Besonderes für Giese, und hatte er sich sicher gefühlt, weil er annahm, dass Rieka ihren Wert unter keinen Umständen erkennen würde?

»Funktionierte sie noch?«, fragte er.

»Keine Ahnung. Sie zeigte zumindest nicht die richtige Zeit an.«

»Was schätzt du, wie alt sie war?«

Rieka lachte. »Woher soll ich das wissen? Ich kenne mich mit Bits und Bytes aus, nicht mit Antiquitäten.«

»Ich leider auch nicht«, sagte Dietrich. Aber es gab da jemanden, bei dem man möglicherweise Erkundigungen einziehen konnte.

Er verabschiedete sich von Rieka und wählte die Nummer von Paul Freese, der ihm zuerst von dem Treffen mit Harald Barthel und dessen Assistentin erzählte. Während Kassandra Voß den Bericht um ihren Spaziergang mit Simone Kleist ergänzte, erkannte Dietrich, dass die perfekte Fassade der Assistentin offenbar Risse hatte. Vermutlich würde sie in Barthels Auftrag keinen Mord begehen – andere weitreichende Dinge dagegen durchaus, und wenn es nur bedeutete, seine Geheimnisse zu hüten. Es mochte sich lohnen, ihr später noch einmal auf den Zahn zu fühlen. Gerade in ihrem Bestreben, etwas zu verbergen, verrieten viele Menschen mehr, als ihnen bewusst war.

Dietrich erstattete nun seinerseits Bericht und hörte den beiden ihre Enttäuschung an, dass weder seine noch Riekas Bemühungen bisher etwas gebracht hatten. Dann kam er auf den eigentlichen Grund seines Anrufs zu sprechen – die Akte und Lothar Gieses verschwundene Taschenuhr, von der er Riekas Beschreibung wiedergab. »Meinen Sie, das könnte der Gegenstand gewesen sein, den Giese auf der »Gorch Fock« an Kämpfer übergeben hat?«

»Nein«, sagte Kassandra Voß. »Was immer es war, es war kleiner als eine Taschenuhr.«

»Dann wäre Folgendes zu überlegen: Wenn diese Uhr nach wie vor in seinem Besitz war und er sie tatsächlich niemals verkauft hätte, wie Rieka glaubt, hätte sie mit allen anderen Antiquitäten von der Polizei sichergestellt werden müssen. Da sie verschwunden ist, dürfte der Brandstifter sie mitgenommen haben.«

»Ging uns in Gieses Wohnung auch schon durch den Kopf«, bestätigte Paul. »Das heißt, sie war nicht nur für ihn von besonderem Wert, sondern auch für denjenigen, der ihn aus dem Weg geräumt hat. Wäre hilfreich, wenn wir mehr über die Uhr wüssten.«

»Absolut«, stimmte Dietrich zu und rückte mit seiner Bitte raus. Er hatte sich vorhin an die Rechercheurin erinnert, die ab und zu für Paul Freese arbeitete, auf solche Dinge spezialisiert und bei ihrem ersten gemeinsamen Mordfall bereits eine Hilfe gewesen war. »Meinen Sie, die Dame könnte uns noch mal weiterhelfen?«

»Wenn jemand diese Uhr findet, dann Query«, sagte Paul Fresse zuversichtlich.

18

Kassandra hatte sich die Beschreibung der Uhr sorgfältig notiert und reichte den Zettel an Paul weiter, der Query mailte. Kaum war die Post abgeschickt, kam eine automatische Antwort zurück: *Bin bis Ende September nicht zu erreichen. Ihre Nachricht wird weder gelesen noch weitergeleitet. Derweil viele Grüße aus Indonesien.*

»Die gute Query amüsiert sich also in exotischen Gefilden«, sagte Kassandra. »Schade, wo sie doch gerade in historischen Details so bewandert ist. Nun musst du ran.«

Paul, dessen Bibliothek nahezu unerschöpflich war und der sich mit Recherchen ebenfalls bestens auskannte, lachte leise. »Dauert ein bisschen länger, aber das wird schon.«

Er stand auf und ging hinüber zur Bücherwand rechts vom Schreibtisch. Das Regal nahm die gesamte Wandfläche ein und reichte bis zur Decke. Teilweise standen die Bücher zwei- und dreireihig hintereinander, aber Paul war ein ordnungsliebender Mensch und zog zielsicher zwei Nachschlagewerke über antiquarischen Schmuck hervor, von denen eines sich speziell mit Uhren befasste. Kassandra und Paul setzten sich nebeneinander aufs Sofa, das Buch zwischen sich, und begannen zu blättern. Alle Taschenuhren ohne Miniaturbild überschlugen sie zunächst, trotzdem blieben noch genügend übrig.

»Die hier ist wunderschön.« Kassandra tippte auf ein Foto. »Schade, dass das Emaillebild auf der Rückseite schon etwas abgeschabt ist, aber der breite verschnörkelte Rand sieht ungeheuer fein ziseliert aus, und sie hat römische Ziffern auf einem weißen Zifferblatt, wie die von Giese. Was steht da? Hergestellt um …« Kassandra stockte der Atem. »1750! Klingt sehr wertvoll. Ob das Gieses Uhr sein könnte?«

»Eher nicht. Das Emaillebild hat zwar was von einer märchenhaften Szene, an die Rieka sich erinnert hat, aber den schlechten Zustand hätte sie bestimmt nicht vergessen. Letzteres wird auch der Grund sein, warum der Schätzwert nur bei tausendfünfhundert Euro liegt. Da gibt es weit wertvollere. Außerdem steht hier, dass die Uhr im Wiener Uhrenmuseum zu bestaunen ist – das Buch ist relativ aktuell, und irgendwas sagt mir, dass Lothar Giese weder in den letzten Jahren auf Diebestour war noch dass er sich so was hat leisten können.«

Nachdem sie das Buch durchgeackert hatten, sagte Kassandra frustriert: »Bei jeder Uhr gibt es ein, zwei Details, die nicht stimmen könnten. *Könnten*, wohlgemerkt. Sogar Query bräuchte eine bessere Beschreibung, als Rieka sie uns gegeben hat.«

Paul nickte. »Hast du noch Riekas Visitenkarte?«

Kassandra suchte in ihrem Portemonnaie danach und reichte sie Paul. »Sie hätte Dietrich mehr Einzelheiten genannt, wenn sie welche wüsste«, sagte sie zweifelnd.

»Das ist so eine Sache mit den Details«, murmelte Paul, während er Riekas Nummer wählte und das Telefon auf Lautsprecher stellte.

»Ja?«, meldete sie sich knapp.

»Tag, Rieka, Paul hier. Wir haben uns vor ein paar Tagen …«

»Ich weiß. Du bist derjenige, der angeblich einen Roman über die ›Gorch Fock‹ schreiben will.«

Kassandra fragte sich, ob Riekas Stimme amüsiert oder verärgert klang.

»Entschuldige. Wir hätten dich nicht belügen sollen, aber glaub es oder nicht: Vielleicht schreibe ich diesen Roman tatsächlich. Lothars Buch ist Gold wert«, sagte Paul.

»Hm«, machte Rieka. »Aber deswegen rufst du nicht an.«

»Nein, trotzdem ist Gold das richtige Stichwort. Kay Dietrich hat mich gebeten, wegen Lothars verschwundener Taschenuhr zu recherchieren. Das ist schwierig mit den wenigen Angaben, die du dazu gemacht hast.«

»Mit mehr kann ich nicht dienen, so leid es mir tut«, sagte Rieka.

»Warten wir's ab«, antwortete Paul. »Diese Uhr ist eine sehr wichtige Spur, vielleicht sogar der entscheidende Hinweis auf ein Motiv, Lothar aus dem Weg zu schaffen. Und wenn wir das Motiv kennen, sind wir dem Täter ein ganzes Stück näher. Deshalb möchte ich, dass du dir ein bisschen mehr Mühe gibst.«

»Ich hab gerade gesagt, dass ich …«

»Hab Vertrauen zu dir«, unterbrach Paul sie. »Entspann dich und schließ die Augen. Dann konzentrier dich auf die Situation, in der Lothar dir die Uhr gezeigt hat. Versuch, dich möglichst genau an alles zu erinnern. Das Zimmer, die Tageszeit, ob draußen die Sonne schien, was Lothar anhatte, was du dachtest, als er die Uhr holte.« Er machte eine Pause, in der auch Rieka nichts sagte. »Hast du das?«

Kassandra befürchtete schon, dass Rieka aufgelegt hatte, weil es dauerte, bis sie sich wieder rührte.

»Ja. Es war ein Dienstagnachmittag, ich kam gerade vom Sport und hatte mich mit meinem Exfreund gestritten. Ich traf Lothar auf der Straße, er war im Gegensatz zu mir gut drauf. ›Was ist los?‹, fragte er. ›Die Sonne scheint, alle freuen sich auf einen Abend im Biergarten, und du machst ein Gesicht wie drei Tage Regenwetter.‹ Ich murmelte irgendwas vor mich hin und wollte bloß meine Ruhe haben, aber Lothar ließ nicht locker. ›Jetzt komm schon, lass uns was zusammen trinken, dann sieht die Welt gleich ganz anders aus.‹ Er zog mich in seine Wohnung, ich merkte selbst in meiner miesen Stimmung, wie schlecht die Luft war, und riss die Fenster auf. Lothar holte zwei Flaschen Bier aus dem Kühlschrank und gab mir eine. Dann stellte er sich ans geöffnete Fenster und schaute hinaus. Ziemlich lange sagte niemand was, bis Lothar seine leere Flasche auf den Boden stellte und sich zu mir umdrehte. Mir ging's immer noch bescheiden. ›Das Bier hilft dir offenbar nicht‹, sagte er und starrte auf das Tischchen mit dem Foto seiner Großeltern. Er ging hinüber, zog die Schublade auf, holte etwas raus und kam wieder zu mir. ›Du musst mal was richtig Schönes sehen.‹ Er hielt mir die Uhr hin, aber als ich danach greifen wollte, zog er die Hand ein Stück zurück. ›Die ist was ganz Besonderes, mit der müsste ich beerdigt werden.‹ Dann lachte er auf eine seltsame Art. ›Oder sie bringt mich ins Grab, wer weiß?‹« Rieka schwieg einen Moment. »Komisch, dass ich das vergessen hatte. Das hat er wirklich so gesagt. Dann hielt er mir die Uhr wieder näher hin. Ich begriff, dass ich nur gucken sollte, also betrachtete ich sie.«

»Was hast du gesehen?«, fragte Paul, der ein Stück Papier vor sich hingelegt und einen Bleistift in die Hand genommen hatte.

Kassandra wusste, was jetzt kam. Er würde die Uhr nach Riekas Beschreibung zeichnen. Wäre er kein Schriftsteller geworden, hätte er eine andere künstlerische, auf jeden Fall kreative Richtung einschlagen können.

Während Rieka langsam Detail um Detail beschrieb, wuchs die Zeichnung auf dem Papier.

»Die Uhrkette war relativ kurz, wirkte aber schwer, weil ihre Glieder abwechselnd rund und länglich und ziemlich groß waren. Die Uhr hatte ein weißes Zifferblatt mit römischen Zahlen, darüber standen die Minuten in lateinischen Zahlen – eine Fünf über der I, eine Zehn über der II und so weiter. Direkt unter der II war ein kleines Loch mit einem Stift drin. Die Zeiger waren auch aus Gold, der große schlicht, der kleinere verschnörkelt. Und der Schriftzug unter der XII – jetzt weiß ich es wieder. Da stand ›Paris‹. Das Zifferblatt wurde von einem Glasdeckel geschützt, drumherum waren ein schmaler verzierter Goldrand, eine kleine Zickzacklinie und etwas, das schmale Blättchen sein könnten, und dann noch mal die Zickzacklinie.«

»Gut«, sagte Paul. »Warte einen kleinen Moment, bis du die Rückseite mit dem Miniaturbild beschreibst.« Er war schnell, dennoch brauchte er etwas, bis er das Zifferblatt mit der Umrandung fertig hatte und ein neues Blatt nahm. »Jetzt.«

»Der goldene Rand sah fast genauso aus wie vorne, nur die innere Zickzacklinie fehlte. Das Bild wurde von einer kleinen grünen Ranke umrahmt. Der Hintergrund war dunkel, mit einem Baum auf der linken Seite. Den Vordergrund bildeten zwei Frauen, die eine saß auf etwas, die andere stand. Beide trugen wallende Gewänder, der rechten Frau war das Kleid über den Busen gerutscht. Die sitzende Frau hatte was in der Hand, aber ich konnte nicht erkennen, was.«

Paul zeichnete noch immer, als Rieka längst verstummt war.

»Das war's, an mehr kann ich mich nicht erinnern«, sagte sie.

Paul gab nur ein »Hm« von sich und zeichnete weiter, sodass Kassandra antwortete.

»Danke, das war großartig. Paul ist noch beschäftigt mit der Skizze, dir sind ja enorm viele Details eingefallen.«

»Kann man wohl sagen, ich bin selbst überrascht. Sein Ansatz, mich in die Situation hineinzuversetzen, hat genial funktioniert. Ich dachte allerdings, er schreibt bloß mit, nicht, dass er gleich nach meinen Angaben eine Zeichnung fertigt.«

Noch immer zeichnend sagte Paul: »Sobald ich fertig bin, scanne ich sie ein und schicke sie dir, damit du mir sagst, ob ich es getroffen habe. Dauert noch etwa zehn Minuten.«

»Alles klar, bis dann.«

Kassandra schaute über Pauls Schulter und sah zu, wie er das Miniaturbild mit den beiden Frauenfiguren herausarbeitete. Er hatte gerade den Stift zur Seite gelegt und betrachtete sein Werk noch einmal kritisch, da klingelte es. Vor der Tür stand Heinz, um sich nach dem Treffen mit Harald Barthel zu erkundigen.

Kassandra bat ihn herein, doch ehe Paul zu erzählen begann, wollte er seine Zeichnung an Rieka schicken. Heinz warf einen Blick auf das Blatt. »Du beschäftigst dich mit der Beauchamps-Uhr? Für einen neuen Roman?«

Paul sah Heinz perplex an. »Was für eine Uhr ist das?«

»Na, die Beauchamps-Uhr. Du wirst doch wissen, was du da gezeichnet hast. Nebenbei, du hättest mich bloß fragen brauchen, ich hab Fotos davon in diversen Büchern. Dann wären dir nicht diese kleinen Fehler unterlaufen.« Er deutete auf die sitzende Frau. »Die sitzt statt auf einem Stein auf einem Baumstumpf, und was sie in der Hand hält, ist ein Apfel. Außerdem lehnt ein Stab an ihrer Schulter. Von der stehenden Frau ist nur die rechte Brust entblößt. Sonst hast du's ganz gut getroffen.« Heinz nickte anerkennend, wirkte jedoch zunehmend irritiert angesichts Kassandras fassungsloser Miene und Pauls Kopfschütteln.

»Du kennst diese Uhr?«, vergewisserte sich Kassandra unnötigerweise.

»Na sicher. Jeder Polizist kennt die. Oder sagen wir mal, jeder, der in den siebziger Jahren in der DDR Polizist war.« Heinz verzog die Mundwinkel. »Die Beauchamps-Uhr wurde bei einem ziemlich spektakulären Kunstraub gestohlen. Damals haben wir alle davon geträumt, den Fall aufzuklären.«

Kassandra räusperte sich. »Wer hat ihn denn dann aufgeklärt?«

»Niemand. Bis heute nicht. Es gab jede Menge Gerüchte, sogar, dass die Stasi höchstselbst ihre Finger da drin hatte, um durch den Verkauf des Diebesgutes an Devisen zu kommen. Zu diesem Zweck haben die ja auch mit Waffen, Drogen oder Embargowaren gehandelt. Und eben mit Kunst – die denen ansonsten schnuppe war. Wäre durchaus möglich, dass das in diesem Fall auch so gewesen ist.« Er wandte sich an Paul. »Kassandra ist zu jung, aber du müsstest dich doch daran erinnern.«

»Ja, da war was«, sagte Paul langsam. »Allerdings hatte ich zu der Zeit – ebenfalls dank der Stasi – gerade ein paar andere Probleme. Ich habe mich nie näher damit befasst, geschweige denn, dass ich wüsste, was genau bei dem Raub gestohlen wurde.«

»Nichts Sperriges, alles hübsch klein und handlich: Münzen, Schmuckstücke, Silber- und Goldmedaillen, Uhren, darunter die Beauchamps-Uhr, die eins der ausgefallensten und wertvollsten Stücke war«, erklärte Heinz. »Wenn du sie abgebildet sehen willst, hättest du genau genommen nicht mal mich fragen müssen. Geh ins Netz, es dürfte nicht schwer sein, sie zu finden.«

Paul klickte sich ins Internet, und kurz darauf erschien die Taschenuhr auf dem Bildschirm.

»Sie ist traumhaft«, sagte Kassandra. »Wenn sie schon auf dem Foto so wirkt, wie muss es sich dann erst angefühlt haben, sie in den Händen zu halten?« Sie beugte sich näher heran und las vor: »1765 von Albert Beauchamps in Paris hergestellt, hat die Beauchamps-Uhr ein Vierundzwanzig-Karat-Goldgehäuse, ein Vollplatinwerk und ein handgemaltes Emaillebild. Dazu gehören eine Vierundzwanzig-Karat-Goldkette und ein goldener Schlüssel zum Aufziehen, dessen Kopf das winzige Emaillebild einer Rose ziert.« Kassandra sah auf. »Von dem Schlüssel hat Rieka nichts erwähnt. Vielleicht besaß Giese den nicht mehr.« Dann las sie weiter: »Sie ist ein Unikat und voll funktionsfähig. Der Wert der Beauchamps-Uhr wird auf rund neuntausend Euro geschätzt. Sie gilt noch immer als verschollen.«

»Nicht mehr so ganz. Oder eher wieder«, stellte Paul fest.

»Wie bitte?«, fragte Heinz und erfuhr nun endlich, was es mit Pauls Zeichnung auf sich hatte. Er kam aus dem Staunen nicht mehr heraus.

Paul mailte den Link der Seite an Rieka, die sich prompt zurückmeldete.

»Das ist sie! Mein Gott, Lothar hat diesen Kunstraub begangen? Das ist ja verrückt! Nie im Leben hätte ich ihm so was zugetraut.«

»Nicht zu vorschnell«, mahnte Paul. »Wir wissen ja gar nicht, wie Lothar an die Uhr kam. Zunächst mal informieren wir Kay Dietrich und finden raus, ob die anderen Gegenstände, die bei Lothar gefunden wurden, ebenfalls mit diesem Kunstraub in Verbindung gebracht werden können.« Er hielt kurz inne, bevor er ergänzte: »Und dann wäre es natürlich interessant zu erfahren, ob und wie Bernhard Kämpfer oder Harald Barthel in die Geschichte passen.«

Ein Anruf bei Dietrich erbrachte, dass auch er äußerst überrascht vom Ergebnis der Recherchen war. »Wir können wohl davon ausgehen, dass Giese keine weiteren Gegenstände aus diesem Kunstraub besaß«, meinte er. »Die Kollegen hätten sie sonst zugeordnet und das in der Akte vermerkt. Und wenn auch nur ein einziger der Gegenstände aus dem Raub gestammt hätte, wäre das eine Sensation gewesen – das erste Stück, das nach fast vierzig Jahren wieder auftaucht. Eine Spur, durch die sich möglicherweise der ganze Fall aufklären lässt.«

Kassandra hörte an Dietrichs Stimme, wie sehr ihn diese Vorstellung faszinierte. Es war offensichtlich, dass er anders als sie heute nicht zum ersten Mal von dem Raub hörte. »Wäre die Existenz der Beauchamps-Uhr der entscheidende Hinweis für Ihre Kollegen, den Brand bei Giese anders zu betrachten und die Sache neu aufzurollen?«, erkundigte sie sich.

»Wenn wir die Uhr oder wenigstens einen Beweis dafür hätten, dass Giese sie besaß.«

»Wir haben Riekas Erinnerung«, stellte Paul fest.

»Auf Rieka sind die Kollegen leider nicht viel besser zu sprechen als auf mich. Wegen der Hacker-Sache – und nun war sie auch noch mit mir in Gieses Antiquariat. Ich würde Bengt Johannsen informieren, aber wenn er die Kollegen auf die Uhr anspräche, müsste er erklären, wie er überhaupt darauf kommt. Er hatte weder was mit dem Brand bei Giese zu tun, noch taucht die Uhr in der Akte auf. Ich will nicht, dass er meinetwegen seine Pension gefährdet, wenn rauskommt, dass er mir unerlaubterweise die Ermittlungsakte hat zukommen lassen.«

»Dann machen wir erst mal allein weiter«, sagte Heinz bestimmt. »Glauben Sie, Lothar Giese war bewusst, was er da besaß?«

»Mit Sicherheit. Er wusste bestimmt auch, dass Rieka die Beauchamps-Uhr nicht erkennen würde, weil sie sich erstens nicht mit Antiquitäten auskennt und zweitens nicht mal geboren war, als das Kulturhistorische Museum in Leipzig in die Schlagzeilen kam.«

»Wahrscheinlich hat es ihm doppelt Spaß gemacht, damit zu prahlen«, sagte Kassandra. Dann stutzte sie. »Moment mal, haben Sie Kulturhistorisches Museum in Leipzig gesagt?« Das war eine rhetorische Frage, sie wusste, dass sie sich nicht verhört hatte, und wartete Dietrichs Antwort nicht ab. »Da war Niklas Thiels Vater angestellt.«

»Das ist die erste eindeutige Verbindung zwischen den beiden Bränden und den beteiligten Personen«, sagte Paul, nachdem er die Information einen Moment hatte sacken lassen.

»Wilhelm Thiel hat viele Jahre im Leipziger Museum gearbeitet, den Zeitpunkt, zu dem es ausgeraubt wurde, eingeschlossen. Warum wurde das eigentlich nie aufgeklärt?«, wollte Kassandra von Heinz wissen. »Vergessen wir mal die wilden Gerüchte über die Stasi – was war so schwierig?«

»Das Problem lag hauptsächlich darin, dass der oder die Täter ziemlich gerissen vorgingen. Der Raub passierte nachts, aber es gab keine Einbruchsspuren, deshalb ging man davon aus, dass sich die Täter am Vorabend einschließen ließen. Die Vitrinen zu öffnen war leider ein Kinderspiel, leicht zu bewerkstelligen mit einer Nagelfeile oder Büroklammer, weil die Schlösser von einfacher Machart waren. Außen an den Vitrinen fand man nur wenige Fingerabdrücke, die sich zuordnen ließen. Sie stammten von zwei Wärtern, dem Museumsdirektor und einer Putzfrau. Auf der Unterseite der Glasabdeckung, wo durch das Anheben ebenfalls welche hätten sein müssen, fanden sich dagegen keine. Die vier Angestellten – inklusive des Direktors – wurden von der Polizei dermaßen in die Mangel genommen, ihre Vergangenheit und das gegenwärtige Leben durchleuchtet, dass jeder Geheimdienst seine wahre Freude gehabt hätte. Es führte zu nichts. Man fand noch zwei Faserspuren, aber auch die liefen ins Leere, und von DNS hatte man damals kaum was gehört.«

»Gab es auch noch keine Überwachungskameras?«, fragte Kassandra.

»Doch. Es stellte sich allerdings heraus, dass die Kamera in dem entsprechenden Raum auf einfache Weise, aber äußerst effektiv manipuliert worden war.«

»Was ist mit den Wärtern? Machten die nicht regelmäßig ihre Runden?«, fragte Paul.

»Das taten sie. Einer hatte das Pech, zur falschen Zeit am falschen Ort zu sein, nämlich als die Täter gerade mit ihrer Beute verschwinden wollten. Er wurde niedergeschlagen, seine Schüssel wurden entwendet, und die Täter entkamen ungesehen. Das heißt: fast. Eine Zeugin hatte möglicherweise einen der Männer in einer Seitenstraße längs des Museums gesehen. Er lief durch den Lichtkreis einer Laterne, deshalb konnte sie ihn beschreiben.«

»Und wie sah er aus?«, schaltete sich Dietrich nach längerer Zeit wieder ein.

»Da bin ich überfragt«, gab Heinz zu. »Ich habe die wichtigsten Fakten im Kopf, aber diese Beschreibung hat zu nichts geführt, der Mann wurde nie gefunden.«

»Weißt du noch, wie der niedergeschlagene Wärter hieß?«, erkundigte sich Kassandra.

»Nein«, sagte Heinz. »Was sich mir allerdings eingeprägt hat, ist, dass die Theorie vertreten wurde, der Mann habe mit den Tätern unter einer Decke gesteckt, weil sie jemanden gebraucht hätten, der sie nach Schließung des Museums versteckte.«

»Das hätte doch jeder andere der in der Nacht Anwesenden sein können«, meinte Paul.

»Das waren außer ihm nur wenige – und die saßen zum Zeitpunkt der Schließung alle zusammen im Überwachungsraum. Der betreffende Wärter kam erst später dazu, es wäre also möglich gewesen. Allerdings wich er niemals ein Jota von seiner Aussage ab, er habe weder etwas gesehen noch gehört, könne sich nur noch an einen Schlag auf den Hinterkopf erinnern und daran, wie er wieder zu sich kam, als er von einem Kollegen gefunden wurde. Es konnte ihm nichts Gegenteiliges nachgewiesen werden, außerdem war der Mann schon sehr lange beim Museum angestellt und hatte sich nie was zuschulden kommen lassen. Man glaubte ihm letzten Endes, und soweit ich weiß, behielt er auch seine Arbeit.«

»Was, wenn das Wilhelm Thiel war?«, fragte Kassandra.

»Der *doch* mit den Tätern oder dem Täter unter einer Decke steckte?«, fabulierte Dietrich weiter.

»Das ergäbe aber gar keinen Sinn«, sagte Heinz. »Natürlich könnte Wilhelm Thiel dieser Wärter gewesen sein, aber wenn er gemeinsame Sache mit dem Dieb oder den Dieben gemacht hätte und von Giese deshalb erpresst worden wäre – weder Wilhelm Thiel noch sein Sohn hätten bei Giese den Brand legen können. Wilhelm Thiel ist dement, und Niklas Thiel lag da längst im Krankenhaus. Außerdem: Wer hat dann Niklas das Haus angezündet und warum?«

»Giese muss ja gar nicht unbedingt Wilhelm Thiel erpresst haben. Wer immer jedoch das Pech hatte, in Gieses Fänge zu geraten, könnte sich genötigt gesehen haben, nicht nur den Erpresser, sondern auch mögliche weitere Mitwisser aus dem Weg zu räumen. Wiederum nicht unbedingt Wilhelm Thiel, weil man dem wegen seiner Demenz sowieso nicht mehr so recht glauben würde. Falls der es allerdings seinem Sohn erzählt hätte …« Dietrich ließ den Satz in der Luft hängen.

»Bleibt die Frage, woher Lothar Giese das alles wusste«, sagte Kassandra. »Entweder er war selbst beteiligt – dann wäre es dumm gewesen, seine ehemaligen Komplizen zu erpressen, weil sie ihm umgekehrt ja auch an den Kragen konnten. Oder einer der Beteiligten hat es ihm erzählt, und er beschloss, genau jetzt aus seinem Wissen Kapital zu schlagen.«

»Wer immer an dem Raub beteiligt war, hätte heute rein strafrechtlich nichts mehr zu befürchten. Das ist alles längst verjährt«, sagte Dietrich. »Zu verlieren wäre allerdings ein guter Ruf – und dafür sind viele bereit, etwas zu zahlen. Im Übrigen … warten Sie mal bitte.« Sie hörten, wie er auf einer Tastatur tippte, anscheinend schlug er etwas in der Ermittlungsakte nach. »Ich habe hier den Obduktionsbericht von Giese«, meldete er sich wieder. »Er hatte Darmkrebs mit Metastasen in Leber und Niere, war aber nicht in Behandlung. Ich schätze, wenn der Körper so zerfressen ist, weiß oder ahnt man das zumindest. Laut Rechtsmedizin wäre er innerhalb der nächsten zwölf Monate gestorben. Vielleicht wollte er sich am Ende seines verpfuschten Lebens einfach nur noch ein paar schöne Tage mit einem Haufen Geld machen. Oder er wollte sich für ebenjenes verpfuschte Leben rächen.«

»Womöglich, weil er jemanden Bestimmtes dafür verantwortlich machte«, sagte Kassandra. »Bernhard Kämpfer?«

Heinz schüttelte energisch den Kopf. »Wir wissen ja nicht einmal, wieso Gieses Leben sich zur Abwärtsspirale entwickelte. Und dass Bernhard Kämpfer an dem Museumsraub beteiligt war, halte ich für extrem unwahrscheinlich.«

Kassandra hatte sich erst kürzlich mit Kämpfers Lebenslauf beschäftigt und musste Heinz im Grunde zustimmen. Trotzdem gab sie die Idee noch nicht ganz auf. »Wann genau fand der Raub statt?«

»1976, da müsste Kämpfer Ende zwanzig gewesen sein.«

Kassandra machte eine unwillige Handbewegung. »Zu der Zeit lebte er in Wismar und arbeitete dort auf der Werft. Weit weg von Leipzig.«

»Das muss nichts heißen«, warf Paul nüchtern ein. »Es wäre sogar ziemlich unklug gewesen, sich ein Museum zum Beispiel in Rostock auszusuchen, ganz davon abgesehen, dass der Schmuck in Leipzig lohnender und einfacher zu stehlen gewesen sein könnte als etwas hier in der Gegend.«

»Du meinst also, Bernhard Kämpfer hat mal eben seinen Urlaub für einen Museumsraubzug genutzt?«, spöttelte Heinz. Dennoch spürte Kassandra, dass eine kleine Unsicherheit in seiner Stimme mitschwang.

»Herr Jung«, mischte sich Dietrich wieder ein, »können Sie an die Beschreibung dieses möglichen Täters kommen, den die Zeugin gesehen hat? Vielleicht sähen wir damit schon klarer.«

»Steht sicher in dem einen oder anderen Buch, das ich zu Hause habe«, sagte Heinz etwas zögerlich.

»Apropos Beschreibung«, sagte Kassandra. »Außer der Taschenuhr ist noch ein Foto aus Gieses Wohnung verschwunden. Rieka sagte, es seien seine Großeltern drauf gewesen, ein paar Nachbarn und einige Kinder, darunter auch Lothar Giese. Könnte ja sein, dass das Foto ebenso wenig zufällig weg ist, sondern gezielt gestohlen wurde, weil jemand nicht wiedererkannt werden wollte. Wir sollten Rieka noch mal nach einer genaueren Beschreibung fragen. Ich glaube zwar nicht, dass es was bringt, vor allem, wenn die Person ebenfalls noch ein Kind war, aber man kann nie wissen – vielleicht war einer der Nachbarn sogar Wilhelm Thiel, der in Gieses Kindheit so um die zwanzig war. Das würde immerhin beweisen, dass sie sich kannten.«

Eine Stunde später hatte Kassandra sich erneut auf Niklas' Ahnenforschungsseite geklickt und drei Bilder von Wilhelm Thiel gefunden – eines, das vier, ein weiteres, das vierzig Jahre alt war, und ein Kinderfoto. Außerdem hatte Rieka ihnen so gut es ging die Menschen auf Gieses altem Foto beschrieben. Es zeigte sich, dass ihr Erinnerungsvermögen bei Gesichtern weniger gut funktionierte. Dennoch passte ihre Beschreibung eines der Nachbarn zumindest einigermaßen auf den jüngeren Wilhelm Thiel, was sie bestätigte, nachdem Paul ihr das Foto des Mittvierzigers gemailt hatte. Viel zu wenig für einen Beweis, aber genug, um einen Zusammenhang in Betracht zu ziehen.

Auch Heinz war in seinem Buch über den Museumsraub fündig geworden und lieferte sogar das Phantombild des Mannes, den die Zeugin im Laternenlicht gesehen haben wollte. Es zeigte ein ovales Gesicht mit großen Augen, die ein bisschen zu eng beieinanderstanden, einer mittellangen Nase und weich wirkendem Mund, die Ohren standen leicht ab. Die welligen Haare fielen dem Mann in die Stirn, er mochte etwa dreißig Jahre alt sein.

»Das Alter, die Gesichtsform und die welligen Haare erinnern an Bernhard Kämpfer«, konstatierte Kassandra. »Seine Augen wirken allerdings nicht so stechend wie auf dem Phantombild, und Segelohren habe ich auch nicht bemerkt.«

Heinz nickte zufrieden. »Seh ich auch so. Das ist nie und nimmer Kämpfer.«

»Kann es sein, dass du nur siehst, was du sehen willst?«, fragte Paul. »Segelohren dürfte übertrieben sein, und stechende Augen haben vermutlich neunzig Prozent aller Menschen auf Phantombildern. Trennt euch von den Einzelheiten, lasst den Gesamteindruck auf euch wirken und seid neutral. Könnte das Bernhard Kämpfer gewesen sein – vor siebenunddreißig Jahren?«

»Wer ist hier nicht neutral?«, murrte Heinz, aber er war letztlich doch zu sehr Polizist, um nicht einen zweiten, genaueren Blick auf das Phantombild zu werfen. »Nein«, sagte er trotzdem nach einer Weile. »Das ist nicht Bernhard Kämpfer.«

»Ich bin unsicher«, gestand Kassandra. »Diese weichen Gesichtszüge, besonders der Mund. Er könnte es sein. Phantombilder sind immer nur so gut wie die Zeugen. Wenn die Frau sich mit den Ohren irrte …«

»… oder bei allen anderen Details«, brauste Heinz auf. »Wenn wir dem Bild nicht trauen, brauchen wir es gar nicht zu berücksichtigen.« Er wandte sich an Paul. »Was ist dein Eindruck? Du kennst ihn schließlich auch.«

Statt einer Antwort nahm Paul ein Blatt Papier und seinen Bleistift zur Hand und begann zu zeichnen. Zuerst dachte Kassandra, er würde das Phantombild kopieren, da die Gesichtsform die Gleiche blieb, doch er schaute nicht mehr in Heinz' Buch, sondern zeichnete aus dem Gedächtnis. Als er fertig war, drehte er das Blatt zu Kassandra und Heinz und sagte: »Phantombilder *sind* immer nur so gut wie die Zeugen – oder wie die Zeichner.«

Kassandra starrte auf das Porträt. Gesichtsform, Nase und Ohren waren gleich geblieben. Ansonsten hatte Paul ein paar Kleinigkeiten verändert. Die Augen standen ein wenig weiter auseinander, waren etwas dunkler und schauten den Betrachter herausfordernd an, der Mund hatte bei gleicher Größe und Form einen entschlosseneren Ausdruck bekommen, die Haare waren zurückgekämmt und fielen nicht mehr in die Stirn, wodurch sie viel höher wirkte, obwohl sie es nicht war.

»Das ist Harald Barthel«, sagte sie leise.

»Du willst sagen, Barthel hat das Museum ausgeraubt?«, fragte Heinz in einer Mischung aus Erstaunen und Unglauben. »Der war 1976 in der BRD, wo er hingehörte.«

»Es sei denn, er war Stasi-Spion im Westen und sorgte zwischendurch für ein paar Devisen, wo er doch schon mal für den Verein arbeitete«, stellte Paul süffisant fest.

»Das ist nicht dein Ernst«, sagte Heinz konsterniert.

Paul grinste. »Wer weiß? Schließlich hat Lothar Giese Zeitungsartikel über Harald Barthel gesammelt, das sollten wir nicht vergessen. Aber eigentlich wollte ich bloß demonstrieren, dass ein paar Details für ein ganz anderes Bild sorgen können. Und um auf deine Frage zurückzukommen, ob ich in dem ursprünglichen Phantombild Bernhard Kämpfer erkenne: Ich bin Kassandras Meinung, er könnte es durchaus sein. Du wolltest doch dafür sorgen, dass Kassandra ihm noch mal über den Weg läuft, damit sie ihn wegen Reinhard Voß fragen kann. Wie's aussieht, gäbe es noch ein weiteres interessantes Gesprächsthema.«

19

Kassandras Magen grummelte. Nachdem sie die Gästezimmer noch gründlicher als sonst geputzt hatte und nirgends mehr auch nur ein Staubkörnchen lag, hielt sie es zu Hause nicht mehr aus. In einer Stunde sollte sie im »Dünentraum« mit Siegfried Streblow wegen der möglichen Ausstellung ihrer Fotos reden. Sie war nervös und nicht in der Lage, still zu sitzen oder sich mit etwas Sinnvollem zu beschäftigen. Also gab sie auf und lief die Strandstraße entlang in Richtung Seebrücke. Dabei kam sie am »Dünentraum« vorbei, das sie, so gut es ging, zu ignorieren versuchte. Frischer Wind um die Nase war jetzt das Beste für sie. Passend dazu wehte der kräftig und brachte entsprechenden Wellengang.

Normalerweise hätte sie die am Wellenbrecher sprühende Gischt bewundert, doch heute wurde ihr Blick auf etwas anderes gelenkt: Auf der rechten Seite lag längs der Brücke ein Schiff, was ein ungewöhnlicher Anblick war. Nur sehr selten legten hier Boote oder gar Schiffe an. Dieses war weder zum Freizeitvergnügen da, noch war es ein Seenotrettungskreuzer. Kassandra kannte das etwa fünfunddreißig Meter lange Seezeichenschiff mit dunkelblauem Rumpf und weißem Brückenhaus. Es war die »Görmitz«, von der aus Mitarbeiter des Wasser- und Schifffahrtsamtes Stralsund damit beschäftigt waren, für das Leuchtfeuer den rot-weiß geringelten Mast, den Kassandra gestern Simone Kleist gegenüber erwähnt hatte, an der Brücke zu befestigen. Keine leichte Aufgabe bei dem Wellengang, das Schiff schaukelte ganz schön, doch den Männern machte das nichts aus. Unbeeindruckt verrichteten sie ihre Arbeit, bis der Mast fest verankert war.

Einsatzbereit war das Leuchtfeuer damit noch lange nicht. Zunächst mussten Technik und Elektrik fertiggestellt und der neue Standort auf sämtlichen Karten verzeichnet werden. Kassandra schätzte, dass noch Monate ins Land ziehen würden, bis von hier zum ersten Mal Zeichen über die See geschickt würden und das alte Leuchtfeuer mit der Nebelstation weiter südlich in den Dünen ersetzt werden konnte.

Sie versuchte, sich die Brücke vorzustellen, wie sie noch gestern ausgesehen hatte, aber es fiel ihr schwer, der Mast war zu dominant. Das Rot-Weiß leuchtete so strahlend gegen den knallblauen Himmel, dass sie es kaum ignorieren konnte.

»Gefällt's Ihnen?«, fragte jemand direkt neben ihr.

Kassandra erkannte Barthels Stimme sofort, trotzdem – oder gerade deswegen – kostete es sie Überwindung, sich zu ihm umzudrehen. Sein Blick war genauso herausfordernd wie auf Pauls Zeichnung.

»Ist mal was anderes«, sagte sie.

Zu ihrer Überraschung amüsierte ihre Bemerkung Barthel unverkennbar. »Hat Ihnen schon mal jemand gesagt, dass Sie als Diplomatin ausgesprochen ungeeignet wären? Sie geben sich wirklich Mühe, jederzeit Ihr Missfallen klar und deutlich zum Ausdruck zu bringen.«

»Da täuschen Sie sich. Ich habe im Gegenteil Neuartigkeit und Abwechslung gepriesen«, erwiderte Kassandra.

»Natürlich«, stimmte Barthel ihr zu. »Ich muss Ihren Tonfall missverstanden haben.«

»Das haben Sie wohl.« Sie hielt mit Mühe seinem Blick stand, versuchte aber, sich das nicht anmerken zu lassen.

Am Ende war er es, der zuerst weg- und zum Mast hinsah.

»Mein Haus hat Seeblick«, sagte Barthel. »Ich werde fortan jeden Tag Neuartigkeit und Abwechslung bewundern können.«

»Soll ja nicht für immer sein. Außerdem zwingt Sie niemand, hier zu leben«, rutschte es Kassandra raus. Weshalb reizte es sie nur, ihm dauernd an den Karren zu fahren, sogar wenn er ihre eigene Meinung vertrat?

Er wandte sich wieder ihr zu. »Das ist richtig. Sie zwingt aber vermutlich auch keiner, und Sie sind trotzdem hier.«

Kassandra hatte in Wustrow ihr Zuhause gefunden, sie liebte das Fischland mehr als jeden anderen Fleck auf dieser Welt: die See, das Land, den Wind, die Bäume, den Sand, die Dünen, die Gischt und die Wellen, die Möwen und die Strandläufer, den Bodden und die Zeesboote. Sie liebte die Menschen hier – und besonders Paul. Nichts davon würde sie Barthel auf die Nase binden. »Ich möchte nirgends sonst leben«, sagte sie trotzdem, bevor sie es verhindern konnte.

Barthel reagierte nicht darauf, sondern sah durch sie hindurch. Kassandra dachte, dass einer seiner Gründe, in Wustrow zu sein, vermutlich das großartige Haus mit dem erwähnten Seeblick war. Ein Prestigeobjekt für einen Baumagnaten wie ihn, das dennoch nicht protzig wirkte, sondern immer noch etwas Heimeliges hatte, trotz der Größe. Das passte gut zu seinem Image als Unternehmer mit Wohltäter-Touch.

Nach einer Minute des Schweigens, die Kassandra unangenehm lang vorkam, weil ihr nichts mehr zu sagen einfiel und er ebenfalls keine Anstalten machte, das Gespräch fortzusetzen, kehrte er wieder den viel beschäftigten Geschäftsmann heraus. Demonstrativ sah er auf die Uhr. »Sie müssen mich jetzt entschuldigen, ich habe einen Termin. Und wo wir gerade über das Leuchtfeuer sprachen: Wenn Sie etwas über Niklas Thiels Gesundheitszustand hören, teilen Sie mir kurz mit, wie es ihm geht. Wiedersehen, Frau Voß.« Er drehte sich um, ohne ihre Antwort abzuwarten, und verließ zielstrebig die Seebrücke.

Kassandra sah ihm verärgert nach. Der Mann war die personifizierte Arroganz, er bat sie nicht einmal um Nachricht, er ordnete es an.

Inzwischen hatten die Männer vom Wasser- und Schifffahrtsamt ihre Arbeit beendet. Kassandra beobachtete, wie die »Görmitz« ablegte, am Wellenbrecher entlang Fahrt aufnahm und in Richtung Ahrenshoop davonschipperte. Sie wurde immer kleiner, und Kassandra ließ Barthels Worte noch einmal Revue passieren – bis ein Schreck sie durchfuhr. Nicht nur er hatte einen Termin, sie ebenfalls. Es war bereits kurz vor zwölf, sie musste zwei Schritte zulegen, wenn sie sich nicht verspäten wollte.

Das Gespräch mit Siegfried Streblow in dessen Büro war sehr angenehm verlaufen. Kassandra hatte ihm online einige ihrer neuesten Fotos gezeigt und Vorschläge gemacht, wie und unter welchem Motto man sie im Hotel präsentieren konnte. Viel davon entsprach Streblows Vorstellungen, zwei, drei Details wichen davon ab, stellten aber keine unüberwindbare Hürde dar. Gemeinsam machten sie nun noch einen Rundgang durch das Foyer und das Restaurant und steckten die Möglichkeiten ab.

Im Restaurant bemerkte Kassandra verwundert, dass an einem Tisch in der hintersten Ecke Harald Barthel saß. Er war in Begleitung von Simone Kleist. Der dritte Platz, an dem ein Glas Wein stand, war unbesetzt. Während sie noch schaute, zwängte sich jemand mit einem leisen »Verzeihung« hinter ihr vorbei. Sie hörte zwar, wie Siegfried Streblow sagte, einige ihrer Muschelfotos würden im Restaurant sicher gut zur Geltung kommen, musste aber gleichzeitig verarbeiten, dass der Mann, der sie eben angerempelt hatte und jetzt an Barthels Tisch Platz nahm, niemand anderes als Bernhard Kämpfer war.

Streblow bemerkte ihren Blick. »Ich nehme an, Sie wissen, wer das ist? Bitte vergessen Sie es einfach wieder, ja? Die beiden haben sich mit Bedacht diese verschwiegene Ecke in unserem Restaurant ausgesucht.«

»Ich hätte nicht gedacht, dass die sich etwas zu sagen haben, jedenfalls nicht auf so zivile Weise bei einem guten Mittagessen«, sagte sie.

Streblow lächelte. »Konkurrenz belebt das Geschäft, und die richtigen Geschäfte können gelegentlich zur Überwindung des Konkurrenzgedankens führen«, sagte er rätselhaft. »Um auf Ihre Muschelfotos zurückzukommen …«

Eine Viertelstunde später waren Kassandra und Siegfried Streblow übereingekommen, sich in der nächsten Woche erneut zu treffen, um eine konkrete Auswahl der Bilder vorzunehmen und deren Standorte festzulegen. Kassandra fühlte sich wunderbar und konnte kaum glauben, dass etwas, das eigentlich nur eine List von Paul gewesen war, zu einer Ausstellung für sie geführt hatte. Erst als sie schon wieder auf der Strandstraße stand, fielen ihr Barthel und Kämpfer wieder ein.

Hier bot sich eventuell die ersehnte Möglichkeit, mit Kämpfer zu sprechen, früher als erwartet. Sie konnte draußen auf ihn warten, doch eingedenk der Tatsache, dass die beiden Männer keinen Wert auf großes Publikum legten und das Restaurant einen zweiten Ausgang hatte, bestand die Möglichkeit, dass ihr

Kämpfer entwischte. Kurz entschlossen machte sie kehrt und hoffte, dass sie nicht zu spät kam. Sie hatte Glück, Barthel, seine Assistentin und Kämpfer saßen noch immer an ihrem etwas versteckt liegenden Tisch, und Kassandra setzte sich einige Meter entfernt auf einen freien Platz, von dem aus sie die drei einigermaßen diskret beobachten konnte. Sie würde sich gedulden, bis sie aufbrachen, und Bernhard Kämpfer ansprechen, sobald Barthel und Simone Kleist außer Sichtweite waren.

Kassandra wollte nicht ständig hinübersehen, dennoch konnte sie nicht verhindern, dass sie es immer wieder tat und dabei überlegte, wie lange die beiden Männer einander schon kannten. Bei ihren Recherchen hatten sie keine Berührungspunkte gefunden, aber das schloss letztlich nicht aus, dass das, womit Lothar Giese sie vielleicht beide erpresst hatte, ein und dieselbe Sache war.

Erneut ertappte sie sich, zu dem anderen Tisch zu starren, und diesmal schaute sie nicht früh genug weg. Kämpfers Blick war durchs Restaurant geschweift, nun traf er auf ihren. Er winkte ihr zu, woraufhin Barthel und Simone Kleist sich umdrehten und sie ebenfalls sahen. Es fiel Kassandra schwer, Barthels Gesichtsausdruck zu deuten, am ehesten war es wohl Misstrauen, doch sie kam nicht dazu, weiter darüber nachzudenken, weil Kämpfer bereits aufgestanden war, zu ihr herüberkam und sie zu sich an den Tisch bat.

»Das ist sehr freundlich von Ihnen, tatsächlich wollte ich nämlich mit Ihnen sprechen«, sagte sie. »Aber ich möchte nicht stören, ich kann gern warten.«

»Kommt gar nicht in Frage«, widersprach Kämpfer, »wir waren ohnehin fertig mit unseren … unserem Gespräch.«

Hatte er »mit unseren Verhandlungen« sagen wollen? Wenn ja, worüber? Wieder fehlte Kassandra die Zeit, das auszuloten, und auch, wirklich zu protestieren. Sie hätte, was sie Kämpfer fragen wollte, lieber nicht im Beisein von Barthel erörtert. Aber Kämpfer hatte sie bereits zu den anderen an den Tisch geführt.

»Darf ich Ihnen Kassandra Voß vorstellen?«, sagte er zu Barthel. »Sie ist die Nichte eines Wustrower Bekannten. Frau Voß, Herr Barthel.«

»Wir kennen uns bereits«, sagte Barthel etwas unterkühlt. Er fragte sich vermutlich, wer der Freund war, und falls er mit Kämpfer nicht über das Seefahrtschul-Projekt gesprochen hatte – was Kassandra zwar nicht ausschloss, aber doch für unwahrscheinlich hielt –, fragte er sich sicher außerdem, wie viel Kassandra über Kämpfers Konzept wusste und ob sie mit ihm über das der BOB gesprochen hatte.

»Natürlich. Hätte ich mir denken können, Wustrow ist ja nicht sonderlich groß«, sagte Kämpfer, indem er Kassandras Stuhl zurechtrückte.

»Das hat damit wenig zu tun«, meinte Barthel. »Wir sind uns gestern zum ersten Mal persönlich begegnet.« Mit ironischem Unterton ergänzte er: »Sie wussten sicher nicht, dass Frau Voß die Lebensgefährtin von Paul Freese ist, den Sie aus der Gemeindevertretung kennen.«

Es war klar, dass Barthel Kassandra damit diskreditieren und bei Kämpfer dasselbe Misstrauen säen wollte, das er empfand, aber Bernhard Kämpfer lachte nur. Oder lachte er Barthel aus? »Doch, das wusste ich. Ich sagte ja, ich bin gut bekannt mit ihrem Onkel.«

Kassandra und Simone Kleist hatten einander bisher nur zugenickt, jetzt bewies Barthels Assistentin erneut ihr Geschick, angespannte Situationen zu entschärfen. »Nett, Sie wiederzusehen, Frau Voß. Wenn Sie sich gestern schon kein Dessert gegönnt haben, ich kann heute die Crème Caramel empfehlen.«

»Ich fürchte, es bleibt doch wieder bei einem Kaffee«, sagte Kassandra. Sie würde keinen Bissen runterkriegen, bevor sie nicht mit Bernhard Kämpfer gesprochen hatte.

Als würde er das spüren, sagte er: »Was wollten Sie denn mit mir besprechen?«

Kassandra hatte kurz den Eindruck, dass er Wert darauf legte, Barthel wissen zu lassen, dass sie seinetwegen hier war. Wenn sie jetzt sagte, sie wolle das lieber unter vier Augen erläutern, würde Barthel noch misstrauischer werden. Zudem wurde ihr in diesem Moment wieder bewusst, was sie gestern über Bernhard Kämpfer spekuliert hatten. Wenn er an dem Museumsraub beteiligt gewesen sein sollte, war er womöglich gefährlicher, als seine sympathische Art erahnen ließ. Vielleicht wäre es also sogar besser, nicht allein mit ihm zu sein, wenn sie brisante Themen ansprach, selbst wenn es sich bei dem Zuhörer um Barthel handelte.

»Das ist ...« Kassandra räusperte sich und musste noch einmal beginnen. »Es ist mir etwas peinlich, aber nachdem wir uns neulich im ›Swantewit‹ kennenlernten, wurde ich neugierig und habe mich ein bisschen schlaugemacht über Kämpfer Lodgings und über Sie.« Dass sie kurz wegschaute, war nicht gespielt, es war ihr unangenehm, das so offen zuzugeben, auch wenn der Grund für ihre Recherchen nicht in persönlicher Neugier lag. Als sie ihn wieder ansah, lächelte Bernhard Kämpfer jedoch unverändert freundlich.

»Muss Ihnen nicht peinlich sein, Frau Voß. Ich fühle mich geschmeichelt.« Seine Augen blitzten auf bei diesen Worten. »Mein Leben ist alles in allem wenig aufregend gewesen, von daher bin ich gespannt, was Sie so bemerkenswert finden, dass Sie darüber mit mir reden möchten.«

»Genau genommen geht es um meinen Adoptivvater«, sagte Kassandra.

Bernhard Kämpfer reagierte sichtlich irritiert. »Ihr ...« Diesmal war er es, der sich räuspern musste. »Ich fürchte, ich verstehe nicht.«

Aus den Augenwinkeln nahm Kassandra wahr, wie sich Harald Barthel interessiert vorbeugte. »Ich habe Ihrem Lebenslauf entnommen, dass Sie in den siebziger Jahren auf der Wismarer Werft gearbeitet haben«, begann sie zu erklären. »Zur selben Zeit wie mein Adoptivvater. Sein Name war Reinhard Voß, und ich frage mich, ob Sie ihn vielleicht kannten.«

Kämpfers Brauen rutschten in die Höhe, er antwortete nicht gleich. Vielleicht versuchte er, sich zu entsinnen, vielleicht brauchte er aber auch etwas Zeit, um sich von der Überraschung zu erholen. Kassandra merkte, dass sie selbst den Atem angehalten hatte, und stieß langsam die Luft aus.

»Nein, ich fürchte, nicht.« Kämpfer hob bedauernd die Arme. »War er auch im kaufmännischen Bereich tätig?«

»Nein. In der Konstruktion.«

»Dann werden wir uns wohl gar nicht über den Weg gelaufen sein. Darf ich erfahren, warum das so wichtig für Sie ist?«

»Weil ich mich gar nicht mehr an ihn erinnere. Er hatte einen Arbeitsunfall, als ich noch sehr klein war, und meine Mutter hat mir nie viel von ihm erzählt. Leider lebt sie auch nicht mehr, sodass ich sie nicht fragen kann. Dabei wüsste ich gern mehr über meine Familie.«

Bernhard Kämpfers Augen verengten sich. »Wäre es da nicht interessanter, sich auf die Suche nach Ihrem leiblichen Vater zu machen?«

»Wie kommen Sie darauf, dass Frau Voß ihren leiblichen Vater nicht kennt?«, mischte sich Barthel ein.

Kassandra hatte seine und Simone Kleists Anwesenheit für einen Moment vollkommen vergessen. Ihr Blick suchte seinen, doch er fixierte Kämpfer. Sollte er Kassandras Beweggründe erraten haben und einen kleinen Skandal wittern?

Kämpfer schaute etwas verunsichert zwischen Kassandra und Barthel hin und her, ohne gleich eine Antwort zu finden.

»Vielleicht hat mein Onkel Ihnen das mal erzählt?«, bot Kassandra ihm einen Ausweg an, obwohl sie nicht recht wusste, weshalb.

»Nein«, gab Kämpfer zu. Sicher war ihm bewusst, dass sie das jederzeit nachprüfen konnte. »Ich bin fälschlicherweise einfach davon ausgegangen.«

»Sie haben recht«, sagte Kassandra. »Ich weiß nicht, wer mein Vater ist. Das herauszufinden habe ich mir bisher allerdings auch nicht die Mühe gemacht.«

»Warum nicht?«, fragten Barthel und Kämpfer unisono, während Simone Kleist mehr an den Überresten ihrer Crème Caramel interessiert zu sein schien.

Kassandra lächelte und entschloss sich zu einer Offenheit, die jemand, der an einem Raub beteiligt gewesen war, durchaus auf sich beziehen konnte. »Weil ich diverse Gründe habe anzunehmen, dass mir die Identität meines leiblichen Vaters missfallen könnte.«

Bernhard Kämpfer nickte nach kurzem Zögern, schwieg aber. Harald Barthel dagegen ließ die Sache nicht auf sich beruhen, sondern hakte nach. »Das heißt, Sie haben eine Vermutung? Wenn Sie überhaupt keine Ahnung hätten, könnten sie ja keine derartigen Überlegungen anstellen.«

»Doch«, sagte sie, »kann ich. Ich weiß, mit wem er sehr wahrscheinlich … Umgang hatte.« Saschas Gesicht tauchte ungewollt vor Kassandras innerem Auge auf. Sie blinzelte, wie um das Bild zu verscheuchen. »Das reicht für solche Überlegungen.«

Tatsächlich hatte Paul wie angekündigt nach Hinweisen gesucht, dass sein Bruder mit Kämpfer, Barthel oder Giese Kontakt gehabt hatte, aber nichts gefunden. Es gab jedoch zugegebenermaßen nicht mehr viele Erinnerungsstücke von Sascha, der zudem sehr gut darin gewesen war, seine Spuren zu verwischen, sodass das gar nichts hieß.

»Das klingt ja rätselhaft. Welchen Umgang denn?«, ließ sich Simone Kleist vernehmen, die sich zum ersten Mal in die Diskussion einschaltete.

Kassandra blieb nur wenig Zeit, sich eine passende Antwort zu überlegen. Ohne so schnell die Konsequenzen überdenken zu können, beschloss sie, aufs Ganze zu gehen, eine gewagte Behauptung aufzustellen und zwei Fliegen mit einer Klappe zu schlagen. Obwohl sie gerade mit dem Umgang Sascha gemeint hatte, gab es ja noch eine zweite Interpretationsmöglichkeit. »Sehr zweifelhaften«, sagte sie und wandte sich dann explizit an Kämpfer. »Erinnern Sie sich an den berühmt-berüchtigten Kunstraub im Kulturhistorischen Museum in Leipzig?«

Wie eben nickte Kämpfer langsam. »Natürlich. Wer täte das nicht?«

»Herr Barthel vermutlich«, sagte Kassandra und sah zu ihm hinüber. »1976 wurde eines der spektakulärsten Verbrechen in der DDR verübt, Sie haben sicher nichts davon gehört.«

Barthel schüttelte überzeugend den Kopf. »Nein, nie.«

»Ich schon«, sagte Simone Kleist. »Wollen Sie allen Ernstes behaupten, Ihr Vater hätte Verbindung zu denen gehabt, die das getan haben? Als Hehler möglicherweise? Oder dass er gar selbst einer der Täter war?«

»Behaupten kann ich nichts davon«, sagte Kassandra. »Es gibt nur einige Verdachtsmomente, aber Sie verstehen sicher, dass ich keinen großen Wert darauf lege, einen Verbrecher zum Vater zu haben.«

»Und wenn Sie sich nun irren?«, fragte Kämpfer. »Wenn Ihr

Vater nichts damit zu tun hat und die Verdachtsmomente nichts weiter sind als eben Verdachtsmomente? Sie würden riskieren, niemals die Wahrheit herauszufinden, weil Sie sich in eine falsche Idee verrannt haben. Wollen Sie das?«

Kassandra senkte den Kopf. Sie hatte in den letzten Tagen oft darüber nachgedacht. Von Paul wusste sie, wie es war, mit Wahrheiten konfrontiert zu werden, nach denen man nie gefragt hatte, und sie war sich nicht sicher, ob sie ebenso stark wäre wie er.

Kämpfer sprach schon weiter. »Gesetzt den Fall, Sie haben recht – der Mann wäre trotz allem Ihr Vater. Glauben Sie nicht, dass Sie ihm etwas verzeihen könnten, das so lange zurückliegt? Oder ihm wenigstens Gelegenheit geben müssten, sich zu erklären?«

»Ich weiß es nicht«, sagte sie leise.

»Ich wüsste es«, sagte Simone Kleist mit harter Stimme, »und ich finde, dass Frau Voß recht hat. Der Mann wäre nicht nur ein Verbrecher, er hätte außerdem seine Frau und sein Kind im Stich gelassen. Das ist ein bisschen viel zu verzeihen.«

Kassandra verzichtete darauf, Simone Kleist darüber aufzuklären, dass ihr Vater nicht mit ihrer Mutter verheiratet gewesen war. Sie hätte das Thema nicht ansprechen sollen, sie war plötzlich ganz durcheinander und begann schon, an das zu glauben, was sie nur in den Raum gestellt hatte, um zu sehen, wie Bernhard Kämpfer und Harald Barthel auf die Erwähnung des Museumsraubes reagierten. Sie musste sich in Erinnerung rufen, dass die Hinweise auf wie auch immer geartete Zusammenhänge, auch was ihren Vater betraf, dürftig waren.

»Es ist richtig, dass Sie nicht weitergraben«, sagte Simone Kleist und legte sanft ihre Hand auf Kassandras. »Warum sollten Sie sich Schmerz zufügen, wenn es sich vermeiden lässt?« In ihrem Gesicht stand geschrieben, dass sie Schmerz kannte – nur für einen Sekundenbruchteil, aber lange genug für Kassandra, und sie ahnte, dass Barthels Assistentin sie das bewusst sehen ließ. Seltsamerweise bewirkte deren Mitgefühl aber das Gegenteil. Mit einem Mal spürte sie, dass sie nicht mehr aufhören konnte zu suchen, nun, da sie einmal begonnen hatte. Sie richtete sich auf.

»Weil es mich zur Ruhe kommen ließe?«

Im selben Augenblick, in dem sie es sagte, wurde ihr klar, wie ruhelos sie seit einiger Zeit tatsächlich war, nämlich seit sie mit der Ahnenforschung begonnen hatte. Auch Paul hatte das bemerkt und es in jener Nacht, in der Niklas' Haus abgebrannt war, zur Sprache gebracht.

Das Mitleid verschwand aus Simone Kleists Blick und machte Unverständnis Platz. Sie nahm ihre Hand von Kassandras. »Sie müssen natürlich selbst entscheiden, was Sie tun.«

»Ja, das muss ich wohl.« Sie schaute wieder zu Bernhard Kämpfer, dessen Miene sie nicht recht deuten konnte. »Falls Ihnen doch noch etwas zu Reinhard Voß einfallen sollte, wäre ich Ihnen dankbar, wenn Sie sich bei mir melden. Er hat meine Mutter geheiratet, als sie in Schwierigkeiten steckte, und es nicht verdient, in Vergessenheit zu geraten.«

Kämpfer drehte sein Weinglas in der Hand. »Das werde ich tun. Ich habe noch einige alte Unterlagen und Dokumente über die Werft – vielleicht finde ich darin ja etwas über Ihren Adoptivvater.«

Bald darauf verabschiedete sich Kämpfer, und auch Barthel und Simone Kleist brachen nach Ribnitz auf. Kassandra stand allein auf der Strandstraße und fragte sich, ob sie nun wesentlich schlauer war als zuvor. Aus dem, wie Bernhard Kämpfer sich zu ihrem Vater und dem Museumsraub geäußert hatte, konnte man zweierlei schließen. Vielleicht war seine Verteidigung des Vaters, der im Zweifelsfall auch ein Museum ausgeraubt hatte, ein Zeichen dafür, dass er sich angesprochen fühlte, an Kassandras weiche Seite und ihren Familiensinn appellierte und hoffte, als Vater akzeptiert zu werden, falls die Wahrheit über ihn je ans Licht käme. Es konnte aber auch einfach nur ehrliches Interesse und Mitgefühl für Kassandras verworrene Situation bedeuten. Auch die Frage, ob er bezüglich Reinhard Voß gelogen hatte, ließ sich wegen seiner zögerlichen Reaktion nicht eindeutig beantworten.

Es blieb alles offen. Das Einzige, was Kassandra sicher wusste, war, dass sie ihren Vater finden wollte. Egal, wer oder was er gewesen war.

Nachdem sie sich mit Paul und Heinz besprochen hatte, informierten sie Dietrich, dessen Abhöraktion sich weiterhin als frustrierend ergebnislos erwies. Rieka hatte dagegen endlich den zweiten E-Mail-Account von Oliver Kämpfer ausfindig gemacht und einige pikante Nachrichten über sein Liebesleben gefunden – leider aber nichts, das auf eine Verwicklung in die Brände oder zumindest den Brand bei Lothar Giese hinwies.

Eine letzte Hoffnung setzte Kassandra in einen Anruf in der Lübecker Klinik. Niklas' Zustand war stabil – er hatte sich weder verschlechtert noch gebessert, was hieß, dass er sich nach wie vor an nichts in der Brandnacht erinnerte.

»Ich weiß nicht, was wir im Augenblick noch tun könnten«, sagte Kassandra ratlos zu Paul. »Was wir bisher herausgefunden haben, könnte alles oder nichts bedeuten, es gibt keinen Beweis für irgendwas. Wenn sich nicht bald etwas ereignet, das uns auf eine neue Spur bringt, können wir einpacken.«

20

Mitten in der Nacht schreckte Kassandra aus dem Schlaf. Sie konnte sich nicht erinnern, was sie geträumt hatte – nur dass es von einem durchdringenden Geheul untermalt gewesen war. Das erklang in unverminderter Lautstärke, und jetzt identifizierte sie es als Sirenenalarm. Erschrocken schwang sie die Beine aus dem Bett und entdeckte zugleich Pauls Silhouette am geöffneten Fenster.

»Jonas rannte gerade aus dem Haus«, sagte er und drehte sich zu ihr um. »Die Seefahrtschule brennt.«

Während sie sich hastig ankleideten, hörten sie kurz hintereinander zwei Martinshörner, bald darauf standen sie draußen. Kassandra sah keinen Lichtschein, nicht einmal Brandgeruch lag in der Luft. Vermutlich war das Feuer im Keller oder im Erdgeschoss ausgebrochen und hatte sich noch nicht über drei hohe Stockwerke bis zum Dachstuhl durchgefressen. Mit einigen anderen Wustrowern liefen sie die Lindenstraße entlang und durch ein kurzes Stück der Parkstraße. Ein Blick die Straße hoch beruhigte Kassandra. Weder die alten Büdnereien noch die Villa des ehemaligen Seefahrtschul-Direktors Schütz oder die neueren Ferienhäuser standen in Flammen, sodass dieses Mal glücklicherweise keine Toten oder Verletzten zu befürchten waren. In der Ruine der Seefahrtschule sollte sich jedenfalls normalerweise niemand aufgehalten haben.

Auf der Gebäuderückseite war nichts zu sehen. Direkt vor ihnen lag der Flügel, in dem die Mensa untergebracht war, und Kassandra erinnerte sich daran, dass Barthel die Mensa und damit auch das wunderbare Wandgemälde von Hedwig Holtz-Sommer hatte erhalten wollen. Wurde jetzt beides durch das Feuer zerstört?

Die gesamte Längsseite des Mensa-Flügels bestand hauptsächlich aus bis zum Dach reichenden Doppelfenstern. Teilweise waren die Scheiben zerbrochen und mit Holzplatten abgedeckt, aber auch durch die noch intakten Fenster drang keinerlei Lichtschein.

Erst als sie den Trakt umrundet hatten und das Feuerwehr- und Polizeiaufgebot samt Rettungswagen zwischen den Bäumen an der Gebäudevorderseite sahen, nahmen sie Brandgeruch wahr und erkannten, wo das Feuer ausgebrochen war: unten im Turm. Ausgerechnet.

Vor über einundzwanzig Jahren, im März 1992, als der Lehrbetrieb noch lief, hatte die Seefahrtschule schon einmal gebrannt – und der Brandherd hatte sich ebenfalls unten im Turm befunden. Damals waren in den Stockwerken darüber wesentliche Bereiche der Schule wie die Bibliothek, Computer für die Ausbildung in Informatik und technischer Mechanik und das Planetarium angesiedelt. Bis dorthin war das Feuer glücklicherweise nicht vorgedrungen. Man vermutete Brandstiftung, aber nie hatte endgültig geklärt werden können, was geschehen war.

Kassandra und Paul waren an den Bäumen und Büschen, die den Parkplatz vor der Seefahrtschule säumten, stehen geblieben und starrten auf das Szenario. Was hier passierte, musste Paul und sehr vielen anderen Wustrowern wie ein unheimliches Déjà-vu vorkommen. Kassandra war vor zwei Jahren einmal in der Ruine gewesen und erinnerte sich an die noch immer geschwärzten Wände, denen sie kaum Aufmerksamkeit hatte zukommen lassen, weil andere Probleme sie beschäftigten. Jetzt bemerkte sie trotz der Dunkelheit, wie blass Paul geworden war. Er machte einen Schritt auf das Gebäude zu, als wollte er den Feuerwehrleuten bei ihrer Arbeit helfen, doch da war plötzlich Bruno neben ihnen, den sie seit ihrem Zusammentreffen mit Dietrich auf der Seebrücke nicht mehr gesehen hatten.

»Es ist nicht so schlimm diesmal«, sagte er und legte Paul eine Hand auf den Arm.

Wie um Brunos Worte zu bekräftigen, rückten in diesem Augenblick sowohl der Rettungswagen als auch eines der Löschgruppenfahrzeuge wieder ab.

Paul wandte sich Bruno zu. »Es gab keine Verletzten? Bist du schon länger hier?«

»Keine Verletzten. Und ja, ich bin seit einiger Zeit hier, ich habe die Feuerwehr alarmiert. Du weißt ja, manchmal hab ich diese merkwürdigen Träume, dann kann ich nicht wieder einschlafen. War auch diese Nacht so, also bin ich raus, um ein bisschen spazieren zu gehen.«

Das letzte Mal, als Bruno solche Träume gehabt hatte, war Pauls Bruder erschossen worden. Langsam wurde Bruno Kassandra unheimlich.

»Was war los?«, fragte Paul, der offenbar Brunos Träume als gegeben hinnahm.

»Ich kam vom Park«, sagte Bruno und deutete mit dem Daumen hinter sich, in Richtung des Turms. Dort begannen jetzt auch die Männer des anderen Löschgruppenfahrzeugs, ihre Gerätschaften einzuräumen. Zwei Polizisten – Kassandra kniff ihre Augen zusammen und meinte, dieselben beiden zu erkennen, die auch letzte Woche hier gewesen waren – redeten noch mit dem Wehrführer Matthias Wilke.

Währenddessen erzählte Bruno weiter. »Etwas war komisch, ich dachte zuerst, in den unteren Fensterscheiben des Turms würde sich zwischen den Holunderbüschen was spiegeln, bis ich begriff, dass das unmöglich war, in den Scheiben spiegelt sich schon lange nichts mehr. Eins der Fenster ist schon seit ewig kaputt, es ist nicht mal mehr mit einer Holzplatte abgedeckt, und als ich näher kam, sah ich es drinnen eindeutig flackern.«

Er wandte sich an Kassandra. »Ich schwöre, das war das erste Mal, dass ich wünschte, ein Handy zu haben. So blieb mir nichts anderes übrig, als zurück zur Parkstraße zu laufen und an die Terrassentür des erstbesten Hauses zu hämmern. Die Feriengäste waren leider ausgeflogen, also bin ich weiter zu Dr. Krüger, da hat mir endlich jemand aufgemacht.«

Der Zahnarzt hatte für den atemlosen Bruno die Feuerwehr benachrichtigt, aber Bruno hatte sich keine Zeit genommen, sich auszuruhen, sondern war sofort zurück zur Seefahrtschule gelaufen.

»Leider war ich trotzdem zu spät. Ich sah gerade noch jemanden aus dem aufgebrochenen Haupteingang kommen und wegrennen, mir fehlte bloß die Kraft, sie einzuholen, sie ist mir sozusagen vor der Nase abgehauen.«

»Sie?«, wiederholte Paul. »Du hast eine Frau gesehen?«

»Das mit der Nase war etwas übertrieben«, relativierte Bruno,

»aber ich war nah genug dran, dass ich zumindest das erkannt habe. Der Mond schien, das half natürlich. Ja, es war ziemlich sicher eine Frau.«

Paul und Kassandra wechselten einen Blick. Eine Frau hatten sie bisher nicht ernsthaft auf ihrer Verdächtigenliste gehabt.

»Wie sah sie aus?«, fragte Paul.

Bruno zuckte mit den Schultern. »Trotz des Mondlichts ist es immerhin Nacht, viel konnte ich nicht erkennen. In den Vierzigern, schätze ich, mittellange blonde Haare, schlank. Wenig hilfreich, das sagten die beiden Beamten dahinten auch schon.«

Kassandra sah zu Paul und erkannte, dass er wohl dasselbe dachte wie sie: Bisher waren in diesem Fall außer Niklas' Cousine, die ein Alibi hatte, nur zwei Frauen aufgetaucht, nämlich Jenny Kämpfer und Simone Kleist. Die dürftige Beschreibung passte auf beide. Simone Kleist allerdings war brünett. Sie hätte vielleicht ein Motiv gehabt, Niklas aus dem Weg zu räumen, wenn der etwas gegen seinen Chef in der Hand hatte. Aber aus demselben Grund bestand für sie überhaupt kein Interesse, die Seefahrtschule abzufackeln – erst recht nicht den Turm, auf dessen Erhalt Barthel ja von Anfang an so großen Wert gelegt hatte. Jenny Kämpfer war zwar blond und mochte, falls sie ihren Vater schützen wollte, ähnliche Motive haben wie ihr Bruder Oliver, Lothar Giese aus dem Weg zu räumen. Aber auch bei ihr galt: Warum sollte sie die Seefahrtschule anstecken?

In diesem Augenblick hatten die beiden Polizisten ihr Gespräch mit Matthias Wilke beendet. Paul nutzte die Gunst der Stunde und ging hinüber zum Wehrführer, Kassandra und Bruno folgten ihm.

»Wie sieht's aus, Matthias, kannst du schon was sagen?«, fragte Paul.

»Diesmal eindeutig Brandstiftung, dazu braucht es keine Brandursachenexperten von der Polizei«, sagte Wilke. »Glücklicherweise entstand wenig Schaden. Unser Brandstifter hat ein paar Lumpen und Tapetenreste mit Benzin übergossen. Nettes Feuerchen, aber im Erdgeschoss des Turmes gab es wenig, auf das die Flammen schnell genug hätten überspringen können. Man hätte zumindest ein paar Fensterabdeckungen abreißen und aufs Feuer werfen müssen, damit es größer wird. Immerhin eine hat er zur Hälfte geschafft. Die vom unteren linken Fenster der Frontseite – jedenfalls war die vor ein paar Tagen noch völlig intakt.«

»Das heißt, die Person könnte durch die kaputte Fensteröffnung der Seeseite gesehen haben, dass Bruno auftauchte und kurz danach wieder zurück zur Parkstraße lief, hat noch die Abdeckung des anderen Fensters halb abgerissen, sie ins Feuer geworfen und anschließend die Flucht ergriffen«, schlussfolgerte Paul.

»Könnte so gewesen sein«, stimmte Matthias Wilke zu. »Ist sogar wahrscheinlich, aber die Polizei schickt natürlich trotz allem noch ihre Ursachenermittler.« Er schlug Bruno kumpelhaft auf die Schulter. »Wenn wir dich nicht hätten!«

»Und meine schlaflosen Nächte«, sagte Bruno und grinste.

»Dann hätten wir endgültig einpacken können mit jeglicher Planung zur Zukunft der Seefahrtschule«, meinte Wilke. »Bis das Feuer drüben von der Parkstraße aus bemerkt worden wäre, hätte enormer Schaden entstehen können.«

»Das hat unsere Täterin sicher einkalkuliert«, murmelte Paul.

»Besonders unter diesem Aspekt war das Ganze kein Dummejungenstreich«, stimmte Wilke zu. »Ich hoffe, diesmal kriegen wir den–«, er schaute Bruno an, »oder vielmehr diejenige.« Er nickte ihnen zum Abschied zu und machte sich mit seinen Kollegen wieder an die Arbeit.

»Kinder, ich versuche mal besser, noch ein bisschen Schlaf zu kriegen«, sagte Bruno. »Mir wurde schon angekündigt, dass ich im Laufe des Tages noch eine offizielle Aussage machen muss. Dazu will ich einigermaßen wach sein.«

»Klar«, sagte Paul. »Nur eine Frage noch: Konntest du erkennen, was die Frau anhatte?«

»Feste Schuhe, Hose, Jacke. Alles dunkel, auch die Kappe, die sie trug. Die ist ihr beim Laufen runtergefallen, sie hat sich kurz gebückt, um sie aufzuheben. Nur deshalb habe ich sehen können, dass sie blond ist, ihre Haare leuchteten hell im Mondlicht. Ich konnte sogar erkennen, dass vorn auf dem Schirm was in weißer Schrift draufstand. Leider nicht, was. Und leider hat ihr kleines Malheur sie trotzdem nicht so viel Zeit gekostet, dass ich zu ihr aufschließen konnte.« Bedauernd hob er die Arme. »Ich werde alt.«

»Quatsch, Bruno, du doch nicht«, sagte Kassandra.

Er lachte. »Doch. Aber dagegen kann man nichts machen außer sterben, und das hab ich noch nicht vor.« Er winkte ihnen zu und setzte sich Richtung Direktor-Schütz-Weg in Bewegung. Nach wenigen Metern blieb er noch mal stehen. »Sie lief übrigens auch hier lang, und ziemlich bald darauf hörte ich einen Motor starten, schätze, sie hatte ihren Wagen in der Parkstraße stehen. Hab noch versucht, das Auto auszumachen, das dann die L 21 lang ist – falls das überhaupt ihres war, sie könnte ja auch die andere Richtung genommen haben. Aber alles, was ich erkennen konnte, war irgendein dunkler Pkw.« Dann verabschiedete er sich endgültig.

Zu Hause fanden Kassandra und Paul lange keinen Schlaf. Sie überlegten hin und her, welche Motive Jenny Kämpfer oder Simone Kleist haben mochten, die Seefahrtschule in Brand zu stecken, doch nichts wollte so richtig zusammenpassen. Am Ende kamen sie nur zu dem eindeutigen Schluss, so früh wie möglich Dietrich zu informieren.

21

»Was zum Teufel wollen Sie denn hier?«, brüllte jemand in Dietrichs Ohren. Er fuhr hoch und sah sich irritiert um, bis er begriff, dass die Stimme aus dem Kopfhörer gekommen war. Er musste gestern am Schreibtisch eingeschlafen sein. Sein Bein schmerzte, von draußen drang Morgenlicht ins Zimmer.

Hastig überprüfte er, ob seine Abhörsoftware alles aufgezeichnet hatte und immer noch ihren Dienst tat, und bekam daher kaum mit, was Oliver Kämpfer mit seinem Besucher besprach. Zu allem Überfluss klingelte es synchron an der Tür und auf seinem Smartphone. War denn heute alle Welt vor dem Aufstehen wach?

Dietrich fluchte, sah auf das Display, auf dem Paul Freeses Name und die Uhrzeit aufleuchteten. Kurz vor acht, also doch nicht vorm Aufstehen, erkannte er schuldbewusst. Er wollte schon rangehen, als es noch einmal sehr nachdrücklich an der Tür läutete – jemand klingelte Sturm.

Er würde Paul Freese später zurückrufen und lieber nachsehen, wer so dringend persönlich was von ihm wollte. Vorsichtshalber schloss er die Wohnzimmertür hinter sich. Sein Laptopdisplay und seinen PC-Monitor, die die verräterische Software zeigten, und die Kopfhörer musste niemand sehen. Dann öffnete er die Wohnungstür.

Im Hausflur stand eine unverschämt gut gelaunte, sportlich gekleidete Rothaarige mit einem Kaffeebecher aus Pappe in der Hand.

»Frauke?«, fragte er. »Was machst du denn hier?«

Frauke Gerhart lachte, ihre grünen, beinah türkisfarbenen Augen blitzten auf. »Welch enthusiastische Begrüßung! Aber ich verzeihe dir, du siehst aus, als hättest du die Nacht durchgemacht, und wie ich dich kenne, nicht in einer Bar, sondern über der Arbeit. Du brauchst eine Dusche und einen Kaffee. In der Reihenfolge.«

Dietrich streckte die Hand nach dem Becher aus. »Ich wusste

nicht, dass du einen Kaffeelieferservice aufgemacht hast. Sehr fürsorglich, danke.«

Doch Frauke zog den Becher zurück. »Der gehört mir und ist längst kalt. Ich mach dir frischen, während du unter die Dusche gehst.« Sie schob sich an ihm vorbei und fragte nach der Küche.

Automatisch deutete Dietrich in die entsprechende Richtung. Normalerweise ließ er sich nicht so überfahren, aber er war müde, verspannt, unrasiert, und Kaffee hörte sich perfekt an.

Als er sich nach einer Viertelstunde wieder halbwegs wie ein Mensch fühlte und in die Küche kam, blubberten gerade die letzten Tropfen frisch aufgebrühten Kaffees durch die Maschine – aber von Frauke war nichts zu sehen. Wie hatte er sich darauf verlassen können, dass sie brav in der Küche sitzen blieb?

Die Wohnzimmertür stand einen Spaltbreit offen, er stieß sie auf und fand Frauke, wie befürchtet, vor den Monitoren sitzend. Sie drehte sich ohne jede Spur von schlechtem Gewissen um. »Junge, Kay, hast du noch nicht genug Ärger? Lass dich bloß nicht erwischen.«

»Zu spät, wie's aussieht.«

Frauke lächelte. »Ich hab nichts gesehen und gehört. Wo bist du da dran? Du hörst Oliver Kämpfer ab, und Kämpfer Lodgings hat geschäftlich mit unserem Bauamtsleiter Hacke zu tun – ist der Mord an dessen Schwägerin dein Fall?«

»War es, bevor ich bei Geldorf in Ungnade fiel.«

»Aber du machst trotzdem weiter«, stellte sie fest. »Ich dachte, du wärst an diesem Brand in Wustrow interessiert, oder hat sich das inzwischen erledigt? Deswegen bin ich nämlich hier.«

»Hat sich in der Sache Thiel denn was Neues ergeben?«

»Jein.«

»Sehr aussagekräftig. Überleg dir doch, was du damit meinst, während ich uns den Kaffee hole.« In der Küche füllte er den Kaffee in eine Thermoskanne, griff sich die ersten beiden Becher aus dem Schrank, stellte sie zusammen mit einer Tüte Milch auf ein Tablett und ging zurück ins Wohnzimmer.

Frauke stand inzwischen vor seinem Bücherregal. »Wusste gar nicht, dass du literarisch so bewandert bist – geschweige denn, dass du so was Poetisches wie die Romane von Alexander Hardenberg liest.«

Dietrich hob die Brauen. »Findest du den poetisch?«

»Na klar, du nicht? Seine Erzählweise trifft einen mitten ins Herz.«

»Doch, das finde ich allerdings.« Dietrich schenkte ihnen Kaffee ein und schob Frauke, die auf dem Sofa Platz nahm, die Milch rüber. Er verkniff sich mit Mühe die Bemerkung, er werde dem Autor das Lob gern ausrichten.

Frauke griff nach ihrem Kaffeebecher und vergaß ganz offensichtlich Alexander Hardenberg. »Dass du den noch hast! Sollte ich jetzt gerührt sein?«

Erst da bemerkte Dietrich, dass sie den Smiley-Becher in der Hand hielt, den Frauke ihm zum Abschied geschenkt hatte, als die KPI von Stralsund nach Anklam gezogen war.

»Es reicht, wenn du mir deine kryptische Bemerkung von vorhin erläuterst«, meinte er knapp. »Was gibt's Neues vom Brand in Wustrow?«

»Von welchem?« Frauke genoss fraglos Dietrichs entgeisterten Blick und berichtete ihm dann, was sich in der letzten Nacht auf dem Fischland zugetragen hatte. »Ich hatte Nachtschicht, deshalb hab ich mitbekommen, was geredet wurde. Diesmal ist es eindeutig Brandstiftung. Ein Zeuge hat eine Frau wegrennen sehen, allerdings waren sich die Kollegen vor Ort nicht sicher, wie glaubwürdig der Zeuge ist.«

»Warum soll er nicht glaubwürdig sein?«

»Ist wohl schon ein älteres Semester, da können einen die Augen ja mal im Stich lassen – sagen die Ribnitzer Kollegen«, beeilte sich Frauke hinzuzufügen. »Unsere Leute sind bereits unterwegs, um sich das alles anzusehen und mit dem Mann zu sprechen.«

»Du hast nicht zufällig gehört, wie der heißt?«

Frauke überlegte kurz. »Ewald, glaub ich.«

»Bruno Ewald? Zugegeben, der ist schon siebenundsiebzig, aber wenn er sagt, er hat eine Frau gesehen, dann hat er eine Frau gesehen. Sonst hätte er es gar nicht erst erwähnt. Ich hoffe, die Kollegen wachen jetzt auf, ob sie Bruno Ewald glauben oder nicht, und werfen einen zweiten Blick auf den Brand von letzter

Woche. Mehr Zufall als zwei Brände innerhalb so kurzer Zeit kann's ja wohl nicht geben.«

»Du kennst den Zeugen? Wieso wundert mich das noch?« Frauke schüttelte den Kopf. »Ich halte dich auf dem Laufenden, aber viel Hoffnung mach dir lieber nicht. Seidel hat sich den Fall Thiel zwar direkt noch mal angesehen, trotzdem wird das nichts an den Ergebnissen der Kollegen von der Kriminaltechnik ändern. Laut Seidel hat es in diesem Gebäude außerdem vor zig Jahren schon mal gebrannt, scheint überhaupt ein diffiziles Thema zu sein mit dieser Seefahrtschule. Er meinte, wenn damals ein Verrückter am Werk gewesen ist, der nie gefasst wurde, hat sich vielleicht letzte Nacht wieder einer berufen gefühlt.«

»Niklas Thiel arbeitet für eins der Unternehmen, die aus der Ruine wieder was Repräsentables machen wollen«, sagte Dietrich. »Für mich sieht das nicht nach einem Verrückten, sondern nach einem Zusammenhang aus. Vielleicht könntest du das bei Gelegenheit dem verehrten Hauptkommissar gegenüber erwähnen, wenn er es übersehen sollte.«

Frauke hatte bei Dietrichs erstem Satz die Augen aufgerissen. »Ach du Scheiße.« Jetzt seufzte sie. »Wenn du mir noch verrätst, woher ich das weiß.«

Dietrich sah in seinen halb leeren Kaffeebecher. Das war ein Argument. Wenn Frauke erwähnte, von wem sie ihre Informationen hatte, oder vorgab, selbst weiter nachgeforscht zu haben, würde es ungemütlich für sie werden. »Okay«, sagte er. »Ich kümmer mich drum, mach dir keine Gedanken.«

»Aber woher weißt du denn, dass es letzte Nacht in Wustrow gebrannt hat?«

Dietrich erhob sich und holte sein Smartphone, das ihm den verpassten Anruf von Paul Freese anzeigte. »Ich habe meine Quellen.« Unvermittelt dachte er an Fraukes Schwärmerei für Alexander Hardenberg und grinste. »Du wärst überrascht, um wen es sich da handelt.«

»Lass mich raten: Bruno Ewald«, riet sie falsch.

Nachdem Frauke sich verabschiedet hatte, meldete sich Dietrich zunächst bei Paul Freese, der ihm abgesehen von einer ausführlicheren Beschreibung der mutmaßlichen Brandstifterin wenig Neues sagen konnte. Nur die Kappe war ein nützliches Detail. Anscheinend gab es entsprechende Werbeartikel weder von Kämpfer Lodgings noch von der BOB, das hatte Paul Freese bereits recherchiert. Es gab aber welche von Sonnenseite e.V., die als Geschenke an die Kinder in den Erholungsheimen verteilt wurden. Kassandra Voß und Paul Freese hatten Überlegungen darüber angestellt, ob die blonde Jenny Kämpfer, vorausgesetzt, es hatte sich überhaupt um sie gehandelt, absichtlich so eine verräterische Kappe getragen haben könnte.

Dietrichs nächster Anruf galt daher Rieka. Er bat sie, sich nun doch bei Jenny Kämpfer einzuloggen und deren Mails, Termine und somit Alibis zu überprüfen, soweit es ihr möglich war. Dann ließ sich die Konfrontation mit Seidel nicht mehr länger hinausschieben.

Eckart Seidel war alles andere als begeistert, von ihm zu hören. Dietrich versuchte entsprechend seinem derzeit unrühmlichen Status, seinen Anruf als pflichtgemäßen Hinweis rüberzubringen. Sein Exkollege verbat sich dennoch recht lautstark ein für alle Mal jegliche »Fremdeinmischung« und knallte den Hörer auf.

Das unangenehme Geräusch an seinem Ohr erinnerte Dietrich daran, wie unsanft er geweckt worden war und dass er sich noch die Gespräche von Oliver Kämpfer anhören musste, die er gestern Abend und am Morgen verpasst hatte. Er hatte wenig Hoffnung, dass diese Arbeit sich heute als spannender erweisen würde. Sollte Jenny Kämpfer in der Nacht in Wustrow gewesen sein und mit ihrem Bruder unter einer Decke stecken, würden sie das vermutlich nicht unbedingt im Büro besprechen. Andererseits: warum nicht, wenn sie sich dort sicher fühlten? Dietrich setzte den Kopfhörer auf und begann.

Immerhin hatte er nicht so viel verschlafen wie befürchtet. Anscheinend hörte auch ein geltungssüchtiger Juniorchef wie Oliver Kämpfer irgendwann auf zu arbeiten. Interessant war jedoch nur das Gespräch mit demjenigen, den Kämpfer vorhin so unfreundlich angeblafft hatte. Je länger Dietrich zuhörte, desto angespannter wurde er. Als Kämpfers Gast gegangen war und einen ausgesprochen unzufriedenen Auftraggeber zurückließ, herrschte einige Zeit Ruhe. Dann klang es, als würde Kämpfer aufstehen und hin und her gehen. Nach etwa einer Minute kam er wieder näher und griff nach etwas, das er den Geräuschen nach zu urteilen in die nächste Ecke pfefferte. »Verdammt!«

Unmittelbar darauf wurde ohne Anklopfen eine Tür geöffnet, und eine Stimme sagte: »Oliver, wieso sitzt du hier so ruhig? Hast du noch keine Nachrichten gehört?«

»Nachrichten? Paps, ich hab gerade gar keinen Nerv für irgendwelche Katastrophen, die die Welt heimsuchen.«

»Ich rede auch nicht von der Welt«, sagte Bernhard Kämpfer, »ich rede vom Fischland. Du bist doch sonst dauernd online, ich schlage vor, du guckst dir mal an, was die OZ über den Brand schreibt, der letzte Nacht in der Seefahrtschule ausgebrochen ist.«

»Was?« Oliver Kämpfer klang völlig entgeistert.

»Wir reden darüber, wenn du dich informiert hast«, sagte Bernhard Kämpfer. Schritte entfernten sich, eine Tür fiel ins Schloss.

Dietrich hörte Oliver Kämpfer auf der Computertastatur hämmern, dann war nur noch sein angespanntes Atmen zu hören. Kämpfer kam nicht mehr dazu, mit seinem Vater zu sprechen, mehrere Leute trafen in seinem Büro ein. Offenbar hatte er eine Mitarbeiterkonferenz wegen eines anderen wichtigen Projekts anberaumt. Aus dem, was gesagt wurde, konnte Dietrich schließen, dass Oliver Kämpfer mindestens die nächsten zwei Stunden beschäftigt sein würde. Das ließ ihm mehr als genug Zeit, die Aufzeichnung des Gesprächs von vorhin noch einmal ganz in Ruhe anzuhören.

Kämpfer: »Was zum Teufel wollen Sie denn hier? Es war ausdrücklich vereinbart, dass Sie weder bei mir zu Hause noch im Büro auftauchen! Wer hat Sie überhaupt vorgelassen?«

Besucher (männlich, der Stimme nach etwa in mittleren Jahren, akzentfrei): »Ihre Sekretärin war so umsichtig, gerade im richtigen Moment einen Kaffee holen zu gehen, das habe ich ausgenutzt. Im Übrigen ist es nicht meine Schuld, dass ich hier auflaufen musste. Sie gehen nicht an Ihr Handy, und ich wollte lieber keine Nachricht auf Ihrer Mailbox hinterlassen.«

Kämpfer: »Sie haben mich angerufen? Wann?«

Besucher: »Diverse Male, in der Nacht und heute früh. Haben Sie das Ding überhaupt an?«

Kämpfer (kramt anscheinend nach seinem Handy, dann murmelnd): »Der Akku ist leer, auch das noch. (*Lauter:*) Und was ist nun so brandeilig?«

Besucher (etwas unsicher): »Ich hab sie verloren.«

Kämpfer (verärgert): »Was? Wann?«

Besucher: »Letzte Nacht, ziemlich genau um halb eins.«

Kämpfer (noch verärgerter): »Muss ich Ihnen alles aus der Nase ziehen? Wie ist das passiert? Sind Sie eingeschlafen oder was?«

Besucher (empört): »Selbstverständlich nicht!« *(Etwas ruhiger:)* »Ich habe stundenlang vor ihrem Haus gehockt, gewartet und nicht mehr gedacht, dass sich überhaupt noch was tut. Sie kam dann aber fünfzehn Minuten nach Mitternacht raus, ging zu ihrem Auto und fuhr los. Hätte sie fast nicht erkannt, die läuft doch sonst immer so tipptopp rum, aber da trug sie eine dunkle Hose, eine dunkle Jacke und dicke Schuhe. Ich dachte noch, die sieht aus, als würde sie auf einen Bruch gehen.« (*Lacht*)

Kämpfer (genervt): »Sehr witzig. Was weiter?«

Besucher: »In der Stadt war es kein Problem, ihr zu folgen, obwohl nicht mehr viel los war auf den Straßen, aber als sie erst mal draußen war, musste ich auf Abstand gehen, sonst hätte sie mich gesehen. Tja, und dann war sie plötzlich weg. Die Straße macht nur einmal einen nennenswerten Knick, da bin ich wohl zu weit zurückgeblieben und habe nicht bemerkt, dass sie kurz danach einen Abzweig genommen hat. Natürlich wurde mir das schnell klar, nachdem ihre Rücklichter verschwunden blieben. Ich wollte wenden und in den Abzweig rein, aber da kamen mir auf der ansonsten leeren Straße gleich zwei Wagen entgegen, das kostete Zeit. Und als ich endlich in den Abzweig bog, war es zu spät. Ich hab sie nicht mehr wiedergefunden, obwohl ich sogar alle kleinen Wege abgesucht habe. Tut mir leid.«

Kämpfer: »Es tut Ihnen leid, ja? Sie sind unfähig, Mann! Keine Ahnung, wieso der Hacke Sie mir empfohlen hat.«

Besucher: »Hören Sie mal! Ich versteh meinen Job – es war Pech, dass mir diese beiden Wagen entgegenkamen, sonst hätte ich die Zielperson wieder eingeholt.«

Kämpfer (resigniert): »Sicher. Was haben Sie dann gemacht?«

Besucher: »Bin zurück zu ihrem Haus und hab gewartet, bis sie wieder auftauchte.«

Kämpfer: »Was wann war?«

Besucher: »Geschlagene zweieinhalb Stunden nachdem ich sie verloren hatte. Sie saß noch eine ganze Zeit im Wagen, bevor sie ausstieg. Sah groggy aus. Was immer sie gemacht hat, es muss ziemlich anstrengend gewesen sein.«

Kämpfer (verärgert): »Wir wüssten, was sie gemacht hat, wenn Sie besser aufgepasst hätten!« (*Ruhiger:*) »Wer hat jetzt ein Auge auf sie?«

Besucher: »Kollege Zerbe. Unnötigerweise, wenn Sie mich fragen. Tagsüber dürfte sie sich kaum Extratouren leisten, das fiele sofort auf.«

Kämpfer: »Überlassen Sie diese Einschätzung getrost mir. Und jetzt verschwinden Sie. Das heißt, warten Sie noch.« (*Nimmt den Telefonhörer auf, zu seiner Assistentin:*) »Siggi, bring mir doch bitte die Unterlagen von Dieter rüber, danke.« (*Wieder zum Besucher:*) »Jetzt können Sie verschwinden, ohne dass meine Assistentin Sie sieht.«

Besucher: »Was ist mit meinem …«

Kämpfer: »Keine Sorge, das regel ich schon. Obwohl ich nicht weiß, weshalb ich für Unfähigkeit auch noch bezahlen sollte.«

Dietrich setzte die Kopfhörer ab und überlegte. Erstens: Kämpfers Besucher hatte einen Kollegen Zerbe erwähnt. Bei dem handelte es sich höchstwahrscheinlich um Wilfried Zerbe, einen der Partner der hiesigen Detektei Argos – so unglaublich einfallsreich der Name, so zweifelhaft der Ruf. Dass Hacke die Detektei empfohlen hatte, passte ins Bild, aber das stand auf einem anderen Blatt.

Zweitens: Bruno Ewald hatte den Brand in der Seefahrtschule um zehn nach eins gemeldet und später eine Frau weglaufen sehen. Die Frau, die der Besucher hatte überwachen sollen? Oder war es nur Zufall, dass es vierzig Minuten nachdem sie ihrem Verfolger entwischt war, in Wustrow brannte?

Drittens: Natürlich war es möglich, dass Oliver Kämpfer seine eigene Schwester überwachen ließ. Allerdings hätte Jenny Kämpfer es in einer knappen Dreiviertelstunde nicht von Stralsund nach Wustrow geschafft, vor allem, da sie außerdem noch Zeit gebraucht hätte, um in das Gebäude einzudringen und das Feuer zu entfachen. Unmöglich. Es sei denn, Jenny Kämpfer besaß näher am Fischland noch eine Wohnung oder ein Haus.

Die beiden entscheidenden Fragen waren: Wen ließ Oliver Kämpfer beschatten, und hatte diese Person etwas mit den Bränden zu tun?

Dietrich beschloss, Riekas Prioritäten zu verschieben und sie zu bitten, sich Zugang zu den Argos-Computern zu verschaffen. Je nachdem, wie das Ergebnis ausfiel, konnte sie sich danach eventuell die weitere Arbeit mit Jenny Kämpfer sparen.

Rieka lachte, als er sie instruierte. »Du bist der Boss. Aber ich muss schon sagen, ich habe selten einen so abwechslungsreichen Job gehabt wie diesen. Ich melde mich.«

Dietrich blieb nichts, als zu warten und sich die Zeit damit zu vertreiben, Kämpfers weitere Gespräche abzuhören. Mochte Argos auch einen zweifelhaften Ruf haben, er war überzeugt, dass sie ihre Daten gut hüteten, sonst würde sich jemand wie Hacke andere Leute suchen. Zwei Stunden später rief Rieka zurück.

»Die haben ein paralleles Firewallnetzwerk«, verkündete sie. »Ziemlich schlaues Teil. Damit sind sie besser gesichert als Kämpfer Lodgings.«

»Bedeutet das, du schaffst es nicht?«

»Das hab ich nicht gesagt. Ich kann das Netzwerk knacken, aber ich kann nicht dafür garantieren, dass das unentdeckt bleibt.«

»Dann lass es«, beschied Dietrich. »Ich will auf keinen Fall, dass du wegen dieser Sache Schwierigkeiten mit den Kollegen bekommst.«

»Dieses Risiko gehe ich hin und wieder ein, um meinetwillen mache ich mir keine Sorgen. Aber die Bullen wissen jetzt, dass wir uns kennen, und wenn ich erwischt werde, ziehen die vielleicht die richtigen Schlüsse. Dann steckst du noch mehr in der Klemme als ohnehin schon.«

Daran hatte Dietrich überhaupt nicht gedacht. Er horchte in sich hinein und war erstaunt, wie vergleichsweise wenig ihn diese Aussicht beunruhigte. Es stimmte zwar, er hatte gleich mit zwei Argos-Kunden zu tun: entfernt mit Kämpfer und – weitaus mehr – mit Hacke, wovon Rieka nichts wissen konnte. Dennoch war ihm ihre Sicherheit wichtiger, also beruhigte er sie. »Argos hat zig Klienten, mich können die Kollegen nur mit einem in Verbindung bringen. Es ist viel riskanter für dich als für mich. Lass es bleiben«, wiederholte er.

Er hörte, wie Rieka tief Luft holte, als ob sie protestieren wollte. Stattdessen sagte sie in einer Mischung aus Ärger und Resignation: »Fällt dir eine Alternative ein?«

»Vielleicht. Bleib erst mal an Jenny Kämpfer dran – es wäre wichtig zu wissen, ob sie eine Zweitwohnung oder so hat.«

Dietrich ließ Rieka keine Gelegenheit zu widersprechen, er beendete das Gespräch. Eine Idee formte sich in seinem Kopf. Er würde unter einem Vorwand als Klient bei Argos vorsprechen und sich in einem günstigen Moment Zugang zu den Daten verschaffen. Allerdings konnte das allein schwierig werden, er brauchte jemanden, der für Ablenkung sorgte. Erneut griff er zum Telefon, wählte Paul Freeses Nummer und erklärte ihm seinen Plan.

»Das ist viel zu brenzlig«, sagte Kassandra Voß, nachdem er geendet hatte. Offenbar hatte sie mitgehört.

Dietrich war gelinde gesagt erstaunt, dass sie sich so vehement dagegen aussprach. Bisher hatte er nicht den Eindruck gehabt, als würde sie vor einem gewagten Unterfangen zurückschrecken, und es schien so, als ob Paul Freese diese Einschätzung teilte. Dietrich hörte seine eigene Verblüffung auch in dessen Stimme.

»Was ist mit dir los? Ich finde Herrn Dietrichs Vorschlag ganz vernünftig.«

»Ist er auch, aber nicht in dieser Kombination.«

»Du hast was dagegen, dass ich da mitmische?« Wenn überhaupt möglich, klang Paul Freese jetzt noch verblüffter.

»Quatsch, du doch nicht«, widersprach sie. »Wenn das schiefgeht, hat das für dich weniger ernsthafte Konsequenzen.« Sie wandte sich jetzt direkt an Dietrich. »Sie sollten nicht sehenden Auges in die Gefahr rennen. *Ich* werde mich vertrauensvoll an Argos wenden. Frau in Nöten kommt immer gut.«

Bevor Dietrich darauf reagieren konnte, stimmte Paul Freese

schon zu, diesmal mit einem Schmunzeln in der Stimme. »Du hast recht, so sollten wir das machen, wir sind ja auch schon eingespielt. Was sagen Sie dazu, Herr Dietrich?«

Dietrich hatte gedacht, außer Bernd Westphal, einem ehemaligen Kollegen von der Kriminaltechnik, den es leider nach Thüringen verschlagen hatte, keine nennenswerten Freunde zu haben. Jetzt sorgten sich plötzlich eine Menge Leute um ihn und seine Belange, was ihn mehr irritierte, als er wahrhaben wollte. Er war immer eher Einzelkämpfer gewesen, man hatte ihm sogar schon Team-Unfähigkeit vorgeworfen, was nur insofern stimmte, als dass er auf seiner Meinung beharrte, wenn er von etwas überzeugt war, und insgesamt wenig von Kompromissen hielt. Er irrte sich selten, und das machte ihn nicht eben beliebter.

»Herr Dietrich?«, wiederholte Paul Freese. »Sind Sie noch dran?«

Er musste eine Entscheidung treffen. Es gefiel ihm weder, zum Passivsein verdammt zu werden, noch, dass Kassandra Voß und Paul Freese das Risiko allein tragen würden. Die Vernunft sagte ihm jedoch, dass dies ausnahmsweise ein Kompromiss war, den er eingehen sollte. Nicht hauptsächlich wegen Kassandra Voß' Bedenken, sondern weil er lange Polizist in Stralsund gewesen war. Falls man ihn bei der Detektei zufällig erkannte, wäre seine Tarnung aufgeflogen, und sie würden ihn schneller rauskanten, als er »Argos« sagen konnte.

»Gut«, entschied er. »Aber seien Sie vorsichtig.«

22

Die Detektei Argos hatte ihren Sitz am Yachthafen von Stralsund in einem schick verklinkerten und teilweise verglasten Neubau, der so gar nicht zu dem direkt daneben stehenden altehrwürdigen grün gestrichenen Haus und dem darin befindlichen Restaurant »Klabautermann« passte. Besonders pikant fand Kassandra die Tatsache, dass die Argos-Mitarbeiter aus ihren Fenstern nicht nur auf die im leichten Wellengang schaukelnden Boote und Yachten und auf die Rückseite des Ozeaneums, sondern auch auf eine Polizeistation sahen. So wie sie Dietrich verstanden hatte, arbeiteten Polizei und Argos nicht gerade Hand in Hand.

Die KPI in Anklam hatte im vergangenen Jahr kurzzeitig gegen die Detektei ermittelt, Dietrichs Kollege Tobias Harms war in den Fall involviert gewesen, dadurch hatte auch Dietrich einiges mitbekommen. Unter anderem hatte er sich an eine Diskussion über die Räumlichkeiten bei Argos erinnern können, was jetzt hilfreich für Kassandra und Paul war, um sich ihre Strategie zu überlegen. Dietrich zufolge arbeiteten in der Regel zwei Privatermittler und ein Assistent für die Büroarbeit als dreiköpfiges Team zusammen. Sie kannten den Namen von Wilfried Zerbes Partner nicht, dem bei der Beschattung letzte Nacht der Fehler unterlaufen war, seine Zielperson zu verlieren. Kassandra und Paul hofften, dass Zerbe jetzt, am frühen Nachmittag, seinen Dienst beendet hatte, weshalb sein Partner wieder unterwegs und dementsprechend nur der Assistent mit seinem normalen Acht-Stunden-Tag im Büro sein würde.

Paul hatte Kassandra am Fischmarkt abgesetzt, von wo aus man das Gebäude, in dem Argos residierte, von Weitem erkennen konnte. Weil sie nicht abzuschätzen vermochte, wie viel Zeit sie brauchen würde, hatten sie vereinbart, dass sie ihm eine WhatsApp-Nachricht schicken würde, sobald sie zu Zerbes Assistent durchgedrungen war.

Auch wenn Kassandra vorhin so großzügig bereit gewesen war, Dietrichs Rolle zu übernehmen, und das nach wie vor für die beste Methode hielt, war ihr jetzt doch etwas mulmig zumute. Trotzdem ging sie zügigen Schrittes auf den Eingang zu. Das Schild im Foyer verriet ihr, dass sie in den zweiten Stock musste. Als dort die Fahrstuhltür aufglitt, sah sie in einen in Grau und Silber gehaltenen Empfangsbereich mit großem Tresen und einem an einer Granitwand herabfließenden Wasserfall. Sie fragte sich, ob der wohl beruhigend auf die Klienten wirken sollte, dann trat sie an den Tresen, von dessen anderer Seite ihr eine Frau mit blondem Pferdeschwanz und professionellem Lächeln entgegenschaute und sie fragte, was sie für sie tun könne.

Kassandra setzte ebenfalls ein Lächeln auf. Wenn sie bedachte, wie sie sich fühlte, konnte sie davon ausgehen, dass es nervös genug aussah. »Ich … also, ich brauche einen Privatdetektiv. Dringend. Ihr Unternehmen ist mir empfohlen worden, besonders Ihr Mitarbeiter Wilfried Zerbe. Wäre es möglich, mit ihm zu sprechen? Jetzt gleich?«

»Normalerweise ist es üblich, telefonisch einen Termin zu vereinbaren«, sagte die Empfangsdame freundlich.

»Ja. Natürlich. Entschuldigung. Aber es ist wirklich sehr dringend. Ich fühle mich bedroht. Könnten Sie nicht eine Ausnahme machen?«

Das Lächeln der Dame kühlte um ein, zwei Grad ab, doch wenigstens schickte sie Kassandra nicht gleich wieder weg. »Ich will sehen, was sich machen lässt.« Sie schaute in ihren Computer und sagte schließlich: »Es tut mir außerordentlich leid, aber Herr Zerbe ist gar nicht im Haus. Seine Assistentin ist jedoch da, wenn Sie möchten, können Sie sich bei ihr einen Termin geben lassen und schon mal Ihre Daten hinterlassen. Das ist leider alles, was wir im Augenblick für Sie tun können.«

Das reichte Kassandra fürs Erste. Sie nickte erleichtert. »Vielen Dank, das wäre sehr nett.«

»Eine Etage höher, dort den Gang entlang in den grünen Bereich, die zweite Tür links.«

Der »grüne Bereich« im dritten Stock zeichnete sich dadurch aus, dass an den Wänden dezente grüne Halogenleuchten grünes Licht an die Wände warfen. Ähnliche Bereiche gab es noch in

Gelb, Rot und Blau. Alles wirkte ein bisschen futuristisch und vor allem leer, denn niemand saß auf den wenigen Stühlen im Gang und wartete.

Eilig tippte Kassandra die notwendigen Informationen in ihr Handy und schickte die Nachricht an Paul, der so den Empfangsbereich umgehen und gleich eine Etage höher fahren konnte. Dann klopfte sie an die zweite Tür, wartete das »Ja, bitte« ab und betrat einen kleinen Raum, in dem eine Frau an einem Schreibtisch saß und gerade ein Telefonat beendete.

Bis sie sich ihr zuwandte, sondierte Kassandra die Lage.

Von diesem Büro gingen, wie nach Dietrichs Beschreibung erwartet, zwei weitere Räume ab. Im rechten residierte laut der Türbeschriftung Wilfried Zerbe, im linken ein Aiko Fischer. Das war dann wohl derjenige, der bei Kämpfer Bericht erstattet hatte.

Stockend begann Kassandra, der Assistentin, die ein Namensschild auf dem Schreibtisch als Heike Schmitz auswies, ihr angebliches Problem zu erläutern.

»Darf ich fragen, wer Sie empfohlen hat?«, erkundigte sich Frau Schmitz danach.

»Ich fürchte, ich kenne den echten Namen nicht«, sagte Kassandra. »Das war in einem Internetforum, da haben ja alle diese Nicknames. Die Frau hieß Barakuda27, sie sagte, sie habe mit Herrn Zerbe nur die besten Erfahrungen gemacht. Deshalb dachte ich …« Scheinbar hilflos ließ sie den Satz in der Luft hängen.

»Ich werde sehen, wann wir den nächsten freien Termin für Sie haben. Unterdessen füllen Sie doch bitte schon mal dieses Formular aus.« Sie reichte Kassandra zwei A4-Seiten und deutete auf einen Tisch und einen Stuhl in der Ecke.

Kassandra begann, Phantasienamen in das Formular zu schreiben, und fragte sich, wozu die Detektei all diese Details aus dem Privatleben ihrer Klienten wissen wollte, bevor die überhaupt mit einem der Mitarbeiter gesprochen hatten. Heike Schmitz setzte derweil Kopfhörer auf und begann, etwas zu transkribieren, vielleicht die Aufzeichnung eines mitgeschnittenen Gesprächs.

Plötzlich drang vom Flur her eine Stimme zu ihnen herein und durchbrach das eintönige Tippgeräusch. »Nicole? Ich weiß, dass du hier bist, Nicole! Komm raus, sonst muss ich dich holen!«

Kassandra fuhr zusammen, ihre Hände krampften sich um die beiden Blätter, die sie dabei zerknüllte, und sie sprang auf. »Das ist Tom!«, rief sie panisch und wiederholte: »Das ist Tom! Ich hab Ihnen gesagt, wie eilig es ist! Er ist verrückt! Ich muss hier weg!« Gehetzt sah sie sich nach allen Seiten um, während Heike Schmitz relativ ruhig blieb. Anscheinend war sie in ihrem Job einiges gewohnt.

»Beruhigen Sie sich. Ich rufe den Sicherheitsdienst, es wird Ihnen nichts passieren.«

»Sie kennen Tom nicht. Ich muss hier weg! Und Sie sollten auch lieber …«

»Nicole! Mach keinen Scheiß, du weißt, was sonst passiert! Komm sofort raus!«, brüllte der vermeintliche Tom.

Draußen auf dem Flur wurde eine Tür aufgerissen und wieder zugeknallt, und Kassandra hoffte inständig, dass der Sicherheitsdienst nicht zu bald da sein würde, um Paul rauszuschmeißen. Im selben Moment öffnete sich die Tür hinter ihr, Paul stand da und starrte sie mit so viel Wut im Blick an, dass ihr kurz der vollkommen irrationale Gedanke kam, ihm lieber nie Anlass für echten Zorn zu geben. Mit einem Satz flüchtete sie in Zerbes Büro.

Erleichtert sah sie, dass ein Schlüssel im Schloss steckte, den sie geräuschvoll umdrehte, während Paul gegen die Tür hämmerte und Unflätigkeiten von sich gab. Lautstark verkündete er, was er alles mit der Detektei und jedem einzelnen Mitarbeiter anstellen würde, wenn Nicole nicht Vernunft annahm und mit ihm nach Hause kam.

Kassandra hätte gern weiter zugehört, Paul war sehr einfallsreich im Fluchen, aber sie hatte keine Zeit dafür, sondern musste ihr eigenes Programm möglichst schnell durchziehen.

Zerbes Rechner war nur auf Stand-by gestellt, doch sie benötigte ein Passwort, um Zugriff auf seine Dateien zu bekommen. Leider war sie nicht Rieka und musste sich anders behelfen. Nachdem sie in nächster Reichweite und unter der Schreibtischunterlage keine entsprechende Notiz gefunden hatte, versuchte sie es mit Zerbes Vornamen, dann mit »Argos«, was wenig einfallsreich und leider beides falsch war. Die Zeit drängte immer mehr, Paul warf drüben gerade einen Stuhl um, es konnte nicht mehr lange dauern, bis der Sicherheitsdienst eintraf.

Paul hätte ihren Part übernehmen und sie die eifersüchtige Ehefrau spielen sollen! Er wäre hierfür besser geeignet gewesen. Inzwischen in echter Panik, sah Kassandra sich um und entdeckte einen Hängeregisterschrank, dessen obere Schublade ein kleines Stück offen stand. Unerwarteterweise schien es bei Argos noch Papierunterlagen zu geben.

Kassandra zog den Schrank ganz auf und fand darin zahlreiche sehr dünne Akten, die alle jeweils das Gleiche enthielten: das zweiseitige Formular, das man ihr vorhin gegeben hatte, und eine Versicherung, dass sich der Auftraggeber dem Auftragnehmer gegenüber verpflichtete, sämtliche, auch unerwartet entstehende Kosten zu tragen, inklusive jene für eventuell nötig werdenden juristischen Beistand. Der Auftragnehmer wiederum versprach äußerste Diskretion, nicht nur was den Auftrag, sondern auch den Geldfluss betraf. Alle Dokumente waren handschriftlich ausgefüllt und mit Unterschriften versehen.

Schnell fand Kassandra den Hängeordner mit dem Namen Kämpfer und überflog das Formular. Bestimmt war Oliver Kämpfer nicht persönlich hier gewesen, eher hatte er sich außerhalb mit jemandem von der Detektei getroffen. Wie auch immer, der Auftrag war deutlich vermerkt: Beschattung von Simone Kleist, wohnhaft in Ribnitz-Damgarten, Arbeitgeber: Barthel Ostsee-Bau, ebenfalls Ribnitz-Damgarten.

Draußen war inzwischen die Security eingetroffen, die Stimmen wurden, falls überhaupt möglich, noch lauter und aggressiver. Paul war gut in Form, fit und schnell, aber fraglos älter als die Sicherheitsleute und weniger kampferprobt. Kassandra musste sich mit dem zufriedengeben, was sie gefunden hatte, auch wenn sie gern noch mehr über die einzelnen Beschattungen erfahren hätte. Diese Informationen befanden sich aber wohl leider in Zerbes und Fischers Computer. Mit ihrem Smartphone fotografierte sie den Antrag, hängte die Akte zurück, schob die Schublade wieder halb zu, wie sie sie vorgefunden hatte, und schaltete den PC auf Stand-by. Ihr Blick fiel auf ihr eigenes zerknittertes Auftragsformular. Was sollte sie damit tun? Die Angaben darauf waren falsch, was das Misstrauen von Argos wecken würde, wenn sie sie routinemäßig überprüften. Auf dem Schreibtisch stand neben einem Familienfoto ein Glas Wasser, das Zerbe nicht ausgetrunken hatte. Kurz entschlossen kippte Kassandra das Glas um, sodass das Wasser über das Papier lief und ihre Schrift unleserlich machte. Dann öffnete sie Zerbes Bürotür. Keinen Augenblick zu früh.

Zwei in schwarz gekleidete Sicherheitsleute hatten Paul überwältigt, er lag bäuchlings auf Heike Schmitz' Schreibtisch, die Arme nach hinten verdreht, den Kopf seitlich auf die Schreibtischplatte gedrückt. Kassandra konnte sein Gesicht nicht sehen, doch sie spürte beinah körperlich die Schmerzen, die ihm diese Haltung bereiten musste.

»Tom?«, fragte sie mit Piepsstimme.

Einer der Sicherheitsleute drehte sich zu ihr um, ohne Paul loszulassen. »Keine Angst, der tut Ihnen nichts mehr.«

»Sie rufen doch jetzt nicht die Polizei?« Die Unsicherheit in ihrer Stimme war echt. Sie hatten darauf spekuliert, dass Argos mit der Polizei nichts am Hut haben wollte, aber sicher sein konnten sie nicht.

»Wir regeln das auf unsere Weise, wenn Sie erlauben – und das sehr zuverlässig. Sie brauchen keine Angst mehr zu haben«, sagte Heike Schmitz und bedeutete den beiden Sicherheitsleuten, Paul mitzunehmen. Ziemlich brutal rissen sie ihn vom Schreibtisch hoch und führten ihn an Kassandra vorbei zur Tür. Dabei sah sie, dass er eine Platzwunde an der Stirn hatte. Blut lief seine Wange hinunter.

Kassandras Knie wurden weich. Sie hätte, zum Teufel noch mal, schneller sein müssen. »Warten Sie!«, rief sie. »Bitte tun Sie ihm nichts. Er … Ich … Lassen Sie ihn laufen.«

»Was?«, fragte Heike Schmitz entgeistert, hielt die Sicherheitsleute aber vorerst zurück. Sie nahm Kassandra zur Seite und sprach so leise auf sie ein, dass niemand sonst sie hören konnte. »Sind Sie etwa nicht seinetwegen hier? Sie haben doch gesagt, Sie werden bedroht. Ihr Freund hat mich und andere Mitarbeiter angegriffen und das Büro demoliert. Wollen Sie, dass er das Gleiche mit Ihnen macht?«

Kassandra schluckte. Eine Topfpflanze war umgefallen, Erde hatte sich auf dem Teppich verteilt, ein Stuhl lag vor Fischers Bürotür, die Unterlagen auf dem Schreibtisch der Assistentin waren durcheinandergeraten. Das Telefon, einen Tacker und einen Ablagekorb hatte es mitsamt den Dokumenten darin auf den Fußboden verschlagen. Das konnte man mit ein paar Griffen wieder in Ordnung bringen. »Er hat doch gar nicht so viel Schaden angerichtet«, flüsterte sie. »Bitte, ich weiß, *ich* bin zu *Ihnen* gekommen, aber er kann nichts dafür, wissen Sie, er hat eine schwere Zeit hinter sich, ich muss geduldiger mit ihm sein. Könnten Sie bitte vergessen, dass ich überhaupt hier war?«

Eine steile Falte bildete sich zwischen Heike Schmitz' Augen. »Vergessen wohl kaum, der Vorfall muss dem Chef gemeldet werden. Nehmen Sie Ihren Freund in Gottes Namen mit, aber lassen Sie das Auftragsformular mit Ihrem Namen und Ihrer Anschrift hier, wir melden uns, falls wir noch Ansprüche wegen des demolierten Büros haben sollten.«

Kassandra deutete hinter sich. »Es liegt in dem anderen Büro.« Hoffentlich würde Heike Schmitz zunächst hier für Ordnung sorgen und erst später nach dem Formular sehen.

Die Assistentin nickte zuerst ihr, dann den Securityleuten zu. »Seht zu, dass er ohne weiteren Ärger verschwindet.«

Die beiden Männer stießen Paul vorwärts, führten ihn und Kassandra zum Fahrstuhl und unten zu einer Hintertür, sodass jegliches Aufsehen vermieden wurde. Schließlich schubsten sie Paul auf die Straße und schickten ein »Lass dich nie wieder hier blicken« hinterher, bevor sie die Tür, die von außen weder Schloss noch Klinke hatte, zufallen ließen.

Unter Stöhnen richtete Paul sich auf, rieb sich das Blut von der Wange und berührte dann vorsichtig seinen Kiefer, auf dem sich bereits ein blauer Fleck abzeichnete.

»Tut mir leid, ich war viel zu langsam«, sagte Kassandra zerknirscht. Behutsam berührte sie Paul am Arm.

Er zuckte zusammen und ließ ein-, zweimal die Schulter im Gelenk kreisen. »Schon gut, hab nicht damit gerechnet, dass es ein Spaziergang wird. Lass uns lieber abhauen, bevor die sich das überlegen und noch mal zurückkommen.«

»Besser ist's – wenn Heike Schmitz mein Formular sieht, wird sie sich nicht besonders freuen.«

Sie setzten sich gemeinsam in Bewegung und überquerten den Kanal, wobei sich Kassandra immer wieder umschaute, um sicherzugehen, dass sie nicht verfolgt wurden. Sie konnte niemanden ausmachen – aber hieß das was? Die Argos-Leute waren es gewohnt, andere unauffällig zu beobachten.

Besorgt betrachtete sie Pauls Gesicht. »Die Wunde an deiner Stirn blutet immer noch, die muss gereinigt und bepflastert werden.«

»Pflaster sind im Erste-Hilfe-Kasten im Auto. Das wird reichen, bis wir zu Hause sind.« Er sah Kassandras Blick und verzog den Mund zu einem kleinen Lächeln. »Jetzt guck nicht so, Kassandra, Liebes. Ich werde nicht gleich sterben, da hab ich schon ganz was anderes weggesteckt.«

Kassandra fand nicht, dass das half, sagte aber nur: »Wir sollten den Wagen erst mal meiden, für den Fall, dass die doch hinter uns her sind. Sobald die das Kennzeichen haben, kriegen sie schnell raus, wer wir sind. Wir brauchen eine Apotheke. Es gibt eine am Alten Markt.«

»Ja, Mama«, sagte Paul und wich aus, weil Kassandra ihn reflexartig in die Seite knuffen wollte.

Trotz der weiterhin blutenden Wunde, gegen die Paul als Notbehelf ein Taschentuch drückte, nahmen sie zum Alten Markt ein paar Umwege in Kauf und gingen durch Seitengassen und Läden, um etwaige Verfolger abzuhängen. Nach zwanzig Minuten betraten sie endlich die Apotheke in dem strahlend gelb gestrichenen hübschen Giebelhaus.

Die Apothekerin schaute erschrocken und bat Paul, sich zu setzen. Widerwillig ließ er sich auf einem Hocker nieder und gestattete der hilfreichen Apothekerin, die Wunde zu reinigen und sie mit Strips zu verschließen. Dass sie ihm seine Erklärung abnahm, er sei draußen versehentlich gegen die Mauer des Wulflam-Hauses gelaufen, bezweifelte Kassandra allerdings stark. Bis Paul versorgt war, blieb sie in der Nähe des Fensters stehen, sodass sie auf dem Alten Markt das Kommen und Gehen beobachten konnte. Niemand – auch nicht in größerer Entfernung – harrte genauso lange aus, wie Kassandra und Paul in der Apotheke waren. Als sie wieder draußen standen, war sie relativ sicher, entweder nie Verfolger gehabt oder sie im Gewimmel der besuchten Geschäfte abgehängt zu haben.

Bisher war durch ihre kleinen Manöver kaum Gelegenheit gewesen, darüber zu reden, was Kassandra in Zerbes Unterlagen gefunden hatte, sie hatte Paul nur gesagt, dass Simone Kleist die Zielperson war. Auf dem Weg zurück zum Wagen fragte Paul: »Stand eigentlich ein Datum auf Kämpfers Antragsformular?«

Kassandra holte ihr Telefon hervor, um das Foto unter die Lupe zu nehmen. »Da ist was«, sagte sie. »Allerdings unlesbar, jemand hat den Firmenstempel über Unterschrift und Datum gehauen. Ich glaube nicht, dass es an einem größeren Monitor deutlicher wird, aber ich schick's dir trotzdem mal für zu Hause.« Sie tippte auf »Senden«. »Schade, das hätte uns vielleicht weitergebracht.«

»Lässt sich nicht ändern«, sagte Paul pragmatisch. »Was denkst du: Ist Kämpfers Interesse an Simone Kleist dienstlich oder privat? Wer Barthel oder die BOB ausspionieren will, ließe vermutlich gleich den Chef persönlich beschatten.«

»Vielleicht hält er Barthel für zu clever und denkt, der würde es bemerken.«

Paul lachte amüsiert auf. »Traust du Simone Kleist eine solche Cleverness nicht zu? Mir kam sie nicht gerade wie ein Dummchen vor. Wäre sie das, hätte Barthel sie kaum eingestellt. Ich denke eher, es hat direkt mit ihrer Person zu tun.« Er verlangsamte kaum merklich seinen Schritt und wies mit einem Nicken zu dem rot verputzten Haus auf der anderen Straßenseite, in dem Dietrich wohnte. »Wir könnten theoretisch gleich persönlich Bericht erstatten, wo wir schon mal hier sind. Falls wir allerdings doch einen von Argos' Leuten übersehen hätten, wäre das noch kontraproduktiver, als jemanden zu unserem Wagen zu führen.«

Kassandra hatte das Gleiche gedacht. »Ja, leider. Eine kleine Verschnaufpause hätte ganz gutgetan.«

»Kriegen wir zu Hause, das muss reichen«, sagte Paul. »Apropos Dietrich: Vergessen wir nicht, weshalb ihm diese ganze Sache mit Argos überhaupt aufgefallen ist: Zerbe hat seine Zielperson aus den Augen verloren, kurz bevor es in der Seefahrtschule brannte. Simone Kleist wohnt in Ribnitz, von da hätte sie es prima in der Zeit geschafft, nach Wustrow zu fahren, in das Gebäude einzudringen und zu zündeln. Ich sehe sogar lebhaft die Stelle auf der Straße vor mir, wo Zerbe sie verloren hat. Das passt ausgesprochen gut.«

Inzwischen hatten sie den Parkplatz erreicht. Paul stöhnte leise auf, als er sich hinter das Lenkrad des Škodas gleiten ließ.

»Lass mich fahren«, sagte Kassandra. »Ist das Mindeste, was ich tun kann.« Sie rechnete halb mit Pauls Protest, doch der stieg ohne Widerrede aus, um gleich darauf auf dem Beifahrersitz Platz zu nehmen.

Langsam bewegten sie sich durch Stralsunds Innenstadt in Richtung Bundesstraße, und Kassandra nahm den Faden wieder auf. »Was dagegen spräche, wäre, dass Simone Kleist erst Stunden später wieder zu Hause war.«

»Vielleicht war sie nervös und ist durch die Gegend gefahren, statt sofort nach ihrer Flucht nach Ribnitz zurückzukehren«, gab Paul zu bedenken.

»Ja. *Vielleicht*«, betonte Kassandra vielsagend. »Nächster Punkt: Die Frau, die Bruno gesehen hat, hatte blondes Haar, und es besteht kein Grund, das anzuzweifeln.«

»Vielleicht trug sie zur Tarnung eine Perücke«, schlug Paul vor.

»Schon wieder vielleicht«, murrte Kassandra und hätte fast eine rote Ampel übersehen. Gerade noch rechtzeitig stieg sie in die Bremsen. »Aber wozu dann die Kappe?«

»Doppelte Tarnung? Allerdings«, fuhr Paul fort, »wäre noch die Frage nach ihren Motiven zu klären. Mir fällt eins ein für die Brandstiftung bei Niklas Thiel – er hat auf die eine oder andere Weise etwas über die BOB erfahren. Mir fällt auch eins ein für die Brandstiftung bei Lothar Giese, der genauso etwas über Barthel gewusst haben könnte. Aber mir fällt partout keins ein für die Seefahrtschule. Null. Nada. Nitschewo.«

Kassandra fuhr wieder an und antwortete erst, nachdem sie einen Laster überholt hatte. Sie saß nicht oft hinterm Steuer von

Pauls Wagen, den großen Škoda zu fahren war ungewohnt für sie. »Entweder erkennen wir Simone Kleists Motiv nur noch nicht, oder es gibt doch mehr als einen Täter. Dasselbe gilt schließlich auch für die blonde Jenny Kämpfer. Sie könnte ein Motiv für die Brandstiftung bei Lothar Giese haben und eins für das Zündeln in der Seefahrtschule – wenn sie dieses Kämpfer-Projekt zugunsten ihrer Pläne für Pütnitz verhindern will. Sie hat dagegen gar keins für die Brandstiftung bei Niklas, keins jedenfalls, das auf den ersten Blick ersichtlich ist.«

»Das hieße, es wäre Zufall, dass überall ausgerechnet Feuer ausbrach«, sagte Paul zweifelnd. »Aber wenn wir zwei Täter in Betracht ziehen, müssen das nicht zwangsweise beides Frauen sein. Womit wir wieder genau da sind, wo wir waren, bevor es in der Seefahrtschule brannte: Alles ist möglich. So kommen wir nicht weiter, wir brauchen eine Arbeitshypothese. Wenn sich die als falsch erweist, stellen wir eben die nächste auf, aber wir sollten endlich mit etwas Konkretem anfangen, sonst spekulieren wir bis Weihnachten.«

»Was schlägst du vor?«

Paul fingerte nach seinem Telefon. »Fragen wir Dietrich, was Rieka über Jenny Kämpfer rausgefunden hat. Falls ihre Beteiligung unwahrscheinlicher ist als die von Simone Kleist, widmen wir uns Barthels Assistentin.«

Dietrich klang einigermaßen entsetzt, als Paul von ihrem Abenteuer bei Argos berichtete, fast, als habe er ein schlechtes Gewissen. Was Jenny Kämpfer betraf, hatte er jedoch erfreulicherweise Neuigkeiten. Paul stellte sein iPhone auf Lautsprecher, damit Kassandra mithören konnte.

»Als es bei Niklas Thiel brannte, war Jenny Kämpfer laut ihrem Terminkalender in der Sauna«, sagte Dietrich. »Ich habe nachgesehen, wie lange die geöffnet hat – montags bieten sie dort speziell für Frauen bis dreiundzwanzig Uhr Verwöhnabende an, wäre also möglich, dass sie dort war. Um sicherzugehen, könnten Sie, Frau Voß, sich eventuell auch mal dort verwöhnen lassen und sich umhören.«

Kassandra lachte. »Gibt unangenehmere Methoden, Alibis zu überprüfen.«

»Finden Sie? Ich kenne ungefähr drei Dutzend Orte, an denen ich lieber Nachforschungen anstellen würde«, sagte Dietrich belustigt. »Wo Jenny Kämpfer gewesen ist, als der Brand bei Giese ausbrach, geht leider weder aus ihrem Terminkalender noch aus ihren Mails hervor. Für gestern Abend allerdings hat sie ein hieb- und stichfestes Alibi. Sie war bis mindestens Mitternacht auf einer Premierenfeier in Stralsund. Rieka hat das schon überprüft, sie konnte jemanden fragen, der ebenfalls dort war und Jenny Kämpfer gesehen hat. Damit hat sich die Suche nach einer möglichen Zweitwohnung erledigt – sie ist raus aus der Sache mit der Seefahrtschule. Blond hin oder her.«

»Also doch Simone Kleist. Brünett hin oder her«, wandelte Kassandra Dietrichs Worte ab. »Obwohl ich angesichts der Motivlage immer noch Schwierigkeiten mit dieser Vorstellung habe.«

»Kann Rieka auch auf Simone Kleists Terminkalender und Mails zugreifen?«, fragte Paul.

»Hab ich sie schon drum gebeten, sie meldet sich, sobald sie was weiß«, bestätigte Dietrich. »Da ist übrigens was anderes Interessantes, Jenny Kämpfer betreffend. Rieka fand eine Mail an Bernhard Kämpfer, in der es heißt: ›Wir müssen über Kassandra Voß reden.‹ Ihr Vater antwortete lapidar: ›Ich werde Kassandra Voß mit niemandem diskutieren.‹ Rieka meinte, diese Antwort würde im Vergleich zu anderen Mails, die Bernhard Kämpfer mit seiner Tochter austauscht, ungewöhnlich harsch klingen und sei ohne jeden Gruß abgeschickt worden. Können Sie sich einen Reim darauf machen?«

Kassandra spürte buchstäblich, wie ihr die Farbe aus dem Gesicht wich. Die beiden Sätze, so kurz sie auch waren, lagen ihr schwer im Magen. Sie hatte ihr »Vater-Problem« wegen der Konzentration auf die jüngsten Ereignisse ganz verdrängt – jetzt schwebte es plötzlich wieder wie ein Damoklesschwert über ihr. Und so war es Paul, der Dietrich antwortete.

»Oliver Kämpfer hatte die grandiose Idee, dass man mich als Gemeindevertreter bestechen könnte, damit ich mich für das Konzept von Kämpfer Lodgings ausspreche. Er hat Kassandra gefragt, womit man mir eine Freude machen könne. Bernhard Kämpfer wollte davon nichts wissen. Vielleicht geht es darum.«

Dietrich schwieg eine Weile. »Würde ich einsichtig finden, wenn die Mail von Oliver gekommen wäre, sie kam aber von Jenny, die gegen das Seefahrtschul-Projekt ist.«

Kassandra bemerkte aus den Augenwinkeln, dass Paul sie entschuldigend ansah. Sie hätten sich denken können, dass so eine fadenscheinige Erklärung bei Dietrich nicht auf fruchtbaren Boden fiel. Aber Kassandra brachte es nicht über sich, ihm jetzt von ihrer möglichen sehr privaten Verwicklung in den Fall zu erzählen.

»Könnte es was mit Heinz Jung zu tun haben?«, schlug Dietrich vor.

»Wär möglich«, sagte Paul. »Auch wenn mir gerade nicht einfällt, was. Wir behalten das auf jeden Fall im Hinterkopf.«

»Gut, dann hören wir spätestens wieder voneinander, wenn ich Nachricht von Rieka habe.«

Nachdem Dietrich das Gespräch beendet hatte, sagte niemand mehr etwas. Kassandra wollte nicht reden und war dankbar, dass Paul das merkte und bis Wustrow ebenfalls schwieg.

Als sie vor seinem Haus den Škoda zum Stehen brachte und, erschöpft vom ungewohnten Fahren und von ihren sich in Endlosschleife wiederholenden Gedanken, ausstieg, kam er zu ihr herüber, zog sie an sich und hielt sie fest. Dass seine Arme sicher noch schmerzten, ließ er sich nicht anmerken. Stattdessen nahm er ihre Tasche, zog sein Smartphone aus seiner Jeans und brachte beides ins Haus, um anschließend, immer noch wortlos, mit ihr an den Strand zu gehen. Kassandra wusste, er würde warten, bis sie ein Gespräch begann, und versuchte, sich vom aufgekommenen Wind alles aus ihrem Kopf pusten zu lassen, was sie nicht dort haben wollte.

Bald gelang es ihr, nur die See, die frische Luft und die Nähe zu Paul zu genießen. Sie zog ihre Schuhe aus, spürte den nachgebenden Sand unter ihren Sohlen und hörte das leise Knacken der Muschelschalen, wenn sie versehentlich eine zertrat. Das kühle Wasser umspülte ihre Füße, ab und zu schwappte eine Welle etwas höher, und wäre die See ein klein wenig wärmer gewesen, hätte sie sich versucht gefühlt, ganz hineinzutauchen. Da tippte Paul ihr auf die Schulter und deutete hinüber zum spärlich bewachsenen Hohen Ufer.

Kassandra blinzelte, als sie das merkwürdige Schauspiel entdeckte. Neben einem aus Zweigen und Blättern gefertigten Grabkreuz stand eine Frau in fließenden Kleidern mit zum Himmel gereckten Armen. Sie sah aus wie eine Schamanin, die eine Gottheit beschwor – und wirkte dabei seltsam friedlich. Kassandra und Paul blieben einen Augenblick stehen und beobachteten die Frau, die sich der allmählich sinkenden Sonne zugewandt hatte, dann machten sie kehrt und gingen langsam zurück.

Es war Abend geworden, der Strand hatte sich geleert. Sie ließen sich auf einem der Boote nieder, die in den Dünen lagen, und beobachteten den Sonnenuntergang. Diesmal wurde der Himmel rosa, dann violett, ebenso wie die Wolken, hinter denen die Sonne verschwand, ehe sie den Horizont erreichte.

Obwohl sie es nicht wollte, dachte Kassandra an Pauls Bruder Sascha, dem sie hier bei den Booten das erste Mal begegnet war. Eine leichte Gänsehaut überzog ihren Rücken, sie schauderte. Was um alles in der Welt hatte Sascha mit ihrem Vater zu tun gehabt? Auch wenn sie sich gelegentlich dafür schämte, hatte Kassandra nie sonderlich bedauert, dass Sascha nicht mehr lebte. Es war ein seltsames Gefühl, dass sie sich jetzt wiederholt dabei ertappte, sich das Gegenteil zu wünschen. Sie hätte ihn gern das eine oder andere gefragt, aber wie die Dinge lagen, musste sie selbst ihre Antworten finden.

Sie lehnte sich an Paul und sagte leise: »Das Verrückte ist, ich mag Bernhard Kämpfer. Da geht es mir wie Heinz.«

»Trotzdem fällt es dir schwer, ihn dir als deinen Vater vorzustellen«, konstatierte Paul.

»Wenn man sechsunddreißig Jahre lang keinen Vater hatte oder, wenn ich Reinhard Voß einrechne, zumindest keinen, an den man sich erinnert, fällt einem die Vorstellung, dass da einer aus der Kiste hüpft wie ein Springteufel, bei jedem Kandidaten schwer, nehme ich an«, sagte Kassandra. »Sollten wir mit unseren bisherigen Thesen zumindest ansatzweise recht haben, liegt außerdem die Vermutung nahe, dass mein Vater etwas zu verbergen hat, und zwar mehr als nur einen Fehltritt vor siebenunddreißig Jahren, aus dem ich hervorging. Es macht die Sache nicht gerade einfacher, wenn ich mir vergegenwärtige, dass er auf irgendeine

Art verantwortlich sein könnte für das, was in den letzten anderthalb Wochen passiert ist – ob er nun selbst beteiligt war oder nicht.«

Paul wandte sich Kassandra zu, sanft strich er mit seinem Zeigefinger über ihre Wange. »Das verstehe ich. Es besteht aber immer noch die Möglichkeit, dass …«

»… das Rätsel um meinen Vater überhaupt nichts hiermit zu tun hat und wir das, was Niklas gesagt hat, falsch interpretieren?«, vollendete Kassandra Pauls Satz. »Ich wünsche mir wirklich, dass es so ist. Trotzdem kann ich auch dann nicht mehr aufhören, nach meinem Vater zu suchen.«

»Ich weiß.« Paul legte den Arm um ihre Schultern. »Du zitterst. Ist dir kalt?«

Sie hatte gar nicht gemerkt, wie kühl es geworden war und dass sie nicht mehr nur wegen Sascha fror. »Gehen wir noch ein kleines Stück?«

Sie erhoben sich und liefen auf die Seebrücke zu, doch der Wind frischte immer mehr auf, sodass sie den Strand am nächsten Übergang verließen, um hinter dem Deich zu Pauls Haus zurückzugehen. Schräg gegenüber dem Strandübergang lag die kleine Straße Rönnboom, wo Harald Barthel wohnte. Ganz automatisch schauten sie von der Treppe am Deich zur Villa hinüber und hielten darauf zu. Eben an der Ecke angekommen, sahen sie, wie jemand die zwei Stufen vor dem kleinen Tor mit den Kranichen herunterkam und auf die Straße trat.

Wie auf Kommando blieben Kassandra und Paul stehen und beobachteten, was geschah. Es war nicht Barthel, sondern eine Frau, die direkt in ihre Richtung kam. Es war schon zu dunkel, um sie zu erkennen, doch sie telefonierte. Ohne genau zu verstehen, was die Frau sagte, identifizierte Kassandra die Stimme eindeutig als die von Simone Kleist. Instinktiv machte sie zwei Schritte zur Seite und zog auch Paul aus deren Blickfeld.

Je näher Simone Kleist kam, desto besser war sie zu verstehen. »Morgen? Das ist so gut wie unmöglich, das wissen Sie.« Ihr Tonfall war nicht so klar zuzuordnen wie ihre Stimme. Kassandra fand, dass sie verärgert und verängstigt zugleich klang, was nicht recht zusammenpasste. »Na schön«, sagte Simone Kleist schließlich, diesmal eher resigniert. »Ich tue mein Bestes. Dann also um halb fünf beim Katharinenkloster. Früher geht es nicht, immerhin liegt es auch in Ihrem Interesse, dass …« Mitten im Satz verstummte sie, offenbar von ihrem Gesprächspartner unterbrochen.

Simone Kleist hatte jetzt die Straßenecke erreicht und bog nach links ab, glücklicherweise ohne nach rechts zu sehen, wo Kassandra und Paul standen. Als sie erneut sprach, wurde ihre Stimme mit jedem Schritt, den sie sich entfernte, leiser. »Ja. Das haben Sie schon gesagt, ich neige nicht zur Vergesslichkeit. Bis morgen dann.«

Kassandra und Paul beobachteten sie, wie sie viel weiter vorn, fast schon am Seebrückenaufgang, in ein Auto einstieg und davonfuhr. Hätte sie ihren Wagen tagsüber dort abgestellt, hätte sie einen Strafzettel von der Windschutzscheibe fischen müssen.

Paul zog Kassandra mit sich in den Rönnboom und ließ seinen Blick über die im Dunkeln liegende Villa schweifen. »Was hat sie bei Barthel gewollt? Sieht so aus, als wäre niemand da.«

»Sie hat erzählt, dass ab und an geschäftliche Termine bei Barthel im Haus stattfinden, bei denen sie anwesend ist. Vielleicht hat sie so ein Treffen vorbereitet und Unterlagen gebracht oder geholt. Ich glaube jedenfalls nicht, dass sie unbefugt hier war, dann hätte sie sich unauffälliger verhalten.«

Paul nickte zustimmend. »Sie klang ein bisschen angestrengt und nicht unbedingt dienstlich. Ich wüsste zu gern, mit wem sie sich beim Katharinenkloster treffen will.«

»Oder muss. Sie klang auch nicht sonderlich erfreut«, sagte Kassandra. »Alle Wege scheinen in diesem Fall nach Stralsund zu führen. Oder kennst du ein anderes Katharinenkloster in der Gegend?«

Pauls Kenntnisse, besonders über das Fischland, aber auch weit darüber hinaus, waren legendär, sie stellte seine Antwort nicht in Frage.

»Es gibt sonst keins.« Er sah sie prüfend an. »Das heißt, wir fahren morgen wieder nach Stralsund?«

»Warten wir ab, was Rieka über Simone Kleist erfahren hat. Ich mag nicht grundlos in ihrem Leben herumschnüffeln.«

Zu Hause blinkte Pauls Anrufbeantworter, Dietrich hatte eine Nachricht hinterlassen, kurz bevor sie hereingekommen waren. »Wo sind Sie?«, hörten sie ihn fragen. »Ich versuche seit Stunden, Sie zu erreichen. Ist alles in Ordnung? Bitte rufen Sie zurück, sobald Sie das hier hören.«

Kassandra hatte noch nie so viel Besorgnis in seiner Stimme gehört. »Er befürchtet wahrscheinlich, dass wir doch noch Ärger mit Argos bekommen haben. Wir hätten ein Telefon mitnehmen sollen.«

»Diese Dinger sind Segen und Fluch zugleich«, murmelte Paul, der schon auf Rückruf gedrückt hatte.

Kassandra verspürte keinen Hunger, obwohl sie den ganzen Tag nicht viel gegessen hatten, aber ihre Kehle kam ihr wie ausgedörrt vor. Sie goss sich und Paul aus dem Kühlschrank Wasser ein und hörte ihn mit Dietrich reden, der sich so schnell gemeldet hatte, als hätte er neben dem Telefon gesessen. Diesmal hatte Paul nicht auf Lautsprecher gestellt, sodass sie nur hörte, was er sagte – unter anderem, dass sie eben Simone Kleist über den Weg gelaufen waren.

Dietrichs Bericht über Riekas Recherchen fiel anscheinend knapp aus, denn nach kurzem Schweigen sagte Paul: »Nein, das hat wenig Sinn, sie kennt Sie als angeblichen Ermittler im Fall Niklas Thiel und könnte Verdacht schöpfen, wenn sie Sie zufällig sieht. Wir kümmern uns drum, es wird uns schon was einfallen. Bis dann.«

»Was war los?«, erkundigte sich Kassandra, die schon das zweite Glas Wasser hinuntergestürzt hatte. »Hatte Rieka Probleme?«

»Offenbar benutzt die BOB ein ähnliches Sicherheitssystem wie Argos, Rieka kann sich da nicht unbemerkt reinhacken. Und Simone Kleist scheint privat wenig Wert auf die virtuelle Welt des Internets zu legen, was sie mit den Kämpfers gemeinsam hat. Kein Facebook- oder Google-Account, in ihrem Fall nicht mal eine private E-Mail-Adresse. Was sie online zu erledigen hat, macht sie anscheinend ausschließlich vom Büro aus.«

»So was in der Art hat sie ja gesagt. Und es passt zu ihr. Ich kann sie mir nur schlecht als jemanden vorstellen, der am Tag siebenmal postet, was er gerade auf sein Brötchen schmiert oder ob die Sonne scheint. Ganz davon abgesehen, dass sie dazu keine Zeit haben dürfte.«

Paul lachte. »Facebook ist gar nicht so übel, für mich sogar optimal.« Er hatte dort ein Profil unter seinem Pseudonym Alexander Hardenberg. Auf diese Weise konnte er mit seinen Lesern kommunizieren, ohne seine eigentliche Identität aufzudecken.

»Herr Hardenberg postet ja auch nicht, was er zum Abendbrot hatte.«

»Im Moment würde Herr Hardenberg auch lieber Abendbrot *essen*, statt darüber zu schreiben.« Er hatte sein Glas ebenfalls geleert und sah nun in den Kühlschrank, in dem er jedoch kein großes Angebot fand. »Leider wird Herr Hardenberg aber wohl verhungern.«

»Wird er nicht. Es müssten noch Eier da sein. Wenn Herr Hardenberg Lust auf Rührei mit Schinken und Schnittlauch hat, wird seine Lieblingsleserin ihm was brutzeln.«

»Danke, das wäre großartig.«

»Hast du dir heute mehr als verdient.« Kassandra machte sich daran, das Rührei zuzubereiten. »Ich nehme an, was du zuletzt zu Dietrich gesagt hast, bedeutet, dass wir tatsächlich morgen nach Stralsund fahren und Simone Kleist beschatten.« Sie streute den gewürfelten Schinken und die Schnittlauchröllchen über die Eier und begann zu rühren. »Es wäre sicher am unauffälligsten und auch glaubwürdiger, wenn ich ihr allein auf den Fersen bleibe. Falls sie mich entdeckt, bin ich eben zum Fotografieren in Stralsund, schließlich muss ich noch eine Ausstellung bestücken.«

Paul guckte skeptisch. »Mag sein, dass das glaubwürdig ist, trotzdem habe ich was dagegen, dass du allein mit ihr bist, solange nicht klar ist, ob und wenn ja, was sie im Schilde führt.«

»Sie wird mir kaum auf offener Straße was tun, sie hätte dafür gar keinen Grund. Außerdem bin ich genau genommen nicht allein, der Argos-Mann wird auch noch da sein.«

Damit konnte sie Pauls Bedenken jedoch nicht zerstreuen. »Der hat sicher nicht den Auftrag, sich einzumischen, sondern nur, sie zu beobachten und Oliver Kämpfer Bericht zu erstatten. Sag, was du willst, ich werde dich nicht allein gehen lassen. Meinetwegen spiele ich eben selbst Argos und behalte dich aus der

Entfernung im Auge. Wobei mir einfällt: Deine Mitleidsmasche vor Heike Schmitz war oscarverdächtig.« Er lächelte verschmitzt. »Obwohl sie sich bestimmt fragt, wie du es mit mir aushältst.«

Als Kassandra den Teller mit Rührei vor ihn hinstellte, fügte er hinzu: »Wenn sie dann noch wüsste, dass ich mich wie ein Pascha von dir bedienen lasse, fiele sie ganz vom Glauben ab.«

Kassandra beugte sich vor. Behutsam küsste sie die Wunde an seiner Stirn. »Das Problem wäre eher, wie ich es ohne dich aushielte. Gar nicht.«

Paul ließ die Gabel sinken, die er schon ins Rührei gepiekt hatte, griff nach Kassandras Hand und zog sie so weit zu sich herunter, dass sie das Gleichgewicht verlor und auf seinem Schoß landete. Er legte die Gabel ganz weg und küsste sie, überhaupt nicht vorsichtig, und seinen Hunger stillte er auf vollkommen andere Weise als vorgesehen.

Das Rührei wurde unterdessen sehr kalt.

23

Ungeduldig sah Kassandra alle paar Minuten auf die Uhr. Sie standen auf der B 105 in Richtung Stralsund im Stau, und langsam wurde es eng, wenn sie es bis um halb fünf zum Katharinenkloster schaffen wollten. Der einzige Trost war, dass Simone Kleist im selben Stau stecken könnte, andererseits hatte sie sich möglicherweise für die Autobahn entschieden und ihr Ziel längst erreicht.

Als sich der Stau kurz vor Stralsund endlich auflöste, hatten sie noch eine Viertelstunde. Paul tat sein Bestes, doch zwei weitere Baustellen, eine davon im Bereich des Neuen Marktes, setzten dem Desaster die Krone auf. Das Katharinenkloster war schon in greifbarer Nähe, aber wenn sie auf der Suche nach einem Parkplatz noch länger herumkurven mussten, würden sie unwiderruflich zu spät kommen.

»Wir haben keine Zeit mehr«, sagte Kassandra. »Lass mich aussteigen, dann schaffe ich es wenigstens rechtzeitig, und du kannst nachkommen.«

»Aber du …«, begann Paul.

»Wenn wir noch lange debattieren, ist es zu spät. Mir wird schon nichts passieren.«

Paul schaute sie an, sie las in seinem Blick, wie er mit sich kämpfte, dann nickte er. »Pass trotzdem auf dich auf, hörst du?«

»Klar. Bis gleich.« Kassandra sprang mit ihrer Kameratasche aus dem Wagen und sah nicht noch mal zurück.

Ihr Ziel lag nach zwei Ecken direkt vor ihr. An das Katharinenkloster hatte sie ihre ganz eigenen Erinnerungen, gegenüber hatte einmal eine Freundin von ihr gewohnt. Sie verbot sich, jetzt daran zu denken, und holte stattdessen im Gehen die Kamera hervor, um ihre Geschichte glaubhaft zu machen, falls Simone Kleist sie entdeckte.

Je näher Kassandra dem Kloster kam, desto klarer wurde ihr, dass das Problem ganz anderer Natur war. Sie sah nämlich rein gar nichts von Simone Kleist. Ein Blick auf die Uhr zeigte, dass es eine Minute nach halb fünf war. Wenn Simone Kleist und ihre Verabredung zu früh gewesen sein sollten, hatte Kassandra sie verpasst. Dafür sprach auch, dass sich außer ihr überhaupt niemand in unmittelbarer Nähe des Klosters aufhielt, also auch keiner der Argos-Detektive.

Sie unterdrückte einen Fluch und sah sich noch einmal gründlich um. Im Katharinenkloster waren heute zwei der bedeutendsten Museen Stralsunds untergebracht. Der Eingang des Meeresmuseums befand sich in einem ummauerten Hof, in dem ein alter Fischkutter aufgebaut war. Das wäre ein idealer Treffpunkt gewesen, wenn man sich mitten in der Stadt, aber doch ein wenig versteckt treffen wollte. Aber auf dem Innenhof spielten nur drei Kinder, deren Mutter ihnen zusah.

Kassandra ging wieder zurück auf die Mönchstraße, in der der Eingang des Kulturhistorischen Museums lag. Unwillkürlich dachte sie an den Raub in einem anderen Kulturhistorischen Museum zu einer anderen Zeit. Dass sie darüber und über die wertvolle Beauchamps-Uhr mit Heinz gesprochen hatten, schien Ewigkeiten her zu sein, dabei war es erst vor drei Tagen gewesen.

Ein Museumsplakat fiel ihr ins Auge – gezeigt wurde noch bis Ende des Monats eine Sonderausstellung des Fotografen Volkmar Herre, der seine mit der Camera obscura erstellten Bilder präsentierte. Einen Moment lang war Kassandra abgelenkt, weil sie das ausgesprochen interessierte. Da ging vor ihr die Tür im gläsernen Anbau des Museums auf, der nach Kassandras Geschmack ein wenig zu modern für die Stralsunder Altstadt war. Heraus trat Oliver Kämpfer, die Augen auf sein Smartphone gerichtet. Er ging an Kassandra vorbei, ohne sie zu bemerken. Kurz darauf steckte er sein Telefon weg und lief zielstrebig weiter die Straße in Richtung Neuer Markt hinunter.

Oliver Kämpfer war mit Simone Kleist verabredet gewesen? Falls nicht, wäre es schon ein gewaltiger Zufall, dass er ausgerechnet hier und jetzt auftauchte. Immer noch irritiert drehte Kassandra sich um – und stand direkt im Blickfeld von Simone Kleist, die gerade ebenfalls das Museum verließ. Sie erkannte Kassandra sofort und konnte schlecht so tun, als hätte sie sie nicht gesehen – obwohl das nach Kassandras Eindruck genau das war, was sie am liebsten getan hätte. Ihr ging es ganz genauso, aber nun musste sie das Beste aus der Situation machen.

»Hallo Frau Kleist, das ist ja eine Überraschung. Waren Sie in der Camera-obscura-Ausstellung? Die wollte ich auch noch sehen, aber ich war wohl zu lange mit Fotografieren beschäftigt. Das Museum schließt ja leider gleich.«

»Ja«, sagte Simone Kleist flach und sah kurzzeitig aus, als wisse sie nicht recht, was sie sonst noch sagen sollte. Doch gleich darauf hatte sie sich gefangen. »Dann sollten Sie unbedingt noch mal herkommen, es lohnt sich. Wo wir uns nun schon mal getroffen haben: Was halten Sie davon, wenn wir einen Kaffee trinken gehen und uns ein bisschen übers Fotografieren austauschen?« Sie deutete auf Kassandras Kamera. »Mich würde zum Beispiel sehr interessieren, welche Motive Sie heute aufs Korn genommen haben.«

Die Worte klangen völlig harmlos, dennoch hatte Kassandra das Gefühl, dass Simone Kleist sie mit Bedacht gewählt hatte und sie auf die Probe stellen wollte. Falls sie misstrauisch war, musste Kassandra den Argwohn zerstreuen. Sie warf einen sehr kurzen Blick die Mönchstraße hinunter – Paul war nirgends in Sicht, die Parkplatzsuche kostete ihn zu viel Zeit. Das war einerseits gut, weil Simone Kleist ihn auf diese Weise nicht sah. Andererseits würde er nicht wissen, wo er sie suchen sollte, wenn sie mit ihr wegging.

»Gern«, sagte sie und traf damit eine Entscheidung. »Wie wär's mit dem Schwedencafé in der Mühlenstraße?« Dort würde sie eine Möglichkeit finden, Paul zu benachrichtigen.

Simone Kleist lächelte etwas zurückhaltend. »Ich bin nicht so fürs Rustikale, wenn ich ehrlich bin. Gehen wir zum ›Kaffeehaus Fröhlich‹, da gibt es phantastische Torten.«

Kassandra kannte das Café nur von außen. Sie wusste, es lag am Appolonienmarkt, was bedeutete, dass sie in Richtung Neuer Markt zurückgehen mussten. Falls Paul da in der Nähe einen Parkplatz gefunden hatte, würden sie ihm begegnen, und dann brauchte sie eine Erklärung. Während sie noch darüber nachdachte, sagte sie laut: »Ich probiere gern mal was Neues aus. Und dass Sie gern Torten mögen, hätte ich mir natürlich denken können.«

Simone Kleist lachte. »Meine Vorliebe für Desserts hat mich wohl verraten.«

Auf dem kurzen Weg zum Appolonienmarkt tauchte Paul nicht auf. Sie plauderten über das Wetter, Stralsund und das Fischland. Simone Kleist erkundigte sich außerdem, was Kassandra am Montag ins »Dünentraum« geführt hatte, und so erzählte sie ihr von der geplanten Ausstellung, überlegte aber gleichzeitig, ob auch in dieser Frage Misstrauen mitschwang.

Im Kaffeehaus, wo sie von geschwungenen grünen Sofas, grün-gold gestreiften Tapeten, dezenter Klaviermusik und einem Tortenbüfett unter einer kleinen Kaffeekannenausstellung begrüßt wurden, suchte sich Simone Kleist einen Platz weit hinten aus. Bevor Kassandra sich setzte, sagte sie: »Ich geh mir gerade die Hände waschen. Falls die Kellnerin kommt, könnten Sie einen Cappuccino für mich bestellen?«

Simone Kleist guckte etwas verwundert, nickte aber, was Kassandra nur noch aus den Augenwinkeln sah, weil sie schon im Toilettenraum verschwand. Sie holte ihr Telefon hervor und tippte Pauls Nummer an.

»Kassandra, wo steckst du?«, fragte Paul nach dem ersten Klingeln. Sie hörte die Unruhe in seiner Stimme.

»Kaffeehaus Fröhlich, Appolonienmarkt. Mit Simone Kleist.«

»Wie kommt das denn?«

»Erklär ich dir später, ich muss Schluss machen.« Hastig beendete sie das Gespräch, wusch sich flüchtig die Hände und kehrte an den Tisch zurück, als die Kellnerin die Bestellung aufnahm.

Nachdem Cappuccino und Milchkaffee serviert worden waren und ein gigantisches Stück Nougattorte vor Simone Kleist stand, wollte sie Kassandras Stralsund-Fotos sehen. Bereitwillig schaltete Kassandra ihre Kamera an – und die Datumsanzeige am Display aus. Sie war froh darüber, aus einer Vorsicht heraus, die ihr zu Hause noch übertrieben vorgekommen war, eine alte Speicherkarte mit Bildern aus Stralsund in die Kamera gelegt zu haben. Die Fotos waren an einem Tag mit ähnlichen Wetterverhältnissen wie heute entstanden, und mit ein bisschen Glück würde Simone Kleist keinen Unterschied erkennen. Sie reichte ihr die Kamera und zeigte ihr, wie sie sich rückwärts durch die Aufnahmen klicken konnte. Ein paar Bilder diskutierten sie ausführlicher und gingen sogar bald ganz selbstverständlich vom Sie zum Du über.

Gerade als Kassandra ihre Befürchtungen ins Reich der Phantasie verbannen wollte, bemerkte sie, dass Simone regungslos auf das Kameradisplay starrte. Fieberhaft überlegte sie, welchen Fehler sie gemacht hatte, ob sie womöglich die Großbaustelle in der Ossenreyerstraße in einem Stadium fotografiert hatte, über die sie längst hinaus war.

»Was ist das für eine Uhr?«, fragte Simone dann jedoch angespannt.

»Uhr?« Kassandra war sich nicht bewusst, in Stralsund jemals eine Uhr fotografiert zu haben, außer an einem Kirchturm, doch das dürfte Simone kaum so aus der Fassung bringen.

Wortlos hielt Simone ihr die Kamera hin, auf deren Display Kassandra Pauls Zeichnungen der Vorder- und Rückseite der Beauchamps-Uhr erkannte. Auch das noch! Nachdem sie die alte Speicherkarte eingelegt hatte, hatte sie ausprobiert, ob sie noch damit fotografieren konnte oder ob sie sie schon gegen versehentliches Löschen gesichert hatte. Sie vergaß immerzu, auf welcher Stellung der entsprechende kleine Schalter am Rand der Karte stehen musste. Testweise hatte sie das Nächstliegende fotografiert – Pauls Schreibtisch, auf dem noch die Zeichnungen lagen.

»Ach die.« Kassandra bemühte sich trotz ihres Erschreckens um einen leichten Ton. »Mein Großvater hatte eine Taschenuhr, an der er sehr hing. Ich weiß nicht, was daraus geworden ist, und habe sie auch nie gesehen, aber von meinem Onkel habe ich so viel darüber gehört, dass ich ihn gebeten habe, sie detailliert zu beschreiben. Paul kann großartig zeichnen, er hat das da für mich angefertigt.« Sie war dankbar, dass einige Details der Zeichnung nicht mit der echten Beauchamps-Uhr übereinstimmten. Paul hatte sie, nachdem Heinz seine Bücher beigesteuert hatte, nicht korrigiert.

»Diese Uhr gehörte deinem Großvater?«, versicherte sich Simone.

Kassandra nickte. »Mein Onkel hat einen Blick für Details, ich gehe also davon aus, dass er sie korrekt beschrieben hat. Sie ist wunderschön, findest du nicht?«

»Ja. War das dein Großvater mütterlicher- oder väterlicherseits?«

»Mütterlicherseits«, erwiderte Kassandra. »Ich habe ja schon im ›Dünentraum‹ erwähnt, dass ich meinen Vater leider gar nicht kannte.«

Simone nickte. »Richtig, das war ja dein Stiefvater, von dem du meintest, Bernhard Kämpfer könnte ihn gekannt haben.«

Zum wiederholten Male fragte sich Kassandra, ob sie auf die Probe gestellt worden war – und warum Simone auf die Uhr reagiert hatte, als würde sie sie nicht zum ersten Mal sehen. Dass sie einfach nur über den Museumsraub Bescheid wusste, war jedenfalls keine ausreichende Erklärung. Deutete es vielmehr darauf hin, dass sie Lothar Giese gekannt hatte?

So zwanglos mit ihr zu plaudern wie jetzt bot Kassandra eine hervorragende Chance, mehr herausfinden. Sie wog Nutzen und Gefahr ab, kam aber zu keinem eindeutigen Ergebnis, also sagte sie kurz entschlossen: »Wo du gerade Bernhard Kämpfer erwähnst, ich habe vorhin seinen Sohn Oliver aus dem Kulturhistorischen Museum kommen sehen, kurz vor dir. Ihr dürftet euch nur knapp verpasst haben. Oder seid ihr euch sogar drinnen begegnet?«

Simone hatte inzwischen wieder mehr Farbe im Gesicht, jetzt allerdings setzte sie ihre Kaffeetasse klirrend auf der Untertasse ab, ohne Kassandra anzusehen. »Ich wäre dir dankbar, wenn du das niemandem gegenüber erwähnen würdest«, sagte sie leise. Als sie hochblickte, glitzerten ihre Augen verdächtig.

Sie so verletzlich zu sehen ging Kassandra erstaunlicherweise nahe. Was hatte sie da aufgerührt? Steckte hinter der Sache eine Liebesgeschichte? Sie erinnerte sich wieder an das Telefonat, das nach allem anderen als nach einer Liebesbeziehung geklungen hatte, zumal Simone ihren Gesprächspartner gesiezt hatte. Die Träne, die jetzt ihre Wange hinunterlief und die sie unwillig fortwischte, sah aber ziemlich echt aus.

»Natürlich nicht. Ich hätte das auch nicht angesprochen, wenn ich gewusst hätte, dass was nicht stimmt«, sagte Kassandra.

»Schon gut. Konntest du ja nicht wissen.« Sie kramte ein Taschentuch aus ihrer Handtasche und putzte sich die Nase.

»Wenn du darüber reden möchtest …«

Simone stocherte lustlos in dem Rest ihrer Nougattorte herum. Ihr Blick wirkte, als überlegte sie, inwieweit sie sich Kassandra anvertrauen sollte. Schließlich schaute sie auf. »Eigentlich nicht. Aber das geht jetzt schon seit Monaten so, ich bin am Ende mit meinen Kräften und weiß nicht mehr, was ich machen soll. Ich muss das mal loswerden.« Ihre Hand zitterte, als sie den Kuchenteller in die Tischmitte schob. »Wenn der Mistkerl so weitermacht, bleibt mir nichts anderes übrig, als bei der BOB zu kündigen, ehe Harald Barthel dahinterkommt und mich rauswirft. Das ist das Schlimmste, was ich mir vorstellen kann.« Verzweifelt sah sie Kassandra an.

»Warum sollte er dich denn rauswerfen? Ich bin sicher, er schätzt dich sehr.«

Simone schluckte. »Das wird er kaum noch tun, wenn er erfährt, dass ich Firmeninterna an seinen schlimmsten Konkurrenten weitergebe.«

»Was?« Kassandra bemühte sich, fassungslos auszusehen, obwohl eine leise Stimme in ihrem Hinterkopf sagte, dass genau das perfekt zu dem gestrigen Telefonat passte. »Oliver Kämpfer erpresst dich?«

Simone nickte unglücklich. »Meine Verfehlung liegt schon einige Jahre zurück, damals war ich noch nicht bei der BOB. Ich habe … ach, ist egal, was ich getan habe, jedenfalls war ich bei meiner Bewerbung nicht ehrlich gegenüber Harald Barthel. Ich wollte diese Stelle unbedingt, ich hätte alles dafür getan, im Zweifelsfall sogar meine Mitbewerberinnen im Bodden ertränkt.« Ein kleines Lächeln erhellte ihr Gesicht. »Da kam mir das Verschweigen bestimmter Details aus meinem Lebenslauf harmlos vor. Was es natürlich nicht war, wie Oliver Kämpfer ganz richtig feststellte.«

»Das darfst du nicht mit dir machen lassen«, meinte Kassandra. »Geh zu Harald Barthel und sag ihm die Wahrheit, dann kann Oliver Kämpfer dir gar nichts mehr.« Während sie das sagte, schwirrte ihr die Frage im Kopf herum, inwieweit Simones Geschichte den Tatsachen entsprach. Dass sie erpresst wurde, glaubte sie. Aber aus dem angegebenen Grund? Und wie passte die Beauchamps-Uhr ins Bild?

»Dazu ist es zu spät, das hätte ich machen müssen, bevor ich anfing zu tun, was Oliver Kämpfer von mir wollte«, sagte Simone in Kassandras Überlegungen hinein.

»Du kannst dich doch nicht ewig von diesem miesen Typ erpressen lassen«, protestierte Kassandra nur halb gespielt.

Simone hob ihre Brauen und sagte fast amüsiert: »Du magst ihn auch nicht sonderlich, oder?«

»Kannst du laut sagen.« Den Gedanken, dass Oliver Kämpfer womöglich ihr Halbbruder war, verdrängte Kassandra schnell wieder. Automatisch sagte sie, was ihr als Erstes in den Sinn kam: »Du musst was gegen ihn unternehmen.«

»Ich bin dabei«, sagte Simone. »Inzwischen habe ich ein bisschen über die Familie Kämpfer herausgefunden. Das war nicht einfach, und für gewisse Dinge fehlen mir die Beweise, ohne die ich leider genauso dran bin wie zuvor.«

»Beweise wofür?«

»Unter anderem dafür, dass Oliver Kämpfer nicht nur mich erpresst, sondern wahrscheinlich auch Niklas Thiel. Weißt du übrigens, wie es ihm geht?«

Das musste Kassandra erst mal verarbeiten – und sich erneut vergegenwärtigen, dass sie alles, was Simone sagte, lieber mit Vorsicht genießen sollte. Was allerdings Niklas' Zustand betraf, so hatte sie gestern, bevor sie nach Stralsund zu Argos aufgebrochen waren, noch mal mit der Lübecker Klinik telefoniert, und deren Auskunft konnte sie ruhig wahrheitsgemäß an Simone weitergeben. »Es gibt nichts Neues. Er kämpft nach wie vor mit seinen Verletzungen.«

Simone seufzte betrübt. »Ich vermute, dass er sich gegen die Erpressung auflehnen wollte – und dass der Brand bei ihm eine Warnung sein sollte. Obwohl es mir schwerfällt, will ich Kämpfer zugutehalten, dass er sicherlich nicht mit diesen Auswirkungen gerechnet hat. Kein Erpresser schlachtet die Kuh, die er melkt.«

»Wohl nicht.« Je mehr Simone erzählte, desto mehr fing Kassandra an, in Betracht zu ziehen, dass sie zumindest in Teilen die Wahrheit sagte. Es klang so verflixt logisch. »Wie kommst du darauf, dass Niklas von Oliver Kämpfer erpresst wurde? Womit denn?«

»Womit, weiß ich nicht. Niklas Thiel erzählt in der Firma nie viel über sich, keine Ahnung, was er zu verbergen hat. Aber was Oliver Kämpfer mir gegenüber wie zufällig fallen ließ, klingt, als wisse er einiges über die Finanzlage der BOB – und das hat er nicht von mir.« Simone nahm einen Schluck von ihrem inzwischen sicher nur noch lauwarmem Milchkaffee. »Außerdem ist da noch was«, fuhr sie fort. »Vor einigen Tagen hat es auch hier in Stralsund gebrannt. Dabei gab es einen Toten, sein Name war Lothar Giese. Der Mann hatte ein Antiquariat in der Tribseer Straße, in dem ich früher manchmal nach Lesestoff gestöbert habe. Zufällig habe ich ihn vor einigen Wochen mit Oliver Kämpfer gesehen, und der wirkte wenig begeistert. Nicht dass sie gestritten hätten, aber es lag eine ungute Atmosphäre in der Luft, das konnte ich sogar von Weitem erkennen. Ich war schon in der Bredouille wegen Kämpfer und hoffte nach dieser Beobachtung, dass Giese mir was in die Hand geben könnte, um mich gegen die Erpressung zu wehren.«

»Und?«, fragte Kassandra gespannt.

»Ich bin Giese zu einer Kleingartenkolonie gefolgt, wo er anscheinend wohnte. Da hing Wäsche auf einer Leine, in einem Schuppen konnte ich Getränkekisten erkennen und einen Vorrat an Konservendosen, Waschmittel und so was. Ich wollte schon an die Tür zur Laube klopfen, da hörte ich, wie er drinnen mit jemandem sprach. Ich ließ das mit dem Anklopfen und hörte stattdessen, wie Giese jemandem erzählte, er könne anderen Leuten das Leben schwer machen, wenn diese anderen Leute ihn nicht anständig für sein Schweigen bezahlen würden. Daraus schloss ich, dass er zwar etwas gegen Oliver Kämpfer in der Hand hatte und ihn damit erpresste, dass er mir aber kaum anvertrauen würde, was das war, denn er verriet es nicht mal seinem Freund in der Laube.«

»Was hast du dann gemacht?«

»Erst mal hab ich den Rückzug angetreten. Später bin ich noch ein paarmal in die Kolonie gegangen, weil ich hoffte, ich käme in die Laube und könnte vielleicht da etwas finden.« Sie guckte betreten. »Ich weiß, das wäre nicht korrekt gewesen, aber ich kam sowieso nie rein. Entweder war Giese da oder dieser andere Typ, der aussah wie ein Obdachloser. Zweimal bin ich sogar fast Oliver Kämpfer in die Arme gelaufen, der vermutlich den gleichen Plan hatte wie ich. Er kam aber auch nicht weiter.«

Kassandra sah die Szene bildlich vor sich und nickte langsam. »Was schließt du aus all dem?«

»Dass Oliver Kämpfer nicht nur für den Brand bei Niklas Thiel verantwortlich ist, der außer Kontrolle geriet. Sondern dass er außerdem Lothar Giese aus dem Weg geräumt hat. Ich habe erst aus der Zeitung erfahren, dass Giese noch eine Wohnung in Stralsund hatte, sonst hätte ich da auch vor der Tür gestanden und versucht, etwas in Erfahrung zu bringen.«

»Damit unterstellst du Kämpfer einen Mord«, sagte Kassandra leise. »Er mag ein unangenehmer Mensch sein, aber kaltblütiger Mord? Das wirst du beweisen müssen, wenn du ihm damit ans Leder willst. Meinst du nicht, dass es richtiger wäre, deinen Verdacht der Polizei zu melden? Wenn die feststellt, dass da was dran ist, wärst du ihn genauso los.«

»Mir ist egal, auf welche Weise ich seinen Erpressungen entkomme«, sagte Simone. »Aber für die Polizei brauche ich genauso Beweise oder zumindest eindeutige Indizien, warum Oliver Kämpfer es auf Lothar Giese abgesehen haben könnte. Die würden mir sonst nie glauben.«

Kassandra war geneigt, ihr zuzustimmen, die Polizei hatte schon ganz andere Dinge nicht geglaubt.

»Ich muss in diesen Garten«, sagte Simone wieder etwas selbstbewusster.

»Warum in den Garten? Giese könnte, was immer er gegen Kämpfer in der Hand hatte, auch zu Hause aufbewahrt haben«, sagte Kassandra und achtete genau auf Simones Reaktion. Deren Antwort verblüffte sie, aber nur in der ersten Sekunde.

»Da war ich inzwischen«, sagte Simone leise, ohne sie anzusehen. Dann hob sie den Blick. »Ich habe nichts gefunden.«

Tatsächlich nicht?, fragte sich Kassandra. Und was ist mit der Beauchamps-Uhr? Wieso hast du die erkannt? Sie hatte in den letzten Minuten diese wichtige Frage beinah vergessen.

»Ich traue mich aber nicht allein hin«, fuhr Simone fort, »weil ich keinen Wert auf Handgreiflichkeiten mit diesem kaputten

Typ lege und weil ich da möglicherweise auf Oliver Kämpfer treffe, falls er bisher ebenso erfolglos war wie ich. Kannst du mich nicht begleiten? Zu zweit hätten wir größere Chancen gegen den Obdachlosen, und falls Oliver Kämpfer auftaucht, könnten wir sagen, du hättest in der Kolonie Bekannte. Das wirkt glaubwürdiger als alle Lügenmärchen, die ich auftischen könnte.«

Kassandra war hin- und hergerissen. Trotz aller Unwägbarkeiten mochte einiges von Simones Geschichte der Wahrheit entsprechen. Es konnte sogar sein, dass Dietrich in Gieses Garten etwas übersehen hatte. Ihr Verstand riet ihr zwar, nicht auf Simones Bitte einzugehen. Andererseits: Wenn sie jetzt ablehnte, stieß sie sie womöglich nicht einfach nur vor den Kopf, sondern machte sie im schlimmsten Fall misstrauischer, als sie vielleicht schon war. Sie nickte also und winkte der Kellnerin: »Zahlen, bitte.«

Ehe sie das Café verließen, entschuldigte sich Kassandra mit den Worten »Ich merke leider immer sofort, wenn ich Kaffee trinke« und verschwand erneut auf die Toilette, in der Hoffnung, dass Simone ihr das abkaufte. Sie würde sich jedenfalls nicht auf sie einlassen, ohne Paul darüber zu informieren. In der Kabine wollte sie gerade seine Nummer antippen, da hörte sie, wie jemand anders den Toilettenraum betrat. Ohne zu wissen, wer das war, sollte sie lieber nicht mit Paul sprechen. Schnell tippte sie *Mit Simone zu Gieses Garten*, fügte seiner noch Dietrichs Nummer hinzu, um sicherzugehen und weil der besser als Paul wusste, wo genau sich der Garten befand, drückte auf »Senden« und betätigte dann die Spülung.

Draußen im Waschraum stand Simone vor dem Spiegel und lächelte ihr zu. »Ich hab wohl auch zu viel Kaffee getrunken. Jetzt können wir.«

Auf der Straße sah Kassandra sich unauffällig um und entdeckte Paul am Tisch der nebenan liegenden Stadtbäckerei. Er bezahlte gerade seinen Espresso, hatte sie aber gesehen und wandte ihnen den Rücken zu, als Kassandra mit Simone an ihm vorbeiging.

»Fahren wir getrennt oder nehmen wir meinen Wagen?«, fragte Simone.

Selbst wenn Kassandra gewusst hätte, wo Paul den Škoda geparkt hatte, hätte sie ihn damit abgehängt. »Mit deinem. Ich kann nicht behaupten, dass ich mich mit Stralsunds Gartenkolonien auskenne, und wenn ich dich aus den Augen verliere, können wir unseren Plan vergessen.«

Simones Wagen stand auf dem Neuen Markt, die Fahrt zur Kolonie legten sie schweigend zurück. Ab und zu sah Kassandra in den Seitenspiegel, konnte den Škoda aber nirgends entdecken. Natürlich hatte Paul auch erst zu seinem Auto gehen müssen, und wenn er das am anderen Ende der Altstadt stehen hatte, würde er eine Zeit lang brauchen.

»Du bist so still«, sagte Simone, als sie sich nicht nur der Gartenkolonie näherten, sondern auch Hinweisschilder auf die Justizvollzugsanstalt auftauchten. »Willst du lieber umkehren?«

»Nein«, sagte Kassandra entschlossen und unterdrückte ihr Unbehagen. Dennoch fühlte sie sich genötigt, ihre Schweigsamkeit zu erklären. »Entschuldige. Die Umgebung erinnert mich nur an was anderes.«

Das war nicht mal gelogen, die Besuche in der JVA gehörten nicht zu ihren angenehmsten Erinnerungen.

Kassandra sah, dass Simone fragend die Brauen hob, und fügte hinzu: »Mein Exmann sitzt da ein. Noch jedenfalls. Er müsste bald entlassen werden.«

Simones Brauen rutschten noch höher, praktisch so hoch wie die von Heinz. »Dein Ex ist im Knast?«, fragte sie ungläubig. »Was hat er ausgefressen? Also, falls du darüber reden willst.«

Kassandra lächelte reserviert. »Eigentlich nicht«, sagte sie und benutzte so dieselben Worte wie Simone vorhin, schwieg aber danach tatsächlich.

Simone nahm ihr das nicht übel, oder sie war abgelenkt, weil sie sich nun auf dem Parkplatz der Kolonie mühsam in eine enge Lücke quetschen musste. »Na, dann wollen wir mal«, sagte sie beim Aussteigen. »Drück die Daumen, dass wir ungestört sind – und bleiben. Zumindest sieht es so aus, als wäre Kämpfer nicht hier. Keine Luxuskarre weit und breit.«

Sie hatten Glück, niemand hinderte sie am Betreten des Gartens von Lothar Giese, und auch der Obdachlose – sein Name war Max, fiel Kassandra wieder ein – schien ausgeflogen zu sein.

Alles war ruhig und die Laube verschlossen. Gemeinsam suchten sie die nähere Umgebung nach dem Schlüssel ab, den Kassandra unter einem an mehreren Stellen gesprungenen Blumenkübel fand. Gespannt drehte sie ihn im Schloss und schob vorsichtig die Tür auf. Drinnen blieb alles ruhig, allerdings schlug ihnen ein Gestank nach Ausdünstungen und Alkohol entgegen, der kaum einen Zweifel daran ließ, dass Max noch nicht lange weg war und vermutlich zurückkehren würde.

Die Gardinen waren zugezogen. Im diffusen Licht, das von draußen hereindrang, schob Kassandra sie zur Seite und hustete, als Staub in ihrer Kehle kitzelte. Vor ihnen lag der Raum, den Dietrich beschrieben hatte. In der Ecke erkannte sie die Pumpe mit dem Eimer, an der linken Wand das Sofa, auf dem er Max angetroffen hatte, davor stand ein Tisch, direkt gegenüber ein uralter Küchenschrank und eine kleine Kommode auf der rechten Seite.

Simone wandte sich der Kommode zu, Kassandra begann mit dem Küchenschrank. Im oberen Teil stand hinter Milchglastüren teilweise angeschlagenes Geschirr, sonst nichts. Auf der Arbeitsfläche lag ein Frühstücksbrett mit dem Rest einer angebissenen Stulle, dahinter befand sich eine alte Brotkiste. Kassandra hob den Deckel, prallte zurück und ließ den Deckel wieder fallen.

»Hast du was gefunden?«, fragte Simone von drüben.

»Außer einem Kanten Brot, der schon zu leben anfängt, bisher nichts.«

»Uh«, machte Simone, bückte sich und widmete sich wieder der Kommode.

Auch die beiden Schubladen unter der Arbeitsfläche des Küchenschranks boten nichts Aufregendes. Da lagen nur ein paar Blechbestecke, ein Flaschenöffner und ein Korkenzieher. Die Unterschränke waren bis auf einen Topf und etwas, das aussah wie eine Bettpfanne, leer.

Kassandra drehte sich um, betrachtete das Sofa und den Tisch. Auf dem Tisch lag eine zerfledderte Zeitschrift, darunter lugte ein Stück Papier hervor. Neugierig ging sie hinüber, stolperte jedoch über ein hochstehendes Dielenbrett.

»Mist!«, fluchte sie, als sie auf dem Boden landete. Die Jeans war reif für die Wäsche. Sie wollte lieber nicht wissen, was jetzt alles daran klebte.

Mit zwei Schritten war Simone bei ihr und half ihr auf die Beine. »In der Kommode war auch nichts. Ich hatte so gehofft, dass wir hier fündig werden.«

Kassandra griff nach der Zeitschrift, doch das Blatt darunter war nur ein aus einer Zeitung ausgerissenes Kreuzworträtsel, das zu ihrem Erstaunen komplett ausgefüllt war. Sie schaute auf die Fragen und sah mit einem Blick, dass sie kaum ein Viertel davon hätte beantworten können. Max musste einiges auf dem Kasten haben, wenn er nüchtern war.

»Puh«, sagte Simone, die sich nicht für das Rätsel interessierte. »Ist hier ein Mief drin.« Sie wedelte sich mit der Hand Luft zu. »Ich geh raus und sehe im Schuppen nach. Und im Plumpsklo.«

Kassandra lachte. »Meinst du, da hat Giese was versteckt?«

Simone hob die Arme. »Wer weiß? Dürfte das Örtchen sein, an dem andere Leute am wenigsten suchen.«

»Viel Erfolg, ich nehme mal das Sofa auseinander.«

Als Simone verschwunden war, schaute Kassandra auf ihr Smartphone. Keine Nachricht. Ob Paul inzwischen in der Nähe war oder Dietrich was mit ihrer Botschaft anzufangen gewusst hatte? Sie wollte sich schon wie angekündigt dem speckigen Sofa widmen, als ihr Blick auf die lose Bodendiele fiel, die sie zu Fall gebracht hatte. Etwas war merkwürdig damit. Sie kniete sich hin, ruckelte daran – und hielt das Brett in der Hand. Darunter kam ein Hohlraum zum Vorschein, in dem etwas Rechteckiges von der Größe eines Laptops lag, das aber eher wie ein Buch aussah. Als sie es hochhob, wurde ihr klar, was sie gefunden hatte: ein altes Fotoalbum.

Mit dem Album in der Hand stand sie auf und trat ans Fenster. Draußen hatte sich der Himmel bewölkt, dadurch war es auch am Fenster recht dunkel, sodass sie die alten Bilder nur undeutlich erkennen konnte. Sie ging zur Tür und knipste die nackte Glühlampe an, die von der Decke hing und ein sparsames Licht spendete. Direkt unter der Lampe war es hell genug, sie sah nun, dass es sich um Fotos aus den sechziger und siebziger Jahren handelte.

Es war seltsam, Lothar Giese als die jüngere Version seiner selbst zu sehen. Er machte einen ganz anderen, viel selbstbewussteren Eindruck als der Mann, den sie auf der »Gorch Fock« gesehen hatten. Kassandra fiel das fehlende Foto aus seiner Wohnung wieder ein. Es passte nicht ganz in die Zeit dieser Bilder hier, aber vielleicht würde Rieka auf diesen Aufnahmen Personen wiedererkennen, die sie auf Gieses Foto im Wohnzimmer gesehen hatte. Das Problem war allerdings, das Album an Simone vorbei aus der Laube zu schmuggeln.

Während sie noch grübelnd durch die Seiten blätterte, fielen drei Fotos heraus und landeten auf dem Fußboden. Sie bückte sich, um sie aufzuheben, und erkannte auf den Rückseiten von zwei Fotos, die mit dem Gesicht nach unten lagen, Teile einer blassen Schrift. Das oberste Foto lag richtig herum. Es zeigte Lothar Giese mit einem anderen jungen Mann vor einem Springbrunnen. Giese war eindeutig zu erkennen, er grinste in die Kamera, der andere jedoch schaute zur Seite und lachte Giese an. Kassandra kam er vage bekannt vor. War es seine Körperhaltung oder sein Profil? Sie konnte ihn nicht einordnen und drehte das Bild um, in der Hoffnung, dass es ebenfalls beschriftet war.

Da hörte sie ganz dicht hinter sich ein Geräusch. Sie hob alarmiert den Kopf. Jemand war in der Laube, jemand, der sich hereingeschlichen haben musste und ausgenutzt hatte, dass sie so vertieft in das Album gewesen war. Sie fuhr herum – oder wollte es, denn im selben Moment hörte sie ein Zischen, dann krachte etwas auf ihren Kopf, und es wurde schwarz um sie.

24

Kay Dietrich ließ das heiße Wasser auf seine verspannten Schultern prasseln und schloss die Augen. Vor einer guten Stunde hatte Oliver Kämpfer Feierabend gemacht. Dietrich hatte gewartet, ob Kämpfer nach Hause fahren würde, was glücklicherweise nicht der Fall gewesen war, sonst hätte er nahtlos mit der Abhöraktion dort weitermachen müssen und wäre wahrscheinlich irgendwann vor Langeweile eingeschlafen. Stattdessen hatte er ein paar dringende Einkäufe erledigen können. Das hatte ihn zwar munterer werden lassen, aber leider wenig zur Entspannung beigetragen. Hinzu kam, dass sein Bein ihm wieder zu schaffen machte, zuerst durch das viele Sitzen und anschließend durch das Schleppen der Getränkekisten. Er genoss deshalb den wärmenden Duschstrahl, der seine Muskeln lockerte, und drehte den Wasserhahn erst nach weiteren fünf Minuten zu.

Als er das Badezimmer verließ, hörte er schon auf dem Flur sein Telefon klingeln, das auf seinem Schreibtisch neben dem Notebook lag. Er hoffte, es möge aufhören, bis er im Wohnzimmer war, doch den Gefallen tat es ihm nicht. Nach einem Blick auf das Display beeilte er sich, das Gespräch anzunehmen.

»Herr Freese, was gibt's?«

»Gieses Garten – wo genau ist der?«, sagte Paul Freese entgegen aller Gewohnheit ohne jede Begrüßung, seine Stimme klang gehetzt.

»In der Nähe der JVA. Ist was nicht …«

»Das weiß ich«, unterbrach ihn Paul Freese. »Wo genau? Ich habe auf dem Navi nachgesehen, da sind so viele Kleingartenkolonien, dass ich mit der näheren Umgebung allein nichts anfangen kann.«

Dietrich beschloss, ihn nicht mit der Bitte um eine Erklärung aufzuhalten. »Geben Sie Franzenshöhe ins Navi ein. Sie müssen dann die Straße in Richtung JVA weiterfahren, von da gibt's nur einen Eingang in die Kolonie, aber …«

»Danke«, sagte Paul Freese und schmiss offenbar sein Telefon irgendwohin, schaltete es jedoch nicht aus.

»Sind Sie noch da?«, fragte Dietrich, so laut er konnte. »Hallo?«

Es dauerte etwas, bis Paul Freese sich wieder meldete. »Ich bin jetzt unterwegs. Kassandra ist mit Simone Kleist hingefahren, ich habe ein ungutes Gefühl bei der Sache.«

»Verstehe. Wo sind Sie gerade? Noch in Wustrow?«

»Nein, eben raus aus der Altstadt. Es ist ein Höllenverkehr überall, ganz Stralsund scheint eine einzige Baustelle zu sein. Ich kann bloß hoffen, dass Kassandra und Simone Kleist auch davon aufgehalten werden.«

»Alles klar, ich mache mich ebenfalls auf den Weg.« Dietrich vertraute Paul Freeses ungutem Gefühl und teilte es. »Die Kolonie ist ziemlich verwinkelt, ich bin aus der Entfernung nicht mehr sicher, welche Wege man gehen muss. Warten Sie am besten auf mich – oder wenn das zu lange dauert, fragen Sie Leute in den Gärten. Giese und sein Dauergast Max sind ziemlich bekannt da.«

»Mach ich.«

Nachdem er das Gespräch beendet hatte, sah Dietrich, dass das eben nicht Paul Freeses erster Versuch gewesen war, ihn zu erreichen. Er hatte dessen ersten Anruf sowie eine Nachricht von Kassandra Voß verpasst, die ihn darüber informierte, wo sie war.

Eilig streifte er sich eine Jeans und ein Hemd über, das er zuknöpfte, während er schon die Treppe hinunterhastete. Glücklicherweise stand sein Wagen fast vor der Tür. Als er auf die Straße trat, bemerkte er flüchtig einen Nachbarn, der ihn verblüfft anstarrte und ihm zurief: »Heute vergessen zu kämmen, Herr Dietrich?«

Dietrich ignorierte ihn und den Schmerz, der gerade wieder durch sein Bein fuhr, und stieg ins Auto. Er kannte Stralsund wie seine Westentasche, er hatte die letzten dreißig Jahre fast ausschließlich hier verbracht und wusste von Schleichwegen, die Paul Freeses Navi mit Sicherheit fremd waren. Er drückte auf die Tube, wo immer es möglich war, und nahm keine Rücksicht auf Geschwindigkeitsbegrenzungen. Trotzdem dauerte ihm die Fahrt viel zu lange.

Eine Viertelstunde, nachdem er das Haus verlassen hatte, stand er vor der Kolonie und sah sich vergeblich nach Paul Freeses Škoda um. Nichts.

Er lief los und wusste nun auch wieder, welche Wege zu Gieses Garten führten. So schnell er konnte, hetzte er an den Zäunen entlang und registrierte, dass sich kein Mensch draußen aufhielt. Er erinnerte sich dunkel, dass jetzt ein Fußballspiel übertragen wurde. Paul Freese würde den Weg allein finden müssen, er konnte nicht riskieren, auf ihn zu warten.

Von Weitem sah er endlich Gieses Garten. Das Tor stand offen, nichts war zu sehen und zu hören. Waren Kassandra Voß und Simone Kleist schon wieder weg? In dem Fall hätten sie vermutlich das Tor geschlossen. Beim Näherkommen kniff er die Augen zusammen. Da war etwas bei der Laube, das da nicht hingehörte.

Noch bevor er die kleine Flamme sah, die an einer Gardine im Innern der Laube leckte, nahm seine Nase den Brandgeruch war. Dietrich rannte los.

Die Tür der Laube ließ sich nicht öffnen. »Frau Voß? Sind Sie da drin? Frau Kleist?«, rief er, ohne eine Antwort zu bekommen. Entweder seine Sorge war unbegründet, und es befand sich niemand in der Laube. Oder es *konnte* niemand mehr antworten. Durch das Fenster war nichts zu sehen, da die Gardine mittlerweile vollends in Flammen stand.

Dietrich hatte schon bei seinem ersten Besuch hier bemerkt, dass Tür und Schloss von einfachster Machart waren, wusste aber trotzdem nicht, ob er das allein schaffen würde. Mit Wucht warf er sich gegen das Holz, einmal, zweimal, dreimal, dann krachte es, der Türrahmen um das Schloss zersplitterte, die Tür schwang nach innen auf, Rauch quoll ihm entgegen, er konnte kaum etwas erkennen und musste husten, weil ihm sofort der Qualm in die Lunge drang. Er riss sich das Hemd vom Körper und hielt es sich vor Nase und Mund.

Das Feuer war links in der Laube ausgebrochen und hatte die Mitte des Raumes, wo eine Gestalt am Boden lag, noch nicht ganz erreicht. Sonst befand sich niemand hier.

Mit zwei Schritten hatte er sie erreicht. Kassandra Voß war bewusstlos, sie blutete am Hinterkopf, atmete aber, wenn auch nur flach. Hinter seinem Hemd holte Dietrich noch einmal so tief Luft, wie er konnte. Dann hielt er den Atem an, warf das

Hemd über seine Schulter, hob Kassandra Voß hoch und trug sie hinaus.

Draußen bettete er sie vorsichtig auf ein Stück Rasen, das weit von der Laube entfernt war, drehte sie in die stabile Seitenlage, fischte nach seinem Smartphone und wählte die 112. Nur aus den Augenwinkeln sah er jemanden in den Garten stürmen. Er sprang auf, doch ein Stechen fuhr durch sein Bein, es gab nach, sodass er einen Moment brauchte, um wieder ins Gleichgewicht zu kommen. Dann erkannte er, dass keine Gefahr drohte, sondern Paul Freese auf dem Boden neben Kassandra Voß kniete und ganz offensichtlich genau wusste, was zu tun war, um ihre Lebensfunktionen zu überprüfen.

»Hallo? Bitte melden Sie sich«, dröhnte es von der Notrufzentrale derweil schon zum wiederholten Mal aus seinem Telefon. Dietrich gab durch, was passiert war und wo sie sich befanden. Danach steckte er sein Telefon weg und zog sich sein Hemd wieder notdürftig über, obwohl er nicht fror. Das Feuer, das inzwischen weit mehr von der Laube erfasst hatte, sorgte für reichlich Hitze.

Paul Freese hockte noch immer neben Kassandra Voß, fühlte ihren Puls, strich ihr übers Gesicht und sprach sie an, in der Hoffnung, dass sie aus ihrer Bewusstlosigkeit erwachte.

Dietrich kniete sich auf ihre andere Seite und bekam mit, wie sie sich rührte, ihre Augen öffnete, sich aufrichten wollte, aber stattdessen heftig zu husten begann. Er sah auf die Uhr und hoffte, dass die Rettungskräfte bald hier sein würden. Sie konnte eine Portion Sauerstoff gut vertragen.

»Paul?«, krächzte sie schließlich in einer Hustenpause. »Was … ist passiert? Wo ist Simone?«

Dietrich hatte Paul Freese noch nie so blass und um Worte ringend gesehen, nicht mal, als er und Kassandra Voß bei ihrem letzten Fall als Geiseln genommen worden waren. »Du … Jemand hat … Gieses Laube brennt, und wenn …« Er stockte und fuhr mit festerer und zunehmend lauterer Stimme fort: »Wenn Herr Dietrich nicht früh genug hier gewesen wäre, lägst du bald neben Niklas in der Klinik – oder neben Giese auf dem Friedhof! Verdammt, Kassandra, was hast du dir dabei gedacht?«

»Herr Freese«, mahnte Dietrich leise, obwohl er verstand, was in ihm vorging.

Kassandra Voß hustete wieder und lehnte sich mit geschlossenen Augen erschöpft an Paul Freese, der sie behutsam in den Arm nahm. »So viel zu ›Mir wird nichts passieren‹«, murmelte er. Dann wandte er sich an Dietrich. »Haben Sie Simone Kleist gesehen?«

»In der Laube war sie nicht, und als ich kam, ist sie mir ebenfalls nicht begegnet. Sie muss einen anderen Weg genommen haben.«

»Oliver Kämpfer«, sagte Kassandra Voß. »Er hat sie erpresst. Könnte er sie … mitgenommen und das Feuer gelegt haben?« Sie begann erneut zu husten, gleichzeitig ertönten endlich die erwarteten Martinshörner.

»Zeitlich wär's möglich, er hat vor zwei Stunden sein Büro verlassen. Gesehen habe ich allerdings niemanden«, stellte Dietrich fest. »Die Geschichte mit der Erpressung würde ich gern hören, wenn …« Kassandra Voß holte schon Luft, doch Dietrich ließ sie nicht zu Wort kommen, »… wenn Sie wieder auf dem Damm sind.«

In diesem Augenblick trafen fast zeitgleich Feuerwehr und Rettungswagen ein. Die Feuerwehr hatte es nicht leicht durchzukommen. Die Sanitäter dagegen versorgten Kassandra Voß problemlos mit Sauerstoff, legten sie auf eine Trage und brachten sie zu ihrem auf dem Hauptweg wartenden Wagen. Paul Freese begleitete sie. Dietrich blieb allein zurück, um zuzusehen, wie die Reste der Laube in sich zusammenfielen und nur noch ein schwarzer verkohlter, von Wassermassen ertränkter Haufen übrig blieb.

Dietrich wischte sich gerade Schweiß und Ruß von der Stirn, als die Polizei eintraf. Er beantwortete alle Fragen der Kollegen, so gut er konnte, viel wusste er allerdings nicht. Bald trafen auch die Brandursachenermittler ein, einer aus dem Team erkannte Dietrich und grüßte.

»Waren Sie nicht auch irgendwie in diesen Fall in der Tribseer Straße neulich verwickelt?«, fragte er.

Irgendwie trifft es ziemlich gut, dachte Dietrich, nickte aber nur.

»Da Sie hier sind«, fuhr der Beamte fort, »vermuten Sie einen Zusammenhang? In dem Fall sollten Sie mit den Kollegen von der KPI in Anklam reden – und vielleicht mit HK Seidel. Den scheinen neuerdings Brände zu interessieren, er hat alles drangesetzt, die Ermittlungsleitung zur Brandstiftung in Wustrow vorgestern Nacht zu übernehmen.«

Nachdenklich schaute Dietrich hinüber zu Gieses völlig zerstörter Laube. »Meiner Meinung nach hängt alles zusammen. Falls das endlich mal in Betracht gezogen wird, könnte es sein, dass die KPI auch für diesen Fall hier zuständig ist. Wäre durchaus möglich, dass versuchter Mord vorliegt.«

»Oha. Also kein Feuerteufel, der mehr oder weniger wahllos alles in Brand steckt. Na, wir werden jetzt erst mal sehen, was wir in den Überresten da drüben finden.«

Die Feuerteufel-Lösung schloss Dietrich aus, trotzdem blieben noch genug Rätsel. Nach Kassandra Voß' Worten zu urteilen, vermutete sie, dass Simone Kleist die Gartenkolonie nicht freiwillig verlassen hatte, sondern von Oliver Kämpfer gezwungen worden war. Im Augenblick konnte er sich noch keinen rechten Reim darauf machen, er hielt es alles in allem für wahrscheinlicher, dass Simone Kleist das Feuer gelegt hatte. Zumindest sprach ja einiges dafür, dass sie für den Brand in Wustrow verantwortlich war.

Wie es aussah, mussten sie zunächst abwarten, was Kassandra Voß zu erzählen hatte. Zweifellos würde der Kollege Seidel sie, sobald es ihr besser ging, zu der Sache befragen oder befragen lassen und möglicherweise auch ihn herbeizitieren.

Dietrich erkundigte sich bei den Kollegen, ob sie ihn noch brauchten. Als sie verneinten, machte er sich humpelnd auf den Weg zu seinem Wagen. Paul Freeses Škoda stand direkt daneben im Halteverbot. Er glaubte nicht, dass um diese Zeit noch ein übereifriger Kleingärtner kam, der unbefugt parkende Autos abschleppen ließ. Dennoch kramte er in seinem Handschuhfach nach dem laminierten A5-Blatt, auf dem »Zivilfahrzeug im Einsatz, KPI Anklam« stand und das mit einem Stempel signiert war.

Ein kleines sardonisches Lächeln huschte über seine Züge, als er das Schild hinter Paul Freeses Scheibenwischer klemmte. Die

Bescheinigung war nicht echt. Er hatte sie mit einem authentisch wirkenden Phantasie-Stempel angefertigt, nachdem er diverse Male Strafzettel kassiert hatte, als er im Rahmen von Einsätzen mit seinem Privat-Pkw unterwegs gewesen war. Ironischerweise hatte er es seither nie benutzt, aber vielleicht erfüllte es hier ja seinen Zweck.

Unter dem Schild hatte eine Packung Schmerztabletten gelegen, die seit einem halben Jahr abgelaufen war. Er drückte trotzdem eine Tablette aus dem Blister, schluckte sie trocken und wartete, bis die Wirkung einsetzte. Erst dann startete er den Motor und konnte nun einigermaßen problemlos mit dem linken Bein kuppeln.

Zu Hause warf er alles, was er getragen hatte, in die Waschmaschine und stellte sich erneut unter die Dusche. Danach starrte er auf sein Telefon und fragte sich, ob er Paul Freese anrufen und sich erkundigen sollte, wie es Kassandra Voß ging. Er ließ es bleiben. Die beiden hatten jetzt andere Sorgen, als ihn auf dem Laufenden zu halten. Stattdessen suchte er nach der Telefonnummer von Simone Kleist. Konnte nicht schaden, zu wissen, ob sie zu Hause war.

Er hatte Glück, sie stand mit ihrer Festnetznummer im Telefonbuch, aber es meldete sich niemand, auch kein AB. Er sah allerdings auf dem Display, dass sein Anruf weitergeleitet wurde, auch wenn Simone Kleist die entsprechende Nummer unterdrücken ließ. Er landete auf ihrer Mobilmailbox, wo ihm eine unpersönliche Stimme sagte, dass der Teilnehmer zurzeit nicht zu erreichen sei. Bei der Arbeit würde sie kaum sein, dennoch wollte er auch das nicht unversucht lassen. Er fand ihre Durchwahl auf der BOB-Website, doch auch dort meldete sich niemand.

Obwohl er es nicht anders erwartet hatte, konnte er eine gewisse Frustration über die erzwungene Untätigkeit nicht unterdrücken. Durch dieses Gefühl drang Erschöpfung. Er ließ sich auf sein Sofa fallen und wollte nur kurz die Augen schließen. Als er wieder hochfuhr, war es dunkel im Zimmer.

Was hatte ihn geweckt? Er lauschte in die Stille, die nur von ein paar Stimmen draußen auf der Straße gestört wurde. Jemand lachte. Vielleicht war es das gewesen. Er stand auf, um den Rest der Nacht im Bett zu verbringen, und öffnete zum Lüften das Fenster. Die Wolken, die vor einigen Stunden Regen angekündigt hatten, mussten sich entladen haben, die Straßen waren noch nass, Pfützen hatten sich auf dem Gehweg gebildet, in denen sich aber schon wieder der Mond spiegelte. Direkt neben einer der Pfützen lehnte eine groß gewachsene Gestalt an einem Auto und schaute reglos die Fährstraße hinunter.

»Herr Freese?«, rief Dietrich.

Paul Freese hob den Blick und rief zurück: »Hat mein Klingeln Sie geweckt? Tut mir leid.«

»Kein Problem. Kommen Sie hoch, ich mach Ihnen auf.«

Nachdem er auf den Türsummer gedrückt hatte, schaute Dietrich auf die Uhr. Kurz nach halb elf. Wieso war Paul Freese nicht längst in Wustrow? Prüfend beobachtete er ihn, wie er die Treppe hochkam.

Paul Freese lächelte ein wenig schief, als er vor ihm stand. »Tut mir leid«, wiederholte er. »Ich hätte so spät nicht mehr herkommen sollen.«

»Jetzt hören Sie schon auf, sich zu entschuldigen. Kommen Sie lieber rein und setzen Sie sich. Wie geht's Frau Voß?«

Paul Freese folgte ihm ins Wohnzimmer, blieb jedoch in der Mitte des Raumes stehen. »Kassandra hat eine Rauchvergiftung und eine leichte Gehirnerschütterung. Ist nicht mit zu spaßen, aber es hätte schlimmer kommen können. Sie wollen sie über Nacht zur Beobachtung dabehalten, morgen kann ich sie mit nach Hause nehmen.«

»Das ist gut. Danke, dass Sie mir Bescheid sagen.«

»Wie bitte? *Sie* bedanken sich bei *mir*?« Paul Freeses Stimme hatte einen ungläubigen Tonfall angenommen. »Ich glaube, Sie verwechseln da was. Ohne Sie wäre Kassandra in dieser Laube erst erstickt und dann verbrannt. Sie haben ihr das Leben gerettet, und dafür stehe ich für immer in Ihrer Schuld. Ich …« Er stockte, und Dietrich wollte etwas sagen, doch Paul Freese machte eine Handbewegung, die jegliche Unterbrechung verbot. »Ich mag ja sonst ganz gut mit Worten sein«, sagte er. »Aber mir fällt gerade nichts Originelleres ein als danke. Danke für alles, was Sie für Kassandra und mich getan haben. Und nicht nur heute.«

Dietrich wusste, was gemeint war, fragte sich jedoch, was er darauf antworten sollte. Sowohl damals als auch heute war er nur seiner Überzeugung gefolgt und hatte gehandelt, wie es die Lage erforderte. Da sprach Paul Freese schon weiter.

»Im Übrigen finde ich das Gesieze besonders angesichts dessen, was ich gerade gesagt habe, langsam wirklich albern.« Er streckte ihm die Hand hin. »Paul. Falls du nichts dagegen hast.«

Damit konnte Dietrich besser umgehen als mit lobenden Worten. Er spürte instinktiv, dass Paul das wusste und sich das genau deshalb bis zum Schluss seiner Rede aufgehoben hatte. Lächelnd ergriff er seine Hand. »Kay. Und jetzt setz dich endlich, oder willst du die ganze Nacht stehen?«

Paul sah etwas zweifelnd drein. »Es ist spät, ich bin nur hergekommen, um das alles loszuwerden, nicht, um dich vom Schlafen abzuhalten.«

»Richtig, es ist spät.« Dietrich nickte. »Wäre doch Blödsinn, wenn du jetzt noch nach Wustrow zurückfährst, wo du morgen ohnehin wieder herkommen musst. Du kannst hier übernachten.« Er deutete auf das Sofa. »Ist groß und bequem, und eine Zahnbürste kann ich dir auch anbieten.«

Paul lachte. »Ich hatte eigentlich vor, mir ein Hotel zu suchen, aber ich mag Hotels nicht besonders, also nehme ich das Angebot dankend an.«

»Ist nicht so ganz uneigennützig«, gestand Dietrich. »Ich würde nämlich zu gern wissen, ob Kassandra dir schon erzählen konnte, was genau passiert ist.«

»Mir? Sie musste es schon x-mal deinen Stralsunder Kollegen erzählen. Dieser Hauptkommissar Seidel hat sie regelrecht verhört. Wenn das nicht völlig absurd wäre, hätte ich geglaubt, er verdächtigt *sie*, den Brand gelegt zu haben.«

Dietrich verzog das Gesicht. »Tut mir leid, dass Kassandra ausgerechnet mit ihm zu tun bekommen hat, ich hatte das aber schon befürchtet. Seidel macht keine großen Unterschiede zwischen Zeugen und Verdächtigen, bloß zwischen wichtigen und unwichtigen Leuten.«

Er erzählte, was der Brandursachenermittler über Seidels

plötzliches Interesse an den Bränden hatte verlauten lassen, und hörte dann gespannt, was Kassandra zu berichten gehabt hatte.

»Das Dumme ist«, schloss Paul, »dass sie sich nicht mehr erinnern kann, was passierte, unmittelbar bevor sie bewusstlos wurde. Sie weiß, dass sie ein Fotoalbum unter den Dielen fand und dass damit was nicht stimmte. Was genau das war, hat wahrscheinlich der Schlag auf den Kopf aus ihrem Gedächtnis gelöscht. Das ist wohl auch der Umstand, der Seidel so misstrauisch macht.« Er schüttelte den Kopf. »Schon verrückt, dass Kassandra jetzt ein ähnliches Amnesieproblem wie Niklas Thiel hat.«

»Kann man wohl sagen.« Zum zweiten Mal an diesem Abend schaute Dietrich auf die Uhr. »Wann hat Seidel Kassandra in Ruhe gelassen?«

»Um zehn etwa. Der behandelnde Arzt hat leider nicht richtig durchgegriffen. Warum ist das wichtig?«

»Ich wüsste gern, ob er Kassandras Version der Ereignisse letztlich ernst genommen hat. Wenn ja, müsste er auch Simone Kleists Beschuldigungen bezüglich Oliver Kämpfer nachgehen.« Als er Simone Kleist erwähnte, fiel Dietrich etwas ein. »Vorhin war die Kleist übrigens nicht aufzutreiben, ich versuche es noch mal.«

Das Ergebnis war dasselbe. Es war natürlich möglich, dass sie einfach um diese Zeit nicht mehr ans Telefon ging. Es – immer noch – komplett ausgeschaltet zu haben erschien ihm jedoch zumindest ungewöhnlich.

»Seidel hat zwar eine große Klappe«, nahm Dietrich den Faden wieder auf, »aber ich deutete das ja schon an: Wenn es darum geht, sich mit wichtigen Leuten anzulegen, zieht er gern die Samthandschuhe an. Ist die Frage, ob er Oliver Kämpfer für wichtig genug hält, um auf eine Befragung um diese Uhrzeit zu verzichten.«

»Du denkst, es wäre besser, das selbst zu erledigen, bevor Kämpfer womöglich abhaut?«, fragte Paul.

»Im Zweifelsfall ja. Aber zuerst sollten wir alle Möglichkeiten ausschöpfen und sehen, ob Kämpfer überhaupt in Gieses Garten sein konnte.« Er griff nach seinem Smartphone und wählte Riekas Nummer.

Sie ging sofort dran, anscheinend war sie eine Nachteule. »Hallo Bulle. Immer im Dienst, was?«, fragte sie amüsiert. »Was kann ich für dich tun?«

»Einen Blick in Oliver Kämpfers Terminkalender werfen. Was steht da für heute Nachmittag von etwa vier bis halb sieben?« Dietrich kalkulierte lieber großzügig.

»Moment«, bat Rieka und meldete sich sehr schnell wieder. »Nichts, tut mir leid. Ich kann noch die Mails durchgehen, das kann aber dauern – wir wissen ja nicht, wann er eine Verabredung für heute getroffen haben könnte.«

»So viel Zeit haben wir nicht«, sagte Dietrich. »Danke, Rieka.«

»Stopp mal! Im Netz stand, es hat schon wieder gebrannt. Fragst du deshalb?«

»Genau. Ich melde mich, sobald es Neuigkeiten gibt.« Er beendete das Gespräch und wandte sich wieder an Paul. »Also auf Anfang. Seidel.«

»Ich nehme an, du kannst nicht rausfinden, wo der gerade steckt oder was er vorhat? Wenn er nämlich der Sache nachgeht und du tauchst ebenfalls bei Kämpfer auf, wird das kein Spaziergang für dich werden«, warnte Paul.

»Ich hätte da eine Option«, sagte Dietrich, das Telefon noch in der Hand. Diesmal tippte er Fraukes Namen an. Da sie letzte Nacht Dienst gehabt hatte, dürfte das diese Nacht auch der Fall sein.

»Ja?«, meldete sie sich ungewöhnlich kurz, aber nicht abgehetzt. Das hieß, sie war bei einem Einsatz oder in einer Besprechung, aber nicht in unmittelbarer Aktion.

»Nur eine schnelle Frage. Weißt du, ob Seidel vorhat, Oliver Kämpfer wegen des Brandes in der Gartenkolonie zu befragen – oder es sogar schon getan hat?« Dietrich hoffte, dass Frauke überhaupt zuordnen konnte, wovon er sprach.

»Frag mich das in einer Stunde noch mal, vielleicht hat er sich bis dahin entschieden. Sorry, ich muss Schluss machen.«

»So hab ich mir das vorgestellt.« Dietrich wiederholte für Paul, was Frauke gesagt hatte. »Dann werde ich mich jetzt mal so richtig unbeliebt machen.«

»Warte«, hielt Paul ihn zurück. »Es hilft niemandem, wenn du noch mehr in Schwierigkeiten gerätst. Lass mich mit Kämpfer reden.«

Unwillig schüttelte Dietrich den Kopf. »Ich weiß zu schätzen, dass du schon wieder meine Arbeit tun willst.«

Pauls Auflachen unterbrach ihn. »Ich erinnere mich, dass du darüber schon mal anderer Meinung warst.«

Es kostete Dietrich einige Mühe, ernst zu bleiben, dennoch brachte er seinen Einwand sachlich hervor. »Du bist Wustrower Gemeindevertreter und hast in dieser Eigenschaft unabhängig über das Seefahrtschul-Konzept von Kämpfer Lodgings zu entscheiden, du solltest dich da jetzt nicht reinhängen und Ärger mit Oliver Kämpfer kriegen.«

»Mag sein, und ich nehme diese Aufgabe auch sehr ernst. Andererseits ist für mich der Mann verantwortlich dafür, dass Kassandra im Krankenhaus liegt, da dürfte es verständlich sein, dass ich ein bisschen die … Contenance verliere.«

Dietrich legte den Kopf schief. Es war keineswegs sicher, dass Oliver Kämpfer für den Brand verantwortlich war, im Gegenteil, es sprach seiner Meinung nach immer noch mehr für Simone Kleist. Dann sah er das Funkeln in Pauls Augen und verstand, dass der das ähnlich sah. »Gut. Versuch dein Glück mit deiner Schauspielkunst.«

»Da brauch ich nicht viel Schauspielkunst. Ich bin – diesmal ganz ehrlich – empört, dass er über Kassandra versucht hat, mich zu bestechen.«

»Dann gehen wir.« Dietrich stand auf und erstickte jede Widerrede im Keim. »Ich werde draußen warten. Wenn du nicht in einer Viertelstunde wieder da bist, schlage ich Alarm. Wir können immerhin nicht ausschließen, dass der Mann gefährlich ist.«

25

Um diese Zeit war die Stadt ruhig und leer, auch die Baustellen hielten sie nicht weiter auf. Paul parkte seinen Wagen direkt vor Oliver Kämpfers Haus in der Hainholzstraße. Die Fenster der Wohnung im ersten Obergeschoss waren trotz der späten Stunde erleuchtet, also war er zu Hause. Dietrich konnte zwar nicht erkennen, in welchem der Räume er sich gerade aufhielt, hatte aber vom Beifahrersitz aus die bestmögliche Sicht.

Paul holte sein iPhone hervor und wählte Dietrichs Nummer. »Am besten, du hörst mit.« Er steckte es in seine Hemdtasche und langte dann auf den Rücksitz, um Dietrich das falsche Einsatzschild zu reichen. »Ich nehme an, das gehört dir?«

»Nie gesehen«, sagte Dietrich, ohne eine Miene zu verziehen, und nahm es an sich. Mit seinem eigenen Telefon am Ohr sah er Paul nach, der ausstieg und im Haus verschwand.

»Kannst du mich verstehen?«

Dadurch, dass sein iPhone in der Hemdtasche steckte, klang Pauls Stimme etwas gedämpft, war aber deutlich genug.

»Bestens«, bestätigte Dietrich und lauschte Pauls Schritten auf der Treppe. Er hörte das Klingeln und wie sich die Tür öffnete.

Kämpfer (überrascht): »Herr Freese? Haben Sie eine Ahnung, wie spät es ist?«

Paul (wütend): »Es ist mir egal, wie spät es ist! Sie haben …«

Kämpfer (ebenso wütend): »Hey, mal ein Dezibel leiser, ja? Sie müssen nicht das ganze Treppenhaus zusammenbrüllen.«

Paul (ironisch): »Besorgt um Ihren guten Ruf? Dann sollten Sie mich reinlassen, was ich zu sagen habe, würde Ihre Nachbarn bestimmt brennend interessieren.«

Kämpfer: »So nicht. Sie verschwinden jetzt, und zwar ein bisschen plötzlich.«

Paul (leiser, aber sehr nachdrücklich): »Ich denke gar nicht dran. Sie haben nicht nur über Kassandra versucht, mich zu bestechen, Sie haben auch noch dafür gesorgt, dass sie im Krankenhaus landet. Ich könnte Ihnen Ersteres ja noch nachsehen, aber Letzteres ganz entschieden nicht. Sie …«

Kämpfer (entsetzt): »Was soll ich getan haben? Sind Sie völlig irre?«

Paul (plötzlich ganz sachlich): »Die Frage stellt sich wohl eher bei Ihnen. Es reicht Ihnen nicht, Niklas Thiels Haus abzufackeln und Lothar Giese in seiner Wohnung ersticken zu lassen, Sie müssen auch noch Simone Kleist erpressen und Kassandra niederschlagen.«

Dietrich sog tief die Luft ein. Was Paul da machte, war über alle Maßen leichtsinnig, falls Kämpfer wirklich hinter allem steckte. Er war doppelt froh, dass er vor Ort war und notfalls eingreifen konnte.

Kämpfer (nach zwei Sekunden Schweigen, fast ebenso ruhig wie Paul): »Sie sollten besser reinkommen.« *(Pause)* »Setzen Sie sich.«

Paul: »Ich stehe lieber.«

Kämpfer: »Wie Sie wollen. Würden Sie mir jetzt bitte konkret sagen, was Sie mir vorwerfen? Ich gebe zu, dass ich Frau Voß gefragt habe, womit Kämpfer Lodgings Ihr Wohlwollen gewinnen könnte. Das war ein Fehler, und ich entschuldige mich dafür. Aber was Sie sonst noch gesagt haben, ist haarsträubender Unsinn. Was für ein Interesse sollte ich haben, das Haus von Barthels Mitarbeiter abzufackeln? Ganz davon abgesehen, dass mein Vater und ich uns, während das passierte, die Nacht um die Ohren geschlagen haben, um unser Konzept für die Seefahrtschule noch weiter auszubauen.«

Paul (sarkastisch): »Sie wissen ja noch sehr genau, in welcher Nacht es in Wustrow gebrannt hat.«

Kämpfer (ebenso ironisch): »Ich habe ein gutes Gedächtnis, und wir haben erst neulich darüber gesprochen, als wir uns mit Herrn Jung getroffen haben.«

Paul: »Haben Sie für die Nacht, in der Lothar Giese ums Leben kam, ein ebenso gutes Alibi?«

Kämpfer: »Ich weiß nicht mal, wer das sein soll.«

Paul: »Ach? Kleiner Tipp: Letzten Freitag haben Sie ihn auf der ›Gorch Fock‹ getroffen. Sie sahen nicht glücklich aus. Ein paar Stunden später war er tot.«

Kämpfer (etwas aus der Fassung und mit aufgesetztem Zorn): »Spionieren Sie mir hinterher?«

Paul: »Hätte ich dafür einen Grund? Sie sind ja angeblich nicht verantwortlich für den Brand in Niklas Thiels Haus, und die ›Gorch Fock‹ ist ein schönes Schiff.«

Kämpfer: »Sie glauben aber offenbar das Gegenteil. Sind Sie mir deshalb gefolgt?«

Paul: »Woher sollte ich wissen, wo Sie wann sind? Apropos: Wo waren Sie denn in der Nacht, in der Lothar Giese starb?«

Kämpfer (wieder wütend): »Ich bin Ihnen keine Rechenschaft darüber schuldig, was ich tue.«

Paul (lauter): »Wenn Sie Gieses Laube mit Kassandra darin anzünden, schon. Hören wir auf mit dem Katz-und-Maus-Spiel, ich werde Ihnen sagen, was ich weiß.«

Dietrich hörte zu, wie Paul Kämpfer erzählte, was er von Kassandra und die wiederum von Simone Kleist erfahren hatte. Zwischendurch klang es das eine oder andere Mal, als wollte Kämpfer ihm ins Wort fallen, aber Paul ließ sich nicht unterbrechen. Als er fertig war, brauchte Kämpfer etwas, um seine nächsten Worte zu wählen.

Kämpfer: »Ich hätte Sie für intelligent genug gehalten, kein Wort von dem zu glauben, was Simone Kleist sagt. Die Frau ist gefährlich, nicht ich. Sie muss Frau Voß niedergeschlagen haben.«

Paul (scheinbar neutral): »Warum sollte sie?«

Kämpfer (fast zu schnell): »Keine Ahnung.« (*Nach einer Pause:*) »Sie ist ein merkwürdiger Mensch.«

Paul: »Sie haben sie also nicht erpresst, sie hat sich das aus den Fingern gesogen? Warum lassen Sie Simone Kleist dann beschatten?«

Dietrich hielt die Luft an. Dass er über Argos informiert war, hatte Paul bisher unerwähnt gelassen. Wenn Kämpfer auf die Idee kam zu fragen, woher Paul das wusste, hätte er ein Problem.

Dafür, dass er kein Polizist, sondern nur Privatmann war, ging Paul sehr viele Risiken ein. Leute wie ihn hätten sie bei der Polizei gut brauchen können. Andererseits konnte ein Polizist so was wie das Theater bei Argos auch nicht so ohne Weiteres durchziehen.

Anscheinend hatte Paul Kämpfer gut eingeschätzt. Der konzentrierte sich viel zu sehr auf seine anderen Probleme, als dass ihm eine entsprechende Nachfrage wegen der Beschattung einfiel.

Kämpfer (tief durchatmend): »Hören Sie, wenn ich Ihnen sage, wie das mit Simone Kleist und mir zusammenhängt, bleibt das unter uns?«

Paul: »Das kann ich kaum vorher entscheiden.«

Kämpfer (fast ein bisschen amüsiert): »Sie sind ein harter Verhandlungspartner. Hat Kämpfer Lodgings eigentlich eine reelle Chance in Wustrow?«

Paul: »Sie glauben gar nicht, wie egal mir das gerade ist. Sie wollten mir von Simone Kleist erzählen.«

Kämpfer: »Also schön. Ja. Zum Teil haben Sie recht. Wissenswertes über die BOB zu erfahren kann nie schaden. Ich habe also Simone Kleist erpresst. Allerdings nicht wegen nebulöser Verfehlungen in ihrem Berufsleben, sondern weil ich sie am Abend des Brandes in der Tribseer Straße aus dem Haus von Lothar Giese kommen sah. Ich bin danach hoch zu Giese und habe bei ihm geklingelt, aber da rührte sich nichts. Es roch ein bisschen seltsam, dummerweise habe ich geglaubt, dass der Geruch bei einem fast abbruchreifen Haus sonst wo seine Ursache haben könnte. Also bin ich wieder gegangen. Am nächsten Morgen las ich in der Zeitung von dem Brand. Es war nicht schwer, eins und eins zusammenzuzählen. Ich kontaktierte Simone Kleist und …«

Paul (Kämpfer ins Wort fallend): »Moment. Wieso haben Sie angenommen, dass Simone Kleist hinter dem Brand steckte?«

Kämpfer (ironisch): »Können Sie sich eine Frau wie Simone Kleist mit Freunden vorstellen, die im selben Haus wie Giese wohnen? Ich nicht.«

Paul: »Dann frage ich andersrum: Was hatten Sie mit Giese zu tun? Sie beide passen auch nicht unbedingt zusammen.«

Kämpfer: »Giese hat mich vor einigen Wochen kontaktiert und mir ein Geschäft vorgeschlagen. Er sagte, er hätte Informationen, die mich sicher interessieren würden, aber die wären einiges wert.«

Paul: »Was für Informationen?«

Kämpfer: »Das habe ich auch gefragt, aber er wollte nicht damit rausrücken, bevor ich ihm nicht finanziell unter die Arme greife. Das waren seine Worte. Weil ich mir keine Blöße geben wollte, sagte ich ihm, dass ich auf so was Dubioses nicht eingehe, obwohl ich mir durchaus Gedanken machte und versuchte, mehr über Giese zu erfahren. Ohne Argos, es sollte keine Mitwisser geben. Nichts, was dabei rauskam, half mir weiter. Am Ende war ich fast erleichtert, dass er sich noch mal meldete und mir einen Beweis für die Brisanz seiner Informationen versprach, wenn ich mich mit ihm auf der ›Gorch Fock‹ treffe. Zuerst redete er wie zuvor nur um den heißen Brei herum, aber als ich ungeduldig und genervt tat, gab er mir seinen sogenannten ›Beweis‹.« *(Schritte und das Geräusch einer sich öffnenden Schranktür oder Schublade)* »Das hier.«

Paul (nachdenklich): »Eine alte Münze?«

Kämpfer: »Ich konnte damit nichts anfangen und fragte ihn, was das solle. Er meinte, ich sei zu jung, solle die Münze aber meinem Vater zeigen. Der würde sich erinnern.«

Paul: »Und? Was sagt Ihr Vater?«

Kämpfer (leise): »Ich hab sie ihm nicht gezeigt. Auf den ersten Blick war Gieses Vorschlag ganz vernünftig, mein Vater sammelt Münzen und kennt sich aus. Aber Giese klang bei seinen Worten ausgesprochen zufrieden, so als wolle er mir zu verstehen geben, dass meinem Vater bestimmt etwas zu der Münze einfiele. Etwas, das weder ihm noch mir behagen würde.«

Paul: »Sie glauben, die Informationen, die Giese Ihnen verkaufen wollte, betreffen Ihren Vater.«

(Schweigen)

Paul: »Haben Sie versucht, etwas über diese Münze herauszufinden?«

Kämpfer: »Nein. Ich könnte mich an ein Museum oder einen Numismatiker wenden – aber was immer dahintersteckt, könnte eventuell meinen Vater kompromittieren, und ich lege überhaupt keinen Wert darauf, dass einer dieser Experten zu neugierig wird. Stattdessen wollte ich Lothar Giese in dieser Nacht wegen der Münze etwas nachdrücklicher befragen. Als ich dann am nächsten Tag von dem Brand erfuhr, war mein erster Gedanke, dass Giese vielleicht nicht nur mir solche Geschäfte vorgeschlagen hatte, sondern auch anderen Leuten.«

Paul: »Simone Kleist?«

Kämpfer: »Genauso wenig, wie ich mir vorstellen kann, dass Simone Kleist Freunde vom Kaliber eines Lothar Giese hat, konnte ich sie mir vor dem Brand bei was Illegalerem vorstellen als beim Falschparken. Aber man kann ja nicht hinter die Fassade eines Menschen sehen, und dass sie in der Tribseer Straße war, spricht eine andere Sprache. Also wandte ich mich an Argos. Schließlich weiß ich nicht, wie verschwiegen Giese gegenüber seinen … Klienten war. Womöglich hat er ihr gegenüber etwas ausgeplaudert, das meinen Vater betrifft. Ich gehe gern auf Nummer sicher. Ich lasse sie seit dem Tag nach dem Brand beschatten, weil ich wissen will, ob sie Dinge ausgräbt, die lieber vergraben bleiben sollten. Irgendjemand ist immer in ihrer Nähe, ich pfeife die Leute nur zurück, wenn ich mich mit ihr treffe.«

Paul: »Aber die Argos-Leute haben Sie vermutlich gesehen, als Sie versuchten, in Gieses Garten zu kommen. Oder hat Simone Kleist das auch erfunden?«

Kämpfer (resigniert): »Ich hatte mir den schon angesehen, als die Kleist wahrscheinlich noch gar nichts über den Garten wusste. Nur rein kam ich nie. Später war ich dann zwar nicht erfreut über das unglückliche Zusammentreffen mit dem Argos-Detektiv, aber doch erleichtert zu hören, dass Simone Kleist jedes Mal auf dieselben Schwierigkeiten stieß wie ich. Ihre Ausflüge in die Kolonie und ihr regelmäßiges Schwimmtraining in der Boddentherme waren nebenbei bemerkt auch schon das Aufregendste, was sie in ihrer Freizeit tat – abgesehen von einer Nacht, in der sie ihren Beschattern leider entwischte, nehme ich an. Natürlich muss sie nicht notwendigerweise in eigenem Interesse handeln, sondern kann genauso gut in Barthels Auftrag unterwegs sein. Vielleicht war es ja der, dem Giese ein ähnliches Geschäft wie mir vorgeschlagen hat.«

Paul: »Lassen Sie Barthel auch beschatten?«

Die Antwort darauf bekam Dietrich nicht mit. Er wurde abgelenkt von einem Auto, das auf der anderen Straßenseite hielt. Ein Mann und eine Frau stiegen aus. Die Frau kannte er nicht. Der Mann war Seidel.

Dietrich fluchte, rutschte auf seinem Sitz ein Stück nach unten und überlegte, wie er Paul warnen sollte. Er konnte natürlich einfach in sein Telefon sprechen, aber dann würde Kämpfer erfahren, dass es noch einen Zuhörer gab. Er versuchte es mit einem dezenten Zischlaut und hoffte, Paul würde das hören und richtig interpretieren. Aber falls er es hörte und richtig interpretierte, reagierte er nicht gleich darauf. Stattdessen klang noch immer Kämpfers Stimme aus Dietrichs Smartphone.

Kämpfer: »… nicht da gewesen. Ich kann's beweisen. Falls das wirklich sein muss.«

Paul: »Wie?«

Kämpfer: »Sie geben nicht auf, was? Glauben Sie mir immer noch nicht?«

Paul (trocken): »Ich bin nicht so für die Kirche.«

Kämpfer (seufzend): »Gut, ich …«

Es klingelte. Das dürfte der Kollege Seidel sein, dachte Dietrich, der inzwischen wieder aufrecht auf seinem Sitz saß.

Kämpfer (verärgert): »Mehr Betrieb als auf einem Bahnhof. Ich hoffe, es kommt jetzt nicht noch jemand mit abstrusen Anschuldigungen.«

Sekunden später hörte Dietrich Pauls Stimme leise, aber deutlicher als zuvor an seinem Ohr. »Kay? Wer hat da geklingelt?«

»Seidel. Er ist mit einer Kollegin im Anmarsch. Tut mir leid, ich hab versucht, dich zu warnen, aber …«

»Schscht«, machte Paul, also schwieg Dietrich und hörte weiter zu.

Seidel: »Was tun Sie denn hier? Das ist Aufgabe der Polizei, Privatpersonen haben sich nicht in Ermittlungen einzumischen.«

Paul (sarkastisch): »Sie brauchten ziemlich lange, bis Ihre Ermittlungen Sie hergeführt haben.«

Seidel (unbeeindruckt): »Das können Sie kaum beurteilen. Sie gehen jetzt bitte und …«

Kämpfer (Seidel ins Wort fallend): »Wir können das alles etwas abkürzen. Ich nehme an, Sie wollen nach der Aussage von Frau Voß wissen, wo ich heute Nachmittag gewesen bin.« (*Pause, Papierrascheln*) »Dort.« *(Erneute Pause)*

Seidel: »Wir werden das überprüfen.«

Kämpfer: »Tun Sie das. Gleich mehrere Zeugen können bestätigen, dass ich mich da bis neun aufgehalten habe. Wäre schön, wenn Sie das diskret behandeln.«

Seidel: »Kann ich nicht versprechen. Simone Kleist hat laut Frau Voß im Übrigen einige gewichtige Vorwürfe gegen Sie erhoben.«

Kämpfer: »Die völlig aus der Luft gegriffen sind. Für den Abend, an dem es bei Niklas Thiel gebrannt hat, habe ich ein Alibi, Sie können meinen Vater fragen.« (*Etwas weniger forsch:*) »Diesen Lothar Giese, den Herr Freese schon erwähnte, habe ich nicht mal gekannt.« (*Winzige Pause, als warte er auf Pauls Protest, dann wieder fester:*) »Wenn Simone Kleist etwas Gegenteiliges behauptet, lügt sie. Setzen Sie sie unter Druck. Oder weisen Sie mir nach, dass ich lüge. Was Ihnen nicht gelingen wird, weil ich die Wahrheit sage.«

Seidels Kollegin: »Leider können wir Frau Kleist nicht ausfindig machen, sie …«

Seidel (ungehalten): »Sie müssen uns nicht sagen, wie wir unsere Arbeit zu machen haben, Herr Kämpfer.«

Kämpfer (ungläubig und belustigt zugleich): »Simone Kleist ist verschwunden, und Sie stehen hier und verdächtigen mich? Ich kann beweisen, dass ich heute Nachmittag nicht mal in der Nähe dieser Gartenkolonie gewesen bin, während Simone Kleist zweifelsfrei da war. Ich bin kein Polizist, aber ich wüsste an Ihrer Stelle, nach wem ich suchen muss.«

Dietrich stimmte Oliver Kämpfer im Stillen zu, allerdings musste der trotz seines gegenwärtigen Oberwassers eher fürchten, dass Simone Kleist gefunden wurde. Dann käme unter Umständen nämlich heraus, dass Kämpfer sie erpresst hatte. Kein angenehmer Anklagepunkt, wenn auch weniger schlimm als Brandstiftung und Mord.

Seidel: »Wir werden Ihr Alibi überprüfen. Sie hören von uns, Herr Kämpfer. Gute Nacht. Und Sie, Herr Freese, begleiten uns bitte.«
Paul: »Ich kann selbst entscheiden, wann ich gehe, danke.«

Dietrich hörte Türen klappen, danach blieb es still, bis Kämpfer wieder sprach.

Kämpfer: »Danke, dass Sie nichts gesagt haben.«
Paul: »Falls Ihr Vater was auf dem Kerbholz hat, ist es nicht meine Angelegenheit, irgendwen darauf aufmerksam zu machen. Mich interessiert nur Kassandra.« *(Pause)* »Seidel hat recht, ich sollte jetzt ebenfalls gehen. Tut mir leid, wenn ich Sie, was die Brände betrifft, falsch eingeschätzt habe, Herr Kämpfer, aber ich musste der Sache nachgehen, das verstehen Sie sicher.«
Kämpfer: »Ja. Grüßen Sie Frau Voß von mir und …«

Dietrich wurde erneut abgelenkt, weil Seidel und dessen Kollegin auf die Straße traten, Seidel mit einem Handy am Ohr. Langsam bekam Dietrich Übung darin, sich in Pauls Škoda klein zu machen. Das war auch gut so, denn zu allem Überfluss blieben die beiden jetzt vor dem Wagen stehen, nachdem Seidel das Telefonat beendet hatte.

»Und?«, fragte die Kollegin.

»Kämpfer war da. – Na ja. Jedem das Seine. Ich schicke morgen Kollegen hin, die mit den Leuten dort persönlich reden, aber das dürfte eine reine Arbeitsbeschaffungsmaßnahme sein.« Dann blaffte er sie übergangslos an: »Sagen Sie mal, welche Gäule sind da drin eigentlich mit Ihnen durchgegangen? Kämpfer auf dem Silbertablett zu servieren, dass wir Simone Kleist nicht auftreiben können!«

»Tut mir leid, Chef«, erwiderte sie zerknirscht. »Was machen wir jetzt?«

»Die Kleist zur Fahndung ausschreiben. Wenn uns die Anklamer mal nicht sowieso den Fall wegnehmen«, sagte er genervt. »Kommen Sie, verschwinden wir hier.«

Dietrich hörte Schritte und das Piepen einer Zentralverriegelung. Auf der anderen Straßenseite wurden Türen zugeschlagen, ein Motor wurde gestartet. Dietrich richtete sich wieder auf, da öffnete sich auch schon die Fahrertür, und Paul stieg ein.

»Was für ein sagenhaftes Alibi hatte Kämpfer denn nun?«, erkundigte sich Dietrich neugierig.

Paul griente breit. »Swingerclub.«

Auch Dietrich konnte sich ein Lachen nicht verkneifen. »Na dann! Zu irgendwas müssen die ja gut sein.« Er wurde wieder ernst. »Was hast du für einen Eindruck? Du scheinst ihm im Großen und Ganzen seine Geschichte abzukaufen, obwohl sie nicht beweist, dass Kämpfer mit dem Brand bei Giese nichts zu tun hat.«

»Mir ist was eingefallen, das wir nachher bei dir überprüfen können, das untermauert eventuell seine Version. Aber alles in allem ist gerade die Tatsache, dass er nichts beweisen kann, mit ein Grund, weshalb ich ihm glaube. Diese Münze passt übrigens hervorragend zu der Beauchamps-Uhr, findest du nicht? Kämpfer hätte sie nicht erwähnen müssen, genau genommen hätte er überhaupt nicht zugeben brauchen, dass er erpresst wurde, sondern für sein Zusammentreffen mit Giese sonst was erfinden können. Ich halte Oliver Kämpfer für alles Mögliche, aber dumm ist der nicht.«

Diese Schlussfolgerungen waren Dietrich ebenfalls im Kopf herumgegangen. »Bernhard Kämpfer in den berüchtigten Leipziger Museumsraub verwickelt – das wär ein Ding.«

»Hör ich da einen gewissen Ehrgeiz in deiner Stimme?«

Dietrich runzelte die Stirn. »Und in deiner eine gewisse Zögerlichkeit? Ehrlich gesagt hab ich mich gewundert, dass du nicht etwas mehr nachgehakt, sondern dich so verständnisvoll geäußert hast, von wegen das wäre nicht deine Angelegenheit. Wenn in dem Museumsraub von damals die Ursache für das liegt, was heute passiert, ist das sehr wohl unsere Angelegenheit.«

Paul zögerte. »Ich habe meine Gründe«, sagte er. »Es ist viel verlangt, und ich habe überhaupt kein Recht, diese Bitte zu äußern, aber ich tue es trotzdem: Könntest du den Museumsraub – nur für eine kleine Weile – ausblenden? Es sieht ja ohnehin eher so aus, als wäre Simone Kleist diejenige, die wir suchen müssen, und die war zu jung, um mit dem Raub zu tun zu haben.«

»Sie schon«, sagte Dietrich langsam. »Aber Harald Barthel nicht. Sie ist doch so furchtbar loyal gegenüber ihrem Chef. Und jetzt komm mir nicht damit, dass Barthel damals nicht in der DDR war. Vermutlich nicht. Aber eine Garantie dafür kann uns keiner geben. Da fällt mir ein, du hast Kämpfer gefragt, ob er Barthel auch beschatten lässt. Die Antwort hab ich nicht mitgekriegt, weil Seidel auftauchte.«

Paul ließ den Motor an und fuhr aus der Parklücke. »Er bestreitet das und meinte, dass es den Detektiv nicht gäbe, der Barthel reinlegt.« Er lächelte. »Komisch, Kassandra hat schon vermutet, dass er das so sieht. Barthel scheint Kämpfer jedenfalls ein bisschen unheimlich zu sein, er hat wohl von dessen Ex ein paar Dinge gehört, die ihn zu der Überzeugung gebracht haben, dass man sich mit Barthel höchstens auf rein geschäftlicher Ebene anlegen sollte.«

Dietrich nickte. »Und deine Vorbehalte wegen des Kunstraubes, haben die spezifisch was mit Bernhard Kämpfer zu tun?«

»Hm«, machte Paul unbestimmt.

Das wurde Dietrich langsam zu bunt. »Verdammt, Paul, ich schätze klare Worte. Du musst schon ein bisschen deutlicher werden, wenn du von mir verlangst, etwas zu vergessen, was für jeden Kriminalisten eine Sensation wäre.« Er sah Paul prüfend an, der ließ jedoch nicht erkennen, was er dachte. Dann ging ihm auf, wie das, was er gesagt hatte, bei Paul ankommen könnte. »Du weißt hoffentlich, dass ich nicht wild auf Ruhm bin. Es geht mir um die Lösung des Rätsels, um ein Verbrechen, das jahrzehntelang niemand aufklären konnte.«

»Ja, das weiß ich«, sagte Paul nur.

»Du vertraust mir nicht«, stellte Dietrich fest und spürte Bedauern.

Paul stieg so heftig in die Bremsen, dass Dietrich froh über den geringen Verkehr war und darüber, angeschnallt zu sein. Er hatte sich mit den Händen an der Konsole über dem Handschuhfach abgestützt und sagte, während er sich in den Sitz zurückfallen ließ, säuerlich: »Du solltest deinen Airbag überprüfen lassen.«

Paul ging nicht auf die Bemerkung ein. »Es gibt in meinem Leben nur sehr wenige Menschen, denen ich rückhaltlos vertraue. Du bist einer davon. Aber es geht hier nicht um mich, Kay, es geht um Kassandra. Ich kann in diesem Fall nicht allein entscheiden, was ich erzähle.«

Dietrich dachte einen Augenblick nach. »Verstehe«, sagte er dann. Und er verstand tatsächlich. Deutlich erinnerte er sich an den kryptischen Mail-Austausch zwischen Jenny und Bernhard Kämpfer, in dem es darum ging, Kassandra zu »diskutieren« oder nicht. Er erinnerte sich außerdem sehr gut an die nicht weniger kryptischen Andeutungen, die Pauls Bruder Sascha über Kassandras leiblichen Vater gemacht hatte. »Tut mir leid, Paul. Ich hätte nicht fragen sollen.«

Sie standen noch immer mitten auf der Straße, ein Auto hinter ihnen hupte. Paul fuhr an und meinte: »Du wärst kein Polizist, wenn du's nicht getan hättest.«

»Muss mich wohl erst dran gewöhnen, dass ich keiner mehr bin«, rutschte es Dietrich raus, bevor ihm klar wurde, was er da sagte.

Paul streifte ihn mit einem Seitenblick. »Was soll das denn heißen? Dieser absurde Zustand ist doch nicht von Dauer.«

»Nein«, sagte Dietrich. Dieser absurde Zustand, wie Paul das nannte, nagte an ihm. Einerseits. Er schob das dumme Gefühl beiseite und wechselte das Thema. »Was ist eigentlich mit Kassandras Pension? Wer kümmert sich morgen um ihre Gäste?«

Paul lachte leise auf. »Letztes Mal hatte Kassandra Violetta darum gebeten, aber die etwas sparsame Reaktion der Gäste auf deren Mitteilsamkeit hat sie veranlasst, diesmal Heinz zu fragen. Der macht das bestimmt tadellos.«

»Jedenfalls wird sich niemand über zu viel Redseligkeit beschweren«, sagte Dietrich amüsiert und stellte sich bildlich vor, wie Heinz Jung mit einem karierten Geschirrtuch überm Arm den Kaffee servierte.

26

Kassandra saß auf der Bettkante und wartete, dass Paul sie abholen kam. Sie fühlte sich gut, höchstens noch ein bisschen matt, und das Pflaster auf dem Kopf war lästig, weil es gelegentlich in den Haaren ziepte. Das Einzige, was sie wurmte, war, dass sie sich die halbe Nacht vergeblich mit dem Versuch um die Ohren geschlagen hatte, sich genauer an das Fotoalbum in Gieses Laube zu erinnern. Als Paul schließlich kam, war sie der Erleuchtung keinen Deut näher.

»Du siehst unzufrieden aus«, stellte er fest. »Warte ab, was ich dir zu erzählen habe. Vielleicht entschädigt dich das und macht überflüssig, dass du dir weiter den Kopf zerbrichst. Ob dir das dann allerdings gefällt, ist eine andere Frage.«

Während sie durch die langen Flure zum Ausgang und zum Parkplatz gingen und ins Auto stiegen, hörte sie Paul zu, der bis zu der Stelle kam, an der er und Dietrich beschlossen hatten, Kämpfer einen nächtlichen Besuch abzustatten. Da unterbrach sie ihn. »Du warst ganz schön leichtsinnig. Es hätte sonst was passieren können.«

Paul legte den Kopf schief. »*Ich* war leichtsinnig? Kassandra, Liebes, ich glaube, da haben wir was gemeinsam. Außerdem hat Kay aufgepasst. Der war ja schon bei dir erfolgreich Schutzengel.«

»Kay?«, wiederholte Kassandra. Sie hatte bereits während Pauls Bericht registriert, dass er Dietrich beim Vornamen nannte, jetzt sprach sie ihn darauf an.

»Wurde langsam Zeit, dass wir uns alle duzen, oder?«, sagte Paul.

Kassandra nickte. Trotzdem kam es ihr merkwürdig vor, an Dietrich zukünftig als Kay zu denken. Zwischen ihnen hatte trotz aller Sympathie immer eine gewisse Distanz geherrscht, die das Du jetzt wegwischen würde. Für Paul und Dietrich – Kay – schien das kein Problem zu sein. Sie mochte ihn sehr gern, nicht zu reden davon, dass er ihr Leben gerettet hatte. Dennoch wusste sie nicht, wie sie mit dieser neuen Stufe der Vertrautheit umgehen sollte. Dann rief sie sich eine Szene in Erinnerung, die sich vor knapp zwei Jahren abgespielt hatte. Sie war von Schuldgefühlen geplagt gewesen, weil sie sich für Dietrichs Unfallverletzungen verantwortlich gefühlt hatte. Er hatte sie nur angesehen und gewusst, was in ihr vorging. Wie hatte sie das vergessen können? Sie waren einander längst vertrauter, als das distanzierte Sie erkennen ließ.

»Können wir noch bei ihm vorbeifahren? Ich würde ich mich gern bei ihm bedanken«, sagte sie.

»Das musst du verschieben, er hat einen Termin beim Anwalt wegen seiner Zwangsbeurlaubung. Wenn du ihn anrufst, erwischst du ihn vielleicht noch.«

»Ich kann ihm doch nicht telefonisch für mein Leben danken!«, sagte Kassandra empört, dann sah sie, dass Paul sich ein Lachen verkniff und das mit dem Telefonieren nicht ernst gemeint hatte. »Sehr witzig.« Dabei musste sie selbst lachen. »Gut, erzähl weiter. Was hast du bei Oliver Kämpfer erfahren?«

Konzentriert folgte sie seinem Bericht, um am Schluss, als sie schon fast in Wustrow angekommen waren, zu sagen: »Ich verstehe deine Argumentation, weshalb du Oliver Kämpfer glaubst. Andererseits ist glauben ein bisschen wenig, ich würde mich wohler fühlen, wenn wir zumindest einen klitzekleinen Beweis hätten.«

»Ah, entschuldige, das hatte ich vergessen zu erwähnen«, sagte Paul. »Du hattest mir doch das Foto von dem Argos-Formular geschickt. Kay hat ein extrem gutes Bildbearbeitungsprogramm, damit konnten wir das Datum unter dem Stempel herausfiltern: 14. September, der Tag nach dem Brand bei Giese. Oliver Kämpfer hat, was das betrifft, die Wahrheit gesagt – was zwar seine Version dieser Nacht nicht hundertprozentig beweist, aber doch recht stimmig macht.«

Zögernd nickte Kassandra.

»Du bist nicht überzeugt?«, fragte Paul.

Sie blieb ihm eine Antwort schuldig, hatte ihn kaum gehört. Ein einziges seiner Worte hatte etwas in ihrem Inneren ausgelöst. Foto. Plötzlich sah sie sich zurückversetzt in Lothar Gieses Laube.

Da war das Album – und drei Bilder, die herausgefallen waren.

Sie beobachtete sich selbst dabei, wie sie sie aufhob und eines davon betrachtete.

Das mit der Erinnerung war eine seltsame Sache. Sie sah zwar statt des Bildes nur einen weißen Fleck vor sich, trotzdem wusste sie jetzt wieder, was sie gedacht hatte: Giese und ein zweiter Mann, der ihr vage bekannt vorkam. Sie hatte das Foto umgedreht und nahezu gleichzeitig jemanden hinter sich wahrgenommen. Mit einem Mal erschien vor ihrem inneren Auge überdeutlich die beschriftete Rückseite des Fotos – das endgültig Letzte, das sie gesehen hatte, bevor sie niedergeschlagen worden war: *1976 – mit Martin in Dresden.*

»Kassandra?«, fragte Paul.

Sie sah auf und bemerkte erst jetzt, dass Paul offenbar schon vor längerer Zeit vor ihrem Haus in der Lindenstraße geparkt hatte. Der Motor war aus, Paul musterte sie beunruhigt.

»Mir ist gerade was eingefallen«, sagte sie und wiederholte, woran sie sich erinnerte.

»Wer ist Martin?«, überlegte Paul im Aussteigen.

Kassandra war ebenfalls ausgestiegen und blieb stehen. Nach dem typischen deprimierenden Krankenhausgeruch nach Desinfektionsmitteln, Kantinenessen und abgestandener Luft war sie froh, wieder hier zu sein. Sie atmete tief durch, schloss die Augen, hörte eine Möwe schreien, spürte den leichten Wind auf ihrem Gesicht und roch … Bratkartoffeln?

»Kassandra.«

Sie öffnete die Augen und sah sich Heinz gegenüber. Hinter ihm stand seine Tür offen, durch die Kassandra der Duft nach Bratkartoffeln in die Nase stieg. Heinz starrte sie an, sie hörte ihn in Gedanken schon lospoltern, wie unvorsichtig sie gewesen war, und wollte zu ihrer Verteidigungsrede ansetzen. Da hob er die Hand, um ihr sanft die Haare aus dem Gesicht zu streichen. »Hast du Hunger? Die Bratkartoffeln sind ohne Zwiebeln, wie du sie magst.«

Bisher war Kassandra nur dankbar gewesen, mit dem Leben davongekommen zu sein. Plötzlich spürte sie sowohl Tränen als auch eine unglaubliche Wut in sich aufsteigen. Simone hatte versucht, sie umzubringen. Wenn es ihr geglückt wäre, hätte

Kassandra weder Paul noch Heinz noch das Fischland je wiedergesehen – ihre Familie, ihr Zuhause, alles, was sie liebte. Sie schluckte ihre Tränen herunter und nickte. »Ich bin am Verhungern, Heinz.« Sie hakte sich bei ihm unter und ging mit ihm ins Haus.

»Bin ich auch eingeladen?«, ließ sich Paul hinter ihnen vernehmen.

Heinz schaute nicht zurück, lachte aber sein meckerndes Lachen. »Schätze, es schmeckt Kassandra sonst nur halb so gut.«

Nach dem Essen überlegten sie gemeinsam, was es mit diesem Foto auf sich haben konnte. Was aus dem Album geworden war, ließ sich nicht mehr nachvollziehen. Entweder war es verbrannt, oder Simone hatte es mitgenommen – und ebenso war es entweder vollkommen unwichtig gewesen oder sogar sehr wichtig.

»Falls es wichtig ist, bedeutet das, dass Simone Kleist nicht gelogen hat, als sie sagte, sie hoffe, einen Hinweis in Gieses Laube zu finden, und dass sie wahrscheinlich auch aus den genannten Gründen Angst hatte, allein da aufzutauchen«, sagte Heinz.

»Es muss aber nicht zwangsläufig bedeuten, dass es dieses eine Foto mit dem unbekannten Martin war, was sie suchte. Auf jeder Seite des Albums klebten mindestens drei Bilder«, gab Kassandra zu bedenken und spießte ein letztes Schinkenwürfelchen auf ihrem Teller mit der Gabel auf.

»Nicht zwangsläufig«, gab Paul ihr recht. »Allerdings ist es schon bemerkenswert, dass dir der zweite Mann bekannt vorkam, obwohl in der ganzen Geschichte bisher kein Martin aufgetaucht ist. Schade, dass da nicht ›Harald‹ oder ›Bernhard‹ stand. Das würde erheblich besser zu unseren Theorien passen.«

Heinz gab ein grummelndes Geräusch von sich. Er hatte sich relativ kommentarlos angehört, was Paul über sein Gespräch mit Oliver Kämpfer erzählt hatte – und war nicht erfreut darüber, so viel konnte Kassandra erkennen. »Ich glaube …«, fing er an, als es an der Tür läutete.

Heinz verschwand im Flur, und Paul sah Kassandra eindringlich an.

»Ich weiß, was du sagen willst«, stellte sie fest. »Die Antwort ist:

Nein, ich habe mich nicht geirrt, da stand eindeutig Martin, und du wirst zugeben, dass der Name ganz anders klingt als Bernhard oder Harald.«

Paul widersprach nicht, sondern blickte über ihre Schulter hinweg zur Küchentür. Kassandra drehte sich um und sah Heinz mit einem Besucher im Schlepptau hereinkommen.

»Frau Voß«, sagte Harald Barthel. »Sie müssen entschuldigen, dass ich so reinplatze. Ich habe es schon bei Ihnen zu Hause versucht und auch bei Ihnen, Herr Freese.« Er streifte Paul mit einem Seitenblick, um sich dann wieder Kassandra zuzuwenden. »Die Polizei war bei mir und hat nach Simone Kleist gefragt. Es fällt mir schwer, die Anschuldigungen zu glauben, von denen die Rede war, aber es scheint leider viel gegen Frau Kleist zu sprechen. Wie geht es Ihnen?«

Kassandra musste sich räuspern. Mit so viel Anteilnahme von Barthel hatte sie nicht gerechnet – genau genommen mit gar keiner. »Danke«, sagte sie daher nur, immer noch überrascht.

»Heißt das, es geht Ihnen gut?«, versicherte er sich. »Falls Simone Kleist Ihnen das angetan hat, fühle ich mich verantwortlich.«

»Warum?«, fragte Kassandra und kam sich etwas seltsam vor, weil sie schon wieder nur ein Wort herausbrachte.

»Sie ist meine Mitarbeiterin, ich hätte erkennen müssen, dass sie psychopathisch ist, und etwas unternehmen sollen.«

»Falls sie das ist, kann Ihnen niemand vorwerfen, es nicht gemerkt zu haben. Wenn das so einfach wäre, könnten eine Menge Verbrechen verhindert werden«, sagte Kassandra, die endlich ihre Sprache wiedergefunden hatte.

Heinz hatte Barthel nicht gebeten, sich zu setzen, sodass er fragend auf Kassandra heruntersah. »*Falls* sie das ist? Glauben Sie denn, es liegt eine Logik in ihrem Handeln?«

Falls du das Motiv bist, schon, dachte Kassandra. Laut sagte sie: »Ich weiß es nicht. Vielleicht.«

Barthel sah genauso ratlos aus wie zuvor. »Aber welches Interesse hätte sie, Ihnen zu schaden?«

»Ich weiß es nicht«, wiederholte Kassandra, ahnte jedoch, dass sie allmählich eine Erklärung liefern musste. »Ich kann mir einfach schwer vorstellen, dass bei ihr aus heiterem Himmel die Sicherungen durchbrennen.«

Im selben Moment, in dem sie das letzte Wort aussprach, loderten irrwitzigerweise vor ihrem inneren Auge Flammen auf, spürte sie wieder den Rauch in ihrer Lunge, ihr Brustkorb verengte sich, sie bekam kaum noch Luft und begann zu husten. Ihre Augen tränten, der Husten wurde ein regelrechter Hustenkrampf, mit jedem Atemzug kämpfte sie um ein winziges bisschen Luft.

»Ruhig, Kassandra«, drang Pauls Stimme zu ihr. Sie fühlte, dass er sie vom Stuhl hochzog und festhielt. »Es ist alles in Ordnung, hier ist kein Feuer, kein Rauch, du musst versuchen, ruhig zu atmen, Liebes.«

Langsam, ganz langsam wurde es besser, sie schaffte es, mehr Luft in die Lungen zu saugen und weniger zu husten. Alle außer Paul waren weit weg, nur wie durch einen Nebel hörte sie Barthel fragen, was er tun könne, um zu helfen. Heinz komplimentierte ihn jedoch kurzerhand hinaus. Barthel sagte noch etwas, aber Kassandra war zu sehr mit sich selbst beschäftigt, um seine Worte zu verstehen. Als sie wieder einigermaßen normal Luft bekam, ließ Paul sie zurück auf ihren Stuhl gleiten und holte ihr ein Glas Wasser.

»Kleine Schlucke«, mahnte er.

Inzwischen war Heinz zurückgekommen und setzte sich auf Kassandras andere Seite. »Geht's besser?« Auf ihr Nicken hin fuhr er fort: »Aus dem, was Barthel eben noch sagte, schließe ich, dass die Polizei ihm gegenüber längst nicht die ganze Geschichte ausgebreitet hat. Er weiß viel weniger als wir. Oder er tut zumindest so.« Nachdenklich sah Heinz zur Tür, durch die Barthel verschwunden war. »Könnte er das gewesen sein auf dem Foto in Gieses Laube?«

Ratlos hob Kassandra die Hände. »Möglich wär's. Es könnte genauso gut Bernhard Kämpfer gewesen sein.«

»Mit dem hat aber Simone Kleist nichts am Hut«, widersprach Heinz.

»Nein«, mischte Paul sich ein. »Aber denk doch mal an Barthels Verhalten eben. Er war völlig arglos, und so gern ich auch das Gegenteil behaupten würde, erschien mir das echt. Stellt euch das vor: Er wird erpresst, der Erpresser stirbt praktischerweise an einer Rauchvergiftung, sein eigener Mitarbeiter fiel kurz zuvor ebenfalls beinah einem Feuer zum Opfer. Und da sieht er keinen Zusammenhang, wenn seine Assistentin plötzlich zündelt?«

Kassandra nickte bekräftigend. »Außerdem wissen wir immer noch rein gar nichts darüber, was Simone eigentlich in der Laube gesucht hat – oder ob sie es im Schuppen oder mit dem Fotoalbum sogar gefunden hat.«

»Ihr wollt unbedingt Bernhard Kämpfer in die Sache verwickeln, was?«, fragte Heinz resigniert.

»Du wirst doch wohl die Münze nicht vergessen haben, Herr Polizeihauptmeister«, erinnerte ihn Paul schmunzelnd. »Also, wir können uns in umgekehrter Beweisführung probieren – sprich: das Pferd mit dem rätselhaften Martin aufzäumen.«

»Ein Vorname und eine Jahreszahl sind etwas wenig«, fand Heinz.

»Kommt drauf an, wie wir es angehen«, sagte Kassandra, der Pauls Vorschlag gefiel. »Wir müssten zuerst mehr über Lothar Giese erfahren, welche Leute er wann wo kannte. Darüber …« Ein Schwindelgefühl erfasste sie, nur ganz kurz, dann war es wieder vorbei, und sie sprach weiter. »… könnten wir Martin finden. Vorschläge dazu?«

»Ich hab einen«, sagte Heinz, »und zwar, dass wir das auf später verschieben. Du solltest vielleicht mal eine Pause einlegen, Kassandra.«

Heinz' Fürsorge rührte sie. Von einem warmen Gefühl durchströmt lächelte sie und dachte ganz kurz, dass sie eigentlich gar keinen Vater brauchte. »Danke, Heinz, das ist nicht nötig. Mir geht's gut. Wirklich.«

»Wieso red ich eigentlich?«, murmelte Heinz, lächelte aber ebenfalls.

Paul hatte sie prüfend angesehen, jetzt nickte er und sagte: »Dann hätte ich tatsächlich einen Vorschlag. Kannst du dich an andere Bilder aus Gieses Album erinnern?«

Kassandra musste nicht lange überlegen. »Da waren Familienbilder und eine Menge Fotos, die vermutlich seine damalige Arbeitsstelle und Kollegen zeigten. Da stand was von VEB und

Glas und … Leipzig.« Letzteres kam ihr bezeichnend vor. Leipzig, die Stadt des Museumsraubes.

»Das sollte leicht zu eruieren sein. Holst du dein Laptop, Kassandra? Wir können uns in den Garten setzen, frische Luft tut dir bestimmt gut«, sagte Paul.

Zehn Minuten später saßen sie auf Kassandras Terrasse, das Laptop auf dem Gartentisch. Paul saß in der Mitte und gab die entsprechenden Suchbegriffe ein. Relativ schnell kristallisierte sich heraus, dass es in Leipzig einen VEB Glas- und Gebäudereinigung gegeben hatte.

»Das war kein ganz kleiner Betrieb«, konstatierte Paul, nachdem er sich durch einige Einträge geklickt hatte. »Schade, dass es keine Mitarbeiteraufstellung gibt.«

Heinz lachte. »So viel zum Thema Datenschutz, was?«

»Oh, ich bin sehr für Datenschutz«, sagte Paul und erwiderte das Lachen. »Trotzdem ist es praktisch, wenn man den gelegentlich umgehen kann. Wie Rieka das tut – oder Kay Dietrich.«

»Nur im Dienste der Gerechtigkeit also.«

Pauls Lachen verschwand aus seinem Gesicht. »Absolut. Ich weiß, wie sehr das nach Doppelmoral klingt, aber …«

»Paul«, unterbrach ihn Heinz. »Mir ist klar, was du meinst. Mach weiter.«

Kassandra hatte derweil nur am Rande zugehört und das Notebook zu sich gedreht. »Die sind bei Facebook«, sagte sie.

»Der VEB ist bei Facebook?«, wiederholte Heinz ungläubig.

Kassandra drehte das Display wieder so, dass alle es sehen konnten. »Nicht ganz. Den Mitarbeitern scheint's da ganz gut gefallen zu haben, jemand hat eine Gruppe für die Ehemaligen gegründet. Die ist sogar offen, das heißt, wir können die Gruppenmitgliederliste einsehen.«

Die nächste Viertelstunde verbrachten sie damit, die Liste zu durchforsten. Von den knapp zweihundertfünfzig Mitgliedern hieß nur einer Lothar, und bei dem handelte es sich nicht um Lothar Giese. Anschließend gaben sie in die Suchmaske den Namen Martin ein und fanden sechs Personen, von denen drei ein Profilfoto von sich eingestellt hatten. Es gab keinerlei Ähnlichkeit mit Harald Barthel oder Bernhard Kämpfer, was auch kaum anders zu erwarten gewesen war. Die übrigen drei Personen, die originellerweise Bilder von Fenstern oder anderem Glas als Profilfotos gewählt hatten, waren zu jung, um der Mann auf dem Foto von 1976 sein zu können. Natürlich konnten sie nicht unbedingt davon ausgehen, dass die Angaben der Männer stimmten, also machten sie sich daran, die Beiträge querzulesen. Die Martins standen mit einigen anderen Mitgliedern in regem Austausch, der echt klang und darauf hindeutete, dass diese Personen waren, wer sie zu sein vorgaben.

»Lothar Giese muss Martin ja nicht beruflich gekannt haben«, sagte Kassandra. »Aber es wäre möglich, dass jemand von seinen ehemaligen Kollegen ihn näher kannte und weiß, mit wem er sonst noch befreundet war.«

»Du willst dich also in dieser Gruppe erkundigen, ob jemand einen Martin kennt, mit dem Lothar Giese privat befreundet war?«, fragte Heinz zweifelnd. »Ich weiß nicht, ob ich auch nur ansatzweise so viel Privates öffentlich machen würde wie diese Leute hier, trotzdem werden die doch ein paar Fragen stellen, wenn da jemand völlig Fremdes mit solchen Erkundigungen daherkommt.«

»Sicher«, sagte Paul. »Aber wenn Lothar sich erkundigt, sind die bestimmt offener.«

»Lothar ist tot«, stellte Heinz lapidar fest.

»Woher sollten die das wissen? Lothar Giese hat ja nicht gerade viel Kontakt zu alten Freunden gehabt, wie wir von Rieka wissen.« Paul meldete sich als Alexander Hardenberg bei Facebook ab und begann, sich als Lothar Giese zu registrieren.

Fünf Minuten später war sein neuer Account fertig, als Profilbild stellte er eins von Kassandras Fenster-Bildern ein, das sie vor einiger Zeit in Stralsund fotografiert hatte. Dann trat er der Gruppe VEB Glas- und Gebäudereinigung Leipzig bei und schrieb seinen ersten Beitrag: *Hallo wollte mal sehn, was sich hier so tut, ist ja langeher, daß ich dabei war, aber war eine schöne Zeit mit euch. Grüße*

Dann lehnte er sich zurück und wartete.

»Was für eine Rechtschreibung. Ist das üblich für Facebook oder üblich für Lothar Giese?«, fragte Heinz.

Paul zuckte mit den Schultern. »Lothar Giese war nicht gerade ein Deutsch-Einser-Kandidat, obwohl er mit Büchern seine Geschäfte gemacht hat. In seinem Kabuff, in dem ich das geniale Buch über die ›Gorch Fock‹ fand, lag auch ein Notizheft, sein Name stand drin, deshalb geh ich davon aus, dass die Notizen von ihm stammten.«

»Dann bin ich mal gespannt, ob du auf diese dürftigen Zeilen eine Antwort kriegst.«

Es dauerte nicht allzu lange, da trudelte die erste Reaktion von einem Wilfried ein.

Mensch, Loddar, dich gibt's noch? Ist ja großartig, was machst du so? Immer noch in Rostock? Bist doch nach irgendwo da oben gezogen, oder?

Paul setzte sich aufrecht hin und verfasste seine Antwort.

Stralsund. Hatte ein Antiquariat bin jetzt in Rente. Und du? Wo treibst du dich rum? Hast du noch kontakt zu der alten Truppe?

»Wenn dieser Wilfried jetzt eine Gegenfrage nach irgendwelchen Leuten stellt, die Giese kennen müsste, siehst du alt aus«, meinte Heinz skeptisch.

»Unterschätz die Phantasie eines Schriftstellers nicht«, sagte Kassandra.

Wilfried antwortete, und bald darauf gesellte sich noch ein Ehemaliger namens Dieter hinzu. Paul umschiffte geschickt alle direkten Fragen und fand Antworten, die alles oder nichts sagen konnten. Es fiel offenbar weder Wilfried noch Dieter auf, dass die beiden im Gegenzug einiges an Informationen über Lothar lieferten. Da schaltete sich eine Ulrike in die Unterhaltung ein.

Tag, Lothar, wie schön, von dir zu hören. Hab noch oft an dich gedacht damals, nachdem du weg warst. Du weißt schon. Unser Platz am Teich ;-)

Pauls Brauen hoben sich. »Oje, die geht ja gleich ans Eingemachte. Sieht aus, als hätte es unser Lothar faustdick hinter den Ohren gehabt.«

»Und das sagt die öffentlich?« Heinz schüttelte den Kopf.

Paul grinste und schrieb: *Klar, das vergeß ich doch nicht!*

Ehe Ulrike eine Antwort posten konnte, schaltete sich noch mal Dieter ein: *Bevor das hier ausufert, ihr beiden, ;-), sag mal,*

Lothar, ich hab mich immer gefragt, was wohl aus deinem Freund Martin geworden ist. Mann, was wir alle spekuliert haben, als der von der Bildfläche verschwand. Und du warst stocksauer. Wie hieß der noch mit Nachnamen? Hilger? Mal wieder was von dem gehört?

Paul holte tief Luft und antwortete: *Nee.*

Du bist ja kurz, schrieb Dieter. *Immer noch sauer? Dabei war das doch ein Netter, ich meine, für einen Studierten … Der machte nicht auf vornehm, sondern konnte ordentlich feiern. Werde nie den Abend vergessen, an dem wir uns alle die Kante gegeben haben und Martin vom Balkon gekotzt hat. Auf die Blumen von der ollen Wuttke. ;-)*

Paul biss sich auf die Lippen. *Feiern konnte er stimmt*, schrieb er. *Sollte vllt weniger nachtragend sein sondern mal nach ihm suche.n Was meinst du?*

Kassandra bemerkte amüsiert, dass Heinz bei Pauls Sätzen und eingebauten Tippfehlern schon wieder zusammenzuckte.

Diesmal dauerte es ein bisschen, bis Dieter sich wieder meldete: *Gute Idee. Guck mal, was ich gefunden habe. Das muss kurz vorm »Balkonsturz« gewesen sein.*

Dieter hatte zwei Schwarz-Weiß-Fotos angehängt, auf denen drei Männer und zwei Frauen auf einem Sofa zu sehen waren. Die Frauen saßen eine bei dem linken und die andere bei dem rechten Mann auf dem Schoß und hatten beide ihre Beine über die Knie des Mannes in der Mitte gelegt. Die Männer links und rechts lachten und schauten den Mann in der Mitte an.

Paul klickte das Foto an, um es zu vergrößern. Gespannt beugten sich auch Kassandra und Heinz vor. Kassandra ignorierte die Frauen und konzentrierte sich auf die Männer. Sie zeigte auf den linken: »Das ist Lothar Giese. Den in der Mitte hab ich nie gesehen.« Als sie ihren Blick auf den Mann rechts daneben lenkte, spürte sie ein Kribbeln im Nacken. Es kam ihr vor, als betrachtete er sie, obwohl er nur im Profil zu sehen war und es in Wirklichkeit umgekehrt war. »Vergrößer das noch mal«, bat sie Paul, dabei hatte sie kaum noch Zweifel.

Paul klickte auf das Bild, und Kassandra nickte. Das Foto hatte ihre Erinnerung mit einem Schlag zurückgebracht, sie sah das Bild aus dem Album deutlich vor sich. »Das ist derselbe Mann.«

Paul verließ die Ansicht und klickte auf das zweite Bild, auf dem alle fünf Personen direkt in die Kamera schauten. Kassandra sah dem Mann auf der rechten Seite ins Gesicht. Sie musste mehrmals schlucken und ahnte, dass es Paul und Heinz nicht viel anders ging. Langsam lehnte sie sich zurück. »Sah mal ziemlich gut aus, der Herr Barthel, als er noch Martin Hilger hieß«, sagte sie heiser.

»Kann man so sagen«, stimmte Heinz zu. Kassandra hörte ihm seine Erleichterung an, dass sich hinter dem Unbekannten nicht Bernhard Kämpfer verbarg.

Sie ließ das Bild auf dem Notebook-Display nicht aus den Augen. Harald Barthel war Martin Hilger und mit Lothar Giese befreundet gewesen – und eines Tages war er spurlos verschwunden. Wann?

Sie musste die Frage nicht laut stellen, Paul klickte das Foto weg und schrieb bereits.

Toller Schnappschuß. Weißt du noch, wann das war Dieter?

Dieter antwortete prompt. *Ein paar Monate bevor Martin sich in Luft auflöste, Frühjahr oder Sommer 1976.*

Paul wandte sich an Heinz. »Wann genau wurde das Leipziger Museum ausgeraubt?«

»Anfang August.«

Ein weiterer Kommentar von Dieter erschien auf dem Bildschirm. *Weißt du noch, wie wir gewitzelt haben, dass er der Museumsräuber sein könnte? Wäre Martin nicht aus Greifswald gekommen, sondern direkt aus Leipzig, hätte die Polizei das sicher auch vermutet.*

Paul schrieb zurück: *Falls er der Räuber war solleten wir lieber nicht versuchen ihn zu finden, könnte er mißverstehen.*

Dieter brachte durch diverse Smileys zum Ausdruck, dass ihn die Antwort sehr amüsierte.

Paul ließ das unkommentiert und wartete noch eine ganze Weile, aber niemand fühlte sich mehr zu weiteren Kommentaren bemüßigt, also meldete sich »Lothar« wieder ab.

»Haben wir jetzt ernsthaft den berüchtigten Leipziger Museumsraub aufgeklärt?«, fragte Kassandra fassungslos. »Es passt alles zusammen. Denkt an Niklas' Vater. Dessen einzige Verbindung heutzutage, die zu seinem Sohn, führt zu Barthel. Nicht zu Kämpfer, nicht zu Giese. Als es mit Wilhelm Thiels

Demenz noch nicht so schlimm war, muss er im Arbeitgeber seines Sohnes den Mann wiedererkannt haben, der ›sein‹ Museum ausgeraubt hat. Er sagt es Niklas – und bedauert es danach, weil er begreift, dass dieses Wissen gefährlich sein kann. Er hat uns doch gewarnt und gesagt, es wäre besser, die Vergangenheit ruhen zu lassen.«

»Wir dürften zumindest einen der Männer gefunden haben, die an dem Raub beteiligt waren«, sagte Paul. »Allerdings ist da ja auch noch die Münze, die auf die eine oder andere Weise mit Bernhard Kämpfer zu tun hat.«

Paul sah zu Heinz, der nur sehr zögernd nickte und hinzufügte: »Um die Sache mit Barthel genauer abzuklopfen, sollten wir die Angaben aus seinem Lebenslauf überprüfen, die die Zeit vor 1976 behandeln. Idealerweise finden wir Beweise dafür, dass das, was er da angibt, erfunden ist.«

»Also los, fangen wir an«, sagte Paul.

Kassandra beobachtete, wie er die Worddateien öffnete, die sie zu Beginn ihrer Ermittlungen über Barthel und die BOB angelegt hatte. Eigentlich sollte sie das tun, sie kannte sich am besten damit aus, wusste, was sie wo gesammelt und aufgeschrieben hatte. Aber sie fühlte sich seltsam kraftlos. Hatte Heinz vorhin doch recht gehabt, und sie bekam nun die Nachwirkungen des gestrigen Tages zu spüren?

»Könntet ihr dabei auf mich verzichten?«, fragte sie. »Ich glaube, ich möchte mich ein bisschen hinlegen.«

Paul guckte alarmierter als vorhin bei ihrem Hustenanfall. »Du bist ganz blass. Willst du zum Arzt? Ich bring dich hin oder rufe Dr. Weiß an, damit er herkommt.«

»Nein, so schlimm es nicht«, beruhigte Kassandra ihn. »Ich will mich nur kurz langmachen.«

Tatsächlich fühlte sie sich schon besser, als sie aus der Sonne ins kühlere Wohnzimmer kam und sich aufs Sofa legte. Sie schloss die Augen und hörte von Ferne die murmelnden Stimmen von Paul und Heinz. Erste konfuse Bilder waberten vor ihrem inneren Auge, im Halbschlaf begriff sie, dass sie in einen Traum versank. Da war eine ausgelassene Feier, ihre Mutter, kaum älter als zwanzig, prostete ihr zu – oder nein, Kassandra war gar nicht gemeint, sondern der junge Mann, der neben ihr stand und aussah wie Bernhard Kämpfer in Jung.

Dann flog sie plötzlich über dem Fischland dahin, blickte von oben in einen der kleinen Gärten jenseits der Schmiedestraße und sah, dass Rauch aus der Laube quoll. Die Tür öffnete sich, und wieder fand sich Kassandra mit ihrer Mutter konfrontiert. Hinter ihr loderten die Flammen, doch ihre Mutter blieb einfach stehen, als könnte ihr das Feuer nichts anhaben. Kassandra versuchte zu rufen, sie zu warnen, brachte aber kein Wort über ihre Lippen. Dennoch drehte sich ihre Mutter um, aber wie vorhin sah sie nicht Kassandra an, sondern jemand anders.

Der Mann war unversehrt aus den Flammen gekommen, groß und grauhaarig und mindestens vierzig Jahre älter als ihre Mutter. Er legte ihr die Hände auf die Schultern und sagte: »Ulla, sag deiner Tochter, dass sie sich nicht einmischen soll.«

Mit einem Ruck fuhr Kassandra hoch. Ihre Hände zitterten, ihr Hals war rau, als hätte sie wirklich nach ihrer Mutter gerufen, die in ihrem Traum vor Harald Barthel gestanden hatte. Langsam erhob sie sich und stellte fest, dass es beinah Abend war. Dabei hätte sie gewettet, dass kaum fünf Minuten vergangen waren, seit sie sich hingelegt hatte.

Heinz war inzwischen nach Hause gegangen, aber Paul saß noch immer auf der Terrasse vor ihrem Notebook und sah auf, als er sie kommen hörte. »Gut geschlafen? Du siehst auf jeden Fall besser aus.«

»Geht mir auch besser, danke. Hattet ihr Erfolg mit euren Recherchen?«

»Wie man's nimmt. Harald Barthels Leben bis Mitte der Siebziger ist reichlich schwammig. Da steht zwar einiges in seinem Lebenslauf, aber nichts lässt sich eindeutig verifizieren. Sein Studium in Hannover zum Beispiel: Zwar gab es diesen Studiengang, es scheint aber – lang lebe Facebook – keine Kommilitonen zu geben, die sich an ihn erinnern.«

»Oder die sind heute alle nicht im Netz. Muss ja nicht immer so gut laufen wie bei Lothar Giese«, wandte Kassandra ein.

»Richtig. Allerdings taucht er in der Liste der Absolventen ebenfalls nicht auf. Kann natürlich nur ein Versehen sein. Leider ist die Firma, bei der er gearbeitet hat, bevor er seine eigene in Osnabrück gründete – das war erst 1979 –, nicht aufzufinden. Also, es gab sie, genau wie den Studiengang, aber sie existiert schon seit 1980 nicht mehr, ich konnte außer dem Firmennamen, Gründungs- und Auflösungsjahr keine weiteren Informationen finden. Das ist sicher nicht weiter verwunderlich, schließlich gab es das Netz noch nicht, warum sollten also virtuelle Daten über eine seit über dreißig Jahren aufgelöste Firma darin herumschwirren? Aber es belegt eben auch nicht Barthels Geschichte.« Nach einer kleinen Pause und einem Blick auf seine Notizen fuhr er fort: »Zugegebenermaßen fanden wir genauso wenig über Martin Hilger. Jemand mit diesem Namen wurde 1948 in Greifswald geboren und war Schüler der POS ›Ernst Moritz Arndt‹. Das war's. Facebook-Dieter hat leider nicht erwähnt, was Martin Hilger studiert hat, und ich kann ihn das schlecht fragen. Angesichts von Barthels Laufbahn dürfte er an einer Ingenieurhochschule oder an einer Universität was Vergleichbares gelernt haben. Da gibt es eine ganze Reihe Möglichkeiten – wird dauern, nachzuprüfen, ob es irgendwo einen Martin Hilger gab. Falls wir überhaupt so weit kommen.«

»Müssen wir auch nicht. Wir haben genug getan. Wenn die Polizei ein Jahrzehnte altes Verbrechen aufklären will, kann sie den Rest der Nachforschungen selbst übernehmen. Allerdings …«

»Allerdings würdest du gern vorher wissen, ob möglicherweise dein Vater darin verwickelt war«, sagte Paul. »Der wiederum möglicherweise Bernhard Kämpfer heißt.«

»Hm«, machte Kassandra. »Mir schwirrt schon wieder der Kopf. Nicht von dem Schlag«, beeilte sie sich hinzuzufügen. »Nur von den ganzen Möglichkeiten. Ich geh ein paar Schritte raus zur Seebrücke und lasse mir den Wind um die Nase wehen. Hat noch immer geholfen.«

Paul wollte aufstehen, doch Kassandra hielt ihn zurück. Sie hatte einen Blick auf das Notebook-Display geworfen und gesehen, dass er mit seinem neuen Romanprojekt begonnen hatte. »Ich geh nur zur Seebrücke, Paul. Was hältst du davon, wenn wir uns später bei den Booten zum Sonnenuntergang treffen?«

Paul klappte das Notebook zu und sah sie an. »Sehr wenig.

Ich habe heute fast den ganzen Tag auf meinen vier Buchstaben gesessen und brauch ein bisschen Bewegung.« Er ließ durch nichts erkennen, dass er wusste, dass sie wusste, dass das nicht das war, was er wirklich dachte. Oder jedenfalls nicht alles.

Lächelnd gab Kassandra auf. »Na schön, Sturkopf. Ich hab sowieso lieber Gesellschaft.«

Auf der Seebrücke waren so viele Leute unterwegs, dass Kassandra und Paul nach einem kurzen Rundblick, bei dem sie Bruno nirgends entdeckten, beschlossen, doch lieber am Strand spazieren zu gehen. Sie wandten sich in Richtung Dierhagen zum alten Leuchtfeuer hin, dem ein langer Abschied bevorstand. Dieses Abschiedsgefühl war nicht neu, aber es schien greifbarer zu sein seit dem Tag, an dem die Montage des neuen Leuchtfeuers auf der Brücke begonnen hatte. Kassandra versuchte, die Wehmut aus ihren Gedanken zu verbannen, und griff nach ihrem Smartphone. »Ich würde mich zwar immer noch viel lieber persönlich als telefonisch bei Dietrich – Kay«, verbesserte sie sich, »bedanken, aber ich kann mich unmöglich den ganzen Tag gar nicht melden.«

»Viel Glück. Ich hab's schon ein paarmal bei ihm probiert, um ihm von Martin Hilger zu berichten und mich nach seinem Anwaltstermin zu erkundigen. Sein Telefon war immer abgeschaltet, ich konnte nicht mal eine Nachricht hinterlassen.«

Kassandra versuchte es nun auch noch einmal – ebenso erfolglos. »Als er neulich zwangsbeurlaubt wurde, hat er sein Telefon abgeschaltet. Dass er sich jetzt wieder so abschottet, bedeutet womöglich nichts Gutes für seinen Anwaltstermin«, befürchtete sie und steckte nachdenklich das Telefon zurück. »Ich wollte, wir könnten was für ihn tun.«

Zwei Stunden und einen perfekten Sonnenuntergang später, bei dem ein in sanftem Orange schimmernder Ball in leichtem Dunst am Horizont in einer ebenso sanft blau schimmernden See verschwunden war, kehrten Kassandra und Paul dem Strand den Rücken. Sie hatten sich stumm darüber verständigt, die kommende Nacht bei Paul zu verbringen. Auf dem Weg kamen sie wie zwei Abende zuvor an Harald Barthels Villa vorbei, die auch diesmal wieder im Dunkeln lag. Und doch kam Kassandra etwas seltsam vor, ohne dass sie es genauer benennen konnte.

»Lass uns nachsehen«, sagte sie. An der Gartenpforte, die seltsamerweise offen stand, spürte sie Pauls Hand auf ihrer Schulter. »Ich geh vor.«

Kassandra sparte sich einen vergeblichen Protest und folgte Paul den schmalen Weg zur Haustür. Die war verschlossen, aber das Fenster daneben stand auf Kipp. Zuerst war drinnen alles ruhig, dann glaubte Kassandra, leise Schritte zu hören. Paul drückte auf die Klingel. Niemand kam, kein Licht ging an. Dafür fiel irgendwo etwas um. Das Fenster gab nur den Blick in den unmittelbaren Eingangsbereich frei. Wenn sie mehr sehen wollten, mussten sie es anderswo versuchen.

Während sie am Haus entlanggingen und schließlich um die Ecke bogen, lauschte Kassandra auf weitere Geräusche von drinnen. Nichts. Auf der Terrasse standen ein Teakholzstuhl mit Auflage und ein Tisch, darauf lag ein Buch neben einem halb vollen Glas. Paul warf einen Blick auf das Buch. »Thomas Mann, ziemlich zerlesen«, murmelte er. Er nahm das Glas hoch und roch daran. »Single Malt. Barthel weiß Qualität zu schätzen.«

Kassandra hatte inzwischen die Terrassentür näher in Augenschein genommen. »Bloß zugeschoben, nicht verschlossen«, sagte sie leise. Sie wagte nicht, das Wohnzimmer zu betreten, schaute nur durch die gläserne Tür. Es wurde bereits dunkel, viel erkennen konnte sie nicht, außer dass mehrheitlich helle Möbel im Raum standen und ein Glastisch. »Was ist das?« Sie deutete auf einen Gegenstand auf dem Fußboden.

Paul trat näher. »Sieht aus, als wäre etwas umgekippt.« Seine Stimme war nur noch ein Flüstern. Er schob die Terrassentür auf und machte zwei Schritte ins Zimmer hinein.

Kassandra war dicht hinter ihm, holte ihr Smartphone hervor und leuchtete damit auf den Boden. »Das ist Simones Tasche, die hat sie in Stralsund dabeigehabt. Was wir vorhin gehört haben, muss aber was anderes gewesen sein, das war lauter.«

Ein zweiter Blick auf die Tasche offenbarte, dass auch einiges von dem, was darin gewesen war, auf dem Parkettfußboden lag. Es sah nicht aus, als hätte sie dort gestanden und wäre einfach umgefallen, sondern eher, als hätten zwei Menschen daran gezerrt, und sie wäre bei dem Kampf beiden entglitten.

Kassandra schluckte, ein unerwartetes Angstgefühl durchströmte sie. Nach allem, was sie in Stralsund erlebt hatte, hätte sie nie damit gerechnet, sich ausgerechnet Sorgen um Simone zu machen, aber ihre Tasche hatte sie bestimmt nicht freiwillig hier zurückgelassen.

Paul und Kassandra sahen sich an, und sie las in seinem Blick dieselben Fragen, die sie sich stellte: Hatte Simone Harald Barthel hier überraschend in seinem Feierabend gestört, mit ihrem Wissen konfrontiert – und er hatte ihr daraufhin etwas angetan und war verschwunden? Kassandra vergaß ihre Vorsicht. »Simone?«, rief sie. Es kam keine Antwort, sie versuchte es noch einmal lauter. »Simone? Bist du hier?« Sie wollte schon ein drittes Mal rufen, da spürte sie wie vorhin Pauls Hand auf ihrer Schulter.

»Scht«, machte er und lauschte, da hörte Kassandra es auch. Im Haus war jemand – verletzt wahrscheinlich, denn das Geräusch erinnerte an einen Schmerzenslaut.

Paul und Kassandra bewegten sich leise vorwärts. Die Vermutung, dass Harald Barthel das Weite gesucht hatte, lag zwar nahe, aber eine Garantie gab es dafür nicht. Kassandra bereute inzwischen, nach Simone gerufen und Barthel dadurch gewarnt zu haben. Andererseits hatten sie ihn wohl schon durch ihr Klingeln auf sich aufmerksam gemacht. Langsam arbeiteten sie sich zum offenen Küchen- und Flurbereich vor. Da lag ein Stuhl auf den Fliesen vor dem Esstresen. Vermutlich war es das gewesen, was sie draußen gehört hatten. Eine breite Wendeltreppe aus Marmor führte hinauf in den ersten Stock und hinunter ins Souterrain. Das Geräusch wiederholte sich. Es kam von unten.

Der Flur dort war durch kleine Halogenlämpchen an der Decke mäßig beleuchtet, ansonsten erinnerte der vordere Teil des Souterrains mehr an einen gewöhnlichen Keller. Wände und Fußböden waren hellgelb gestrichen, ansonsten vollkommen schmucklos, es wirkte wie Waschbeton. Einige Meter geradeaus den Flur entlang befand sich der Pool, die Wasseroberfläche spiegelte sich ganz leicht in der Glastür, die den Wellness-Bereich vom Keller abtrennte.

Vorn standen zwei Türen offen, bei einem der Räume handelte es sich um den Weinkeller. Kassandra erkannte Regale mit Flaschen und eine Belüftungsanlage, die den Raum bei exakt der richtigen Temperatur und Feuchtigkeit hielt. Der beeindruckende Weinkeller in der Barthel-Villa war bisher nur ein Gerücht gewesen, das Kassandra amüsiert zur Kenntnis genommen hatte. In Anbetracht der Tatsache, dass die Tür sicher nicht absichtlich offen stand und das Klima im Raum verdarb, verging ihr allerdings jede Belustigung.

Das erneute Stöhnen kam jedoch aus dem anderen Raum – und verstummte urplötzlich. Das machte ihr noch mehr Angst und verlieh ihr gleichzeitig eine Portion Mut. Sie schob sich an Paul vorbei und sah sich auf den ersten Blick mit einer Waschmaschine, einem Trockner und einem Wäscheständer konfrontiert. Als ihre Augen sich an das diffuse Licht gewöhnt hatten, das von einer kleinen Lampe über der Tür kam, sah sie in der hintersten und dunkelsten Ecke eine Gestalt halb am Boden liegen, halb an der Wand lehnen.

Paul hatte sie mittlerweile eingeholt. Sie waren beide bis zum Wäscheständer gekommen, als die Gestalt den Kopf hob und krächzte: »Raus hier.«

Überrascht hielt Kassandra inne, während Paul sich reaktionsschnell umdrehte und auf die Tür zusprintete. Zu spät. Sie fiel mit einem Rums ins Schloss, ein lautes Klacken wie von einem Stahlriegel war zu hören, danach entfernten sich gedämpfte Schritte.

»Verdammt«, fluchte Paul.

»So was in der Art hab ich vorhin auch gedacht«, sagte Harald Barthel. Seine Stimme klang verkrampft, das letzte Wort begleitete ein leises Stöhnen, während er sich mühsam an der Wand hochschob, um sich gerader hinzusetzen. »Wenn sie es nicht ausgerechnet auf mich abgesehen hätte, müsste ich sie fast bewundern.«

Kassandra hatte sich inzwischen von ihrer Überraschung erholt. »Simone?«

Barthel nickte. »Was tun Sie eigentlich hier? Als ich Sie auf dem Flur hörte, nahm ich an, Sie wären sie.«

»Wir kamen gerade vorbei und dachten, wir sagen mal Guten

Abend«, gab Paul sarkastisch zurück. Kassandra spürte, dass er wütend auf sich war, weil Simone sie reingelegt hatte. »Wie kommen wir hier raus?«

»Gar nicht, außer Sie verwandeln sich in eine Schlange und zwängen sich durch den Abfluss oder Sie können eine Stahltür eintreten. Keine Ahnung, was der Vorbesitzer in diesem Fort Knox aufbewahrt hat.« Barthel hob bedauernd die Arme. »Leider habe ich es nie für nötig gehalten, die Tür auszuwechseln.« Er senkte die Arme wieder, strich mit der rechten Hand wie nebenbei über seinen Oberschenkel und verzog kurz das Gesicht.

Kassandra kniete neben ihm nieder. »Sie sind verletzt.«

»Ist nicht weiter schlimm, Frau Voß. Ich bin mir nicht sicher, ob ich Glück oder Pech hatte beziehungsweise ob meine werte Assistentin danebengeschossen oder getroffen hat, was sie treffen wollte.«

»Was auch immer sie wollte«, stellte Paul fest, »wir werden in eine brenzlige Situation geraten, wenn es ihr einfallen sollte, uns auch Ihr Haus über dem Kopf anzuzünden.« Er holte sein iPhone aus der Hosentasche, doch Kassandra sah, wie Barthel abwinkte.

»Können Sie vergessen. Kein Empfang.«

Paul starrte auf sein Telefon und fand das dort offenbar bestätigt. »Es muss doch noch einen anderen Weg hier raus geben«, sagte er.

»Nein. Nur die Tür, und ich garantiere Ihnen, dass Sie die nicht aufkriegen. Stahl hat immerhin den Vorteil, dass Feuer nicht so leicht durchdringt. Das hier unten sind außerdem Betonwände und -fußböden.«

Mit den Augen suchte Paul den Raum ab. »Kein Fenster?«

»Kein Fenster. Aber da ist ein kleiner Spalt zwischen Tür und Boden, ersticken werden wir nicht.«

»Es sei denn, es dringt Rauch ein«, sagte Kassandra leise.

Paul kam zu ihr herüber, zog sie hoch und nahm sie in die Arme. »Wir werden hier nicht sterben, Kassandra, Liebes«, sagte er. »Heinz wird uns vermissen und die richtigen Schlüsse ziehen. Oder Kay wird sich entschließen, sein Telefon wieder einzuschalten, und sich wundern, warum wir ihn dauernd angerufen haben.«

Es bestand absolut kein Grund für Heinz, sie vor morgen früh zu vermissen, und Kay würde nicht sehen, dass sie angerufen hatten, wenn sein Smartphone komplett ausgeschaltet gewesen war. Das wussten sie beide. Sie lächelte und tippte leicht auf sein Grübchen am Kinn. »Danke, Paul.«

Kassandra ließ sich neben Barthel an der Wand nieder, während Paul ihn auf seine Verletzung ansprach.

»Ist nur eine Fleischwunde«, sagte Barthel. »Die Kugel hat den Oberschenkel gestreift, sie ist nicht eingedrungen. Brennt bloß ziemlich.«

»Trotzdem sollten wir das verbinden.« Er nahm ein weißes Geschirrtuch vom Wäscheständer, wickelte es um Barthels blutendes Bein und verknotete das Tuch, so fest es ging.

»Danke«, murmelte Barthel.

Zu dritt lehnten sie an der Wand und lauschten in die Stille. Kassandra versuchte, sich damit zu beruhigen, dass sie es mitbekommen würden, wenn draußen was passierte, aber das war ein schwacher Trost. Schließlich hielt sie das Schweigen nicht mehr aus. Zu irgendwas sollte ihr Zwangsaufenthalt hier wenigstens gut sein. »Für den unwahrscheinlichen Fall, dass wir doch sterben, sollten wir uns die Zeit, die uns noch bleibt, möglichst sinnvoll vertreiben.« Sie suchte Pauls Blick und sah, dass er ihrem Vorhaben zustimmte.

Barthel machte ein undefinierbares Geräusch. »Großartige Idee. Und womit?«

»Wir könnten uns ein paar Anekdoten erzählen«, sagte Paul. »Ich schlage vor, Sie fangen an, Herr Hilger.«

Kassandra hatte Barthel genau beobachtet und war auf alle möglichen Reaktionen gefasst. Er zuckte nicht mal mit der Wimper, was darauf hindeutete, dass er die Anrede heute tatsächlich nicht zum ersten Mal hörte. Dann bemerkte sie, dass sich sein Brustkorb schneller hob und senkte als zuvor – doch er schwieg.

»Woher hat Simone die Waffe?«, fragte Kassandra. »Ist das Ihre?«

Barthel schüttelte den Kopf. »Ich hatte nie eine.«

»Nie?«, vergewisserte sich Paul. »Sie sind damals unbewaffnet ins Museum eingebrochen? War das nicht ein bisschen riskant?«

»Im Gegenteil«, widersprach Barthel etwas unwillig. »Außerdem sagte ich, *ich* hatte nie eine.«

»Wer dann? Bernhard Kämpfer?«, fragte Kassandra.

Harald Barthels Kopf ruckte in ihre Richtung. »Sie haben diese Geschichte nicht von Simone«, stellte er fest, ungläubig, verwirrt und … erleichtert?

»Nein. Bis eben haben wir geglaubt, sie würde eher sterben, als das jemandem zu erzählen. Auch wenn wir nicht wissen, woher sie es eigentlich weiß, waren wir der Meinung, dass sie getan hat, was sie getan hat, um Sie zu schützen – weil Simone Sie liebt.«

Langsam nickte Harald Barthel. »Ja, verrückt, nicht wahr? Ich habe es in all den Jahren nicht gesehen. Sie hat es mir vorhin gesagt – und erwartet, dass ich ihr vor Dankbarkeit um den Hals falle.« Er hielt inne und schloss kurz die Augen. »Ich war nicht dankbar. Ich war entsetzt. Das hat sie mir übel genommen. Sehr übel genommen sogar. Sie wollte, dass …« Wieder machte er eine Pause, als könnte er nach wie vor nicht glauben, was passiert war. »Sie wollte allen Ernstes, dass ich sie heirate, sie hat gedroht, sie erzählt sonst jedem von Martin Hilger.«

»Sie wollten darauf nicht eingehen«, stellte Paul fest.

Barthel lachte verbittert auf. »Selbstverständlich nicht! Glauben Sie, ich baue mir ein neues Leben auf, in dem … alles so ist, wie ich es gern hätte, und lasse es mir dann von meiner liebeskranken Assistentin auf diese Weise kaputt machen?«

Kassandra hatte aus nachvollziehbaren Gründen wahrlich keine allzu gute Meinung von Simone, dennoch empörte sie, wie respektlos Harald Barthel von ihr sprach. Er redete von ihr, als sei sie nichts weiter als ein lästiges Insekt, das sein Leben unplanmäßig durcheinanderbrachte. Sie konnte beinah nachvollziehen, dass Simone auf ihn geschossen hatte.

»Wie wollen Sie verhindern, dass sie genau das jetzt tut?«, fragte Paul ruhig.

»Kann ich nicht. Dann soll es eben so sein, aber ich werde den Rest meiner Tage bestimmt nicht in einem Gefängnis namens Simone Kleist zubringen.«

Paul nickte. »Verstehe ich.«

»Tatsächlich?« Barthel klang erstaunt, und auch Kassandra

wunderte sich. Dann begriff sie, was Paul meinte. Er war selbst schon erpresst worden und hätte lieber mit den Konsequenzen der Wahrheit gelebt als damit, dass jemand anders ihn in der Hand hatte. Mit einem Mal kam ihr Barthels Reaktion gar nicht mehr so empörend vor.

Barthel beugte sich ein kleines Stück vor, und Kassandra meinte, ein Zucken um seine Mundwinkel zu erkennen. »Wollte jemand ausplaudern, dass Sie Alexander Hardenberg sind? Oder haben Sie noch was anderes zu verbergen?«

Paul lachte leise. »Das wüssten Sie gern, was? Aber es geht hier nicht um mich, sondern um Sie. Also?«

Barthel lehnte sich wieder zurück, ließ aber Paul nicht aus den Augen. »Sie sind nicht mal überrascht, dass ich Ihr Geheimnis kenne?«

Paul war sich nie sicher gewesen, ob Barthel über das Pseudonym im Bilde war, das wusste Kassandra. Er ließ sich nur nichts anmerken. »Das kommt daher, dass es keins ist, jedenfalls nicht in Wustrow. Sie werden sich etwas umgehört haben.«

»Umgehört schon. Aber nicht auf dem Fischland. Man muss hier dazugehören, damit man was erfährt. Und ich gehöre nicht dazu.«

»Wollen Sie das denn? Ich hatte bisher nicht den Eindruck«, mischte sich Kassandra ein.

Barthel überlegte einen Moment. »Das ist ein zweischneidiges Schwert. Ich schätze meine Unabhängigkeit und damit verbunden die Tatsache, dass es mir weitgehend egal ist, was man von mir denkt. Andererseits habe ich eben erst erfahren müssen, was für ein Fehler es sein kann, sich so abzuschotten, dass man nicht mal merkt, was die Menschen um einen herum tun, denken oder fühlen.« Leise fügte er hinzu: »Andernfalls hätte ich das alles vielleicht verhindern können.«

»Unwahrscheinlich, wenn man die Zusammenhänge bedenkt«, fand Paul.

»Was genau sind denn die Zusammenhänge?«, fragte Barthel. »Simone Kleist hat eine Menge wirres Zeug geredet, ich habe mir einiges zusammengereimt, aber da fehlt noch zu viel, um alles zu verstehen.«

»Es wird leichter, die Lücken zu füllen, wenn wir Ihre Geschichte kennen«, sagte Paul.

Barthels Blick wanderte zwischen Kassandra und Paul hin und her. »Martin Hilger ist seit siebenunddreißig Jahren tot. Ich bemühe mich, ihn zu vergessen.«

»Gelingt Ihnen das?«

»Manchmal.« Er seufzte. »Als ich Harald Barthel wurde, schwor ich mir, weit mehr als nur meinen Namen zu ändern. Martin Hilger war ein Idiot. Er ließ sich leicht begeistern und hatte den Kopf voller bescheuerter Einfälle, die einfach so über ihn kamen. Der dämlichste davon war dieser Museumsraub.«

27

August 1976

Da lag sie. Auf rotem Samt, eine Schönheit, ein Kleinod. Ich verstand nicht viel von Kunst und Antiquitäten, hatte keinerlei Vorstellung von ihrem Wert. Aber sie regte meine Phantasie an, ich fragte mich, wem sie einst die Stunden gezeigt und wer sich an dem filigranen Emaillebild mit den beiden reizvollen Damen erfreut hatte. Neben der Beauchamps-Uhr lag ein weißes Schild, auf dem sicher alle Antworten standen. Ich las es nicht, sondern war sicher, dass die Geschichte, die ich mir gerade ausmalte, spannender war. Die Geschichte zur Uhr und zu den Damen.

Mein Kumpel aus Kindertagen, der neben mir stand und ungeduldig von einem Fuß auf den anderen trat, fing an zu murren. »Die schließen gleich, reiß dich endlich los. Ich weiß sowieso nicht, warum du bei dem Wetter unbedingt ins Museum wolltest.«

Ich hatte meinen Urlaub in Leipzig vor langer Zeit geplant, heute früh war ich endlich von Greifswald aus losgefahren. An einer Raststätte hatte ich mir eine Zeitung gekauft und von der Sonderausstellung im Kulturhistorischen Museum gelesen. Auch die Beauchamps-Uhr war abgebildet gewesen – das Foto hatte den Kurator gezeigt, der die Leihgabe eines Berliner Museums mit weißen Handschuhen vorsichtig in die Vitrine legte. Wie aus heiterem Himmel war mir der Gedanke gekommen, dass dieser Schaukasten eher wie ein Spielzeug aussah als wie eine ordentlich gesicherte Museumsvitrine. Er hatte mich während der ganzen Fahrt nicht losgelassen. Mehr noch, vor meinem inneren Auge lief ein Film ab, in dem eine Bande von Dieben die Uhr und andere Exponate für einen Sammler klaute und sich ins Fäustchen lachte, weil das alles ein Klacks war. Ich hatte wohl zu viel »Polizeiruf 110« gesehen. Oder doch nicht, denn dann hätte ich wissen müssen, dass die Bösen am Ende immer geschnappt werden.

Jedenfalls hatte ich, endlich in Leipzig angekommen, wenigstens diese Uhr mal sehen wollen – und festgestellt, dass der Schein nicht trog. Das komplette Sicherheitssystem schien wenig ausgeklügelt zu sein, und neben der Vitrine mit der Uhr und anderen Schmuckstücken standen weitere schlecht gesicherte Schaukästen mit kostbaren Exponaten.

Eine halbe Stunde später bekam mein Kumpel endlich seinen Willen. Schräg gegenüber dem Museum hatte ein Café Tische und Stühle auf den Bürgersteig gestellt, man genoss die abendlichen Sonnenstrahlen und ein kühles Getränk. Und ich kam über meine verrückte Idee nicht hinweg, die im Museum mehr und mehr Gestalt angenommen hatte und die ich jetzt vor meinem Freund ausbreitete. Nicht bloß als Idee, sondern als Vorschlag.

Am Ende meiner Ausführungen tippte er sich an den Kopf. »Du hast sie nicht mehr alle, Martin.«

»Jetzt mach dir nicht ins Hemd. Du hast die Vitrinen selbst gesehen, die sind ein Witz.«

»Und die Überwachungskameras?« Er zündete sich eine Zigarette an und blies den Rauch absichtlich in meine Richtung. Ich hasste Zigarettenqualm.

Einigermaßen gelassen wedelte ich den Rauch weg. »Kann man manipulieren. Besonders den Ahnungslosen, der vor den Kontrollmonitoren sitzt. Du hast doch erzählt, dass die einen Neuen anstellen.«

»Hätte mal lieber meine Klappe halten sollen«, sagte er. »Aber konnte ich wissen, dass du eine deiner berüchtigten Ideen ausbrütest?«

Ich lehnte mich zurück und bedachte ihn mit einem verachtungsvollen Blick. »Feigling. Kein Wunder, dass sich Brigitte von dir getrennt hat. Welche Frau will schon mit einem Weichei zusammen sein?« Damit hatte ich einen wunden Punkt getroffen. Es hatte ihn der Liebe wegen nach Leipzig verschlagen, die allerdings inzwischen erkaltet war. »Jetzt denk doch mal nach!«, sagte ich. »Das hat das Zeug zu einem Jahrhundertding!«

»Ja und? Ich verstehe nicht, weshalb du das machen willst.«

Ich lachte. »Weil's machbar ist! Was Aufregenderes wirst du garantiert nicht mehr erleben.«

Er schüttelte den Kopf. »Auf die Aufregung kann ich verzichten. Wenn man das Zeug hinterher wenigstens verhökern könnte – für harte Währung statt für Aluchips. Nur leider kenne ich keinen Hehler weit und breit und du ja wohl auch nicht.«

Ich hob die Brauen. Anscheinend hatte er sich insgeheim bereits Gedanken gemacht, während ich noch von der Idee an sich geschwärmt hatte. Wir waren schon immer recht unterschiedlich gewesen, mein alter Kumpel Lothar Giese und ich. Gegensätze ziehen sich an, vielleicht funktionierte unsere Freundschaft gerade deshalb so gut. Ich war auf Abenteuer aus, Lothar eher auf Sicherheit und Materielles, soweit das eben ging. Besonders seit ihn seine Brigitte wegen eines Mannes verlassen hatte, der einen Wolga fuhr, von dem keiner wusste, woher er den hatte, und durch Beziehungen Sommerurlaub am Schwarzen Meer machte. Wie auch immer: Lothar hatte natürlich recht, ich kannte keine Hehler. Aber was nicht war, konnte ja noch werden.

»Das lass meine Sorge sein. Wann genau fängt der neue Wachmann an? Wir müssen zuschlagen, solange der noch nicht richtig eingearbeitet ist.«

Lothar hatte bei seiner Arbeit für den VEB Glas- und Gebäudereinigung, der auch für das Museum zuständig war, zufällig vom Personalwechsel erfahren. Außerdem kannte er sich bestens im gesamten Gebäude aus, schließlich ging er da als Reinigungskraft ein und aus. Ein Traumjob war das zwar nicht, aber er mochte seine Kollegen und hatte, seit Schluss mit Brigitte war, ein Auge auf eine gewisse Ulrike geworfen.

»Vergiss mal nicht, dass du nur eine Woche Urlaub hast«, sagte Lothar bissig. »Museumsraub im Schnelldurchgang. Wie bekloppt ist das denn?« Er drückte seine F6 aus. »Freitag.«

»Was Freitag?«

»Fängt der neue Wachmann an. Wie willst du die Sache mit dem Hehler klären?«

Ich grinste. Anscheinend begann er, sich mit der Sache anzufreunden – und hatte vielleicht trotz Ulrike seine Brigitte doch noch nicht ganz abgeschrieben.

Nach diesem Gespräch brütete ich pausenlos über dem Gebäudeplan, den Lothar aufgezeichnet hatte, dem Überwachungssystem und den Möglichkeiten, nach dem Diebstahl ungesehen wieder zu verschwinden. Ich quetschte Lothar über die Vorgänge im Museum aus und bezog das, was er sagte, in den Plan ein. Nach zwei Tagen und Nächten wusste ich, wie wir vorgehen mussten. Jedenfalls was den Raub betraf. Das Zeug loszuwerden war viel schwieriger. Ich hätte es einfach gebunkert oder sogar nach einer gewissen Zeit wieder zurückgegeben. Mich interessierte bloß der Nervenkitzel, aber wenn ich Lothar im Boot haben wollte, musste aus der Sache was rausspringen.

Ohne sein Wissen wollte ich die Bekanntschaft von Brigittes neuem Freund suchen. Mit dem stimmte was nicht, vielleicht hatte er die Kontakte, die mir fehlten. Vielleicht hatte er auch ganz andere Kontakte, solche, auf die ich überhaupt keinen Wert legte – was davon zutraf, galt es herauszufinden. Zum ersten Mal war ich nervös. Meine sonstigen verrückten Einfälle waren zwar verrückt, aber niemals kriminell gewesen.

Ich wusste, wo sie mit ihrem Freund wohnte, und hatte Glück, er verließ abends noch einmal allein das Haus. Allerdings stieg er in seinen Wolga, bevor ich ihn ansprechen konnte. Einmal mehr war ich froh über den Trabbi eines Kollegen, der im Rahmen eines Austauschprogramms ein halbes Jahr lang in einem Leningrader Werk arbeitete und mir den Wagen für die Zeit überlassen hatte. So konnte ich Brigittes Freund quer durch die Stadt und wieder hinaus folgen, bis er vor einem abgelegenen Haus mitten in der Walachei anhielt und ausstieg.

Ich war zunächst wohlweislich an ihm vorbeigefahren, also wendete ich und lief zu Fuß zu dem Haus zurück, das dunkel dalag. Hinter dem Haus stand ein Schuppen, aus dem Licht drang. Drei Männer unterhielten sich, zwei davon mit starkem Akzent. Ich verstand nicht alles, aber Wörter wie »Ware«, »Auto« und »Grenze« waren deutlich genug, um mir was zusammenzureimen. Entweder hatte ich mehr Dusel als Verstand, oder ich sollte lieber machen, dass ich schnellstens wegkam. Ich entschied mich für Letzteres, obwohl ich es gewesen war, der Lothar Feigheit vorgeworfen hatte. Jetzt zog ich selbst den Schwanz ein. Da stolperte ich über etwas am Boden und fiel hin. Leider nicht sehr lautlos.

Ich bezog die Prügel meines Lebens, ehe ich auch nur die Chance hatte, ein Wort zu sagen. Es waren geübte Schläger, die peinlich genau darauf achteten, mir keine Verletzungen im Gesicht zuzufügen, und anschließend sehr höflich fragten, was ich da zu suchen gehabt hätte. Einer von ihnen ließ mich seine Makarow sehen, was mir beschämend schnell die Zunge löste. Ich erwartete alles Mögliche, vor allem, dass die mir kein Wort glaubten. Womit ich nicht rechnete, war, dass sie mich ins Haus bugsierten und alles, wirklich alles wissen wollten, was ich bisher über das Museum und die Sonderausstellung ausbaldowert hatte.

Zwei Tage lang hielten sie mich fest, genug Zeit, um zu überprüfen, mit wem sie es zu tun hatten. Sie waren sehr interessiert an der Ware, die Lothar und ich zu bieten hatten und die sie wiederum über die Tschechoslowakei in den Westen weiterverkaufen würden. Lothar und ich mussten sie nur noch beschaffen. Ein Zurück gab es nicht mehr.

Einen Tag vor dem geplanten Raub ließ mich Brigittes Freund wissen, dass er mich treffen wollte – allein. Sein Name war Rudolf Eggers, ein gut aussehender Mann, ein paar Jahre älter als ich, der mir unheimlicher war als die beiden Tschechen, die mich verprügelt hatten, zusammengenommen. Ich wurde nicht schlau aus seiner Rolle bei der Sache, und das beunruhigte mich.

Wir trafen uns in einem kleinen Lokal, das er gewöhnlich nicht frequentierte und in dem auch ich nie zuvor gewesen war. Er bot mir eine Zigarette an, die ich nahm, nur um etwas in der Hand zu haben.

»Sag mal, Martin«, begann er, »was für ein Leben hast du dir danach vorgestellt?«

Was er mit »danach« meinte, war klar, nur hatte ich mir darüber noch keine Gedanken gemacht oder besser: Ich hatte überhaupt nicht in Erwägung gezogen, etwas anderes zu tun, als nach Greifswald zurückzukehren und weiterzumachen wie bisher. Erst als er mich darauf ansprach, wurde mir klar, wie illusorisch das war. Ich hatte mich denen ausgeliefert. Wenn die wollten, dass ich wieder was für sie tat, musste ich es tun. Ich antwortete mit einem Schulterzucken, weil jedes Wort meine Panik verraten hätte.

»Ich könnte dir helfen«, sagte er.

»Wobei?«, brachte ich heraus.

Eggers hob die Brauen. »Abzuhauen.«

»Und wohin?«, fragte ich.

Eggers sah mich an, begriff, dass ich gar nichts kapierte, warf den Kopf zurück und lachte. Nachdem er sich beruhigt hatte, sagte er leise: »Mensch, Martin. In den Westen natürlich. Hast du nie an so was gedacht?«

Ich starrte Eggers bloß an. »Nein. Warum? Ich hab hier alles, was ich brauche: eine Wohnung, eine Arbeit, mir geht's gut. Was soll ich im Westen? Bananen hab ich noch nie gemocht.« Das war die Wahrheit, aber ich hätte das auch gesagt, wenn es nicht gestimmt hätte. Ich wusste nicht, wer oder was Eggers war, und wollte in keine Falle tappen.

Eggers blieb ernst. »Wenn du Wilhelm Pieck persönlich wärst, würde ich dir dasselbe raten. Ist besser sowohl für deine Sicherheit als auch für unsere.«

»Muss ich das verstehen?«, fragte ich unsicher.

»Mein Gott, bist du naiv«, meinte Eggers verdrossen. »Die werden dich nicht in Ruhe lassen, sondern dich irgendwann zwingen, wieder für sie zu arbeiten.«

»Das kann dir doch nur recht sein«, sagte ich. Dann hörte ich plötzlich den Unterschied. »Wieso sagst du ›die‹?«

»Du hast Angst, und Angst birgt immer ein Risiko«, überging er meine Frage. »Wenn dieser Coup gelingt, werdet ihr wahrscheinlich eine Zeit lang die meistgesuchten Leute in diesem Land sein. Die Chance, dass ihr früher oder später gefasst werdet, auch wenn die Ware dann längst nicht mehr hier sein wird, ist einigermaßen groß. Du kennst mich, du kennst unsere tschechischen Freunde, du hast einen kleinen Einblick in unsere Arbeit bekommen. Und du bist, wie wir alle wissen, leicht zum Reden zu bringen. Das liegt in niemandes Interesse.«

»Wenn das so ist, warum wollt ihr diese Aktion dann unbedingt durchziehen? Blast sie ab.«

»Wenn es nach mir ginge, sofort«, sagte Eggers. »Ich hätte es am liebsten gar nicht so weit kommen lassen, leider konnte ich das in der Nacht damals nicht allein entscheiden, ich musste …

Rücksprache halten. Das hat ein bisschen gedauert, und inzwischen waren die Tschechen schon viel zu heiß auf die Sache.« Er griff nach seiner Cabinet-Packung und fischte eine heraus. »Der Kuchen bei diesen Geschäften wird aufgeteilt, das größte Stück kriegen wir, aber deren Anteil ist immer noch groß genug, als dass sie bereit wären, darauf verzichten. Wir unsererseits möchten es uns ungern mit ihnen verderben. Wir und die sind eine eingespielte Truppe, es würde Zeit und Mühe kosten, so was woanders wieder aufzubauen.«

Bisher hatte Eggers im Plauderton mit mir geredet. Jetzt beugte er sich vor und packte mein Handgelenk, das er mit solcher Härte auf den Tisch presste, dass ich keine Chance gehabt hätte aufzustehen.

»Ihr werdet keine Fehler machen, du und dein Freund Lothar. Ich hab mich über ihn erkundigt – wenn wir den nicht bräuchten, würde ich ihn einsperren, bis alles vorbei ist. *Wenn* alles vorbei ist und ihr die Ware an den vereinbarten Ort gebracht habt, wirst du Lothar nach Hause schicken. Unter einer blauen Sperrholzkiste findest du einen Umschlag mit Instruktionen, wie du weiter vorzugehen hast. Du solltest sie unter allen Umständen befolgen. Hast du das verstanden?«

Ich schluckte trocken. Mein Handgelenk tat weh, doch Eggers' kalte Augen waren weit furchteinflößender, also nickte ich.

Eggers ließ mich los und lehnte sich zurück. »Gut.«

Ich räusperte mich. »Was passiert mit Lothar?«

»Nichts, falls du die Wahrheit gesagt hast und er keine Ahnung hat, wer wir sind und was gespielt wird.«

Ich hatte Lothar ein ziemliches Märchen aufgetischt. Zeit genug, es zu erfinden, hatte ich in den zwei Tagen, in denen ich unauffindbar gewesen war, schließlich gehabt. Er glaubte, es wäre mir gelungen, einen Hehler aufzutreiben, der die Antiquitäten nach Polen schaffte, und hatte keine weiteren Fragen gestellt. »Hat er nicht«, bestätigte ich.

»Dann muss er nur noch mit seinem Anteil zufrieden sein. Unsere tschechischen Freunde werden ihn in Ruhe lassen, die wissen, dass du derjenige mit dem Grips bist und Lothar bloß der Handlanger ist.«

Das war das zweifelhafteste Kompliment, das ich je bekommen hatte.

Die Stunde der Wahrheit rückte unaufhörlich näher. Ich verdrängte mein Gespräch mit Eggers und konzentrierte mich stattdessen auf das, was vor uns lag. Lothar war mit der Reinigungskolonne bereits unterwegs, sie würde in die Räumlichkeiten einfallen, sobald der letzte Besucher verschwunden war und kurz bevor das Personal der Tagesschicht an die Nachtschicht übergab. Er musste genau in dem Moment, in dem im Überwachungsraum am meisten Trubel herrschte, die Kamera in dem Raum manipulieren, den wir ausrauben wollten. Neben der Beauchamps-Uhr lagen dort in vier Vitrinen weitere Uhren, alter Schmuck, Medaillen aus Gold und Silber und Münzen aus den letzten tausendfünfhundert Jahren. Die Kamera war über der Tür angebracht, mit einem Besenstiel würde Lothar den Beobachtungswinkel verändern, und zwar so, dass sie die Vitrinen nicht mehr erfasste.

Der neue Wachmann würde das hoffentlich nicht merken, er kannte die Blickwinkel, die die Monitore ihm zeigten, nicht so aus dem Effeff wie sein Vorgänger. Danach würde Lothar seinen normalen Putzdienst versehen – und mich durch eine Kellertür hineinlassen. Ich würde mich auf der Toilette im Keller verstecken und warten, bis die Putzkolonne einschließlich Lothar wieder weg war. Er würde die Kellertür offen lassen und wieder zurückkommen.

Als er mir erzählt hatte, dass für den neuen Mitarbeiter eine – natürlich inoffizielle – Willkommensfeier anberaumt worden war, hatte ich begriffen, dass während dieser Zeit keiner der Wachmänner auf Rundgang sein, sondern mit einem Glas Sekt auf den neuen Kollegen angestoßen würde. Da der Überwachungsraum im Erdgeschoss lag, würden wir im Keller mitbekommen, wann es so weit war.

Bald hörten wir Stimmengewirr und Gelächter. Wir huschten die Treppen hoch, am Überwachungsraum vorbei und weiter in den zweiten Stock und profitierten davon, dass im Treppenhaus keine Kameras angebracht waren und der Raum, in den wir wollten, direkt von dort zugänglich war. In Nullkommanichts hatten wir die Vitrinen geöffnet und stopften alles wenig stilvoll in Plastebeutel, bis auf die sechs Uhren, die empfindlicher waren und die wir einzeln in Stofftücher wickelten. Dann legten wir die Glasscheiben wieder auf die Vitrinen und ab die Post nach unten. Dachten wir.

Auf der Treppe in den Keller begegnete uns einer der Wachleute. Wir starrten einander an, und mir wurde klar, dass ich den dümmsten Fehler aller Zeiten gemacht hatte. Was hatte Eggers noch gesagt? Ich wäre derjenige mit dem Grips? Und vergaß, dass wir uns hätten maskieren sollen.

Aus den Augenwinkeln sah ich, dass Lothar etwas aus seiner Tasche zog. Ich hatte keine Ahnung, woher er eine Waffe hatte, sie sah aus, als hätte sie schon ein paar Jahrzehnte auf dem Buckel, aber das hieß nicht, dass sie nicht funktionsfähig war. Er zielte damit auf den Wachmann.

»Bist du wahnsinnig?«, zischte ich und wollte sie ihm entreißen. Er wehrte mich ab, und ich wagte nicht, handgreiflich zu werden, weil sich dabei möglicherweise ein Schuss gelöst hätte.

Lothar bedeutete dem Wachmann, die Treppe wieder hinunterzugehen. »Kein Laut, sonst drück ich ab«, sagte er leise.

Der Wachmann stieg rückwärtsgehend sehr langsam die Stufen hinab und ließ Lothar nicht aus den Augen. Unten hob er die Hände. »Bitte – nicht schießen. Ich werde Sie nicht verraten, Herr Giese.«

Ich erschrak. Natürlich, es lag auf der Hand, dass Wachpersonal und Reinigungskräfte einander kannten. Schwerer Fehler Nummer zwei, auch dieses Risiko hatte ich nicht bedacht.

»Das will ich Ihnen geraten haben«, erwiderte Lothar. »Wenn Sie einen Ton sagen, irgendwann zu irgendwem – Sie könnten gar nicht so gut auf Ihren Sohn aufpassen, wie es nötig wäre.«

Ich sah, wie alles Blut aus dem Gesicht des Wachmanns wich, und war selbst entsetzt. Als ich diesen verrückten Plan ausgeheckt hatte, war er mir wie ein einziges Abenteuer vorgekommen. Das Abenteuer hatte längst begonnen, aus dem Ruder zu laufen, und das hier war die Krönung.

»Umdrehen!«, befahl Lothar.

Der Wachmann gehorchte, und Lothar ließ den Griff der Pistole auf seinen Kopf niedersausen. Noch im Fallen drehte sich sein Körper, er stieß mit dem Kopf an den unteren Knauf des Treppengeländers. Als er auf dem Fußboden landete, begann sich sofort eine Blutlache unter ihm zu bilden.

Ich starrte auf den reglosen Wachmann und kam mir genauso bewegungsunfähig vor.

»Los jetzt, weg hier«, drängte Lothar.

»Du hast ihn umgebracht«, wisperte ich und beugte mich hinunter.

Lothar stieß mich beiseite und kniete neben dem Mann nieder. »Quatsch, der atmet noch.« Dann durchwühlte er die Taschen des Wachmanns und förderte einen Schlüssel zutage. »Brauchen wir zwar nicht, aber wenn der fehlt, glaubt die Polizei vielleicht, *dass* wir ihn gebraucht haben.«

Das war ein durchaus kluger Gedanke, vielleicht wäre den Tschechen mit Lothar doch besser gedient, als Eggers geglaubt hatte.

»Los jetzt«, wiederholte Lothar und schob mich vorwärts zur Kellertür. Bevor er sie öffnete, fragte er: »Wie geht's weiter?«

Ich atmete einmal kurz durch und erinnerte mich daran, was Eggers gesagt hatte. »Wir trennen uns. Jeder nimmt die Hälfte der Beute, falls sie einen von uns schnappen, hat der andere immer noch eine Chance, durchzukommen. Wenn alles glattgeht, sehen wir uns in zwei Stunden wieder.«

Ich nannte ihm den von Eggers bestimmten Treffpunkt, Lothar öffnete die Kellertür, die auf einen dunklen Hof führte. An der Hofeinfahrt spähten wir auf die Straße, niemand war zu sehen. Lothar wandte sich nach links, ich nach rechts. Die ersten Meter ging ich, so ruhig ich konnte. Irgendwann traf mich der Strahl einer Straßenlaterne, und ich bemerkte, dass mir eine Frau entgegenkam. Als sie nicht mehr zu sehen und zu hören war, begann ich zu rennen, übersah kurz darauf eine Bordsteinkante und verstauchte mir das Fußgelenk. Es tat höllisch weh, fast hätte ich aufgeschrien, biss mir aber gerade noch rechtzeitig auf die Lippen. Als der Schmerz etwas abgeebbt war, versuchte ich weiterzugehen, was besser funktionierte, als ich dachte.

Ich war pünktlich an unserem Treffpunkt in einer Gartenlaube, deponierte meine Plastetüten am angegebenen Ort und suchte nach der blauen Sperrholzkiste. Darunter fand ich den von Eggers angekündigten Brief. Statt zu warten, wie Eggers gesagt hatte, riss ich nervös den Umschlag auf und begann bei Taschenlampenlicht zu lesen. Da klappte die Tür hinter mir. Ich ließ ich den Brief fallen, doch es war nur Lothar, der sich danach bückte, noch ehe er seine Tüten abstellte.

»Was ist das? Liebesbrief?« Er grinste und warf einen Blick darauf. Er hatte die Tür offen gelassen, der Mond schien zusätzlich durch ein Fenster der Laube, er konnte jedes Wort lesen. Ich sah, wie ihm allmählich das Lachen verging. »Du willst abhauen? Du willst die Biege machen und mich hier sitzen lassen? Grundgütiger, ich hätte mir denken können, dass du keine zwei Tage brauchst, um einen Hehler zu finden. Du hast deine Flucht organisiert! Die planst du schon viel länger, was?«

Mir blieb keine andere Wahl, als ihm die Wahrheit zu sagen. Dazu gehörte auch, dass er seinen Mund halten musste, mindestens so dringend wie der Wachmann seinen, wenn er überleben wollte. Lothar schwieg lange Zeit.

»Ohne mich hättest du nicht das kleinste bisschen aus dem Museum geholt«, sagte er schließlich. »Und jetzt haust du einfach ab.«

»Wenn's nach mir ginge, könnten wir jederzeit tauschen. Leider geht's nicht nach mir.«

»Nach denen aber auch nicht. Ich lass mich nicht verarschen«, sagte Lothar. Er griff in die Tüte, in der die Uhren lagen, nahm eine heraus und griff danach in die Tüte mit den Münzen. Auch davon bediente er sich.

»Lothar, was soll das? Die wissen genau …«

»Mir egal. Ich nehme mir, was mir zusteht. Und du fahr zur Hölle. Viel Pech im Westen.«

28

Harald Barthels Stimme war heiser geworden. »Wenn Lothar gewusst hätte, was mir im Osten noch alles bevorstand, wäre er begeistert gewesen.« Die letzten zehn Minuten hatte er mehrfach leicht seine Sitzposition gewechselt, der rechte Oberschenkel bereitete ihm Schmerzen. Jetzt streckte er das Bein langsam aus.

Kassandra hatte gebannt zugehört und kurzzeitig sogar vergessen, dass sie in einer möglicherweise tödlichen Falle saßen. Als Barthel schwieg, drang die Gefahr wieder in ihr Bewusstsein. Oder war es nicht Barthels Schweigen? Hatte sich im Raum etwas verändert? Auch Paul schien das wahrzunehmen, er legte den Kopf schief, als lauschte er. Schließlich stand er auf. »Erzählen Sie ruhig weiter, Herr Barthel«, sagte er. »Haben die geglaubt, Sie hätten die Beauchamps-Uhr geklaut, und waren genauso hinter Ihnen her wie die Polizei?«

Barthel antwortete nicht, sondern beobachtete Paul, der langsam im Raum auf und ab ging. »Was ist los? Stimmt was nicht?«

»Bin mir nicht sicher«, murmelte Paul. »Erzählen Sie bitte weiter.«

Barthel sah zu Kassandra, die jedoch nur mit den Schultern zuckte. Sie war sich selbst nicht sicher, was da war, und das machte ihr Angst. Barthel nickte ihr fast beruhigend zu und tat, worum Paul ihn gebeten hatte.

»Ich hatte nicht gesehen, wonach genau Lothar gegriffen hatte, und dementsprechend keine Ahnung, dass es sich ausgerechnet um das wertvollste Stück aus dem Raub handelte. Nachdem er weg war, las ich den Brief zu Ende. Eggers gab mir zwei Wochen, mich zu der Kontaktperson durchzuschlagen, von der ich die Papiere für mein neues Leben bekommen sollte. Eigentlich hatte ich damit gerechnet, dass ich die frei Haus geliefert bekomme, aber da alles so schnell gegangen war, war wohl für Eggers die Zeit zu knapp gewesen. Unter normalen Umständen hätten die zwei Wochen ausgereicht, selbst wenn ich wegen Polizeiaktionen, Absperrungen und was nicht alles aufgehalten worden wäre.

Die Umstände waren aber leider nicht normal. Lothar hatte den Motor meines Trabbis demoliert, und ich wagte nicht, mir eine Zugfahrkarte zu kaufen, weil mich dummerweise diese Frau unter der Laterne gesehen hatte und ich einen Tag später mein eigenes Konterfei auf gefühlt tausend Fahndungsplakaten sah – auch wenn es mit der Ähnlichkeit etwas haperte. Ich musste mich mit einem verstauchten Knöchel, der mit jedem Schritt mehr schmerzte, zu Fuß durchschlagen.«

»Wohin …«, begann Kassandra, doch irritierte plötzlich etwas ihre Nase. »Großer Gott, Paul, ist das …«

»Benzin, ja«, bestätigte er.

Sie fragte sich, weshalb er so ruhig blieb, während ihr übel wurde und sie zur Tür starrte. Barthel folgte ihrem Blick, dann sah er zurück zu Paul. »Das kommt nicht vom Flur«, stellte er fest.

»Richtig, es kommt von irgendwo dort.« Paul war schon in der schummrigen Ecke gegenüber, bevor er ausgesprochen hatte. »Was ist da nebenan? Der Pool?«

»Die Umkleide. Die ist vom Pool allerdings nur durch eine Schiebetür getrennt.« Mit Kassandras Hilfe war Barthel aufgestanden und humpelte nun auf sie gestützt zu Paul hinüber. »Selbst wenn Simone dort drüben Benzin vergossen haben sollte, dürfte es hier nicht danach riechen.«

»Es sei denn, diese Mauer ist nicht durchgängig aus Beton«, sagte Paul. »Ich brauche mehr Licht. Kassandra, leuchte mal mit dem Handy.«

Barthel lehnte sich ein Stück links von ihnen an die Wand, während Kassandra und Paul die geballte Leuchtkraft ihrer beiden Telefone nutzten, um sie zu untersuchen und abzuklopfen. Es dauerte nicht lange, bis sie eine Stelle trafen, die hohl klang. Als Paul mit der flachen Hand darüberstrich, bemerkte er eine Unebenheit – und als sie dorthin leuchteten, erkannten sie Ritzen im Gemäuer, das offenbar keins war.

»Hier muss es mal eine Verbindung zum Nebenraum gegeben haben. War nebenan schon immer die Umkleide?«, fragte Paul.

»Soweit ich weiß, ja, aber ich bin bereits der dritte Besitzer des Hauses, leider habe ich die ursprünglichen Baupläne nicht im Kopf.«

Paul verzog das Gesicht. »Der Benzingestank kommt jedenfalls eindeutig von da, aber noch brennt es offenbar nicht. Das hier«, er klopfte an die Wand, »ist eine dicke, in die Wand eingepasste Holzplatte und unser einziger Weg nach draußen. Gibt's hier Werkzeug?«

»Das ist meine Waschküche, wozu sollte es …«, fing Barthel an, brach aber ab. »Hinter der Waschmaschine. Die ist kaputt, ich wollte sie reparieren.«

Paul war schon unterwegs. Trotz der bedrohlichen Situation kam Kassandra nicht umhin, Barthel erstaunt zu mustern. »Sie reparieren Ihre Waschmaschine selbst?«

»Hierfür brauchen wir keine besonderen handwerklichen Fähigkeiten«, sagte Paul, der mit dem Werkzeugkasten zurückkam. »Egal, wie, wir müssen diese Holzplatte einreißen – möglichst bevor Simone ein Streichholz ans Benzin hält.«

Barthel griff sich einen Hammer und wog ihn in der Hand. Dann holte er aus und ließ ihn gegen das Holz krachen. Beim zweiten Schlag antwortete er auf Kassandras Frage. »Andere angeln als Arbeitsausgleich. Ich mag keinen Fisch.«

Der dritte Schlag kam synchron zu Pauls, der sich ebenfalls mit einem Hammer bewaffnet hatte, und Kassandra meinte schon, das Holz splittern zu hören. Nur zu sehen war noch nichts. Paul und Barthel schlugen gemeinsam auf die Holzplatte ein, was einen Höllenlärm verursachte, bis Barthel nicht mehr konnte und sich das Bein hielt. »Ich muss eine Pause machen«, schnaufte er.

Das Holz splitterte mittlerweile ordentlich, ein kleines Loch hatte sich gebildet. Paul bedeutete Kassandra, für Barthel einzuspringen. Die Öffnung wurde größer und größer. Bald hatte sich Barthel genug erholt, er nahm Kassandra den Hammer wieder ab und bearbeitete mit Paul das Holz so weit, dass sie durch den ehemaligen Durchbruch steigen konnten. Barthel wollte vorgehen, doch Paul hielt ihn zurück. »Simone hat noch immer die Waffe. Gieses Waffe im Übrigen, nehme ich an. Sie wird sie aus seiner Wohnung mitgenommen haben.«

Während der letzten Viertelstunde hatten sie so viel Lärm veranstaltet, dass sich von ihnen völlig unbemerkt im Keller ein Shanty-Chor die Seele aus dem Leib hätte singen können.

Geschweige denn, dass sie Simone gehört hätten. Sie wussten überhaupt nicht, wo sie war oder was sie vorhatte – sie war ein unberechenbares Risiko.

»Was schlagen Sie vor?«, fragte Barthel unwillig. »Wenn wir tatenlos warten wollten, hätten wir uns diese Aktion sparen können.«

»Ich bin nur für Vorsicht«, sagte Paul. »Sie sind verletzt, ich werde vorgehen.« Er stieg über das zersplitterte Holz hinweg in die Umkleide, die nicht beleuchtet war.

Durch die halb offene Schiebetür zum Pool drang ein wenig Licht herein – und der Benzingestank, der schon seit einiger Zeit so heftig war, dass er Kassandra Kopfschmerzen bereitete. Sie atmete weitgehend durch den Mund, aber viel half das nicht. Nach Paul kletterte sie in die Umkleide und drehte sich zu Barthel um, um ihm durch das Loch in der Holzplatte hindurchzuhelfen. Es war zu dunkel, als dass sie seinen Gesichtsausdruck eindeutig erkennen konnte, aber er wirkte angestrengter als vorhin, und sie hatte das Gefühl, dass das nicht an den Schmerzen in seinem Oberschenkel lag. Er ließ sich zwar von ihr helfen, schob sich aber dann in dem engen Raum an ihr vorbei und blieb direkt hinter Paul stehen.

Obwohl sich eben während ihrer kurzen Unterhaltung niemand die Mühe gemacht hatte, leise zu sein – sie waren schließlich zuvor laut genug gewesen –, flüsterte er Paul jetzt etwas zu, das Kassandra nicht verstand. Sie sah nur, dass Paul nickte und er gemeinsam mit Barthel zwei Schritte zur Seite trat. Ohne sich nach ihr umzuwenden, gab Barthel ihr ein Zeichen, es ihnen gleichzutun, um danach über seinem Kopf nach einem Kleiderbügel zu tasten, den er Paul nach vorn reichte. Hinter der Wand verborgen, in die die Schiebetür eingelassen war, hantierte Paul mit dem Bügel, zog die Tür ein Stück weiter auf und erlaubte ihnen so einen besseren Einblick in den Poolraum, der im sanften Schein der Deckenleuchten vor ihnen lag. Das Erdreich um diesen Teil des Souterrains war tiefer ausgeschachtet, die Fenster reichten bis zum Boden.

Zu hören war nur ein leichtes Gluckern, hervorgerufen von der Chlorreinigungsanlage. Vom Chlor selbst roch Kassandra nichts, das Benzin überlagerte alles andere. Dann jedoch meinte sie, jenseits der Umkleide jemanden atmen zu hören. Unwillkürlich hielt sie die Luft an. Da wurde aus dem Atmen ein Keuchen, dann ein leises Lachen und schließlich ein verzweifeltes Schluchzen.

Kassandra ignorierte den Gedanken, dass das ein Trick sein könnte, sie drängte sich an Barthel und Paul vorbei und trat aus der Umkleide, ohne auf die Hand auf ihrer Schulter zu achten, sie wusste nicht mal, ob es Pauls oder Barthels war, spürte nur gleich darauf, dass sie beide neben ihr standen.

Vor ihnen lag der Pool, die Wasseroberfläche schillerte bunt in allen Regenbogenfarben, der Benzingestank war überwältigend. Am gegenüberliegenden Beckenrand, vor einer Glastür, durch die man auf ein kleines, von einer Laterne dürftig erhelltes Rasenstück treten konnte, stand Simone. Ihre Haltung war die einer Geschlagenen, die Arme hingen an ihrem Körper herunter, die Waffe, die sie in der rechten Hand hielt, drohte jeden Moment ihren Fingern zu entgleiten. Die linke Hand hatte sie zur Faust geballt. In ihrem Blick lag jedoch ein seltsames Funkeln, fast wie ein Triumph. Noch etwas wirkte seltsam: Sie war durchnässt. Hatte sie völlig angekleidet ein Bad im Pool genommen? Nein, dazu war die Nässe nicht gleichmäßig genug.

Kassandra schauderte, als sie begriff, was Simone getan hatte, die nun ganz leicht den linken Arm hob. Ihre Hand öffnete sich. Ein silbernes Feuerzeug lag auf ihrer Handfläche.

»Um Himmels willen«, flüsterte Kassandra. »Tu das nicht!« Simone würde wie eine Fackel brennen, und es half ihr wenig, wenn sie in den Pool fiel – im Gegenteil, die Flammen würden sich blitzschnell auf der Wasseroberfläche ausbreiten.

Jetzt lachte Simone wieder, es klang verbittert – und ein bisschen wahnsinnig. »Gestern wollte ich nicht sterben, gestern dachte ich, ich hätte noch eine Chance – aber heute interessiert mich mein Leben nicht mehr. Um Sie«, sie fixierte Paul, »tut es mir fast ein bisschen leid. Sie haben mit dieser ganzen Sache eigentlich gar nichts zu tun, Sie hätten sich nur nicht reinziehen lassen dürfen. Aber jeder macht mal einen Fehler.« Sie wandte sich an Barthel. »Du – Verzeihung, ich sollte mir keine Vertraulichkeiten erlauben –, Sie haben gleich mehrere gemacht. Der schlimmste war, mich nicht ernst zu nehmen. Am Ende, nachdem ich so lange versucht hatte, Sie zu schützen, stellte sich also heraus, dass Sie auch nicht perfekt sind. Das war dann wohl *mein* Fehler.«

»Und was war meiner?«, fragte Kassandra ruhiger, als ihr zumute war.

Als Simone ihren Blick auf sie richtete, erschrak Kassandra, so viel Hass lag darin. »Deiner? Du bist doch die Schlimmste von allen! Du …« Sie hielt inne, lauschte und streckte ihre linke Hand mit dem Feuerzeug aus. »Ruft die Polizei zurück, sonst geht alles in Flammen auf!«

»Polizei?«, fragte Barthel. »Simone, hier ist niemand außer uns.«

»Wag es nicht, mich so zu nennen!«, zischte sie. »Und verkauf mich nicht für dumm. Ruf die Polizei zurück!«

»Warum?«, fragte Barthel scheinbar ruhig.

Er stand so dicht neben Kassandra, dass sein Arm ihren berührte. Sie spürte, dass er zitterte. Auf ihrer anderen Seite schien Paul dagegen zum Sprung bereit. Dabei führte kein Weg in die Freiheit. Auf dem Boden um das Becken standen überall Pfützen von Benzin. Selbst wenn sie es zurück in die Umkleide und von da in die Waschküche schafften, gab es auch von dort keinen Weg hinaus, nur einen kleinen Aufschub, bis das Feuer sie erreichte. Es sei denn, die Polizei war tatsächlich hier, aber Kassandra hatte im Gegensatz zu Simone weder etwas gesehen noch gehört.

Barthel sprach schon weiter, lauter jetzt, als wolle er etwas übertönen. »Sie wollen doch nicht mehr leben. Machen Sie also Schluss. Jetzt gleich, und die Polizei wird nur noch ein paar verkohlte Leichen bergen.«

»Das sollte ich vielleicht tun«, sagte Simone. Sie hob die linke Hand noch ein Stück.

Kassandras Mund wurde trocken. Alles in ihr schrie: Bring dich in Sicherheit, lauf weg, wohin auch immer. Da sah sie es endlich auch. Jemand stand draußen auf dem kleinen Rasenstück, nur ein Schatten war zu sehen. Kay. Es musste Kay sein, der Wind davon bekommen hatte, dass sie in Schwierigkeiten steckten. Er hatte sicher längst seine Kollegen verständigt. Vielleicht gab es doch noch eine Chance, zu entkommen. Sie mussten auf Zeit spielen, statt, wie Barthel es gerade tat, Simone zu provozieren.

»Nein, noch nicht«, sagte Kassandra heiser. »Du hast gesagt, ich wäre die Schlimmste von allen. Du wirst mich nicht sterben lassen, ohne mir zu erklären, was du damit meinst.«

»Du behauptest ernsthaft, dass du das nicht weißt?« Simone lachte auf. »Du bist sehr von dir überzeugt, was?«

Kassandra achtete kaum auf ihre Worte, sie sah nur, wie Simones linke Hand sich um das silberne Feuerzeug krampfte, und fürchtete, dass sie es jeden Moment aufschnappen ließe, bewusst oder unbewusst. Ihr Lachen war fast hysterisch geworden. Hinter Simone schob sich die Glastür ganz langsam auf, ein Mann trat vorsichtig ein.

»Du warst sehr überzeugend neulich im ›Dünentraum‹«, sagte Simone, wieder etwas ruhiger. »Richtig rührend.« Sie legte den Kopf schief und musterte Kassandra. »Du hast wirklich keine Ahnung? Dann …« Sie fuhr herum und sagte noch in der Bewegung: »… frag doch deinen Vater!« Gleichzeitig holte sie mit der Rechten aus, in der sie noch immer die Waffe hielt, und schlug nach dem Mann hinter ihr. Er konnte zwar ausweichen, rutschte aber auf dem nassen Fußboden aus und fiel.

Zwei Dinge schossen Kassandra durch den Kopf. Erstens, wie Simone ihn so zielgerichtet außer Gefecht hatte setzen können. Und zweitens, was Bernhard Kämpfer hier tat.

Simone stand über ihm und hielt ihn mit der Waffe in Schach. »Aufstehen.«

Bernhard Kämpfer rappelte sich hoch und hielt sich die Seite, auf die er gefallen war. »Sie sollten …«

»Rüber zu den anderen«, unterbrach ihn Simone. »Ich fühle mich geschmeichelt, dass Sie alle hier sind. So viel Aufmerksamkeit wurde mir nie zuteil, als ich einfach nur meinen Job gut erledigt habe.«

Vorsichtig, um nicht wieder auszurutschen, kam Bernhard Kämpfer zu Kassandra, Paul und Barthel.

»Könntest du das nächste Mal bitte einfach absagen, wenn

dir was dazwischenkommt?«, fragte Kämpfer bissig an Barthel gerichtet.

»Absagen? Wir waren erst morgen verabredet.«

»Du solltest dir eine neue Assistentin suchen, diese ist zunehmend unzuverlässig – nicht nur, was deinen Terminkalender angeht, scheint mir.«

»Klappe halten!«, befahl Simone, halb irritiert, halb verärgert darüber, dass die beiden sie derart ignorierten.

Auch Kassandra wunderte sich, allerdings wegen des vertrauten Tonfalls zwischen Barthel und Kämpfer, die sich im »Dünentraum« gesiezt und trotz ihres gemeinsamen Essens nicht wie Freunde gewirkt hatten. Kassandra suchte Pauls Blick, wurde jedoch abgelenkt von einer Entdeckung: Hinter ihnen hing ein Spiegel, den Simone vorhin die ganze Zeit im Auge gehabt haben musste, sodass sie hatte sehen können, was sich in ihrem Rücken abspielte.

Wie von selbst schaute Kassandra zu Bernhard Kämpfer hinüber. Angesichts dessen, was in den letzten Tagen passiert war, und der Tatsache, dass sie jetzt alle in Lebensgefahr schwebten, sollte die Identität ihres Vaters keine große Rolle mehr spielen. Dennoch setzte ihr Herzschlag für einen Moment aus, als Bernhard Kämpfer ihren Blick kurz erwiderte und dann wieder wegsah. Irrationalerweise verletzte sie das.

»Ich verstehe noch nicht ganz, wie Sie in diese Geschichte passen, Herr Kämpfer.« Das kam von Paul, der zum ersten Mal, seit sie die Waschküche verlassen hatten, wieder sprach. Kassandra mutmaßte, dass er die kleine Episode zwischen ihr und Kämpfer beobachtet hatte. Oder er wollte, wie Kassandra vorhin, auf Zeit spielen und Simone ablenken.

»In welche Geschichte?« Kämpfers Stimme klang müde.

»Die vom Museumsraub«, sagte Paul. »Sie waren nach allem, was Herr Barthel erzählt hat, nicht daran beteiligt. Trotzdem wurde Ihr Sohn mit einer alten Münze erpresst, die zweifellos aus jenem Raub stammt.«

»Jemand hat meinen Sohn erpresst?« Überrascht und entsetzt starrte Kämpfer Paul an. »Wer?«

»Lothar sehr wahrscheinlich«, schaltete Barthel sich ein. »Wenn ich vorhin richtig verstanden habe, was Simone gesagt hat, hat sie Lothar abgepasst, nachdem er diverse Male um die BOB rumgeschlichen war. Anscheinend wollte er *mich* ebenfalls erpressen. Aus falsch verstandener Fürsorge hat sie das verhindert.«

»Falsch verstandene Fürsorge nennen Sie das?« Simone siezte Barthel wieder, die Aggressivität war aus ihrer Stimme verschwunden. Zusammengesunken saß sie in einem der Liegestühle, die Pistole auf dem Boden vor ihren Füßen. Sie wirkte traurig und leicht zu überwältigen, wenn sie nicht wie nebenbei immerzu mit dem Feuerzeug gespielt hätte, dessen gelegentliches Aufblitzen im Licht der Lampe über ihr an Funken erinnerte.

Ihre ständigen Stimmungsschwankungen konnte sich Kassandra nur damit erklären, dass sie nicht mehr bei Verstand war. Vor einigen Stunden hatte Harald Barthel sie psychopathisch genannt, und Kassandra hatte es nicht glauben wollen. Offenkundig ein Irrtum. Was war der Auslöser dafür gewesen? Der Brand bei Niklas? Oder hatte es schon viel früher begonnen, als sie begriffen hatte, wie aussichtslos es war, jemals Harald Barthels Aufmerksamkeit zu erregen? Hatte sie mit dem Wahn, ihn schützen zu wollen, nicht mehr und nicht weniger getan, als auf ihre Weise um ihn zu kämpfen?

Als hätte sie Kassandras Gedanken gelesen, sagte Simone: »Ich habe Niklas Thiel dabei erwischt, wie er dieses Haus durchsuchte. Sie hätten ihm nicht so vertrauen dürfen – die Einzige, die Ihr Vertrauen verdiente, war ich. Aber Sie mussten ja unbedingt ihn wegen der Unterlagen losschicken.«

Barthel schien in seiner Erinnerung zu suchen, worum es sich gehandelt hatte. »Sie waren krank an dem Tag«, sagte er schließlich.

»Ich bin nie zuvor krank gewesen, all die Jahre nicht, und kaum falle ich mal einen Tag aus, werde ich durch irgendjemanden ersetzt.«

»Niklas Thiel war nicht irgendjemand«, sagte Barthel scharf. »Er war mein engster Mitarbeiter.«

»Ist«, fuhr Kassandra dazwischen. »Er lebt noch!«

Barthel ignorierte ihren Einwurf. »Wenn Sie krank waren, wieso wussten Sie dann, dass er hier war?«

»Weil er mich anrief, als er die Unterlagen nicht fand.« Simone ließ das Feuerzeug von der linken in die rechte Hand gleiten. »Ich hatte nach seinem Anruf ein komisches Gefühl, also riss ich mich zusammen, verdrängte, dass ich Fieber hatte, und kam her. Und da erwischte ich ihn.«

»Das heißt aber doch wohl«, mischte Paul sich ein, »dass Sie damals schon wussten oder zumindest vermuteten, dass Herr Barthel was zu verbergen hat.«

Simone sah weg.

»Frau Kleist?«, fragte Barthel. »Stimmt das?«

Seufzend schaute Simone wieder auf. »Niklas und ich hatten ein Verhältnis. Nicht dass er mir was bedeutet hätte – im Gegenteil. Ich bin misstrauisch geworden. Er verhielt sich anders als andere Kollegen, wenn er zu einer Besprechung kam. Er nahm jede Einzelheit mit Blicken auseinander, er beobachtete Sie, er suchte etwas, und ich beschloss, der Sache auf den Grund zu gehen. Ich hatte bemerkt, dass seine Blicke auch ab und zu mir galten und dass das relativ eindeutige Gründe hatte. Als er an einem Spätnachmittag kam, um Sie zu sprechen, Sie aber nicht da waren, ergriff ich die Initiative. Es wurde eine recht lange Besprechung, die der Anfang unserer Beziehung war.«

Sie wirkte jetzt überaus zufrieden. »Wir blieben sehr diskret, es lag uns beiden aus unterschiedlichen Gründen nichts daran, dass jemand davon erfuhr. Es dauerte allerdings, bis er sich mir anvertraute, und das tat er auch nur, weil ich mich immer häufiger über Sie beklagte und sagte, dass Ihre ewige Arroganz sich hoffentlich mal rächt. Eines Nachts hat er mir dann von seinem Vater erzählt, der als Wärter im Kulturhistorischen Museum Leipzig gearbeitet hat. Der arme Mann wurde bei dem berüchtigten Raub niedergeschlagen und hat vor lauter Angst um seinen Sohn sein Leben lang über das geschwiegen, was er gesehen hat. Seit einiger Zeit lebte Niklas' Vater im Heim, anfangs war es mit seiner Demenz noch nicht so schlimm gewesen, und bei einem Besuch hatte er Niklas erzählt, er habe in der Zeitung einen Bericht über Sonnenseite gelesen und auf dem Foto einen der Museumsräuber wiedererkannt. Sie.«

Simones Finger zeigte anklagend auf Harald Barthel.

»Niklas' Vater war seit jener Nacht im Museum nicht mehr derselbe gewesen, vor allem, weil man ihn verdächtigt hatte, mit den Tätern unter einer Decke zu stecken – er hat sogar eine Zeit lang heftig getrunken, worunter er und Niklas sehr gelitten haben. Niklas wollte sich rächen, indem er Ihren Ruf zerstörte. Aber er brauchte Beweise.«

Kassandra bemerkte, wie schockiert Barthel war – ob nun wegen Wilhelm Thiels Schicksal oder weil Niklas sich auf diese Weise rächen wollte. Er öffnete den Mund, um etwas zu sagen, doch Simone sprach schon weiter.

»Deshalb wollte er die Gelegenheit beim Schopf packen, als Sie ihn in Ihr Haus schickten. Weder er noch ich wussten zu der Zeit, wo die Beweise einfach nur aufzusammeln gewesen wären: bei Lothar Giese. Nicht bloß die Beauchamps-Uhr und ein paar Münzen. Auf gewisse Art war Giese selbst der lebende Beweis mit all seinem Wissen und den Fotos, die belegten, dass er und Sie sich seit Urzeiten kannten. All das wurde mir erst klar, nachdem ich ihn später in Ribnitz vor der BOB gesehen und gesprochen hatte. Als ich danach bei ihm in Stralsund auftauchte, dachte er, ich hätte mit Ihnen geredet und käme in Ihrem Auftrag. Er machte es mir so einfach.«

Simones Stimme verlor sich. Sie betrachtete das Feuerzeug, das wieder zurück in ihre linke Hand wanderte, und strich sich eine nasse Haarlocke aus der Stirn. Der Benzingestank schien sie nicht zu stören, und sogar Kassandra hatte sich allmählich daran gewöhnt, ihre Kopfschmerzen und die Übelkeit nahm sie kaum noch wahr. Dafür spürte sie Pauls Hand auf ihrer. Er hatte sich langsam ein kleines Stück zu ihr hinüberbewegt.

»Wo war ich?«, fragte Simone immer noch leicht abwesend. »Bei Niklas, oder?«

Niemand korrigierte sie, es kam nicht mehr darauf an, welche ihrer Taten sie sich zuerst von der Seele redete.

»Ich wollte mich von ihm trennen, ich wusste ja, was ich hatte wissen wollen, und er begann zu ahnen, dass ich ihn bloß ausgehorcht hatte. Das traf ihn unvermutet schwer, weil er wirklich was für mich empfand. Er wollte gerade zu diesem Schießvereinstreffen in Rostock, als ich kam und ihm sagte, es wäre endgültig aus. Es fehlte nicht viel, und er hätte mich gewaltsam im Haus festgehalten, ehe er dann doch vernünftig wurde. Er rief mir noch was hinterher, aber ich achtete nicht mehr darauf, ich war bloß froh, dass ich draußen war.«

»Wer hat dann das Feuer gelegt?«, fragte Kassandra spontan. »Du bist viel zu früh weg.« Sie schaute zu Barthel. »Sie? Sie waren später noch da, Sie haben das sogar zugegeben, und Ihr E-Mail-Alibi mit Ihrem amerikanischen Geschäftspartner ist dürftig.« Das stimmte alles, und dennoch fiel es ihr schwer, das so zu akzeptieren.

Barthel sah sie nur an, es war Bernhard Kämpfer, der antwortete. »Blödsinn! Glauben Sie, jemand, der einen Verein wie Sonnenseite gründet und Kindererholungsheime baut, bringt Menschen um?«

»Wenn er dadurch seine Projekte schützen will«, meinte Paul vielsagend.

»Besten Dank, dass Sie mich für unersetzlich halten, aber ich bin bloß Vorsitzender – den kann man austauschen, die Projekte gehen weiter«, sagte Barthel.

»Jetzt komm schon, Harald«, sagte Kämpfer. »Was soll das? Wir wissen beide, dass …«

»Wieso springen ausgerechnet Sie für ihn in die Bresche?«, fiel ihm Kassandra ins Wort. Fast hätte sie ihn geduzt, wie sich das für eine Tochter gehörte, sie konnte sich gerade noch zurückhalten. »Schlechtes Gewissen, weil Sie ihm die Frau weggenommen haben? Was ist das mit Ihnen beiden überhaupt? Was spielen Sie für ein Spiel?«

»Das sollten wir später klären«, sagte Kämpfer und wies mit einem Kopfnicken auf Simone, die inzwischen aufgestanden und in eine Ecke gegangen war. Die Waffe lag noch auf dem Boden vor ihrer Liege, doch das Feuerzeug hatte sie mitgenommen.

»Mir ist kalt«, sagte sie. »Lothar war auch kalt. Er wollte ins Bett.« Sie kicherte, bückte sich und nahm einen Benzinkanister hoch, den sie schüttelte. Ein leises Schwappen war zu hören.

Kassandra wurde bewusst, wie dumm sie sich eben aufgeführt hatte. Befindlichkeiten zählten rein gar nichts in dieser Situation. Mit einem Mal wurde ihr schwindelig und schwarz vor Augen, dunkel nahm sie wahr, dass Pauls Hand ihre drückte, was verhinderte, dass sie zur Seite kippte. Sie riss die Augen auf und konzentrierte sich auf Simone.

»Lothar Giese machte denselben Fehler wie Sie, Herr Barthel, er hat mich nicht ernst genommen. Seine Entschuldigung war der Suff. Haben Sie auch eine, außer Ihrer Überheblichkeit? Er redete und redete, und auch wenn es mühsam war, sein Lallen zu verstehen, wusste ich bald alles, was Niklas nur vermutet hatte. Er zeigte mir die Beauchamps-Uhr und das Foto, das auf dem Tischchen stand, und erklärte, welcher von den Jungs Sie waren. Und dann sagte er, ich solle Martin Hilger grüßen und nannte eine absurd hohe Summe, die er für sein Schweigen verlangte. Er schob mich aus dem Wohnzimmer, öffnete die Wohnungstür, machte kehrt und verschwand im Schlafzimmer. Er war so betrunken, dass er nicht mal drauf achtete, ob ich wirklich ging. Nach einer Weile schnarchte er laut. Ich holte die Uhr, nahm das Foto aus dem Rahmen und suchte überall nach weiteren Beweisen. Da lag einiges, das sicher ebenso Diebesgut war wie die Uhr. Die Münzen steckte ich ein, weil Giese sie im Zusammenhang mit dem Leipziger Raub erwähnt hatte. Schließlich fand ich noch den Pachtvertrag für seinen Schrebergarten, den ich mir für später vornahm – und die Waffe.« Sie deutete hinüber zu ihrem Liegestuhl. »Hätte nicht gedacht, dass sie noch funktioniert. Tut mir leid, Herr Barthel.« Wieder kicherte sie. »Am Ende nahm ich ein Buch aus dem Regal, schlug es auf, legte es auf den Fußboden, steckte eine von Gieses Zigaretten an und ließ sie darauffallen. Es dauerte nicht allzu lange. Ein bisschen wartete ich noch, bis der scheußliche PVC-Fußboden anfing zu schwelen.«

Simones Blick huschte zu Bernhard Kämpfer. »Unten auf der Straße muss mich Oliver gesehen haben. Ich war wütend, als er anfing, mich zu erpressen – und weil ich ahnte, dass es mir nicht gelingen würde, ihn zu übertölpeln. Aber ich wusste ja, wofür ich das alles auf mich nahm.« Sie sah zu Barthel. »Für dich. Bloß für dich.«

Die ganze Zeit über hatte sie in der Ecke gestanden, den Benzinkanister in der Hand, jetzt kam sie damit näher, während sie den Verschluss aufdrehte und den Rest des Inhalts auf die

Fliesen kippte. Sie bewegte sich dicht am Poolrand, und als sie fast bei ihnen angekommen war, streckte sie die Hand mit dem Feuerzeug wieder aus. »Gehen Sie zurück.«

Annähernd synchron traten sie alle zwei Schritte nach hinten. Simone schob sich an ihnen vorbei, da spürte Kassandra, dass Paul den Griff um ihre Hand lockerte, sie losließ – und bevor sie etwas tun oder auch nur denken konnte, auf Simone zuhechtete, die aufschrie, als er ihr das Feuerzeug aus der Hand schlug und sie in den Pool stieß. Das Klatschen, als ihr Körper auf dem Wasser aufprallte, war unnatürlich laut – die Stille, die darauf folgte, gespenstisch. Ungläubig sah Kassandra, dass Simone wie ein Stein auf den Poolboden sank.

Einen Wimpernschlag später tauchte Paul mit einem Kopfsprung in den Pool. Nach zwei, drei kräftigen Zügen unter Wasser war er bei Simone angelangt, umfasste ihren Oberkörper und zog sie an die Oberfläche. Da kam urplötzlich Leben in Simone. Sie kämpfte wie ein gefangenes Tier gegen Paul, der Pool verwandelte sich in einen Hexenkessel aus Wasser, Benzin und Körpern, die abwechselnd unter- und auftauchten, so schnell, dass Kassandra sie kaum auseinanderhalten konnte. Wasser spritzte bis zur Decke, über den Poolrand hinaus, traf auf Barthel, Kämpfer und Kassandra, die entsetzt auf das Schauspiel starrten.

Verzweifelt begriff sie, dass es in diesem Kampf um Leben und Tod ging, dass Simone sich nicht gegen Paul wehrte, weil sie sich befreien wollte, sondern versuchte, ihn mit sich unter Wasser zu ziehen. Paul war groß und kräftig und ein guter Schwimmer, aber auch Simone war groß, und irgendwo in den Tiefen ihres Gedächtnisses erinnerte sich Kassandra daran, dass Oliver Kämpfer erzählt hatte, sie gehe regelmäßig zum Schwimmtraining. Es war ein gleichwertiger Kampf mit ungewissem Ausgang.

Ohne lange zu überlegen, hastete sie um den Pool herum, griff nach Simones Waffe neben dem Liegestuhl und lief zum Beckenrand.

»Kassandra, nicht!«, hörte sie von weit weg eine Stimme rufen, die ihr vage bekannt vorkam, doch sie hielt sich nicht damit auf, hochzusehen oder zu analysieren, wer gerufen hatte. Sie sprang ins Wasser. Undeutlich nahm sie wahr, dass die Wellenbewegungen etwas nachließen, dennoch hatte sie Mühe, dagegen anzuschwimmen und mitzubekommen, was vor ihr geschah. Wasser spritzte immer wieder in ihr Gesicht, das Benzin darin brannte in ihren Augen, sie musste sich zwingen, sie offen zu halten.

Der Kampf zwischen Paul und Simone wurde langsamer, aber nicht weniger erbittert. Simones Arm flog in die Höhe, sie versuchte, Pauls Kopf unter Wasser zu drücken, doch Paul fing ihren Arm ab und drückte ihn gegen ihren Körper. Er hielt sie umklammert, während sie nach Luft schnappte und sich befreien wollte. In dem Moment war Kassandra an die beiden herangekommen. Sie fühlte sich wie ausgepumpt, das Atmen fiel ihr schwer, halb vor Anstrengung, halb vor Angst. Pauls Blick traf auf ihren, und er vollzog trotz Simones heftiger Gegenwehr eine kleine, notwendige Drehung. Kassandra ließ den Griff der Waffe auf Simones Kopf niedersausen, und beinah sofort erschlaffte ihr Körper in Pauls Armen.

Am Beckenrand halfen Barthel und Kämpfer Paul, Simone aus dem Wasser zu ziehen, und legten sie auf die Fliesen. Unter ihrem Kopf bildete sich eine kleine Blutlache, die sich mit Wasser und Benzin vermischte. Eine Hand griff nach Paul und zog ihn über den Poolrand hinauf, eine zweite griff nach Kassandra, die sich jedoch für einen Augenblick so schwach fühlte, dass sie sich nur ausruhen wollte. Sie schmeckte Benzin in ihrem Mund, es brannte in ihren Augen, sie musste auch etwas davon geschluckt haben, sie fühlte sich grässlich, sie hustete und spuckte und hörte, dass es Paul genauso ging. Endlich griff sie nach der dargebotenen Hand und ließ sich ebenfalls helfen.

»Das ist wieder mal typisch«, sagte eine Stimme, die zu der Hand gehörte. »Ohne dramatischen Schlusspunkt geht's nicht, dabei hattest du doch gestern schon genug Drama.«

Mühsam öffnete Kassandra die Augen, die immer noch brannten wie Hölle. »Heinz? Wie …«

Er legte ein Handtuch um sie. »Dietrich hat vorhin zuerst vor Pauls, dann vor deiner und am Ende vor meiner Tür gestanden, weil ihr verschwunden wart. Ich hab ihm von Martin Hilger erzählt, wir haben eins und eins zusammengezählt und sind hergekommen. Allerdings wohl zu spät.« Damit nickte er in Pauls

Richtung, der bei Bernhard Kämpfer und Kay Dietrich stand. Kay hatte offensichtlich gerade einen Krankenwagen gerufen und sprach jetzt mit der Polizei. Seinen Worten und seiner Stimmlage konnte sie nicht entnehmen, aus welcher Position heraus er das tat – immer noch als zwangsbeurlaubter oder als wieder in den Dienst gestellter Kollege.

Harald Barthel kniete neben der bewusstlosen Simone und betrachtete sie in einer Mischung aus Fassungslosigkeit, Grauen und Traurigkeit. Wie mochte er sich fühlen? Schuldig? Und wenn ja, worin lag seine Schuld? In seinem Unvermögen, Simones Gefühle rechtzeitig erkannt zu haben und dagegenzusteuern? Oder schon in jenem Museumsraub vor siebenunddreißig Jahren, mit dem alles begonnen hatte?

Gemeinsam mit Heinz trat Kassandra zu Paul, Kämpfer und Kay, der inzwischen sein Telefonat beendet hatte. Paul zog Kassandra zu sich heran und sagte leise: »Weißt du noch, Liebes, was Bruno mal gesagt hat? Wir sind ein gutes Team.« Er strich ihr mit dem Zeigefinger über ihre Wange.

Diese Geste, die sie so liebte, trieb Kassandra die Tränen in die Augen, der Schock, der bisher ausgeblieben war, griff jetzt umso stärker nach ihr. Wieder hörte sie Simone sagen: »Du bist die Schlimmste von allen.«

Simone war verwirrt gewesen, wer wusste, wie lange schon und weshalb sie Kassandra unbedingt zum Sündenbock machen wollte? Aber dieser eine Satz stimmte in gewisser Beziehung. »Findest du?«, fragte sie zitternd. »Ich hab doch nur eine Katastrophe nach der nächsten verursacht, weil ich unbedingt eine Brandstiftung sehen wollte, wo gar keine war.«

»Das bei Niklas war keine Brandstiftung? Ich dachte …«, fing Heinz verblüfft an, dann schüttelte er den Kopf. »Auf jeden Fall ist das ein Fehler, den ich für mich in Anspruch nehmen muss. Ich war derjenige, der zuerst glaubte, dass bei dem Brand was faul ist.«

»Aber ich bin drauf eingestiegen. Meinetwegen wurde Paul zusammengeschlagen und hat's mit einer Irren zu tun gekriegt.«

»Kassandra«, begann Paul, doch sie hatte sich in Rage geredet und ließ sich nicht unterbrechen.

»Und du hast meinetwegen noch mehr Ärger bekommen«, sagte sie zu Kay, »und musstest mich sogar aus der brennenden Laube ziehen, und ich hab mich nicht mal bedankt, ich bin …« Kassandra stockte nun doch, weil sie sich ihre Dankesrede anders vorgestellt hatte – und weil sie Kays Mundwinkel zucken sah.

»Diese Selbstmitleid-Tour steht dir überhaupt nicht, Frau … Voß«, sagte er, »also hör lieber auf damit.«

Einen Augenblick lang war sie sprachlos, dann begriff sie, dass er sie gerade davor bewahrte, hysterisch zu werden.

»Im Übrigen wüsste ich gern, und ich schätze, das geht Herrn Jung genauso, warum das bei Niklas Thiel keine Brandstiftung war«, fuhr er, diesmal an alle gewandt, fort.

»Simone war's jedenfalls nicht«, antwortete Kassandra, »sie hatte vorhin keinen Grund mehr zu lügen, und ich glaube auch nicht, dass Harald Barthel es war.« Sie sah kurz zu ihm rüber. Er hockte noch immer neben Simone, mit geschlossenen Augen, und bekam von allem anderen nichts mit. »Simone hat mit Niklas Schluss gemacht, was er nicht ertragen konnte – das muss einen solchen Ausnahmezustand bei ihm hervorgerufen haben, dass er sich tatsächlich betrunken hat. Und das war's.«

29

Die sanfte Abendsonne tauchte Pauls Terrasse in dieses besondere Licht, das alle Farben intensiver wirken ließ. In der komplett verglasten Fensterfront spiegelte sich eine Möwe, die in Richtung Hohes Ufer über Kassandra hinwegsegelte. Die Umgebung zusammen mit dem leisen Rauschen der Wellen hinter dem Deich strahlte so viel Geborgenheit aus, dass ihr das, was sich noch nicht einmal vierundzwanzig Stunden zuvor ereignet hatte, wie ein obskurer Traum vorkam.

Kassandra betrachtete eine hellrosa Kartoffelrose, an deren Blattwerk sich ein Spinnennetz gebildet hatte. Sonnenstrahlen fielen auf die feine Konstruktion, machten ein mystisches Gewebe daraus – wenn die Spinne nicht gewesen wäre, die am Rand saß und wartete. Unwillkürlich fragte sich Kassandra, wer in dieser Geschichte um Raub, Brandstiftung und Mord die Spinne und wer das Opfer war. Die Welt war nicht immer so eindeutig in Schwarz und Weiß einzuordnen. Gerade verfing sich ein kleines Insekt im Netz, die Spinne kam langsam heran. Kassandra wandte sich ab. Sie wollte nicht sehen, wie das Opfer gefressen wurde, doch genauso wenig wollte sie das Netz zerstören. Auch die Spinne hatte ein Recht auf Leben.

Simone hatte durch Kassandras Schlag eine leichte Gehirnerschütterung davongetragen. Sie war aus ihrer Bewusstlosigkeit erwacht, als die Rettungskräfte eintrafen – zeitgleich mit den ersten Polizeibeamten. Mit einem Mal hatte es von Leuten nur so gewimmelt, es war ihnen unmöglich gewesen, sich noch darüber zu verständigen, was sie der Polizei sagen würden. Kassandra hatte gespürt, dass es den anderen ebenso wie ihr widerstrebte, das Jahr 1976 und den Mann namens Martin Hilger zu erwähnen. Letztlich kam es aber ohnehin nicht darauf an, wie viel oder wie wenig sie sagten, sondern was Simone erzählen würde.

Harald Barthel hatte sich offenbar längst seine eigenen Gedanken gemacht. Als einer der Beamten zu ihm getreten war, hatte er für alle hörbar gesagt: »Ich möchte eine Aussage machen.

Jetzt oder gleich morgen früh. Es wird einige Zeit in Anspruch nehmen.«

Es hatte sogar sehr viel Zeit in Anspruch genommen – nicht nur für Harald Barthel, denn heute Morgen waren alle ausführlich befragt worden, die in irgendeiner Weise an dem Fall beteiligt gewesen waren. Kassandra hätte einiges darum gegeben zu erfahren, wie viel von der Wahrheit ans Tageslicht gekommen war. Aber das blieb ihr, Paul und Heinz vorerst verborgen.

Ob das auch für Kay galt, wussten sie nicht. Bald nach dem Eintreffen der ersten Beamten war Hauptkommissar Seidel aufgetaucht. Die Spannungen zwischen ihm und Kay waren regelrecht greifbar gewesen. Einmal schien Seidel kurz davor gewesen zu sein, Kay aus dem Haus zu weisen. Dazu war es nicht gekommen, er hatte stattdessen Kassandra, Paul, Heinz und Bernhard Kämpfer aufgefordert zu gehen, was Kassandra trotz ihrer Neugier nur recht gewesen war. Sie hatte inzwischen erbärmlich zu frieren begonnen, und Paul war es nicht besser gegangen. Kay hatte ihnen nur noch kurz bedeutet, dass er sich bei ihnen melden würde, und dabei war es bis jetzt geblieben.

Kassandra drehte sich um, als Paul die Terrassentür aufschob. Hinter ihm trat Kay ins Freie.

»Gerade hab ich an dich gedacht«, sagte sie lächelnd, dann sah sie genauer hin. »Du siehst müde aus.«

Kay erwiderte das Lächeln. »Waren zwei lange Tage mit einer langen Nacht dazwischen. Geht euch beiden ja nicht viel anders. Ich schätze allerdings, das ist nichts gegen die Mangel, durch die Harald Barthel heute gedreht wurde.«

»Warst du dabei?«, fragte Kassandra.

»Nein. Ist nicht mein Fall. Außerdem bin ich ja immer noch in Urlaub.«

»Was für eine Art Urlaub?«, erkundigte sich Paul vorsichtig.

»Das …« , begann Kay, wurde jedoch von der Türklingel unterbrochen.

»Ich geh kurz.« Paul deutete auf die Stühle. »Setz dich – und erzähl inzwischen nichts, was ich auch hören will.«

Kay lachte. »Kann mich beherrschen.« Er wandte sich an Kassandra. »Wie geht's dir?«

»Alles in Ordnung so weit, danke. Nur …« Kassandra stockte. Kay wusste nichts von der Sache mit ihrem Vater, die ihr auf der Seele lastete.

»Bernhard Kämpfer«, sagte er. Als er Kassandras Erstaunen sah, fügte er entschuldigend hinzu: »Ich hab ein bisschen kombiniert. Berufskrankheit.«

»Wir hätten dir das erzählen sollen. Allerdings weiß ich jetzt leider auch nicht mehr als zuvor.«

In dem Moment kam Paul zurück, im Gefolge Bernhard Kämpfer und Harald Barthel. Barthel wirkte erschöpft, fast resigniert, da war nichts mehr von seiner überbordenden Selbstsicherheit und Arroganz. Es erschütterte Kassandra, ihn so zu sehen, obwohl gerade diese Eigenschaften sie oft wütend gemacht hatten. Andererseits war ihr schon gestern klar geworden, was ihn zu dem gemacht hatte, was er war: nicht mehr Martin Hilger sein zu wollen.

Ihr Blick glitt unsicher zu Bernhard Kämpfer, der jedoch mitten im Schritt innehielt, als er Kay bemerkte. Er drehte sich um, um sich wortlos mit Harald Barthel zu verständigen, doch der vermied es, überhaupt jemanden anzusehen.

Kay erfasste die Situation sofort. »Herr Barthel, Herr Kämpfer. Ich bin privat hier. Nichts, was Sie sagen, wird dieses Haus verlassen, wenn Sie das nicht wollen.«

Erstaunlicherweise war es Harald Barthel, der darauf antwortete. »Privat? Kann es sein, dass Ihr Auftritt neulich bei mir im Büro auch privat war?« Darin klang ein Anflug seiner gewohnten Überheblichkeit mit.

»Kann durchaus sein, ja.«

»Das passt dann wohl«, sagte Barthel mehr zu sich selbst, während sich Bernhard Kämpfer an Kassandra wandte.

»Wissen Sie, wo Ihr Onkel ist? Ich habe ihn zu Hause nicht erreicht. Er sollte hier dabei sein.«

Kassandra schluckte. Er wollte den einzigen anderen Menschen dabeihaben, der mit ihr verwandt war? Ohne ein weiteres Wort ging sie hinein und rief Heinz auf dessen Handy an. Er war ganz in der Nähe auf dem Rückweg von einem Spaziergang und versprach, gleich vorbeizukommen. Als sie wieder auf die Terrasse kam, hatten sich die Männer um den Tisch herumgesetzt. Die Sonne erreichte sie nicht mehr, trotzdem war es noch warm genug draußen, und genau darüber unterhielten sie sich: übers Wetter. Das hieß, Paul, Kay und Bernhard Kämpfer unterhielten sich. Harald Barthel schwieg.

Fünf Minuten später kam Heinz. Der einzige freie Platz war der neben Kay, der wiederum neben Kassandra saß und nun wie zufällig aufstand und sich aus der Wasserkaraffe bediente. Heinz nahm seinen Platz ein, sodass sie von ihm und Paul flankiert wurde. Kassandra fand das rührend und beängstigend zugleich – als ob jeder befürchtete, es würde etwas Schlimmes auf sie zukommen.

Bernhard Kämpfer ergriff zuerst das Wort. »Ich bin im Bilde darüber, was Sie von Harald gestern alles erfahren haben. Diese Geschichte verdient es jedoch, vollständig – und der Reihe nach – erzählt zu werden. Harald?«

Kassandra fragte sich, ob Harald Barthel ihn überhaupt gehört hatte. Doch dann holte er tief Luft, und als er zu sprechen begann, schien es, als sähe er durch alle hindurch auf etwas, das sich weit, weit entfernt abspielte.

30

September 1976

Ich brauchte lange, sehr lange, bis ich mich in den Norden durchgeschlagen hatte. Mein Knöchel schmerzte dermaßen, dass ich ein paarmal stürzte und mir dadurch weitere Verletzungen zuzog – und Fieber. Ich hatte die Orientierung verloren und keine Ahnung mehr, ob ich noch auf dem richtigen Weg war, als ich in einem kleinen Waldstück zusammenbrach. Über den Baumwipfeln erkannte ich den sternenklaren Himmel, Schweiß rann von meiner Stirn, ich hörte meinen eigenen Atem rasseln. Plötzlich konnte ich die See riechen, die Wellen hören. Diese Mischung aus Seeluft und leichtem Wind, der meine Stirn kühlte, hatte ich immer schon geliebt. Dann war wieder alles still, und ich begriff, dass ich mir die See und die Wellen nur eingebildet hatte.

Ich schloss die Augen und wäre fast eingeschlafen, als mich ein stechender Schmerz durchzuckte, der von meinem Fußgelenk durch meinen ganzen Körper drang. Ich riss die Augen auf, erleichtert, weil zusammen mit dem Schlaf auch die ungewollten Bilder vor meinem inneren Auge verschwanden, die von dem Mann, auf dessen Gesicht sich zuerst Erstaunen, dann Angst, dann Entsetzen widerspiegelte – dem Mann, den Lothar niedergeschlagen hatte.

Der Schweiß auf meiner Stirn trocknete, ich begann zu frieren. Die Jacke, die ich trug, war dünn und gehörte nicht mal mir, ich hatte sie von irgendeiner Wäscheleine mitgehen lassen. Ich richtete mich ein klein wenig auf, um den Stoff enger um mich zu ziehen, als ich ein Geräusch hörte. Jemand kam durch das Unterholz. Mein Herz begann zu rasen. Die Geräusche kamen näher, ein Knacken, ein leises Rascheln, ein Bellen. Hunde! Es war mir nicht bewusst gewesen, dass ich verfolgt wurde und man jetzt sogar Hunde auf mich hetzte. Und wer genau hetzte eigentlich die Hunde auf mich? Mehr als einmal hatte ich überlegt, mich zu stellen. Immer waren mir Eggers' Worte wieder eingefallen. Er hatte sich nie klar ausgedrückt, trotzdem wusste ich, dass die Polizei für mich keine Option war. Aber vielleicht war das hier nicht die Polizei. Die zwei Wochen, die Eggers mir gegeben hatte, waren überschritten, vielleicht hatten er und seine Leute die Geduld verloren und mich aufgespürt.

Mühsam kam ich auf die Beine, ich schaffte einen Schritt, zwei, aber beim dritten knickte mein Fußgelenk ein, ich fiel hin. Wieder hörte ich das Bellen. Ich biss mir in die Innenseiten meiner Wange, bis ich den widerlichen Blutgeschmack im Mund wahrnahm, richtete mich auf, lehnte mich an einen Baum. Wenn sie mich fanden, dann wenigstens aufrecht. Ich sah den Schatten durch die Bäume auf mich zukommen, erneut erklang das Bellen, viel lauter diesmal, ich hörte sogar das Schnüffeln der Hundenase. Meine Beine waren aus Gummi, ich merkte, wie ich trotz aller Anstrengung langsam am Baumstamm hinunterrutschte. Dann versanken die Sterne und das Rauschen der Blätter im Wind – oder waren es doch die Wellen gewesen? – für einen kurzen Moment in tiefer Schwärze.

Bis ich eine Hand auf meiner Schulter spürte und etwas Nasses auf meinem Gesicht.

»Heini – nicht, lass ihn in Ruhe«, sagte eine energische Stimme, das Nasse entfernte sich von meinem Gesicht. »Hallo? Können Sie mich hören?« Die Stimme klang weder nach Polizei noch sonst wie gefährlich, nur besorgt.

Ich brachte kein Wort über meine Lippen, schaffte es nur mühsam, meine Augen zu öffnen. Verschwommen erkannte ich die Züge einer Frau, die sich so tief über mich beugte, dass mich die Spitzen ihrer blonden Haare berührten.

»Da sind Sie ja wieder«, sagte sie. Gleichzeitig war da erneut etwas Nasses, diesmal an meiner Hand.

»Heini! Du sollst ihn in Ruhe lassen, hab ich gesagt!« Die Antwort war ein leises Wuff. »Du wirst schön ruhig hier sitzen bleiben und auf ihn aufpassen, während ich Hilfe hole«, fuhr sie fort und an mich gewandt: »Ich bin bald zurück, dann …«

»Nein!« Ich war überrascht, dass ich diesen Protest so scharf herausbrachte.

»Nein?«, wiederholte sie verwundert. Dann lächelte sie. »Sie brauchen keine Angst vor Heini zu haben, der beißt nicht, das Schlimmste, was er tut, ist, einen ganzen Napf Bier wegzuschlabbern.« Ihr Lächeln vertiefte sich, sie wollte aufstehen.

»Nein, bitte«, wisperte ich. Ich merkte, dass ich wieder kurz vor einer Ohnmacht stand, und mobilisierte alle meine Kräfte. »Es … niemand darf wissen … bitte.«

Ihr Lächeln verschwand, ich spürte mehr, als dass ich es sah, wie ihr Blick wachsam über mich glitt.

»Bitte«, wiederholte ich noch einmal, bevor es wieder schwarz um mich wurde.

Als ich das nächste Mal zu mir kam, nahm ich die Wärme eines Körpers neben mir wahr, Fell kitzelte meinen Arm. Ich hob meinen Kopf und sah einen wuscheligen Mischling in meiner Armbeuge liegen. Er musste meine Bewegung gespürt haben und gab wieder ein Wuff von sich. Mit einem Ruck setzte ich mich auf, registrierte kaum, dass ich dazu in der Lage war. Wo war die Frau hin? Wie lange war sie schon weg? Panisch sah ich mich um – und entdeckte sie einen Meter entfernt an einen Baum gelehnt. Sie hatte die Knie angezogen, ihr Kopf war ein wenig zur Seite gerutscht, die hellen welligen Haare bedeckten ihre linke Gesichtshälfte. Sie schlief.

Heinis zweites Wuff war lauter, sie wachte auf und sah sich um, als müsse sie sich erst erinnern, wie sie hergekommen war. Schließlich fixierte sie mich. »Geht's Ihnen besser?«

»Wo sind wir hier?«, antwortete ich mit einer Gegenfrage.

»Das wissen Sie nicht?«

Ich schüttelte den Kopf, davon wurde mir schwindelig, meine Finger gruben sich in den Waldboden, um keinen Preis wollte ich wieder ohnmächtig werden.

»Auf dem Fischland«, sagte sie. »Bei Wustrow.« Sie deutete in eine Richtung, die, was mich betraf, jede beliebige Himmelsrichtung hätte sein können.

Ich stöhnte auf. Zu sagen, ich wäre etwas vom Weg abgekommen, wäre untertrieben gewesen.

»Wo wollten Sie denn hin?«, fragte sie vorsichtig. Sie war sitzen geblieben und machte auch jetzt keine Anstalten, sich mir zu nähern.

»Weiter nach Westen«, murmelte ich, während ich mich fragte, wie ich das schaffen sollte und ob es nicht sowieso schon viel zu spät war.

»Ah«, sagte sie. »Deshalb sollte ich also keine Hilfe holen.«

»Was? Nein. Sie haben mich missverstanden.« Nicht komplett, aber so hatte ich es nicht gemeint. »Ich muss nach Wismar.«

»Wismar«, wiederholte sie erstaunt. »Zu Fuß? Woher kommen Sie?«

Ich hielt es für ratsam, das zu verschweigen. Die Meldungen über den Raub standen mit Sicherheit auch hier oben in den Zeitungen.

»Unwichtig. Danke, dass Sie mich nicht verraten haben. Ich … muss weiter.« Mühsam versuchte ich aufzustehen und schubste Heini zur Seite, der empört kläffte. »Schscht, verdammt noch mal!«, fuhr ich ihn an.

»Seien Sie nicht so ein Grobian«, wies mich die Frau empört zurecht. »Wenn Heini gewollt hätte, hätte er das gesamte Fischland mit seinem Gebell auf Sie hetzen können.«

Ich stand mittlerweile halbwegs aufrecht, meine Knie fühlten sich aber immer noch wie Gummi an, ich schwankte. »Na schön, Heini, danke, alter Kumpel.« Liebe Zeit, ich redete mit einem Hund, als wäre er ein Mensch. Mir ging es nicht gut. Wirklich nicht. »Ich … muss weiter«, wiederholte ich.

Ich schaffte ein paar Schritte. Weder die Frau noch Heini hielten mich auf. Vor meinen Augen öffnete sich ein dunkler Abgrund. Gerade so eben bekam ich die Rinde eines Baumstamms zu fassen, sonst wäre ich wieder auf dem Boden gelandet. Da spürte ich eine Hand an meinem Arm.

»Sie müssen gar nichts, außer wieder zu Kräften kommen. Stützen Sie sich auf mich. – Heini, komm, wir bringen ihn nach Hause.«

»Nein.« Ich wollte mich von ihrer Hand befreien, aber obwohl sie so eine zierliche Person war, fehlte mir die Kraft dazu.

»Sie tun, was ich sage, sonst kommen Sie nie nach Wismar«, sagte sie. »Los, stützen Sie sich auf mich, bis zum Haus von Heinis Herrchen müssen wir noch ein ganzes Stück laufen, und es wird bald hell.«

Ich weiß bis heute nicht, wie ich es geschafft habe, einen Fuß vor den anderen zu setzen. Der Marsch durch den Wald, über Straßen und an dunklen Häusern vorbei ist in meiner Erinnerung nur ein waberndes Etwas.

Als ich in einem Bett aufwachte, schien die Sonne durch orangefarbene zugezogene Vorhänge und tauchte den Raum in warmes Licht. Ich hatte keine Ahnung, seit wann ich hier lag oder wo das »hier« überhaupt war. Aus der Ecke des Raumes tönte ein Wuff, das, als ich »Hallo Heini« sagte, in begeistertes Schwanzwedeln und leider auch Bellen ausartete.

»Schscht«, machte ich, aber das beeindruckte den Hund nicht. Ich versuchte, meine Beine aus dem Bett zu schwingen, was einigermaßen klappte, aber als ich aufstehen wollte, wurde mir wieder schwindelig. Ich bemerkte außerdem, dass jemand mir einen Verband ums Fußgelenk gelegt hatte.

Heini bellte immer noch, und nichts, was ich sagte, beruhigte ihn. Da fiel mein Blick auf ein Regal mit mehreren Flaschen. Mir brach der Schweiß aus, als ich hinüberhumpelte, wobei ich mich an den wenigen Möbelstücken in diesem kombinierten Wohn-Schlafraum festhielt. Ich öffnete eine der Flaschen und sah mich nach Heinis Napf um. Da war nichts, erst als ich die Tür zum Nebenraum aufstieß, einer Küche, entdeckte ich Heinis Fressecke. Ich leerte die halbe Flasche in den Napf. Heini war mir neugierig gefolgt und hatte sogar vergessen zu bellen. Dennoch ging ich lieber auf Nummer sicher und gab den Napf frei. Heini schien Durst zu haben. Nachdem er ihn geleert hatte, machte er noch einmal Wuff, legte sich neben den Napf auf eine Decke und schlief ein.

Bevor ich zurück ins Bett wankte, schob ich den Vorhang etwas zur Seite und blickte in einen kleinen, wildwüchsigen Garten. Dahinter erkannte ich Schilf und dahinter eine silbrig schimmernde Wasseroberfläche, kleine Wellen blitzten in der Sonne auf. Eben glitt ein Boot mit rotbraunem Segel vor dem schmalen dunklen Landstreifen am Horizont vorbei. Das hier war das Fischland, also musste das vor mir wohl der Bodden sein. Ich blieb stehen, bis das Boot außer Sicht war, und wünschte mir, dass es mich ebenfalls fortbringen würde. Vorerst konnte ich nichts an meiner Lage ändern, also beschloss ich, das Gleiche wie Heini zu tun und zu schlafen.

»Was haben Sie mit Heini gemacht?« Eine leise, aber dennoch entrüstete Stimme weckte mich. Die blonde Frau beugte sich über mich und rüttelte unsanft meine Schulter. Sie war hübsch. Ich wusste, dass sich Grübchen in ihren Wangen bilden würden, sobald sie lachte. Leider lachte sie jetzt nicht, sondern funkelte mich aus blauen Augen wütend an.

»Er hat dauernd gebellt«, sagte ich. »Ich hab ihm was zur Beruhigung gegeben. Er schläft nur.«

»Stolitschnaja zur Beruhigung?«

»Heinis Herrchen hat einen guten Geschmack, außerdem haben Sie letzte Nacht selbst gesagt, dass Heini Bier mag.«

»Aber doch keinen Wodka, Sie armer Irrer!«

Trotz ihrer Worte merkte ich, dass sie kurz davor war, nun doch in Lachen auszubrechen. Sie verkniff es sich. »Das war übrigens nicht letzte Nacht, sondern vor drei Nächten.« Sie sah mir mein Entsetzen an und erklärte, dass sie sich in Abwesenheit von Heinis Herrchen um Hund und Haus kümmerte, was noch eine Weile andauern würde. Ich war also einigermaßen sicher, solange Heini sich benahm und ich drinnen blieb.

In der Zeit, die ich allein in diesem Häuschen verbrachte und mir überlegen sollte, wie ich es wann am besten doch noch nach Wismar schaffen konnte und ob ich es riskieren sollte, Eggers zu kontaktieren, um ihm begreiflich zu machen, weshalb ich aufgehalten worden war, wanderten meine Gedanken immer öfter zu Ulla, meiner Retterin. Nicht weil sie so hübsch war oder weil sie mir half, ohne Fragen zu stellen. Sondern weil ich ihre Lebendigkeit mochte, weil mir gefiel, was sie sagte und wie sie es sagte. Und wir redeten viel. Sie hatte zu Hause erzählt, dass Heini das nächtliche Alleinsein nicht länger vertrug und sich die Seele aus dem Leib bellte, sobald sie abends die Tür verschloss. Da ihre Mutter unter einer Hundehaarallergie litt, blieb ihr gar nichts anderes übrig, als die Nächte bei ihm zu verbringen. Dabei kümmerte sie sich weit weniger um den pflegeleichten Heini als um mich, und wir taten bald sehr viel mehr als nur reden.

Mein Knöchel hatte sich dank des Verbandes und einer Salbe einigermaßen erholt, auch mein Fieber war längst weg. Ich hätte Ulla gern eingeweiht, ihr erzählt, wer ich war und was ich getan hatte, aber was sie für mich tat, war gefährlich genug für sie. Wenn mir jemand auf die Spur kam, egal, wer, würde sie das in größte Schwierigkeiten bringen, je weniger sie dann wusste, umso besser für sie.

Mir war klar, dass ich früher oder später gehen musste, und doch schob ich es hinaus.

Eines Tages entwischte mir Heini. Ich hatte nur kurz die Tür geöffnet, um eine Wespe aus dem Haus zu bekommen, da flitzte er zwischen meinen Füßen hindurch in den Garten und jagte einem Karnickel hinterher. Ich rief leise nach ihm, aber sein Jagdinstinkt war stärker, also ließ ich die Tür einen Spalt offen und hoffte, dass er von allein zurückkommen würde. Ein, zwei Stunden vergingen, und allmählich machte ich mir Sorgen. Was, wenn er in einem Karnickelbau feststeckte? Ulla würde mich umbringen, falls ihm was passierte. Zögernd wagte ich mich einen Schritt in den Garten. Blieb stehen. Ich wusste schon gar nicht mehr, wie sich Sonne auf der Haut anfühlte. Ganz leise hörte ich die Wellen des Boddens gluckern und Kinderlärm. Hier draußen war das Leben. Plötzlich sträubten sich meine Nackenhaare. Jemand beobachtete mich. Ich fuhr herum, drehte mich um mich selbst, spürte, wie sich der Blick fremder Augen erst in meinen Rücken, dann in meine Stirn bohrte. Aber wer immer es war, hielt sich vor mir verborgen.

Ich trat den Rückzug ins Haus an, fühlte, dass der Blick mir folgte – und warf eine Nuance zu laut die Tür zu. Ich ließ mich aufs Bett fallen, meine Gedanken schwirrten wild durcheinander, ich begriff, dass ich nicht länger bleiben durfte, ich musste weg, schleunigst. Als ich auf die Uhr sah, erschrak ich. Ich saß bereits anderthalb Stunden auf dem Bett! In der Zwischenzeit hätte längst etwas passieren müssen.

Da vernahm ich ein Kratzen an der Tür, jemand versuchte hereinzukommen. Ich stand auf. Es war also so weit. Doch dann hörte ich ein leises Wuff. Mit einem Sprung war ich an der Tür und ließ Heini ins Haus. Wenigstens das musste ich Ulla nicht mehr beichten.

Draußen blieb alles ruhig, sodass ich mich allmählich fragte, ob ich mir die ganze Episode vorhin nur eingebildet hatte.

Als Ulla kam, hatte ich trotzdem meine Entscheidung getroffen. Auch wenn das heute glimpflich abgelaufen war, konnte es jederzeit wieder passieren – und weniger glimpflich ablaufen. In dieser Nacht liebte ich Ulla in dem Bewusstsein, dass es das letzte Mal war. Sie spürte, dass etwas anders war als sonst. Bei unserem Abschied am frühen Morgen sah ich es in ihren Augen glitzern.

»Ulla«, sagte ich leise und war kurz davor, ihr alles zu erzählen.

Sie legte den Finger auf meine Lippen. »Leb wohl«, flüsterte sie, dann drehte sie sich um und schloss leise die Tür hinter sich.

In dem Moment verstand ich, dass sie es gewusst hatte, vielleicht geahnt vom ersten Augenblick an. Die Zeitungsberichte, die Fahndungsplakate – natürlich hatte sie es gewusst. Und jetzt ließ sie mich gehen.

31

Auf Pauls Terrasse hätte man eine Stecknadel fallen hören können, nachdem Harald Barthel geendet hatte. Kassandra kam der aberwitzige Gedanke, dass es ihr jetzt so ging wie damals ihm – sie fand nicht die Kraft, etwas zu sagen oder zu tun. Wenn sie aufstünde, würden ihre Knie ihr den Dienst verweigern. Wenn sie etwas zu sagen versuchte, käme nur ein Krächzen heraus. Sie spürte Pauls Hand auf ihrer und doch auch wieder nicht. Sie befand sich in einem seltsam schwebenden Zustand, in dem alles unwirklich erschien. Dann sah Harald Barthel von seinem Wasserglas auf, in das er gestarrt hatte. Es war inzwischen fast dunkel geworden, auf dem Tisch brannten ein paar Kerzen, die ausreichten, um Kassandra seinen Gesichtsausdruck erkennen zu lassen. Sein Blick traf sie bis ins Mark.

»Mir ist nie im Leben etwas schwerer gefallen, als deine Mutter zu verlassen, Kassandra. Vielleicht wäre ich nicht gegangen, wenn ich gewusst hätte, dass sie schwanger war. Aber ich hoffe, ich hätte es auch dann getan. Für sie.«

»Wie …«, begann Kassandra, obwohl sie gar nicht wusste, was sie fragen wollte. Unfähig, ihren Blick von Harald Barthel zu nehmen, hoffte sie, dass er aufstehen und zu ihr herüberkommen würde, und gleichzeitig hoffte sie, dass er es nicht tat.

»Wie es weiterging?« Harald Barthel sah zu Bernhard Kämpfer. »Ich schaffte es nach Wismar und streckte vorsichtig meine Fühler nach der Kontaktperson aus, die Eggers in dem Brief genannt hatte. Ich konnte Bernhard und er wiederum Eggers überzeugen, dass ich nicht absichtlich untergetaucht war. Bernhard brachte mich ein paar Tage unter, bis neue Papiere für mich beschafft worden waren, weil die ursprünglichen mittlerweile jemand anderem weitergeholfen hatten. Ich fragte ihn, ob es möglich wäre, Ulla später, vielleicht in einem Jahr, nachzuholen, wenn genug Gras über alles gewachsen wäre, obwohl ich keine Ahnung hatte, ob sie das überhaupt wollte.« Erneut blickte Barthel zu Bernhard Kämpfer, der jedoch in Gedanken versunken zu sein schien.

»Sie waren Fluchthelfer?«, sprach Paul ihn direkt an.

Damit wurde Kassandra aus der Geschichte um ihre Mutter und ihren Vater hinauskatapultiert, war jedoch fast dankbar dafür. Ihr fiel ein, dass sie bis vor einer halben Stunde noch Bernhard Kämpfer für ihren Vater gehalten hatte. Sie sah zu ihm hinüber und suchte nach Bedauern in sich, doch da war nichts dergleichen. Harald Barthels unfassbare Beichte hatte alles, was sie zuvor gefühlt hatte, und die Irrwege, auf die sie wegen vermeintlich eindeutiger Hinweise gelangt war, auf verrückte Weise ausgelöscht. Sie verspürte nur Erstaunen, dass sie bereits begann, Kämpfer wieder mit neutraleren Augen zu betrachten.

Nach Pauls Frage, ob Kämpfer Fluchthelfer gewesen war, rang dieser sichtlich um Worte. »Das ist nicht so einfach zu beantworten«, sagte er.

»Das glaub ich«, mischte Kay sich ein. »Lothar Giese hat Ihren Sohn kaum erpresst, weil Sie vollkommen uneigennützig anderen Menschen geholfen haben.«

Kämpfer verzog das Gesicht. »*So* einfach ist es nun auch wieder nicht. Ich habe nämlich genau das getan – bis ich von den falschen Leuten erwischt und für deren Zwecke eingespannt wurde. Ich weiß also, wie man sich fühlt, wenn man erpresst wird, deshalb war ich so schockiert, dass es Oliver ebenso erging.«

»Was hat es denn nun mit der Münze auf sich, die Giese Ihrem Sohn gegeben hat?«, fragte Heinz.

Kämpfer biss sich auf die Lippen. »Ich bin leider nicht unfehlbar. Zugegeben, ich wurde auf die eine oder andere Weise für meine Dienste bezahlt. Einiges davon floss in die echte Fluchthilfe ein. Auch wenn ich das nicht mehr machen konnte, unterhielt ich immer noch ein paar Kontakte, denen das zugutekam. Für Haralds Flucht bekam ich Münzen aus dem Museumsraub. Die konnte ich schlecht weitergeben, und ich war zudem äußerst fasziniert davon. Was Harald in Eggers Auftrag von der Beute abgezweigt hatte und mir brachte, war ein Schatz. Materiell, aber mehr noch ideell. Die beiden Münzen bildeten die Grundlage für meine heutige Sammlung.«

»Giese muss Ihren Namen in Eggers Brief gelesen haben und auch, wie Sie entlohnt werden sollten«, sagte Paul.

»Warum hat er das so lange für sich behalten?«, fragte Kämpfer verwundert.

»Er war todkrank und wollte wohl, bevor er starb, bei all denen für Aufruhr sorgen, die seines Erachtens von dem Raub profitiert hatten, während er selbst nie was davon hatte, weil er nicht die richtigen Leute kannte«, meinte Paul.

»Also hat er Ihrem Sohn indirekt gedroht, damit hausieren zu gehen, dass Sie Diebesgut besitzen«, spann Kay den Faden weiter. »Gibt es da eigentlich noch mehr außer den Münzen?«

»Inzwischen nicht mehr«, sagte Kämpfer.

»Seit wann?«

Kämpfer sah ihn herausfordernd an. »Haben Sie nicht gesagt, Sie wären privat hier?«

In einer entschuldigenden Geste hob Kay die Hände. »Richtig. Und *Sie* haben gesagt, Sie wollen, dass diese Geschichte vollständig erzählt wird. Es interessiert mich rein privat, ob Sie den Aufbau von Kämpfer Lodgings durch den Verkauf von Diebesgut finanziert haben.«

Neben Kassandra richtete Heinz sich auf. Sie berührte seinen Arm, ehe er etwas gegen Kays Bemerkung einwenden konnte. »Die Frage ist nicht ganz unberechtigt«, sagte sie. »Das Gleiche gilt übrigens auch für die BOB und Sonnenseite.« Sie sah Harald Barthel an. »Haben Sie von diesem Eggers eine finanzielle Spritze für den Neuanfang im Westen bekommen, ohne die Ihr Leben dort vielleicht ganz anders verlaufen wäre?« Ihn nicht zu duzen und eine sachliche Frage zu stellen waren die einzigen Mittel für sie, ruhig mit der Situation umzugehen.

Das Zucken um Harald Barthels Mundwinkel erinnerte sie wieder an den Mann, der mit ihr auf der Seebrücke das Leuchtfeuer diskutiert hatte. »Nein. Ich bekam meine Papiere und einen Job, bei dem ich ganz weit unten anfing. Mehr nicht.« Das angedeutete Lächeln verflüchtigte sich. »Selbst wenn er mir wer weiß wie viele D-Mark-Scheine hinterhergeschmissen hätte, hätte ich sie nicht genommen. Ich bin zwar dämlich genug gewesen, den Raub zu planen, aber Eggers hat mich gezwungen, ihn auszuführen, als ich es längst nicht mehr wollte. Vielleicht sollte ich ihm dankbar sein, weil ich sonst Ulla niemals kennengelernt hätte. Nur hat er uns in letzter Konsequenz auch wieder auseinandergebracht, weil ich mich ohne seine Drohungen der Polizei gestellt und mich nicht so völlig ausweglos von ihr getrennt hätte. Das war das Schlimmste, was er mir antun konnte.«

Er klang ein klein wenig verbittert, und als er fortfuhr, erkannte Kassandra, warum.

»Bernhard hatte mir versprochen, sich wegen Ulla etwas einfallen zu lassen. Stattdessen hörte ich, dass sie nun in Wismar lebte, Reinhard Voß geheiratet und ein Kind hatte. Ich war überrascht. Verletzt. Unberechtigterweise verletzt, natürlich. Sie hatte das Beste getan, was sie unter den gegebenen Umständen tun konnte – ein neues Leben begonnen. Ich tat dasselbe.«

Kassandras Blick wanderte zu Bernhard Kämpfer. »Sie haben behauptet, meinen Stiefvater nicht gekannt zu haben.«

»Das stimmt auch. Ich weiß, wer er war, aber ich bin ihm nie persönlich begegnet.«

»Und Ihnen«, sie wandte sich wieder an Harald Barthel, »war völlig egal, dass Sie ein Kind hatten? Ich verstehe ja, dass Sie vom Westen aus nicht viel tun konnten. Aber Sie sind kurz nach der Wiedervereinigung nach Mecklenburg gekommen, haben die BOB und Sonnenseite gegründet – und sich nicht einziges Mal nach der Frau erkundigt, die Sie angeblich so geliebt haben? Von Ihrem Kind ganz zu schweigen?« Sie hatte gar nicht gewusst, wie wütend sie war, bis es jetzt aus ihr herausbrach.

»Ich habe mich bei Ulla gemeldet, da war die Mauer noch nicht ganz gefallen«, sagte Harald Barthel. »Ich habe sie um ein Treffen gebeten und später vor ihrer Tür gestanden, ich weiß nicht, wie oft. Ein einziges Mal hat sie nachgegeben. Sie hatte sich verändert, wir beide hatten uns verändert, und ich glaube, ihr war immer schon bewusst gewesen, dass man die Vergangenheit nicht zurückholen, dass man nicht einfach nach so vielen Jahren an der Stelle weitermachen kann, an der man aufgehört hat. Das war sicher auch der Grund, warum sie mir verschwiegen hat, dass ihre Tochter mein Kind ist.«

Auf Barthels letzte Worte herrschte Stille. Den ersten Teil konnte Kassandra nachvollziehen. Ihre Mutter war immer ein pragmatisch-realistischer Mensch gewesen, jedenfalls solange sie

sie gekannt hatte. Vorher schien sie jemand anders gewesen zu sein, und auch was Paul ihr früher einmal über sie erzählt hatte, hatte anders geklungen. Vielleicht hatte sie sich verändert, nachdem sie zweimal einen Mann verloren hatte, der ihr viel bedeutete. Womöglich hatte sie das kein weiteres Mal erleben wollen. Ein gemeinsames Kind hätte die Sache nur verkompliziert.

»Wenn Ulla es Ihnen nicht gesagt hat«, sagte Paul leise, »wie haben Sie es dann erfahren?«

Harald Barthel griff in sein Sakko und zog ein Blatt Papier hervor. »Vor etwa zwei Jahren bekam ich diesen Brief. Der Absender war ein Maklerbüro in Stralsund, ich dachte, es wäre ein Angebot für Sonnenseite. Das war ein Irrtum.« Er reichte den Brief an Paul weiter, der ihn zögernd entgegennahm und auseinanderfaltete.

Er konnte kaum die erste Zeile gelesen haben, als er, blass geworden, das Blatt wieder sinken ließ.

»Sascha?«, fragte Kassandra.

Paul nickte wortlos.

»Ihr Bruder war anscheinend ein etwas spezieller Mensch«, sagte Barthel. »Als er erschossen wurde, habe ich mich gefragt, wie viele solcher Briefe er wohl geschrieben hatte, und ob einige davon weniger freundlich waren als der an mich.«

»Ich habe Sascha als alles Mögliche in Erinnerung, aber nicht als freundlich«, stellte Kassandra fest.

»Vielleicht ist freundlich das falsche Wort. Der Tonfall dieses Briefes ist ironisch, arrogant, aber auf perfide Weise auch respektvoll.« Harald Barthel sah an Kassandra vorbei und richtete sich wieder auf etwas in der Vergangenheit. »Sascha Freese muss jemand gewesen sein, der seine Nase überall reinsteckte. Ihm war nicht entgangen, dass Ulla damals jede Nacht außer Haus verbrachte, und er war weniger vertrauensvoll als ihre Familie. Er folgte ihr und hat meinen Schemen sicher ein-, zweimal im Haus gesehen, wenn sie die Tür öffnete und ich zufällig in seinem Blickfeld stand. An jenem Nachmittag, an dem ich Heini im Garten suchen wollte, schnüffelte er ebenfalls in der Gegend herum, ich hatte nicht bloß das Gefühl gehabt, dass mich jemand beobachtete. Sascha Freese hat mich in vollem Sonnenschein gesehen, ein bisschen kombiniert und die richtigen Schlüsse gezogen. Er war kurz davor, mich zu melden, aber dann fand er das, was Lothar und ich getan hatten, doch irgendwie ziemlich genial.« Er zuckte entschuldigend mit den Schultern. »Sascha Freeses kleine Schwäche, mich für meine Chuzpe und meinen Wagemut – seine Worte, nicht meine – zu bewundern, war mein Glück, damals und viele Jahre später, als er mich, ähnlich wie Wilhelm Thiel, in einem Zeitungsartikel wiedererkannte.«

Er sah erst Paul und dann Heinz an. »Durch die Verbindung zu Ihnen beiden und nach einem kleinen Rechenexempel kam er auf die Verbindung zwischen Kassandra und mir.« Er bemerkte, dass Kassandra etwas sagen wollte, ließ sie aber nicht zu Wort kommen. »Ich kann auch rechnen, Kassandra, aber … Ich habe schon gesagt, dass das Schwerste in meinem Leben war, deine Mutter zu verlassen. Das Dümmste war es wohl, mich niemals nach deinem Geburtsdatum erkundigt zu haben, einfach weil ich nie in Frage gestellt habe, dass du Reinhard Voß' Tochter bist.«

Kassandra ließ das sacken. Sie glaubte ihm. Aber da war noch eine Kleinigkeit. »Wenn das alles nicht passiert wäre, mit den Bränden und mit Simone – du hättest … Sie hätten nichts gesagt, oder? Sie hätten weiter so getan, als wären Sie ein völlig Fremder. Warum?«

»Weil ich Angst hatte.«

»Dass die Sache mit dem Museumsraub rauskommt, klar«, sagte Kassandra verbittert.

»Nein. Dass du mich abweist, wie Ulla das getan hat. Dass du nichts von mir wissen wollen würdest. Dass du den Großkotz Harald Barthel, der ich geworden bin, verachten würdest. Deshalb hab ich mir dieses Haus in Wustrow gekauft – um trotzdem in deiner Nähe zu sein.«

Obwohl sie sich dagegen wehrte, stiegen Kassandra Tränen in die Augen, ihre Hände begannen zu zittern. Sie riss sich zusammen. »Apropos Großkotz«, sagte sie. »Was ist das nun mit Harald Barthel und Bernhard Kämpfer, die sich angeblich nicht ausstehen können und Konkurrenten sind?«

»Rein geschäftlich sind wir das manchmal«, sagte Harald Barthel. »Die Konkurrenz hat unserer Freundschaft nie geschadet, auch wenn wir die für uns behielten, genauso wie die Tatsache, dass wir durchaus gelegentlich zusammen an einem Projekt arbeiteten. Es belebt das Geschäft, wenn Dritte meinen, wir seien uns spinnefeind. Was meine Exfrau betrifft – das hat mich getroffen. Ich bin da über Gebühr ausfällig geworden und habe ein paar Dinge gesagt und getan, auf die ich nicht stolz bin. Vor allem, da im Grunde nicht sie mich, sondern ich sie betrogen hatte, indem ich jeden Tag unserer Ehe an eine andere Frau dachte.«

Eine Weile war nur noch das Rauschen der Blätter zu hören. Wind kam auf, es wurde kühler, dennoch rührte sich niemand, bis Barthel erneut das Wort ergriff. »Ich kann mich besser in Simone hineinversetzen, als mir lieb ist, weil ich weiß, wie es ist, wenn man aussichtslos liebt. Trotzdem überwiegt das Entsetzen, und ich bin erleichtert, dass sie wenigstens nicht an Niklas Thiels Zustand schuld ist.«

»Ich fürchte, das ist sie sehr wohl«, sagte Kay. Überrascht richteten sich alle Blicke auf ihn. »Sie hat es zugegeben – und Niklas Thiel hat ihre Version bestätigt.« Er sah Kassandra an. »Deshalb bin ich vorbeigekommen – um dir zu sagen, dass es ihm etwas besser geht.«

Kassandra war ungeheuer froh, das zu hören. »Danke, Kay. Er war so schrecklich zugerichtet und hat so verloren ausgesehen in diesem Krankenhausbett, und er hat sich so gequält, wenigstens zwei Wörter herauszukriegen.« Vater, dachte sie, war eines davon. Seiner oder ihrer? Sie konnte es nach wie vor nicht sagen.

»Das war auch heute schwer für ihn, aber wohl zugleich eine Entlastung.« Kay schaute kurz in die Runde. »Was Simone Kleist gestern über den betreffenden Abend erzählt hat, stimmt so weit und zum Teil auch deine Schlussfolgerung, Kassandra. Er war vollkommen fertig, nachdem sie Schluss gemacht hatte, und ihm fiel in seiner Verzweiflung ein, dass er für die Geburtstagsfeier eines Kollegen – Chris Ehlers, ich habe damals mit ihm gesprochen, er erwähnte diese Feier sogar – eine ganze Batterie Alkohol gekauft hatte, weil das Zeug in Wustrow im Angebot gewesen war. Entgegen seiner sonstigen festen Überzeugung betrank er sich. Gründlich. Dann nahm er Sascha Freeses Brief und …«

»Wie bitte?«, unterbrach Barthel ihn. »Woher hatte er den? Wenn das in der Brandnacht war, kann er ihn außerdem schlecht wieder zurückgebracht haben, und schließlich ist der Brief hier.« Er deutete auf den Tisch, auf dem das Blatt noch immer lag.

»Er hatte ihn an jenem Abend gefunden, an dem er wegen der Dokumente, die er holen sollte, in Ihrem Haus war. Es war nicht nötig, ihn zu stehlen – er machte eine Kopie auf Ihrem eigenen Kopierer in Ihrem eigenen Arbeitszimmer.«

»Das verstehe ich nicht«, sagte Harald Barthel. »Nicht nur, dass er es Simone Kleist verschwiegen hat. Er hat auch mir gegenüber nie ein Wort fallen lassen, obwohl er dann doch längst hatte, was er wollte. In dem Brief steht nicht nur die Wahrheit über Kassandra, sondern auch über Martin Hilger.«

»Da kamen zwei Dinge zusammen. *Nachdem* er es hatte, war alles andere plötzlich zweitrangig. Es reichte ihm zu wissen, dass sein Vater recht gehabt hatte. Er hat nie vorgehabt, Sie zu erpressen, Herr Barthel, er wollte ursprünglich eine offizielle und endgültige Rehabilitation seines Vaters.« Er wandte sich an Kassandra. »Aber nicht auf Kosten der Bloßstellung *deines* Vaters. Niklas Thiel mag dich. Als er nach dem Brand im Krankenhaus halbwegs zu sich kam, befürchtete er, dass er sterben könnte, ohne dass du die Chance hattest zu erfahren, wer dein Vater ist. Deshalb wollte er so dringend mit dir reden. Dummerweise war seine Sprachfähigkeit eingeschränkt, er brachte das Wort ›dein‹ nicht heraus, er konnte nur ständig ›Vater‹ wiederholen.«

Unwillkürlich sah Kassandra zu Harald Barthel hinüber. Sie fühlte sich noch immer überfordert mit der Frage, wie sie mit all dem – und ihm – umgehen sollte.

»Was ist an dem Abend bei Niklas Thiel dann weiter geschehen?«, erkundigte sich Paul, der damit das Gespräch wieder in sicherere Bahnen lenkte.

»In verzweifeltem und betrunkenem Zustand rief Thiel Simone Kleist an und las ihr den Brief vor. Danach legte er ohne ein weiteres Wort auf und hoffte, dass sie das dazu brachte, zu ihm zurückzukommen. Tatsächlich fuhr sie ein zweites Mal hin, allerdings in anderer Absicht. Sie ließ sich mit ihrem Schlüssel rein, den sie noch in der Tasche hatte, und fand ihn mit lauter Musik auf dem Kopfhörer vor. Außer sich vor Zorn packte sie den Kopfhörer, warf ihn quer durch den Raum und verlangte die Herausgabe des Briefes. Sie stritten, er behauptete, er hätte den Brief in einem seiner Bücher versteckt, sie stritten weiter, sie zog ihn auf die Galerie hinauf, er weigerte sich, ihr zu sagen, in welchem Buch. Sie durchwühlte die Regale, fand nichts, wurde noch wütender – und stieß ihn ein bisschen zu hart. In seinem Zustand verlor er den Halt, stürzte über das Geländer und riss unten den Kerzenständer mit sich zu Boden. Die Flammen gingen nicht aus, sondern entzündeten das Feuer. Simone Kleist sah sofort, dass ihr keine Zeit mehr für die Suche nach dem Brief blieb, und erkannte, wie schnell ihr Problem gelöst wäre, wenn er zusammen mit dem ganzen Haus verbrennen würde. Und Niklas als Mitwisser dazu.«

Kassandra sah, dass Harald Barthel die Hände zu Fäusten ballte.

»Und alles meinetwegen«, murmelte er erschüttert. »Ich kann nichts davon ungeschehen machen, aber ich kann zumindest alles für Niklas Thiel tun, was in meinen Kräften steht. Wobei er auch Hilfe braucht, er bekommt sie.«

»Danke«, sagte Kassandra.

»Das hab ich nicht gesagt, um dich für mich einzunehmen, falls du das denkst.« Barthel klang beinah aufgebracht.

»Das weiß ich«, sagte Kassandra. »Und ich verstehe den Wunsch, ihm zu helfen. Simone hat gesagt, ich wäre die Schlimmste von allen, und das bedeutet ja wohl, dass sie mich irgendwie verantwortlich macht. Ich weiß nicht, warum, trotzdem fühle ich mich schuldig.«

»Dafür besteht keinerlei Grund«, meldete sich Heinz seit langer Zeit wieder zu Wort. »Du kannst nichts dafür, dass sie auf verquere Weise eifersüchtig auf dich ist.«

»Eifersüchtig?«, wiederholte Kassandra ungläubig.

Heinz nickte. »Ich schätze, sie glaubt, dass dein Vater ihre Liebe so beharrlich übersah, weil er zu beschäftigt damit war, dich zu lieben, und sei es auch nur aus der Entfernung.« Er lehnte sich etwas vor und brachte einen weiteren Aspekt auf den Tisch. »Bisher ist eins überhaupt noch nicht zur Sprache gekommen, und zwar der Brand in der Seefahrtschule. Es scheint auf den ersten Blick dafür kein Motiv zu geben. Bei genauerer Betrachtung symbolisiert die Seefahrtschule Wustrow aber wie kaum was anderes, und Wustrow ist ein rotes Tuch für Simone Kleist. Du lebst hier, Kassandra, deinetwegen lebt dein Vater hier – und nun hatte er sich auch noch in das Seefahrtschul-Projekt verbissen. Viel zu viel Wustrow – zu viele Gründe, die Harald Barthel auf dem Fischland hielten und von ihr entfernten. Das mag irrational sein, aber für Simone Kleist war es nur folgerichtig.«

Kassandra brauchte einen Moment, um das zu verdauen.

»Wenn ich es nicht besser wüsste, hätte ich geschworen, Sie wären bei Simone Kleists Vernehmung dabei gewesen, Herr Jung«, sagte Kay. »Das ist genau das, was sie ausgesagt hat.«

»Hm«, machte Heinz und musterte ihn eindringlich. »Nach allem, was Sie wissen, müssen *Sie* bei den Vernehmungen sowohl von Simone Kleist als auch von Niklas Thiel dabei gewesen sein, was ich mir nicht vorstellen kann, weil Sie Ihrerseits den Kollegen sicher erst mal eine Menge erklären mussten. Haben die Ihnen anschließend die Vernehmungsprotokolle zur Verfügung gestellt?«

Kay nickte. »Inoffiziell, versteht sich. Weil … man mir entgegenkommen wollte.«

Heinz schnaubte. »Damit Sie die Klappe darüber halten, dass ein paar Dinge hätten verhindert werden können, wenn man früher auf Ihre Hinweise gehört hätte.«

»Das ist *Ihre* Interpretation«, sagte Kay mit einem kleinen ironischen Lächeln.

»Das heißt aber doch sicher auch«, sagte Paul, »dass deine Zwangsbeurlaubung aufgehoben wurde?«

»Polizeioberrat Geldorf erwartet mich nach meinem zweiwöchigen Erholungsurlaub wieder im Dienst.«

Das war die zweite gute Neuigkeit des Tages, fand Kassandra. »Das ist großartig!«

»Ja«, sagte Kay sparsam.

Sie fragte sich, warum in dieser einen Silbe etwas mitklang, das ihr nicht gefiel.

»Herr Dietrich«, mischte sich Harald Barthel ein, »Sie sind nicht befugt, über die Ermittlungsergebnisse und Vernehmungen zu sprechen, richtig?«

Kay hob nur die Brauen.

»Sie gefährden damit, dass Sie es dennoch tun, schon wieder

Ihre Dienstlaufbahn«, fuhr Barthel fort, als hätte Kay genickt. »Sie können zwar Kassandra, Herrn Freese und Herrn Jung trauen, aber Sie kennen weder Bernhard noch mich gut genug, um zu wissen, ob wir diskret über Ihre Indiskretion schweigen.«

Kassandra spürte, wie sie wieder wütend wurde auf den Mann, der sich vorhin selbst brillant als Großkotz beschrieben hatte. »Was soll das?«, funkte sie dazwischen.

Kay schnitt ihren Einwurf mit einer Handbewegung ab. »Sie tun, was Sie für richtig halten, Herr Barthel. Genauso wie ich.«

Harald Barthels Blick bohrte sich in Kays. Dann nickte er sehr langsam. Und erhob sich. »Es ist spät.«

Kassandra glaubte sich verhört zu haben. Er wollte gehen? Ihr Vater wollte jetzt einfach gehen? Da stand er auch schon vor ihr. Sie mochte es nicht, zu ihm aufsehen zu müssen, also erhob sie sich ebenfalls – und bekam, ohne es zu wollen, Herzrasen, als sie ihm in die Augen sah.

»Kassandra.« Er klang mit einem Mal deutlich weniger selbstbewusst. »Ich würde jetzt gern mit dir reden. Allein. Stundenlang. Tagelang. Aber du brauchst Zeit.« Er sah kurz an ihr vorbei. »Vielleicht willst du auch überhaupt nicht mit mir reden. Falls doch und wenn du bereit bist, ruf mich an. Oder komm vorbei. Jederzeit.« Ohne ihre Antwort abzuwarten, verließ er, fast schon fluchtartig, die Terrasse.

Bernhard Kämpfer wollte ihm folgen, doch Kassandra hielt ihn zurück. Verwundert, dass sie ausgerechnet ihn sprechen wollte, drehte er sich um. Sie zögerte, wusste nicht recht weiter, aber es gab noch etwas zu klären. »Weiß Ihre … Familie von mir?«

Verstehen zeichnete sich auf seinem Gesicht ab. »Sie meinen, ob Haralds Exfrau von Ihnen weiß«, interpretierte er ihre Frage. Er schüttelte den Kopf. »Nur meine Tochter Jenny. Sie hat zufällig ein Gespräch zwischen mir und Harald mitangehört, in dem es um Sie ging, und meinte wie ich, Sie sollten das alles wissen. Aber es war nicht unsere Sache, Ihnen etwas zu erzählen, das Sie beide betrifft. Als ich Sie allerdings im ›Dünentraum‹ sah, fand ich, das sei eine gute Gelegenheit, Sie und Harald ein weiteres Mal zusammenzubringen – ich wusste von Ihrem Treffen am Tag zuvor. Ich hoffe, Sie verzeihen mir – uns – das kleine Schauspiel.« Damit verabschiedete er sich endgültig.

Zurück blieben Kassandra, Paul, Heinz und Kay – und Stille. Harald Barthel hatte recht. Kassandra brauchte Zeit, und sie konnte unmöglich vorhersagen, wie viel.

Auch Kay erhob sich schließlich und trat auf Kassandra zu. »Falls meine Meinung zählen sollte: Gib ihm eine Chance, ich glaube, er ist gar nicht so übel.« Er nickte Paul und Heinz zu. »Wir hören voneinander.« Damit drehte er sich um.

»Warten Sie kurz auf mich?«, rief Heinz ihm hinterher. Dann schloss er Kassandra in die Arme. Normalerweise war er kein Freund von offen zur Schau gestellten Gefühlsanwandlungen. Dass er sich nach dem gestrigen Tag schon wieder dazu hinreißen ließ, zeigte deutlich, wie bewegt er war. »Deine Verwandtschaft wächst allmählich. Ist ja gar nicht schlecht, nur dass du gleich zwei so grantige Exemplare abbekommst, hast du nicht verdient.«

Kassandra musste lachen. »Dieses Exemplar hier möchte ich jedenfalls um keinen Preis eintauschen.«

Nachdem Heinz gegangen war, verflüchtigte sich ihr Lachen. Paul stand auf, nahm ihre Hand und führte sie ein Stück in den Garten. In der Ferne hörte sie ganz leise die See rauschen, sie spürte den leichten Wind auf ihrem Gesicht und dachte, dass das genau das gewesen war, was Martin Hilger in jener Nacht gehört und gespürt hatte, in der er ihrer Mutter zum ersten Mal begegnet war.

Sie hob den Blick, als Paul sie zu sich umdrehte, und wusste genau, wie er sie ansah, obwohl es viel zu dunkel war, um das Graublau seiner Augen zu erkennen. »Kay hat recht«, sagte er leise.

»Mache ich einen so ablehnenden Eindruck, dass alle Welt glaubt, mich von Harald Barthel überzeugen zu müssen? Dabei hast du selbst gesagt, dass du ihn nicht sonderlich magst.«

Paul lächelte. »Sagen wir, du machst einen skeptischen Eindruck. Und richtig: Ich mag den Mann nicht, den er immerzu rauskehrt – so meisterhaft, dass er sich schon selbst dafür hält.«

»Du meinst, es könnte sich lohnen, den kennenzulernen, der außerdem in ihm steckt? Martin Hilger?«

»Ich glaube, ein Harald Barthel ohne ein Stück von Martin Hilger in ihm hätte weder Sonnenseite gegründet, noch würde er Waschmaschinen reparieren. Wird Zeit, dass ihm das mal jemand klarmacht.« Paul strich mit seinem Finger über ihre Wange. »Jemand mit derselben Willenskraft, wieder aufzustehen, wenn man hinfällt. Jemand mit derselben Hartnäckigkeit und demselben Eigensinn.«

»Eigensinn?«, wiederholte Kassandra gespielt empört. »Ich bin eigensinnig?«

Paul schmunzelte. »Zweifellos, Kassandra, Liebes.«

»Das klingt ja alles in allem, als wäre ich meinem Vater ähnlicher, als ich denke. Ich weiß nicht, ob mir das gefällt.«

Ganz langsam zog Paul sie zu sich heran und beugte sich zu ihr herunter, bis ihre Nasenspitzen sich beinah berührten. »*Mir* gefällt's«, sagte er. »Sehr.«

Epilog

Kay Dietrich stellte drei Wasserflaschen und vier Gläser auf den Tisch und sah auf die Uhr. Zehn vor sieben. Nervös setzte er sich aufs Sofa – und stand gleich wieder auf.

Während die Zeiger auf der Uhr in Zeitlupe voranschritten, erinnerte er sich an jenen Abend nach der Festnahme von Simone Kleist und wie Heinz Jung ihn gebeten hatte, auf ihn zu warten. Das hatte er getan, und sie waren noch ein paar Schritte zusammen gegangen. Dabei hatte Jung einmal mehr seine Beobachtungsgabe und seine Fähigkeit, zwischen den Zeilen lesen zu können, unter Beweis gestellt.

Dietrich hätte nicht überrascht sein dürfen, als Jung ihn fragte: »Was werden Sie jetzt tun?«

»Tun? Was meinen Sie?«

Heinz Jung hatte gelächelt. »Sie klangen nicht gerade euphorisch, als es eben um die Aufhebung Ihrer Zwangsbeurlaubung ging. Außerdem haben Sie gesagt, dass Geldorf Sie wieder im Dienst *erwartet*. Nicht, dass Sie seinen Erwartungen entsprechen werden.«

Dietrich war sich mit den Händen übers Gesicht gefahren. »Ich werde Mittwoch wieder an meinem Schreibtisch sitzen, an irgendeinem Tatort stehen, mit der Staatsanwaltschaft, der Kriminaltechnik oder der Gerichtsmedizin sprechen, was immer anfällt. Und gegen Windmühlen kämpfen, wenn's nötig ist. Es ist nur so, dass ich mich in letzter Zeit immer öfter gefragt habe, ob ich nicht außerhalb des Polizeidienstes mehr erreichen kann. Weniger Vorgesetzte. Weniger Dienstvorschriften. Weniger gebundene Hände.«

Heinz Jung hatte den Kopf geschüttelt. »Die meisten Dienstvorschriften haben durchaus einen Sinn. Und die Hände wären Ihnen als Privatmann schon allein deshalb ebenso, wenn nicht mehr gebunden, weil Ihnen der komplette polizeiliche Ermittlungsapparat im Rücken sowie eine Reihe von Befugnissen fehlen würden, die Sie nun mal nur als Polizist haben.«

Dietrich war bewusst gewesen, dass das stimmte. Dennoch hatte er die Vorstellung, keinen Vorgesetzten mehr vor der Nase zu haben, weiterhin verführerisch gefunden.

Als es endlich klingelte, fragte er sich, wer wohl als Erstes kam, und war erstaunt, dass der kleine zusammengewürfelte Haufen geschlossen vor seiner Tür stand, als hätten sie sich verabredet. Ihnen allen gemeinsam war das große Fragezeichen, das sich deutlich auf ihren Gesichtern abzeichnete. Nachdem sie sich gesetzt hatten, bemerkte er, dass sich alle gegenseitig möglichst unauffällig beäugten.

»Was wird das hier, Bulle?«, fragte Rieka misstrauisch. »Du hast was von einem Auftrag gesagt. Ich bin nicht davon ausgegangen, dass wir das im Rahmen eines Familientreffens besprechen.«

Dietrich stutzte. »Familientreffen? Gar nicht so verkehrt ausgedrückt.«

»Menschenskind, das ist wieder eine deiner Extratouren«, sagte Bengt. »Ich hätt's mir denken können. Wie viel Ärger willst du dir diesmal einhandeln? Darf ich dich daran erinnern, dass ich pensioniert bin? Ich kann dir nicht mehr …« Er brach ab, anscheinend weil ihm bewusst wurde, was er im Begriff gewesen war zu sagen.

»Sie haben ihm auch schon ausgeholfen?«, fragte Frauke neben ihm belustigt. »Ich bin mir nicht sicher, ob wir uns schon mal begegnet sind. Frauke Gerhart, Polizeiinspektion Stralsund.« Sie reichte ihm die Hand.

»Bengt Johannsen, ehemals KPI Anklam, freut mich.« Er wandte sich an Rieka. »Und Sie?«

»Rieka Stahl«, sagte Rieka automatisch, starrte von einem zum anderen und schließlich zu Dietrich. »Ist nicht wahr! Du willst mich in deiner Truppe?«

Dietrich nickte. »Wenn das eine Truppe wird, das heißt, wenn alle einverstanden sind.«

»Du bist verrückt«, sagte Bengt, »und schneller suspendiert, als du KPI sagen kannst, wenn du durchziehst, was ich denke, das du durchziehen willst.«

Dietrich sah ihn an, bevor er Luft holte, um zu antworten.

»Scheiße, Kay«, sagte Bengt begreifend. »Du hast den Dienst quittiert!«

»Im Ernst?«, fragte Frauke entgeistert.

Rieka gnickerte. »Schade eigentlich. Gerade wo ich anfing, Bullen doch ganz sympathisch zu finden.«

»Was für ein Kompliment, besten Dank«, sagte Dietrich amüsiert. »Ich sollte …«

»Auf die Gefahr hin, mich zu wiederholen«, fiel Bengt ihm ins Wort. »Aber du bist wirklich verrückt. Wieso musstest du gleich alles hinschmeißen?«

»Du hast da ein paar voreilige Schlüsse gezogen«, sagte Dietrich. »Zugegeben, ich habe ernsthaft darüber nachgedacht. Aber ich bin Polizist. Trotz allem. Und mir hat zu denken gegeben, was jemand sagte, dessen Meinung ich sehr schätze: Wenn ich im Dienst bleibe, habe ich weitaus mehr Möglichkeiten.«

Dietrich konnte sehen, wie es hinter Bengts Stirn arbeitete, aber es war Frauke, die einwarf: »Irgendwas sagt mir, dass es besser wäre zu gehen, ehe du ausführst, was genau dir da vorschwebt.« Bezeichnenderweise blieb sie jedoch sitzen.

»Gebt mir fünf Minuten«, bat Dietrich.

Nachdem alle genickt hatten – Bengt und Frauke zögernd, Rieka gespannt –, begann Dietrich aufs Neue. »Solche Dinge wie die Brände in Stralsund und Wustrow vor einiger Zeit passieren immer wieder. Verbrechen, die nicht auf den ersten Blick zu erkennen sind. Wo alles eindeutig zu sein scheint oder vielleicht nur eine winzige Spur darauf hindeutet, dass mehr dahinterstecken könnte. Der dann aber aus den unterschiedlichsten Gründen nicht nachgegangen wird oder nicht nachgegangen werden kann. Dabei müsste man vielleicht nur in die richtige Richtung sehen und die richtigen Fragen stellen. Jemand sollte sich um diese Fälle kümmern.« Er machte eine Pause, um die Reaktionen abzuwarten, die jedoch vorerst ausblieben.

Er sah zu Frauke. »Du und ich bekommen zuerst mit, wenn so was passiert – du in Stralsund, ich in Anklam, damit hätten wir einen großen Radius und so ziemlich jede mögliche Art von Verbrechen abgedeckt.« Dietrich bemerkte, dass Fraukes Skepsis wuchs, und beeilte sich hinzuzufügen: »Du sollst keine

Ermittlungsergebnisse weitergeben, was ich möchte, ist vielmehr, dass du uns auf Fälle hinweist, bei denen was falsch läuft oder gar nicht erst weiter ermittelt wird. Mehr nicht.«

Frauke entspannte sich etwas und nickte.

Dietrich wandte sich an Bengt. »Du bist der mit der längsten Berufserfahrung, es gibt kaum was, das du noch nicht gesehen hast. Außerdem kennst du aus diversen Milieus eine Menge Leute, die den Kollegen nichts sagen würden und auch mir nicht oder sonst wem, den sie nicht kennen. Dir schon. Du wärst also mehr auf der Straße unterwegs, während mein Part hauptsächlich im Innendienst bestünde, auch weil ich nicht zu öffentlich auftreten darf, sonst bin ich meinen Job nämlich wirklich so schnell los, wie du vorhin befürchtet hast. Dafür komme ich in Anklam einigermaßen sicher an die Polizeisysteme ran und kann bei mir zu Hause den Rest erledigen. Im Abhören von Telefonen zum Beispiel bin ich mittlerweile ziemlich bewandert.«

Bengt wirkte nachdenklich, was Dietrich positiv wertete. Zumindest sah er nicht rundweg ablehnend aus. Dietrichs Blick wanderte zu Rieka. »Dich und deine Fähigkeiten brauchen wir für die virtuellen Welten unserer Verdächtigen, die sie für sicherer halten, als sie sind, wenn du dich ihrer annimmst.«

Wieder machte er eine kurze Pause. Und wieder sagte niemand etwas. »Was meint ihr?«, fragte er.

»Haben wir schon einen Fall?« Das kam von Rieka, die offenbar am ehesten bereit war, sich auf die Sache einzulassen.

Dietrich lachte. »Hätten wir, ja.«

»Entschuldigen Sie, Frau Stahl, wenn ich Ihren Enthusiasmus etwas bremse«, sagte Bengt, »aber Kay, du musst nebenher noch deine normale Arbeit erledigen, und dein Tag hat auch nur vierundzwanzig Stunden. Du kannst dich nicht vierteilen.«

»Ich bin das gewohnt – wie jeder, der den Polizeidienst kennt. Darum mach dir keine Sorgen.«

»Gut, wenn du meinst. Dann bleibt nur noch eine klitzekleine Frage: Wie finanzierst du das? Auch wenn wir das alle für die Ehre tun, werden wir Ausgaben haben, wir brauchen technisches Equipment, wir brauchen möglicherweise hin und wieder Räumlichkeiten, wir brauchen …«

»Das ist kein Problem«, unterbrach ihn Dietrich. »Erstens erwartet niemand, dass du und Rieka umsonst arbeitet. Zweitens ist alles andere ebenfalls geregelt.«

»Wenn sich in der kurzen Zeit seit meiner Pensionierung nicht grundsätzlich was geändert hat«, sagte Bengt zweifelnd, »sind Polizistengehälter nicht eben üppig. Hast du geerbt oder im Lotto gewonnen?«

»Nein.« Dietrich wollte es dabei belassen, sah Bengt aber an, dass er deutlicher werden musste. »Ich hoffe, die Frage der Finanzierung ist dir nicht wirklich so wichtig. Ich werde sie nämlich nicht beantworten können.«

»Du kannst nicht? Oder du willst nicht?« Bengt kniff die Augen zu Schlitzen zusammen. »Es interessiert mich schon, woher das nötige Kleingeld stammt.«

»Herr Johannsen«, schaltete Frauke sich ein. »Glauben Sie ernsthaft, Kay würde so etwas mit unsauberen Mitteln aufziehen?«

»Nein«, grummelte Bengt nach einer Weile.

»Danke, Frauke.« Dietrich merkte erst jetzt, dass er die Luft angehalten hatte. »Ihr müsst euch nicht auf der Stelle entscheiden. Denkt einfach über meinen Vorschlag nach.«

»Was wäre dieser erste Fall?«, beharrte Rieka auf ihrer Frage.

»Obwohl ich da vermutlich überflüssig bin, wenn es den schon gibt«, sagte Frauke, »wüsste ich das auch gern.«

»Hm«, machte Bengt.

Dietrich stand auf, holte die »Ostsee-Zeitung« vom Vortag und legte sie auf den Tisch. *Bauamtsleiter Hacke von jedem Verdacht befreit*, lautete die Schlagzeile, darunter stand: *Verwicklung in Mord an Schwägerin ausgeschlossen.*

Bengt pfiff leise durch die Zähne. »Mit was Unkompliziertem fangen wir natürlich nicht an.«

Einige Stunden später stand Dietrich in der klaren, kalten Luft und schaute über die See, die fast vollkommen glatt und schwarz vor ihm lag – nur ein leises Gluckern war zu hören. Erst nach einer ganzen Zeit, in der er an nichts Bestimmtes gedacht, sondern ausschließlich die Ruhe des Fischlandes genossen hatte, wandte er sich um und ging die paar Schritte zurück zur Treppe.

Es war Neumond und entsprechend dunkel. Vorsichtig stieg er die Stufen vom Deich hinab, besonders angesichts der Weinflasche, die er in der linken Hand trug. Er trank selten Wein, aber heute gab es einen guten Grund für einen ausgezeichneten Nebbiolo. Damit hatte er hoffentlich auch den Geschmack des Mannes getroffen, bei dem er zwei Minuten darauf klingelte. Trotz der späten Stunde wurde ihm sofort geöffnet.

»Wie ist es gelaufen?«, fragte sein Gegenüber.

Dietrich hob die Weinflasche und lachte leise. »Genau so, wie wir gehofft haben, Herr Barthel.«

Dank & Nachwort

Auch diesmal zuallererst und wieder von ganzem Herzen mein Dank an Günther Weihmann, ohne den für mich Wustrow nicht wäre, was es ist. Dank für unerschöpfliche Fischländer Geschichte und Geschichten – und diesmal insbesondere für Heini, den Bier und Wodka trinkenden Hund in Kapitel 30.

Ebenfalls erneut gilt mein Dank Kurdirektor Dirk Pasche für die vielfältige Unterstützung, die er mir immer wieder zukommen lässt – diesmal genügte quasi ein halbes Wort von mir, und schon hatte er für mich den Kontakt hergestellt zu:

Andreas Levien, Wehrführer der Freiwilligen Feuerwehr Wustrow, dem ich dafür danken möchte, mich in die Geheimnisse von Löschgruppenfahrzeugen, Einsatzleitwagen, Tanklöschfahrzeugen eingeweiht und alle meine Fragen geduldig beantwortet zu haben. Fehler, die sich dennoch eingeschlichen haben mögen, gehen auf meine Kappe. Wie viel Technik – und Geld – in einem einzigen dieser Wagen steckt, hätte ich übrigens niemals für möglich gehalten. Und ahnte ich zuvor schon, was Feuerwehrleute leisten können und müssen, ist seither mein Respekt für ihren selbstlosen Einsatz für das Leben anderer noch weit mehr gestiegen.

Antje Unger, Sprecherin der Polizeiinspektion in Stralsund, war mir behilflich bei Fragen bezüglich polizeilicher Zuständigkeiten. Wenn in diesem Roman dennoch etwas nicht korrekt ist, liegt das an Herrn Oberkommissar Kay Dietrich, der gern mal tut, was er für richtig hält – und dem ich dafür die entsprechenden Kontakte an den entsprechenden Stellen verschafft habe.

In diesem Zusammenhang möchte ich darauf hinweisen, dass das Kulturhistorische Museum in Leipzig meine Erfindung ist. Entsprechend hat es natürlich auch den Museumsraub nie gegeben – jedenfalls nicht diesen. Sehr inspiriert hat mich allerdings ein spektakulärer Raub aus dem Stadtmuseum in Dresden, der ein Jahr nach »meinem« stattfand und um den sich viele Gerüchte rankten und immer noch ranken. Er konnte bis zum heutigen Tag nicht in allen Details aufgeklärt werden.

Noch etwas: Das Vorbild zu Niklas Thiels Haus ist ein altes und sehr hübsch saniertes Kapitänshaus, das »Zu den Büschen« heißt (früher »In den Büschen«). Es hat sogar, wie Niklas' »Sünnhus«, blaue Fensterläden, aber kein Fachwerk. Für den Brand und für Niklas' Verletzungen brauchte ich allerdings Gebälk. Gleichzeitig bin ich natürlich froh, dass das echte Haus völlig unversehrt ist.

Meine Lektorin Marit Obsen hat auch diese Verbrechen auf dem Fischland wieder hervorragend betreut. Ihr ist es zu verdanken, dass meine Protagonisten nun doch keine Falten reduzierende Creme brauchen vor lauter Stirnrunzeln – und natürlich vor allem, dass der Roman rundum rund geworden ist. Danke schön.

Meiner Freundin und Autorenkollegin Gefion Clausen danke ich für manch »feurige« Diskussion, die sich durch ihr Testlesen ergab. Einig dagegen waren wir uns, dass Protagonisten, egal, in welchem Genre, doch immer ein bisschen schnuckelig sein sollten.

Auch Louise Kämmerer hat sich dem Text wieder testlesenderweise angenommen – danke für die vielen »diesbezüglichen« wertvollen Hinweise.

Meinen beiden »täglichen Mädels« Gerit und Gisela Dank für Zuspruch und Aufrichten in allen Lebenslagen. Irgendwann bekomme ich dieses Ding mit »B«.

An dieser Stelle habe ich schon oft über meine Liebe zum Fischland gesprochen – sie ist unverändert in meinem Herzen verankert. Sie wäre nichts, wenn ich sie nicht teilen könnte mit meinem Mann Jörg. Danke!

Wustrow, im September 2014
Corinna Kastner

Corinna Kastner
FISCHLAND-RACHE
Broschur, 368 Seiten
ISBN 978-3-95451-157-0

»Der Regionalkrimi ›Fischland-Rache‹ verbindet Landschaftsbeschreibungen, Spannung und historische Fakten. Corinna Kastners Küsten-Krimis sind unterhaltsame Strandlektüre, die für einen kalten Schauer unter der heißen Sommersonne sorgen.«
Ostseezeitung Magazin

www.emons-verlag.de